天官賜福

3

墨香銅臭

《目次》

用語

◆三界《さんかい》
――天界《てんかい》、人界《じんかい》（下界）、鬼界《きかい》の三つを指す。

◆天界《てんかい》
――上天庭《じょうてんてい》と中天庭《ちゅうてんてい》に分かれており、上天庭は自らの力で飛昇した神官、中天庭は点将された神官で構成されている。

◆神官《しんかん》
――天界にいる神のこと。

◆飛昇《ひしょう》
――修練を重ねて天劫を乗り越え、天に昇り神となること。

◆天劫《てんごう》
――試練として天から与えられる罰や災い。

◆点将《てんしょう》
――飛昇した神官に配下として指名されて天に昇ること。

◆法力《ほうりき》
――神官が持つ力。その源は「自身の修練」と「信徒の功徳」。

◆武神《ぶしん》
――武道や戦を司る神。天界で武官を務めることがある。

◆文神《ぶんしん》
――文学や学問を司る神。天界で文官を務めることがある。

◆国主《こくしゅ》
――国王のこと。

◆国師《こくし》
――道教あるいは仏教に造詣が深い人に王が与える尊称。王の師である場合もあり、政治面での助言もする。

◆鬼《き》
――中国での鬼は死人（死体）もしくは死霊の化けたもの。知識に乏しい人間は、超自然的なものをすべて「鬼」で片付ける傾向がある。

鬼は四等級に分けられ、等級は上から「絶《ぜつ》」「凶《きょう》」「厲《れい》」「悪《あく》」。

登場人物

花城《ホワチョン》――血雨探花《けつうたんか》――絶境鬼王《ぜっきょうきおう》

四大害《よんだいがい》の一人で、等級は「絶」。
神官からも恐れられる鬼王《きおう》。
下界で謝憐と出会った時は、
少年の姿で「三郎《サンラン》」と
名乗っていた。

謝憐《シエリエン》――太子殿下《たいしでんか》――花冠武神《かかんぶしん》

四名景《よんめいけい》の一人。
二度天界を追われ、
八百年ぶりに
三度目の飛昇を果たした。

南風《ナンフォン》

中天庭の武官。
南陽殿に属する風信の配下。

扶揺《フーヤオ》

中天庭の武官。
玄真殿に属する慕情の配下。

天界

◆**君吾**《ジュンウー》―**神武**《シェンウー》**大帝**
―天界の第一武神。天帝。

◆**風信**《フォンシン》―**南陽**《ナンヤン》**将軍**
―東南を守護する武神。

◆**慕情**《ムーチン》―**玄真**《シュエンジェン》**将軍**
―西南を守護する武神。

◆**南宮傑**《ナンゴンジエ》―**霊文**《リンウェン》**真君**
―人事を司る女性の文神。

◆**裴茗**《ペイミン》―**明光**《ミングアン》**将軍**
―北方を守護する武神。

◆**裴宿**《ペイシュウ》―**小裴**《シャオペイ》**将軍**
―裴茗の子孫で、明光殿の補佐神。

◆**師無渡**《シーウードゥー》―**水師**《シュイシー》
―水を司る神。師青玄の兄。

◆**師青玄**《シーチンシュエン》―**風師**《フォンシー》
―風を司る神。師無渡の弟。

◆**明儀**《ミンイー》―**地師**《ディーシー》
―地を司る神。師青玄の「親友」。

◆**郎千秋**《ランチェンチウ》―**泰華**《タイホワ》**殿下**
―東方を守護する武神。

◆**権一真**《チュエンイージェン》―**奇英**《チーイン》**殿下**
―西方を守護する武神。

◆**雨師篁**《ユーシーホアン》―**雨師**《ユーシー》
―雨を司る神。四名景の一人。

鬼界

◆**戚容**《チーロン》―**青灯夜遊**《せいとうやゆう》
―四大害で唯一、等級が「絶」に近い「凶」。青鬼《せいき》とも呼ばれる。

◆**黒水沈舟**《こくすいちんしゅう》
―四大害の一人。黒水玄鬼《こくすいげんき》とも呼ばれる絶境鬼王。

◆**白無相**《バイウーシャン》―**白衣禍世**《はくいかせい》
―四大害の一人。真っ白な喪服を着て、顔には悲喜面を被っている。

◆**下弦月使**《かげんげっし》
―花城の配下。元は上天庭の神官。

装画
日出的小太陽

第四十章　鍍金身鼎力挽天頽

天が崩れぬよう、塗金の身を呈す

謝憐《シエリェン》は怒りを抑えられず、相手の胸から剣を引き抜いてもう一度刺そうとした。だが、その刃に一滴の血もついていないことに気づき、はたと閃《ひらめ》いて剣先の向きを変え、一撃で白衣の少年の首を切り落とす。いとも簡単に切れたものの、切り離された首と体はあっという間に萎《しぼ》んで平たい皮となり、地面に広がった。

なんと、この体は空殻《あきがら》だったのだ！

このモノにはこれまで二度遭遇したが、二度とも偽りの体を使っていて、一度として本体を現してはいなかったということだ。特段意外には思わなかったが、謝憐《シエリェン》はこの上なく憎々しく思い、長剣でそのぐにゃりとした首と体を何度も突き刺す。鋭利な剣《けん》気《き》がその皮を粉々に切り裂いても、謝憐《シエリェン》の憎悪は収まらなかった。

「殿下！　それはただの空殻です！」

見ていられなくなった風信《フォンシン》が謝憐《シエリェン》を止める。その殻は謝憐《シエリェン》が少年だった頃とそっくりな容貌をしているせいもあり、まるで謝憐《シエリェン》が自分を惨《むご》たらしくめった刺しにしているかのようで、その絵面《えづら》は端《はた》から見ていてあまり気分のいいものではなかった。

何度か荒い息を吐いた謝憐《シエリェン》は、剣を投げ捨てて地面に座り込む。

「わかってるよ！　でも奴は私の顔を使ったんだぞ！」

謝憐《シエリェン》は心の底から激怒していた。彼の前にしゃがみ込んだ二人はしばし押し黙り、やがて風信《フォンシン》が口を開く。

「殿下、少しは気が収まりましたか？　あんなモノのでたらめな話を真《ま》に受けないでください。人をからかっているだけです」

「いや、奴はいろいろ言っていたけど、案外からかっている態度じゃなかった。ただ……」

「奴は本当に呪いを解く方法を教えたんですか!?」

風信《フォンシン》が驚いて尋ねると、謝憐《シエリェン》は右手を髪に差し込み頭を抱えるようにして言った。

「人面疫《じんめんえき》を解決する方法は言わなかった。奴が私に教えたのは……人面疫を引き起こす方法だったんだ！」

「引き起こす？」

愕然《がくぜん》とする二人に謝憐《シエリェン》は小さく頷《うなず》く。辺りを少し眺めて、やはり背子坂《はいしざか》には留まらない方がいいと思い、ひとまずこの場を離れることにした。今は自分を避けるような兵士たちの視線を見たくないし、病人たちが泣き叫ぶ声も不平不満も聞きたくない。それで、皇宮《こうきゅう》の中にあるずっと使っていなかった太子の寝殿《しんでん》に戻ったのだった。

扉を閉めると、謝憐《シエリェン》はやっと気持ちが落ち着いてきて、座り込んで低い声で言った。

「体に生えた『人面』は、すべて永安人《えいあんじん》の亡魂《ぼうこん》だったんだ。中には戦死者もいるけど、大部分は大干《だいかん》ばつで命を落とした人たちだ」

「どうりで永安人は人面疫にかからないわけですね。当然、身内は攻撃しないでしょうから」

意外でもなさそうに慕情《ムーチン》が言うと、風信《フォンシン》は眉間《みけん》にしわを寄せる。

「大干ばつで死んだ者は別に皇城《こうじょう》の人間が殺したわけじゃないし、たとえ恨みを晴らしたかったとしても、こっちに矛先を向けるのはお門《かど》違いでは？」

それに謝憐《シエリェン》がため息をついた。

「そうは言っても、人が死んだあとの魂魄《こんぱく》には混濁《こんだく》期《き》があるのを君たちも知っているだろう」

死後の一定期間、魂魄はまるで生まれたての赤子のようにぼんやりしていて、寝ているのか起きているのか、自分が誰なのか、どこにいるのか、何をしているのかわからない状態になる。その期間には個人差があり、長い場合もあれば短い場合もあって、各々の機会と縁によって決まるのだ。この時期を「混濁期」と呼ぶ。

この状態にあるうちは、生前の家族や伴侶《はんりょ》が亡魂を導いたり、影響を与えたりすることもできる。民間で言うところの初七日《しょなのか》に魂を呼び戻すといった習わしは、この理屈に基づいているのだ。

「奴は……私にこう言ったんだ。永安の兵士たちは皆、皇城の民に対して強い恨みと敵愾心《てきがいしん》を抱いている。それに、彼らの両親も妻も子も、多くが大干ばつで命を落としてしまった。その亡魂たちは他に拠り所がないから、家族の感情に影響されてしまう。奴は、まさに兵士たちの鋭い意志を利用して、亡魂に皇城の仙楽人《せんらくじん》に対する敵意を植えつけた。生身の人間の体に寄生させて、養分を奪い取るよう駆り立てたんだ」

謝憐《シエリエン》はそのまま言葉を続ける。

「混濁期の亡魂は、あることを繰り返し吹き込まれていた。奴らさえいなければ、君たちは生き延びられただろう――と」

「どうしたらそんなでたらめな考えになるんですか？　誰が生きるべきとか、死ぬべきとか」

風信《フォンシン》の言葉に謝憐《シエリエン》は額を覆った。

「前に郎英《ランイン》が皇城の郊外に息子の亡骸《なきがら》を埋めたことが、知らず知らずのうちに触媒《しょくばい》の役割を果たしていたんだ。私は解決方法を教えろと言ったのに、奴が長々と語ったのは呪いの法術のすべてだった。これってどういう意味だ？」

呪った法術がわかったところで、その呪いを解くことができるというわけではない。

「あなたをからかっただけでしょう。でたらめを言いやがって、クソが！」

風信《フォンシン》が罵《ののし》ったが、慕情《ムーチン》は違った。

「からかったのではないでしょう。奴は確かに方法を教えたんです」

慕情《ムーチン》の言葉に謝憐《シエリエン》は顔を上げ、風信《フォンシン》も顔を横に向けて尋ねる。

「なんの方法だ？」

「解決方法ですよ！」

慕情《ムーチン》の双眸《そうぼう》はまるで何か秘密でも発見したかのように輝いていた。

「永安側の呪いに効力があったのは、奴らが仙楽に対して恨みを抱いていたからでしょう。でも、仙楽側だって永安に対して恨みを抱いていないなんてことがありますか？」

わずかに目を見開いた謝憐《シエリエン》が息を呑む。慕情《ムーチン》は言葉を続けた。

「奴が呪いの法術をあなたに教えたということは、目には目を歯には歯をで、同じような方法で永安人だけに感染する人面疫を引き起こせるということです！　考えてみてください。人面疫の呪いの効果を発揮させるには生きた人間の存在が不可欠です。奴らを疫病《えきびょう》に感染させえさせれば、自分のことで手一杯になっていずれ生きた人間は誰もいなくなる。攻めずとも奴らの敗北は決まったようなものではないですか？」

そんな方法を、謝憐《シエリェン》はこれまで考えたこともなかった。慕情《ムーチン》が堂々と語るのを聞いて愕然とし、しばしのあと、思わずこう口にした。

「絶対に駄目だ！」

「なぜ駄目なんですか？　お忘れですか、先に呪いをかけてきたのは奴らの方なんですよ」

謝憐《シエリェン》はぱっと立ち上がる。

「駄目だと言ったら駄目だ。それに君は間違っている。永安の兵士も仙楽の兵士と同様に人面疫に感染しにくいはずなんだ。その理由は聞かないでくれ。私は……」

「それなら平民を感染させるだけでもいいでしょう！　奴らには皇城のような万全の用意も人手もありません。一旦人面疫が流行すれば、当然より早く蔓延《まんえん》して反撃する余力なんてなくなります！　背後にいる平民の身の安全を楯《たて》に奴らを脅して呪いを止めさせ、投降させればいい。皇城より長く持ち堪《こた》えることなんてできやしません！」

早口でまくし立てる慕情《ムーチン》の言葉を謝憐《シエリェン》はすぐさま却下した。

「もっと駄目だ！　彼らが皇城の無辜《むこ》の平民を攻撃した時、私たちが彼らのことをどう言ったか君は忘れたのか？　卑怯だと言っただろう。もし同じことをしたら、自分の言葉が返ってきて卑怯者になってしまうんじゃないのか？　そんなやり方、彼らと何が違うんだ？」

慕情《ムーチン》は興奮した表情を引っ込めて答える。

「殿下、死を顧《かえり》みずにあなたを温柔郷《おんじゅうきょう》の罠に誘い込んだのが誰だったのか忘れないでください。まさにあなたが言う『無辜の』平民なんですよ」

その一言を聞いて、謝憐《シエリェン》はしばしためらった。

正直に言えば、内心気にかかっていないわけがない。けれど、結局謝憐《シエリェン》はこう口にした。

「そうだな、確かにそういう人もいる。でも、大抵先陣を切るのはとりわけ狂気じみた人たちだから、そういう人ばかり目につくんだろう。でも、実際には多くの平民は何もわかっていないんだ。背子坂に行って見てみればわかる。多くの人はなぜ戦っているのかすらよくわかっていない。ただ命を繋《つな》ぐために、食糧がある場所を求めているにすぎないんだ。慕情《ムーチン》、君が今提案してくれたことは、一方の無辜の人々を救うためにもう一方の無辜の人々を殺すということだ。私は……」

そう言ってため息をこぼす。

「やっぱり他の方法を考えてみるよ」

するとロの利き方が若干悪くなった慕情《ムーチン》が、少し当て擦《こす》るように言う。

「どうして私が背子坂まで行って敵側の民の暮らしを気にかけないといけないんですか。もうやめにしましょう、太子殿下《たいしでんか》。あなたがどれだけ他人のことを思いやっても、相手はあなたのことをちっとも思いやってはくれないのに、これではただのおめでたい人ではないですか？」

謝憐《シエリェン》はたちまち心がささくれ立って俯《うつむ》いたが、脳裏に浮かんだのは人の顔で隙間なく埋め尽くされ、切り落とされてもなお痙攣《けいれん》して蠢《うごめ》く足だった。

しばらくの間ためらい、結局謝憐《シエリェン》は小さく首を横に振った。

「結局のところ、私は他人のことを思いやっているわけじゃない。私たち自身のことだけを考えたとしても答えは同じなんだ。呪いというのは、それ自体が人を傷つけ自分も傷つける諸刃《もろは》の剣《つるぎ》だ。他人を呪うために生きている人はひたすら恨みや憎しみに支配されることになるし、死者も安らかに眠れない。生前に嫌というほど苦痛を味わったのに、死んだあとも他人の体に寄生してあんな化け物にならなければいけないんだぞ。君もあの日、彼の足についていたモノを見ただろう。虫の息の『人面』が、感染した人と比べてどれくらいましだと思う？　人を呪わば穴二つ、いい結末なんて迎えられない」

繰り返し否定され、いい加減慕情《ムーチン》の辛抱も限界に近づいていた。

「奴らより先に、あなたの方がいい結末を迎えられなくなりますよ！　あなたには第三の道もなければ二杯目の水もない。目を覚ましてください、殿下！　あなたにはもう時間がないんです」

謝憐《シエリエン》は少し頭が熱くなったような気がして目を閉じる。

「……とりあえず話はここまでにしよう。少し考えさせてくれ」

「……」

とうとうしびれを切らした慕情《ムーチン》がぶつぶつと非難し始めた。

「まったく……あれこれ苦しんで思い悩んで、目の前に解決策があるというのにやろうとしない。あなたという人は本当に……いい加減にしてください。そのざまを見ていると死ぬほどイライラしてきます。あなたの信徒は本当についてない！」

風信《フォンシン》は良い案を何も思いつかなかったために、口を挟まずに彼らが議論するのをしばらく黙って聞いていた。だがこの時、突然手のひらで慕情《ムーチン》を叩いて怒鳴りつけた。

「お前、いい加減にしろ！」

叩かれた慕情《ムーチン》は数歩後ずさる。

「風信《フォンシン》？」

「殿下は黙っていてください！」

声をかけた謝憐《シエリエン》にそう答えると、風信《フォンシン》は慕情《ムーチン》に向かって言った。

「お前は何をイライラしてるんだ？　何がそんなに気に入らないのか言ってみろよ？　俺はずいぶん長いこと我慢してきたけどな、今日という今日は限界だ。俺はお前みたいな奴が本気で気に食わないんだよ。お前はただの副将で、殿下に拾ってもらえなければ食うものにも困って苦しい生活を送っていたかもしれないっていうのに、どうして自分が一番賢くて、一番物事がわかっていて、殿下より優れているみたいに振る舞うんだ？　本当にそんなに優秀なんだったら、どうして飛昇したのがお前じゃなくて殿下なんだ？」

「私は……」と慕情《ムーチン》が言いかける。

「もういい、風信《フォンシン》。慕情《ムーチン》も戦況が心配だから焦《あせ》って……」

謝憐《シエリエン》が風信《フォンシン》を引っ張ったが、風信《フォンシン》はその言葉を遮《さえぎ》った。

「こいつが焦るわけがないでしょう！　殿下、はっきり言っておきますけど、こいつはただ隙あらばあなたに説教したいだけなんですよ。あなたより優れてるって見せつける機会を絶対に見逃さない。なぜなら、こいつは自分があなたより有能だと本気で思ってるんですから！　こんなに冷淡で薄情な人間で、普段から仙楽国《せんらくこく》への愛国心なんて見せたことがない奴が、この期《ご》に及んで焦りだしたとでも言うんですか？」

言い終わると、風信《フォンシン》はまた慕情《ムーチン》に向き直る。

「お前が内心で殿下のことを馬鹿にしているのに俺が気づかないとでも思ったのか？　いつもひねくれた態度を取って陰で白い目になっていても俺は我慢してきた。天界《てんかい》で一度も自分の立つべき位置に立たなくても我慢してきた。お前が目立ちたがりなのは今に始まったことじゃないし、まあいい、好きにしろ。所詮お前はその程度で反逆なんてできっこないし、殿下がお前にあれこれ言うつもりがないなら、俺もお前なんかどうだっていい。でも、ここまでつけ上がるならもう容赦しないから恨むなよ！　よく聞け――お前がああいう卑劣な手段を好むのは別に不思議でもなんでもないが、殿下は殿下なんだ。殿下がどんなやり方を選ぼうとお前はそれをちゃんと尊重しろ。あれこれ口出しするな。自分の立場ってものをよくよくわきまえろ！」

風信《フォンシン》が話している間に謝憐《シエリエン》は何度も止めようとしたのだが、あまりにも長い間溜め込んできたようで、まったく止められずに風信《フォンシン》は洗いざらいすべてをぶちまけた。

一言聞く度《たび》に慕情《ムーチン》の顔色が少しずつ青褪《あおざ》めていく。どうやら手が出かけていたようだったが、意外にも一言も発することなく最後まで聞き、冷酷な視線で風信《フォンシン》を見つめていた。

謝憐《シエリエン》が怒りをあらわにする。

「言いたいことはそれだけか？　二人揃って下界《げかい》に蹴り落とされたいのか！」

風信《フォンシン》は顔を真っ赤にしていて、一目で頭に血が上っていることがわかる。彼は不服そうに首を真っすぐにして答えた。

「蹴り落とされたって構いません。神官《しんかん》がなんだって言うんだ！　殿下に点将《てんしょう》されなければ俺だってなりたくなかった。でも、たとえ下界に蹴り落とされて凡人になったとしても、殿下、俺はずっとあなたに忠誠を尽くします。あなたの一言で俺は真っ先に前へ突き進みます。俺が何よりも軽蔑するのは恩知らずですから！　でもこの男は、もしあなたのご威光を借りて神官であり続けられなくなったら、喜んでついてくるどころか、いい言葉なんて一つも口にしないでしょう。言いたいことは以上です！」

慕情《ムーチン》は固く口を閉ざしてかなり長い間黙って耐えていたが、ついに限界に達して怒鳴り返した。

「何がご威光だ！　よくもそんなに自惚《うぬぼ》れたことばかり言えたもんだな。お前に何がわかる！」

「二人とも黙れ!!　黙れ!!」

正気を失いそうになった謝憐《シエリェン》が一喝《いっかつ》すると、二人が辛《かろ》うじて口を噤《つぐ》む。あまりにも激しい大喧嘩だったため、今回ばかりはおそらくしりとりをしても修復不可能だろう。やっとのことで徐々に怒りを抑え込んだ謝憐《シエリェン》は、頭痛を覚えながら言った。

「……とにかく、呪うのは絶対に駄目だ」

慕情《ムーチン》は冷笑しつつも「ええ、決めるのはあなたですから」と言い、風信《フォンシン》はというと、言葉は簡潔だが意を尽くして「あなたに従います」と口にした。

「どんな結果になろうとも、きっと殿下は自分で背負うつもりでしょうから」

淡々とした表情に戻った慕情《ムーチン》の言葉に、風信《フォンシン》が何も言わずに鼻で笑う。だが謝憐《シエリェン》はすぐさまこう言った。

「もちろんだ。どうするかはもう考えがあって……」

言いかけたその時、三人ともが激しい震動を感じた。

「どうしたんだ？」

体が揺れる中、謝憐《シエリェン》が愕然として尋ねると、真っ先に気づいた風信《フォンシン》が「地震です！」と答える。

地震が起きたということは、必ず死傷者が出る。

「助けに行かないと！」

謝憐《シエリェン》が叫び、三人が飛び出そうとしたその時、寝台の下から誰かが慌てた様子で転がり出てきて手を伸ばした。

「従兄《にいさま》！　俺を忘れないで!!　一緒に連れてってくれよ！」

その男を見るなり謝憐《シエリエン》はさらに驚いた。

「戚容《チーロン》、どうして私の寝殿の中にいるんだ!?」

日がな一日謝憐《シエリエン》に関するあらゆることを隅々まで探し集めるという戚容《チーロン》の奇妙な生活を、謝憐《シエリエン》が理解できるはずもない。戚容《チーロン》がいつからここに隠れてこそこそと聞いていたのかわからないが、今の切迫した状況下では問い質《ただ》す余裕もなかった。謝憐《シエリエン》はすぐさま戚容《チーロン》を掴んで走りだすと、外に出て広々とした場所に彼を放り出した。

皇宮内はどこも騒然としていて、極めて美しい装飾が施された宮殿から無数の宮人《きゅうじん》たちが悲鳴を上げながら走り出てくる。それを見た謝憐《シエリエン》は声高に尋ねた。

「怪我をした人はいませんか？　閉じ込められた人は？」

幸いなことに、そう経たないうちに揺れはやみ、一通り尋ねてみたところどうやら死傷者はいないようだ。けれど、謝憐《シエリエン》が一息つく前にまた悲鳴が上がり、人々が手を上げて彼の背後の空を指さした。振り返った謝憐《シエリエン》の瞳孔がすっと収縮する。そこに見えたのは、皇宮の中心にある高大で華麗な宝塔《ほうとう》がゆっくりと傾いていく様子だった。

天塔《てんとう》が倒れかけている！

この天塔は正式名称を「天人《てんにん》の塔」といい、何百年もの歴史がある仙楽皇宮の象徴の一つである。仙楽皇城全域で最も高い建物でもあり、皇宮と皇城の中心部に位置する名勝地なのだ。この塔が倒れれば間違いなく数多《あまた》の死傷者が出るため、皇宮内の宮人や皇宮の外の大通りにいる通行人たちがさらに半狂乱で逃げ惑う。その様子を見た謝憐《シエリエン》は、すぐさま右手で法訣《ほうけつ》を結ぶと、太蒼山《たいそうざん》の方角に向かって「来い！」と叫んだ。

塔はそのままゆっくりと倒れていき、三分の一ほど傾いた時、人々は突然別の揺れを感じた。

その震動も同じく大地から伝わってきていたが、地震の震動とは違っていた。一回一回止まってはまた響くという独特の律動があり、しかもどんどん速く、どんどん近づいてくる。天塔がまた少し傾いた頃、人々はようやくその震動が何かの足音だと気づいた。

片手に剣を握り、もう片方の手に花を持った五丈《じょう》を超える巨大な金の像が、雲間から差す夕焼けの光を纏《まと》いながら皇宮に向かって闊歩《かっぽ》してくるではないか！

「あれって、皇極観《こうきょくかん》の仙楽宮の中にある太子像じゃないか？」

すぐさま誰かが驚いて叫ぶ。すると、さらにたくさんの人々もそれを視認した。

「本当だ！　あの金の像だ！　見ろよ、太蒼山から駆け下りてきてる！」

その金の像は誰一人踏むことなくドスン、ドスンと一歩で数丈も進んでいく。飛ぶように皇宮に踏み込むと、倒れかけた天塔を一挙に支えて食い止めた。

沈んでいく太陽の下で金色の光が流れるように輝き、燦々《さんさん》たる金身《こんじん》が両手を上げてたった一人で、今にも倒れそうになっていた巨大な宝塔を力の限りしっかりと支えている。非常に奇妙で神秘的でもあるその光景に、下にいた無数の人々は目を見張り口も利けずに驚嘆した。

ゆっくりと手を下ろして神像を見上げた謝憐《シエリェン》は、金で作られたその美しく穏やかな顔が見えると、心に微かな戸惑いがよぎるのを感じた。

第四十一章　永志不忘永志不忘

心に刻んで永遠に、永遠に忘れない

　それは人々が彼のために建てた最初の神像であり、最も壮大で荘厳《そうごん》なものだった。

　以前はこのような「自分」を見ても謝憐《シエリエン》はいつも泰然《たいぜん》として受け止め、なんの問題も感じたことはなかった。だがこの時、謝憐《シエリエン》は燦然《さんぜん》と金色に輝く巨像にこの上ない違和感を覚え、「これは本当に私なのか？」と思ってしまった。

　向こうでは風信《フォンシン》と慕情《ムーチン》が、閉じ込められたままの人がいないかどうか手分けして確認している。心をよぎった戸惑いはすぐに過ぎ去り、次第に群衆が落ち着いてきたのを見ると謝憐《シエリエン》はほっと息をついた。

　しかし、その息を最後までつかないうちに、ふいに体に圧力が伝わるのを感じて気持ちが一気に張り詰めた。

　さすがにあの天塔は、あまりに高く重すぎたのだ。

　どうやら神像も若干難儀《なんぎ》しているらしく、両手が微かに震え、両足は地面にめり込んでいっている。高大な金身も押されて少し曲がっているものの、微《ほほ》笑《え》みだけは依然として変わらなかった。

　その様子を見た謝憐《シエリエン》はすぐさま再び法訣を結んだが、心の中にはひやりとしたものが走る。その金の像は起き上がらないどころかさらに腰を屈《かが》め、もうこれ以上支えきれないようだった。

　謝憐《シエリエン》の両手も同じように微かに震え始める。謝《シエ》憐《リエン》はこれまで一度もこのような感覚を抱いたことなどなかった。彼の認識の中では、山を打てばその山は音を立てて崩れ、少し足を踏み鳴らせばすぐに望み通り大地と山が揺れた。初めて抱いたこの感覚は、「力不足」というものだった。

　やむを得ず歯を食いしばりながらひらりと跳び上がった謝憐《シエリエン》は、巨大な金の像の足元に座り込み、また手を上げて法訣を結ぶ。謝憐《シエリエン》が直接この場にやってくると、金の像は再び起き上がり、ぱっと顔を上げて傾いていた天塔をもう一度支え起こした！

　どうにか持ち堪えはしたが、謝憐《シエリエン》の背中と胸中には冷や汗がだらだらと流れていた。皇宮の内外にいる無数の人々は謝憐《シエリエン》が苦しさを胸に納めていることなど露《つゆ》知らず、前の者に続いて次から次へと金の像の神秘的な光景に向かって跪拝《きはい》し始める。

「国難の最中、太子殿下が霊験《れいげん》を示してくださったぞ！」

「殿下、どうか私たちをお助けください！」

「民衆をお救いください！　衆生《しゅじょう》をお守りくださぃ！」

民の叫びに謝憐《シエリエン》はひとしきり歯を食いしばり、辛うじて口を開く。

「皆さん、立ち上がってここから離れてください。少し遠くまで下がって。ここに集まってはいけません。私は……」

そこまで言いかけて、謝憐《シエリエン》は自分の声音が明らかに弱々しいことに気づいた。その声は荒波のような叫び声の渦に呑まれ、声を大にしようとすればするほど自分のちっぽけさを思い知らされる。謝憐《シエリエン》が大きく深呼吸をして大声で叫ぼうとしたその時、突然誰かに足首を掴まれた。俯くと、なんとそこにいたのは戚容《チーロン》だった。

「戚容《チーロン》、早く降りていって皆にここに集まってはいけないと伝えてくれ。崩れるかもしれないんだ！」

急《せ》き込んで口にしたその言葉は自然と出たものだったが、あとから自分が何を言ったかに気づき、謝《シエ》憐《リエン》は背筋が寒くなったような気がした。

昔の彼ならばこのような言葉を口にすることはおろか、考えることすらなかった。たとえ天が本当に崩れようとも、自分なら必ず支えることができると信じていたのだ。けれど、謝憐《シエリエン》は今、非常に恐ろしいことに気づいてしまった——信じられなくなったのだ。

人々が彼を信じなくなっただけでなく、謝憐《シエリエン》自身ですら自分を信じることができなくなってしまった！

「従兄《にいさま》が支えてるんだから崩れるわけないだろう！」

戚容《チーロン》が口任せに言うと、それを聞いた謝憐《シエリエン》の胸が締めつけられる。ところが、戚容《チーロン》はわずかに青褪めた謝憐《シエリエン》の表情に一切気づくことなく、目にギラギラと緑色の欲望の光を宿らせた。

「従兄《にいさま》、俺が手伝うよ」

「君が？　どうやって手伝うんだ？」

謝憐《シエリエン》が唖然《あぜん》として尋ねると、戚容《チーロン》はなんの気なしにこう答える。

「どうやって人面疫を引き起こすのか知ってるって言ってただろ？　それを教えてくれたら、俺が代わりに永安人を呪ってやるよ。奴らを殺してやる！」

……やはり寝台の下に隠れて三人の話を全部聞いていたのか！

謝憐《シエリエン》は怒りのあまり脱力してしまった。

「君は……ふざけてるのか！　呪いがなんなのかわかってるのか？」

だが、戚容《チーロン》はなんとも思わない様子だった。

「わかってるよ。たかが呪いだろ？　従兄《にいさま》、実はさ、俺はそっちの方面にかなり才能があるんだ。よく親父を呪ってたからさ、あいつは俺の呪いでおっちんだんじゃないかって思ってるんだ。従兄《にいさま》が……」

「……」

これ以上聞くに堪えなくなった謝憐《シエリエン》が「もう行きなさい」と告げると、戚容《チーロン》は慌てて言った。

「いや！　いや！　わかったよ、呪い方は教えてくれなくてもいいからさ、でも、だったら俺に……どうやったら人面疫にかからないで済むのか教えてくれない？」

謝憐《シエリエン》の心臓が縮み上がったが、戚容《チーロン》はそのまま続ける。

「知ってるんだろ？　どうして兵士が感染しないのか知ってるんだよな？　従兄《にいさま》、いったいどうしてなのか教えてくれよ、いいだろ？」

まだ多くの宮人たちが近くに集まっていて、どれだけたくさんの耳が聞いているとも知れず、情報が漏れて騒動が起きるのを心配した謝憐《シエリエン》は何も言わずに口を噤んだ。だが、案の定、誰かが抑えきれずに顔を上げて尋ねてくる。

「太子殿下！　それは本当なんですか？」

「どうすれば人面疫を治せるかご存じなんですか!?」

「だったらどうして教えてくれないんです？」

その人々の目は、戚容《チーロン》と同じようにギラギラした緑色の欲望の光を宿していた。

「違う！　私は知らない！」

固く口を閉ざしていた謝憐《シエリエン》の歯の隙間から、その言葉が勢いよく飛び出す。

群衆は少々騒ぎ立てたものの、さほど大事にはならなかった。その時、風信《フォンシン》が戻ってきて、遠目に戚《チー》容《ロン》が謝憐《シエリエン》のそばで這いつくばっているのを確認した途端、怒鳴りつける。

「なんだ、何をやってるんだ！」

「風信《フォンシン》、彼を連れていってくれ！」

すぐさま謝憐《シエリエン》が声を上げると、それに応じた風信《フォンシン》が近づいてきた。だが、戚容《チーロン》はぱっと謝憐《シエリエン》を掴んで切々と訴える。

「従兄《にいさま》、永安人なんか全員倒して追い払ってくれるよな！　従兄《にいさま》が俺たちを守ってくれるんだ、きっとそうだよな！　そうなんだろ？」

数か月前の謝憐《シエリエン》ならば、まだ「私が守る！」と高らかに熱く答えていたかもしれないが、今の彼にはそんな勇気などない。

戚容《チーロン》があまりに興奮した表情をしていて、それを見た謝憐《シエリエン》は少しばかり戸惑った。なぜなら、戚容《チーロン》が国や民のことを心配するような人間ではないことをよく知っていたからだ。たとえ国の危機が目前に迫ろうともただ恐怖に怯《おび》えるだけのはずなのに、どうしてこんなにも興奮しているのだろうか？

その時、謝憐《シエリエン》はふとあることを思い出した。戚容《チーロン》の父親も確か永安人だったはずだ。

謝憐《シエリエン》が何も答えずにいると、戚容《チーロン》が突然凄《すさ》まじい勢いで話し始める。

「太子従兄《にいさま》！　まさか本当にこのまま放っておく気じゃないよな？　奴らに貶《けな》されて虐《しいた》げられて、このまま好き放題させとくつもりか？　まさか、まさか俺たちにはもう道がないってことなのか⁉」

戚容《チーロン》が問い質してくるのを聞いて、謝憐《シエリエン》は胸が潰れそうになった。なぜなら、戚容《チーロン》は何も間違ったことを言っていないと気づいてしまったからだ。このような状況になっても、謝憐《シエリエン》には本当に……道がない！

「また彼を禁足《きんそく》させるよう、俺から国主《こくしゅ》に願い出てきます」

戚容《チーロン》は風信《フォンシン》に引きずられてもがきながらも大声で叫ぶ。

「従兄《にいさま》は持ち堪えなきゃ駄目だ。倒れちゃ駄目なんだよ！」

倒れてはいけない！

謝憐《シエリエン》にもわかっている。自分は倒れてはならない。たとえ近くにいる人々がこの場から避難したとしても、この天塔を倒すわけにはいかない。もし倒れてしまえば、何百年もの歴史がある皇宮という古跡《こせき》が一朝《いっちょう》にして破壊されるだけでなく、神武《シエンウー》大通りの主要な部分や、たくさんの家屋《かおく》までもがめちゃくちゃに潰されてしまうだろう。

その上、塔の中には歴代の先人が残した無数の貴重な宝物《ほうもつ》や年代ものの巻物が大切に保管されている。短時間で一つ残らず移動させることなどできないし、天塔が倒れればすべて失われてしまう。そして、この塔が守っている仙楽国の王都の気《き》も完全に断たれてしまうのだ。

だが、謝憐《シエリエン》の法力《ほうりき》はまるで永安のあの水源のように日ごとに枯渇《こかつ》していくように思われた。この巨大な金の像を支え続けるためには当面ここを離れられず、皇城を守るのは風信《フォンシン》と慕情《ムーチン》に任せて、この場に留まって心静かに打座《たざ》するしかない。

この五丈の金の像は太蒼山の皇極観に鎮座していた神像なのだが、謝憐《シエリエン》がここへ呼び寄せたため、普段からこの像を崇《あが》めていた信徒たちは拝む対象を失ってしまい、この場所にわっと押し寄せてきて屋外で祈りを捧げ始めた。

ここは皇宮で、当然外部の者が立ち入ることは許されない。だが、地震によって皇宮の塀の一区画が崩れてしまったこと、また仙楽国の皇城は混迷《こんめい》を極めていて取り締まりに当たる人手が不足していたこと、そして民の怒りを引き起こすとまたもや騒動に繋がる恐れがあるため、彼らを中に通さざるを得なかったのだ。

謝憐《シエリエン》はその場に座して動かず、国主と皇后は毎日彼の様子を見にやってきた。

ぼんやりとした状態で何日も持ち堪え、全力を注いで天塔を支えながらも、謝憐《シエリエン》はここから抜け出す機会を待って力を蓄《たくわ》えていた。国主の負担も謝憐《シエリエン》より軽いとは言えず、髪はどこを見ても白髪交じりになっていて、まだ壮年《そうねん》だというのに五十を過ぎているかのように見える。父子が顔を合わせても無言で見つめ合うだけだったが、以前に比べればかなり和やかな雰囲気だった。

子供の頃から謝憐《シエリエン》の成長を見守ってきた皇后は、これまで愛する息子の聡明で秀麗な姿や仙人のような姿しか見たことがなかった。それが今、彼が日差しにさらされ風雨に打たれながらも、庇《かば》おうとする人を遠ざけてこの場を必死で守る姿を目の当たりにして、胸が張り裂けそうだった。炎天下の中、自ら傘を差して謝憐《シエリエン》を日差しから守る。しばらくそうしていると、長い時間立ったままでは彼女が疲れるのではないかと心配した謝憐《シエリエン》が声をかけた。

「母后《ぼこう》、お戻りください。私は大丈夫ですから。二人ともここに近づかず、誰かを遣《つか》わすこともなさらないでください。もし……」

続く言葉は結局言いかけて呑み込んだ。皇后は集まっていた信徒たちに背を向けてずっと耐えていたが、やはり堪えきれずに涙をこぼす。

「皇児《おうじ》、さぞ苦しかったでしょう。どうして……どうしてあなたがこんなひどい目に遭わなければならないの！」

憔悴《しょうすい》しきった顔を隠すために皇后の化粧はかなり濃くなっていて、そんなふうに涙を流すと紅白粉《べにおしろい》が剥がれてしまい、もう若くないのだということが一層顕著《けんちょ》に表れてしまう。息子のことで心を痛めて涙しているというのに、それを背後にいる民に気づかせまいと彼女は声を上げて泣くことすらできない。国主が皇后の肩を支え、謝憐《シエリエン》はその様子を呆然と見つめていた。

どんな状況であれ、人が苦境に立たされた時に真っ先に思い浮かべるのは、最も自分を可愛がり愛してくれた人のことだろう。謝憐《シエリエン》にとってそれはまさしく母親だった。不甲斐《ふがい》ない話だが、来る日も来る日も辛酸《しんさん》を嘗《な》め、刃で何度も切りつけられるような日々を過ごしてきた謝憐《シエリエン》は、今この瞬間、十歳の子供に戻って母の胸に飛び込み、思いきり泣きじゃくりたくてたまらなかった。

けれど、今日《こんにち》に至るまでの道はすべて自分自身で選んだ道だ。両親は既に非常に厳しい状況にあり、下にいるたくさんの民が切実な様子で見守っている中では、謝憐《シエリエン》はほんの少しの弱さも見せるわけにはいかない。もし謝憐《シエリエン》ですら持ち堪えられなくなったら、他の誰にできるというのだろうか？

「母后、心配いりません。私は大丈夫です。少しもつらくありませんから」

心を偽り、謝憐《シエリエン》はそう言う。

つらいかどうか、本当のことは自分の心の中にだけある。

宮人たちに支えられつつ、国主と皇后が何度も振り返りながら去っていったあと、謝憐《シエリエン》はまた照りつける灼熱《しゃくねつ》の太陽の下《もと》にさらされ、眠気に襲われてうとうとと瞼《まぶた》を閉じた。どれくらい経ったのか、目を開けると空には暮色《ぼしょく》が迫り、夕日の残照の中、下にいた信徒たちもちらほらと数人が残るのみだった。

ただ、ふと俯くと、すぐそばに小さな花が一輪ぽつんと置かれているのに気づいた。

いつからそこにあったのか、はっきりとはわからなかったが、片手を空けてそれを拾い上げる。

それはずいぶんと小さな花だった。花弁は雪のように白くて萼《がく》は濃い緑色をしており、茎《くき》は細くて弱々しい。まだ露がついていて、それがまるで涙の雫《しずく》のようでひどく哀れに思えた。そのほのかな香りは控えめながらも体に染み渡って心地よく、いつかどこかで嗅いだことがあるような気がした。

謝憐《シエリエン》は衝動に駆られて、その花を心臓の辺りでぎゅっと握りしめる。

その時、突然血生臭《ちなまぐさ》いにおいが漂ってきて花の清らかな香りを覆ってしまった。謝憐《シエリエン》が顔を上げると、霞《かす》んだ視界の中、人影が大声で叫びながら飛びかかってくる。

「なんでだよ！　なんでなんだよ!!」

驚いた謝憐《シエリエン》は袖を振ってそれを払いのけ、なんとか意識を集中させた。

「何者だ！」

振り払われたその男は地面を何度も転がる。謝《シエ》憐《リエン》は五丈の金の像を支え続けなければならず、立ち上がることも近づくこともできなかったが、すぐに相手が誰なのかわかった。その男には足が一本しかない――謝憐《シエリエン》に傘を贈り、そして謝憐《シエリエン》によって足を切り落とされた例の青年だ！

　青年は全身が血まみれで、両の手のひらまであちこち血に濡れている。ここまで這ってきたらしく、地面にはぞっとするような血痕が一筋残されていた。彼がどうにか体を起こして座ると、謝憐《シエリエン》は愕然とした様子で言った。

「な、なぜ出てきたんです？　不幽林《ふゆうりん》で静養していたはずでは？」

　青年は答えることなく手足を使って謝憐《シエリエン》に這い寄ってくる。足が一本しかないために、その様子は非常におどろおどろしく見えた。

「あなたは……」

「どうしてだよ！」

　そう言って青年は残された右足の下衣《かい》の裾《すそ》を引き上げる。

　目を凝らして見ると、その右足には歪《ゆが》んだ人面が現れていた！

　まさに謝憐《シエリエン》が最も懸念していたことの一つがとうとう現実になってしまったのだ。もし今座った状態でなければ、おそらくすぐさま崩れ落ちるように倒れていただろう。

　青年は地面を叩きながら大声を上げた。

「なんで俺の足を切ったりしたんだよ！　結局再発したじゃないか！　足はなくなったのに！　なんでなんだよ？　俺の足を返せ！　返せよ！」

　傘を贈ってくれたあの日、青年が傘を自分の手に押し込んだ時の笑顔が謝憐《シエリエン》の脳裏に鮮明に浮かぶ。だが、今は気が触れてしまったかのような様子で、そのあまりにも痛烈な対比に、頭が混乱しきってくらくらしてきた。

「私は……」

　震える声で呟《つぶや》いた謝憐《シエリエン》は、しばらくしてようやく我に返った。

「私が……私がなんとかします！」

　そう言うや否や、法力を使って青年の足にある疫《えき》毒《どく》と邪気を押さえ込む。ところが、辺り一面から泣き叫ぶ悲愴《ひそう》な声が上がり始めたかと思うと、また三、四人がしがみついてきて涙ながらに訴える。

「殿下、助けてください！」

「殿下、助けて！」

「殿下、私の顔を見てくれ。顔を半分切ったのに、どうしてまだ治ってないんだ？　どうして？　どうすれば完全に治るんだ？」

「殿下、こっちを見ろよ。俺がどんな姿になったか見てみろよ！」

だらだらと血を流す姿が一つまた一つと強引に目前に迫り、謝憐《シエリエン》は空虚な眼差しで両手をがむしゃらに振りながらぶつぶつと呟く。

「見ない、私は見ない、見たくない！」

なんと、不幽林にいた人面疫の患者たちが全員再発してしまい、ついに大きな騒動が勃発《ぼっぱつ》して、あろうことか看護の兵士や医師を振りきって逃げ出し、謝憐《シエリエン》のところへやってきたのだ！

彼らが逃げ出してきてしまった以上、一刻も早く疫毒を押さえ込まなければ、人面疫は急速に蔓延してしまうだろう。謝憐《シエリエン》は目を閉じるとなんとか法力を巡らせ、近くにいる数人の疫毒を押さえ込んで、しばらく痛みが緩和されるよう手助けしようとした。

ところが、その途端にさらに多くの患者たちが押し寄せてくる。

「殿下、こっちもだ！　俺も助けてくれ！」

十数人に取り囲まれて混乱しているうちに、頭上の金の像が少しぐらぐらと揺れているように思えて謝憐《シエリエン》は不安と恐怖に襲われる。

「ちょ、ちょっと待ってください！　私は……」

すると、一人が我慢しきれずに言った。

「もう待てない！　俺はこれ以上待ちたくない！　もう待ちくたびれたんだよ！」

「殿下、どうしてあいつは治療したのに俺のことは治療してくれないんだ？」

次第に謝憐《シエリエン》を取り巻く声が変わっていく。

「どうしてあいつの病気は治療したら全部治ったのに、俺は全然良くならないんだよ？　あんたは神なんだろう？　どうしてそんなに不公平なんだ！　公平にやれよ！」

「違います。不公平なことなんてしていません。それは私の問題ではなくて、それぞれ症状が違うから……」

「だったら最初から手を出すなってんだ。助けるんだったら最後まで助けろよ。今さらもうやめにするとか言って投げ出すなんて、どういうつもりだ？　そんな勝手なことが許されるのかよ？」

謝憐《シエリエン》は息が詰まりそうになりながら言う。

「投げ出すつもりなんてありません。ただ……少し時間が必要で……」

「あんたはどうやったらこの病気を治せるか知ってるのか？」

「それは……」

謝憐《シエリエン》は口をわずかに開き、また閉じた。

「知ってるならどうして教えてくれないんだ!?」

「私は知らない！」

頭を抱きかかえ、謝憐《シエリエン》はそう答える。

「嘘をつくな！　誰かが話してるのを聞いたんだ。あんたは絶対に知ってる！　もうお見通しだからな。あんたが俺たちに教えようとしないのは、俺たちから奉納《ほうのう》を騙し取るには願い事をさせ続けた方が都合がいいからだろう！　嘘つきめ、お前は嘘つきだ！」

「どうしたら治るんだよ？　早く言えよ、さっさと白状しろ!!」

謝憐《シエリエン》は顔面蒼白で目も虚《うつ》ろになっていた。無数の手に押されて小突《こづ》かれ、あまつさえ憎々しげに首を絞めてくる手まである。そして、最も滑稽《こっけい》な場面が訪れた。謝憐《シエリエン》は紛れもない天神《てんじん》だというのに、この時心の底で一つの声が「……助けてくれ――」と弱々しく叫んだのだ。

誰かがその手を引き剥がしてくれているのか、そうでないのか、何がなんだかよくわからない。ただわかっているのは、顔中に乾いた血がつき手足を失っている人々が、今にも自分をバラバラに引き裂いて食べてしまいそうだということだった。

どれくらい経っただろうか、遠くからけたたましい鬼哭《きこく》のような角笛《つのぶえ》の音がしきりに響いてきた。群衆はそんな音などまったく気に留めずひたすら泣き喚《わめ》き掴みかかってくるが、謝憐《シエリエン》ははっとしてぶるりと身震いした。それが永安人の勝利を告げる角笛だと知っていたからだ！

謝憐《シエリエン》はこれ以上じっと座っていることも持ち堪えることもできず、体を傾《かし》がせると前に突っ伏してしまった。それと同時に、何日も苦しみながら支えてきた頭上の五丈の金の像が一瞬で命を失ったかのように、謝憐《シエリエン》とまったく同じ動きで轟然《ごうぜん》と倒れる。

ドドドドと大きな音を立てて高く重い天塔が倒れ、金の像とともに粉々に砕けてしまった！

金の像は本来ならば砕けるはずがない。だが、あの天塔をしっかりと支えるために謝憐《シエリエン》があまりにも大量の法力を注ぎ込んだため、非常に脆《もろ》くなっていたのだ。

不幽林から逃げ出してきた患者たちは、その場から逃げ延びた者もいれば、命を落とした者も怪我を負った者もいた。皇宮や大通りでは人々が阿鼻《あび》叫《きょう》喚《かん》で逃げ回り、ある者は天塔の瓦礫《がれき》を避け、ある者はあのおぞましい人面疫の患者を避けようとする。両手で頭を覆った謝憐《シエリエン》は、よろめきながら皇城の正門に向かってひた走った。

城楼《じょうろう》が炎上し、黒煙が濛々《もうもう》と立ち上っている。急いで城楼に上った謝憐《シエリエン》は、狼狽《ろうばい》した様子で撤退していく無数の兵士たちとすれ違った。

城楼の上で謝憐《シエリエン》も途方に暮れて、いつの間にか流れていた涙もそのままに、ただ煤《すす》まみれの顔で呆然と下を眺めるしかない。ぼやけた視界の中、地面の至る所に死体が横たわっていたが、唯一白い人影だけが大きな袖をひらひらとはためかせながら戦場の真ん中に立っていた。その姿は少年ではなく青年で、振り返って謝憐《シエリエン》に目を留めると優雅に手を振り、今にも飄然《ひょうぜん》と去ってしまいそうになる。

それを見た謝憐《シエリエン》は厳しい声で叫んだ。

「行くな!!」

これまで二度遭遇した時には二度とも偽の皮を使っていたが、謝憐《シエリエン》は直感した。今回は間違いなく本体だ！

謝憐《シエリエン》は一切ためらうことなく胸壁《きょうへき》を乗り越え、ぱっと城楼から飛び降りた。

これまで謝憐《シエリエン》は、数えきれないほど何度も非常に高い場所から飛び降りたことがあった。高い法力と卓越《たくえつ》した武芸によって毎回見事に着地できたし、毎回得意満面で、毎回がよくある神話の中の天神降臨《こうりん》の場面のようだったのだ。だが、今の彼はもう神話ではなくなっていた。

着地したもののしっかり立てず片側に傾ぎ、瞬く間に足から全身に錐《きり》で刺されるような激痛が走る。謝憐《シエリエン》は足を骨折してしまった。

実際のところ足が折れるくらい大したことではなく、すぐに治る。ただ、その日以来、謝憐《シエリエン》は別人のようになってしまった。

まるで魂を失ったみたいに、かつての凜々《りんりん》とした神威《しんい》は二度と戻らなかった。一度敗北すれば、二度、三度と敗北し……もう剣も抜きたくなければ出陣もしたくなかったが、前に出て自分の代わりとなる人がいない以上、不本意ながらも出陣するしかない。いざ戦場に出れば、謝憐《シエリエン》は消極的にも怠惰《たいだ》にもなることはなく全力を尽くした。けれど、実年齢で数えてもまだ弱冠《じゃっかん》に達したばかりだというのに、なぜか剣を握る手は余命幾ばくもない老人のように震え始めていた。

ぶるぶると恐怖に震えながらも、いったい誰が、何が、自分を怯えさせているのか謝憐《シエリエン》自身にもはっきりとわからない。やがて以前あれほど謝憐《シエリエン》を敬《うやま》っていた将士たちが皆、彼に対して苛立《いらだ》ちを感じ始めた。

多くの人々の間でこのような見解が広まり始めているのを謝憐《シエリエン》は知っていた――これのどこが武神《ぶしん》だ、疫病神《やくびょうがみ》の間違いだろうが！

しかし、謝憐《シエリエン》には反論する言葉がない。それは謝《シエ》憐《リエン》自身も疑っていたからだ。もしかして自分は本当に疫病神になってしまったのではないだろうか、と。

それだけならまだ良かった。仙楽国にとって本当に致命的な災いは、とうとう人面疫が完全に制御できなくなったことだった。

五百人、千人、二千人、三千人……やがて今日はどれくらい感染者が増えたのか、謝憐《シエリエン》は尋ねる勇気がなくなった。

まるで最後の審判を下すかのように、この日、天界はついに彼に対して門を開き、知らせを伝えてきた――太子殿下、そろそろ上天庭《じょうてんてい》に戻りなさい。

戻れば何が待っているのか、言うまでもない。風《フォン》信《シン》と慕情《ムーチン》も珍しく不安になり始めている。だが、謝《シエ》憐《リエン》の気がかりは他にあった。

「戻る前にもう一度見に行ってみたい所がある」

二人に向かって言うと、風信《フォンシン》が尋ねる。

「どこですか？」

「皇極観だ」

謝憐《シエリエン》の答えにしばし沈黙してから、風信《フォンシン》が口を開いた。

「よしましょう」

けれど、謝憐《シエリエン》は構わずに一人で出ていく。風信《フォンシン》が「殿下！」と呼んだが、謝憐《シエリエン》を止めることはできず、仕方なく慕情《ムーチン》と一緒についていった。

三人は徒歩で山に入った。

皇極観は謝憐《シエリエン》の最初の神殿がそびえ立つ場所で、最初の神像が落成《らくせい》した場所でもある。しかし、国師《こくし》の要請で三千人の弟子たちはとっくに解散となって全員下山させられたため、今は単なる空っぽの道観《どうかん》でしかなかった。

山の中腹まで登ると、謝憐《シエリエン》は下の方を眺めた。皇城のあちこちに火明かりの塊が見え、きらきらと輝く満天の星々と溶け合い非常に美しい。しかし、風《フォン》信《シン》はこれ以上なく怒りに燃えて罵った。

「いかれた奴らめ！」

謝憐《シエリエン》がその炎をじっと見つめていると、風信《フォンシン》は再び怒鳴った。

「もう見るな！　見てなんになる！」

この頃、風信《フォンシン》は事あるごとに謝憐《シエリエン》を叱っていた。あなたはそんなに自分で自分を苦しめるのが好きなのか――と。

だが、実のところ、謝憐《シエリエン》にも自分がいったいどうしたいのかわかっていない。ただはっきりしているのは、自分の宮観《きゅうかん》が誰かに燃やされたり壊されたりすれば自制などできず、必ず赴《おもむ》いて自分の目で確かめずにいられないということだ。見たところで何か言うことも、止めることもできず、ただぼんやりと眺めながら立ち尽くすだけだ。見てなんになる？

それは謝憐《シエリエン》にもわからなかった。

その時、太子峰《たいしほう》の上も火の光で明るくなり始めた。

「皇極観まで見逃さないなんて、よくもそんなことができるな!?　先祖の墓でも掘られたのか、それとも……」

ひどく驚愕《きょうがく》した様子の風信《フォンシン》だったが、言葉の途中で口を閉ざす。なぜなら、今仙楽国の多くの人々が受けている痛みや苦しみは、「先祖の墓を掘られた」などという冗談よりさらに凄惨《せいさん》なものだということを思い出したからだ。

だが、その炎はもともと大きくはなく、少しの間燃えるとすぐに鎮火していった。どうやら誰かに消されたらしい。これに風信《フォンシン》はかえって驚いた。近頃は火をつける度胸のある者はいても、消す勇気のある者など一人もいなかったからだ。もし誰かが宥《なだ》めたり、あるいは凶暴で非道な輩《やから》が殿に放火するのを制止したりしようものなら、「疫病神」である謝憐《シエリエン》と同罪と見なされて容赦なく殴られてしまう。そのせいもあって、三人ともずっと前から下界の人間の前に現れることができなくなり、姿を隠しているのだ。

三人が山を登る道中、ずっとドタバタと殴り合う音が聞こえていて、太子峰に到着すると、案の定仙楽宮はほとんどが取り壊されていた。大殿《だいでん》の骨組みと四方の壁だけがまだ残っていたが、巨大な神壇《しんだん》の上にあった神像はとっくになくなっている。そして、その壊れた大殿の入り口の辺りで人々が入り乱れて取っ組み合い、殴りながらがなり立てていた。

「てめぇ、この犬畜生《いぬちくしょう》！　クソガキが！　ここはてめぇが女房と初めてヤった場所かなんかか？　このクソみてぇなボロ道観がてめぇの命より大事だってか!?」

謝憐《シエリエン》は一目見て理解した。この連中は怒りに燃えて廟《びょう》を壊しに来たのではない。ただ世の乱れを願う流民《るみん》の群れか、火事場泥棒を働きに来たか、あるいはただ面白半分に廟を焼き払いに来ただけなのだ。しかし、今となっては自分の廟を壊しているのがどんな者かなど、大した問題ではなかった。

その時、激しい乱闘の最中に、この上なく獰猛《どうもう》な少年の声が夜空をつんざいた。

「失せろ！」

そのやり取りに耳を傾けると、なんとこの殴り合いは一人対大勢の喧嘩だった。しかも、少年はまだ十数歳の未成年だというのに、一歩も引くことなく劣勢になってもいない。しかし、さすがに一人で多数を相手にしているため、少年の顔は既に血に濡れた上に青や紫の痣《あざ》ができていて、傷だらけで顔立ちがよくわからないほどだった。

「この小僧、大人になったらきっといい男になるぞ！」

風信《フォンシン》が言ったその時、突然一人の男が目に妖《あや》しい光を宿して地面から大きな石を両手で持ち上げ、少年の後頭部に叩きつけようとした。それを見た謝《シエ》憐《リェン》がさっと手を振ると、持ち上げた石が跳ね返り男の顔面を直撃する。男は悲鳴を上げて激しく鼻血を噴き出した。少年は一瞬きょとんとしたが、振り返ると再び拳を振り上げてガンガンゴンゴンと激しく殴りつける。その勢いがあまりにも恐ろしく、大勢の大人たちは怯えて少年を指さし、虚勢を張って叫びながら逃げ出した。

「クソッ！　待ってやがれ！　仲間を連れてきてお前をとっちめてやるからな！」

「来るなら来い、ぶっ殺してやる！」

少年がせせら笑うと、その連中は恐れおののき一層速度を上げて走り去っていく。少年は罵り終わると、火が消えた所の残り火に駆け寄って何度も踏み、火種がすべて消えるまで一つ一つ徹底的に踏みつけた。それからようやく大殿に入ると、床から紙を一枚拾い上げ、それを丁寧に平らにしてから神壇の上にかける。そして最後は神壇に寄りかかってぼんやりと座り込んだ。

歩み寄って神壇の上をふわりと掠《かす》めるように浮いた謝憐《シエリェン》は、少年がかけたものが絵だったことに気づいた。筆運びは未熟で、見るからに絵を習ったことのない人間が描いたものだとわかる。だが、一筆一筆に心が込められた太子悦神図《たいしえっしんず》だった。どうやらこれは謝憐《シエリェン》に召喚されたあの神像の代わりに用いられていたもののようだ。

「すごくよく描けているじゃないか！」

風信《フォンシン》がそう口にする。今でも謝憐《シエリェン》を擁護《ようご》してくれている人など何日も見かけなかった中、ようやく久しぶりに出会ったのだ。風信《フォンシン》は先ほども興奮のあまり出ていって喧嘩に加勢したくてたまらなかったほどで、この少年を見ていると何もかもが素晴らしく感じるのも無理はない。ところが、慕情《ムーチン》は目を伏せて視線を泳がせた。何かを思い出したようだったが、何も言わない。手を上げた謝憐《シエリェン》は、その絵にそっと触れた。

特別目立つようなことはなく、ただそよ風が撫でていっただけだ。ところが、少年はいきなり両膝の上から頭を上げ、傷だらけの顔が一瞬で光を当てられたかのように明るくなった。

「あなたですか？」

少年の言葉に風信《フォンシン》が驚く。

「この小僧、勘が良すぎるんじゃないか？」

「行きましょう」

慕情《ムーチン》に促《うなが》されて謝憐《シエリェン》は微かに頷く。踵《きびす》を返そうとしたその時、神壇の縁に飛びついた少年が息を切らすように言った。

「あなたですよね！　殿下、行かないでください。あなたに伝えたいことがあるんです！」

それを聞いた三人が少し唖然とする。少年は非常に緊張した様子で拳を握りしめながら話し始めた。

「たとえあなたの宮観が燃やされても……落ち込んだりしないでください。いつか俺が、あなたのためにもっとたくさん、もっと大きくて、もっと立派で、誰にも負けない宮観を建てます。他の誰とも比べものにならないものを。必ずやってみせますから！」

「……」

三人は言葉もなく押し黙った。

少年はボロボロの服を着て頭も顔も埃《ほこり》だらけになっていて、鼻は青くなり顔が腫れ上がっているというあまりにも惨《みじ》めな姿だった。それなのにこのような気概に満ちたことを豪語するとは、泣くに泣けず笑うに笑えず、実になんとも言い難い気持ちになってくる。まるで自分の声が相手に届いていないのではと心配しているかのように、彼は両手を口元に近づけ、神壇の上にある絵に向かって声を張り上げた。

「殿下！　聞こえましたか？　俺の心の中ではあなたが神なんです！　唯一の神で、真の神なんです！　聞こえましたか!?」

——聞こえましたか！

力の限り叫んだ声は、太蒼山全体にこだまするほどだった。

突然、謝憐《シエリェン》はハハッと声に出して笑った。それがあまりに唐突だったせいで、風信《フォンシン》と慕情《ムーチン》が二人して驚く。

謝憐《シエリエン》は笑いながら首を横に振ったが、無論少年には聞こえない。だが、少年は何かを感じ取ったかのように目をきらきらと輝かせて辺りを見回した。ふと、氷のように冷たい雫が少年の頬に落ち、ぱっと両目を見開いたその瞬間、彼の瞳に雪のような白い姿が映し出される。瞬きをしてまた目を開くと、その姿はもう消えていた。

「殿下、さっきのは……」

謝憐《シエリエン》が一瞬姿を現してしまったのを見た風信《フォンシン》がそう言うと、謝憐《シエリエン》は呆然とした様子で答える。

「さっき？　ああ、法力がもうなくなってしまっているから、さっきは一瞬制御できなかっただけだよ」

背筋を伸ばした少年が、先ほど一瞬で消えてしまった姿を必死で心に留めるように目を擦る。だが、謝憐《シエリエン》は目を閉じ、しばらくしてからこう言った。

「もう忘れるんだ」

その一言に最初は瞳を輝かせ口角を上げていた少年だったが、ようやくもらった返事がそんな言葉だったせいで、すぐに呆気に取られた様子になった。上がっていた口角も徐々に下がっていく。

「……何を？　何を忘れるんですか？」

謝憐《シエリエン》はため息をこぼし、穏やかな声で言った。

「もう忘れるんだ」

少年は二の句が継げなくなった。謝憐《シエリエン》がまた独り言を言うかのように言葉を続ける。

「もういいんだ。どうせすぐに誰もが忘れるだろうから」

それを聞いた少年が目を大きく見開いた。唐突に一筋の涙がひっそりと流れ落ち、彼の顔を洗い流すかのように青白い跡を残していく。少年の喉仏《のどぼとけ》がわずかに動いた。

「俺は……」

どうやら忍びなくなったらしく、風信《フォンシン》が口を開く。

「殿下、もうそれくらいで。また禁を犯していますよ」

「うん。もう何も言わないよ。でも、とっくにたくさんの禁を犯しているんだから、今の二言三言くらいどうってことないだろう」

謝憐《シエリエン》はこの言葉をもう少年には聞かせなかった。

三人は神壇から降り、壊れた大殿の外へと歩く。襲いかかるような夜風に謝憐《シエリエン》は微かに首を横に振った。

まだ神官の身である謝憐《シエリエン》は、本来ならば「寒さ」を感じることなどない。けれど、今この瞬間、本当に骨身《ほねみ》に沁《し》みるような寒さを感じていた。

ところが、大殿の中に残された少年が背後で突然ぽつりと呟いた。

「忘れない」

少年には謝憐《シエリエン》たちの姿が見えていない。けれど、正確に三人がいる方向を探り当てて飛び出し、彼らの背に向かって叫んだ。

「忘れたりなんかしない！」

三人が振り向くと、闇夜の中で少年の両の瞳が魂を揺さぶられるほどに輝いていた。傷だらけの顔には怒りや悲しみ、喜び、そして狂気に似たものが浮かんでいる。

「俺は忘れない」

勢いよく溢《あふ》れる涙とともに少年は叫んだ。

「俺はあなたのことを永遠に忘れたりなんかしない！」

第三巻　百無禁忌

第四十二章　観月夕円燈中秋宴

月夕を愛で、中秋宴で闘灯

「キン！」と音を立てて火花が散る。

石が敷き詰められた地面に剣を深く刺した謝憐《シエリエン》は、それを両手で握りしめて俯くと、額を強く柄《つか》に押し当てた。口の中では自分の歯を噛み砕きそうになる。

「役立たず！」

そう言って戚容《チーロン》はハハッと笑った。

「お前は本当に役立たずだな！　お前には俺を殺せっこないってわかってたよ！　どうやって辱《はずかし》められようが死ぬほど痛めつけられようが、他の奴の首に刀を突きつけられちゃお前はどうすることもできないんだよな。この無能な腰抜けめ。神とか言ったってお前みたいなざまになっちゃ、生きてる意味ねぇだろ！」

だが、謝憐《シエリエン》はすっかり平静を取り戻していた。頭を上げ、凍《い》てつくほど冷たい視線を向ける。

「そうやって喜んでいられるのも今のうちだ。私には君をどうすることもできないけど、どうにかできる人は他にいる」

謝憐《シエリエン》の言葉に、戚容《チーロン》がふんと鼻を鳴らした。

「また君吾《ジュンウー》の足に縋《すが》りついて、なんとかしてくれって頼み込むつもりか？　夢でも見てんのかよ。あの時、あいつがお前に構ってくれたか？　ああ？　まだ性懲《しょうこ》りもなくあいつとつるむなんて、おめでたい頭だな」

謝憐《シエリエン》は戚容《チーロン》から荘重《そうちょう》で華麗な悦神服を剥ぎ取り、若邪《ルオイエ》を呼び出すと、戚容《チーロン》を縛り上げて傍《かたわ》らに放り出す。

「もう黙った方がいい」

「俺は別にお前なんか怖くねぇし。それで脅してるつもりか？」

「なら、花城《ホワチョン》は怖くないか？」

戚容《チーロン》の笑みが一瞬固まる。その瞬間、謝憐《シエリエン》は静かに言った。

「言っておくけど、もし私が気分を害したら、君を花城《ホワチョン》に引き渡して懲らしめる方法を考えてもらうか

月夕《げっせき》……月の明るい夜。特に陰暦八月十五日の夜のこと。

もしれない。わかったら口を慎《つつし》め、いいな？」

その言葉を聞いた戚容《チーロン》は完全に笑みを消し、怯えた様子で言う。

「クソが、悪辣《あくらつ》な野郎だな！　よくそんなことを思いつくもんだ！　いっそ郎千秋《ランチエンチウ》に引き渡された方がまだましじゃねぇか！」

跪《ひざまず》いた謝憐《シエリエン》は、地面や棺の底にある大小様々なきめの粗い粒を少しずつ拾い始めた。

実のところ、当面の間戚容《チーロン》を上天庭に引き渡すつもりはなかった。理由は他でもない郎千秋《ランチエンチウ》だ。もし引き渡して郎千秋《ランチエンチウ》が戚容《チーロン》の行方を知れば、すぐさま剣を持って駆けつけ殺そうとするだろう。

彼に殺させるか否か、悩むところだ。万が一殺したとして、次はどうなる？　これもまた悩ましい。そんなわけで、今はまだ上天庭に引き渡すわけにはいかなかった。

こうして考えてみると、花城《ホワチョン》の手を借りるというのも案外悪くない選択肢かもしれない。ただ正直なところ、花城《ホワチョン》の名前を出したのは戚容《チーロン》を少し脅かしてやろうと思っただけだった。さすがにもう何度も花城《ホワチョン》を巻き込んでしまっているのに、いつも何かある度に真っ先に彼を思い出してしまうのは、彼にとって自分は他人なのだという自覚がやや足りなすぎるような気がする。今みたいに彼の名前を使って戚容《チーロン》を脅すのも、謝憐《シエリエン》は少し恥ずかしく感じた。

戚容《チーロン》が顔を横に向けて血の混じった唾《つば》を吐き出すと、あの子供がとても痛々しげに手を伸ばして彼の額に触れた。

「父ちゃん、大丈夫？　殴られて痛くない？」

「お前はいい子だね～、父ちゃんは大丈夫だよぉ～、ハハハッ」

戚容《チーロン》はこの親子ごっこをかなり気に入って楽しんでいるらしく、妙な受け答えをしている。

謝憐《シエリエン》は目の周りを真っ赤にしながら地面の粉を拾い集め、慎重に悦神服の中に入れていった。子供がそっと近づいてきて、謝憐《シエリエン》を手伝うように少しばかり拾い上げる。その小さな手が目に入って謝憐《シエリエン》が顔を上げると、子供はか細い声で言った。

「お兄ちゃん、もう父ちゃんを殴らないで。ぼくたちを逃がしてよ。二度とお兄ちゃんの家の物を盗んだりしないから」

謝憐《シエリエン》は少し胸が痛んだが、それを無理やり押さえ込んで尋ねる。

「坊や、君の名前は？」

「谷子《グーズー》」

骨灰《こつばい》を残らず集め終わると、謝憐《シエリエン》はそれを服で丁寧に包んでもう一度棺に戻した。そして棺を閉じてから、ようやくおもむろに口を開く。

「谷子《グーズー》、そこにいるのは君のお父さんじゃなくて別の人なんだ。君のお父さんは鬼《き》に取り憑かれてしまって、今は悪い人なんだよ」

しかし、子供には謝憐《シエリエン》の言葉が理解できず、当惑した様子で言った。

「別の人？　違うよ。見ればちゃんとわかるもん。この人はぼくの父ちゃんだもん」

「悪くねぇな、こいつは儲《もう》けもんだ。都合のいい息子を拾ったなぁ！　ハハハッ……うわっ！」

称賛するように言った戚容《チーロン》に謝憐《シエリエン》が蹴りを入れた。

谷子《グーズー》はまだ幼く、ずっと父親と支え合って生きてきた。戚容《チーロン》が取り憑いたその体に依存しきっていて、何があっても離れようとはしないだろう。謝憐《シエリエン》も、彼がこれから安心して暮らすためにはどうすればいいのかすぐに思いつかず、芳心《ファンシン》を背負って二基の棺に音が鳴るほど強く三回叩頭《こうとう》する。そして左手で戚《チー》容《ロン》を掴み、右手で谷子《グーズー》を抱きかかえて太蒼山を後にすると、大急ぎで菩薺村《ぼせいむら》へと向かった。

数日ぶりに戻ったが、到着した時は夜も更けていた。菩薺観《ぼせいかん》の扉は大きく開かれていて、神壇の上の香炉《こうろ》にはびっしりと線香が立てられて香雲《こううん》が立ちこめ、卓の上にも供え物が少し積まれている。

中に入った謝憐《シエリエン》は、辺りを軽く見回すと供物《くもつ》卓の上から無造作に包子《パオズ》を二つ手に取った。一つは谷子《グーズー》にあげて、もう一つを乱暴に戚容《チーロン》の口に押し込む。

なんであれ体は生身の人間なので、戚容《チーロン》をそこから引きずり出す方法を謝憐《シエリエン》が考えつくまではきちんと食事をさせなければならないのだ。

戚容《チーロン》はその包子《パオズ》を吐き出して「まずい」と毒づき、少し不安げな様子で尋ねる。

「あのさぁ！　お前、まさか本当に俺を花城《ホワチョン》に引き渡す気じゃねぇだろうな？」

「そんなに怖いのか？」

　そう言って冷ややかに笑った謝憐《シエリエン》は、無駄話など聞く気はないとばかりに体の向きを変えた。そして床に置かれたたくさんの漬物壺《つぼ》をあれこれと探り始めたが、なおも戚容《チーロン》は減らず口を叩く。

「怖いわけあるかよ。怖がった方がいいのはお前の方だろうが。神官のくせにあんな絶《ぜつ》といちゃつきやがって、お前は……」

　言葉の途中で、戚容《チーロン》の視線がある一点に留まった。謝憐《シエリエン》が腰を屈めた時に、衣服の胸元からあるものが滑り出てきたのだ。

　それは透き通ってきらきらと輝く指輪だった。戚《チー》容《ロン》がじっと見つめていたのはまさにそれだ。

　その視線に気づいていない謝憐《シエリエン》の背後で戚容《チーロン》は怪《け》訝《げん》そうな顔をする。そして、しばらく経ってから尋ねた。

「太子従兄《にいさま》、胸元のそれはなんだ？」

　もともと相手にするつもりはなかった謝憐《シエリエン》だったが、戚容《チーロン》が言及してきたこの指輪のことは自分も少し気になっていたため、振り返って細い銀の鎖を指に引っかける。

「これか？　これが何なのか知ってるのか？」

「こっちに持ってきてちょっと見せてくれればわかる」

「知ってるなら言え。言わないんだったら黙ってろ」

　戚容《チーロン》はかちんときて言い返した。

「お前っていつも身内には威張り散らすよな。他人にも同じようにできるもんならやってみろよ」

　謝憐《シエリエン》は銀の鎖を肌にぴたりと沿わせるように身につけ、再び胸元にしまった。

「君こそできるものなら喋り続ければいい。一言喋る度に一点加算だ。一点ごとに君は花城《ホワチョン》の刀に一歩近づくことになる」

　自分でも気づかないうちに、謝憐《シエリエン》は花城《ホワチョン》をかなり使い慣れてきたらしい。戚容《チーロン》がせせら笑った。

「お前な、あいつを出しにして俺を脅すのもいい加減にしろよ。お前だっていつか誰かの刀で殺されるかもしれねぇだろうが！　それがなんなのか知りたいんだろ？　四害《よんがい》の一人であるこの俺が教えてやろうじゃないか。そいつは呪われた道具で不吉なもんなんだよ！　さっさと捨てりゃいいのに、よくそんなもん身につけてられるな。長生きが嫌になったのか？」

　それを聞いた謝憐《シエリェン》がぱっと立ち上がる。

「本当か？」

「当たり前だろうが！　お前にそれを寄越《よこ》した奴が人間だろうが鬼だろうが、間違いなく悪意があるね！」

「へえ」と言って謝憐《シエリェン》はまたしゃがみ込んだ。

「『へえ』ってなんだよ!?」

「『へえ』っていうのは君の話を信じる方が馬鹿らしいってことだ。私はこれをくれた人を信じる。だからずっと肌身離さず持っておくことにするよ」

　謝憐《シエリェン》は振り向きもせずに淡々と答える。

　他者に対して一貫して穏やかに接する謝憐《シエリェン》だが、戚容《チーロン》に対しては殊《こと》のほか冷酷だった。戚容《チーロン》は怒り狂って口汚く罵声《ばせい》を浴びせ続けていたが、謝憐《シエリェン》は何も聞こえないふりをした。いくら捜しても半月《バンユエ》が入った壺が見つからず、「もしかすると風師《フォンシー》が先に来てあの子を持って行ったんだろうか？」と思う。

　戚容《チーロン》の罵声を聞いているうちに、謝憐《シエリェン》はふと微かな違和感を覚えた。

　どうもおかしい。戚容《チーロン》は明らかに死ぬほど花城《ホワチョン》を恐れているのに、どうして敢《あ》えてくどくどと喋り続けて刺激するようなことをするのだろうか。まるで……そう、まるでわざと必死で謝憐《シエリェン》の注意を引きつけようとしているみたいではないか！

　そう思い至った途端に身震いがして、謝憐《シエリェン》は戚容《チーロン》をちらりと見やる。案の定、戚容《チーロン》の目に光が走り、何かを企《たくら》んでいるように見えた。言葉にできない直感に駆り立てられ、謝憐《シエリェン》は視線を上に向ける。すると、高いとは言い難い梁《はり》の上に、黒衣に身を包んだ何者かがまるで巨大な蝙蝠《こうもり》のように背中をぴたりと天井にくっつけて潜んでいた。

　謝憐《シエリェン》はすぐさま芳心《ファンシン》を上に向かって投げつける。背中を梁にくっつけていたその人物は、剣を避けようとして体の向きを変えると落下してきた。

　驚いた谷子《グーズー》が包子《バオズ》を落としてしまい、わあっと大声で叫ぶ。戚容《チーロン》も喚こうとしたが、すぐさま若邪《ルオイエ》に口を塞がれて隅に引きずられていき、しっかりと縛り上げられた。

最初、謝憐《シエリエン》はこの人物のことを戚容《チーロン》が潜伏させていた助っ人だと思っていた。ところが、何度か打ち合ううちに、その速くて容赦ない身のこなしになんとなく馴染《なじ》みがあるような気がしてきた。

戚容《チーロン》の醜態《しゅうたい》を見れば、これほどの実力がある配下を扱える能力など絶対にないと責任を持って断言できる。そして、この人物はもう片方の手に何かを抱えていた。目を凝らして見ると、それは黒々とした壺だった。まさしく半月《バンユエ》が入っているあの壺だ！

まさか風師《フォンシー》はまだ半月《バンユエ》を連れて行っていなかったのか？　謝憐《シエリエン》は瞬時に相手が誰なのか思い至り、無意識に声が出た。

「小裴《シャオペイ》！」

なんと、半月《バンユエ》を攫《さら》いに来た裴宿《ペイシュウ》がちょうど帰ってきた謝憐《シエリエン》と鉢合わせしてしまい、仕方なく梁に隠れていたのだ。戚容《チーロン》は若邪《ルオイエ》に縛られて床に横たわっていたため、上に隠れていた裴宿《ペイシュウ》にすぐに気づいたのだろう。それが誰なのかはわからなくても、謝憐《シエリエン》の不利になることをしようとしているなら、それはつまり戚容《チーロン》にとっては有利だということだ。上で誰かが待ち伏せしていることを謝憐《シエリエン》に気づかれやしないかとひやひやして、わざと声を上げ続けて妨害していたものの、結局気づかれてしまった。

謝憐《シエリエン》は体に呪枷《じゅか》が二つあり、裴宿《ペイシュウ》は流刑に処されているため、二人とも法力がない。つまり、力尽くの武術で戦うしかなかった。謝憐《シエリエン》はこの八百年間、ずっと武術だけで戦ってきたので、裴宿《ペイシュウ》では到底歯が立たない。十数手後、謝憐《シエリエン》は彼を取り押さえていた。

「壺を返すんだ！」

謝憐《シエリエン》は成り行き上そう叫んだだけだったが、意外にも裴宿《ペイシュウ》が本当に漬物壺を投げ返してきた。

（返せと言われて本当に返すなんて、小裴《シャオペイ》将軍は案外あっさりしてるんだな。普通だったら死んでも返すもんかって延々取り合いになるものじゃないか？）

謝憐《シエリエン》が唖然としていると、壺を放り投げるのと同時に裴宿《ペイシュウ》が声を抑えて「早く行ってください！」と叫ぶのが聞こえた。

意外にも、その口調は心底焦っているようだった。壺はまだ宙に浮いていたが、謝憐《シエリエン》が手を伸ばして受け取ろうとしたその時、なんと突然軌道を変えて窓の外へ飛んでいく。次の瞬間、遠くから男の声がした。

「お前には本当に失望したよ」

裴宿《ペイシュウ》は驚愕して顔色を一変させ、「……将軍！」と口にする。

謝憐《シエリエン》と裴宿《ペイシュウ》は菩薺観から飛び出した。遠く離れた家屋の上に立っているその男は、やはり裴茗《ペイミン》だった。鎧《よろい》は纏っておらず普段着だったが、かなり上背《うわぜい》があり表情は朝日のようで非常に瀟洒《しょうしゃ》だ。壺はふわふわと裴茗《ペイミン》のそばまで飛んでいくと、宙に浮いたままぴたりと止まった。

裴茗《ペイミン》は腰に佩《は》いた剣に手を添えながら下にいる裴《ペイ》宿《シュウ》に向かって言う。

「一人前の男なら大局を重んじ大業を優先するものだ。お前は大事を成す者だろうが。たかが小娘一人のためにここまで無茶なことをして、どういうつもりだ？　自分のことを未熟な小僧だとでも思っているのか？」

裴宿《ペイシュウ》は俯いたまま何も言わない。裴茗《ペイミン》はまた口を開いた。

「二百年でこの地位まで上り詰めるのが簡単だったとでも？　私がお前のために道を用意してやったというのに。落ちるのは簡単でも上がるのは容易なことではないんだぞ！」

高き所は耐え難いほど寒い、という言葉があるが、天神が下界に降りると大抵高い所に立つのを好むのは、高ければ高いほど下にいる衆生を見下ろすのに都合がいいからだ。謝憐《シエリエン》にも昔はこの悪癖《あくへき》があったが、一度飛び降りて足が折れて以来、高い所に立つと足が微かに痛む気がして、その癖は直っている。菩薺村の中で一番高い建物は村長の家だが、その家もただの質素で小さな瓦葺《かわらぶ》きの家だ。そんなわけで、裴《ペイ》将軍は非常に譲歩してそこに立っていると言っていいだろう。

ただ、そんなことは些末《さまつ》な話で、重要なのは謝《シエ》憐《リエン》がこの状況を見た途端に事情を悟ったということだ。

　前回、裴茗《ペイミン》は半月《バンユエ》を引きずり出して裴宿《ペイシュウ》の罪を被せるつもりだったが、謝憐《シエリエン》に阻止されてしまった。君吾《ジュンウー》を気にして表面上は諦めたように見せていたが、実際はまったく諦めてなどいなかったのだ。そして今回、鎏金宴《りゅうきんえん》などの厄介事が明るみに出たことで謝憐《シエリエン》も危うい立場になり、必然的に風評もすこぶる悪くなった。そのため、おそらく裴《ペイ》将軍はそろそろこの話を再び持ち出す頃合いだと考えたのだろう。裴宿《ペイシュウ》のところへ赴き、彼と半月《バンユエ》を連れてもう一度上天庭へ戻ってなんとか処分を覆《くつがえ》すつもりだったらしく、実に不撓不屈《ふとうふくつ》と言える。だが、裴宿《ペイシュウ》はあまり乗り気ではないようで、ため息をついて言った。

「将軍、この件はやはり……もうよしましょう」

「お前！」

　言葉を失った裴茗《ペイミン》は、能力はあるのに向上心がないのを嘆くかのような顔で天を仰ぐ。謝憐《シエリエン》が目の前にいるにもかかわらず裴宿《ペイシュウ》をこれほどまでに叱責するのは、きっと腹に据《す》えかねて苛立ちを抑えられないからなのだろう。しばらくして裴茗《ペイミン》は唐突に言った。

「私が今まで手塩にかけて育ててきた苦労を水の泡にしたのがどんな珍しい女なのか、見てやろうじゃないか」

　そう言うなり手を伸ばし、壺を投げつけて叩き割ろうとする。壺を開ける方法としては本来ならば問題ないが、半月《バンユエ》の傷が治っているかどうかわからず、もしまだ治っていないのに叩き割ってしまったら大変なことになる。色を失った謝憐《シエリエン》は「割らないで！」と叫びながら飛びつこうとした。

　ところが、壺は裴茗《ペイミン》の手がまだ触れていないにもかかわらず、「パンッ」という大きな音とともにひとりでに爆発した。

　途端に空気中になんとも耐え難い漬物のにおいが広がる。

　壺から一番近い所にいた裴茗《ペイミン》は不幸にも全身漬物まみれになってしまい、漬物臭の風と、漬物の雨の中で驚愕のあまり呆然としている。すぐさま、中空《ちゅうくう》からよく通る澄んだ女性の声が聞こえてきた。

「裴《ペイ》将軍は本当に公明正大な人ですね！」

小さな壺の中から、白衣の人物が体を回転させながら出てくる。最初は拳ほどの大きさしかなかったが、何度か宙返りを繰り返すうちにどんどん大きくなっていき、目を凝らしてそれを見た謝憐《シエリエン》は「風師《フォンシー》殿！」と叫んだ。

漬物壺の中に潜んでいたのは、なんと半月《バンユエ》ではなく師青玄《シーチンシュエン》だったのだ。壺の中に隠れて不意打ちをかけるように爆発させ、裴茗《ペイミン》を全身漬物まみれにしたにもかかわらず、本人はいつものように白衣をひらひらとなびかせながら埃一つつけることなく無事着地すると、払子《ほっす》をさっと振った。

「幸いだったなぁ！　一足お先にあの子を他の人のところに送っておいて良かったよ。そうじゃなかったら、裴《ペイ》将軍の長ーい腕から逃げられなかっただろうな」

裴茗《ペイミン》は常に風流であると自負していて、何をするにしても風格を重んじる。だが、この時ばかりは全身から漬物のにおいがするという有様で、たとえ相手が女相《にょそう》の師青玄《シーチンシュエン》でも、意気消沈してしまい紳士的に振る舞うどころではなかった。

「青玄《チンシュエン》、君はどうしてそこまで私を敵視するんだ？」

もし他の誰かであれば、裴茗《ペイミン》もとっくに手を出して思いきり殴りつけていただろう。だが、残念ながら師青玄《シーチンシュエン》の兄がどういう身分の人物なのかを考えると、ただ漬物を綺麗にはたき落とし髪を軽く整えて歯嚙《はが》みするしかなく、首を横に振りながら言った。

「本当に君ときたら……あの小娘をどこに送ったのか私に知られないようにすることだな。さもなくば、必ず私が直接訪ねていく」

その言葉は、誰かが半月《バンユエ》を引き受けたならば、その誰かを敵と見なすということで、必ず嫌がらせに行くと言っているも同然だ。だが、師青玄《シーチンシュエン》は手を叩いて答えた。

「別にいいですよ、どこに送ったのか教えても。でも、あなたには訪ねる勇気なんてないと思いますけど。よーく聞いてくださいね――あの子は今、雨龍山雨師邸《うりゅうざんユーシー》、雨師《ユーシー》殿のところにいるんですよ！　あなたに行けます？」

それを聞いた裴茗《ペイミン》の顔色が一変し、先ほどまでの余裕も自信も消え失せる。彼は表情を整えると、厳粛な面持《おもも》ちで風師《フォンシー》に向かって言った。

「青玄《チンシュエン》、君はまだ若いから何事も弱い者の味方をしたいんだろう。ただ、将来君が成長した時に今の振る舞いを思い返して後悔しなければいいんだがな！」

　そう言うや否や屋根から飛び降りて一瞬で姿を消し、そそくさと去ってしまった。

　唖然としつつも、謝憐《シエリエン》はその言葉に言外の意味を感じた。

「風師《フォンシー》殿、彼が言っていた最後のあの言葉は……」

「虚勢を張ってるだけだって」

　師青玄《シーチンシュエン》はそう言って歯牙《しが》にもかけない。

　裴宿《ペイシュウ》は裴茗《ペイミン》の背を見送ってから、ようやく二人のところにやってきて一礼した。

「風師《フォンシー》殿、太子殿下」

　師青玄《シーチンシュエン》は挨拶をした彼の肩を軽く叩く。

「あのさ、小裴《シャオペイ》。あんたのところの将軍を阻止しようとして先回りしていたなんて、今回はなかなか感心じゃないか！　下界でちゃんと罪を悔いて心を入れ替えてるって、機会があれば上天庭で口添えしておくから安心して！」

　裴宿《ペイシュウ》は一瞬言葉に詰まってからこう言った。

「それはありがとうございます。ただ、ずっと思っていたのですが、風師《フォンシー》殿は少し誤解されていませんか？　普段の裴《ペイ》将軍はああいう人ではなくて、ただ昔のことで私を心配しすぎているだけなのです。それに、あなたもご存じの通り雨師《ユーシー》殿は……」

　最後はやはり余計なことを言ったと思ったらしく、微かに首を横に振ると、「では、失礼いたします」と拱手《きょうしゅ》する。

　彼が立ち去るのを見送ってから、謝憐《シエリエン》はまた尋ねた。

「風師《フォンシー》殿、さっき言っていた雨師《ユーシー》殿って、もしかして雨師篁《ユーシーホアン》のことですか？」

「そうだよ。雨師《ユーシー》はもう何百年も交代していないからね。なになに、知ってるの？　昔馴染みとか？」

　こちらに向き直った師青玄《シーチンシュエン》に聞かれ、謝憐《シエリエン》は首を横に振って穏やかに答える。

「お目にかかれる幸運には恵まれなかったんですが、

雨師殿《ユーシー》には恩があって、とても感謝しているんです」

それに師青玄《シーチンシュエン》は笑って言った。

「そうだろうね。雨師殿《ユーシー》のことを知っている人は相当少ないけど、知っていれば悪く言う人なんて誰もいないよ。あ、裴茗《ペイミン》以外はね」

「二人の間に何か不和でもあったんですか？」

「不和はもちろんあったよ。上天庭で長年神をやってれば、誰だって少しくらい不和とか癒着《ゆちゃく》があったりするものだから。実を言うとね、雨師殿《ユーシー》は裴茗《ペイミン》の心に落とされた影なんだよ」

「……影？」

謝憐《シエリェン》はなんとなく心の中で、雨師殿《ユーシー》のことを農作業をする人だと思っていた。

「君も知ってる通り、裴茗《ペイミン》って子孫がものすごく多いだろう。至る所にあいつの子々孫々《ししそんそん》がいるんだよ。かつて明光殿《ミングアン》には小裴《シャオペイ》の前にもう一人補佐神がいてね。あいつの子孫の一人で、同じように点将されて昇ってきたんだけど、その後飛昇したんだ」

「裴《ペイ》将軍の子孫は本当に優秀な人材が多いんですね」

謝憐《シエリェン》は珍しそうに言う。

飛昇を継承するなど、どこの家でもできることではない。だが、師青玄《シーチンシュエン》は扇を開いてこう言った。

「優秀と言えばまあ優秀だけど、裴茗《ペイミン》に似て実力はあっても悪癖がひどくて。その補佐神はよく他人の管轄地《かんかつ》で悪事を働いていたんだけど、裴茗《ペイミン》の勢力を笠《かさ》に着てたもんだから誰も口出しできなかったんだ。それである日、そいつは雨師国《うしこく》の旧跡にまで手を出しちゃってね」

師青玄《シーチンシュエン》はそのまま言葉を続ける。

「雨師殿《ユーシー》は普段ほとんど人前に出ないで深山で農作業をしているから、深山の老農雨師篁《ろうのうユーシーホアン》っていうあだ名があるんだけどさ。たまたま出てきたと思ったらあっという間にその裴茗《ペイミン》の子孫をボコボコにして天界《てんかい》に引きずって行ったんだ。そいつはとうとう帝《てい》君《くん》の前に突き出されて流刑に処されたんだよ」

（なんだかどこかで聞いたような話だな？）

謝憐《シエリェン》は心の中でそう思った。

「もともと裴茗《ペイミン》は、流刑にされたところで所詮は流刑だし、百年後にまた引き上げればどうってことはないって考えてたわけ。でも、人界《じんかい》の百年ってどれだけのことが起きると思う？　毎年どころか毎日のように非凡な才能を持つ人がどんどん現れる。走馬灯みたいに目まぐるしく、次から次に波が打ち寄せるみたいにね。たった十年で信徒は皆、別の神官を信奉《しんぽう》するようになって、五十年も経ったらその副神官は綺麗さっぱり忘れ去られて、百年後には再起不能になった。若くて前途洋々《ぜんとようよう》だったはずの神官がそんなふうに駄目になって消えたんだ。その後小裴《シャオペイ》が現れて、それで裴茗《ペイミン》はやっとまたお気に入りの補佐を見つけたってわけ」

裴《ペイ》将軍が手段を選ばず、何がなんでも小裴《シャオペイ》が放免になるよう行動するのも無理からぬ話だ。前例があるから、小裴《シャオペイ》も駄目になってしまわないかと恐れているのだろう。やり方は正しいとは言い難いが。

謝憐《シエリエン》は考え込んだ様子でそっとため息をついた。

「人界」

「そうだね。人界に長くいると誰だってすり減って霊気も闘志もなくしてしまう」

師青玄《シーチンシュエン》がそう言い、二人はそれぞれ頷いた。ただ違っていたのは、謝憐《シエリエン》が無意識に頷いていたのに対し、師青玄《シーチンシュエン》はわざと大げさに頷いたことだった。ひとしきり頷いてから、謝憐《シエリエン》ははっと非常に大事な人物のことを思い出して叫んだ。

「……郎蛍《ランイン》！　あの子！」

一連の出来事があまりにも立て続けに起きた上に衝撃も大きすぎて、謝憐《シエリエン》はすっかりその子供のことを忘れていたのだ。

「それって、君が極楽坊《ごくらくぼう》から連れてきた子のこと？　あの子なら帝君にもお目通りして、今は私のところにいるよ。今度、下界に連れてきてあげよう」

菩薺観の中にはまだ戚容《チーロン》と子供を閉じ込めているため、謝憐《シエリエン》は絶対に人に見られるわけにはいかないと思った。

「それはさすがに申し訳ないので、やはり私が上に行きますよ」

師青玄《シーチンシュエン》が嬉しそうに頷く。

「それでもいいよ。ちょうどもうすぐ中秋宴《ちゅうしゅうえん》だし、今年年に一度のことだから絶対に見逃さないでね。今年は私の兄さんも帰ってくるから、その時に紹介するよ」

その口調は自分の兄を誇りに思う気持ちに満ちていて、聞いていた謝憐《シエリエン》は思わず微笑んだ。

（中秋宴か……）

毎年、中秋のめでたき日に諸天の神々は必ず中秋宴を催《もよお》して祝い、人界の人々の家族団らんの様子を見下ろして楽しむ。他にも非常に重要な「遊戯」が一つあって、それは中秋宴の最後を飾る目玉とも言える――「闘灯《とうとう》」だ。

祈福長《きふくちょう》明灯《みょうとう》は普通の人間には奉納できないものだ。中秋宴で百の神々が行う闘灯は、中秋節《せつ》（旧暦八月十五日、月を鑑賞し家族の幸福を祈る日）の当日、各神官の主観《しゅかん》に信徒たちがどれだけ祈福長明灯を奉納するかを競い合う。

皆、口では「ただの遊戯だろう」だの、「おいおい、本気にするなよ」だの、「ちょっとしたお遊びだし、全然気にしてないね」だのと言っているが、本当に気にしていない者など何人いるだろうか？ほとんどの神官は、今年こそ信徒が自分のためによ
り高みを目指して奮闘してくれないかと密《ひそ》かに気負っているのだ。

もし本当に競う気のない者がいるとすれば、それは君吾《ジュンウー》だけだろう。当然のことながら、闘灯では毎年ずっと神武殿《シェンウー》が完勝している。しかも年を追うごとに奉納の数は増えていて、正真正銘これを遊びだと思っている神官は彼しかいない。その他の神官は一位ではなく二位を争っているだけなのだが、競争は非常に熾烈《しれつ》だった。

仙楽宮への奉納が最も盛んだった頃は、中秋宴でも並ぶ者がいないほど抜きん出ていた。神武殿《シェンウー》とともに遥か先頭に立って、他の各方面の神官たちを遠く引き離していたのだが、今ではかなりみっともないことになっているだろう。謝憐《シエリエン》は予想するまでもなく今年の祈福長明灯が何本かわかっていた――きっと一本もない！

ただ、たとえみっともなかろうが行った方がいい。謝憐《シエリエン》は雨師《ユーシー》のように数百年も隠棲《いんせい》して修行している類《たぐ》いでもなければ、地師《ディーシー》のように秘密の要務を担《にな》っているわけでもないし、水師《シュイシー》のように他人の目など

気にせず好き放題に振る舞えるわけでもない。何者でもないのにいつも特例扱いで、出席したくないのでしない、などと気ままにしていては、周囲から不満を抱かれあれこれ言われてしまうだろう。たとえ謝憐《シエリエン》自身がなんとも思わなくても、君吾《ジュンウー》がやりづらくなる。そんなわけで、謝憐《シエリエン》はその場ですぐ師青《シーチン》玄《シュエン》の言葉を承諾《しょうだく》した。

「わかりました。その時は必ず出席しますので」

それから数日、謝憐《シエリエン》はあらゆる方法を試してみたが、戚容《チーロン》の魂魄を男の体から分離させることができず、戚容《チーロン》はますます得意になった。幸い谷子《グーズー》が嫌がらずにずっと自分の「父ちゃん」に飯を食べさせていたが、そうでなければ謝憐《シエリエン》は本気でその口に何も入れたくなかった。

中秋節の当日、謝憐《シエリエン》は菩薺観の外に陣を設置し、外から扉に鍵をかけた上で引き続き戚容《チーロン》をしっかり縛るよう若邪《ルオイエ》に言いつけ、仙京《せんきょう》へ赴いた。

詩に曰《いわ》く――「天上に白玉京《はくぎょくきょう》あり、十二の楼閣《ろうかく》と五つの町あり、仙人が我が頭上を撫で、髪を結い上げ不老長寿の祝福を授かる」とあり、ここで言う白玉京とはつまり仙京を指す。

中秋のめでたき日、仙京全体が真新しい景色に見えた。大通り、長い回廊、楼閣の周辺、至る所で大勢の護衛を見かけたが、おそらく花城《ホワチョン》が押し入ったあと警備を何倍にも強化したのだろう。

宴席は露天《ろてん》の月の前に設けられていて、美酒の香りが辺りに広がり、瑞雲《ずいうん》が現れて花吹雪が舞っている。存分に酒を飲み宴《うたげ》を楽しみながら、月を愛《め》で夜景を眺められるのだ。人界で見る月は、せいぜい親指と人さし指で作った輪の中に収まる程度の大きさだろう。ところが仙京で見る月は皓々《こうこう》と純白に輝き、そう遠くない所に立てられた巨大な玉《ぎょく》の幕のようで、もう少し近づけば手が届くのではないかと思うような、人界では目にすることのできない美景なのだ。

宴の首席は、もちろん言うまでもなく君吾《ジュンウー》だ。だが、他の者がどう座るかについては実に奥深い暗黙の法則があって、席次《せきじ》や位置には注意しなければならない。高すぎる位置に座ってはいけないが、あまり低い位置に座るのは神官本人も嫌だろう。謝憐《シエリエン》はこれについては別にどうでも良かったのだが、中秋宴には正装で出席しなければならない。つまり、宴の当日は人界の神像と同じ装《よそお》いが望ましいということだ。だが、今の謝憐《シエリエン》には神像が一つもないため、いつも通り全身白の道袍《どうほう》に笠を一枚背負っていた。どうしてもみすぼらしく見えるが、これよりいい服など本当に持っていないのだ。このような身なりでは嫌でも人目を引いてしまうので、やはり少し目立たない場所に座った方がいいだろうと思った。

それで適当に隅の方の席を見つけて座っていたのだが、顔を上げると風信《フォンシン》が歩いてくるのが見えた。二人ともしばしためらってから軽く会釈をして、一応挨拶したと言えるだろう。風信《フォンシン》はそのまま数歩進んだが、また引き返してきた。

「なぜそこに座っているんだ?」

謝憐《シエリエン》は自分が間違った所に座ってしまったのだと思い、立ち上がる。

「どこに座ってもいいのかと思って」

風信《フォンシン》が口を開こうとしたその時、謝憐《シエリエン》は前方の遠くから師青玄《シーチンシュエン》が自分に向かって手招きして呼んでいるのに気づいた。今の師青玄《シーチンシュエン》は女相だったため、風信《フォンシン》は振り向いた途端に何か暗い影でも見たかのように驚いて真っ青になり、謝憐《シエリエン》を置き去りにして急いで立ち去ってしまった。

「太子殿下、こっちこっち!」

師青玄《シーチンシュエン》がまた大声で呼ぶ。

風師《フォンシー》は上天庭の人気者なので、もちろん非常にいい場所に座っていて君吾《ジュンウー》からもかなり近い。それがそんなふうに手招きをして呼んだものだから、多くの神官がこちらに目を向けてきた。黙ったまま頬杖をついていた君吾《ジュンウー》も謝憐《シエリエン》が目に入ると軽く会釈をしたため、そちらに行かざるを得なくなる。その途中、やはり郎千秋《ランチエンチウ》の姿は見当たらなかった。聞くところによると、彼は戚容《チーロン》の行方を捜すために早々に中秋宴を辞退したらしい。

師青玄《シーチンシュエン》は謝憐《シエリエン》のために自分のそばの席を確保していて、位置的にも見晴らしも抜群にいい。謝憐《シエリエン》は自分には少々不釣り合いだと思ったが、風師《フォンシー》の厚意を無下《むげ》にするわけにもいかない。彼は謝憐《シエリエン》を押さえつけるように座らせながら言った。

「宴が終わったらあの子供のところに案内するね。

ちょっと醜《みにく》いことは醜いけど、案外大人しくしてたよ」

ここまで来たら、謝憐《シエリエン》もありがとうございますと言うしかない。周りに目を向けると、近くに明儀《ミンイー》が座っていた。彼は玉杯《ぎょくはい》を賞玩《しょうがん》するのに集中していて、杯を持つその手は意外にも玉杯より白い。顔色を見たところ大丈夫そうなので、前回鬼市《きし》で負った傷は癒えたのだろう。

「地師《ディーシー》殿、その後お変わりありませんか？」

明儀《ミンイー》は頷いたが、どうやらあまり話したくないらしい。師青玄《シーチンシュエン》はその真逆で、皆のことを知っていて前後左右どころか遥か十万八千里《り》先にいる人とも世間話ができる。これほど大勢の大小様々な神官たちの名前を覚えられることに謝憐《シエリエン》は非常に感服した。

謝憐《シエリエン》の隣に座っているのは彫りが深く鼻の高い十八、九歳の少年で、黒い髪が少しうねっている。謝《シエ》憐《リエン》はその少年のことを知らなかったし、相手も謝《シエ》憐《リエン》のことを知らなかったために、二人はひとしきり見つめ合ったが、お互いよくわからないまま最後は謝憐《シエリエン》がそそくさと挨拶をして終わった。また辺りを見渡すと、風信《フォンシン》と慕情《ムーチン》はこれ以上ないくらい距離を置いている。そして謝憐《シエリエン》の真正面には、かなり親しげに話をしている三人の神官が座っていた。

左側は黒衣の文官で、端整で朗らかな顔立ちかつ鷹揚《おうよう》で品があり、話しながら規則正しい動きで卓を五本の指で軽く叩いている。表情は落ち着き払っていて何事にも動じない雰囲気があり、どこか見覚えがあった。真ん中はもちろんよく知っている裴茗《ペイミン》だ。右側はというと、白い単衣《ひとえ》を着た公子《こうし》で、手に持った扇を軽く揺らしている。扇の表面には「水」と一文字書かれていて、裏面には波のように流れる三本の線が描かれていた。目元はどことなく師青玄《シーチンシュエン》に六割ほど似ているのだが、ただ睥睨《へいげい》する仕草にはなんとも言えない傲慢《ごうまん》さと軽薄さが満ち溢れていた。優雅ではあるが、その目には明らかに誰も彼もを見下していると書いてある。かの「水横天《すいおうてん》」以外の誰だというのだ？

（『三毒瘤《さんどくりゅう》』だ）

謝憐《シエリエン》は内心で確信した。黒衣の文官は、きっと霊《リン》文《ウェン》の法力が最も高まる男相《なんそう》の姿だろう。やはり堂々たる風采だ。三人は挨拶を交わし、あらん限りの言葉を尽くして互いを褒め称え、おだて合っている。聞いていた師青玄《シーチンシュエン》はしきりに小声で「白々しい。すっごく白々しい」と言っていたが、謝憐《シエリエン》はかなり面白いと思った。

その時、四方を赤い布で覆われた小ぶりで華麗な楼閣が、宴席の前方に設《しつら》えられているのが目に入った。

「あれはなんですか?」

謝憐《シエリエン》が尋ねると、師青玄《シーチンシュエン》が笑って答える。

「ああ、知らないかもしれないけど、あれも上天庭でかなり受けのいい遊びなんだ。ほら、見てごらんよ。もう始まった!」

言い終わるや否や、遥か彼方からくぐもった雷鳴がゴロゴロと響いてきた。君吾《ジュンウー》が空をちらりと眺め、酒を一杯注いで下の方に手渡す。すると、雷の音がしきりに鳴る中、宴席の神官たちは笑ったり叫んだりしながらその酒を回し始めた。

「こっちに渡すなよ! 渡すなって!」

「彼の方に回せ!」

ただ他の者たちが遊んでいるのを見ているだけだったが、謝憐《シエリエン》は遊び方がだいたい理解できて「撃鼓《げきこ》伝花《でんか》だったのか」と心の中で呟く。

つまり、君吾《ジュンウー》が渡したその酒をこぼさないように皆で回していく遊戯だ。誰に渡してもいいが渡してきた相手に返すのは禁止で、雷鳴がやんだ時に酒杯を手にしていた者を皆でからかう。ただ、どんなことでからかうのかはまだわからない。

この遊戯は謝憐《シエリエン》にとって不親切なものと言えるだろう。酒杯を誰かに渡すということは、すなわちその相手をからかおうとしているということを意味するので、普通は自分と仲のいい何人かに渡す。だが、謝憐《シエリエン》はこの場にいるほとんどの神官と親しくない。なのに、どうやって平然と他人をからかえるというのだろうか? 強《し》いて言うなら風師《フォンシー》には渡せるが、風師《フォンシー》こそ酒を謝憐《シエリエン》に回してくる人ではないか?

謝憐《シエリエン》は内心「一番助かるのは誰も私に回さないことなんだけど。でも自意識過剰かもな」と思っていたが、何も言わないうちに一回戦は終了していた。酒杯は皆の期待に応えるかのように裴茗《ペイミン》のところで止まっている。裴茗《ペイミン》が慣れた様子でその酒を一気に飲み干すとどっと喝采が起き、神官たちは手を叩いてはやし立てた。

「上げろ！　上げろ！」

歓声の中、あの華麗な楼閣の四方を覆う垂れ布がゆっくりと上がっていく。すると、台上には背の高い将軍が立っていて、堂々たる様子で頭を上げて闊歩している。彼は下にいる神官たちも楼閣の外にある珍しい天外の美景も目に入らないらしく、数歩歩いたあと、激しく高揚《こうよう》した声で歌い始めた。

なんと、酒杯が神官の誰かのところで止まると、その神官に関する人界の戯曲の台本を持ってきて、この楼閣で皆の前で演じて見せるのだ。人々はでたらめな作り話が大好物なので、どんな衝撃的な演目が作られているかわからず、どんな演目が選ばれるかもわからない。非常に恥ずかしい上にはらはらする遊戯だが、面白みもまさにそこにある。

周知の通り、裴《ペイ》将軍の戯曲の台本はどれも素晴らしい。なぜなら毎回相手役の女性が違うからだ。ある時は天界の仙子《せんし》、ある時は女妖《じょよう》、ある時は名家の娘と、相手の女性は誰も彼もが美しく、物語が進んでいくごとに無節操になっていくため神官たちは興味津々で、相手の女性の登場を夢中で待ち望んでいる。

やはりそう経たないうちに台上にまた一人、鶯《うぐいす》のような美しい声をした黒衣の女性が上がってきた。二人は交互に歌い、台詞《せりふ》も曲もかなり挑発的で大胆だ。皆その二人を見れば見るほどおかしいと思い、口々に尋ねる。

「この戯曲はなんて題名だ？」

「今回裴《ペイ》将軍が引っかけた女性は誰なんだ？」

その時、台上の「裴《ペイ》将軍」が「傑卿《ジエチン》〔名前＋卿《チン》、親しい人への呼称〕――」と口にした。

台の下で裴茗《ペイミン》と霊文《リンウェン》の二人が酒を噴き出す。傑卿《ジエチン》、他ならぬ霊文《リンウェン》の本名がまさに南宮傑《ナンゴンジエ》なのだ。

神官たちが揃って驚愕する――この二人、まさかできているのか!?

「考えるまでもないでしょう。作り話です」

手ぬぐいで口元を拭《ぬぐ》った霊文《リンウェン》が気にも留めない様子で言った。

当事者二人は少々不機嫌ではあったが、幸い双方ともに面《つら》の皮が十分厚い。台の上では「やれやれ」と言いたくなるようなものが演じられていたが、台の下にいる彼らは何も見なかったことにした。ところが師無渡《シーウードゥー》は二人を逃がすことなく、扇を揺らしながら笑う。

「この戯曲はとても素晴らしいな。君たち、何か感想はないのか？」

「特にありませんね。この戯曲はかなり昔のものでしょう。あの頃の私の神像はまだ今のような姿ではありませんし。民間の伝説にすぎませんよ。考えてもみてください。伝説に登場する女性で裴茗《ペイミン》が引っかけなかった人が何人いると思います？」

霊文《リンウェン》が答えると、皆が深く同意する。すると裴茗《ペイミン》が口を開いた。

「おい、そうとも言いきれないだろう。他の伝説なら、確かにほとんど引っかけているがな。こいつは本当にない。罪なき善人に濡れ衣《ぎぬ》を着せないでくれ」

「それを言うなら、伝説の中で私が引っかけた男性神官の方がもっと多いですけどね。実際は一人も引っかけてなどいないのに、針のむしろですよ」

霊文《リンウェン》が点将されて昇ってきてからというもの、ずっと神官の誰かを引っかけたことで昇れたのだという話が言い伝えられてきた。そのことも、初期の霊《リン》文《ウェン》殿に奉納がほとんどなく誰にも祀《まつ》られなかった原因の一つだ。聞くところによれば、激しい抗議を受けていた頃などは口汚く罵られて、彼女の功徳箱《くどくばこ》にはしょっちゅう肚兜《とどう》〔女性用の肌着。背中の開いたキャミソールのような形〕や月経帯が入れられていたらしい。

もし男性神官にこの類いの噂があったとしても好色という名を得るだけで、まだそれを楽しむこともできるだろう。似たような状況でも、性別の違いによって結果が大きく違ってくるということがわかる。

そんなふうに考えていたら、二回戦が始まった。先ほどからずっと笑っていた師無渡《シーウードゥー》だったが、今度は自分に回ってきてしまい、隣の毒瘤二人が揃って彼に向かっておめでとうと手振りをする。

「天罰覿面《てんばつてきめん》、しっかり受け取ってください」

少し眉をひそめた師無渡《シーウードゥー》が酒を呷《あお》る。例の垂れ布が再びゆっくりと上がっていき、一番上まで上がるより前に、中から語尾を伸ばして呼び合う声が聞こえてきた――。

「妻よ――」

「夫よ――」

愛情たっぷりに何度も抑揚をつけて、玉を転がすような声が絡み合う。下にいた謝憐《シエリエン》は師無渡《シーウードゥー》と師青《シーチン》玄《シュエン》が体の半分に鳥肌を立てているのを目の当たりにした。

「兄さん――早く止めて！」

師青玄《シーチンシュエン》が飛び上がって叫ぶと、師無渡《シーウードゥー》もすぐさま怒鳴る。

「下ろせ！　今すぐ下ろせ！」

見るまでもなく、今回引き当てたのは水師《シュイシー》殿と風《フォン》師娘娘《シーニャンニャン》が「夫婦」だという伝説だろう。

愛欲と怨恨《えんこん》は、人々が物語を紡ぐ上で永遠に何よりも好むものだ。それらが最初からあるのもいいが、なければなおいい。好き放題にでっち上げられるからだ。本来ならば神官たちが実際にやったことこそ正統な神話だが、時に人々が彼らに当てたものを読むと、これこそが本当の神話なのではと感心してしまうことがある。

師無渡《シーウードゥー》が声を上げた途端に垂れ布はさっと下りてしまった。他の神官たちは笑いたくても笑えないといった様子で必死に堪えている。

「風師《フォンシー》殿、垂れ布を下ろすように言うこともできるんですか？」

謝憐《シエリエン》が笑いながら尋ねると、師青玄《シーチンシュエン》はまだ動悸が治まらない様子で答えた。

「できるよ。簡単さ。十万功徳を寄付すればいいんだ！」

「……」

謝憐《シエリエン》が言葉を失っている中、三回戦が始まった。今度はさほど雷鳴が鳴らないうちに、例の酒杯が謝《シエ》憐《リエン》の隣に座っている少年のところに回ってくる。

その結果を見た神官たちの反応は少しおかしかった。すごく盛り上がっているというわけではないが、すごく冷めているというわけでもない。戯曲には興味があるが、それをあまりあからさまに表に出したくないようだった。

　少年はこの遊戯にさして興味がなさそうだったが、それでも酒は飲んだ。彼が酒杯を置くと、再び垂れ布が上がる。

　台上に二人立っているのが見えて、一人は将軍らしき少年だった。髪は獅子の石像のたてがみのような巻き毛で、ずいぶん誇張されてはいるが意気軒昂《けんこう》とも言える。隣の少年神官に扮《ふん》しているに違いない。もう一人は貧相で醜く、卑しい容貌と立ち居振る舞いが下品さを表している道化役で、台上を跳ね回っていた。少年がそちらを向くとすぐに真面目なふりをするのだが、しつこいものだから余計に人に嫌悪感を抱かせる。そして少年が振り返って背中を見せるや否や歯をむき出しにして後ろから剣でこっそり刺すという、どう見ても裏表のある卑劣な人物という役柄だ。

　その道化役は喜劇のようにかなり頑張って大げさに演じていたのだが、神官たちの反応はまちまちだった。下座《しもざ》にいる神官たちは皆ハハッと大笑いしているが、上座《かみざ》にいる神官——例えば師青玄《シーチンシュエン》や師無《シーウー》渡《ドゥー》などは、ほとんどが眉をひそめて押し黙っていて、まったく面白いとは思っていないようだと謝憐《シエリエン》は気づいた。同時に、隣にいる少年の手の甲にいきなり青筋が盛り上がったことにも気づき、にわかに警戒心を抱く。

　謝憐《シエリエン》には台上で演じられているのがいったいなんなのかわからなかったが、もう一人を侮辱《ぶじょく》していることくらいはだいたい察しがつく。それに、たとえ二人が誰と誰なのかわからずとも、このような内容をでっち上げて人を謗《そし》るやり方は非常に気分が悪いと思った。この少年が今にも怒りだしそうで、謝《シエ》憐《リエン》は卓上から箸を一本取ると、垂れ布をかけている紐《ひも》に向かって投げつけた。

　まったく鋭いとは言えない箸が紐を掠めて飛んでいくと、なんとその紐が切れた。垂れ布がザッと下りて、神官たちが皆驚く。

「こんなことするか？」

「なんの真似だよ！」

　次々と謝憐《シエリエン》の方に視線が集まり、立ち上がった者さえいる。謝憐《シエリエン》が口を開こうとした次の瞬間、耳元で何かが爆《は》ぜたような音がしたと思ったら、少年が白玉《はくぎょく》の酒杯を粉々に握り潰していた。

どうやら彼はこの戯曲の内容に激怒しているようで、血相を変えて手にしていた玉杯の破片を投げつけると、立ち上がって卓の上に飛び乗り足元をぱっと蹴った。矢のように楼閣まで跳び、垂れ布の中に入っていく。数人の神官が駆け上がって赤い布をめくってみたが、中には既に誰もいなかった。

「大変だ、大変だ。奇英《チーイン》殿下がまた下界に人を殴りに行ったぞ！」

皆が驚いた様子で言ったが、謝憐《シエリェン》は心の中で「奇《チー》英《イン》？　奇英《チーイン》殿？　西方《さいほう》武神の権一真《チュエンイージェン》？」と呟き、急いで師青玄《シーチンシュエン》に尋ねた。

「風師《フォンシー》殿、これはいったい？　奇英《チーイン》殿下が人を殴るってどういうことです？」

我に返った師青玄《シーチンシュエン》がそれに答える。

「人を殴るっていうのは、つまり……人を殴るんだよ。まあ、言っても信じないかもしれないけど、奇《チー》英《イン》はよく自分の信徒を殴るんだ」

「……」

自分の信徒を殴る度胸のある神官がいるなんて謝《シエ》憐《リェン》は初耳だった。そんなことをすれば信徒の心の中で神官の地位はがた落ちしてしまう。もう少し詳しく聞こうとすると、下座の神官が不愉快そうに話す声が聞こえてきた。

「誰かさんも分別がなさすぎますね。皆で遊戯を楽しんでいるっていうのに、ちっとも合わせるってことを知らない。誰だって笑われることくらいあるでしょう？　裴《ペイ》将軍や霊文真君《リンウェンしんくん》だって笑われてるんですよ？　それに、別に彼自身が笑われたわけじゃないのに、何をあそこまでかんかんになって怒ってるんでしょうね？」

「そうだよ、あの人は本当に自尊心が強すぎる。内心腹が立ったとしても、こんな時に怒りだすなんてあり得ないだろう？　楽しい宴にわざわざ彼の顔色を窺《うかが》いに来た人なんているか？　まったくもう……」

「ほらほら、そこまでにしておこう。所詮若造は若造だ。もう出ていったんだし、彼がいない方がもっと楽しめるじゃないか」

その言葉を聞いた謝憐《シエリェン》は考え込んでしまった。宴席はほんの少しの間混乱しただけで、霊文《リンウェン》がすぐに権一真《チュエンイージェン》の件に対処するよう人を下界に遣わしたようだ。神官数名が出てきて取りなしたこともあり、宴と遊戯は再開された。そして雷の音がしきりに鳴る中、撃鼓伝花の四回戦が始まった。

謝憐《シエリェン》はただ他の皆が遊んでいるのを見ているだけで、その輪には溶け込めなかったが、誰も自分のところに来ないのは願ったり叶ったりだ。師青玄《シーチンシュエン》と話そうとしたまさにその時、思いがけず突然手が伸びてきて、例の白玉の酒杯を渡された。

第四十三章　千燈観長明漫漫夜

千灯観の長明灯が果てない夜を明るく照らす

謝憐《シエリエン》は、まさか自分に酒杯を渡してくる者が本当にいるなんて夢にも思っていなかった。

とっさに何も考えず受け取ってしまってから、きょとんとした顔になる。ところが、酒を渡してきた相手を見ると同じくきょとんとしていて——それは意外にも明儀《ミンイー》だった。

まず酒杯が師青玄《シーチンシュエン》の手に渡ると、彼はそれを面白半分に明儀《ミンイー》に渡した。明儀《ミンイー》は集中して酒を飲んだり食事をしたりしていたので、それを見もせずにすぐさま無造作に次へ回したのだ。それからようやく状況を理解したようで、謝憐《シエリエン》と同じく言葉を失っている。同時に雷鳴がぴたりとやみ、取り残された二人はただ互いに顔を見合わせるばかりだった。

酒杯を受け取ったのは謝憐《シエリエン》だが、皆の視線は風信《フォンシン》と慕情《ムーチン》の方に集まっていく。その理由は想像に難《かた》くなかった。謝憐《シエリエン》が無名の存在になってからもう八百年以上も経っていて、もちろん八百年前には彼の美談を題材にした台本もたくさんあったのだが、とっくに失われて後世に伝わらなくなっていた。それに、今日びわざわざ謝憐《シエリエン》のために舞台を組んで上演する者など端《はな》からいるはずもない。もしどうしても「仙楽太子」という人物が登場する戯曲を探すならば、それはもう風信《フォンシン》か慕情《ムーチン》が主役の戯曲しかないだろう。

なぜなら、民間の戯曲で紡がれるこの二人の神官の物語には、まれに謝憐《シエリエン》が少し登場するからだ。一般的には引き立て役や端役《はやく》が当てられ、さらにひどい場合には戯曲を盛り上げるために悪役に仕立て上げられることもある。例えば、孤独で拠り所のない慕情《ムーチン》を虐《いじ》めたり、風信《フォンシン》の愛する女性を無理やり奪ったりするような展開を用意するのだ。もし中秋宴で本当にそんな演目が上演されれば、物語の主役たちはさておき、他の観客は間違いなく楽しめるだろう。

謝憐《シエリエン》がその小さな玉杯を持っていると、早速催促《さいそく》し始める神官が現れた。

「太子殿下、ささ、早く飲み干しましょう！」

その声が数人に増えると、風信《フォンシン》が遠くから声をかける。

「太子殿下は酒を飲めない」

だが、皆は「一杯くらいいいじゃないですか！　大したことありませんよ」と口々に言う。

君吾《ジュンウー》は片手で額を支えて静観していたが、何か言うつもりなのか、ふいにわずかに体を起こした。すると傍らの師青玄《シーチンシュエン》も尋ねてくる。

「いけそう？　無理だったらやめればいいよ。私が代わりに十万功徳出して垂れ布を下ろすから」

「……」

彼が勢いでこのまま本当に十万功徳をばら撒いてしまうのでは、と謝憐《シエリエン》は心配になった。いくら豪快とは言っても、そのやり方は違う気がする。それに、どんな戯曲だろうが謝憐《シエリエン》はすべて見たことがあるので、これといって気にするほどのこともない。

「大丈夫、大丈夫です。一杯なら差し支えないはずですから」

慌ててそう言った謝憐《シエリエン》は、すぐにその酒をぐっと飲み干した。


美酒が喉に入ると、通っていった箇所がまずひんやりとして、次に熱くなってくる。謝憐《シエリエン》は少し頭がくらくらしたが、しばらくじっと押さえ込むとすぐに眩暈《めまい》は治まった。小さな楼閣の四方を覆う垂れ布がゆっくり上がると、皆は視線を移して戯曲に集中する。

台上には二人の人物が立っていて、一目見た途端に不思議に思った。一人は白衣で、白粉《おしろい》を塗ったように白い顔に全身風塵《ふうじん》まみれで笠を一枚背負っている。きっと謝憐《シエリエン》だろう。もう一人は紅衣《こうい》で、艶やかな黒髪と美しく利発そうな容貌をしていて、視線を巡らすその瞳は凛としている。長い蛇が一匹その腕に巻きつくと、「謝憐《シエリエン》」がそれを掴んだ。紅衣の者はすぐさまその蛇を取り上げて放り投げ、「謝憐《シエリエン》」の手をしっかり握って離そうとせず、彼のその表情と態度はまるで心臓を刃物で容赦なく突き刺されたかのようだった。

面白いことが起こるのを今か今かと待ち構えていた神官たちは、この一幕を見てぽかんとしていた。もちろん、謝憐《シエリエン》自身もぽかんとしている。

その時、宴席の首席にいる君吾《ジュンウー》が笑いながら問いかけた。

「これはなんという台本だ？　これまで見たことがないもののようだが？」

すぐさま指示して調べさせた霊文《リンウェン》は、『半月国奇遊記《はんげつこっきゆうき》』という戯曲だそうです。これまで見たことがないのは新作だからで、今晩初めて人界で上演されたとのことです」と答える。

すると、師青玄《シーチンシュエン》が謝憐《シエリエン》に向かって言った。

「この前、半月国で会った隊商のうちの誰かが帰ってから人に書かせたんじゃない？　垂れ幕を下ろす必要はなさそうだし、功徳を撒かずに済んだね」

謝憐《シエリエン》は肯定も否定もしなかった。人界で半月国の事件を知っているのはあの隊商の者たちだけのはずだ。その中に天生《ティエンション》という名前の少年がいて、確か謝憐《シエリエン》に感謝したいとか、祀りたいとか言っていたことを思い出したが、まさかこの戯曲は天生《ティエンション》が金を出して誰かに書かせたものなのだろうか？　けれど、謝憐《シエリエン》は天生《ティエンション》に名乗ってすらいないし、幼い少年にここまでのことができるとも思えない。


台の下のもう一方にいる神官たちは想像していたような演目こそ見られなかったが、目の前のこの戯曲の方が間違いなく見応《みごた》えがある。なんといっても、もし噂が事実だったならば、紅衣の者が扮しているのはあの花城《ホワチョン》なのだ！

血雨探花《けつうたんか》の戯曲は人界にたくさんある。ただ、往々にして「紅衣の鬼が三十三人の神官の廟を焼き払い、天界は恐怖で声も出せなかった」とか「血雨探花、利き手でなくても片手で文武神官を手も足も出ないほどボコボコにする」など、天界の者が見たら無言で涙を流すような演目ばかりなのだが、この台本はどんな内容なのだろうか？

どうせ主役は謝憐《シエリエン》だ。謝憐《シエリエン》に対しては誰もが大なり小なりある種の抵抗感を抱いていて、まったく天界の「身内」と見なしていないため、どんな内容だろうが少しくらい見たところでどうということはない。それに、この戯曲の舞台は手が込んでいて造りも申し分なく、役者の扮装《ふんそう》まで非常に素晴らしい快作なのだ。心の底で大満足の声を上げたり、細部まであれやこれやとあげつらって批評したりしたくなるのも仕方ない。

「これは本当なのか？　作り話だよな、花城《ホワチョン》があんなふうに人と話すわけがない！」

「でたらめだって。まるっきりでたらめだよ！」

「この戯曲、花城《ホワチョン》をなんて姿にでっち上げてるんだ？　目を覚ませって！　色事《いろごと》の台本じゃあるまいし、よくもまあここまでできたもんだ！」

　謝憐《シエリエン》も、さすがにわざわざ自分のために書かれた戯曲だったので真剣に鑑賞した。率直に言ってこの戯曲は悪くない出来で、扮装も内容もいい。ただ、登場人物の本人として少しばかり言いたいことがあった――主役の二人がいささか親密すぎる。

　謝憐《シエリエン》を演じている役者の舞台上での仕草は見事なものだ。ただ、彼が「三郎《サンラン》」と呼びかける口調ときたら、さほど抑揚をつけているわけでもなければ玉を転がすような声でもないのに、先ほど「風師娘《フォンシーニャン》娘《ニャン》」が「水師《シュイシー》殿」のことを「夫」、「旦那様」と呼んでいた時よりもさらに人を居ても立ってもいられない気分にさせる。その上、手を繋いだり肩を抱き寄せたり抱きしめたりなど、ちょっとした動きもやや過剰で、なんとなくだがあまり適切とは言えないように感じた。

　しかし、よくよく考えてみると、自分が花城《ホワチョン》を呼ぶ時は確かに同じように呼んで、同じような動きもしていたような気がする。その時はなんの問題もないと思っていたのだから、理屈からすれば今見ているものも問題ないはずだ。それに、他の神官に目をやると、口ではこんなのでたらめだと悪態をつきながらも興味津々で瞬きもせず熱心に見入っている。謝憐《シエリエン》ももう黙るしかなかった。

　そうしていると、ふいに師無渡《シーウードゥー》が口を開いた。

「後ろにいる召使い二人はなんの役だ？」

「召使い」という言葉を聞いて、風信《フォンシン》と慕情《ムーチン》がそうと気づかれないほどわずかに固まる。

　それに霊文《リンウェン》が答えた。

「その二人は召使いではありません。中天庭《ちゅうてんてい》の若い武官だったはずです。あの時、南陽《ナンヤン》殿と玄真《シュエンジェン》殿が太子殿下に手を貸してくださって、急場をしのいだことがありまして」

　まさか南陽《ナンヤン》殿と玄真《シュエンジェン》殿に謝憐《シエリエン》を救援するような

者がいたとは、なんとも珍しい話だ。たとえば裴茗《ペイミン》が、自ら体を差し出してきた絶世の美女を聖人君子面《づら》で遠回しに拒否するくらい不思議に聞こえて、神官たちが一斉に目を向けると、霊文《リンウェン》が「彼らは自ら志願してきたのですよ」と一言つけ加えた。

「聞きそびれていましたが、南風《ナンフォン》と扶揺《フーヤオ》は元気ですか？　どうして今日は二人とも遊びに来ていないいんでしょうか？」

謝憐《シエリエン》が笑って尋ねると、風信《フォンシン》が「南風《ナンフォン》は……その……」と言い淀《よど》む。

「扶揺《フーヤオ》は謹慎中です」

慕情《ムーチン》が淡々とそう答えるなり、風信《フォンシン》もすぐさま「南風《ナンフォン》も謹慎中だ」と続けた。

謝憐《シエリエン》は「そうですか」と言って、さらに続けた。

「二人とも謹慎なんですね。それはすごく残念です」

そうこう話しているうちに、戯曲は最高の結末を迎えて幕を閉じた。無知な信徒による妄想に違いないという見解で全員一致してはいたが、花城《ホワチョン》で妄想するのは実に愉快で楽しいので、意外にも満場の喝采に包まれた。だが、まさにこの半月関《はんげつかん》での出来事が原因で裴宿《ペイシュウ》は流刑に処された。存分に楽しんだあとの皆の関心が、少しばかり裴茗《ペイミン》に向かうのは避けようがない。

「裴《ペイ》将軍、お宅の小裴《シャオペイ》は今どうしている？」

師無渡《シーウードゥー》が尋ねると、裴茗《ペイミン》は手酌《てじゃく》で悠然と酒を飲みながら首を横に振った。

「どうもこうもないな。身を入れるべきことが何かもわからないなら、私にはもう手の施しようがない」

こちらにいた師青玄《シーチンシュエン》が聞いていられなくなって、ふふっと笑う。

「なら、裴《ペイ》将軍が言う身を入れるべきことってなんですか？　小裴《シャオペイ》の未来には前途があって、あの女の子の将来は違うとでも？」

彼の口の利き方が悪かったせいで、師無渡《シーウードゥー》がさっと視線をこちらに向けてきた。

「青玄《チンシュエン》、行儀が悪いぞ！」

師無渡《シーウードゥー》に叱責され、師青玄《シーチンシュエン》はばつが悪そうに俯く。その様子を見た裴茗《ペイミン》がハハッと笑った。

「水師兄《シュイシーシォン》、あなたの弟は本当に大したものだな。諫《いさ》められるのはもうあなたくらいのものだ。彼が何を言おうが私は別に気にしないが、万が一怒らせてはならない相手の怒りを買ってしまったら、私のようにあなたの顔を立ててはくれないぞ」

　師無渡《シーウードゥー》は扇を開いて引き続き弟を叱りつける。

「裴《ペイ》将軍の言葉がちゃんと聞こえたか？　それから、そんな格好で外をうろつくなと何度も言っただろうが、みっともない。どんな格好が好きでも、外では必ず本相《ほんそう》を使え！」

　師青玄《シーチンシュエン》は女相をこよなく愛しているため非常に不満げだったが、やはり兄に逆らうことはできない。謝憐《シエリエン》が「風師《フォンシー》は兄のことが怖くないと言っていたけど、案外そうでもないのかもしれないな」と内心思っていると、思いがけず師無渡《シーウードゥー》が最後にこうつけ足す。

「万が一、裴《ペイ》将軍みたいに法力が高い上に下心のある輩に出くわしたらどうするんだ！」

　霊文《リンウェン》がハハッと嘲笑し始め、裴茗《ペイミン》はというと危うくまた酒を噴き出しそうになりながら言った。

「水師兄《シュイシーシォン》！　今度そんなことを言ったら、それが最後の会話になると思え」

　一通り食事を終えて宴《えん》もたけなわの中、ようやく大詰めの闘灯を迎えた。

　月明かりを除いて仙京のすべての灯火や光が消され、辺り一面が暗くなる。宴席は湖畔に設けられているため、水面の煙雲と霧が晴れると、透き通った湖水を通して下の方に深淵《しんえん》の如く漆黒《しっこく》の人界が見えた。

　闘灯は中秋の当日に、その神官の最も大きく有名な宮観に奉納された祈福長明灯《きふくちょうみょうとう》の数を競い合う。祈福長明灯はどれだけ金を積んでも一本手に入れることすら難しく、その灯火は長く消えることがない。闘灯では各神官が奉納の少ない方から順に並び、自分の番になるとそれぞれの信徒が奉納した灯が下界から天界まで浮かび上がってくる。それは果てしない闇夜を明るく照らし、この上なく美しい。

　今年神武《シェンウー》殿に奉納された長明灯は九百六十一本だった。千に届きそうな獲得数は前代未聞だ。神官たちは皆、来年こそ千を超えるに違いないと思っているが、それはちっとも重要なことではなかった。一位が永遠に変わらないのなら、その一位はもう意味を失っている。皆はこの闘灯から自動的に神武《シェンウー》殿を除外して考えているのだ。

　泣くに泣けず笑うに笑えないことに、闘灯が始まって間もなく最初に呼ばれたのはなんと雨師《ユーシー》だった。

　小さな小さな長明灯が一本、ゆらゆらしながらゆっくりと空に昇ってくるのを見た謝憐《シエリエン》は、「雨師殿《ユーシーでん》、一本！」という言葉を聞いて、自分が実は酔ってしまっていて、まだその酔いがさめていないのではと疑ってしまった。いくらなんでも一本だなんてことはないだろう。自分が素面《しらふ》であることを確認するために、師青玄《シーチンシュエン》に「今のは間違いですよね？」と尋ねる。

「間違いじゃないよ。本当に一本だけ。その一本も、雨師《ユーシー》殿のお宅の牛が体面を保つために自分で奉納したんだ」

　自分で自分に奉納するという行為には、実に親しみを覚える。謝憐《シエリエン》は少し考え、雨師《ユーシー》は雨を司っているのだから農業の神でもあると思い、こう推測してみた。

「雨師《ユーシー》殿の信徒は農家の方が多いから、奉納する余裕がなかったんでしょうか？」

　だが、師青玄《シーチンシュエン》の答えはこうだった。

「殿下、君は農家に対して何か誤解しているみたいだけど、すごくお金持ちな農家だってたくさんいるんだよ？　実はね、雨師《ユーシー》殿が灯を供える金があるなら畑を耕す方がいいって言ったから、信徒はずっと新鮮な野菜や果物を供えてきたんだ」

　この話を聞いた謝憐《シエリエン》は、この上なく羨《うらや》ましかった。

（そんな素敵なことがあるなんて）

　内心そう思っていると、師青玄《シーチンシュエン》が続ける。

「でもそのあと、無駄にしてはいけないって雨師《ユーシー》殿が言って、信徒はお供え物を置いたら二日後に持ち帰って自分で食べるようになった」

「……」

　前半は小神官ばかりで、長明灯もちらほらと数本から数十本程度なので、皆はあまり関心がなかった。だが、後半になるにつれ昇ってくる長明灯の光は四方に強く輝き、注目が集まってくる。一目で数がわかる専門の神官が司会を務めていなければ、隙間なくびっしりと一斉に昇ってくる大量の灯を数えることなど不可能だろう。

　謝憐《シエリエン》は何もわからなかったので批評は控えて、長明灯が漆黒の夜長を明るく照らす美景を鑑賞することに専念しながら、ついでに他の人が現在の闘灯の形勢について考察するのを聞いていた。こんなことを考察してどうするんだと思ってはいたけれども。

　およそ二灶香《ちゅうこう》後、ついに佳境《かきょう》を迎えた。中秋宴闘灯は、上位十名による最後の白熱した戦いに突入したのだ。

　謝憐《シエリエン》は、司会の神官が上位十名の一人目を高らかに発表する声を聞いた。

「奇英殿《チーインでん》、四百二十一本！」

　権一真《チュエンイージェン》はとっくにこの場を後にしていたため、その数を聞いた他の神官たちは、舌を鳴らしあれこれ言い合う声を隠そうともしなかった。この西方武神はまだ年若いのに凄まじい勢いで、同時期に飛昇した神官なら二百本も長明灯があれば十分多い方だというのに、彼はその倍以上だ。飛昇してからの年数が権一真《チュエンイージェン》より少し長い郎千秋《ランチエンチウ》でも彼より若干長明灯が少ないのだから、大した実力と言うほかない。

　しかし謝憐《シエリエン》は、やはりこの少年は上天庭であまり人受けが良くないようだと思った。なぜなら、謝《シエ》憐《リエン》と師青玄《シーチンシュエン》を除いて、その実力に心から驚嘆している神官はほとんどいなかったからだ。

　次に呼ばれたのは地師殿《ディーシーでん》で、四百四十四本。明儀《ミンイー》は汁物を二口ほど多めに飲んだくらいで、特になんの反応も示さなかったが、師青玄《シーチンシュエン》は本人以上に興奮して「低い低い」と連発する。皆は地師殿《ディーシーどの》のことをよく知らないため、少しばかり手を叩いて形だけ祝意を表した。続いてすぐに師青玄《シーチンシュエン》自身の番となり、風師殿《フォンシーでん》は五百二十三本だった。

　人受けの良し悪《あ》しというのは、見ていれば実に簡単にわかる。風師《フォンシー》殿の長明灯の数が告げられると、師青玄《シーチンシュエン》が口を開くより先に宴席の拍手がわっと大きくなり、そこかしこから「おめでとうございます」、「名実一体ですね」と声が上がる。師青玄《シーチンシュエン》は得意満面で立ち上がってあちこちに拱手すると、師《シー》無渡《ウードゥー》に向かって叫んだ。

「兄さん、今年は八位だよ！」

彼は先生に褒められて両親に褒美をねだる子供のようで、見ていた謝憐《シエリエン》は思わず笑いだしてしまったのだが、師無渡《シーウードゥー》はそれを窘《たしな》めるように言う。

「たかが八位如きで何を喜んでいるんだ！」

それは実に傲岸不遜《ごうがんふそん》な言葉だった。上天庭のどこに凡庸《ぼんよう》な者などいるだろうか？　五百本の長明灯と八位という高い順位を「たかが」と言われてしまったら、八位より下の神官は「如き」ですらないということか？

当然彼もその言葉が不適切だとわかっていないわけではないが、それでも敢えて言ったのだ。恐れなどないのだから。師青玄《シーチンシュエン》の表情が暗くなると、師《シー》無渡《ウードゥー》は扇で少しあおぎつつ、渋々といった様子でこうつけ足す。

「まあ、去年よりは多かった。来年はもっと増やさないとな」

その言葉を聞いて、師青玄《シーチンシュエン》は声を上げて笑いだした。宴席の中で明儀《ミンイー》だけが完全に無関心な顔で拍手もせず食べることに没頭していたため、師青玄《シーチンシュエン》は彼を軽く叩いて祝ってもらおうとした。ところが明儀《ミンイー》はお構いなしで食事に集中し続けていて、それに激怒した師青玄《シーチンシュエン》は、何がなんでも拍手させようとする。傍らで聞いていた謝憐《シエリエン》は笑いすぎて脇腹が痛くなりそうだったが、この話はここまでにしておこう。

次は霊文殿《リンウェンでん》で、五百三十六本。

文神《ぶんしん》の中で霊文《リンウェン》は首位を獲得したわけだが、拍手喝采を贈る文官はあまりおらず、むしろ武神たちの方がかなり霊文《リンウェン》の顔を立てている。謝憐《シエリエン》も遠くからおめでとうと声をかけた。

こちら側では師無渡《シーウードゥー》と裴茗《ペイミン》が、宴を開いてもてなせと霊文《リンウェン》に言っているのが聞こえたが、あちら側からは神官たちが陰でこそこそ言うのが聞こえてくる。

霊文《リンウェン》の信徒が多いのは男相に変えたからだとか、今は武神の勢力が強いと見るや全力で取り入って文神を相手にしないとか、上天庭で最も接待に熱心な神官で、聞くところによると、時には女郎《じょろう》まで世話するらしい云々《うんぬん》。

謝憐《シエリエン》は少し首を横に振り、女性神官は本当に大変だな――とただただそう思った。

続いては南陽殿《ナンヤンでん》と玄真殿《シュエンジェンでん》で、それぞれ五百七十二本と五百七十三本だった。慕情《ムーチン》は表情を緩ませ、風信《フォンシン》は嬉しがりもしなければ怒ることもなく、どうやら別に気にしていないらしい。謝憐《シエリエン》は内心、どうしてこんなに数が近いんだ？　偶然にもほどがあるのでは？　と腑に落ちず、こっそり師青玄《シーチンシュエン》に尋ねてみてようやく理解した。

この二人は出身地も管轄地も近く実力は伯仲《はくちゅう》で、その上折り合いが悪い。それで、どちらの信徒もなんとしても勝たなければと、相手の宮観に灯が奉納されたら必ずそれより一つ多く奉納すると誓ったのだ。一位を目指すのではなく、ただ相手を上回ることだけを目指す。捨て身で全力を尽くすため、毎年勝ったり負けたりしていた。今年は土壇場になって玄真殿《シュエンジェン》が一つ多く灯を捻出《ねんしゅつ》してきて南陽《ナンヤン》殿に勝ち、今はまるで戦《いくさ》に大勝したかのように盛大に祝っているらしい。

話を聞き終えた謝憐《シエリエン》は、ついこう思ってしまった。

（相手より灯を一つでも多く奉納するのに躍起になって外で争うって、皆家で祝日を祝わないのか？　今日は中秋なのに）

次は明光殿《ミングアンでん》で五百八十本。

この数は相当なものだ。だが意外にも、裴茗《ペイミン》は特に嬉しそうではなかった。なぜなら、今年の明光《ミングアン》殿の長明灯は昨年より少なかったからだ。補佐神の裴宿《ペイシュウ》が事を起こしたのが痛手となり、今年は百本近く灯が減った。もし裴茗《ペイミン》が確固たる地位をもって事態を収拾していなければ、おそらくさらに大幅に減らしていたことだろう。師無渡《シーウードゥー》と霊文《リンウェン》は彼に祝福の言葉をかけることなく、ただ軽く肩を叩いただけだった。

ここに至って謝憐《シエリエン》は気づいた。上位の神官たちの長明灯の数は皆かなり拮抗《きっこう》していて、十数本から数十本ほどの差しかなく、大きな差はついていない。つまり、実のところ皆が互角で、絶対的な真の勝者はいないということだ。そんなふうに考えていたちょうどその時、司会の神官の声が聞こえてきた。

「水師殿《シュイシーでん》、七百十八本！」

宴席がひとしきり騒然となり、驚嘆の声があちこちから上がる。

神官たちは、我に返るとすぐさま先を争って祝辞《しゅくじ》を述べ始めた。師無渡《シーウードゥー》は特に立ち上がったりはせず座ったままで、傲慢な表情を浮かべるでもなく、ただ当然だと言わんばかりの様子だった。もしかすると今回はこの数百年の間で、二位の神官と神武殿《シェンウー》が獲得した長明灯の数が最も近いかもしれない。

謝憐《シエリエン》が一度目に飛昇したのはあまりに昔のことすぎて、当時は今よりもさらに祈福長明灯の入手が難しかったため、もちろん一概《いちがい》に語ることはできない。ただ、「人は財のために死に、鳥は餌のために死す」と言うように、人々の富に対する渇望《かつぼう》というものは永遠に衰《おとろ》えることはないのだろう。さすが財神だけのことはある！

師青玄《シーチンシュエン》は、もし自分自身が七百本の灯を獲得したとしてもこれほどまでは興奮しなかっただろう。力一杯手を叩いて、「私の兄さん！　私の兄さんだよ！」と謝憐《シエリエン》に向かって連呼する。

「知ってますよ、あなたのお兄さんですよね！」

謝憐《シエリエン》は笑ってそう返した。

宴席では、明儀《ミンイー》一人だけが相変わらず周囲に溶け込むことなく一心不乱に食べている。事実上、全員の中で彼だけが宴を「宴」として額面通りに受け取り、食べるために来ているのだと謝憐《シエリエン》は思った。長年鬼市に潜入していて腹いっぱい食べられなかった分、一晩で取り返すほど食べてやろうと言わんばかりだ。鬼市の道端の屋台で売られていた食べ物のことを思い出すと、謝憐《シエリエン》もその気持ちはよくわかる。

そして、ふと思った。花城《ホワチョン》は普段、鬼市の街中を悠々と闊歩したりするのだろうか？

皆の高揚が最高潮に達する結果発表を終え、今夜は戯曲も十分に堪能し、十分に語り合った。神官たちは満足して次々に席を立とうとする。ところが、師無渡《シーウードゥー》がふいに眉間にしわを寄せて扇をさっと閉じた。

「待て」

他の者が同じことを言ったとしても、おそらくこれほどの威圧感はないだろう。だが、師無渡《シーウードゥー》という人は「水横天」というあだ名の通り、生まれながらにして命令することに慣れていて、口を開けばたちまち人を従わせてしまうらしく、皆がまた戻ってきて着席する。

「上位十名は既に出ておりますが、水師殿《シュイシー》はまだ何かおありですか？」

（まさかまた功徳を撒くつもりなのか？）

謝憐《シエリエン》が内心そう思っていると、師無渡《シーウードゥー》は扇であおぎながら言った。

「上位十名が既に出ただと？」

皆は彼がそう聞き返した意味がわからなかったが、師青玄《シーチンシュエン》が驚いた様子で口を開いた。

「……違う。違う、違う、違う。上位十人はまだ出てない！　神武殿《シエンウー》とさっき発表されたのを合わせても、まだ九人しかいない！」

神官たちは皆驚いて口々に言い合う。

「九名しか出ていないですって？」

「本当だ。私も数えてみたけど、本当に九人しかいない！」

「まさか水師殿《シュイシー》の上にもう一人いるのか？」

「なんだって？　いったい誰がいるんだ？　もう誰も思いつかないぞ？」

まさにその時、闇夜に突然白昼《はくちゅう》の如く明るい光が、爆発するかのように輝き始めた。

それは灯だった。

まるで千万の魚が川や海を泳いでいくように、無数の長明灯がゆっくりと昇ってくる。

それらは闇夜の中できらきらと光り輝いて、まるで宙に浮かぶ霊魂や美しい夢のような壮麗さで、漆黒の人界を明るく照らしていた。この稀有《けう》な光景を表現する言葉などなく、ただ息を呑む音と途切れ途切れの言葉だけが残る。

謝憐《シエリエン》はしばらくの間、まるで息が止まって何も聞こえなくなったかのように、空いっぱいに広がる長明灯をうっとりと見つめていた。そうしてしばらく経つと、ようやく何か変だと気づいた。

宴席にいるすべての神官の視線がこちらに向けられる。なんと、あの司会の神官が手を震わせながら謝憐《シエリエン》を指さしたのだ。

「……どうかしましたか？」

呆然としつつ謝憐《シエリエン》は尋ねる。だが、誰もそれに答えず、謝憐《シエリエン》は自分を指さしてまた言った。

「……私？」

横にいた師青玄《シーチンシュエン》に肩を叩かれる。

「……そう。君だよ」

「……」

謝憐《シエリエン》はまだ呆然としていた。

「私がなんですか？　私がいったいどうしたんです？」

司会の神官は辛うじて唾を飲み込み、ようやく再び口を開く。

この場にいる百人もの神官たちは、信じられないと言わんばかりの震える声を聞いた。

「千灯観《せんとうかん》、太子殿《でん》、三……三……三千本！」

三千本！

しばらくの間沈黙が流れ、にわかに辺りが騒然とする。

たとえ首位の座で泰山《たいざん》の如く動じない神武殿《シエンウー》でも、これまでの中秋宴で一夜に三千本の長明灯を獲得したことはない。そもそも、今まで誰もここまでの数を想像したことすらなかった。千本ならまだ辛うじて理解できるが、三千というのは間違いなく前代未聞で、上位数名の神官の獲得数の合計よりも多い！

この時、神官たちが内心でどれほど信じられない気持ちでいたかは想像に難くない。たちまち彼らがこう漏らした。

「何かの間違いだろう！」

「数え間違いじゃ……」

これまで長年中秋宴の闘灯で灯を数えてきた司会の神官が、今日に限って間違えたかどうかはさておき、巨大な光の幕を成している灯の流れを見ればわかる。たとえ一万歩譲って本当に数え間違いがあったとして、実際より少なく数える可能性はあっても、多く数えるはずがない。それで神官の一人がまた言った。

「本物の祈福長明灯じゃないってことはないか？もしかすると、ただの普通の灯とか？」

その言葉は「偽物を作っただろう」と言ったも同然で、他にも数人が同調する。だが、師青玄《シーチンシュエン》がこう言った。

「普通の灯なわけがないじゃないですか？　祈福長明灯は完全に作りが違っていて、普通の灯では天まで昇ってはこられません。本物じゃないはずがないでしょう？」

　もし今の弁明が謝憐《シエリエン》の発言だったら、皆はまだ疑い続けていただろう。だが、師青玄《シーチンシュエン》の言葉である上に師無渡《シーウードゥー》もこの場にいるので、他の者はそれ以上あれこれと言いづらくなった。道が完全に塞《ふさ》がれたため、別の方向に目を向ける。

「皆さん、この千灯観っていうのはどこにあるんですか？　いつ建てられたんです？　誰が建てたんですか？　ご存じの仙僚《せんりょう》はいらっしゃいますか？」

　それに司会の神官が答えた。

「存じ上げないのですが……でも、あれらの灯は間違いなく『千灯観』と書かれて昇ってきたんです」

「でも、千灯観なんて聞いたこともないぞ!?」

「そうだ、私も初耳だ！」

　謝憐《シエリエン》は驚愕のあまり頭が真っ白になった状態からようやく抜け出せた。先ほどまでの言葉を受けて誠実にこう告げる。

「皆さん、実はあなた方だけではなくて、私も聞いたことがないんです」


　まさか、これも天生《ティエンション》が建てたなんてあり得ないだろう？

　神官全員が今晩のこの奇想天外な出来事に衝撃を受け、訳がわからず信じられないとばかりに口々に言い合う。

　謝憐《シエリエン》は「ただの遊びにすぎないんですから、皆さんもあまり本気にしなくてもいいんじゃないでしょうか？」と言いたい気持ちでいっぱいだった。だが、まず神官の多くがこの「遊戯」を遊びだとは一切思っていないし、「遊戯」の一位は謝憐《シエリエン》本人なのだ。その彼がそんなことを言ってしまったら、まるで殴られたい人みたいではないか？　同じく他の神官たちも、そう口にするのは憚《はばか》られた。なぜなら、謝《シエ》憐《リエン》より順位が低いため、何か言えば一位を取れなくても大したことはないと自分に言い訳をしているようで、かなり気まずいからだ。

　その時、裴茗《ペイミン》が笑いながら言った。

「言った通りでしょう、血雨探花が太子殿下を連れていったのは彼を困らせるためではないと。以前は皆さん信じませんでしたが、今なら信じられるのでは？」

　それに気づかされ、皆ははっとしてようやく悟った。

　花城《ホワチョン》ならば、軽く手を振るだけで三千本の祈福長明灯を上げたとしてもおかしくない！

　そもそも謝憐《シエリエン》と花城《ホワチョン》は関係があるのか、あったとしていったいどういう関係なのかは、不可解と言える。以前は下心から近づいた説が有力だと皆が思っていた。なぜなら、もともと天界に対して非常に非友好的な花城《ホワチョン》が、突然謝憐《シエリエン》を特別視する理由が見当たらないからだ。とはいえ、花城《ホワチョン》のあの大胆不敵な無法っぷりからすると、急に上辺《うわべ》だけ誰かに対して上手く調子を合わせ始める理由もない。この下心説は、今日の中秋宴以降、おそらく少々筋が通らなくなるだろう。なんといっても三千本の祈福長明灯だ！　たとえ財運を司る水師《シュイシー》であっても、出すと言ってすぐに出せるものではない。

　混乱の最中《さなか》、にわかに宴の首席から速くもなく遅くもない拍手がひとしきり響いてきた。

　神官たちが音のする方に目を向けると、君吾《ジュンウー》が手を叩きながら謝憐《シエリエン》に笑いかけているのが見える。

「仙楽、おめでとう」

　君吾《ジュンウー》が助け船を出してくれたのだと気づき、謝《シエ》憐《リエン》は心の中で感謝しつつ彼に頭を下げた。

「君はいつも奇跡を起こすのだな」

　君吾《ジュンウー》がそう言って賛嘆する。

　そのやり取りを見ていた宴席は次第に静かになっていった。しばしためらいながらも、とうとう君吾《ジュンウー》の後に続いてぱらぱらと手を叩き、祝辞を述べ始める。

　ここに至って、どんなに衝撃的な出来事だとしても諸天《しょてん》の神々は認めざるを得なくなった。この太子殿下の身には奇跡が次々に訪れる。これまでもそうだったし、今もだ！

　中秋宴がお開きになり、ずっとゴロゴロとやっていた雷師《レイシー》も仕事を終えた。誰よりも全力で拍手喝采を贈っていたのはもちろん師青玄《シーチンシュエン》で、誰の順位が出ようともいつも真っ先に拍手をして盛り上げていた。ただし裴茗《ペイミン》は別として。謝憐《シエリエン》は自分が横槍《よこやり》を入れたことで水師《シュイシー》が二位から三位に甘んじることになり、最初は不興を買ったのではないかと思っていたが、師無渡《シーウードゥー》を見るとどうやら特に不愉快ということはなさそうだ。裴茗《ペイミン》と霊文《リンウェン》の二人が彼に祝いの言葉を述べると、三人ですぐに誰の管轄地にある山間の温泉で按摩《あんま》を受けようかと話し合いを始める。

「兄さん、兄さんたちはまた遊びに出かけるの？」

師青玄《シーチンシュエン》が尋ねると、師無渡《シーウードゥー》は扇を閉じて「ああ」と頷く。

霊文《リンウェン》は腕を組んで笑いながら言った。

「風師《フォンシー》殿もご一緒にいかがですか？」

「私は遠慮しておきます。人と約束があるので」

「お前、ろくでもない奴らとつき合うなよ」

眉をひそめた師無渡《シーウードゥー》のその言葉に、霊文《リンウェン》がこう返す。

「いくらろくでもないと言っても、裴《ペイ》将軍ほどではないでしょう？」

「傑卿《ジエチン》、そこまでだ」

裴茗《ペイミン》が警告するように言った。

兄弟二人が少し話をするのを待って、謝憐《シエリエン》はすぐに師青玄《シーチンシュエン》と一緒に席を立った。途中で会った慕情《ムーチン》が謝憐《シエリエン》の方を見ていたかどうかわからないが、表情はさほど緩んではいなかった。しかし、風信《フォンシン》は彼とは逆で、「おめでとう」と口にし、謝憐《シエリエン》も会釈をして「ありがとう」と答えた。

郎蛍《ランイン》は仙京にある風師《フォンシー》の仙府《せんふ》に預けられていた。今は身綺麗《みぎれい》になっているものの相変わらず人見知りをしていて、謝憐《シエリエン》に連れられて下界に降りる道中もほとんど口を開くことはなかった。謝憐《シエリエン》はまず町の方へ行き新鮮な果物を少し買って彼に食べさせると、真っすぐ菩薺村には戻らずに、とある小さな林へ寄り道をした。

案の定、その林の中は今、かなり賑《にぎ》やかだった。上半身裸の若い男が白綾《しらあや》で木の上に逆さ吊りにされたまま口汚く罵っていて、下品な言葉ばかり吐いている。その下では子供が一人しゃがみ込んで、男のために蚊を追い払っていた。謝憐《シエリエン》は郎蛍《ランイン》を離れた場所で待たせてゆっくりと歩み寄る。その姿を見るなり男は激怒して喚いた。

「謝憐《シエリエン》、このクソ犬野郎が、とっとと俺を下ろしやがれ！　死ぬ死ぬ、おっちんじまう！」

だが、謝憐《シエリエン》は穏やかな声で言った。

「きっと君は長い間蚊に刺されたことなんてなかっただろう。生きているってどういうことか、もう一度味わえていいんじゃないか？」

その男はまさに戚容《チーロン》だった。彼がじっとしているはずがなく、若邪《ルオイエ》を切るよう谷子《グーズー》をそそのかすに違いないと予測していた謝憐《シエリエン》は、もし逃げようとしたらこの林に引きずり込んで思いきり楽しませてやれと若邪《ルオイエ》に伝えておいたのだ。

戚容《チーロン》が他人の体を使っているせいで、そうそう殴るわけにはいかなかったが、ほんの少しだけ肉体的苦痛を与えることとくらいはできる。謝憐《シエリエン》はこの付近で柴刈《しばか》りをしたり落ち穂《ぼ》を拾ったりしたことがあって、蚊やその他の虫に嫌というほど刺されて苦痛を味わった。今、戚容《チーロン》もやはり同じように体中を大量の蚊に刺されまくって腫れ物ができていて、死んだ方がましだとばかりに罵倒する。

「お前の雪蓮花《せつれんか》のような心はどこに行った？　こんな時でもしつこく善人ぶってみたらどうなんだよ！」

谷子《グーズー》は謝憐《シエリエン》の足にしがみついてわあわあ泣きながら言う。

「お兄ちゃん、ぼくの父ちゃんを下ろしてよ！　もうずっと吊るされたままなんだ！」

謝憐《シエリエン》が谷子《グーズー》の頭を少し撫でると、戚容《チーロン》はたちまち「うわっ」「バタッ」と地面に落っこちた。

菩薺村へ帰るには例の楓《かえで》の林を通らなければならない。謝憐《シエリエン》は上半身裸で罵声を浴びせてくる若い男を掴み上げていて、その後ろからはぐずぐず泣いている子供と押し黙っている子供が二人ついてきている。内心、この一行はものすごく奇妙に見えるだろうなと思った。

丘を登りきったところで、謝憐《シエリエン》は後ろの子供二人に声をかけた。

「足元に気をつけて。ここは転びやすいから」

事実だった。謝憐《シエリエン》が町へガラクタ集めをしに行き、帰りが遅くなると暗闇の中でこの道を歩くのだが、不運体質のせいなのか、数えきれないほど転んだことがあるのだ。

するとと途端に戚容《チーロン》が叫ぶ。

「蒼天《そうてん》よ！　頼む、とっととこいつをすっ転ばせてここで殺してくれ！」

「鬼のくせに蒼天に頼み事か？」

聞いていた謝憐《シエリエン》はただただおかしいと思った。

その時、空から微かに暖かな光が差し込み、ふいに真っ暗な道が照らされて少し鮮明になったように感じた。謝憐《シエリエン》が顔を上げて眺めると、やはり気のせいではなかった。空の果てに本当に光があったのだ。

それはあの三千本の長明灯の光だった。

夜空に浮かんで流れる灯はなんとも雄大で、星や月の輝きまでもが覆われていく。呆然とそれを眺めていた謝憐《シエリエン》は、しばらくしてから小さな声でぽつりと言った。

「……ありがとう」

戚容《チーロン》はそれがなんのことかわからず、へへっと笑う。

「なんの礼だ？　どっかの誰かが好きにやってるだけで、別にお前のためにやってんじゃねぇだろ。自意識過剰も大概にしとけよ」

黙ってにっこりと微笑んだ謝憐《シエリエン》は、反論することなくただこう言った。

「美しいものがこの世に存在する、それ自体がありがたいことなんだ」

美しい景色は心の中にある。だから、他人に興ざめなことを言われてももう平気だ。空に輝く長明灯の光を頼りに、彼はひたすら前に進んでいった。

第四十四章　懐鬼胎平地再起波

――鬼胎を孕み、前触れなくまた波乱が起きる

それから二日も経たないうちに、謝憐《シエリエン》は大きな危機に直面した。

観の食料が底をついたのだ。

彼一人なら一日に数個の饅頭《まんとう》に漬物を一皿添え、畑からキュウリでももいできてかじっていればそれで完璧だし、菩薺村の村人からの供え物で十分すぎるほど暮らしていける。ところが、今は観に口が三つ増えていた。生身の人間二人と生身の鬼一人が、蓄えていた食料を食べ尽くしてしまったのだ。

子供二人はまだいい。問題は戚容《チーロン》で、鬼なのに今は男の体に取り憑いて出てこようとせず、謝憐《シエリエン》が彼を人間扱いせずにクソみたいなものばかり食べさせやがると罵りながら、誰よりもたくさん食べるときている。謝憐《シエリエン》は本気で戚容《チーロン》の口の中に煤だらけの鍋を丸ごと詰め込んでやりたくなった。

完全に食べるものがなくなり、謝憐《シエリエン》は二人の子供を連れて市をぶらぶらすることにした。何かガラクタを回収してそれを売り、彼らにも一度きちんとしたものを食べさせてやりたかったのだ。

普段の謝憐《シエリエン》をあまり運が良くないとするならば、今日の謝憐《シエリエン》はかなり運が良くないと言えるだろう。一回りしてみたがガラクタは一つも回収できなかった。とうとう謝憐《シエリエン》は人が往来する大通りの入り口に立ち、ある決断をした――それは昔の稼業《かぎょう》を再び始めることだった。

そんな訳で、謝憐《シエリエン》は子供たちに近くで大人しく待つよう言って街頭に立つと、朗々《ろうろう》とした声を上げた。

「地元の皆様、ご近所の皆様！　私、本日初めてこの素敵な町に参りまして、恥ずかしながら懐《ふところ》が寒く、お粗末ではありますが芸をいくつかご披露いたします。どうか皆様、ご覧いただきまして食料や路銀《ろぎん》を少々恵んでいただければ……」

両袖をひらひらとなびかせた謝憐《シエリエン》は得も言われぬ仙人のような雰囲気を漂わせ、よく通る清らかな声を響かせる。暇を持て余した人々が通りから次々に

集まってきた。

「何ができるんだ？　やってみてくれ」

「皿回しはいかがですか？」

欣然《きんぜん》と言った謝憐《シエリエン》に、人々は手を左右に振る。

「そんなのちっとも難しくないし、ただの子供騙しじゃないか！　他にはないのか？」

「胸元大石割りはいかがでしょう？」

「古い、古すぎだって！　他には？」

そう言われて、謝憐《シエリエン》はようやく悟った。大道芸や大衆演芸も時代に合わせて進化発展しなければならず、かつての彼の得意芸は既に十日《とおか》の菊《きく》となり、もう誰も讃嘆《さんたん》してはくれなくなったのだ。集まってきた人たちがすぐに散ってしまうのを見て、やむを得ず最後の切り札として謝憐《シエリエン》は袖の中から手作りのお守りの束を取りだした。

「大道芸をご覧いただきましたら、手作りのよく効くお守りを差し上げます。通りすがりの皆様もこの機会をどうぞお見逃しなく」

ただで物をもらえると聞いて、散っていった人たちがまた一気に戻ってくる。

「何に効くお守りなんだ？　どこの道観でご加護を授かった？　神武大帝《シエンウーたいてい》か？」

「財運の加護があるものは？　財神のお守りをくれるとありがたい！」

「私は巨陽《ジューヤン》真君のが欲しいので、すみませんけど一つ取っておいてください！」

謝憐《シエリエン》はこう答えた。

「ないです、ありません。差し上げるのは仙楽太子のもので、菩薺観で加護を授けました。効き目は保証しますよ」

もちろん効き目はある。他の神官たちは毎日少なくとも数千人から幸福を祈願されて耳元がぐわんぐわんするほどなので、少しでも祈願が多ければすぐに配下の神官に振り分ける。ところが、謝憐《シエリエン》に幸福を祈願する人は一日にせいぜい数人だ。耳を傾けてもらえる確率が高いのはどちらだろうか？

「なんだそりゃ。初耳だぞ！」と皆が嘲笑する。

「初耳でも大丈夫です。菩薺観は七里先の菩薺村にありますので、どうぞ見学にいらしてください。見るだけならお供え物は不要で……」

謝憐《シエリエン》が言い終わる前に、人々はぱっと一斉に散ってしまった。先ほど我先にと奪っていったお守りを、誰も彼もがそう遠くない所に捨てていく。彼らの後を追った謝憐《シエリエン》がそれを一枚ずつ拾い上げて綺麗にはたき、顔色一つ変えずに淡々と袖の中にしまっていると、目の前で立ち止まった誰かの布靴《ぬのぐつ》が見えた。

顔を上げると、郎蛍《ランイン》の黒々とした双眸が包帯の隙間から覗《のぞ》き、じっとこちらを見つめている。

「どうしたんだ？　君はあっちで谷子《グーズー》と一緒に座っていて。すぐ終わるから」

謝憐《シエリエン》は優しく言ったが、郎蛍《ランイン》は押し黙ったままだ。

その時、大通りにある大きな屋敷の正門が突然開いた。中から誰かが放り出されるなり、凄まじい怒鳴り声が聞こえてくる。

「やぶ医者め！」

野次馬見物をしようと通行人たちが急いで集まってくる。拾いきれなかったお守りは数十もの足に踏みつけられて、あっという間にぺちゃんこになって汚れ、ボロボロになってしまった。目を見開いて言葉を失った謝憐《シエリエン》は拾うのをやめると、郎蛍《ランイン》に戻って谷子《グーズー》の面倒を見るよう言い聞かせる。それから何が起きているのか見に行こうと人だかりの方へ近づくと、屋敷の門の前で、富商《ふしょう》らしき男が医者とおぼしき老人と言い争っていた。

「あんたは昨日来た時になんて言った？　順調だから心配ないって言わなかったか？　今日のこれはどういうことだ⁉　妻は転んだわけでもなければ悪い物を食べたわけでもないのに、どうして急にああなったんだ⁉」

怒りをあらわにする富商に、医者が無実を訴える。

「昨日わしが奥様を診《み》た時は、確かになんともありませんでした！　わしが思うに、この件は医者ではなく道士を呼ぶべきです！」

これに血相を変えて激怒した富商は、腰に手を当てて医者を指さした。

「息子はまだ流産になったわけじゃないのに不吉なことを言いやがって、このやぶ医者め！　訴えて文無しにしてやる！」

「わしを訴えたって意味ありませんよ。わしじゃ本当に診てもわからないんですから！　あんな脈の状態、見たこともない！」

医者は診療箱を抱きかかえてそう言うと、人々は「医者を変えた方がいいって！」「いや、道士に見てもらいな！」と野次を飛ばす。

謝憐《シエリエン》は本能的に何かおかしいと感じ、人だかりの中で手を挙げた。

「あの、道士ならここにいます。私が道士です」

皆が一斉に振り向き、誰かが訝《いぶか》るように言う。

「あんたは大道芸人だろう？」

「すみません、あれはただの副業なんです」

謝憐《シエリエン》は礼儀正しく答え、言い終わると前に進み出た。

「令夫人《れいふじん》のところへ案内していただけますか？」

屋敷の中からしきりに甲高い悲鳴が聞こえてきて、大勢の婦人たちが明らかに慌てふためいている。新たに呼んだ医者もすぐには駆けつけられないため、富商は藁《わら》にも縋る思いで文字通り謝憐《シエリエン》を掴み、屋敷へと走りだす。謝憐《シエリエン》はついでにあの医者も掴んで中に入っていった。

部屋に入ると、床一面に血が広がり、花柄の垂れ布がついた大きな寝台に若い婦人が横たわっていた。極度の痛みに苛《さいな》まれて顔面蒼白になり、腹を押さえながらのたうち回っていたが、幸い老婦人数名と侍女によって押さえつけられている。謝憐《シエリエン》は扉から入った途端、背筋がぞっとした。

この部屋の中は陰《いん》の気が非常に強く、その気は一か所から流れ出している。

婦人の腹だ！

謝憐《シエリエン》はすぐさま大声で叫び、後ろにいる者たちを制止した。

「動かないで！　原因は彼女のお腹の中のモノです！」

「もう生まれそうなのか⁉」

富商が恐る恐る尋ねる。だが、医者と老婦人たちは聞いていられないとばかりに言った。

「まだ五か月なのに生まれるわけがありません！」

「生まれるわけでもなく、どこが悪いのかもわからないなんて、やぶ医者め！　脈も読めないのか！」

富商はいきり立って医者を責める。婦人が今にも気を失いそうになっているのを見た謝憐《シエリエン》は「全員黙って！」と言い、さっと手を後ろに回して芳心《ファンシン》剣を抜いた。彼がいきなり長さ数尺《しゃく》の黒々とした凶器を取り出すのを見た数人は驚いて「何をするつもりだ⁉」と叫ぶ。すぐさま謝憐《シエリエン》が手を放すと、なんとその剣は宙に浮かび始めた！

これには全員が唖然とした。

上の方で浮いている芳心《ファンシン》は、剣先を真っすぐに婦人の膨《ふく》らんだ腹に向けている。剣の非常に強い殺気に反応し、婦人の腹が急に動き始めたことに皆は気づいた。肉の塊が高く盛り上がり、左脇腹に移動したかと思うと右脇腹に移動する。あちこち動き回ってついに婦人が激しく咳《せ》き込むと、突然口の中から黒煙《こくえん》が一筋噴き出した！

じっと待機していた芳心《ファンシン》がその黒煙をさっと切り払う。婦人は一声「私の坊や！」と悲鳴を上げ、その場で気を失った。

謝憐《シエリエン》は芳心《ファンシン》を呼び戻して再び背負い、医者に向かって言った。

「もう大丈夫ですよ」

医者は目を丸くして口をぽかんと開けていた。謝《シエ》憐《リエン》が何度も手招きすると、ためらいつつ近づいてくる。

「これで私の息子は助かったのか？」

富商が嬉しそうに言った。

ところが、しばらく脈を取った医者は恐る恐る口を開く。

「消えました……」

呆然とした富商は、かなり経ってから怒鳴り声を上げた。

「消えただと？　どうして流産したんだ⁉」

しかし、振り返った謝憐《シエリエン》はこう言った。

「奥様の稚児《ややこ》は亡くなったのではなく、消えたのです。消えた、わかりますか？」

「消えたっていうのは流産したって意味じゃないのか？」

「少し違います。亡くなったのではなく『消えた』――つまり、奥様のお腹にいた子が、今はいなくなっているということです」

その言葉通り、それまで膨らんでいた婦人の腹部は外傷など見当たらないのにすっかりへこんでいて、それはあまりに不自然なへこみだった。

「……息子はさっきまで彼女の腹の中にいたんじゃないのか⁉」

富商の言葉に謝憐《シエリエン》が答える。

「先ほどまで中にいたのはあなたの子ではありません。奥様のお腹を膨らませていたのは、あの黒煙の塊だったんです！」


婦人はただ気を失っているだけで命に別状はないことを医者が確認したあと、彼らは部屋を出た。

「道長《どうちょう》、どうお呼びすればよろしいでしょうか？　どちらの道観からいらしたんですか？　祀っているのはどの真君で？」

富商に尋ねられ、「名乗るほどの者ではありませんが、姓は謝《シエ》で、観は……」と言いかけた謝憐《シエリエン》は、「菩薺観」と続けようと口先まで出かかった言葉をなぜか変えて「千灯観」と言った。

その三文字を口に出したあと、なんだか顔が少し火照《ほて》ってきたように感じた。富商は「はあ」と言うと、「聞いたことがないですね。かなり遠くにあるんでしょうか？」と続けて聞く。

遠いかどうかは謝憐《シエリエン》にもわからず、「ええ、まあ……」と小さな声で言った。

二言三言挨拶を交わしたあと、富商は矢も楯もたまらず恐々《きょうきょう》とした様子でまくし立てる。

「道長！　さっきのあれはいったいなんの妖怪なんですか？　妻がずっと腹に宿していたのは……あんなモノだったんですか？　黒い気の塊だったと⁉」

話題が変わったことで謝憐《シエリエン》も色を正す。

「ずっと宿していたとは限りません。昨日医者に診てもらった時には、奥様はなんともなかったとおっしゃっていましたよね？　その時はまだ脈が穏やかだったはずが、今日になって乱れたということは、おそらく稚児《ややこ》の身に何か起きたのは昨夜でしょう。ちょっと思い出してみてください。昨夜、奥様は何かなさいましたか？　あるいは何か妙なことは起きませんでしたか？」

「昨晩は何もありませんでしたし、妻は出かけてもいません！　巨陽《ジューヤン》殿のご利益《りやく》で子供を授かってからというもの、家の中にまで巨陽《ジューヤン》真君の神壇を設けて、一歩も外に出ずに誦経《ずきょう》して線香を立てて、それはもう大変敬虔《けいけん》なものでしたよ！」

「……」

富商の言葉を聞いて、そんなふうに祀られていることをもし風信《フォンシン》本人が知ったらそれこそ大変なことになるだろうなと謝憐《シエリエン》は思った。少し考え、また口を開く。

「では、何か妙な夢を見ませんでしたか？」

富商はさっと血の気が引いた様子で答えた。

「見ました！」

謝憐《シエリエン》が興味を示すと、富商はこう続ける。

「道長は本当になんでもお見通しだ！　実は、妻は昨晩おかしな夢を見たんです。彼女のことを『お母さん』と呼ぶ子供と遊ぶ夢だったそうで。それから夜中にお腹を蹴られる感覚があって目を覚まして、嬉しそうににこにこしながら私に言ったんですよ。もしかしたらお腹の子が父さんと母さんに会いたくて、待ちきれなくて先に挨拶しに来たんじゃないかって。その時私は調子を合わせてしまって！」

瞬時に謝憐《シエリエン》は確信した。

「まさにその子供が原因です！」

そう言ってしばし間を置き、また尋ねる。

「その子供はだいたい何歳くらいでしたか？　見た目は？　奥様は何か言っていませんでしたか？」

富商は驚きのあまり全身に冷や汗をかいていた。

「多分彼女は思い出せないでしょう。昨晩私に話してくれた時も年齢ははっきりとは言いませんでした。ただなんとなくかなり幼かったような気がするくらいで。抱っこをせがまれて抱き上げたらずいぶん軽かったと言っていましたけど」

しばらく考え込んでから、謝憐《シエリエン》は言った。

「もう少しお伺《うかが》いしたいのですが、どうか包み隠さず教えてください。そうでないと、この件を明らかにすることはできません。一つ、お屋敷で奥様以外の女性たちが寵《ちょう》を争うようなことはありますか？　二つ、奥様は過去に子を堕《お》ろしたことがありますか？」

妾同士《めかけ》が寵愛《ちょうあい》を得ようとして争っていないかと質問したのは、嫉妬による呪詛《じゅそ》の可能性があるか確認するためだ。年がら年中屋敷に閉じこもっている女性が嫉妬を覚えてしまえば、どんなことでも起こり得る。子を堕ろした経験があるかどうかの質問は、過去に身勝手な理由で子を堕ろしたことがあれば、母体に残った怨念《おんねん》が新たな子がすくすく育つのを邪魔する可能性があるからだ。

　謝憐《シエリエン》に念を押されて富商は大人しく白状したのだが、なんとどちらも当てはまっていた。彼の屋敷には妾が何人もいて、彼女たちは日がな一日ぐちぐち言っているという。その上、外にも妾を囲っていて、嫁《とつ》ぐ時を心待ちにしているというのだ。さらに、夫人の側仕《そばづか》えの侍女も打ち明けた。彼女の主《あるじ》も元は妾で、かつて子を孕《はら》んだ際にもぐりの医者によってお腹の子が女児だと断言された。男児を産んで正妻に取り立ててもらいたかった彼女はそれを信じ、薬を飲んでその子を堕ろしたそうだ。話を聞き終えた謝《シエ》憐《リエン》は頭が痛くなった。

「道長、生まれてくることができなかった娘の復讐なんでしょうか？」

　富商が不安のあまりびくびくした様子でそう言う。

「その可能性はありますが、他にも考えられます。何しろ、奥様にも夢で会ったその子供がいったいいくつなのか、男なのか女なのかもはっきりわからなかったんですから」

「だ……だったら道長、あの黒い気の塊が昨日の夜に妻の腹の中にやってきたのなら、じゃあ……私の……私の息子はどこへ行ったんですか？」

「おそらく、食われたのでしょう」

　謝憐《シエリエン》の答えに富商はぶるりと震え上がる。

「く、食われた⁉」

　謝憐《シエリエン》が頷くと、富商はまた言った。

「じゃあ、道長、これからどうすればいいんですか？　私には身重《みおも》の如夫人《じょふじん》もいるんです。万が一あの妖怪がまた現れたらどうすればいいですか⁉」

　なんと、この家にもう一人妊婦がいたとは！

　謝憐《シエリエン》は手を挙げて言う。

「焦らないで、落ち着いてください。お聞きしたいのですが、奥様は夢の中でその子供と出会った場所を覚えていましたか？」

「大きな部屋だったことはぼんやり覚えていましたが、それ以上のことはあまり記憶にないようです。

ただの夢ですから、そんなにはっきり覚えていられますか?」

そう言って富商は歯ぎしりをした。

「私は……四十を越えてようやく待望の息子ができたっていうのに、あんまりだ！　道長、あの妖怪を捕まえて退治できませんか?　もう二度と家の者に危害を加えさせるわけにはいかない！」

「慌てないで、慌てないでください。全力を尽くしますから」

富商は大喜びで揉《も》み手をする。

「ええ、わかりました、わかりましたとも。道長、何か必要なものはありますか?　報酬ならご心配なく！」

だが、謝憐《シエリェン》はこう答えた。

「報酬は必要ありませんが、ただ、いくつかやっていただきたいことがあります。一つ目は、お手数ですが使っていない婦人服を一着ご用意ください。男でも着られるくらいゆとりがあるものでお願いします。それと、おそらくですが、法術を施すために如夫人の髪も一筋必要になるかと」

「おい、書いておけ！」

富商が召使いに言いつけると、謝憐《シエリェン》は言葉を続ける。

「二つ目は、身重の如夫人にくれぐれも言い聞かせてください。できればいつもと違う部屋で寝るのが望ましいのですが、どこでも、どんな時でも、知らない子供の声で『お母さん』と呼ばれたら一切返事をしないようにと。返事をせず、できれば口も開けない方がいい。人は夢を見ている時、大抵自分が夢の中にいると気づいていませんし、ぼんやりしているから思考ができないんです。ですが、あなたが彼女の耳元で繰り返し言い聞かせれば脳内に深く残って、もしかすると上手くいくかもしれません」

富商はこれにも応じる。

「三つ目なのですが、私の連れの子供が二人おりまして。お手数ですが、代わりに面倒を見て食事を用意してやってください」

「それくらいのことでしたら、二つでも百でもやりますよ！」

そして、最も重要な最後の一つ。

「四つ目」

袖の中から菩薺観で加護を授けたお守りを一つ取り出して両手で差し出すと、謝憐《シエリエン》は厳粛に言った。

「このお守りに向かって大きな声で『太子殿下、私をお守りください！』と言ってください――そうすればこの件は私の観が受け持てます」

「……」

その夜、謝憐《シエリエン》はまたもや女物の服に着替えた。

女装自体にはもう慣れてきていたが、妊婦に扮するのはこれが初めてだ。鏡に向かうと半炷香もかからず身なりを整え、妊婦から取ってきた髪を枕の中に潜ませる。最後にそれを腹の辺りに押し込んで寝台の上に横たわった。心を落ち着かせてゆっくり呼吸をすると、すぐにぼうっとしてきて眠りに落ちていった。

どれくらい経った頃か、謝憐《シエリエン》がおもむろに目を開けると、そこはあの富商の妾の部屋ではなく華麗な楼閣だった。

謝憐《シエリエン》はまず最初に芳心《ファンシン》がそばにあるかどうか探り、触れて確認できるとほっと胸を撫で下ろす。芳心《ファンシン》はさすが宝剣だけのことはあり、謝憐《シエリエン》にしっかり結びつけられたままだった。そのまま徐々に体を起こすと、ふと手のひらがべたついたように感じた。その手を確認しようとして、自分が寝台の上に横になっていることに気づく。寝台にはおどろおどろしい大きな血痕《けっこん》がいくつもあり、まだ乾いていないせいで彼の半身も真っ赤に染められ、驚くほどひどい有様だった。

謝憐《シエリエン》はそれを見てもまったく動じることなく寝台から下りる。少し歩くと、ふいに体から何かが落ちたような気がした。俯くとそれはなんとあの枕で、急いで拾ってもう一度中に押し込む。さらに少し歩くとまた枕が落ちてしまい、仕方なく謝憐《シエリエン》は腹に押し込んだそれをずっと両手で抱えたまま辺りを観察した。

幼い頃から皇宮で育ち、知らず知らずのうちにその環境から影響を受けていたのか、謝憐《シエリエン》は美しいものと美しくないものに関して自分なりの価値観がある。この小さな楼閣は、華麗ではあるものの脂粉《しふん》の香りに満ちていて、酒場や遊興に耽《ふけ》る場所のように思えた。それに、流行の建築様式に比べると少々古めかしく、数百年前の建物かのようだ。いったいどういう場所なのだろうか。

この状況からすると、富商の娘の胎霊《たいれい》〔死んだ胎児の霊〕が祟《たた》りを起こした可能性は低い。なぜかというと、邪祟《じゃすい》が見せる幻像は、邪祟自身の記憶によって作られるからだ。このような数百年も前の古い建物は、数百歳を数える邪祟の記憶の中にしか存在しない。一通り歩いてみたが誰もおらず、謝憐《シエリェン》はもう一度最初に横たわっていた部屋へ戻った。

この部屋は女性の寝室で、化粧台が設けられている。引き出しを開けてみると中には幼児の服が少しと、人形やでんでん太鼓などのおもちゃが入っていた。謝憐《シエリェン》は一つずつ調べたがどれも真新しいものばかりで、この部屋の主である女性がこれらの品を大切にしていることが見て取れる。つまり、この女性は「子供」を心から慈《いつく》しんでいるということだ。

また少しあさってみると、幼児の服の間にお守りが挟まれているのを見つけ、謝憐《シエリェン》ははっとした。それは、なんと彼のお守りだったのだ！

驚きのあまり、謝憐《シエリェン》はつい何度も繰り返し確認してしまった。間違いなく、これは彼のお守りだ。しかも、最近彼が自分で山へ行って香草を摘み、自分で編んで、自分で呪符《じゅふ》を描き、自分で赤い紐を買ってきて結んだような簡素なお守りではない。八百年前、仙楽太子が最も脚光を浴びていた頃に全国に流通した、誰もが一つは持っていたであろうお守りなのだ。生地も模様も極めて繊細《せんさい》で、どこで授かったものか、加護があるかどうかもはっきりとわかる。

まさかこの部屋の主の女性は、かつて彼の信徒だったとでもいうのだろうか？

その時突然、死のような静寂の中からくすくす、けらけらという笑い声が聞こえてきた。

それは子供の笑い声だった。あまりに唐突なその声はこだまして四散《しさん》し、どこから発せられているのかもわからない。謝憐《シエリェン》は黙《もく》したまま顔色一つ変えなかったが、内心考え込んでいた——この声には聞き覚えがある。どこかで聞いたことがあるのだが、いったいどこだっただろうか？

ふいに脳内にあどけない幼子《おさなご》の声が響く——「嫁

入り娘、嫁入り娘、赤い花轎《かきょう》に乗る嫁入り娘。目を潤ませ、丘を越える、蓋頭《がいとう》の下で笑うなかれ……」。与君山《よくんざん》で花轎に乗っていた時に聞いた子供の霊の声だ！

謝憐《シエリエン》がはっと我に返った時、その笑い声も急に止まった。とっさに振り返ったものの、影も形もない。

与君山での事件のあと、通霊陣《つうれいじん》でこの子供の霊について尋ねてみたが、その時にいた者たちは皆、山で子供の霊など見つからなかったと言っていた。その声は謝憐《シエリエン》一人だけに聞こえていたのだ。そして今、この霊は再び彼の前に現れた。これは偶然なのか、それとも意図的なものなのだろうか？

子供の霊は笑うのをやめて「お母さん」と言った。その「お母さん」という一言は目と鼻の先から聞こえてきたのに、声の主がどこにいるのかわからない。謝憐《シエリエン》は一言も喋らずに息を殺して集中し、耳をそばだてる。

しばらく沈黙していると、また子供の声がした。

「お母さん、抱っこ」

それを聞いて、謝憐《シエリエン》はついに見つけた——声は彼の腹の中から聞こえていたのだ！

謝憐《シエリエン》はずっと偽物の腹を両手で抱えていたのだが、この時になってようやく、手の中の枕がいつの間にかずっしりと重くなっていることに気づいた。

手のひらを叩きつけると、「パシッ」という音とともに服の中から何かが転がり出てくる。どこか青白い子供のように見えるそれは、口からぺっぺっといくつかの塊を吐き出すと暗闇の中へ転がってあっという間に消えていった。

謝憐《シエリエン》が急いで近づくと、吐き出されたものは綿の塊と一筋の黒髪だった。おそらく、謝憐《シエリエン》の目眩《めくら》ましの術が功を奏したのだろう。この小鬼《しょうき》はもともと、妊婦の子供を食った時のように謝憐《シエリエン》の「子供」も食うつもりだったようだが、謝憐《シエリエン》が腹に添えていた身代わりの綿を食ってしまったのだ。その直後、謝《シエ》憐《リエン》はまた「お母さん！」と呼ぶ悲鳴を聞いた。

霊が何を言おうが、悲愴感たっぷりに叫ぼうが、謝憐《シエリエン》は終始落ち着き払ったまま口を噤んでいた。この子供の霊は胎霊で、この部屋は彼、あるいは彼女の母親が住んでいた場所だと謝憐《シエリエン》は推断した。なぜなら、この霊にははっきりとした姿形がないからだ。もし何歳かに成長してから死んだのなら、祟りを起こす際もその年齢の姿で現れるはずなのに、この霊は大抵黒煙やぼんやりとした白い影として現れた。つまり、霊自身も自分がどんな姿であるべきなのか、よくわかっていないということだ。さらに、あの引き出しの中にあった小さな服は明らかに新品で、その上寝台には大量のおどろおどろしい血痕があったことから、謝憐《シエリエン》はこの部屋の主の女性は流産したのだろうと結論づけた。

生まれてくることができなかった子供は既にある程度大きくなって、意思を持ち始めていたのだ。そして胎霊と化して母の腹の中に帰りたいと願い、あの富商の夫人のところへ行ったのだろう。

霊が夢の中で口を開いて「お母さん」と呼んだ時、夫人が口を開いて返事をしてしまったのがまずかったのだ。周知の通り、「母」と「子」の絆《きずな》は特別なもので、そんなふうに返事をすれば、ほしいままに要求してもいいと「許可」したことになる。また、彼女が口を開けたことで邪《じゃ》のモノに入り込む隙を与えてしまった。それで小鬼は彼女の口から腹の中へそっと忍び込み、鵲《かささぎ》の巣に鳩《はと》が住み着くようにもともとそこにいた胎児を食ってしまったのだ。

謝憐《シエリエン》は男だが、口を開いて返事をしたとして、その機に乗じて子供の霊が同じように腹の中に入り込んでこないという確証はない。万が一に備えるためにも、やはり口は閉じておいた方がいいだろう。

そんな訳で、彼はきつく口を結んだまま芳心剣《ファンシン》を持ち、その幼児の居場所をあちこち捜した。危険を察知する謝憐《シエリエン》の直感は非常に鋭く、これは数えきれないほどの実戦の中で鍛練《たんれん》を重ねて身につけたものだ。目を凝らすまでもなく、疑わしい所を剣で突き刺せば十中八九当たっていた。

この子供の霊が仕掛けた幻像の中では、謝憐《シエリエン》が与えた傷は何割か軽くなっているだろうが、何度も刺されればきっと十分な痛手《いたで》だろう。しばらくして、謝憐《シエリエン》はふと足の裏にちくりとした痛みを感じた。知らない間にずいぶんと尖《とが》ったものを踏んでしまったらしく、一瞬立ち止まる。

子供の霊は彼が罠にかかったと見ると、短く陰湿な笑い声を漏らした。それは幼くてか細かったが、およそ子供が発するような声ではない。むしろ、悪意に満ちた大人のそれのようで、ぞっとするほど大きな違和感があった。ところが、謝憐《シエリエン》は顔色一つ変えなければ歩みを止めることもなく、また剣で素早く突き刺していく。今度も命中した！

　手ひどい目に遭った子供の霊は、「うわっ」と声を上げて遠くへ逃げ去っていった。謝憐《シエリエン》がようやく俯いて長靴の裏を見てみると、小さな針を踏んでいた。どうにか謝憐《シエリエン》を痛みで叫ばせようと、あの子供の霊がわざと置いたものに違いない。だが、それは見込み違いだった。謝憐《シエリエン》は非常に痛みに強く、針を踏むどころか、たとえ数尺ある虎挟《とらばさ》みに足を挟まれたとしても必要であれば堪えて一声も上げずにいられる。

　その針は非常に小さいものの、深く刺さってしまっていた。謝憐《シエリエン》はまず針を抜こうと思ったが、追い詰められて逃げていったあの子供の霊が抜け目なく他の者に危害を加えるのではないかと心配になり、針が刺さったまま部屋を出てあとを追った。しばらくすると痛みを感じなくなり、飛ぶように速く歩きだす。小さな楼閣の中を捜し回ったものの子供の霊の姿はなく、謝憐《シエリエン》は釈然としなかった。「まさか私にこてんぱんにされて怖くなったとか？」と思っていたまさにその時、さほど遠くない所にある窓が風もないのにひとりでに開いた。

　すぐさま駆け寄って確認した謝憐《シエリエン》は唖然とした。窓の外に通りはなく、山の景色もなければ人も歩いていない。ただ底の見えない深潭《しんたん》があるだけだ。

　その深潭の向こうに一軒の家があって、その中に子供が二人座っていた。まさしく郎蛍《ランイン》と谷子《グーズー》で、卓を囲んで飯《めし》をかき込んでいる。けれど、彼らは自分たちの頭上を濃く黒い霧が旋回《せんかい》していることにも、くすくす、けらけらと笑いながら「お母さん！　お母さん！」と声を響かせて叫んでいることにもまったく気づいていない。

　謝憐《シエリエン》の心臓がきゅっと縮み上がった。窓枠に両手をかけ、無意識のうちに声を出して危険を知らせようとしたが、口を開けてはいけないことを思い出して無理やり押さえる。

これはあくまであの子供の霊が作り出した幻像にすぎないが、郎蛍《ランイン》と谷子《グーズー》も引き込まれてしまったのかどうか、謝憐《シエリエン》にはわからなかった。もしそうなら、二人が幻像の中で受けた傷は、そのまま現実の体でも受けることになる。警告のために花瓶でも投げたかったが、投げられそうなものは何一つ見当たらなかった。卓と椅子は窓からは投げられないし、二つの建物の間は大きな湖に隔《へだ》てられている。まさか泳いでいけとでも言うのだろうか？

その時、谷子《グーズー》が何気なくあくびをすると、黒煙の塊が突然一か所に集まった。どうやら彼の口からそっと忍び込もうとしているらしい。

子供の体は防御力が非常に低いので、もしかすると許可がなくとも侵入され乗っ取られてしまうかもしれない。謝憐《シエリエン》にはもう悠長に考えたり泳いだりしている時間などなく、即座に決断して大声で叫んだ。

「口を閉じて！　逃げるんだ！」

その言葉を口にするや否や、郎蛍《ランイン》と谷子《グーズー》は驚いて目を覚まし、二人とも恐怖で口を閉じてぱっと立ち上がる。子供の霊がさっと姿を消すと、次の瞬間、黒煙の塊が謝憐《シエリエン》の目の前で爆発した！

叫んだあと謝憐《シエリエン》はすぐに口を閉じたが、既に口の中へと冷気が流れ込んできているのを感じた。黒煙が腹まで入ると、五臓六腑《ごぞうろっぷ》すべてが一瞬で凍りついてしまいそうな感覚に陥《おちい》る。謝憐《シエリエン》は歯を食いしばりながら素早くお守りをいくつかばらすと、中から香草と呪符を取り出し、それを噛み砕いて呑み込んだ。ほんの少しすると喉が痒《かゆ》くなり、いきなり黒煙の塊を吐き出した！

謝憐《シエリエン》は袖で口を覆ったが咳は止まらず、涙が滲むほどむせながら、どうするべきか素早く考えを巡らす。吐き出された黒煙の塊は謝憐《シエリエン》の上半身をすっぽりと覆ったまま、しつこくまとわりついている。さっと窓枠に手をかけた謝憐《シエリエン》は、軽々とそこを飛び越えると窓の外にある湖へ飛び込んだ。

「ドボン」という音とともに、湖の深くまで潜っていく。息を止め、あぐらをかいて腕を組むと、瞑想《めいそう》の姿勢をとって凍てついた湖水の中にゆっくりと身を沈ませた。鼓動が落ち着くのを待って顔を上げると、上方であの黒い霧が旋回していて、水面全体を覆っているのが微かに見える。水から上がれば当然思いきり息を吸うことになるが、吸ってしまえば間違いなくあの子供の霊も完全に腹の中まで吸い込んでしまうだろう。男がいたずらに腹を大きくしているなんて、まったく格好がつかないではないか。

しかし、水に飛び込んだのは考える時間を確保するためで、そうかからずに謝憐《シエリエン》は対処法を思いついた。

(呑み込んだところで別にどうってことないか。また芳心《ファンシン》を呑み込めばいいだけだし)

大道芸人をやっていた頃に、剣を呑み込むという技も習得していた。呑み込めばおそらく体は傷つくが、この子供の霊を捕まえられるのなら、そんなことはどうでも良かった。

そうと決めると、謝憐《シエリエン》はすぐに手を広げて横へと泳いだ。ところが、上から鈍い水音が聞こえたかと思うと、瞬く間に視界が幾重《いくえ》にも広がる燃え盛るように眩《まばゆ》い赤色に支配された。

うねる漆黒の髪が目の前を漂い、水飛沫《しぶき》と気泡がブクブクと密集し始めると、何もかもがはっきり見えなくなる。少し瞬きをした謝憐《シエリエン》が、そのまとわりつく無数の糸と水晶のような泡を必死でかき分けると、力強い手に掴まれた感覚があった。片手は腰にしっかりと回され、もう片方の手は顎を捉《とら》えている。

次の瞬間、氷のように冷たくて柔らかい何かが謝《シエ》憐《リエン》の唇を塞いだ。

第四十五章　方寸乱莫道芳心乱

——心が乱れても、そういう意味だとは言わないで

　突然の出来事に、謝憐《シエリエン》は目を大きく見開いた。

　生まれてこの方、誰かにこんなことをされた経験は一度もなかった。誰もそんな度胸などなかったし、度胸があったとしても不可能だからだ。だが、この者は鬼か妖《よう》か、素早く現れたせいで謝憐《シエリエン》は防ぐ間もなくこのような状況に陥ってしまった。慌てふためいてとっさに相手を押しのけようとしたが、水をたっぷり飲み込んでむせてしまい、水晶玉のような水泡が一つまた一つと連なって「ブクブク」と勢いよく口から出ていく。水中でこんな行為は禁物《きんもつ》だ。

　相手が謝憐《シエリエン》の腰をさらに強く抱くと、二人の体はより密着した。闇雲に押していた謝憐《シエリエン》の腕は、曲げた状態で自分の胸元にぐっと押さえつけられて身動きが取れず、唇もしっかりと塞がれている。さらに深く口づけられ、冷たくて優しい息がゆっくりと送られてきた。為《な》す術《すべ》もなく呆然と耐えながら、謝憐《シエリエン》は相手の顔をはっきりと確認した。花城《ホワチョン》だ。

　花城《ホワチョン》だとわかった瞬間、謝憐《シエリエン》はすぐにもがくのをやめた。場違いなことに、心の中に訳のわからない雑多な思いがいろいろと湧き上がってくる。例えば——なんだ、花城《ホワチョン》だったのか、どうりでこんなに冷たいわけだ——鬼は呼吸しなくても大丈夫なのに空気を送ることはできるんだな——まさか鬼って水に沈まないのかな？

　その時、花城《ホワチョン》がふと目を開いた。

　至近距離にある黒い瞳と見つめ合った瞬間、謝憐《シエリエン》は再び硬直してしまった。悲しいかな溺れるほど泳ぎが下手なアヒルのようにジタバタともがき始めるが、その程度の足掻《あが》きなど花城《ホワチョン》にいとも簡単に押さえ込まれてしまう。彼は謝憐《シエリエン》の腰を抱いたまま素早く浮き上がっていき、ほどなくして二人は水面を突き破るように顔を出した！

　水は凍てつくような冷たさで空気も冷えきっていたが、今の謝憐《シエリエン》は全身が焼けるように熱かった。水面に浮上するや否や顔を背《そむ》けようとしたが、依然と

して黒煙が虎視眈々《こしたんたん》と水面を覆っていて、誰かが出てきたのに気づくとすぐさま捕らえに向かってくる。

謝憐《シエリェン》が顔の向きをわずかに変えた途端、頭の後ろに添えられた花城《ホワチョン》の手で元に戻された。一瞬だけ離れた唇が、再びしっかりと重なり合う。唇がひりひりして痛いほど口づけられ、麻痺しそうになった。もし他の誰かだったらとっくに剣で刺していただろうが、よりによって相手は花城《ホワチョン》だ。どうすればいいのかまったくわからず、迫られて涙まで溢れそうになってくる。その時、花城《ホワチョン》の顔越しに、千万の銀の蝶が二人の周りから水面を割るように飛び出していくのが見えた！

風を切る鋭い音とともに、蝶の雨が鋼の弾丸のように水中から撃ち出される。その羽は冷たい刃のように光を反射していた。子供の霊が瞬く間に切り裂かれて悲鳴を上げると、黒煙は散り散りになって四方へ逃げ出す。だが、それを怒涛《どとう》の如く取り囲んだ蝶の陣に封じ込められ、どれだけ暴れ回ろうとも突き破ることはできなかった。

花城《ホワチョン》は視線を上げることすらせずに謝憐《シエリエン》を抱きかかえたまま、再び水の中に潜っていく。しばらくして、ようやく二人の唇が離れた。

その途端、謝憐《シエリエン》はまた大きな水泡の連なりを吐き出し、花城《ホワチョン》はというと片手を離して賽《さい》を一つ投げた。その賽はなんと水中でも飛ぶように速く回転して激しい水流を巻き起こし、最後にぴたりと止まる。しばらくして、二人は再び水面に浮上した。

今度はそう遠くない距離に岸があり、花城《ホワチョン》は謝《シエ》憐《リェン》を連れて泳いでいく。これがどこの岸なのかはわからないが、近いような遠いような所に明かりが見え、人の声も聞こえた。背後の水面では、蝶の陣があの黒煙の塊を捕まえたまま空高く上り、微かな明かりのある方に向かって飛んでいく。後に残されたのは、子供の霊の「お母さーん」という長い悲鳴だけだった。

岸に上がった二人はどっと地面に座り込む。こうして向かい合ったところで、ようやく謝憐《シエリエン》は花城《ホワチョン》の姿をはっきりと見た。

実際にはほんの数日会っていないだけなのに、謝《シエ》憐《リェン》はまるで長い間会っていなかったような気がした。

会う度に花城《ホワチョン》の美しさは異なっていて、今回は前よりも一、二歳成長したように見える。彼の容貌は元から美しいのだが、水から上がるとさらに眩かった。黒々とした髪に真っ白な肌、頬の右側には細く編まれた髪が一房あり、その中に赤い糸が丁寧に編み込まれている。謝憐《シエリェン》は、彼の額の中央に小さな美人尖《びじんせん》〔富士額のこと〕があることに初めて気づいた。それが顔の輪郭をより繊細に美しく際立たせている。そして、黒い眼帯に覆われた隻眼《せきがん》がもたらすわずかな殺気が、その精美さを薄めて彼の美貌を均整の取れた完璧なものにしていた。

花城《ホワチョン》は眉間にしわを寄せ、じっと堪えるかのように何度か浅く喘《あえ》ぐような息を漏らす。

「殿下、その……」

口を開くと、その声は明らかに以前より低かった。

謝憐《シエリェン》は髪の先から体まで、全身からポタポタと水を滴《したた》らせている。唇は赤く腫れ上がり目も虚ろになってしばらく呆然としていたが、ようやく言葉を詰まらせながら言った。

「わ……わ……わ……」

何回言ったかわからないほど「わ」と繰り返し、やっとのことで突然訳のわからないことを口にし始める。

「私はちょっとお腹が空いたんだけどっ」

それを聞いた花城《ホワチョン》が唖然とした。

謝憐《シエリェン》はまだ気が動転したままで立ち直れず、ぼんやりした様子で言葉を続ける。

「じゃなくて、ね……ね……眠いかな……」

体の向きを変えて花城《ホワチョン》に背を向けた謝憐《シエリェン》は、地面に両手と膝をついた。まるで何かを捜すかのようにゆっくりと手探りする。

「何か捜し物が？」

背後から花城《ホワチョン》が尋ねてきたが、謝憐《シエリェン》はただ無意識に彼を見ないようにしているだけで、しどろもどろになりながら答えた。

「私の笠が見当たらないな。どこに行っちゃったんだろう？」

もし他の者がこのような光景を目の当たりにしたら、きっと「おしまいだな、馬鹿になっちまった！」と叫ぶだろう。実際のところ、謝憐《シエリェン》はこういう経験をしたことがなかったために、短時間であまりにも大きな刺激を受けすぎて少々自分を見失っているだけだった。花城《ホワチョン》に背を向けたまま、謝憐《シエリエン》は手と膝で地面を這いながらぶつぶつと呟く。

「……み、見つからないな。もう行かないと。家に帰ってご飯を食べないと……ガラクタも集めないといけないし……」

「……すみませんでした」

押し黙っていた花城《ホワチョン》がそう言い、その声が背後から近づいてくるのを感じて、謝憐《シエリエン》は跳び上がって叫んだ。

「もう行かないと！」

その叫びは、まるで助けてくれと言わんばかりだった。

花城《ホワチョン》が「駄目です！」と言ったが、謝憐《シエリエン》はそそくさと逃げようとする。だが、走りだして数歩のうちによろけて転び、再び地面に突っ伏した。振り向くと、彼の足の裏に刺さっていたあの針が完全に中まで入り込んでいて、走った所の地面が血まみれになっている。

花城《ホワチョン》がぱっと彼の足首を掴み、声色まで一変させる。

「どうしたんですか？」

謝憐《シエリエン》は急いで足を自分の方に引き寄せた。

「大丈夫大丈夫、ちっとも痛くないし、大丈夫だから！」

「痛くないわけがないでしょう！」

花城《ホワチョン》は少し怒ったように言いながら手を動かし、謝憐《シエリエン》の長靴を脱がそうとする。驚いた謝憐《シエリエン》は前へと這いずりながら叫んだ。

「いい、いい、いいからっ、もういいからやめて！」

這いずっていくと、花城《ホワチョン》がすぐさま彼を引き留める。こちらが大騒ぎをしていたせいで、とうとう岸にいた他の者たちまでが騒ぎだした。鳴り物の音や凄まじい喚き声とともに、一見してなんなのかわからないような奇々怪々な見た目のモノたちが次々に集まってきて奇声を上げる。

「こらぁ！　何もんだ！　ここがどこかわかんねぇのか？　生きてんのが嫌になったか、それとももういっぺん死にてぇのか？　って……う、嘘だろ、城主⁉」

鬼の群れはすぐさま揃って声高に挨拶をした。

「城主、ごきげんよう！」

心の中で悲鳴を上げた謝憐《シエリエン》は、両手で顔を隠せないことを恨めしく思った。あろうことか、ここは鬼市だったのだ！

群れの中にいた鬼の多くは、謝憐《シエリエン》が前回見た覚えのあるモノたちばかりで、知った顔の豚もいた。二人はずぶ濡れのまま無数の人間と鬼たちに野次馬をされていて、しかも花城《ホワチョン》は謝憐《シエリエン》の片足を掴んで離そうとしない。このあまりに衝撃的な光景に、謝憐《シエリエン》はようやく少し冷静になってきた。ところが、鬼の群れは二人のうちの一人が花城《ホワチョン》だとわかると、さらに興奮して叫びだす。

「城主！　ヤりたいんですね！　お手伝いしますよ！　俺たちが押さえときますから！」

「失せろ！」

花城《ホワチョン》に一喝され、鬼の群れは慌てて散り散りになる。近くで見る度胸のない鬼たちが遠巻きになったたが、謝憐《シエリエン》は今ここで気絶してしまいたかった。なぜなら、立ち上がった花城《ホワチョン》が腰を屈めて謝憐《シエリエン》を軽々と抱き上げ、落ち着いた足取りで鬼市に向かって歩きだしたからだ。

謝憐《シエリエン》はまだ女物の服を着たままだったが、あの枕が腹の辺りにないことがせめてもの救いだった。そうでなければ、もっと恐ろしい光景になっていただろう。ただ、この恐ろしさによってようやく謝憐《シエリエン》は完全に冷静さを取り戻した。花城《ホワチョン》の腕の中で何度かもがいたものの、抜け出せずに軽く咳払いをする。

「……三郎《サンラン》、ごめん。さっきはちょっと醜態をさらしてしまって、恥ずかしいところを見せちゃったな」

あの一瞬の出来事は、彼にとってあまりにも衝撃的だった。ひとまず「衝撃」と言っておこう。何しろ初めてだったのだから。けれど、それだけが理由ではない。これまでの何百年もの間に、一糸纏わぬ艶美《えんび》な女の鬼に誘惑されたことがなかったわけではないが、先ほどのように人前で醜態をさらしてしまうような事態は一度もなかったのだ。それなのに、どうして今回はこんなことになってしまったのだろうと思ったが、きっと国師から教わったのは女除《よ》けの方法だけで、男除けの方法は教わらなかったからだろう。経験がないせいで、不意を突かれてあんな反応をしてしまったとしか考えられない。

先ほどの一連の反応を思い返すと、謝憐《シエリエン》は少し恥ずかしくなってきた。三郎《サンラン》は善《よ》かれと思ってやってくれたことなのにあんなにも驚いてしまって、大げさだった気がする。内心、助けてくれた人に対してあまり礼儀正しいとは言えないと思った。だが、花《ホワ》城《チョン》がこう言うのが聞こえてきた。

「そんなことない。俺が軽率だったんだ。兄さんに失礼なことをしてしまって、三郎《サンラン》の方こそ謝らないと」

彼が気にしていないとわかって、謝憐《シエリエン》は密かにほっと息をつく。

「あの時は状況が状況だったからただ手を貸してくれただけで、別に大したことじゃないよな。そうそう」

そう言うと、そもそも自分が何をしていたのかを思い出して言葉を続けた。

「三郎《サンラン》、どうしてまた突然現れたんだ？　あの子供の霊は？」

だが、花城《ホワチョン》は有無を言わせぬ口調で言う。

「傷の手当てが先だ」

話をしている間に、二人はとある華麗な楼閣の前に辿《たど》り着いた。謝憐《シエリエン》が顔を上げて眺めると、なんとその楼閣には「極楽坊」という三文字が書かれている。

謝憐《シエリエン》は大層驚きつつ不思議に思った。まさか、あの炎上した極楽坊がもう修繕されたのか？　しかも、以前とまったく同じ状態に直されている。とはいえ、尋ねるのはどうにもきまりが悪かった。

花城《ホワチョン》は謝憐《シエリエン》を抱いたまま中に入ると、例の墨玉《ぼくぎょく》の寝台に上がり、謝憐《シエリエン》を寝台の上に座らせた。寝台の下で片膝をついて謝憐《シエリエン》の怪我をした方の足を手に乗せ、血に染まった靴底の小さな穴を確認している。

その体勢に、謝憐《シエリエン》はやけに不安な気持ちになった。

「そんなことしなくていいから！」と言って寝台を下りようとしたが、花城《ホワチョン》は彼を押し戻し、てきぱきと長靴と靴下をすべて脱がせていく。

その足は、呪枷で縛られている方の足だった。白く美しい足首を深黒の輪が縛りつけていて、その対比が鮮烈だ。花城《ホワチョン》の視線はその滑《なめ》らかに湾曲したくるぶしのところでほんのわずかに止まったが、すぐに謝憐《シエリエン》の傷口に手を当てて言った。

「少し痛いかもしれない。兄さん、痛かったら我慢しないで言って」

「私……」

続く言葉を言い終わらないうちに花城《ホワチョン》が少し力を込める。途端に鋭い痛みが這い上がり、謝憐《シエリエン》は我慢できずに思わず縮こまった。

花城《ホワチョン》の動きは限界まで加減されていたし、この程度の痛みくらい謝憐《シエリエン》にとってはなんともないはずなのだが、花城《ホワチョン》の前だとどうやら痛みを隠せないらしい。もしかすると、予告されたことで身構えてしまって、かえって上手くいかなかったのかもしれない。

謝憐《シエリエン》が縮こまったことに気づくと、花城《ホワチョン》はすぐさま彼のくるぶしの辺りをしっかり掴んで囁《ささや》いた。

「大丈夫。すぐに終わるから。怖がらないで」

謝憐《シエリエン》は微かに首を横に振った。一方、花城《ホワチョン》の動きは一層繊細になり、驚くほど迅速に処置していく。そして手を上げると、小さな針が一本取り出されていた。

「終わったよ。もう大丈夫」

謝憐《シエリエン》が目を凝らすと、その針先から悪意のある光がちらついているのが見えた。花城《ホワチョン》が五本の指をわずかに曲げて粉々に握りつぶし、針は黒い煙となって霧散《むさん》する。その様子を見ていた謝憐《シエリエン》は、不安はひとまず脇に置いて真剣に言った。

「なんて強い怨念なんだ。普通、胎霊がここまで強い法力を持つことはないのに」

「うん。きっと、単に流産で死んだ胎霊じゃないんだろう」

花城《ホワチョン》が立ち上がってそう言う。

その時、面を被った人物が頭を下げながら入ってきて、両手で捧げ持った陶器の壺を花城《ホワチョン》に差し出す。謝憐《シエリエン》は無意識にその人の手首に呪枷がないか確認したが、今日の彼は服の袖口をぴったりと絞っていた。壺を受け取った花城《ホワチョン》はそれを片手に乗せて一瞥《いちべつ》すると、振り返って墨玉の寝台に座っている謝憐《シエリエン》に差し出す。謝憐《シエリエン》が近づこうとすると、中から子供のくぐもった泣き声が聞こえてきた。しかも、どうやら中で何かが狂ったようにぶつかっているようで、壺が倒れそうになるほど揺れていて、謝憐《シエリエン》はさらに警戒を強める。

壺を受け取り、その口にある封の一部をめくり上げて中を一目見た途端、謝憐《シエリエン》の背筋に冷たいものがぞわりと這い上がってきた。

目に入ったのは、胎児のような丸まった何かだった。手足はすべて揃っているものの弱々しく、頭は暗闇の中に隠れていて見えない。全体的な見た目は、歪《いびつ》な形をした内臓の塊のようだ。

これこそが胎霊の本体だ！

謝憐《シエリエン》はすぐさまもう一度壺にしっかりと封をして「なるほど」と言った。

以前耳にしたことがあった。月足らずの妊婦を探し、その腹を裂いて中の子供を無理やり取り出して、法術を行うための小鬼に仕立て上げる者がいるという。それを利用して人に危害を加えさせたり、自分を守らせたり、あるいは屋敷から邪のモノを追い払わせて運気を保ったりするのだ。どうやらこの胎霊はまさにそういう邪術の産物で、しかも母親はかつて謝憐《シエリエン》の信徒だった可能性が非常に高い。そうでなければ、謝憐《シエリエン》のお守りを生まれる前の子供の服の中に入れたりはしないだろう。

しばし考えてから、謝憐《シエリエン》は口を開いた。

「これは君が捕まえた胎霊だけど、三郎《サンラン》さえ良かったら、私が持ち帰って一通り調べても構わないかな？　前にも一度与君山で出くわしたことがあってね。偶然なのか何か関連があるのか、私の前に現れたのはこれで二度目なんだ」

「持っていきたいなら構わないよ。俺がいなくたって、あなたは一人でそれを捕まえられるし」

「そう言うけど、三郎《サンラン》は私よりずっと簡単そうに捕まえていたよ」

笑って言った謝憐《シエリエン》の言葉は、ただ何気なく口にしただけだったが、花城《ホワチョン》がこう言うのが聞こえてきた。

「そう？　もしあの時俺が行かなかったら、どんな方法で捕まえるつもりだった？　腹の中に呑み込んでから、剣でも呑み込む？」

「……」

なんとずばり言い当てられてしまった。

花城《ホワチョン》の表情に不愉快そうな様子はまったくないが、謝憐《シエリエン》はなんとなく彼が少し怒っているような気がした。

もし今の言葉に対する返事を間違えてしまったら、花城《ホワチョン》はさらに怒るだろうと謝憐《シエリエン》の直感が告げている。どうしたものかと思っていたその時、ふと腹の中が微かに縮んだ気がした。

「……ちょっとお腹が空いたな」

「……」

思わず言ってしまってから我に返った謝憐《シエリエン》は、恥ずかしくて花城《ホワチョン》がどんな顔をしているか見ることすらできず、ただ正直に弁明するしかない。

「今度は本当にお腹が空いたんだ……」

ややあってから、花城《ホワチョン》がついにぷっと吹き出して笑いだした。

その笑い声で、謝憐《シエリエン》は目の前のどんよりとした靄《もや》がたちまち晴れたような気がしてほっと息をつく。

花城《ホワチョン》は笑い混じりのため息をこぼし、小さく頷いて「わかった」と言った。

もともと花城《ホワチョン》は謝憐《シエリエン》を極楽坊に引き留めて宴席を設けるつもりだったのだが、「宴席を」という言葉を聞いた謝憐《シエリエン》は、すぐさまこれは相当豪勢なものになるに違いないと思った。それで、外を散歩しながら何か適当に食べるものを調達しようと提案すると、花城《ホワチョン》も応じる。

極楽坊の中はずいぶんと暖かく、ずぶ濡れだった二人の服は入ってしばらくするとすっかり乾いていた。だが、謝憐《シエリエン》のその女装は非常に人目を引くため花城《ホワチョン》に服を借りることにして、清潔感のある白衣に着替える。それから二人は出発してかなり遠くまで歩いたが、あの胎霊が繰り返し「お母さん」と叫ぶ泣き声が聞こえてきて、頑として諦めていないということを実感した。ただ、鬼市では大声で泣き喚く声や叫び声があちこちから上がっているせいで、胎霊の泣き声もその中に埋もれて珍しくもなんともない。

鬼市の大通りはいつもながら並外れた賑やかさで、

両側にはこの場所特有の軽食を売っている屋台が立ち並ぶ。鬼たちは相変わらずだったが、その態度は謝憐《シエリエン》が前回ぶらぶら歩いていた時とは大きく違っていた。花城《ホワチョン》と彼が肩を並べて歩いていると、奇々怪々な見た目の店主たちが笑顔で出迎え、我先に腰を屈めてぺこぺこと二人に挨拶をする。謝憐《シエリエン》の脳裏に思わず「虎の威《い》を借《か》る狐」という言葉が浮かんだ。

花城《ホワチョン》に対する目礼とは別に、謝憐《シエリエン》に向かって何百何千匹もの目がさらに灼《や》けるような熱い視線を投げかけてくる。どうやら、鬼市の主と肩を並べて歩けるなんて、いったいどんな人なんだと観察し、推測しているらしい。それで謝憐《シエリエン》は、自分の判断は間違っていたのではないかとまた疑い始めた。妖魔鬼怪という濁流《だくりゅう》が滔々《とうとう》と流れる中に身を置いて注目を集めながら、花城《ホワチョン》が慣れた様子で尋ねてきた。

「何が食べたい？」

ようやくあまり変なものを売っていない屋台を見かけ、早く決めてしまおうと思った謝憐《シエリエン》は「これにしよう」と言ったのだが、花城《ホワチョン》が「ここは駄目だ」と答える。

「どうして？」

謝憐《シエリエン》が不思議そうに尋ねると、花城《ホワチョン》は何も言わずに屋台の中を見るよう示した。謝憐《シエリエン》が目をやると、彼らがここで立ち止まっているのに気づいた屋台の店主が、ずいぶん興奮した様子で揉み手をしていた。どうやら二人の来駕《らいが》を待ち構えているらしく、緊張のあまり力んで卓や椅子を拭いている。ところが、拭くのに使っているのは彼の舌だった。

「……」

幅広の長い舌に舐められた碗《わん》や鍋は、どれもこれもきらきら光る滴《しずく》がついていて新品のような光沢を放っているが、謝憐《シエリエン》はこの店をきっぱりと諦めて足早に立ち去った。また数歩歩くと、今度は外観も内装もかなり爽《さわ》やかで清潔そうな鶏《とり》の汁物料理の店を見つけた。入り口の看板には「自家飼育の親地鶏《おやじどり》をじっくり煮込んだ汁物。作りたてを販売、清潔保証」と書いてある。

「あ、鶏の汁物があるよ。一杯どう？」

足を止めて言うと、花城《ホワチョン》がまたこう答える。

「ここも駄目」

「問題があるのは皿？　それとも鶏？」

　察した謝憐《シエリエン》が尋ねると、花城《ホワチョン》は彼を連れて店の中に入り、垂れ布をめくり上げて中を見るよう促した。興味津々で頭を突き出して覗き込んだ謝憐《シエリエン》は、たちまち言葉を失った。厨房の向こうに見えたのは、強火にかけられ湯気が濛々《もうもう》と立ち上っている大鍋だった。沸騰した湯の中で、頭の上に真っ赤なとさかが生えた男が上機嫌で入浴している。大鍋のそばにはたくさんの桶《おけ》が置いてあって、中には塩や山椒《さんしょう》、胡椒《こしょう》、香草などが入っていた。

「店主、もうちょっとしょっぱくしてくれ！　味が薄いぞ！」

　店内にいた客がそう叫ぶと、男は風呂に浸かりながら調味料を大掴みして自分の体にすり込み、手拭いで力一杯背中を擦ってさらに味を出す。しまいには「コケコッコー！」と高らかに長鳴きした。

　垂れ布を下ろした謝憐《シエリエン》は、無言のまま立ち去った。大きく一回りして、二人はようやくとある店を見つけた。掲げられた看板は「本場人界の美食」だ。謝憐《シエリエン》はこの「本場」という言葉は一考の余地があると感じた。例えば、彼の知る限り、人界の料理人は狩りが難しい大型の妖獣の肉を使って串焼きを作ったりなど絶対にしない。だが、他と比べればこの店が一番まともだった。

　二人が腰を下ろした途端、後ろからずっとついてきていた鬼の群れが集まってきて、これ以上ないほど恭《うやうや》しく自前の小料理を献上する。例の解体人の豚は、やけに青白い人間の足を一本肩に担《かつ》いでパシッパシッと音が鳴るほど叩くと、野太い声で言った。

「城主！　新鮮な太ももの肉はいかがですか？　ついさっき入荷したばっかりなんですよ！」

　鬼の群れが野次を飛ばす。

「やめろやめろ、あっちに行け！　城主のご友人がそんなもん食うと思ってんのか？　青鬼《せいき》じゃねぇんだぞ？　お前の太ももを叩き切って食った方がましかもな！」

「血生臭すぎてご友人の気分が悪くなったらどうするんだ！」

　すると、その豚は本当に豚足《とんそく》を片方高く上げて言った。

「城主と城主のご友人がお望みなら、脚くらいなんだってんだ。叩き切ったって構いやしねぇ！　言っとくが、俺の脚の肉は絶対美味《うま》いからな！」

　思わず笑ってしまった謝憐《シエリエン》は、俯いて粥《かゆ》を口にする。花城《ホワチョン》がまったく相手にしないため、鬼たちの溢れんばかりの熱意はすべて謝憐《シエリエン》へと差し出された。

「地元名物の軽食、脳髄《のうずい》汁です！　どれもこれも五十年以上修練した最高級の妖の脳を厳選してるんですよ！　この芳醇《ほうじゅん》な香りを嗅いでみてください！」

「上物のアヒルの血ですクワッ、見てみてクワッ、おいらがさっき自分の体を切って出したんだクワッ、味見してみてクワッ」

「うちの果物は正真正銘、墓地産で新鮮なんですよ。うちでは死体に生えたものしか摘まないんで。絶対に客を騙したりしませんから……」

　口々にそう言って鬼たちが次から次へと品物を積み上げていくので、一つ一つ見ている暇がないほどで、謝憐《シエリエン》は切れ目なく礼を言い続ける。押し寄せてくる熱意を無下にするわけにはいかないが、どうにも直視し難い独特な料理もあって慌てふためいていると、向かいに座っている花城《ホワチョン》が片手で頬杖をついて、微笑みながらこちらを見ていることに気づいた。きょろきょろと左右を見回した謝憐《シエリエン》は、軽く咳払いをしてから「……三郎《サンラン》……」と小さな声で呼ぶ。

　すると、ようやく花城《ホワチョン》が口を開いた。

「相手にしなくていいよ、兄さん。客が来てはしゃいでるだけだから」

　すぐさま鬼の誰かが声を上げる。

「城主、そんなこと言わないでくださいよ！　俺らだって、人が来れば誰彼なしにはしゃぐわけじゃないですよ。もし城主が俺らの尊敬すべき祖父《じい》様だとしたら、その城主が兄さんって呼ぶ人はなんに当たります？　大伯父《おおおじ》様じゃ……」

「そうですよ、大伯父様が来たらはしゃぐに決まってますって！」

　謝憐《シエリエン》は泣くに泣けず笑うに笑えずで、めちゃくちゃなでたらめを言っているなと思っていると、花《ホワ》城《チョン》が鬼たちを怒鳴りつけた。

「でたらめなことを言うな。黙れ！」

「はい！　城主のおっしゃる通りです！　もう黙り

ます。大伯父様じゃないです！」

鬼の群れは慌ててそう言う。ところがその時、ずっとくすくす笑っていた数人の女の鬼が、とうとう我慢できなくなってすかさず口を出した。

「あら！　あんた……この前蘭菖《ランチャン》に自分は勃《た》たないって言ってたあの道士の兄さんじゃないのかい？」

「……」

謝憐《シエリェン》はその場で危うく粥を噴き出しそうになった。鬼の群れは、世の中を震撼《しんかん》させる大きな秘密を知ってしまったかのように大騒ぎしだす。

「ひえーっ、嘘だろ！　ほんとだ！」

「そうだそうだ、この人で間違いない！　蘭菖《ランチャン》があっちこっちで言いふらしてたぞ！」

多少頭の回る鬼は喚き始めた鬼の口を塞ぎに行ったが、花城《ホワチョン》には聞こえただろう。謝憐《シエリェン》が上目遣いに見やると、彼は片眉を跳ね上げて意味深な視線をこちらに向けている。どうやら「勃たない」という言葉と謝憐《シエリェン》を結びつけて、どういう意味なのか考えているらしい。それは前回しつこくつきまとってくる女の鬼に謝憐《シエリェン》が適当に言った口実で、あの時も大勢の鬼たちに取り囲まれ嘲笑されたが、動じることなく受け止められた。ところが今、花城《ホワチョン》の前で暴露されるととてもではないが耐えきれなくて、恥ずかしさのあまり粥を喉に詰まらせて気絶してしまいたくなってくる。

「私は……」

どうやら花城《ホワチョン》は、かなり気長に謝憐《シエリェン》の言葉の続きを待つつもりらしい。だが、こんなことをどう説明すればいい？　まさか大真面目な顔で、自分は勃たないわけではないと申し開きするのか？

「……もうお腹いっぱいだ」

謝憐《シエリェン》にはこう言うしかなかった。

実際腹は満たされたので、言い終わるなり立ち上がってそそくさと店を出る。後ろでは、心を込めて用意した大量の地元名物を両手に抱えた鬼の群れが大声でずっと喚き散らしていた。

「こ、公子様！　もっと召し上がりませんか？」

謝憐《シエリェン》の後を追いかけながら花城《ホワチョン》がわざわざ振り返って、またもや「失せろ！」と言う。

鬼の群れもまた慌てて散り散りになった。ひとしきり脇目《わきめ》も振らず歩いた謝憐《シエリエン》は、後ろにもう鬼がついてきていないとわかると、歩調を緩めて花城《ホワチョン》を待った。ほんの少しすると、手を後ろで組んだ花城《ホワチョン》が近づいてくる。

「まさか兄さんに人に言えないような病《やまい》があったなんて、知らなかったな」

真面目くさって言われ、謝憐《シエリエン》はすぐさま「ないよ！」と否定する。

そして困り果てた様子で「……三郎《サンラン》」と呼ぶ。

「うん。三郎《サンラン》は信じるよ。もう二度と言わない」

花城《ホワチョン》は頷いてそう言った。一見ずいぶんと従順で聞き分けがいいが、あからさますぎるほどに嘘くさい。

「君って奴は、本当に誠意がなさすぎるだろう」

謝憐《シエリエン》の言葉に、花城《ホワチョン》は笑ってこう口にした。

「誓うよ。天上天下《てんじょうてんげ》、俺より誠意のある奴はいない」

その聞き覚えのある返事を耳にして謝憐《シエリエン》も笑う。

しばらくして、謝憐《シエリエン》は真剣に尋ねた。

「三郎《サンラン》、千灯観ってどこにあるのか知ってるか？」

第四十六章　白夜題書紅袖添香

白夜、麗人が寄り添い書をしたためる

この問いに対する答えは、既に漠然と謝憐《シエリエン》の心の中にあった。だが、花城《ホワチョン》の反応は予想とかなり違っていた。

しばしの沈黙のあと、花城《ホワチョン》はふと「申し訳なかったと思ってる」と口にしたのだ。

謝憐《シエリエン》は解《げ》せないとばかりに「何が？」と尋ねる。

もともと、もし「千灯観」が何かの間違いでなければ、一番関係がありそうなのは花城《ホワチョン》しかいないと思っていた。けれど、その推測が正しかろうがそうでなかろうが、花城《ホワチョン》が謝る理由などどこにもない。

花城《ホワチョン》は何も答えず、ただ一緒に行こうと促してきたため、謝憐《シエリエン》は彼に続いた。しばらく歩いて角を曲がると、ふいに視界がぱっと開け、霊光が流れる一宇《いちう》の宮観が静かに謝憐《シエリエン》の目の前に現れた。

一瞬、謝憐《シエリエン》は息が止まりそうになった。

周囲は漆黒と赤紅《あかべに》が入り交じった鬼界《きかい》の風景だが、それに包み込まれるように佇《たたず》むこの絢爛《けんらん》豪華な宮観は千の灯が明るく煌《きら》めいていて、さながら仙境《せんきょう》のようだ。

このような光り輝く華やかな宮観が、百鬼夜行《ひゃっきやこう》の鬼市の中に玉石混淆《ぎょくせきこんこう》で存在しているなんて不釣り合いだが、同時に人の心を揺り動かす。目に入った瞬間に、忘れられない光景として脳裏に焼きついた。

かなり経ってから、謝憐《シエリエン》はようやく口を開いた。

「……これって……」

宮観の前に立ち、二人は並んで仰ぎ見る。わずかに顔を上げた花城《ホワチョン》が言った。

「何日か前、そろそろ中秋節だし、きっと兄さんも上天庭の奴らが毎年やってるあのくだらない遊びに参加するだろうと思って、この場所を用意したんだ。兄さんが宴の席で退屈しのぎにちょっと楽しめればなって」

「……」

彼は「退屈しのぎ」であまりにも皆を驚かせすぎだ。謝憐《シエリエン》が「ちょっと楽しめる」ようにするために観を用意して、おまけに三千本の祈福長明灯まで上げるなんて！

微かに俯いた花城《ホワチョン》は、袖口を軽く整えて言葉を続ける。

「兄さんの観をこんなめちゃくちゃな場所に勝手に建てたこと、知られたくなかったんだ。気を悪くしていなければいいいんだけど」

謝憐《シエリエン》はすぐさま首を横に振った。まさか迷惑をかけたと気に病《や》んで、だから謝憐《シエリエン》に知られたくなかったとは、彼にどんな言葉をかければいいのか皆目《かいもく》わからなくなってくる。ここまで来ると、今さら礼を言ってもそれこそ無意味だ。謝憐《シエリエン》は気持ちを落ち着かせると、深呼吸をしてただひたすらこの「千灯観」を鑑賞した。しばらくそうしてから、横を向いて言う。

「この宮観は綺麗で立派だし、ものすごく手が込んだ造りだね。たった数日で建てられたとは思えないんだけど、三郎《サンラン》、つい最近建てたんじゃないよね？」

花城《ホワチョン》は笑った。

「もちろん違うよ。兄さんの言う通り、ここはもうずっと前に完成していたんだけど、使い道がなくて困っててね。だから、ずっと隠したまま誰も中に入れたことがなかった。やっと使い道が見つかって日の目を見ることができたんだ。兄さんには本当に感謝しないと」

それを聞いて謝憐《シエリエン》は少しほっとした。

ずいぶん前に完成していたのに一度も使われていなかったということは、おそらくもともとは別の用途で使おうとしていたものを流用したということだろう。もしそうではなくて、花城《ホワチョン》が本当にわざわざ謝憐《シエリエン》のために一から宮観を建てたのだとしたら、ますます不安になるところだった。もちろん、花城《ホワチョン》の性格からすると、純粋にただ面白半分に建てた可能性もかなり高い。鬼市とは天地の差があるこのような建物を何に使うつもりで建てたのか謝憐《シエリエン》は非常に興味があったが、尋ねてみたい衝動を抑えた。あれこれ質問するのはあまりいい習慣とは言えないし、聞いてはいけないことまで聞いてしまうかもしれないだろう？

「中に入ってみる？」

「もちろん」

花城《ホワチョン》に聞かれ、謝憐《シエリエン》は喜んで答えた。

二人は肩を並べてゆっくりと宮観の中に入っていき、玉石が敷き詰められた床をそぞろ歩く。辺りを見回すと、観の中は広々として明るいのだが、神像がなく、信徒が跪拝するための円座《えんざ》もない。

「急いで完成させたから足りていない部分がかなり多いんだけど、大目に見てくれるかな、兄さん」

謝憐《シエリエン》は笑みを浮かべる。

「全然。すごくいいよ、本当に。神像と円座がないのもいいね。ずっとこのままがいいと思う。でもどうして扁額《へんがく》までないんだ？」

決して責めるつもりで聞いたわけではなく、ただ観の中に数か所ある、玉石が花びら模様に敷き詰められた床にまで丁寧に「千灯観」の文字が彫られているのに、観の顔とも言える扁額がかかっていないことが気になって謝憐《シエリエン》は尋ねた。もちろん急いでいたからではないはずだ。

それに花城《ホワチョン》は笑って答えた。


「仕方なかったんだ。ここには字を書ける奴なんてほとんどいないからね。さっきのあいつらを見たでしょう。字を読めるだけでもいい方だよ。兄さんには贔屓《ひいき》の書家はいる？　もしいるならここに招いて扁額を書いてもらうよ。それか、一番いいのは兄さん本人に一幅《いっぷく》書いてもらって、この千灯観にかけることかな。そうできたら最高だ」

言いながら花城《ホワチョン》は大殿の供物台を指さす。その玉で装飾された卓は縦にも横にもずいぶんと大きく、いくつかの供物と線香立ての鼎《かなえ》が整然と並べられている。他にも筆や墨、硯《すずり》、紙が置いてあって、清逸《せいいつ》で知的な雰囲気だ。二人でそちらへ近づくと、謝《シエ》憐《リエン》は言った。

「それなら、三郎《サンラン》が代わりに書くっていうのはどうかな」

その言葉を聞いた花城《ホワチョン》が微かに目を見開く。どうやら謝憐《シエリエン》がそんなことを言うとは思いもよらなかったらしい。

「俺が？」

「うん」

「本当に俺に書かせる気なの？」

花城《ホワチョン》が自分を指さすと、謝憐《シエリエン》は何かに気づいて尋ねる。

「三郎《サンラン》、何か困ることでもあるのか？」

「困ることは特にないけど、ただ……」

片方の眉を跳ね上げた花城《ホワチョン》は、謝憐《シエリエン》がじっと答えを待っているのを見ると手を後ろで組み、観念したように言った。

「わかったよ。ただ、俺は字が上手くないんだ」

それは予想外の答えだった。花城《ホワチョン》に苦手なことがあるなんて、謝憐《シエリエン》にはまったく想像がつかない。

「え？　そうなんだ？　一回書いてみてよ」

微笑みながら言うと、花城《ホワチョン》がもう一度尋ねる。

「本当に俺に書かせる気なの？」

白い紙を数枚持ってきた謝憐《シエリエン》は、それを卓の上に広げ、念入りに手で撫でて平らにする。そして気に入った紫毫《しごう》〔ウサギの毛で作った筆〕を一本選ぶと、

「どうぞ」と彼にそれを差し出した。準備万端の謝《シエ》憐《リエン》を見て、花城《ホワチョン》が言う。

「わかった。でも、笑わないで」

「それはもちろんだよ」

謝憐《シエリエン》が頷くと、花城《ホワチョン》は筆を受け取って真剣に書き始めた。謝憐《シエリエン》はそばで見ていたのだが、見る間に目まぐるしく表情が複雑に変化していく。

どうにか堪えようと頑張ったものの、やはり無理だった。紙に激しく殴り書いていた花城《ホワチョン》が、警告と冗談を交えた口調で「兄さん」と呼ぶ。

すぐさま色を正した謝憐《シエリエン》は「私が悪かった」と口にした。

謝憐《シエリエン》としても笑うつもりはなかったが、どうすることもできない。花城《ホワチョン》の字は、あまりにも可笑《おか》しすぎるのだ！

これまで謝憐《シエリエン》が見てきた中で一番の狂草《きょうそう》〔自在にくずした草書〕でも、奔放《ほんぼう》さや荒々しさは彼の半分もなかった。妖風邪気が入り交じるその奔放な荒々しさを真正面から浴びれば、偉大な書家たちも白目をむいて気絶してしまうだろう。

かなり時間をかけて、謝憐《シエリエン》はその鬼が書いた呪符のような悪筆《あくひつ》の中から「滄海《そうかい》」、「水」、「巫山《ふざん》」、「雲」といういくつかの文字を辛うじて読み取った。

花城《ホワチョン》が書いたものは「曾経滄海難為水、除卻巫山不是雲」——滄海を知ればよその水にもう魅力はない。巫山を知ればよそで見る雲はもう雲とは呼べない——という詩だろうと推測する。

花城《ホワチョン》は鬼界の一角の支配者であり、神が恐れ鬼が怯えるほどの存在だというのに、ついに意外な一面が露呈した。しかもそれが筆跡についてだったと思うと、謝憐《シエリェン》は余計に笑いを堪えすぎて腹筋が痙攣しそうになってくる。花城《ホワチョン》が一気に書き上げた作品を両手で持ち上げると、無理やり平静を装った。

「うん、非常に個性があって一派を成せるほどだ。『風《ふう》』があるよ」

花城《ホワチョン》はなかなか様になる仕草で筆を置くと、横目で謝憐《シエリェン》を見やって笑う。

「風狂《ふうきょう》の風かな」

謝憐《シエリェン》は聞こえなかったふりをして、真剣な面持ちで品評した。

「実際、綺麗に書くだけなら難しくないけど、自分の『風』で書く方が難しいんだ。ただ綺麗なだけじゃありきたりで、つまらないものになってしまう。三郎《サンラン》はすごく筋がいいし、大家の風格と山河を呑む勢いがあって……」

その後に続く言葉はこうだった——だがその山河は崩れ落ち、戦乱の世と化すだろう。無理に褒め言葉をでっち上げるのは非常に難しいものだ。聞いていた花城《ホワチョン》は片方の眉をさらに高く跳ね上げると、疑わしげに言った。

「本当に？」

「私が三郎《サンラン》に嘘をついたことがあるか？」

花城《ホワチョン》は悠然と傍らにある金色の小さな鼎に線香を数本足す。薄煙《うすけむり》と暗香《あんこう》が漂う中、彼はしれっと言った。

「上達したい気持ちはすごくあるんだ。ただ教えてくれる人がいなくて。これって何かコツがあるのかな？」

その質問をするには、謝憐《シエリェン》はまさにぴったりの相手だ。

「別にコツなんてなくて、ただ……」

考えながら答えた謝憐《シエリェン》だったが、やはり言葉だけでは上手く伝わらないだろうと思い、そばに寄って自ら筆を取ると、花城《ホワチョン》が書いた詩句の横に二行を一気に書き上げた。しばらくしげしげと眺めて、笑いながらため息をつく。

「恥ずかしいな。長いこと字を書く機会があまりなかったから、昔の字とはほど遠い」

花城《ホワチョン》は風格に天地の差があるその四行をじっと見つめた。特に、謝憐《シエリエン》が繋げて書いた後半二行の「取次花叢懶回顧、半縁修道半縁君」――次々に咲く花など振り返る気にもならない。その理由の半分は修行の身であるから、もう半分は君が心の中にいるからだ――という詩句を眺め、繋げて何度も繰り返し見ているうちに目が離せなくなっている。しばらくして、彼は顔を上げて言った。

「指導してもらえないかな?」

「指導ってほどのことはできないけど」

謝憐《シエリエン》は花城《ホワチョン》に基礎から話し始め、自分が年少の頃に書を習った際に習得したことを包み隠さずすべて教えた。

漂う芳香とゆらゆら立ち上る煙、灯火が明るく輝く中で謝憐《シエリエン》は真剣に語り、花城《ホワチョン》も集中して耳を傾けている。大殿の中でゆったりと言葉が紡がれ、その光景も声も、すべてが穏やかで優しさに満ちていた。

ひとしきり話してから、謝憐《シエリエン》は言った。

「もう一回やってみる?」

花城《ホワチョン》は「うん」と返事をして筆を受け取ると、かなり真剣な様子でまた何文字かを書いた。そばで眺めていた謝憐《シエリエン》は、腕を組んで小首を傾げる。

「悪くないかな。ただ……」

ただ、なんとなくだが花城《ホワチョン》が筆を下ろす際に違和感を覚えた。眉間にしわを寄せてしばらく観察していると、どこがおかしいのかはたと気づいた――そもそも花城《ホワチョン》は筆を正しく持てていなかったのだ。

筆の持ち方からめちゃくちゃだったら、当然書く字もおかしくなるだろう!

謝憐《シエリエン》は泣くに泣けず笑うに笑えず、さらに少し近づいて何も考えずに手を伸ばす。

「筆の持ち方が間違っていたんだよ。こうやって……」

手を伸ばしてから、やや不適切かもしれないとようやく気づいた。師匠と幼い弟子でもあるまいし、こうやって手取り足取り教えるのは少々親密すぎるような気がする。とはいえ、既に手を伸ばしてしまったからにはいきなり引っ込める理由などあるはずもなく、逆にわざとらしい。しばらく逡巡《しゅんじゅん》して、謝《シエ》憐《リエン》は結局手を引くのをやめた。よく考えてみると、前回鬼賭場《きとば》で花城《ホワチョン》も同じように手取り足取り賽の振り方を教えてくれたではないか？　その時謝憐《シエリエン》は何も習得できず、そのあともなんとなく騙された感があったが、それでも今回は心から花城《ホワチョン》に何かを教えたいと思ったのだ。

それで謝憐《シエリエン》は、落ち着き払って温かな手のひらを花城《ホワチョン》の氷のように冷たい手の甲にぴたりと添え、軽く握った。彼の筆遣いを導くように動かし始め、小さく囁く。

「こう……」

手の下で花城《ホワチョン》の筆運びの勢いが乱れ始めると、微かに力を入れて制御し修正する。ほんの少しのうちに、また手の下の勢いがさらに乱れて制御が効かなくなったように感じ、一層しっかりと握っていなければならなくなった。二人で書いた文字は、見るに堪えないほどぐにゃぐにゃに曲がっていて、書けば書くほど謝憐《シエリエン》はおかしいと思った。

「これ……」

我慢できずに口を開くと、花城《ホワチョン》がまるで悪戯《いたずら》が成功したかのように低い声で笑いだす。紙の上でのたくっている墨の跡を見て、謝憐《シエリエン》は困ったものだとばかりに言った。

「三郎《サンラン》……駄目だって。ちゃんと学んで、ちゃんと書くんだよ」

「うん」

どう見ても真面目なふりをしているだけだ。泣くに泣けず笑うに笑えず、謝憐《シエリエン》は小さく首を横に振った。

花城《ホワチョン》の手は冷たいのだが、手の中に包み込んでいるとなぜか熱い鉄の塊を握っているように感じて、それ以上力を入れることができなくなる。その時、ふと供物台の端が視界の隅に映り、目が留まった。

横目でそちらを見ると、玉の卓の隅に小さな花が一輪、ぽつんと置かれていた。

第四十七章　施怪計開門盗鬼胎

奇策を講じ、扉を開けて鬼胎を盗む

謝憐《シエリェン》は少しばかり呆然とした。遥か昔の記憶は埃にまみれた絵のようで、軽く埃を払ってもどうにも不明瞭だ。手を離してその花を取り、無言でじっと見つめる。花城《ホワチョン》も筆を置くと、そばでゆっくりと墨をすりながら尋ねてきた。

「どうかした？」

「……」

一瞬押し黙った謝憐《シエリェン》は、笑みを浮かべて答える。

「なんでもないよ。ただ、この花は香りが体に染み渡るように爽やかだから、昔からすごく好きなんだ」

宮観に花を供えるのは特に珍しいことではない。ただ、一般的には色鮮やかな生花《せいか》の花束か、色褪《いろあ》せることのない手作りの造花を供えるものだ。

「もしかして、『血雨探花』の花ってこの花のことかな？」

少し間を置いて謝憐《シエリェン》が聞くと、花城《ホワチョン》は笑う。

「兄さんは本当になんでもお見通しだな」

談笑している間に、二人は協力してついに先ほどと同じ四行の詩を書き上げた。花城《ホワチョン》はそれを手に取ってしばらく鑑賞し、とても満足げに言う。

「うん、素晴らしい。額に入れよう」

彼の「素晴らしい」という言葉を聞いて、謝憐《シエリェン》は一瞬絶句した。その上「額に入れよう」と言うのでまた絶句する。

「まさか壁に飾るつもりじゃないだろうね？」

もし謝憐《シエリェン》が携《たずさ》わった書がこんな出来栄えだと今は亡き師匠たちが知ったら、おそらく全員の亡骸が怒りのあまりむくりと起き上がってくるだろう。だが、花城《ホワチョン》は笑ってこう答えた。

「いや。自分だけのものにして誰にも見せない」

その時、突然外から微かな叫び声が二人の耳に届いた。

「火事だ！」

「火事だ！」

「極楽坊が火事だぞ！」

千灯観の中はしんと静かなままだったが、二人とも五感が下界の人間よりも飛び抜けて優れているため、その声を聞いてすぐさま顔を見合わせた。

「また極楽坊が？」

思わずそう言った謝憐《シエリエン》だったが、その「また」という言葉が少々おかしいと気づいたのは口に出したあとだった。花城《ホワチョン》は悠揚《ゆうよう》迫らぬ態度で、書をきちんとしまってから口を開く。

「心配いらない。兄さんはここに座ってて。すぐ戻るから」

「私も一緒に行くよ！」

平然とここに座ってなどいられるわけもなく、謝《シエ》憐《リエン》も急いで後を追ったが、内心どうにも腑に落ちなかった――どうして毎回自分が来る度に極楽坊は火事になってしまうのだろうか？　疫病神の名がまたもや裏づけられてしまった。今回は謝憐《シエリエン》とは無関係だが、いつもの癖で申し訳なくなってしまう。

二人が急いで極楽坊に戻ると、大通りに黒煙が濛々と立ちこめていた。小鬼や妖怪たちが大騒ぎしながら水桶《みずおけ》を持って駆けずり回り、消火に当たっている。花城《ホワチョン》と謝憐《シエリエン》がやってきたのに気づいて皆が声を上げた。

「城主、ご心配なく！　小火《ぼや》でしたから、もう消えました！」

花城《ホワチョン》は特に何も意思表示をしなかったが、謝憐《シエリエン》はほっと息をつくと穏やかな声で言った。

「良かった！　皆さん、本当にお疲れ様でした」

小鬼たちはまさか感謝されるとは思っておらず、ましてや城主の友人から「お疲れ様」などと言葉をかけられて、たちまち大喜びする。

「疲れてなんかいませんよ！　大したことじゃないっすから！」

「当然のことなんで！」

その時になって、ようやく謝憐《シエリエン》はここの主でもない自分がお疲れ様と言うのは、少々差し出がましいのではないかと気づいた。内心恥ずかしいとは思いつつも、花城《ホワチョン》が何も言わないなら自分が少しくらい言っても構わないだろうと、気にしないことにした。

極楽坊に入った二人が火元を軽く確認すると、確かにほんの少し焼けただけで、しかも焼けたのは隅の方にひっそりとある小さな小屋だった。どうりですぐに消し止められたわけだ。

だが、そうとわかると謝憐《シエリェン》は逆に警戒して花城《ホワチョン》に言った。

「放火犯は、悪戯でこんなことをするほど無知で大胆なわけでもなければ、本気で燃やそうとしたわけでもないだろう。むしろ、皆の注目を集めて注意を逸《そ》らすのが目的みたいだ」

しかし、こんな時に何から注意を逸らしたかったのだろう？

謝憐《シエリェン》ははたと気づいた。

「あの胎霊だ！」

先ほど彼らは極楽坊を出てから長いこと歩いたが、その間中あの胎霊はずっと耳障《みみざわ》りな甲高い声でおいおい泣いていて、時々「お母さん」と呼んでいた。しかし今はその声が消えている！

彼らは再び極楽殿の外にある偏殿《へんでん》に行って調べてみた。二人が出かける時、花城《ホワチョン》は胎霊が入った陶器の壺を卓の上に無造作に置いていた。壺は今もそのままだが、謝憐《シエリェン》が近づいて手に取った途端、重さが変わっていることに気づいた。軽すぎるのだ。もう一度開けてみると、案の定、中は空っぽになっていた！

壺の口の封を見る限り、中に閉じ込められていたモノが自力で開けるのは不可能だ。

「誰かが胎霊を逃がしたのか」

謝憐《シエリェン》はすぐさまそう言ったが、花城《ホワチョン》の表情は少しも乱れる様子がない。

「盗まれたんだ。あれは蝶の陣の攻撃で深手を負っているから、自力じゃそう遠くへは逃げられない」

「だったら簡単に解決できそうだな。三郎《サンラン》、極楽坊には出入りを監視する護衛はいるか？　不審な者を見なかったか確認してみよう」

だが花城《ホワチョン》はこう言った。

「いないよ」

「……」

謝憐《シエリェン》は少し瞬きをして聞き返す。

「いない？」

「うん。今までいたことがない」

どうりで前回、謝憐《シエリェン》が極楽坊でこそこそやっていた時にも護衛を一人も見かけなかったわけだ。あまりにも深く身を隠していたために、謝憐《シエリェン》が気づけなかっただけかもしれないと思っていたが、まさか本当に存在しなかったとは、少し唖然としてしまう。

「極楽坊がちっとも心配じゃないのか？」

「兄さん、極楽坊の扉をじっくり見たことはある？」

少し考え、謝憐《シエリェン》は答えた。

「注意して見たことはないな。もしかして、何か秘密があるのか？」

「その通り」

花城《ホワチョン》が偏殿の扉を指さす。

「主以外が、中にいた誰かや自分のものではない何かを一つでも許可なく持ち去ると、扉が開かなくなって閉じ込められるようになってるんだ」

謝憐《シエリェン》は前回極楽坊に来た時のことを思い返した。その時はずっと賽を使って道を開いていたし、最後に立ち去った時は風師《フォンシー》が強風を起こして屋根を吹き飛ばしたので、「扉」から出ずに済んだのだ。どれも比較的荒っぽい場面だったため、記憶を辿れば辿るほど蒸し返してはいけない気がして、謝憐《シエリェン》は少しばかり恥ずかしくなった。少し間を置き、また尋ねる。

「じゃあ、もしも三郎《サンラン》が私から法宝《ほうほう》を奪って極楽坊に隠したとしたら、元の持ち主の私でも持ち出せないってことか？」

「もちろん無理だ。一度手に入れたらもう俺のものだからね。ただ、俺に濡れ衣を着せないでほしいな、兄さん。絶対にあなたの法宝を奪ったりしないよ」

花城《ホワチョン》が眉を跳ね上げて言うと、謝憐《シエリェン》は軽く咳払いをした。

「当然だよ。もちろんそれはわかってる。だからもしもって言っただろう。それに……私は人に奪われるような法宝なんて持っていないし……」

花城《ホワチョン》はほどほどのところで冗談を言うのをやめて、小さく笑った。

「だから、バレずに俺から何かを盗むなんて不可能なんだ。当然護衛も必要ない」

謝憐《シエリェン》が最初に思いついたのは、胎霊を盗み出した人物は扉からではなく、別の方法を使って外に出たのではないかということだった。だが、周りを軽く見回してみても、この偏殿の屋根も、床も、壁も問題はなく、破られた痕跡は一切見当たらなかったため、より奇妙な推測が頭に浮かんだ。

もしや胎霊を盗んだ人物は立ち去っておらず、まだこの偏殿の中にいるのではないだろうか？

偏殿には隠れられる場所などどこにもないが、この世には身を隠す方法がいくらでもある。もしかすると、その人物は今まさに近くにいて、彼らの一挙一動をじっと観察しているのかもしれない。どこか空間に異様な歪みがないか、謝憐《シエリエン》は目を凝らして周囲に視線を巡らせたが、彼の目も直感も、ここに第三の人物や鬼はいないと告げている。どうやら思考の方向性を間違えたようだ。別の角度から考えなければと思ったその時、花城《ホワチョン》が笑った。

「兄さん、心配いらないよ。胎霊を盗んだ犯人を突き止める方法なら、俺に考えがある」

何やら秘策があるらしい。謝憐《シエリエン》は花城《ホワチョン》の方を向いてしばらく考え込んでいたが、同じくはたと悟った。

それから二人は静かに待った。しばらくすると、がやがやと騒がしい音が徐々に近づいてきて、偏殿の外に妖魔鬼怪の大群が黒山のように押し寄せてくる。

「城主、何かご用でしょうか！」

大群は少なくとも千匹近くいて、極楽坊の建物や庭が広々としていなければおそらく入りきらなかっただろう。先導してきたのは例の面を被った男で、花城《ホワチョン》に向かってこう言った。

「城主、今日この通りにいた者はこれで全員のはずです。鬼市も既に封鎖済みですので、誰も外へは出られません」

それは前回と同じあの若い男の声で、謝憐《シエリエン》は思わずもう一度彼の方を見る。

「城主、火をつけた奴は捕まえたんですか？」

「盗みまでやったたって聞きましたぜ！　生きてんのが嫌になったか、もういっぺん死にたいかどっちかでしょう！」

「なんて大胆不敵な。放火はするわ物は盗むわ、まったく身のほど知らずすぎる。城主が見逃すわけねえだろ!?」

「……」

鬼たちは別に謝憐《シエリエン》を指して言ったわけではないが、前回謝憐《シエリエン》は極楽坊を炎上させ、人をこっそり攫い、おまけに花城《ホワチョン》に見逃してもらった身だ。聞いていると無数の矢を浴びせられたように感じて、軽く咳払いをした。内心ますます申し訳なくなってきて花《ホワ》城《チョン》をちらりと盗み見ると、ちょうど花城《ホワチョン》もちらりと意味深な視線を送ってきて、大慌てで目を逸らす。すると、花城《ホワチョン》が淡々と話す声が聞こえてきた。

「胎霊を盗んだ奴は名乗り出ろ。俺の時間を無駄にするな」

鬼の群れは愕然として次々に言い立てる。

「オレらの中に犯人が？」

「てっきりよそ者の仕業だと思ってたけど……」

「誰だよ、とっとと名乗り出ろ！」

しばらくすると上を下への大騒ぎは収まったものの、名乗り出る者はいなかった。

「なるほど、いい度胸だ。男は左、女は右に分かれろ」

鬼たちは訝りつつも花城《ホワチョン》の言葉に背く勇気など微《み》塵《じん》もなく、すぐさま言われた通りに二つの集団に分かれた。男の鬼は左側で品なく雑然とひしめき合い、女の鬼は右側にまとまって、ほとんどが奥ゆかしく艶《なま》めかしい様子だ。花城《ホワチョン》と謝憐《シエリエン》は視線を交わすと、真っすぐに右側へ歩いていった。女の鬼たちの間を通りながらさっと視線を巡らし、一目で十匹を確認する。何歩か歩いて、ある女の鬼の前を通った時、謝憐《シエリエン》の歩みが微かに止まった。その女の鬼は長い裙《くん》を着ており、顔に分厚く白粉を塗りたくっていて、本来の容貌がほとんどわからないほど恐ろしく白くなっている。だが、その度を越したけばけばしい化粧には見覚えがあった。

「蘭菖《ランチャン》殿？」

女の鬼は、まるで自分の方が鬼に出くわしたかのように一瞬ぽかんとした。やはり、前回鬼市の街頭で謝憐《シエリエン》につきまとい、解体人の豚と罵り合って、謝《シエ》憐《リエン》のことを「勃たない」と馬鹿にして、その上それを知らない鬼がいないほど触れ回った女の鬼、蘭《ラン》菖《チャン》だ。

怪訝そうにしたあと、彼女は腰に手を当てると顔を上げて言った。

「なんなの？　あんたが自分で勃たないって言ったんじゃないか！　別にあたしが作り話を広めたわけじゃないし！　まさか城主にあたしを懲らしめさせて復讐でもしようっての？」

周りの女の鬼や女妖たちは少し緊張していたが、彼女のその言葉を聞いてくすくすと小声で笑い始める。花城《ホワチョン》もやってくると、彼の顔からはなんの感情も読み取れなかったが、蘭菖《ランチャン》はやはり少し怯えた様子で先ほどまでの無礼な態度を引っ込めた。

「あの手の冗談はお嬢さんの好きに言ってもらって構いません。ただ、その胎霊は非常に残忍で、既に多くの人に危害を加えています。野放しにはしておけないので、ひとまず返してもらえませんか」

謝憐《シエリエン》は穏やかな声でそう言った。

蘭菖《ランチャン》は白粉を分厚く塗っていたが、それでもさっと顔色が変わり一層青褪めたのが見て取れる。彼女ははじりじりと後ずさりしたものの、ここは女の鬼の集団の真《ま》っ只中《ただなか》だ。数歩も下がらないうちに、近くにいた鬼たちに寄ってたかって取り押さえられて逃げられなくなり、叫ぶしかなくなってしまった。

「いったいなんのことを言ってんのかさっぱりだね！　胎霊がどうしたわけ？」

「どうか返してください」

「あたしに何を返せって？　持ってないわよ！　あたしが城主の部屋から何か盗んだって言いたいみたいだけど、盗むなんて無理だし、盗んだら外に出られないって皆知ってんのよ！」

蘭菖《ランチャン》が言い返すと鬼たちは、そうだ、誰でも知っているとロ々に同意して、解体人の豚も喚いている。

蘭菖《ランチャン》は続けて言った。

「極楽坊が火事になったのだって、ついさっきなんだろう。あたしはこの通りからずっと離れてないんだから、もしあたしが盗んだんだったら隠す暇なんかないはずじゃない？」

そう言いながら両手を広げて何も持っていないと示し、さらに裙の裾をたくし上げて隠してもいないと見せつける。だが謝憐《シエリエン》はすぐさまこう返した。

「お嬢さん、この前あなたに会った時は、冷たい風が吹きすさぶ中でもかなり薄着でしたよね。今日は風が穏やかでいいお天気なのに、どうして長い裙を着ているんです？　急に服装を変えたくなったのか、それとも何かを隠すためですか？」

謝憐《シエリエン》がそのことに触れると、鬼たちはようやく気づいた。謝憐《シエリエン》はかなり遠慮して「薄着」という言い方をしたが、普段の蘭菖《ランチャン》は常に露出の多い服を着ていて、大通りでの彼女はほとんど胸をはだけているのだ。ところが、今日は腰から足まですっぽりと覆う長い裙を着ていて、確かに妙だ。それに、先ほど花城《ホワチョン》が謝憐《シエリエン》を連れて鬼市をぶらついているところに鬼たちが大騒ぎで小料理を捧げていた時も、蘭菖《ランチャン》がいつものように大通りで喚き散らして目立っている姿や、「あいつが勃たないだけで、あたしが駄目なわけじゃない」とやたらと言いふらしている姿は見かけなかった。わずかにざわめきが起こると、謝《シエ》憐《リエン》はゆっくりと話しだす。

「あなたは他人の物を持ち去ったんじゃない。自分の体の一部を持ち去っただけです。あの胎霊は、今あなたのお腹の中にいるんですね！」

胎霊を盗んだ人物が、なんらかの手段を使って立ち去ったわけでも、偏殿の中に留まっているわけでもないなら、残された可能性はただ一つ——堂々と正門から出たということだ。

もし胎霊が無事に生まれていたとしたら、つまりそれは子供であり、一人の人間だ。だが、あの胎霊は月足らずのうちに母親の腹から無理やり出された。もし母親が再びそれを自分の腹に戻せば、彼女にとっては言うまでもなく「自分の物」となる。いや、胎霊は最初から彼女の肉体の一部であり、彼女という存在の一部だったと言うべきだろう。何しろ血は水より濃く、この状況下では母子は一心同体だ。当然、女の鬼は何食わぬ顔で堂々と極楽坊のすべての扉をくぐって出ることができる。

つまり、胎霊を盗み出したのは、胎霊の生みの親である女の鬼に違いない。ただちに鬼市を封鎖し、火事の前後にこの大通りにいた女の鬼を全員呼び寄せて調べれば、必ず捕まえられるはずだ。おそらく、花城《ホワチョン》は偏殿に入った瞬間からここまで思い至っていたのだろう。

突然、蘭菖《ランチャン》が大声を上げて自分の腹を両手でぱっと押さえた。

「お嬢さん⁉」

蘭菖《ランチャン》は顔面蒼白で、一言も発しなくなる。すると彼女の腹の中で何かが爆発したかのように、平らだった下腹部が見る見るうちに巨大な球状に膨れ上がった。長い裙が張り裂けそうになり、服の縫い目からは黒煙が濛々と溢れ出してきている！

女の鬼たちが手を離して散っていき少し遠巻きになると、両手でなんとか腹を抱えた蘭菖《ランチャン》は恐怖におののきながら言った。

「暴れないで！」

なんと、あの胎霊が彼女の腹の中で暴れているのだ。

「兄さん、下がって」

花城《ホワチョン》が冷静な態度で言うと、謝憐《シエリエン》は「大丈夫！」と答える。

蘭菖《ランチャン》はどっと地面に両膝をつき、苦悶《くもん》に満ちた表情を浮かべた。

「言うことを聞いて！　お願い！　いい子にして、いい子にしてってば！　これ以上暴れないで！」

「蘭菖《ランチャン》殿、とにかくそれを出してください」

謝憐《シエリエン》の言葉に、蘭菖《ランチャン》は慌てて激しく首を横に振る。

「嫌！　嫌よ、嫌！　この子は絶対にお腹の中でちゃんと育てるから、二度と外に出て人を傷つけたりしない！　城主、お願いだからあたしの息子を連れていかないで。あたしは何百年もこの子を捜してたの！　息子を連れていかないで！　天界の奴らになんて渡さないで！」

見たところ、やはり鬼市の鬼たちは謝憐《シエリエン》が天界の者であることを知っているらしい。蘭菖《ランチャン》は甲高い叫び声を上げると、腹を抱えたまま地面でのたうち回り始めた。腹はもはや彼女の体の一部ではなくなったかのようで、別の生き物みたいに縮んだり膨らんだり、上下左右に移動して、黒煙がますます濃厚になっていく。おそらく、この邪気に満ちた胎霊は母の胎内に戻ってしばらく養生《ようじょう》したことで少し回復し、また騒ぎを起こそうとしているのだろう。

しばらく距離を取っていた女の鬼たちが、また寄ってたかって彼女を押さえつけようとしたが、まったく歯が立たない。すると、左側にいた男の妖魔鬼怪たちが次々に「オレらに任せろ！」と喚いて飛びかかる。場が混乱を極める中、謝憐《シエリェン》は拳をきつく握りしめて言った。

「蘭菖《ランチャン》殿！　お腹の子の力はあなたより遥かに強いんです！　それに、その子にはあなたを傷つけることができても、あなたの方は心が痛んで傷つけたりできない。あなたにはどうすることもできません！　遅かれ早かれその子はあなたを食らい尽くして、体を破って出てきてしまう。だから、早くその子を出してください！」

もし蘭菖《ランチャン》が自ら腹の中に隠したモノを出さなければ、いずれこの残忍な胎霊に食らい尽くされ、体をズタズタに引き裂かれてしまうだろう。それを避けるためには、この手で彼女の腹を切り開かざるを得ない。彼女が自分の息子に八つ裂きにされるのを見るよりはましだが、やむを得ない状況でなければ謝《シエ》憐《リエン》だってそんなことを望むわけがないではないか。自分がやりたくないことは、もちろん花城《ホワチョン》にも決してやってほしくない。だが、蘭菖《ランチャン》はずいぶんと強情で、痛みで何度も何度も悲鳴を上げながらも胎霊を出そうとはしない。このまま何もしないわけにもいかず、ならば自分でやった方がいいと思った謝憐《シエリェン》は意を決して言った。

「失礼します！」

ところが、芳心《ファンシン》剣の柄に手をかけた瞬間、花城《ホワチョン》がその手を押さえる。

「必要ない」

彼が落ち着いた声で言うのと同時に、蘭菖《ランチャン》の腹の辺りから突然金色の光が炸裂《さくれつ》して輝き始めた。眩しさのあまり、近くにいた妖魔鬼怪たちが「うわっ」と一斉に大声で叫び、「なんなんだ！」と言いながら逃げだす。

謝憐《シエリェン》が目を凝らすと、次第に金色の光は薄れていった。慌てて飛び出そうとしていた胎霊は何かに封じ込められたようで、蘭菖《ランチャン》の腹も元通り平らになっている。胎霊を封じたのは、彼女が腰に締めていた腰帯だった。

この腰帯は一見なんの変哲もなく目立たないものだったが、もう一度よく見てみた謝憐《シエリェン》は愕然とした。

「……どうしてあなたがそれを締めているんですか？」

たとえ繰り返し洗われて色褪せていたとしても、謝憐《シエリエン》にはわかった。この腰帯は天界のものだ。

天界のものの多くは精巧な法宝だ。そのため、いざという時には不思議な力を発揮して主を守る。加えて謝憐《シエリエン》には確信があった。刺繍《ししゅう》の模様がひどく摩《ま》耗《もう》してはいるが、これは神官だけが身につけられる「金腰帯」に違いない。

しかも、上天庭に属する神官のものではないか！

天界において、金腰帯を贈るのは風雅《ふうが》な行為としてかなり流行《はや》っていて、特別な意味がある。男性神官が自分の腰帯を他人に贈るのは、その行為自体が男女の理無《わりな》い仲を示唆《しさ》していて、どういう特別な意味なのかは想像に難くない。そんなものを軽々しく贈るなどあり得ないし、そうそうなくすものでもないだろう。

「お嬢さん、まさかあなたの子供は……」

そう言いかけて、ふと謝憐《シエリエン》はここが魔窟《まくつ》だろうがそうでなかろうが、公衆の面前で女性にそんな私的なことを尋ねるのはあまりに無神経だと思い直し、とっさに口を噤む。だが、蘭菖《ランチャン》はすぐさま「違う！」と否定した。

（まだ何も言っていないのに、どうして違うって言いきれるんだ？）

謝憐《シエリエン》は内心そう思いながら尋ねた。

「あなたはこの七、八百年の間、その金腰帯をよすがに持ち堪えてきたのですか？」

その言葉を聞いた女の鬼たちは、目を見開いて言葉を失った。

「……嘘でしょ、蘭菖《ランチャン》。あんたそんなに年を食ってたの!?」

「あんた、前はまだ三百歳だって言ってなかった？」

「なんだって？　私は二百歳って聞いたよ！　鯖《さば》読みじゃない！」

この胎霊はおよそ七、八百年の修為《しゅうい》がある。ならば、その母親も当然同じくらいの年齢のはずだ。だが、蘭菖《ランチャン》はさほど強い怨念は持っていない。彼女が普通の鬼としてこれほど長い間この世に留まっていられたのは、法力を持つその金腰帯が大きな助けになったからだろう。もし父親が神官だとすれば、胎霊がこれほど凶暴なのも納得がいく。

神官が下界の女と密通し、弄《もてあそ》んで結局は捨てたのか、それとも冷たくあしらって相手にしなくなったのかはわからないが、この女性は悲惨な目に遭い、誰かに腹を裂かれて胎児を生きたまま取り出されてしまった。そして今、母と子はどちらも鬼の類いと化し、さらに胎児は無数の人間を殺した可能性が極めて高い。どう考えてもこれは宣姫《シュエンジー》の件に劣らない深刻さだが、どこか少し既視感があるような気もする。

ならば、この件をこれからどう解決すべきかは明白だった。謝憐《シエリエン》はすぐさま振り返ると、花城《ホワチョン》に向かって言った。

「三郎《サンラン》、このお嬢さんは……」

それ以上言うまでもなく花城《ホワチョン》は答える。

「あなたはやるべきことをやればいい。俺に確認する必要なんてないよ」

謝憐《シエリエン》は静かな声で「うん」と言った。

了承を得たあと、彼は蘭菖《ランチャン》に向き直る。その時、まさに鬼たちは蘭菖《ランチャン》を問い詰めているところだった。

「蘭菖《ランチャン》、蘭菖《ランチャン》、あんたの赤ちゃんの父親って誰なの?」

「むかつくなぁ! 殺しといて埋めない、産ませといて育てないってか?」

「どこのどいつなんだ? 怒鳴り込んで片をつけてやらねぇとな!」

蘭菖《ランチャン》は歯を食いしばり、謝憐《シエリエン》の目を見て言う。

「……他に誰がいるって言うの?」

彼女は名前を口にしなかったが、謝憐《シエリエン》は言わんとすることをすぐに理解した。

「一緒に上天庭に行きましょう」

しかし、蘭菖《ランチャン》は「駄目!」と即答した。

彼女がなんと言おうともちろん無意味で、駄目だろうがそうでなかろうが連れていかなければならない。謝憐《シエリエン》は色を正して言った。

「この胎霊は非常に残虐《ざんぎゃく》で、その手はどれほどの人の血に染められているかわかりません。ここまで事が大きくなっては、もうあなたではは守りきれないでしょう。上天庭に行って事実確認と報告をしなければなりません。その神官が真摯《しんし》に応じる人か、お二人の間に誤解があるのなら、あなた方母子はすぐにでも上に行ってお相手と和解してから子供の件を解決した方がいい。逆に、その神官があなたを裏切ったか、もっと大きな過ちを犯したのならば、なおさら彼のところへ行って責任を追及しなければなりません。いずれにしても、この胎霊はあなたの息子であり、彼の息子でもあるんです。父親以外に、誰がこの件の責任を取るんですか？」

　一通り話を聞いて、鬼たちは非常に筋が通っていると思った。それに、蘭菖《ランチャン》が子供を連れて天界に行って一騒動起こすなんて、聞いているだけでもかなり刺激的だ。鬼たちに気がかりがあるとしたら大騒動にならず終わってしまうことだけで、騒ぎは大きければ大きいほどいいので、皆が説得し始める。

「そうだよ蘭菖《ランチャン》、怖がることなんかないって！　そいつのところに行って片をつけよう！」

「そいつが自分のやらかしたことを認めないんだったら、俺らがそいつの廟を燃やしてやる！」

　謝憐《シエリエン》は花城《ホワチョン》に言った。

「私は一旦上天庭に戻って、この件を早く報告しないと」

　蘭菖《ランチャン》は抵抗してはいたものの、拒否できないこともわかっていた。少し呆然としていた彼女が、突然花城《ホワチョン》に向かって跪く。

「城主、居場所を与えてくださった大恩《だいおん》に感謝いたします！」

　謝憐《シエリエン》は呆気《あっけ》に取られたが、彼女はそのまま言葉を続けた。

「他に手がなかったとはいえ、愚《おろ》かにもこの蘭菖《ランチャン》は極楽坊に火を放ちました。鬼市の決まりを破ってしまい申し訳ありませんでした！　どうか寛大な処置をお願いします」

　蘭菖《ランチャン》の振る舞いはこれまでずっと乱暴で蓮葉《はすは》だったが、今の彼女は口を開くとまるで別人のようで、普段から顔馴染みの妖魔鬼怪の多くをずいぶんと驚かせた。だが、花城《ホワチョン》はいつもと変わらない表情で謝憐《シエリエン》に言った。

「兄さん、今回はバタバタしてしまったけど、次に降りてきた時はちゃんともてなすから」

謝憐《シエリエン》は小さく頷き、蘭菖《ランチャン》を連れて真っすぐ天界へ赴いた。

仙京の大通りを歩きながら、謝憐《シエリエン》は通霊陣で呼びかける。

「皆さん！　ご足労《そくろう》ですが神武《シエンウー》殿に集まってください。話し合いたいことがあります」

それだけ言うとすぐに退出して、一刻も無駄にせず蘭菖《ランチャン》を神武《シエンウー》殿に連れていった。蘭菖《ランチャン》は鬼の身であるため金殿《きんでん》には入れない。謝憐《シエリエン》はひとまず彼女と一緒に殿の外でしばし待ち、君吾《ジュンウー》がやってきてから許可を得てようやく蘭菖《ランチャン》を中に入らせた。

そう経たないうちに仙京にいた神官たちが次々に駆けつけてきた。謝憐《シエリエン》の隣に仙京の風格に相応《ふさわ》しくない派手な厚化粧の鬼がいるのを見て、皆が目を見開く。敷居を跨《また》いで殿に入ってきた黒衣の神官は、大殿の中央の光景を目にしてしばし立ち止まった。まさしく慕情《ムーチン》だった。蘭菖《ランチャン》も彼にちらりと目を向けたが、すぐに俯いて唇を震わせる。しかし、慕情《ムーチン》は落ち着き払った表情で淡々と言った。

「太子殿下、その女性は何者ですか？」

「太子殿下」という言葉を聞くと、蘭菖《ランチャン》の顔色がわずかに変わる。謝憐《シエリエン》の方をちらりと見て何かを思い出したようだが、確信を持てない様子だ。ちょうどその時、風水《フォンシュイ》二師も到着した。顔立ちが六、七割似ている兄弟二人は、白衣の大きな袖をひらひらさせながら紙の扇を揺らしていて、なんとも美しい光景だ。

「そうだよ、観主《かんしゅ》。今日はどうして女の鬼を連れてるんだ？」

師青玄《シーチンシュエン》があおぎながら尋ねると、謝憐《シエリエン》はちんぷんかんぷんという様子で聞き返す。

「観主？」

なんの観主だ？　菩薺観？　どうして急にそんなふうに呼ぶんだろう？

少し考えてみて思い至った。きっと「千灯観の観主」だ！

それにどう答えていいかわからず、謝憐《シエリエン》は聞こえなかったふりをするしかなかった。師青玄《シーチンシュエン》は意気揚々と周囲に一通り挨拶をしてからまた言った。

「あれ？　もしかして、こちらの鬼のお姉さんのお腹には何か入ってるの？　これはなんだか……」

　触ろうとしているのか、話しながら近づいてくる。すると師無渡《シーウードゥー》がぱっと扇を閉じて「青玄《チンシュエン》！」と呼んだ。

　師青玄《シーチンシュエン》は慌てて手を引っ込めて言い訳をする。

「私はただすごく邪悪な気を感じたから、中に危険なモノが入っていないか確認してみようと思っただけで……」

　師無渡《シーウードゥー》が叱るように言った。

「お前は男で、神官で、しかもここは神武《シェンウー》殿の中なんだぞ。どうしてそんなみっともない真似ができるんだ？　女相になるのも禁止だ！　女相になったところでみっともないのは同じだ。さっさと元に戻せ！」

　霊文《リンウェン》は小さく首を横に振ると書類を脇に挟んで近づき、蘭菖《ランチャン》の腹に手を置いた。しばし動きを止めたあと、手を引いて思案しながら尋ねる。

「かなり凶悪な胎霊ですね。何百年になります？」

「およそ七、八百年かと」


　そう答えた謝憐《シエリェン》は、二度胎霊に出くわしたことや、その胎霊が妊婦に残忍な危害を加えたこと、どのようにこの女の鬼に辿り着いたのかについて話した。花城《ホワチョン》と鬼市については敢えて触れなかったが、蘭《ラン》菖《チャン》が自分から言いだすことはないだろう。最後に謝《シエ》憐《リェン》はこう締めくくった。

「以上です。その神官が存命なのか、今でも現役の神官なのか、この話の中に何か誤解はなかったのか、それから彼本人はこのことを知っているのか？　それがわからないので、このお嬢さんをここに連れてきたんです」

　すると風信《フォンシン》が眉をひそめて言う。

「もしなんの誤解もなく、この母子のことを知っていながら平気な顔で七、八百年も放置しているなら、あまりに無責任だろう」

　裴茗《ペイミン》は腕を組み、他人事《ひとごと》という態度で言った。

「南陽《ナンヤン》将軍に同意ですね。ここまでとは、いささか無責任すぎる。どの仙僚の隠し子なんでしょうか？　もしまだ在職しているなら、名乗り出るべきでしょう」

言い終わるや否や神武殿内《シェンウー》が言葉を失って静まりかえり、彼はすぐさま無数の視線が突き刺さってくるのを感じた。

ややあってから、裴茗《ペイミン》はようやく口を開く。

「……皆さん、何か誤解していませんか？」

「……」

押し黙った師青玄《シーチンシュエン》は、扇を揺らす手さえも止めてこう言った。

「なんの誤解もしていないと思いますけど。むしろあなたのことをよく知っているからこその反応ですね」

「絶対にそれはない！」

裴茗《ペイミン》が即答すると、皆が空笑《からわら》いをする。師無渡《シーウードゥー》と霊文《リンウェン》でさえあまり信用していないという眼差《まなざ》しだ。裴茗《ペイミン》は頭がはち切れそうになり、額を押さえて切々と言った。

「それは……確かに私は鬼界の女性たち何人かと親しくしていたことがありますが、この女性には本当に今まで一度も会ったことがありません」

そのまま受け止めると、その話には意外に信憑《しんぴょう》性《せい》があった。どの女性と親密だったか、まさか裴茗《ペイミン》本人が覚えていないということはないだろう。裴茗《ペイミン》は悪名高い女好きではあるが、どの相手との縁も自分の行いも、事実であれば否認したことはない。彼にとっては責任を取るくらい容易《たやす》いことだからだ。

宣姫《シュエンジー》のように自ら身を引いた場合を除き、彼と親密になった女性は少なくとも残りの人生において衣食住の心配とは無縁で、贅沢《ぜいたく》で優雅な生活を保証される。もし本当にこの女の鬼が生前、一時的に男女の関係にあった相手が裴茗《ペイミン》だったのなら、腹を裂かれて子を奪われ、悪鬼と化すほどにまで落ちぶれることはなかっただろう。

それに、裴茗《ペイミン》の女を見る目は非常に確かなもので、彼と関係を持った者は全員が並外れた容姿と技芸《ぎげい》の持ち主だった。しかも彼は素顔の美しい女が殊のほか好きなのだ。殿にいる他の者が見る限り、蘭菖《ランチャン》はけばけばしい厚化粧で本来の顔がまったくわからず、外見、化粧の趣味、物腰のどれもが裴茗《ペイミン》が情人《じょうじん》を選ぶ基準からかけ離れている。そんなわけで、彼の主張を皆は心の中で少しばかり信じた。

ただし、それも「心の中で」「少しばかり」という程度だけだ。裴《ペイ》将軍がやり込められるのを見られる機会なんて、楽しくないはずがないではないか。まずは彼が弁明するのをただ笑って眺め、それから信じるかどうかは楽しめるか次第だ。

もともと、謝憐《シエリエン》も十中八九裴茗《ペイミン》だろうと思っていた。何しろ彼にはいくつも前科がある。けれど、裴《ペイ》茗《ミン》の表情は嘘をついているようには見えず、皆と同じく考えが揺らいでしまった。花城《ホワチョン》が裴茗《ペイミン》について、陰険な手口は使わないから恐れる必要はないようなことを話していたのを思い出し、しばし考えてからこう言った。

「ここへ来る前、蘭菖《ランチャン》殿が逆に『他に誰がいるのか』と漠然《ばくぜん》と聞いてきたので、勝手な思い込みをしていたようです。ですが、裴《ペイ》将軍がそうおっしゃるからには、もしかすると何か誤解があるのかもしれませんし、いつも同じ人が関係しているとは限らないでしょう。何か他の質問をしてみるのは……」

ところが、蘭菖《ランチャン》がふいに口を開いた。

「そいつじゃない」

謝憐《シエリエン》が唖然として振り返ると、蘭菖《ランチャン》はもう一度「そいつじゃない」と繰り返す。

「なんですか。端《はな》から違っていたと」

霊文《リンウェン》が冷ややかに言い、師無渡《シーウードゥー》もかなり遠慮気味に「違うのか」と口にする。

「……」

しばし閉口してから、裴茗《ペイミン》は師無渡《シーウードゥー》と霊文《リンウェン》に向かって言った。

「最初からそう言ってるだろう。二人とも傷口に塩を塗るつもりか。覚えてろよ」

神官たちは揃ってがっかりしたが、すぐに気を取り直してますます興奮し始めた。裴茗《ペイミン》は年がら年中艶聞《えんぶん》が絶えないため、彼だったとすればさすがにもう新鮮味はない。しかし、彼でないというなら、この場にいる、もしくはいない男性神官の誰かである可能性が高く、「将来有望な人物」が現れることになりそうだ。これが興奮せずにいられようか。

あの時、鬼市で蘭菖《ランチャン》は明らかに裴茗《ペイミン》だとほのめかしていたのに、今は否定している。謝憐《シエリエン》は内心疑わしいと思ったが、顔色一つ変えることなく尋ねた。

「ええと、ではいったい誰なんですか？」

蘭菖《ランチャン》は謝憐《シエリェン》をまじまじと眺めて言った。

「あんた」

「私がどうかしましたか？」

彼女が言葉を途中で切ったと思って謝憐《シエリェン》が聞くと、蘭菖《ランチャン》はこう答えた。

「相手はあんただって言ってんのよ！」

第四十八章　乱対簿啼笑皆不当

闇雲に訴えられ泣くも笑うも相応しからず

今の蘭茝《ランチャン》の言葉は、「あたしを殺したのはあんただ」と言う以上の青天《せいてん》の霹靂《へきれき》だった。

謝憐《シエリエン》は彼女に一撃で再起不能にさせられたかのように言った。

「私!?」

どうやら上方の宝座《ほうざ》で額を支えていた君吾《ジュンウー》の手も滑ったようだ。一瞬静まりかえった神官たちがすぐさま一斉に君吾《ジュンウー》の方へ目を向けたが、その手はまた元通りになり重々しい姿勢で額を支えている。神官たちは再び揃って謝憐《シエリエン》に視線を移す。

ついに来るか？　誰もが注目の三度目の貶謫《へんたく》！

謝憐《シエリエン》はただただ心の中が激震状態で、いつもの癖で口をついて出そうになった「私は勃たない」という言葉を無理やり呑み込む。

このような時に、口から出任《でまか》せの言い逃れを持ち出すのは具合が悪い。しかも、上天庭には各神官の「女」に対する態度について戯《たわむ》れにまとめたものがあり、水面下ではそれが共通認識となっているのだ。

風信《フォンシン》は女を見ると敬遠する。郎千秋《ランチエンチウ》は女を見るなり赤面する。慕情《ムーチン》は不細工な女を視界に入れない。裴宿《ペイシュウ》は女を見ても無表情で何を考えているのかわからない。権一真《チュエンイージェン》の頭の中には端から女がいない。裴茗《ペイミン》の頭の中には女のことしかない――。

もし謝憐《シエリエン》が「私は勃たない」などと叫んでしまったら、おそらく今後はこの続きに彼がつけ加えられることになるだろう。

「蘭茝《ランチャン》殿、ちょっと落ち着いてください。そんな事実は絶対にありません」

謝憐《シエリエン》が切々と言うと、蘭茝《ランチャン》は両目を銅鈴《どうれい》よりも大きく見開く。

「あるんだよ。間違いなくあんただ、仙楽国の太子殿下！」

「……」

この女の鬼が死んだ時期は彼の飛昇よりも遅いため、条件には概ね当てはまるが、彼女に会ったことがあるかどうか謝憐《シエリエン》自身がわからないなどあり得るだろうか？　周囲がひそひそと囁く中、謝憐《シエリエン》は表情を引き締め厳粛に言った。

「お嬢さん、私は別に聖人君子ではありませんが、一途に思うということは知っています。本当に心から愛する人でなければ、一線を越えるような行為は断じてしません。もしそういう相手がいたなら、全財産を捧げてガラクタ集めや大道芸で金を稼ぐしかなくなってもどうにかして家族を養いますし、その人につらい思いなんてさせません。ここは神武《シエンウー》殿です。出任せを言ってはいけない」

師青玄《シーチンシュエン》も意見する。

「もしこんなことをやったのが本当に太子殿下なら、自分からこの鬼のお姉さんを事実確認のために連れてきたりするでしょうか？　蘭菖《ランチャン》殿もどうして今になって彼だと言いだしたんでしょう？　ちょっと考えればおかしいってわかりますよね」

誰が見ても明らかにおかしい。だが、騒ぎに見応えがあるならおかしいかどうかなど二の次で、皆は態度を保留する。また、でたらめな推測をする神官たちもいた。

「こういうことはないでしょうか？　太子殿下は記憶を失っていて、自分のやったことを覚えていないとか？」

「正直言って、八百年も経てば相手ももう自分の顔なんて忘れただろうと思って大胆不敵になっているという方が、どちらかというと信憑性があると思いますね」

謝憐《シエリエン》は返答に窮《きゅう》したものの、注意を促すように言う。

「不可解なことに説明をつけるためにさらに不可解なことをでっち上げる、そういう考え方は少々危険ではありませんか」

あちらで風信《フォンシン》が何か言いたげにしていたが、確証を持てないのか結局そのまま何も口に出すことはなかった。

すると、君吾《ジュンウー》が軽く咳払いをして言った。

「仙楽、君は以前金腰帯をいくつ持っていたのだ？」

謝憐《シエリエン》は額を手で押さえて答える。

「たくさんありすぎて……少なくとも十本は持っていたかと……」

「四十本以上です。模様や色は様々でした」

慕情《ムーチン》が淡々と言った。

その言葉を口にした直後、適切ではなかったと感じて彼は黙った。慕情《ムーチン》がそのような細かいことまでよく知っているのは、かつて謝憐《シエリエン》に仕える近侍《きんじ》として身の回りの世話をしていたからで、それに即座に思い至った者がいるだろうと思ったためだ。

金腰帯だけで四十本以上あったなんて、当時の太子殿下は相当派手で贅沢な暮らしぶりだったのだろうと神官たちは思った。他人だけでなく謝憐《シエリエン》本人も思い出したが、顔から汗が流れるほど恥ずかしかった。その頃の彼は毎日華麗な服に着替え、腰帯も組み合わせる服によって変えていた。今はまったく違っていて、三着しかない服を洗って一年中着回している。しかもこの三着がどれもそっくりなせいで、傍《はた》からは貧乏すぎて服を一着しか持っていないように見えてしまう。

「どこに置いていたか、すべてまだ覚えているか？」

君吾《ジュンウー》に聞かれ、謝憐《シエリエン》と風信《フォンシン》は一瞬揃って心中密かに言葉を詰まらせた。謝憐《シエリエン》は眉間を揉みながら答える。

「ゴホン……あまり覚えておりません。何しろ八百年以上も前のことですし、あちこちへ散らばってどこに行ったのかわからないのです」

なくしたり、どこへしまったか忘れてしまったりしたこともあったが、さらに大きな原因は、謝憐《シエリエン》と風信《フォンシン》が懐が寂しくなるとよく物を質《しち》に入れていたことだ。それがあまりに多すぎて、腰帯の所在など本当に覚えていなかった。風信《フォンシン》もこの話題はいささか触れるに忍びなかったが、それでも一言述べる。

「その金腰帯が誰かからの贈り物とは限りませんし、拾ったという可能性もあるかと」

君吾《ジュンウー》も端から謝憐《シエリエン》が覚えているとはほとんど期待していなかったらしい。

「仙楽、確か君が修《おさ》めた功法《こうほう》は童子《どうじ》の身を保つことが必須だったはずだ。さもなくば、法力が大きく低下する」

君吾《ジュンウー》の言葉に謝憐《シエリェン》が「はい」と答えると、師青《シーチン》玄《シュエン》は何気なく言った。

「わあっ、太子殿下に初めて会った時から、きっとその類いを修めているんだろうと思っていましたけど、本当にそうだったとは。それなら子を儲けるどころか、おそらく誰かと手を繋いだこともないでしょうね」

謝憐《シエリェン》は反射的に「はい」と答えようとしたが、その時ふいに青白くてすらりとした手が脳裏に浮かんだ。玉の如く冷たく透き通るようなその手は赤い婚礼の蓋頭に映えていて、中指には細く赤い糸が結ばれている。言いかけた「はい」という返事は、そのまま喉に引っかかって出てこなくなってしまった。今この殿にいる全員が彼に注目していて、一目で察した。返事に詰まったということは、すなわち答えは「否」だ！

ただ「手を繋ぐ」というのは一線としては低すぎて、たとえ繋いだことがあったとしても別に問題にはならない。師青玄《シーチンシュエン》はすぐさま言い直した。

「仮に手を繋いだことくらいはあったとしても、きっと口づけをしたことはないでしょう」

謝憐《シエリェン》はまた「はい」と答えようとしたが、今度は連なった水晶玉のような水泡が目の前にいくつも立ち上ってきた。水晶が四散するとその向こうには、目を閉じて、額の中央に小さな美人尖のある非常に整った顔立ちが見えて、とても美しい。

今度は言葉を絞り出すどころか、顔中が真っ赤になってしまった。

「……」

「……」

「……」

殿にいた神官たちは一瞬ですべてを理解し、乾いた咳払いをする。師青玄《シーチンシュエン》は後悔し始めて、扇で自分の頭をこつんと叩くと謝憐《シエリェン》にこっそり通霊した。

「太子殿下、申し訳ない。私はただ君が本当に淡泊《たんぱく》だって皆を説得したかっただけなんだ。まさかそうじゃなかったとは思いもしなくて。君にそういう経験があったなんて、人は見かけによらないなぁ！」

その「そうじゃなかったとは思いもしなくて」という言葉に、謝憐《シエリェン》の強靱《きょうじん》な心も木っ端微塵《こばみじん》になった。

「それ以上言わないでください。あれは不測の事態で……」

謝憐《シエリエン》が苦しげに答える。ちょうどその時、君吾《ジュンウー》が握った拳を口元に当てて一層強く咳払いをした。

「それは良かった。君は今までずっと禁を犯していないのだな」

謝憐《シエリエン》はようやくほっと息をついて「はい」と答える。

「ならばいい方法がある。私のところに『艶貞《イエンジエン》』という剣があるのだが、童子の血ならばその刃を伝っても跡が残らず、その血で洗えば洗うほど輝きが増すという特性を持っている。君の血を一滴垂《た》らせばすぐにわかるだろう」

君吾《ジュンウー》に様々な珍しい宝剣を収集する趣味があることは昔から知られているが、それでも神官たちは密かに心の中で思った。

(どうしてまたそんな訳のわからない剣をたくさん持っているのですか？　いったいなんのために……)

謝憐《シエリエン》はただこのどうしようもない状況が早く終わってくれと願うばかりだった。霊文《リンウェン》がその雅《みやび》やかな剣「艶貞《イエンジエン》」を持ってくると、謝憐《シエリエン》はすぐさま上げた手を軽く刃先に滑らせる。

無数の目がじっと見守る中、師青玄《シーチンシュエン》が拍手した。

「よし、これで解決ですね！」

血の滴が刃を伝ったが、案の定少しの跡も残らなかった。動かぬ証拠が示されては、皆も解散するしかない。

「なんだ、そうだったのか」

「じゃあ、いったい誰なんだ？」

そう言いながら、皆少しがっかりして興味を失っている。

すると霊文《リンウェン》が折り目正しく言った。

「お嬢さん、いったいどの神官なのか、お手数ですが正直に答えていただけませんか。お腹の胎霊がそうしてずっと大人しくしていない以上、法力の低いあなたには荷が重いでしょう。血の繋がった父親なら、落ち着かせることができるかも……」

すると驚いたことに、話の途中で蘭菖《ランチャン》が霊文《リンウェン》を指さして叫んだ。

「あんただよ！　その男はあんただ！」

「……？」

霊文《リンウェン》は評議に参加するために急いで廟から駆けつけてきたのか、今は男相だった。突然蘭菖《ランチャン》に子供の父親だと言われ、困惑と驚愕の表情を浮かべる。神官たちは一斉に吹き出した。一方、裴茗《ペイミン》はこう口にする。

「傑卿《ジエチン》、下界で子を産んでくれる女を見つける暇があるなんて、公文書の決裁が終わったのか？　ハハハハハハッ……」

これぞ天罰覿面というやつだ。霊文《リンウェン》は小さく首を横に振ると、「友人のご子息」にご祝儀を贈ろうという師無渡《シーウードゥー》の親切な申し出を断り、落ち着きを取り戻して言った。

「決裁は終わっていませんし、そんな暇もありませんから」

こんなふうに騒ぎ立てて次々に疑いをかけていたら、当然誰も信じなくなる。見るに見かねた風信《フォンシン》が不機嫌そうに口を開いた。

「わかった。この女の鬼は元から気が触れていて、誰彼構わず噛みついて騒ぎを起こそうとしているだけでしょう」

ますますもって人界の痴《し》れ者《もの》の如く蘭菖《ランチャン》はへへっと笑う。このままでは次の標的は自分になるかもしれないと、神官たちは風見鶏《かざみどり》のように意見を変えた。

「そうですよ。その金腰帯が盗まれたものかどうか誰にもわからないわけですし……」

「それで言うと、私ですら金腰帯は複数持っていますから何本あるのかなんてはっきり覚えていませんし、全部きちんとしまってあるかどうかも思い出せませんよ」

ところが、蘭菖《ランチャン》はさらにしつこく絡《から》みだし、腰に手を当てて言い立てた。

「なんなの、今になって無関係だって言うつもり？　もう遅いんだよ！　そうはさせるもんか！　あんただ、あんただよ、やっぱりそっちのあんただ！」

彼女は、端から相手を見もせずに闇雲に指さしている様子だ。無言で隅の方に立っていた明儀《ミンイー》は頻に何を詰め込んでいるのやら、どこ吹く風と何かを咀《そ》嚼《しゃく》していたが、その彼までもが無謀にも一度は父親だと言われ、殿は一時騒然となる。皆は次々に言い逃れをした。

「もう連れていけ！」

「いい加減なことを言わせるな！」

「あなたは私の好みではありませんから、濡れ衣を着せないでもらいたい！」

「まったくみっともない！」

　君吾《ジュンウー》が軽く手を振ると若い神官が入ってきて、蘭《ラン》菖《チャン》を取り押さえて下がっていったが、彼女は神武《シェンウー》殿から引きずり出される間もずっと甲高い声で大笑いしていた。殿内の神官たちは痛む頭を抱え、ひやひやしたまま元の位置に戻る。最初は誰もが自分には関係ないと、ただ高みの見物を決め込んでいた。ところが今は、不意打ちを食らって汚名を着せられるかもしれないし、もしかすると次回人界で上演される自分の新しい戯曲は、派手な厚化粧をした女の鬼の情人と、大量殺人を犯す鬼胎の息子が登場する訳のわからないものになっているかもしれないという危機感が募り、皆は袖を振る。

「この件は調べようがありませんね！」

「私が思うに、彼女は単におかしくなっているだけでしょう。調べるだけ時間の無駄ですよ。このまま閉じ込めて放っておけばいいんです」

「攪乱《かくらん》のために鬼界が差し向けてきた可能性も高いですからね」

　しかし、謝憐《シエリエン》は賛同しなかった。

「先ほどここに来るまで、蘭菖《ランチャン》殿は明らかに正常で頭ははっきりしていたのに、どうして神武《シェンウー》殿に来た途端にああなってしまったのでしょうか？『気が触れた』の一言では片づけられない気がします」

　そこで二つの組に分かれて議論を重ねた結果、「もう少し様子を見てみよう」というお決まりの結論となった。評議を終えたあと、師青玄《シーチンシュエン》に別れの挨拶をして数日後にまた下界で会おうと約束した謝《シエ》憐《リエン》は、神武《シェンウー》殿を出ると心の中でため息をつく。

（皆は霊文殿《リンウェンでん》のことを効率が悪いって言うけど、仕方がないよな。何かあって評議が開かれる度にいろいろと意見は出ても、結局中途半端な結論になるわけで、霊文《リンウェン》殿だってどうやって迅速果敢《じんそくかかん》に対処できるって言うんだ？）

その時、後ろから誰かがついてくる気配を感じて振り向くと、それは意外にも風信《フォンシン》で、謝憐《シエリエン》は少し唖然とした。挨拶もなしに風信《フォンシン》は単刀直入に囁いた。

「慕情《ムーチン》に気をつけろ」

謝憐《シエリエン》も声を低く抑えて「慕情《ムーチン》？」と聞き返す。

「あいつが殿に入ってきた時、あの女の鬼の表情が変わった。あいつを少し怖がっているようだった。他人の私事《しじ》を詮索《せんさく》するつもりはないが、とにかく少し気をつけた方がいい」

言い終わるなり、風信《フォンシン》は足早に去っていった。謝《シエ》憐《リエン》はその場に立ったまま彼が遠ざかるのを見送り、それからようやくゆっくりと足を踏みだした。

表面上は気づかれにくいが、実は謝憐《シエリエン》も密かに神官一人一人の微妙な表情と蘭菖《ランチャン》の反応を気に留めていて、無論慕情《ムーチン》も例外ではなかった。

だが、慕情《ムーチン》が胎霊の父親である可能性は限りなく低いと思っていた。謝憐《シエリエン》には慕情《ムーチン》がそんなことをしでかすとはまったく想像もできないし、事実、慕情《ムーチン》という人は武術の稽古や修道、信徒の拡大、管轄地での取り組みに没頭している。しかも謝憐《シエリエン》と同じ功法を修めているため、女色《じょしょく》に触れて修為《しゅうい》を損なうようなことは決してあり得ない。ただ、慕情《ムーチン》が蘭菖《ランチャン》を知っているのは間違いないだろう。手がかりがあまりにも少なく、小さく首を横に振ると謝憐《シエリエン》は天界から降りていった。

胎霊は既に降伏《ごうぶく》され、郎蛍《ランイン》と谷子《グーズー》は富商の家に預かってもらっていて食事の心配もないので特に気がかりなことはなかったが、謝憐《シエリエン》があまり長く不在にするのも良くない。長い間姿が見えないと、富商も不安や猜疑心《さいぎしん》を抱き始めるだろう。そんなわけで、謝憐《シエリエン》は下界に降りるとすぐに菩薺鎮《ぼせいちん》に直行した。

富商は謝憐《シエリエン》を見るや否や両手をしっかりと握り、興奮した様子で言った。

「道長！　なんてすごいお方なんだ！　すごい！　昨晩、あなたは私の如夫人の部屋で寝たはずで、私らは扉に鍵もかけていたのに、朝開けてみたらどうしたことか消えていて、信じられませんでしたよ！　素晴らしい！　本当に素晴らしすぎる！　どうですか？　あの妖怪は捕まえられましたか？」

「捕まえました。もう大丈夫ですので、ご安心ください。私が連れてきた子供たちはどうしていますか？」

それを聞いて、富商は安堵《あんど》して大喜びで答える。

「いい子でしたよ、とっても！　二人とも小食ですね！　道長、あなたの千灯観はどこにあるんですか？　お礼参りに伺って寄付をしようと思いまして！　今日から私はあなたの観の弟子を名乗らせていただきます。この名誉は誰にも譲りませんから！」

謝憐《シエリエン》は泣くに泣けず笑うに笑えない気持ちだった。とはいえ、なんにせよ信徒が増えたことは非常に喜ばしい。しかもかなりの金持ちだ。富商に神妙な面持ちで説法して、今後は女色に溺れすぎないこと、一途であること、妻や家族を大切にすることを説く。最後に、日を改めて菩薺観を見学しにくるよう伝え、それからようやく郎蛍《ランイン》と谷子《グーズー》を連れて颯爽《さっそう》とその場を後にしたのだった。

三人は菩薺村に戻った。菩薺観の前に着くと、謝《シエ》憐《リエン》は例の「本観は老朽家屋《ろうきゅうかおく》につき寄付を求む」と書いた看板をより目立つ場所に移動した。あの富商がやってきた時にすぐに目に入ることを願いつつ、扉を押す。ところがその瞬間、部屋の中にどこか違和感があるような気がした。

中に入ると、やはりかなり変化していた。床はくまなく掃《は》かれていて、供物卓と椅子も拭いてある。屋根や壁の埃も払われて、隅にあった汚いゴミは綺麗に片づけられていた。まるで田螺娘《たにしむすめ》〔家主の不在時に家事をしてくれる精霊〕にお越しいただいたかのように完璧に綺麗になっている。

そう、戚容《チーロン》までいなくなっているのだ！

彼が消えると部屋全体が一気に広々として明るくなった気がして、心なしか空気まで幾分爽やかになったように感じる。町からわざわざ持ち帰った肉餅《にくへい》を抱えていた谷子《グーズー》は、外から顔を突き出して覗き込んだものの誰もいなかったため、慌てて尋ねた。

「お兄ちゃん、父ちゃんは？」

謝憐《シエリエン》はすぐさま身を翻《ひるがえ》した。扉から出ようとしたその時、危険な冷たい光が襲いかかる気配を感じて、手を後ろに回して芳心《ファンシン》を抜くなり一太刀《ひとたち》浴びせる。

「キン」という音が響き、その冷たい光はあっといら間に高く弾き飛ばされ、数十丈離れた場所に落下した。

剣を抜いてから収めるまで電光石火の早業《はやわざ》で、彼は芳心《ファンシン》を一瞬で鞘《さや》に戻す。軽く息をついたが、すぐにまた疑念が湧いた。どうして次の一手が来ないのだろうか？

先ほどの冷たい光をもう一度見てみると、謝憐《シエリエン》に弾き飛ばされて遠くの地面に斜めに突き刺さっている。その弧を描く銀色の光を遠目に眺めていると、見れば見るほどそれをよく知っているような気がした。子供たちを連れて近づき、確認するなり慌ててしゃがみ込む。

「こ……これは厄命《オーミン》じゃないか。君、どうしたの？」

刀に向かって「どうしたの」と尋ねるなんて、実に奇妙な光景だ。通りかかった農家の人たちが謝《シエ》憐《リエン》に怪訝そうな目を向けながら肘《ひじ》でつつき合っている。

「ほら、見てみろ。刀に話しかけてるぞ……」

「見たよ。放っといて早く行こうぜ……」

だが、謝憐《シエリエン》はそう尋ねざるを得なかった。なぜなら、厄命《オーミン》の刀身《とうしん》と、柄にある銀色の線で描かれた目がずっと震えている状態で、まるで不治の病に冒されているかのように、次第にその震えは激しくなっていたからだ。謝憐《シエリエン》は思わず手を伸ばした。

「さっきの一撃で痛い思いをさせちゃったのかな？」

第四十九章　争喜功厄命鬥若邪

手柄を争う厄命と若邪

湾刀《わんとう》の震えようは、ますます悲痛そうに見えた。少し慌てた謝憐《シエリエン》は、その刀の背をそっと撫でながら言った。

「ごめん、ごめん。さっきはよく見えなくて、君だってわからなかったんだ。もう二度としないから」

何度か撫でてやると厄命《オーミン》は目を細め、ようやく震えも止まる。

「君のご主人は？」

謝憐《シエリエン》がまた尋ねると、突然後ろから声が聞こえてきた。

「そいつに構わなくていいよ」

振り向いた謝憐《シエリエン》は、ぱっと立ち上がると驚きと喜びが入り交じった声で言った。

「三郎《サンラン》？　どうしてここに？」

悠然と歩いてきたその少年は、まさしく花城《ホワチョン》だった。彼はまた黒髪を高めの位置で斜めに結っている。上半身は白い軽衣《けいい》で腰の辺りに紅衣を巻きつけていて、まくり上げた袖口からは色白だが逞《たくま》しい腕と入れ墨が見えた。歩く度に、長靴の銀の鎖がチリンチリンと澄んだ音を立てている。近所の十八歳くらいの若者のようにずいぶん気ままな雰囲気だが、非常に洗練されている。彼は野草を一本口に咥《くわ》えながら、謝憐《シエリエン》に笑いかけた。

「兄さん」

もともと謝憐《シエリエン》は、子供たちの預け先が決まったら花城《ホワチョン》のところへ行って丁重に礼を言うつもりでいたのだが、思いがけず彼の方がこちらへ来てくれた。花城《ホワチョン》は慌てることなく落ち着いた様子で謝憐《シエリエン》に歩み寄ると、地面に突き刺さっている銀色の湾刀を片手で引き抜いた。手に取って少し眺め、湾刀を肩先に担ぐ。

「兄さんは忙しいだろうから、わざわざ来てもらうこともないと思ってこっちから来たんだ。それと、忘れ物」

彼は背負っていた笠を外して謝憐《シエリエン》に渡す。これは謝憐《シエリエン》が富商の家に忘れてきたものだった。一瞬ぽかんとしてから、謝憐《シエリエン》は慌てて言った。

「すっかり忘れていたよ。手間をかけさせてごめん」

言い終わってから、昨晩のあの出来事のあと、花《ホワ》城《チョン》に「私の笠が見当たらないな。どこに行っちゃったんだろう？」と言ったことをふと思い出した。それは頭が混乱している中で言った口先だけの言葉だったのに、なんと花城《ホワチョン》は謝憐《シエリエン》のために本当に笠を捜してきてくれたのだ。急に恥ずかしさが込み上げて、彼にこのことをからかわれたらどうしようと心配になる。幸いなことに、花城《ホワチョン》は一切触れることなく笑いながら話題を変えた。

「兄さんはまた子供を二人も拾ったんだ？」

言いながら、無造作に谷子《グーズー》の頭を撫でる。髪がくしゃくしゃになるほど撫でていたが、谷子《グーズー》はかなり彼のことが怖いようで、しきりに逃げようとして謝《シエ》憐《リエン》の後ろに隠れてしまった。

「大丈夫。このお兄さんはいい人だから」

「いやいや、俺はとっても悪い奴だ」

口ではそう言いつつ花城《ホワチョン》が手のひらを返すと、袖から小さな銀色の蝶が一匹飛び出した。それは羽ばたきながら谷子《グーズー》の目の前にゆるりと飛んでくる。大きく目を見開いた谷子《グーズー》は黒い瞳を輝かせて、しばらくその小さな銀の蝶を瞬きも忘れて見つめていたが、ついに我慢できなくなって捕まえようと手を伸ばす。

そうして花城《ホワチョン》に対する谷子《グーズー》の警戒心はかなり薄らいだ。その直後、花城《ホワチョン》は何食わぬ顔で郎蛍《ランイン》にさっと目を向ける。谷子《グーズー》を見る時の自然な眼差しとは違い、郎蛍《ランイン》に向ける視線は鋭く冷酷で、友好的とは言えなかった。郎蛍《ランイン》は俯いて、同じようにおどおどした様子で謝憐《シエリエン》の後ろに隠れて縮こまる。

謝憐《シエリエン》は笠を手にしたまま尋ねた。

「来てくれただけで十分なのに、どうして菩薺観の掃除までしてくれたんだ？」

「ただのついでだよ。ちょっと部屋を片づけようかなって。ゴミを綺麗に片づけたらすっきりすると思わない？」

「……」

行方不明になっている戚容《チーロン》のことを思い出した謝《シエ》

憐《リェン》は、もしや花城《ホワチョン》が彼をゴミと見なして捨てたのではないかと思った。その時突然、菩薺観の後ろの方から悲鳴が聞こえてきた。

「地獄の釜《かま》に落ちてくたばっちまえ、クソ犬花《ホワ》城《チョン》！　人殺しだー！　花城《ホワチョン》が人を殺してるぞー！」

　谷子《グーズー》が大声で「父ちゃん！」と叫び、すぐさま短い小さな足で走っていく。謝憐《シエリェン》も急いで後を追った。菩薺観の裏手には小川が流れていて、謝憐《シエリェン》は普段ここで洗濯をしたり米を研《と》いだりしているのだが、今は戚容《チーロン》が水に浸かっていた。若邪《ルオイエ》にきつく縛り上げられたまま、戚容《チーロン》は必死に水面から顔を出して思いきり叫ぶ。

「出ねぇからな！　絶対に出てやるもんか！　こいつが死ぬまでこの体に居座り続けてやる！　俺を屈服させられると思うな!!」

「勇士気取りか？　ゴミが」

　咥えていた野草を吐き捨てて言った花城《ホワチョン》に、謝《シエ》憐《リェン》は仕方なく説明した。

「……何日か前に山で捕まえたんだけどね。その人の体に取り憑いてしまって、どうしても出ようとしないんだ。その人はまだ生きているから、魂魄を無理やり引き剥がすと肉体を破壊してしまうし、本当にもう……三郎《サンラン》、何か方法はないかな？」

「ん？　死んだ方がましだっていう目に遭わせる方法？　それならいくらでもあるよ」

　花城《ホワチョン》のこの言葉はまさに脅しで、それを聞いた戚《チー》容《ロン》が罵声を浴びせる。

「おい！　お前ら本当に割れ鍋に綴《と》じ蓋《ぶた》だな！　陰険野郎どもめ！　ゴボボボボ……」

だが、言い終わらないうちにまた川の中に沈んでいった。

　謝憐《シエリェン》は彼を見ると骨灰になってしまった母の亡骸を思い出し、心中に怒りと悲しみが交錯《こうさく》する。だが、肉体だけは他人のものである以上守らなければならず、川から引き上げて菩薺観の入り口に転がした。

　戚容《チーロン》は一昼夜何も食べておらず、腹が背にくっつきそうなほど空腹な上、花城《ホワチョン》に思いきり嬲《なぶ》られてげっそりしていた。谷子《グーズー》が富商の家からこっそり持ち帰った肉餅を食べさせてやると、ぼろぼろと食べこぼしながらがっついて、憎らしくもあり哀れでもある。小さく首を横に振った謝憐《シエリエン》は、ふと戚容《チーロン》の手足が強張《こわば》っていることに気づいた。若邪《ルオイエ》が縛っているせいではなさそうで、おそらく花城《ホワチョン》がなんらかの法術を施して身動きを取れなくしたのだろう。

「若邪《ルオイエ》、戻っておいで」

謝憐《シエリエン》が呼ぶと、何日も戚容《チーロン》を縛り続けてしょげかえっていた若邪《ルオイエ》は「スルッ」と飛んできて白蛇のようにぐるぐると謝憐《シエリエン》の全身に巻きついた。扉を開けた謝憐《シエリエン》は、若邪《ルオイエ》を宥めつつ解いて体から外す。

「わかった、わかった。あとで風呂に入れてあげるから、そんなに落ち込まないで。とりあえずその辺で遊んでおいで」

若邪《ルオイエ》はしょんぼりした様子で横をふらふらと通り過ぎていく。花城《ホワチョン》も無造作に厄命《オーミン》を放り投げたが、厄命《オーミン》は自分で見栄えのいい姿勢を模索しながらしっかりと降り立った。壁の方を向いていた若邪《ルオイエ》は、銀色に輝く湾刀がそこに寄りかかっていることにふと気づき、恐る恐る近づいていく。厄命《オーミン》の柄にある目もくるりと回って、若邪《ルオイエ》をしげしげと眺め始めた。

芳心《ファンシン》はというと、気配を感じさせることなく死んだようにじっとしていて、なんの意思も示さない。

謝憐《シエリエン》はこのところ料理の研究に凝っていて、かなり上達したと感じていた。そろそろ自信もついたし腕前を披露して花城《ホワチョン》をきちんともてなしたいと思い、食事をしていかないかと引き留めると、花城《ホワチョン》も快諾《かいだく》してくれた。

町からの帰路で、謝憐《シエリエン》は食材をたくさん買い込んでいた。それを残らず供物卓に積み上げると、さっと包丁を手に取り、鍋を鳴らし、まな板を叩いてトントンカンカンと調理していく。この供物卓は文《ふ》机《づくえ》になれば調理台にもなり、碗や箸を置いて食事することもできる。子供を座らせることもできて、一つで何通りもの使い方ができるのだ。花城《ホワチョン》は壁に寄りかかってしばらく眺めていたが、とうとう見ていられなくなって「手伝おうか？」と声をかけた。

「大丈夫。若邪《ルオイエ》が手伝ってくれるから」

ちょうど調理に熱中しているところだった謝憐《シエリエン》は、答えると同時に手を振って、まだ細かく割っていない太い薪《まき》を何束か放り投げる。「パンッ」という音とともに、まるで眼鏡蛇王《がんきょうじゃおう》［キングコブラのこと］

の奇襲のように白綾が薪を叩くと、脛《すね》ほどある太い薪があっという間に細くバラバラになった。

若邪《ルオイエ》は見事な手並みを見せたあと厄命《オーミン》と芳心《ファンシン》の前で体を捩《よ》じって、まるで自分の力と美しさを誇示するかのように大げさな姿勢をとる。まだ少ししか見せつけていないうちに、今度は謝憐《シエリエン》が皿を一枚床に置いて、白菜を一つ投げて寄越した。若邪《ルオイエ》が迎え撃とうとしたその時、急に目つきを鋭くした厄命《オーミン》が飛び上がり、眩いばかりの銀色の光が幾筋も宙を舞う。たちまち一面が白菜の色に染まり、厄命《オーミン》が床に降り立つと、丸ごと一個の白菜が細かく綺麗に切られて皿にのっていた。謝憐《シエリエン》はしゃがんでその皿を持ち上げ、厄命《オーミン》を褒める。

「本当にすごいな。君は若邪《ルオイエ》よりも切るのが上手だね」

若邪《ルオイエ》はぴたっと壁に張りついた。まるで人間が何歩も後ずさって限界まで後退した時のようだ。厄命《オーミン》はというと、狂喜のあまり目玉を回して得意げな様子を隠しもせず見せつけていた。天にも昇る気持ちらしい。刀と白綾を横目に、芳心《ファンシン》は厳然と構えて微動だにしない。謝憐《シエリエン》は法宝たちの小さな争いに一切気づくことなく、七、八種類の具材を同時に鍋に放り込みながら振り向いた。

「ところで三郎《サンラン》、今回はどれくらい泊まっていくんだ？」

花城《ホワチョン》は彼の動作のすべてをずっと注意深く見ていて、何かを気づかせたいようだったが、結局その話題には触れずに微笑む。

「状況次第かな。あっちで特に何もなければ、あと何日かこっちで遊ぶつもり。ここに居座っても、兄さんが嫌じゃなければだけど」

謝憐《シエリエン》は慌てて言った。

「嫌なわけないだろう？　狭い所だけど、君が嫌じゃなければ私は構わないよ」

それから取り留めもなく話をして、神武殿《シエンウー》であの女の鬼がでたらめに名指しして一悶着《ひともんちゃく》あったことも話したが、自分が訴えられたことと艶貞《イエンジエン》に血を垂らしたことはもちろん隠しておいた。とはいえ、花城《ホワチョン》は天界に間者《かんじゃ》を潜ませていると君吾《ジュンウー》が言っていたことを思うと、とっくに耳に入っているのかもしれない。実際どちらかはわからないが、幸い彼は知っているという素振りは見せずにただ何かを考えているようだった。

「三郎《サンラン》、あの胎霊の父親は誰だと思う？」

尋ねると、花城《ホワチョン》は顔を上げて淡泊な笑みを浮かべる。

「なんとも言えないな。もしかしたら、あの金腰帯は本当に拾ってきただけかもしれないし」

そのはっきりしない回答は花城《ホワチョン》らしくなく、謝《シエ》憐《リエン》は少しばかり変だと感じたが、すぐにコトコトと煮え始めた鍋に気を取られた。

二炷香後、鍋の蓋を開けた。

戚容《チーロン》がこれまで食べていたのは村人から謝憐《シエリエン》への供え物で、ただの饅頭《まんとう》や漬物、麺や餅に卵、酸味と渋みのある野生の果物といったものばかりではあったが、とにかく人間の食べ物だった。鍋の蓋を開けた途端に苦薔観からにおいが漂い、彼は扉の外で激しく罵りだす。

「死に損ないの謝憐《シエリエン》！　腹黒雪蓮花！　こんなのぶった斬られた方がましだ！　親切ぶって俺を水から上げたのは、こうやって苦痛を味わわせるためだったんだな！　お前って奴がよーくわかった！」

蓋を開けるまで謝憐《シエリエン》は自信満々だった。だが、いざ開けてみると自分を疑い始める。花城《ホワチョン》がそばで見ているというのに、散々苦労した挙げ句にこんな料理が出来上がり、途方に暮れてしまった。本当に花《ホワ》城《チョン》にこれを食べさせるのか？

戚容《チーロン》のぎゃんぎゃんと喚く声を聞いていると、さらに悩ましくなる。同じく声を聞いた花城《ホワチョン》が腕を組みながら出ていこうとしたので、謝憐《シエリエン》は手を上げて「もういいよ」と彼を止めた。

ため息をついて、鍋の料理を碗によそいながら花《ホワ》城《チョン》に言う。

「君は鍋のものを食べちゃ駄目だからね。ちょっと待ってて」

それから外に出て、谷子《グーズー》と郎蛍《ランイン》に水を汲《く》みに行くよう声をかけてこの場から離れさせる。そして碗を持ってしゃがみ込み、柔和な微笑みを浮かべた。

「従弟《おとうと》よ、食事の時間だ」

戚容《チーロン》が驚愕して叫ぶ。

「おい、何をしやがる？　なんのつもりだ!?　謝憐《シエリエン》、警告だ。俺は今、人ひとりの命を握ってるんだぞ。よく考えろ！　こんなもん食える奴がいたら三界の束縛を抜けて、六道輪廻《ろくどうりんね》からも飛び出して、どんな……」

話している途中で戚容《チーロン》が見たのは、部屋の中で鍋の前に立ち自ら杓子《しゃくし》で料理を碗によそった花城《ホワチョン》が、供物卓のそばに腰を下ろして食べている姿だった。顔色一つ変えずに泰然自若《たいぜんじじゃく》としているのを見て、戚《チー》容《ロン》はたちまち圧倒された。今まで抱《いだ》いたこともなかった思いが脳裏をよぎる――。

さすが絶！

謝憐《シエリエン》は碗を彼の顔に近づけると、冷静な声色で言った。

「食べたくないなら、出てこい」

それはもっと無理な相談だ。戚容《チーロン》は必死に歯を食いしばったが、謝憐《シエリエン》が彼の顎を掴んでガッとこじ開け、無理やり流し込む。

次の瞬間、甲高い悲鳴が菩薺村の空に響き渡った。

謝憐《シエリエン》が持っている碗が空になると、地面にいる戚《チー》容《ロン》は、鼻は歪むわ目は斜めになるわで声まで掠れてしまって、まるで余命幾《いく》ばくもない老人のようだ。

「……くそ……恨むぞ……」

呻《うめ》きながらも、碗の中身をすべて流し込まれても出てこようとしない戚容《チーロン》を見て、謝憐《シエリエン》は嬉しいのか悲しいのか自分でもわからなかった。できるだけ早く戚容《チーロン》を追い出したいとは強く思っているが、成功しなかったということは、どうやら謝憐《シエリエン》が心を込めて作ったものはそれほど喉を通りにくいわけでもないらしい。ある意味それを実証したような形になり、喜ばしいこととも言えた。

振り返ると花城《ホワチョン》も碗を手にしていて、のんびりと食べながらこちらを見ている。その碗ももうすぐ空になりそうだったので、謝憐《シエリエン》はぱっと目を輝かせて立ち上がった。

「三郎《サンラン》、もう食べ終わったのか？」

もともと謝憐《シエリエン》は上手く作れなかったと思っていて、花城《ホワチョン》に食べさせるのを申し訳なく感じていた。まさか花城《ホワチョン》が自分から食べるとは思いもしなかったのだ。

花城《ホワチョン》が笑って「うん」と答えると、謝憐《シエリエン》は恐る恐る尋ねる。

「……味はどうかな？」

花城《ホワチョン》は汁まで飲み干して微笑んだ。

「悪くないよ。どちらかというと濃いめの味つけだから、次はもう少し薄くしてもいいかもね」

謝憐《シエリェン》はほっと息をついて頷く。

「わかった、覚えておくよ。意見をありがとう」

一方、戚容《チーロン》はひたすらえずいていた。

「おえええええええっ――」

第五十章　賢太子羹迎不速客

――賢太子は羹で招かれざる客をもてなす

当初は腕前を披露しようと意気込んでいた謝憐《シエリエン》だったが、その自信は一晩で紆余曲折《うよきょくせつ》を経ることになった。

花城《ホワチョン》の方から自分が料理をしようかと言ってくれたが、既に謝憐《シエリエン》は恥ずかしげもなく彼に扉の修理や部屋の掃除をしてもらっていて、その上料理までさせるなんてできるはずもない。客にそんなことをさせる道理などないし、ましてやこの堂々たる絶境《ぜっきょう》鬼王《きおう》をなんだと思っているんだ？

幸いなことに、謝憐《シエリエン》は町からたくさんの食材を持ち帰っていた。大半は今晩鍋に入れてしまったが、饅頭《まんとう》に餅、野菜や果物はまだいくらか残っていて、それを食べればなんとかなるだろう。ただ、それも食べ尽くしてしまったあとはどうすればいいだろうか？

次の日になると、その問題はさくっと解決された。早朝、菩薺観の扉を叩いた村の女たちが、粥が入った大鍋をいくつかと焼いた鶏を届けてくれたのだ。女たちは皆はにかんだ様子で、誰を目当てに来たのか一目瞭然《いちもくりょうぜん》だ。謝憐《シエリエン》は密かに「顔がいいっていうのは本当に飯の種になるんだな」とぼやいた。

焼いた鶏は子供二人に分けて食べさせ、謝憐《シエリエン》は粥を少しだけ食べた。

「兄さんは本当にここの人気者なんだね」

何も手をつけずにそう言った花城《ホワチョン》に、謝憐《シエリエン》は笑って答える。

「三郎《サンラン》、からかわないでくれよ。どう見たって皆さんのお目当ては他にあったじゃないか」

例の料理を流し込まれたあと、戚容《チーロン》は観の外で「ここでお前に毒を盛られるくらいなら、郎千秋《ランチエンチウ》に捕まって八つ裂きにされた方がましだ！」とか「太子従兄《にいさま》、俺が悪かった。頼むから解毒剤をくれ！」などと一晩中大声で泣き叫びながらもがき続けていた。その上あらゆる幻覚まで見えていたらしく、谷子《グーズー》はすっかり怯えきってしまった。朝早く目を覚ました戚容《チーロン》は意気消沈して顔色も悪かったが、今は谷子《グーズー》が両手で持った碗に俯いて口をつけ、ズルズルと粥を食べている。それからようやく一息つくと掠れた声で言った。

「くだらねぇ！　何が人気者だ。誰がそいつなんかを目当てに来るかよ？　こんなにみすぼらしい格好なのによぉ！　それとクソ犬花城《ホワチョン》、お前も調子に乗ってんじゃねぇぞ。お前なんかに言い寄るのは、せいぜいここみたいな山奥のど田舎の女くらいだ。お前がそんな金持ちっぽい格好をしてやがるから、必死になって近づいてくるんだよ！　もしお前が物乞《ものご》いみたいな格好だったら、あいつらお前に見向きもしねぇだろうな！」

それは違うだろうと謝憐《シエリエン》は内心思った。たとえ花城《ホワチョン》が物乞いのような格好だったとしても、彼は物乞いで一儲けすることができると謝憐《シエリエン》は確信している。だが、それは口に出さずにただのんびりと作業を始めた。しばらくすると、においが漂ってきて戚容《チーロン》がまたもや怒鳴りだす。

「今度は何やってんだ！　そいつはなんだ！」

謝憐《シエリエン》は穏やかな声で言った。

「昨日の『百年好合羹《ひゃくねんこうごうこう》』〔百年好合は「夫婦が末永く幸せであるように」という意味〕だよ。温め直してるんだ」

それを聞くなり、花城《ホワチョン》は軽く手を叩く。

「いいね、いい名前だ」

「そんなクソみてぇなもんに名前までつけやがったのか!?　やめろ！」

食べさせるまでもなく、それは少し温めるだけで戚容《チーロン》の恐怖の記憶を呼び覚まし、黙らせてしまうほどだった。食事を終えると、郎蛍《ランイン》が何も言わずに碗や箸を片づけて洗いに行こうとしたので、謝憐《シエリエン》は声をかけた。

「いいから、そこら辺で遊んでおいで。私がやるから気にしないで」

彼は料理は下手かもしれないが、食器を洗うことくらいはできる。

郎蛍《ランイン》が谷子《グーズー》を連れて遊びに行ったのを見ていた花城《ホワチョン》が「俺がやろうか」と言ったが、謝憐《シエリエン》は遠慮して断る。

「君はなおさらやらなくていいから、座ってて」

その時、腹が満たされ暇を持て余していた戚容《チーロン》が二度口笛を吹き、軽薄な調子で話しているのが扉の外から聞こえてきた。

「よお彼女、さっきからじろじろ俺様を見てるよな？　惚れちまったか？」

この鬼ときたら、先ほどまで山奥の田舎娘など眼中にないと言っていたその口で、もう女性を口説《くど》き始めている。しかもあまりに陳腐《ちんぷ》な口説き文句だ。謝憐《シエリェン》は軽く首を横に振ると、通りかかった人を怖がらせないよう、やはり彼を家の中に引きずり込んでおこうと思った。ところが、扉を開けるより早く、外で村人たちが驚きの声を上げているのが聞こえてきた。

「こりゃ絶世の美女だぞ！」

「こんな別嬪《べっぴん》さんがどうしてうちの村なんかに……」

「こんなに整った娘さん、生まれて初めて見たよ。しかも二人同時になんて！」

その直後、コンコンと扉を叩く音がした。なんと、菩薺観の扉を叩いているのだ。謝憐《シエリェン》は内心不思議に思った。

（絶世の美女？　しかも二人も？　それがどうしてうちの扉を叩いてるんだ？　あっ、もしかして、あの富商が新しい奥さんを連れてお礼参りに来たのかな？）

その可能性に思い至った瞬間、急いで例の「本観は老朽家屋につき寄付を求む」と書いた看板を持ち、外に出す準備をする。その時、女の冷ややかな声が聞こえてきた。

「入り口にいるこれはなんなんだ。目が腐りそうだ」

すぐに別の女が困惑気味に言う。

「番犬として飼ってるとか？　いや、まさかね。こんな品位に欠ける霊獣《れいじゅう》を選ぶはずがないし」

謝憐《シエリェン》はこの二人の女の声に聞き覚えがあった。風《フォン》師青玄《シーチンシュエン》と地師儀《ディーシーイー》だ！

初めはすぐに扉を押して出ていこうとしていた謝《シエ》憐《リェン》だったが、ぱっと振り返ると後ろには供物卓のそばでのんびりと碗や箸を片づけている花城《ホワチョン》がいた。

それで手を止めて扉の隙間から慎重に外を窺う。

扉の向こうに、すらりと背の高い若い女が二人立っているのが見えた。一人は赤い唇に白い歯が映える見目麗《みめうるわ》しい白衣の女冠《じょかん》だった。目をきらきら輝かせながらたおやかに払子を振っている。もう一人は黒衣の女で、雪のように白い肌と鋭さのある美貌の持ち主だが、ずいぶんと顔色が悪く、手を後ろで組んでそっぽを向いていた。白衣の女冠は満面の笑みを浮かべると、四方に拱手の礼をする。

「ハハッ、皆さんありがとう、ありがとう。そんな大げさに褒めないで。そんなふうに言われると困っちゃうから。ほどほどで十分。ありがとう。ハハッ」

「……」

謝憐《シエリエン》は言葉を失った。

周辺には美女を一目見ようと集まってきた村人たちで黒山の人だかりができていたが、美女を見ると今度は戚容《チーロン》のことをあれこれ言い始める。不機嫌になった戚容《チーロン》が喚き散らす。

「何見てんだ！　地面に寝っ転がってようが俺様の自由だろうが！　全員失せやがれ！　見世物じゃねぇぞ！」

村人たちは戚容《チーロン》の怪しい言動と凶暴で青褪めた顔つきを見て、怯えて蜘蛛《くも》の子を散らすように逃げていく。師青玄《シーチンシュエン》は戚容《チーロン》に向かって言った。

「そこの……緑色の公子。ちょっと聞くけど、太子殿下は観の中にいるか？」

相手が謝憐《シエリエン》を「太子殿下」と呼ぶのを聞いて、戚《チー》容《ロン》は一瞬にして目の前の美人二人への興味を失い、吐き捨てるように毒づく。

「ちぇっ！　なんだ、上天庭のクソ神官かよ！　誰があいつの番犬だって？　よーく聞けよ、俺はなぁ……」

その言葉を言い終わらないうちに、明儀《ミンイー》が無言で真っすぐ歩いてきた。すると、すぐさま悲鳴が上がり、ひとしきりドタバタする音が聞こえてくる。謝《シエ》憐《リエン》の位置からは明儀《ミンイー》が何をしたのかはっきり見えず、師青玄《シーチンシュエン》が払子を振って話しているのだけが見えた。

「明兄《ミンシオン》、そういう暴力的なのって良くないよ！」

「心配ない。ここで飼われている霊獣じゃないんだろう」

「……」

明儀《ミンイー》が気にも留めない様子で言い、謝憐《シエリエン》はまた言葉を失う。

戚容《チーロン》が殴り殺されてはまずいと思い、謝憐《シエリエン》は仕方なく扉を開け、手を上げて止めに入った。

「地師殿《ディーシー》！　お手柔らかに！　殴ってはいけません。この人は人間です！」

扉を開けた謝憐《シエリエン》に気づくと、明儀《ミンイー》は黒衣の裾をさっと払って戚容《チーロン》の背から長靴をどける。師青玄《シーチンシュエン》も近づいてきて、拱手をしながら言った。

「太子殿下、少し早く来ちゃったよ。この人はなんなんだ？　隠しきれない鬼の気を全身から感じるんだけど、私たちの目が節穴だとでも思ってる？　はぁ、中に入って話そうか。今日来たのは、君に手伝ってほしい重要な案件があって……」

言いながら、彼は足元の戚容《チーロン》を迂回《うかい》して中に足を踏み入れようとする。花城《ホワチョン》がまだ部屋の中にいるというのに、彼らをこのまま通すわけにはいかない。

「ちょっと待った！」

謝憐《シエリエン》は慌てて言ったが、もう手遅れだった。菩薺観はご覧の通り猫の額ほどの広さで、隠れる場所などどこにもない。中に入るなり二人の目に飛び込んできたのは、謝憐《シエリエン》の後ろに立って皿を洗っている絶境鬼王の姿だった。

四人の視線がバチバチとぶつかり合い、花城《ホワチョン》が白い歯をわずかに覗かせて微笑む。だがそれは不気味な笑みで、目がまったく笑っていなかった。

瞬時に明儀《ミンイー》が瞳孔をすっと収縮させ、三尺ほど後ずさる。師青玄《シーチンシュエン》は風師扇《フォンシーせん》をさっと振り出して構え、強い警戒心を示した。

「血雨探花！」

扉の外では、頭や顔を埃だらけにした戚容《チーロン》がいきり立っている。

「こっちも青灯夜遊《せいとうやゆう》だぞ！　お前ら、さんざん殴っときながら俺だって全然気づかなかったくせに、どうしてそいつにはすぐ気づくんだよ!?」

明儀《ミンイー》はかつて鬼市へ送り込まれ、花城《ホワチョン》の下《もと》に何年も潜り込んでいたが、つい最近それが露呈し花城《ホワチョン》に捕らえられた。そして迷宮の地下牢に閉じ込められ、ひどく痛めつけられたのだ。今、仇敵《きゅうてき》同士が相まみえて緊迫感が高まり、小さな菩薺観が内も外も毒々しい雰囲気に包まれる。花城《ホワチョン》は手にしていた布巾《ふきん》をぱいっと放ると、目を細めて言った。

「これは地師《ディーシー》殿、意外とぴんぴんしてるじゃないか」

明儀《ミンイー》も冷ややかな声で答える。

「鬼王閣下《かっか》も相変わらずお暇なようで」

上辺だけ取り繕った挨拶を交わしたあと、次の一言で花城《ホワチョン》の口調と顔つきは冷酷なものに変わった。

「立ち去れ。重要な案件だかなんだか知らないが、二度とここに近づくな」

それは警告だった。明儀《ミンイー》は花城《ホワチョン》を非常に忌《い》み憚《はばか》りつつも、なんと一切怯《ひる》まずに低い声で言う。

「私の意思で来たわけではない！」

雰囲気が毒々しいものから殺気立ったものへ変わろうとしているのを目の当たりにして、そばで見ていた謝憐《シエリエン》が言った。

「風師《フォンシー》殿、こ、こ、これはどうすればいいでしょう？」

師青玄《シーチンシュエン》は扇で額を軽く叩きながら答える。

「私だって血雨探花がここに来てるなんて思いもしなかったんだよ！　君たちはついこの前会ったばかりなのに、どうしてこんなに早くまた一緒にいるんだ？　まあとにかく、できれば実力行使は避けたいな。暴力は良くないからね。もしやり合いだしたら私たちで止めよう」

「概ね賛成です」

戚容《チーロン》はこの二組が戦い始めるのを楽しみにしていて、ずっと耳をそばだてて聞いていたのだが、この時唐突に口を開いた。

「あー、なんだ。お前があの風師《フォンシー》とかいうあばずれ女かよ？」

謝憐《シエリエン》と師青玄《シーチンシュエン》が揃って振り返り、彼を見る。戚《チー》容《ロン》は自分が根城《ねじろ》にしている洞窟の中でもそう言って師青玄《シーチンシュエン》のことを罵っていたが、まさか本人の前ではっきり口にするとは、勇気があると言うべきか愚かと言うべきか。師青玄《シーチンシュエン》は高貴な身分で何不自由なく生活しているため、他人にそんな言葉で罵られたのはおそらく初めてだったのだろう。少し目を瞬かせて困惑した表情を浮かべる。

「太子殿下、ちょっと待ってて」

謝憐《シエリエン》に向かってそう言うと、観から出ていき扉を閉める。すると、扉の外から再び戚容《チーロン》の悲鳴とドタバタする音が聞こえてきた。しばらくして、ようやく扉が開いて師青玄《シーチンシュエン》が戻ってきたが、その姿は男相に変わっていた。

「お待たせ。それで、どこまで話したっけ？　私もお腹が空いちゃったし、とりあえず座って何か食べながら話さない？　食卓で解決できないことなんてないからね」

「……」

謝憐《シエリエン》は菩薺観の中で戦いが始まるのは避けたいと思っていたが、どうやら花城《ホワチョン》は明儀《ミンイー》が潜り込んでいた件に関してずいぶん腹を立てているらしい。どういう内情があるのか知らないが、彼らを座らせて和気あいあいと食事をするのは少々無理があるような気がした。

ところが、意外にも花城《ホワチョン》は反対の意思を示すことはなく、しばし睨《にら》み合ううちに表情からは少しずつ冷たさが消えていった。それから食器洗いを再開し、洗い終えると鍋の前に行って百年好合羹《こう》を碗によそう。

彼の方から矛《ほこ》を収めたのを見て、間一髪で最悪の事態は回避されたことに数人がほっと胸を撫で下ろした。次にやるべきことは、今すぐ話題を変えて場を盛り上げることだ。そこで、師青玄《シーチンシュエン》が口火を切った。

「太子殿下、その鍋の中のものって何？　まだ温かいみたいだけど」

「ああ、それは私が作ったんです」

鍋の中身は長い間煮込んだことで、味が染みてにおいも大分飛んでいた。常識では考えられない色をしているものの、具が煮崩れして溶け込み昨晩よりも見た目がかなり良くなっている。それを聞いた師《シー》青玄《チンシュエン》は興味津々になった。

「そうなの？　神官の手料理を食べたことなんて今まで一度もないよ！　どれどれ、私たちにも味見させて」

そう言いながら彼も碗と箸を二組持ってきて、それぞれの碗に羹《こう》をよそう。正直なところ、謝憐《シエリエン》は止めるつもりでいた。けれど、花城《ホワチョン》が繰り返し肯定してくれたおかげで、小さな自信の種を植えつけられていた上、今朝温め直した際に花城《ホワチョン》の意見を参考にして味を調整したので、「もしかするとこれを生き返らせられたかも」という考えが浮かび、一瞬ためらいつつも声を上げなかった。密かに期待しながら見守っていると、師青玄《シーチンシュエン》が片方の碗を明儀《ミンイー》に差し出す。

「はい、明兄《ミンシオン》。君の分」

明儀《ミンイー》は碗の中をちらりと見やると、嫌そうに顔を背けた。

この態度はさすがに少々失礼だ。激怒した師青《シーチン》玄《シュエン》は、もう一度差し出してしきりに勧める。

「ほら、食べて！　来る途中でお腹が減ったって言ってたよね？」

花城《ホワチョン》の方はのんびりした様子で羹《こう》を一匙《ひとさじ》掬《すく》い、フーフーと息を吹きかけている。それを口に運んで飲み込むと、謝憐《シエリエン》に笑いかけた。

「確かに今日はちょっと薄味になってて、ちょうどいいね」

「そう？　今日は水を多めに足してみたんだ」

謝憐《シエリエン》も笑って答える。

もう一口食べた花城《ホワチョン》は、にっこり笑ってこう言った。

「兄さん、気に留めてくれてたんだ」

花城《ホワチョン》の様子を見ていると、何か美味《おい》しい高級料理を味わっていると言われてもなんの違和感もない。

しばらくしてから、結局明儀《ミンイー》は碗を受け取った。

「そうこなくっちゃ！」

師青玄《シーチンシュエン》が笑ってそう言うと、二人は同時に一匙掬って口に入れた。

第五十一章　白話仙人喜宴哭喪

白話仙人、祝宴を葬式に変える

「どうですか？」

謝憐《シエリエン》が尋ねると、明儀《ミンイー》は「バタン」と供物卓に突っ伏した。どうやら気を失っているらしい。

一方、師青玄《シーチンシュエン》は一言も発することなく涙を二筋流している。

「……」

ためらいつつ謝憐《シエリエン》は問いかけた。

「お二方《ふたかた》ともどうしたんです？　お気を確かに、言葉で何か感想をいただけませんか？」

我に返って涙を拭った師青玄《シーチンシュエン》は、謝憐《シエリエン》の手を掴んでぎゅっと握ると不明瞭な口調で言う。

「……太子殿下」

謝憐《シエリエン》はさっとその手を握り返した。

「なんでしょう？」

師青玄《シーチンシュエン》はろれつが回らず何も話せなくなり、しばらくすると涙と鼻水を流しながら明儀《ミンイー》を揺り起こす。

「明兄《ミンシオン》……明兄《ミンシオン》！　明兄《ミンシオン》ってば、どうしたの？　しっかりして、目を覚ますんだ！」

明儀《ミンイー》は卓に突っ伏したままびくともしない。どんな時であろうと他人に無視されるのが我慢できない師青玄《シーチンシュエン》は、だんだんと揺らし方に容赦がなくなり、しまいには相手を強く掴んで揺さぶり始めた。謝《シエ》憐《リエン》は見るに見かねて彼に気づかせようとする。

「風師《フォンシー》殿、とりあえずその箒《ほうき》を下ろして冷静に話をしましょう」

師青玄《シーチンシュエン》は箒を締めつけながら振り向き、大声を上げる。

「え？　太子殿下、何か言った？　よく聞こえないよ！」

謝憐《シエリエン》は仕方ないとばかりに彼の耳に向かって叫んだ。

「風師《フォンシー》殿！　あなたが手にしているのは地師《ディーシー》殿じゃありません。地師《ディーシー》殿はこっち、こっちです！」

その時、明儀《ミンイー》がぱっと上半身を起こした。彼は一瞬にして男相に戻ると、ひどく青褪めた顔でいきなり呟く。

「心魔《しんま》が生まれた。悪いが消すのを手伝ってくれ」

羹《こう》をたった一匙食べただけで心魔が生まれるほどとは。謝憐《シエリェン》は衝撃を受けて口ごもる。

「……まさかそんな……」

ところが、師青玄《シーチンシュエン》は明儀《ミンイー》を指さしながら両目を丸く見開いた。

「待て、貴様！　この風師《フォンシー》の前で小細工を弄《ろう》するとは、なんの妖魔だ？　あれ、明兄《ミンシオン》はどこ？　ほらほら早く、私が援護するから今すぐこいつを取り押さえようじゃないか」

そう言いながら片手で例の箒を掴み、もう片方の手でぱっと風師扇《フォンシー》を取り出す。ひとたびその扇であおげば、屋根は間違いなくあっという間に丸ごと吹き飛んでしまうだろう。謝憐《シエリェン》は慌てて彼に抱きついた。

「駄目、駄目！　お二方とも、お願いですから正気に戻ってください！」

「ギャハハハッ、ヘヘヘヘッ、ホホホホッ……」

扉の外にいる戚容《チーロン》は、地面を叩いて大笑いしながら罵っている。

「ざまあみろ！　クソ神官が！　さっさと昇天しちまえ！　愉快だねぇ！　スカッとするぜ！」

部屋の中でバタバタと倒れ込んだ二人の神官は、呻き声を上げ続けていた。謝憐《シエリェン》は腕を組んで壁に寄りかかっている花城《ホワチョン》をちらりと見てから、床で頭を抱えて縮こまっている風師《フォンシー》と地師《ディーシー》に再び目を向けて呟く。

「やっぱりもっと水を足した方が良かったのかな……どうして戚容《チーロン》よりも反応が大きいんだろう？」

すると花城《ホワチョン》が眉を跳ね上げて言った。

「なかなか美味しかったと思うけど。そいつらの味覚の問題じゃないかな。よくあることだよ」

戚容《チーロン》が普段何を食べているのか、神官たちが普段何を食べているのか、謝憐《シエリェン》は考えたこともなかった。両者を比べてみると、神官たちの方が普段との落差や刺激を強く感じただろうから、反応もより大きくなるのは当然だ。花城《ホワチョン》の手を経たあと、鍋の中身に何か足されていたかどうかなど、もちろん考えもしなかった。

落ち込んで後ろめたい気持ちで、師青玄《シーチンシュエン》と明儀《ミンイー》の口に水を七、八杯流し込むと、二人はようやくゆっくりと意識を取り戻した。それでも戚容《チーロン》と同じように顔色は青く、目も虚ろなままだが、とにかく意識ははっきりして言葉もしっかり話せるようになっている。唯一の些細《ささい》な問題は、師青玄《シーチンシュエン》がずっと涙を流していて話す際に度々舌を噛むことだったが、大して支障はなかった。

そうして一時辰《じしん》が経ち、四人はようやく供物卓を囲んで腰を下ろしたのだった。

明儀《ミンイー》は相変わらず卓に突っ伏したままぴくりとも動かず、まるで死体のようだ。謝憐《シエリエン》は色を正して口を開いた。

「風師殿《フォンシー》、さっきはとても重要な案件があると言っていましたけど、いったいどんなことですか?」

憔悴しきった顔をしている師青玄《シーチンシュエン》は、外に聞こえないよう扉に遮音《しゃおん》の法術をかけてから掠れた声で話しだした。

「……実はね。ゴホッ、ゴホッ。太子殿下、君はまさに大隠《たいいん》は市《いち》に隠《かく》るが如《ごと》しで、人界で八百年修行するうちに各地でいろいろなものを見てきただろうから、遭遇した妖魔鬼怪も少なくないよね?」

謝憐《シエリエン》が腕を組んで答える。

「確かにいくらか遭遇したことはありますけど」

「じゃあ聞きたいんだけど……『白話仙人《はくわせんにん》』に遭遇したことはある?」

ぽかんとしてから、謝憐《シエリエン》は聞き返した。

「慶事《けいじ》の際に不吉な予言をする、あの白話仙人ですか?」

師青玄《シーチンシュエン》は声を落として「その通り!」と言う。

すると突然、冷気がひゅうっと背筋を駆け上り、謝憐《シエリエン》はぞくりとした。

同時に、耳元で誰かが小声でせせら笑いながら、何やら不気味な歌を口ずさみ始める。

もともと窓やボロボロの壁から日光が漏れて暖かく明るかった小さな菩薺観が、まるで巨大な影にすっぽりと覆われたかのようにいつの間にか薄暗くなっていて、謝憐《シエリエン》はますます寒さを感じ、手足も鉄のように冷えきってしまった。

「……」

「……」

「……」

謝憐《シエリェン》は我慢できずにぎゅっと自分の体を抱き、やはり正直に言わなければと思った。

「ちょっとお聞きしますけど……誰が笑っているんですか？　誰が歌っているんですか？　誰が私の後ろで冷気を吹かせているんですか？　誰が部屋をこんなに暗くしたんですか？」

師青玄《シーチンシュエン》が涙を拭きながら答える。

「ああ、全部私。ちょっとした法術だから気にしないで。少し雰囲気を演出しようと思って」

供物卓を囲んでいる他の三人が言葉を失う。しばらくして、謝憐《シエリェン》は額を押さえながら困ったとばかりに言った。

「……風師殿《フォンシー》、この陽気なので皆さんも厚着していませんし、冷風はやめにしませんか。それに、正直なところもともとの雰囲気は良かったんですけど、あなたが冷風を吹かせたり音楽を添えたりしたことで……逆にぶち壊しになったというか」

「え？　そうなの？」

師青玄《シーチンシュエン》は手を振り、四人の後ろから吹かせていた冷えきった風を止める。

「でも、部屋はやっぱりこのまま暗くしておこうよ。蝋燭《ろうそく》を一本灯《とも》したら、もっと雰囲気が出ると思う」

そう言いながら師青玄《シーチンシュエン》が本当に蝋燭を一本取り出して灯した。雪のように白い顔が二つと青みを帯びた白い顔が二つ、ほの暗い火明かりに照らされると、確かにかなりそれらしい雰囲気が出る。もし外にいる戚容《チーロン》に見られたら、驚いてなんだこれはと大騒ぎするだろう。

他の三人は、もう何かを言う気も失せていた。花城《ホワチョン》は後ろに寄りかかり、明儀《ミンイー》は死体のように硬直したままだ。謝憐《シエリェン》は眉間を少し揉んでから口を開いた。

「続けましょうか……さっきはどこまで話しましたっけ？　白話仙人ですよね。最初から毒口《どくぐち》お化けと言ってもらえればわかったんですが、白話仙人なんて言われたので、すぐに反応できませんでした」

師青玄《シーチンシュエン》は大層驚いて言う。

「太子殿下、君は本当に度胸があるね。そんな呼び方をするのはあまり良くないよ！」

白話仙人は「仙人」とついているものの、皆がそれを「仙人」と呼ぶのはほんの気持ち程度顔を立ててやっているだけの話だった。万が一、耳障りな名で呼んでいることをそれ自身に知られでもしたら、自分のところへやってきてひどい目に遭わされるのではないかと恐れているのだ。本当は誰もが毒口仙人や毒口お化けと罵りたくてたまらないし、耳障りな呼び方であればあるほどいいと思っている。それは、本当に忌々《いまいま》しい限りの存在だからだ。

そう、普通の妖魔鬼怪ならばせいぜい「恐ろしい」なのだが、白話仙人は「忌々しい」のだ。なぜなら、誰かが喜んでいる時に突如現れて冷や水を浴びせるのを何よりも好むからだった。

想像してみるといい。どこかに新郎新婦がいれば婚礼の宴に現れて祝いの酒を飲み、突然「近いうちにお前らは別れるぞ！」と言ったり、どこかの役人が昇進すれば突然現れて、大勢がおめでとうと祝福している最中に「数年後にはお前は獄《ごく》に繫がれるぞ！」と言ったりするのだ。ひとたび誰かに取り憑くと影身《かげみ》に添ってぴったり離れず、その人に慶事が訪れれば真逆の呪いをかける。これがどれほど忌々しいかは想像がつくだろう。

特にそういった験《げん》の悪いことを非常に忌み嫌う家庭が取り憑かれてしまったら、死ぬほど気鬱《きうつ》になるだろう。誰もがこんなモノにつきまとわれたくないが、もし遭遇してしまっても運が悪かったと諦めるしかない。なぜなら、それがいったいどうやって手を出す相手を選んでいるのか、未《いま》だに誰も解明できていないからだ。

見たところ、師青玄《シーチンシュエン》はそのモノをひどく恐れているようだが、謝憐《シエリエン》は平然と言ってのけた。

「大丈夫ですよ。別に怖いモノではありませんから」

正確に言うと、このモノの方が謝憐《シエリエン》を恐れている。

「太子殿下はどうやら遭遇したことがあるみたいだね？　ああいうモノって、完全に抹殺できる可能性はある？」

師青玄《シーチンシュエン》は興味津々で尋ねる。しばし考えてから謝憐《シエリエン》は答えた。

「もう何年も前のことですが、確かに二匹遭遇したことがあります。でも、結局二匹とも現れなくなりました。完全に抹殺されたかどうかはわかりませんが、私の経験上、本気で退治しようと思えばそれほど難しいことではないと思いますよ」

「二匹？　二匹とも君が退治したの!?　じゃあ私は適任者に相談したってことだね！　それぞれどんな状況だった？」

大喜びした師青玄《シーチンシュエン》にそう言われ、謝憐《シエリェン》は話し始める。まず一匹目はこうだった。

かなり前のことだが、謝憐《シエリェン》がある小さな町を通りかかると、娘を皇城の学府《がくふ》に送り出した富商がいた。人一倍頑張った娘を誇りに思った彼は広く喧伝《けんでん》して、喜びに満ち溢れていた。ところが、幸せが絶頂に達したところで悲劇が始まる。

「お前の娘は道中で車が横転し、崖下に転がり落ちて死ぬぞ！」

送別の宴でいきなり声高にそう叫ぶ声がしたのだ。

富商はその場で地団駄《じだんだ》を踏んで烈火の如く怒り、声の主を捕まえようとした。ところが、相手は言い終わるなり卓の下に潜り込み、なんとそのまま跡形もなく消えてしまった。

この出来事はその場にいた全員を恐怖に陥れた。たまたまその日、謝憐《シエリェン》はこの家のガラクタを回収していて、残りものの飯を少しもらって帰ろうとしたところ、この話を小耳に挟んだ。どんなモノを引き寄せてしまったのかわかったので、その富商に心配無用だと告げた。謝憐《シエリェン》は富商に護衛を二十人以上雇わせてその中に自分も加わり、道中も細心の注意を払って、無事に令嬢を皇城まで送り届けた。そしてしばらくの間その令嬢を守りながら時が来るのを待ったのだ。一か月後、令嬢が風格容貌の格づけで首位になったことで機会が訪れた。

その夜は、皇城のとある酒楼《しゅろう》で令嬢を祝う宴が催され、大勢が参加していた。すると案の定、また人々の間から声がした。

「お前は将来……」

ここまで聞こえた瞬間、謝憐《シエリェン》はすぐに人々に紛れて隠れていたモノを捕まえた。それの喉笛を掴んで言葉の続きを遮り、すぐさま呪符を使って身動きを封じた。そしてひとしきり激しく殴りつけたあと、用意させた馬車にそれを乗せて崖の上を勢いよく走らせ、ある曲がり角に差しかかった時に手綱《たづな》を断ち切った。それを乗せたまま車体を崖から落とし、他人に発した呪いをそれ自身に受けさせたのだ。

「それで終わり？」と他の三人が言う。

「これで終わりです。毒……じゃなくて、白話仙人でしたね。白話仙人の対処法は三つあります。一つ目は、奴に口を開かせないこと。奴が口を開く前に遮ってしまうんです。ただしこれは一時的な対処で、一生防ぎきることはできないので、本当の意味で防いだとは言えません」

さらに謝憐《シエリエン》は続けた。

「二つ目は、もし奴が口を開いたら、それを奴が呪おうとしている相手に聞かせないことです。嬉しい気分の時に自分を呪う言葉を聞けば、誰でも一抹《いちまつ》の恐怖を覚えてしまうものですから。白話仙人はまさにそういう恐怖を糧《かて》とし、喜びとするんです。恐れれば恐れるほど奴は増長《ぞうちょう》し、もし相手が本当にその脅威に怯え取り乱して奴の言葉通りに失敗を犯してしまったら、奴の法力は飛躍的に増大します。でも、耳の不自由な人でもない限り、いつかは聞こえてしまう。実際には、耳の不自由な人でも避けられるとは限りません。奴から逃れようとして自分で両耳の鼓膜を破った人もいましたが、それでも無駄だったので」

言葉を句切り謝憐《シエリエン》はまた言った。

「逆に、奴がどれだけ呪おうが冷や水を浴びせようが、一切無視して取り合わなければ、奴は手も足も出なくなります。だから、最も有効なのは三つ目の方法——慶事をたくさん起こして、奴のことなんてまるで眼中に置かず、奴が何を言っても言わなくても聞いたことは全部すぐに忘れるということです。どんどん強くなって、奴が予言した悲惨な未来に従うことなく歩んでいくんです。そうすれば、最終的に奴はなんの快感も得られなくなって、ほとんどの場合すごすごと立ち去ります。もちろん、しばらく潜んでつけ入る隙を狙っているだけという可能性もありますが」

この三つ目の方法は最も有効であると同時に、やり遂げるのが最も難しい方法でもある。結局のところ、本当に石のように固い意志で心を波立たせずにいられる者など世の中に存在するだろうか？

師青玄《シーチンシュエン》は聞けば聞くほど眉根が寄っていく。

「じゃあ、二回目は？　二回目の時もそうやって解決したの？」

「二回目は、私以外の人にはきっとあまり参考にならないと思います。何しろ、状況が特殊でしたから」

「特殊って？」

「狙われたのは私だったんです」

これもかなり前の話になるが、謝憐《シエリエン》は一匹の白話仙人に遭遇した。

その時、彼は自力で藁葺《わらぶ》きの小屋を建て終えたばかりだった。新居の前に立って出来栄えを眺めていると、突然隅の方からか細い声がして「お前の家は、二か月後には崩れるぞ」と言ったのだ。

それを聞いて師青玄《シーチンシュエン》が尋ねる。

「それで君はどうしたの？」

「どうもしません。ただこう言ったんです。『二か月後？　七日後にこれがまだ立っていたら、その方が不思議なくらいなのに』って」

「……」

花城《ホワチョン》が微かに笑ったが、その笑みはすぐに消えた。

件《くだん》の白話仙人は物陰に潜み、謝憐《シエリエン》の恐怖や苛立ち、不安といった感情を吸い取ろうと待ち構えていた。ところが、半日の間ずっと空気を吸いつつ、謝憐《シエリエン》が新居で顔を洗って寝るまで待ってみたが、何も吸い取ることができなかった。

謝憐《シエリエン》には相手の姿こそ見えなかったが、相当腹を立てているだろうということは感じられた。

それから何日も経たないうちに、夜中に落雷があって家は焼け落ちてしまった。

これに白話仙人は大喜びだった。焼失でも倒壊でも大差はなく、自分が呪った通りになったと言っても過言ではないと考え、これで謝憐《シエリエン》も怖がるはずだと思ったのだろう。しかし、そうはならなかった。依然として腹が膨れるようなものは何も吸い取れなかったのだ。もちろんそれに甘んじることなく、謝《シエ》憐《リェン》につきまとって次の慶事が訪れるのを待った。

ところが、そうして待つうちに半年あまりが過ぎてしまった。なんと、その半年あまりの間、謝憐《シエリェン》の身の回りには慶事など一つも起きなかったのだ！

普通ならもう諦めてしまうところだろう。だが、白話仙人にはもう一つの特徴があって、とことん戦い抜くことを好む。一度目をつけたら必死でまとわりつくため、半年あまりもつらくひもじい思いをしながら謝憐《シエリェン》につきまとっていた。そして、ついに機会が訪れた。

ある日、謝憐《シエリェン》はガラクタ集めで結構な実入りがあり、思いがけず懐が潤っていた。白話仙人は長いこと堪え忍んできたこともあって嬉しくてたまらず、早速ありったけの呪いの言葉を吐いた。金を手に入れた謝憐《シエリェン》が飲み食いや女遊び、博打《ばくち》に興じ、全身に病を患《わずら》って借金まみれになる、などと一連の劇的な人生を長々とぶちまけ、続けざまに滔々と呪ったのだ。

謝憐《シエリェン》は金を数えながら興味深くその話を聞いていた。だが、聞き終えるとまた顔を洗って寝てしまったため、白話仙人も何も吸い取ることができなかった。

その日の夜、謝憐《シエリェン》のガラクタの山が火事になった。火を消し止めたあと、顔中を煤まみれにした謝《シエ》憐《リェン》は、白話仙人に向かってため息交じりに言った。

「残念だよ。全部燃えてしまって、少しのお金も残らなかった。昨夜言っていた酔生夢死《すいせいむし》の一生も俗世の素晴らしいことも、私はまだ何一つ経験してないっていうのに。あの話はなかなか面白かったから、なんならもっと聞かせてくれないかな」

そんなことが三、四回繰り返されるうちに、謝《シエ》憐《リェン》の方から近づいていって「何か話したいことはない？」とか「何か話してくれない？」などと尋ねるようになった。これにとうとう音《ね》を上げて、白話仙人は逃げ出してしまったのだった。

白話仙人にとって謝憐《シエリェン》のような疫病神は非常に相性が悪い。慶事が起こらず無駄に何年も待ち続けることになるし、あらゆる不運に慣れきった彼は何を言われようと恐怖も不安も感じないからだ。その上、彼の運の悪さは白話仙人の想像の範疇《はんちゅう》を超えていて、呪われたところで謝憐《シエリェン》にとっては痛くも痒くもなく、むしろ祝福か白昼夢を語っているようなものだった。

とにかく、それを最後に謝憐《シエリェン》は白話仙人との縁が完全に切れた。もしや逃げた方の白話仙人が群れに戻っていかに彼が悪質かを大々的に吹聴《ふいちょう》したのではないかと謝憐《シエリェン》は少々疑ってしまった。

ここまで聞いて、師青玄《シーチンシュエン》は堪えきれずにぷっと吹き出した。

「そんなに可笑しいか?」

花城《ホワチョン》に淡々とした声で言われて確かに不適切だったと思った師青玄《シーチンシュエン》は、すぐさま色を正して真摯に詫びる。

「悪かったよ、太子殿下」

「気にしないでください。自分でもなかなか面白いと思ってますから」

謝憐《シエリェン》はそう言って笑い、話を総括した。

「白話仙人は人の恐怖心から得た法力を利用して予言が実現するよう仕向け、さらに新しい予言を作り出します。そうやって人が完全に打ちのめされ、心が灰になり二度と立ち上がれなくなるまで何度も何度も繰り返すんです。だから、意志が強くない人ほどつけ込まれやすいですし、持っているものが多い人ほど失う恐怖は増します」

少し間を置き、謝憐《シエリェン》はまた注意を促すように言った。

「風師《フォンシー》殿の信徒がこういった類いの呪いを受けて、助けを求めてきたんですか? あなたは風神ですからそれは管轄外ですし、祈願があったのなら武神に引き継ぐこともできますよ」

ところが師青玄《シーチンシュエン》はすぐさまこう答える。

「信徒じゃなくて、私自身が遭遇したんだ」

それを聞いて、謝憐《シエリェン》はさらに不思議に思った。

「あなた自身がですか? 白話仙人は普通、神官に手を出す度胸なんてないはずなんですが。よしんば手を出されても、尊い神官なら恐れる必要もないでしょう」

「飛昇してから遭遇したんだったら、もちろん心配なんてないよ。ただ……これは話せば長くなるんだけど……」

師青玄《シーチンシュエン》が嘆くように言った。

話は数百年前、風水《フォンシュイ》二師がまだ人間だった頃まで遡《さかのぼ》る。彼らは富も名声も持った大層裕福な商家に生まれた。

師青玄《シーチンシュエン》は次男で、生まれた時には家族全員が大喜びした。「玄《シュエン》」という幼名をつけ、貧しい人々に粥を施して善行を積んだが、その時粥を食べたある易者《えきしゃ》が、おくるみの中にいる赤子を見て生辰八字《せいしんはちじ》を尋ねると、こんなことを言いだしたのだ。

「粥を恵んでいただいた礼に、一つお教えしましょう。お宅の息子さんの命格《めいかく》は、良いのですが一言で言い表せないものがあるかと。もし救いたいと思うなら、できるだけ目立たないように。やんちゃな性格にならないよう小さい頃からよく躾《しつ》けて、出すぎた真似をさせないように。沈黙は金なりということを胸に刻んでおけば、平穏な人生を送れるでしょう。悪いモノを招き寄せてしまいますから、決してこの子のために祝宴《しゅくえん》を催してはなりません」

それは白話仙人と大差ないほど実に耳障りな言葉だった。しかも師《シー》家は商家という家柄で、縁起を非常に重んじるため、たちまち不機嫌な表情になってその人を追い払ってしまった。もちろん彼の言葉も気に留めることなく、数日後にはまた師青玄《シーチンシュエン》のために宴席を設け、賑やかに飾り立てて銅鑼《どら》や太鼓の音を一斉に響かせた。

ところが、宴席で皆が楽しく酒を飲み、おくるみの中の師《シー》家の若公子へ贈る祝いの詩を次々と吟《ぎん》じていたその時、いきなり足元から声が響いてきてこう吟じたのだ。

「善《よ》き始まりなくして、善き終わりなし！」

その場にいた全員の声をかき消すほどの大きな声は、あろうことか地下から響いてきていて、皆が唖然とした。

宴は恐慌状態で解散となり、その夜、まだ赤子だった師青玄《シーチンシュエン》は熱を出した。いつまでも泣き続けて熱も下がらず、加えてしきりに苦い液を吐く。家中の者は魂が飛び散るほどの恐怖に駆られた。師《シー》家は先日妙な話をしたために追い払ったあの易者のことを思い出し、慌てて方々《ほうぼう》を捜し回ると、再び丁重に招き入れた。その易者は言った。

「目立たないようにと言ったのに、聞き入れなかったのですね。この子は真仙《しんせん》に出くわしてしまった。この先一生、問題が絶えないでしょう。この高熱は大したことはありませんし、すぐに下がります。ですが、これは奴にとって挨拶代わりの手土産のようなもの！」

出くわしたモノとは、当然白話仙人のことだ。ただ、これはそう簡単に追い払えるような普通の白話仙人ではなく、最も長命で最も道行《どうぎょう》〔修練の境地や能力〕が高い白話仙人だった。その道行がどれほど高いのかと聞かれれば、祝宴に限らずどんな場でも不吉な予言を現実のものにすることができるほどだ。そのため、「白話真仙」と呼ばれていた。

この「真仙」はそうそう獲物を狙うことはないが、ひとたび狙えば確実に法力を荒稼ぎしていく。大変目が利き、かつて標的となったのは伝記的な激動の生涯を送った大物ばかりだった。それに打ち勝ったものの生涯戦い続けるうちに多くの餌を提供してしまった者もいれば、敗れて完全にそれの法力の源《みなもと》の一部となった者もいる。そうして百千《ひゃくせん》もの歳月をかけて少しずつ積み上げ、確固たる力を得たのだ。

この時、白話真仙は百年以上休んでいる状態だったため、年数から考えるとそろそろ現れて動きだす頃合いで、今回口を開けば大物に食いつくのは必《ひっ》定《じょう》だった。そんな時にたまたま生まれてきた師青《シーチン》玄《シュエン》の命格が好みだったせいで、この真仙に「定め」られてしまったのだ。

小さな赤子のうちは予言を聞いても理解できないが、成長すればいつかは理解できるようになり、いつかは恐れを知るようになる。しかも、幼い頃に植えつけられた恐怖というものは心の奥深くまで根を下ろし、拭い去ることができない。

この類いの精怪《せいかい》は往々にして融通が利かず、物事の考え方も常人とはかけ離れている。それを利用して、易者は一計を案じた。

まず師《シー》家には師青玄《シーチンシュエン》を里子《さとご》に出させた。表向きはよそに手放すふりをした上で、息子を女児に見せかけて送り返してもらい、養女を迎えたことにした。そして家の者全員にこの公子をお嬢様と呼ばせ、幼い頃から女の子の格好をさせて育てた。白話真仙が当初定めた男児を見失ったまま時が経てば、選んだのが誰だったか思い出せなくなるかもしれないと考えたのだ。

　こうして師青玄《シーチンシュエン》は無事に十歳まで成長した。

　十年の間に、かつて富も名声も持っていた裕福な家は次第に衰退していった。二師の両親は亡くなり、家の者は互いの腹を探り合って対立し財産を奪い合った。師無渡《シーウードゥー》はそれに嫌気が差して、十六歳になった年に何歳も年下の師青玄《シーチンシュエン》を連れて家を出たのだった。

　兄弟は互いに寄り添って生きていたが、師無渡《シーウードゥー》は一足先に山へ入って師の下《もと》で修行を始め、弟は山の麓《ふもと》の小さな町に預けられた。彼は毎日暗くなるまで修行に励んで修練を積み、それからやっと山を下りる。山に食べ物はないため、夜に家に帰ってからようやく食事を取ることができた。ある晩、師無渡《シーウードゥー》は他の弟子と切磋琢磨《せっさたくま》することに夢中になり、時を忘れてしまった。兄の帰りを待ち詫びていた師青玄《シーチンシュエン》は、食べるものがなくて彼が腹を空かせているのではないかと心配になり、山に飯を届けに行くことにした。

　その頃、師青玄《シーチンシュエン》はまだ子供で山道をどう歩けばいいかわからず、加えて夜になり辺りは真っ暗だった。弁当箱を持って長い間歩いていると、急に尿意を催した。慌てて山道の脇で裙をたくし上げたその時、道の遥か前方から黒い影が近づいてきた。

「そこにいるのは玄児《シュエンアル》か？」

　誰かに自分の幼名を呼ばれ、師青玄《シーチンシュエン》は兄が迎えを寄越してくれたのだと思い、急いで裙を下ろして答えた。

「私だよ！」

　その聞き慣れない声はまた尋ねてきた。

「お前の生辰八字は、某年某月某日某時で間違いないか？」

　師青玄《シーチンシュエン》は不思議に思った。まず一つ目は、なぜいきなり生辰八字を聞いてきたのだろうかということ。二つ目は相手の言ったことが寸分違《たが》わず正しかったことだ。

「そうだよ！　どうして知ってるの？　あなたは誰？　私の兄さんを知ってるの？」

　その声は質問に答えず、ついに一言こう言った。

「こっちに来て顔をよく見せろ」

それは命令口調だった。この時になって、師青玄《シーチンシュエン》はようやく何かおかしいと感じた。

彼は弁当箱を抱えたまま走って逃げた。走っていると、後ろから狂風がびゅうびゅうと吹く音や、ハハッと気が触れたように笑う声が聞こえてくる。なんと、そのモノはすぐ後ろから追いかけてきて、大声で叫んだのだ。

「お前はもうすぐ転ぶことになる！」

師青玄《シーチンシュエン》は魂が飛び散るほど恐怖に駆られて、「転ぶ」という言葉が出た途端に転んで弁当箱をひっくり返し、中身をぶちまけてしまった。そのモノが今にも飛びかかろうとした時、師無渡《シーウードゥー》が駆けつけてきた。

人が来たのに気づくと、白話真仙はすぐさま姿を消した。師無渡《シーウードゥー》は転んで顔中が血だらけの飯まみれになった弟を抱き上げると、兄弟二人して震え上がった。

ついに奴に見つかってしまった！

これまで長年取り逃がしてきて、初めて甘い汁を味わうことができた白話真仙は、それ以降定期的に出没するようになり、回を重ねるごとに神出鬼没《しんしゅつきぼつ》になっていった。このモノの道行はあまりにも高く、師《シー》家の家業もとうに傾いていて、師無渡《シーウードゥー》が呼べる道士や法師では皆お手上げだったが、百万もの功徳をはたいて天界に直接訴える力もない。

白話真仙は師青玄《シーチンシュエン》の命を取ろうとはしなかったが、肥え太らせてから殺そうとしているだけだと兄弟二人にはわかっていた。今は軽く平手打ちをして自分への恐怖を呼び覚ましているにすぎないが、いつか大きなことを仕掛けてくるに違いない。例えるならば、猟師が一発で獲物を仕留めず体を掠めるような矢を何本か放つみたいに、獲物に極限まで恐怖を与えようとしている。その恐怖こそが美食なのだ。

それはまるで凌遅《りょうち》〔生きた人間の体から肉を少しずつ削ぐ処刑方法〕のようだった。

しかし、幸いにもとうとう転機が訪れた。何年も苦行に励み邁進《まいしん》した結果、師無渡《シーウードゥー》が飛昇したのだ。

飛昇するや否や、彼は師青玄《シーチンシュエン》を中天庭に引き上げた。天材地宝《てんざいちほう》〔法力を増強できる希少価値の高いもの」を思いきり注ぎ込み、何年も経たないうちに師《シー》青玄《チンシュエン》も順調に飛昇した。それ以来、あの白話真仙は姿をくらませたのだった。

ようやく諦めて降参したのだと、師青玄《シーチンシュエン》は当然そう思っていた。だが、その考えは甘かったらしい。数日前、師青玄《シーチンシュエン》が友人を大勢集めた酒の席で酔っ払っていると、突然耳元で憎々しげな声が聞こえた。

「二度と兄に会えると思うな、永遠に！」

それは嫌と言うほどよく知っている声だった。十歳の頃から飛昇するまでほぼ毎年一、二回は聞いていたからだ。それに対する恐怖は骨髄《こつずい》に徹《てっ》していて、まるで耳元で雷鳴が轟《とどろ》いたかのように感じられた。師青玄《シーチンシュエン》は一気に酔いがさめ、胸騒ぎがしてその夜すぐさま裴茗《ペイミン》の管轄地まで駆けつけた。師無渡《シーウードゥー》が何事もなく霊文《リンウェン》たちと集まって楽しんでいるのを自分の目で確かめると、ようやく落ち着きを取り戻した。

そのあと、もしかするとあれは自分の幻聴だったのではないかと彼は疑い始めた。何しろ子供の頃に例のモノによって落とされたあまりにも暗い影のせいで、今までもそういうことがなかったわけではないからだ。

だが、あれこれ考えてみてもやはり少し不安が残り、それで明儀《ミンイー》を引っ張って謝憐《シエリエン》のところへ話を聞きに来てみたら、思いがけず菩薺観で花城《ホワチョン》に遭遇してしまったというわけだ。実に敵同士ほどよく出会うものだ。

「そういうことなら、風師《フォンシー》殿が遭遇したモノは私が遭遇したモノとはまったく等級が違うようですね」

聞き終えた謝憐《シエリエン》はそう言い、しばし考えて今度は花城《ホワチョン》に尋ねる。

「三郎《サンラン》、君は白話真仙を見たことがある？」

「ん？　自分で見たことはないよ。でも、知り合いは見たって言ってた」

花城《ホワチョン》は箸を一本持って弄《もてあそ》びながら答えた。その「知り合い」が誰なのか謝憐《シエリエン》は興味があったが、余計な質問はせずにただこう聞いた。

「奴の道行はどれくらい高いんだろう？　そんなに強いのかな？」

花城《ホワチョン》は箸をぽいっと放り投げて、おもむろに口を開く。

「かなり高いよ」

その言葉を聞いた師青玄《シーチンシュエン》と明儀《ミンイー》の表情がますます険しくなる。花城《ホワチョン》は続けて言った。

「あれはそこらへんの雑魚《ざこ》とは大違いで、確かに手《て》強《ごわ》い」

「手強い」と言いつつも彼の表情はいつもと変わらず、どこかおざなりだった。だが、花城《ホワチョン》からこれだけの評価を得られるとは、並大抵のことではない。

「風師《フォンシー》殿、どうやらこの問題は小さくはなさそうですね。どうして水師《シュイシー》殿に伝えなかったんです?」

謝憐《シエリエン》に言われ、師青玄《シーチンシュエン》は手を振った。

「駄目駄目。君も知ってるだろう。兄さんは今また天劫《てんごう》に挑もうとしてるんだ。こんな肝心な時に、あの白話真仙と戦うことになって気が散ったらどうする? この件は秘密にして、他の誰にも知られるわけにはいかない。兄さんと仲のいい神官にも話してないんだから」

神官は一生に一度しか天劫を乗り越えられないというわけではない。乗り越えた天劫が多ければ多いほどその境地は高くなり、地歩《ちほ》が築かれ法力も高くなる。師無渡《シーウードゥー》は天劫を二度乗り越えた力を持つ神官で、今まさに三度目の天劫を待っているのだと、謝《シエ》憐《リエン》も以前通霊陣での雑談の中でぼんやりと耳にしたことがあった。もし気が散れば確かに不利だ。天劫を乗り越えることに失敗してしまったら、少なくとも境地を落とすことになる。

第五十二章　三神一鬼不見真仙

――三人の神と一人の鬼、真仙を見つけられず

「私はあれを自力でなんとかできないか試してみたいんだよ。何はともあれ太子殿下、君も経験者だし、時間はあるかな？　もし難しかったら本当に無理せず言ってほしいんだけど」

師青玄《シーチンシュエン》は色を正してそう言った。

この前、師青玄《シーチンシュエン》は謝憐《シエリエン》にかなり手を貸してくれた。その彼が今、助けを求めていて、自分の力を必要としているのだ。そんな時に、手伝いたい気持ちは山々だが用事があるからなどと言って断るなんて、謝憐《シエリエン》にはできない。けれど、花城《ホワチョン》は遠方から遥々《はるばる》来てくれた客人で、まだここで十分に楽しめていない。それなのに、謝憐《シエリエン》が行ってしまったら誰が花城《ホワチョン》をもてなすというのか？　とはいえ、謝憐《シエリエン》も大したもてなしはできていないのだが。

そうして考えあぐねていると、片手で頬杖をついていた花城《ホワチョン》が笑いながら言った。

「兄さんは白話真仙を見に行くの？　嫌じゃなかったら、俺もついでに連れていってもらえないかな？　何せ珍しい妖だし、自分の目で見たことがないから」

謝憐《シエリエン》は内心「恥ずかしいけど、三郎《サンラン》は私のことをよくわかってるな」と思いつつ、彼の気遣《きづか》いに心から感謝して小さく頷く。師青玄《シーチンシュエン》も特に何も言わなかった。もちろん、彼も花城《ホワチョン》が自分に手を貸すために来るわけではないとわかっているが、少なくとも邪魔はしないだろうし、それならばいてもいなくても大差はない。

「でも、白話真仙は神出鬼没で、次はいつどこに現れるのかわかりませんよね？」

謝憐《シエリエン》が尋ねると、師青玄《シーチンシュエン》はこう言った。

「わからないけど、どうしても埒《らち》が明《あ》かなければ、皇城にある一番いい酒楼を貸し切って百日くらい飲み続けるよ。毎日爆竹《ばくちく》を鳴らして大がかりな戯曲を上演させれば、そのうち出てくるはずだ」

「それも一つの手ですね。ただ、出てきたとしても

捕まえられるとは限りません。風師殿《フォンシー》、過去に奴が獲物に選んだのがどんな人で、どんな行動様式だったか調べましたか？　彼《かれ》を知り己を知れば百戦殆《あやう》からずと言いますし、何か法則があるかもしれませんし」

「それならもちろん兄さんがとっくに調べてるよ」

そう言いながら、師青玄《シーチンシュエン》は袖の中から巻物を取り出して広げる。近寄ってそれを見た謝憐《シエリエン》は、思わず「これはすごい」と口にした。

なんということだろう！　白話真仙は本当に大物でなければ釣り針を下ろす気すら起こらないようだ。巻物に並んだ名前は人界で名を馳せた風雲児ばかりで、その全員が例外なく悲惨な末路を辿った。どの人も最後は精神が崩壊して自ら命を絶ったのだ。

戦で山が崩れるほどの大敗を喫《きっ》し、自刎《じふん》することで人生に終止符を打った者。莫大な財産が一朝にして水の泡となり、すべてを失って三尺の白綾で首を吊った者。富と名声を追い求めるも手に入らず、浮き沈みを繰り返しながら永遠に三途《さんず》の川で溺れ続けた者。彼らは決して白話真仙に敗れたわけではなく、自分の心の中にある「失う」ことへの恐怖に敗れたのだ。

ただ、名簿の中に帝王はいなかった。真の帝王は自《おの》ずと纏った天子の気が身を守っていて、邪祟《じゃすい》は容易に侵入できない。一般的に、飛昇できる素質がある者も生まれながらにして体を覆う霊気に守られ、鬼怪を寄せつけないと言われている。そのため、師《シー》青玄《チンシュエン》が例のモノにつきまとわれているというのはそう単純な話ではなく、謝憐《シエリエン》の脳裏には誰かが陰で小細工をして彼を狙ったのかもしれない、という考えが浮かんでいた。もし本当にそうだとしたら、当然相手は只者《ただもの》ではないということになる。ただ、狙われた当時の師青玄《シーチンシュエン》はまだ赤子だったのに、いったいどこでそんな尋常ではない人物と関わりを持ったのだろうか？

その時、花城《ホワチョン》が口を開いた。

「兄さん、俺にもちょっと見せてもらえる？」

謝憐《シエリエン》が「どうぞ」と言って巻物を手渡し、花城《ホワチョン》はざっと目を通して言う。

「誰が書いた巻物なんだ？」

「私の兄だけど。それがどうかした？」

師青玄《シーチンシュエン》が答えると、花城《ホワチョン》はその巻物を卓の上にぽいっと放った。

「ひどいもんだな。間違いだらけだ。お前の兄は一からやり直した方がいい」

それを聞いた途端、師青玄《シーチンシュエン》は「血雨探花！」と叫んで卓を叩きそうになる。

彼を引っ張って止めた謝憐《シエリエン》は申し訳なさそうに言った。

「風師《フォンシー》殿、座りましょう、ね。三郎《サンラン》はいつもこんな感じなんです。わざとではないので、気にしないでやってください」

「『いつもこんな感じ』？」

師青玄《シーチンシュエン》は座ったものの、引っかかりを覚えて呟く。

謝憐《シエリエン》は花城《ホワチョン》に向き直って尋ねた。

「三郎《サンラン》、間違いだらけって言ってたけど、どこが間違ってるんだ？」

花城《ホワチョン》も彼に近づいて、二人は寄り添うように座る。いくつかの名前を指さして花城《ホワチョン》は言った。

「こいつらが間違ってる」

謝憐《シエリエン》がまじまじと見てみると、その数人は悪行の限りを尽くしてきた支配者たちだった。

「どうしてわかるんだ？」

「俺が殺したから」

「……でも、ここに載っている人は皆、自ら死を選んだはずだろう？」

「手を下す前にそいつらのところに人を遣《や》って挨拶したら、勝手に死んだんだ。それは俺が殺したうちに入るかな？」

彼が殺したうちに入るかどうかはわからないが、かなりあけすけな発言であることは確かだろう。師《シー》青玄《チンシュエン》は居心地が悪そうに数回咳払いをし、唇を引きつらせて言った。

「鬼が神官の前で、どうやって人を殺したかなんて正直に説明しないでくれる？　鬼が神官の前で、神官と堂々とそういう議論をしないでくれる？」

花城《ホワチョン》はまたいくつかの名前を指さす。

「こいつらも間違いだ」

「この人たちは誰が殺したんだ？」

「黒水《こくすい》がやった」

謝憐《シエリエン》は唖然としてしまった。

「黒水玄鬼《げんき》は、ずっと控えめな質《たち》なんじゃないのか？」

「別に人を殺さないってわけじゃない」

そう答えると、花城《ホワチョン》はすぐさま師青玄《シーチンシュエン》に言う。

「尊兄《そんけい》がお前に渡した巻物は間違いだらけで、真剣に検証する気なんてさらさらないようだし、むしろ撹乱を狙っているようで相当疑わしい。こんなものただのぼろきれだ。だから言っただろう、一からやり直した方がいいって」

師青玄《シーチンシュエン》は巻物を奪い返して叫んだ。

「兄さんがそんなことをするはずがないだろう！」

なんの根拠もない言葉だったが、口調は揺るぎない。実の弟の件で師無渡《シーウードゥー》が真剣に取り組まないとは考えにくく、それならばと謝憐《シエリエン》はもう一つの可能性に触れた。

「どんな分野にも専門家がいるものですから、水師《シュイシー》殿が検証した時も誰かの力を借りたはずです。差し支えなければ、巻物をまとめたのが誰か聞いてもいいでしょうか？」

しばしためらってから、師青玄《シーチンシュエン》は口を開く。

「霊文《リンウェン》だよ」

謝憐《シエリエン》は眉間を少し揉んで押し黙った。霊文殿《リンウェンでん》はいつも他の殿の神官から効率が悪いと非難されてはいるが、これほど多くの間違いを犯すほどではないはずだ。だが、これではやっつけ仕事の草稿《そうこう》ではないか。毒瘤たちの関係は傍から見る分には概ね良好のようだし、少なくとも表面上は仲がいい。とはいえ当人たちの間にどんな複雑な事情があるかなんて、部外者にはわからないことだ。

花城《ホワチョン》は再び後ろにもたれて言葉を続けた。

「真偽《しんぎ》の見分け方をもう一つ教えてやろうか？　白話真仙は一度獲物に目をつけたら根絶やしにするはずだ。獲物の心が壊れて死ぬだけでは終わらず、親族や友人まで残らずとばっちりを受けることになる。だから、そこに載ってる本人だけが死んで、親族と友人が生き残った奴も全員間違いだ」

それを聞いて師青玄《シーチンシュエン》は一瞬色を失ったが、すぐに気を取り直して明儀《ミンイー》に向かって空笑いをする。

「だったら明兄《ミンシォン》、君も危ないんじゃないか？　君は私の一番の親友なんだし！」

顔中に「お前のような親友はいないことにしたい」と書いた明儀《ミンイー》が、彼から少し距離を取って座る。移動したことで謝憐《シエリェン》の方に少し近づく形になり、花城《ホワチョン》がまるで刃のような視線で明儀《ミンイー》を一瞥した。こんな時でも冗談を言うのを忘れない師青玄《シーチンシュエン》に謝憐《シエリェン》は思わず笑いだしてしまったが、風師《フォンシー》の不安も微かに見て取れる。というより、不安だからこそ倍の元気で気を紛らわすしかないと言った方が正しいかもしれない。師青玄《シーチンシュエン》は風師扇《フォンシーセン》をさっと開くと、いつもより五、六倍も速くあおぎ、狂風の中で黒髪を乱しながら言った。

「じゃあ、早速今から行こうか！　一番豪華な楼閣の上で贅沢三昧といこうよ。これだけ人数がいて、それでも出てくる度胸が奴にあるかどうか見てやろうじゃないか。こっちが多勢なんだから、ハハハハハハハッ……」

「……風師《フォンシー》殿、ちょっと落ち着いてください。私は観でまだ少しやることがあって、きちんと終えておきたいので、もうしばらく待ってもらえますか」

今回の外出が何日になるかわからないし、二人の子供の食事と、それに加えて人間に取り憑いた鬼を放っていくわけにはいかないだろう。村で信頼できる家を探して面倒を見てもらいたいと思っていた謝憐《シエリェン》だったが、花城《ホワチョン》にはすべてお見通しだったらしい。

「もし兄さんがどうしても行くなら、安心して。人手なら用意するから。出発したら、あとは面倒を見る奴が勝手にここへやってくる」

花城《ホワチョン》の言葉に謝憐《シエリェン》はほっと息をついた。

「助かるよ、三郎《サンラン》。やっぱり誰かにここを見ていてもらった方がいいからね」

「そうだね。誰かに見張っておいてもらわないと」と花城《ホワチョン》も笑う。

二人の言った「見て」と「見張って」は明らかに同じ意味合いではないが、特に誰も追及はしなかった。明儀《ミンイー》は供物卓を移動させて床に縮地千里《しゅくちせんり》の陣を描き始める。師青玄《シーチンシュエン》の扇の動きはどんどん速くなり、もはや扇の残影が見えないほどだった。

「そうだ、太子殿下。さっき聞きそびれちゃったんだけど、入り口のあれはいったい誰？　私は何もしてないのに、あれが人の口にする言葉？」

まさか最後の最後にようやくついでのように尋ねられただけとは、もし戚容《チーロン》が聞いたら心臓発作を起こしてしまいそうだ。確かに人ではないからなと謝憐《シエリエン》は内心思いながら、隅の方に寄りかかっていた若邪《ルオイエ》と芳心《ファンシン》を身につける。

「もう自分から名乗っていたじゃないですか」

「えぇっ、あれって本当に青鬼だったの？　あのざまで？　百聞《ひゃくぶん》は一見にしかずってやつだね！」

謝憐《シエリエン》は眉間を少し揉んで簡単に状況を説明し、内密にしてほしいということと、特に郎千秋《ランチエンチウ》には知られないようにと念を押す。二言三言話をしているうちに、明儀《ミンイー》が縮地千里の陣をあっという間に描き終えた。前回、南風《ナンフォン》が描いた時はかなり時間をかけても雑な仕上がりだったが、彼は正反対で、素早く描き上げたにもかかわらず少しも粗《あら》がなかった。一筆で最後まで描き、素手で描いた円は物差しを使って描いたものよりも整っている。文字も板刻《はんこく》のように整然としていて、謝憐《シエリエン》は密かに驚嘆せずにはいられなかった。

陣が完成し、明儀《ミンイー》が「行くぞ」と言うと、師青玄《シーチンシュエン》は軽く息を吸って蝋燭の火を吹き消した。

花城《ホワチョン》が先頭を切って最初に扉を押す。小さな扉が「ギィッ」と開くと、外は真っ暗だった。どうやら古びた廃屋《はいおく》に繋がっているらしく、空気は黴《かび》臭さと埃っぽさに満ちている。

花城《ホワチョン》の後ろに続いたのは謝憐《シエリエン》で、自ら進んで先導する花城《ホワチョン》に小さな声で礼を言った。そのすぐ後ろは師青玄《シーチンシュエン》で、最後に出てきた明儀《ミンイー》が後ろ手に扉を閉める。

扉が閉まろうとしたその瞬間、暗闇の中で、扉の向こうから不気味な声が突然聞こえてきた。

「お前が行こうとしている場所は、永遠に思い出したくない悪夢となるだろう！」

その声を聞くや否や、謝憐《シエリエン》は蹴りを放った。

扉はその場で壊れたが、発動済みの陣は既に効力を失っていて、扉の向こうは菩薺観ではなくガラクタの山だった。その激しい動きによって砂埃《すなぼこり》が舞い上がり、謝憐《シエリエン》はひとしきり咳き込む。蹴り壊したのが花城《ホワチョン》の作った扉ではないことが不幸中の幸いだったと思いつつ、袖で顔を覆いながら言った。

「今のが白話真仙ですか？」

「奴の声だった！　奴は……ずっと私のそばにいたっていうのか？」

師青玄《シーチンシュエン》はそう言って払子と風師扇《フォンシー》をきつく握りしめる。

謝憐《シエリエン》は舞っている埃を振り払いながらそれを否定した。

「そんなはずはありません。さっきまで部屋の中には神官三人と鬼王がいたんですよ。もし何かがずっとあなたについてきていたのなら、私たちが気づかないわけがないですよね？　間違いなく、たった今来たばかりです」

明儀《ミンイー》も「冷静になれ」と言うと、師青玄《シーチンシュエン》はこう返す。

「私は冷静だよ。すっごく冷静。ずっと冷静！」

ところが、前方にいる花城《ホワチョン》は悠々と言った。

「冷静になる必要はあるが、心配ないとは言えない。誰かここがどこだかわかるか」

謝憐《シエリエン》も辺りを少し見回してみる。

「私たち、皇城で一番いい酒楼に行くはずでしたよね？」

どう見ても、この古びた廃屋は師青玄《シーチンシュエン》が言ったような酒楼には見えない。四人は一通り歩き回って入り口の扉を探り当てたが、扉には大きな錠がいくつもかけられていた。謝憐《シエリエン》が再び蹴りを放つと錠が壊れ、扉を開けた四人の目の前に現れたのは、剣の山や火の海でもなければ、謎めいた怪しい光景でもなく、殺風景でありふれた小さな町だった。

「皇城はこんな景色じゃないはずだが」

眉を跳ね上げてそう言った花城《ホワチョン》に、謝憐《シエリエン》も深く賛同した。皇城の風格はこんな小さな町とは比べものにならない。

「地師《ディーシー》殿、もしかして陣を描き間違えたのでは？」

振り向いて尋ねた謝憐《シエリエン》に、明儀《ミンイー》はこう答えた。

「描き間違えてはいない。本来決めていた接続地はここじゃない」

謝憐《シエリエン》はすぐに理解した。つまり、例のモノが細工をしたということだ。それによってこの場所に送り込まれたのだ。

「奴は私たちが菩薺観を出たあとすぐに入り込んできて、陣を改ざんしたってこと?」

師青玄《シーチンシュエン》はそう言うと、すぐさま「いや、それはあり得ない!」と自ら否定する。

謝憐《シエリエン》も言った。

「不可能です。さっき私たちはもう扉から出ていましたから、たとえそのあとすぐに奴が入り込んで細工をしたとしても、本来の目的地に到着しているはずです。陣が発動してしまえば、あとからいくら描き換えても意味はありません。ということは、奴に手を加える機会があったのは一瞬だけ」

つまり、明儀《ミンイー》が陣を描き終えて師青玄《シーチンシュエン》が蝋燭の火を吹き消したあと、菩薺観が暗闇に包まれたあの一瞬だけということだ!

しかしこれでは謝憐《シエリエン》の先ほどの見解と矛盾してしまう。

「でも、さっき部屋の中には間違いなく私たち四人しかいなかったよ」

小さな菩薺観の中には神官三人と鬼王一人だけで、もし途中で何かが増えたとして、誰一人気づかないなどあり得るだろうか? そして、もし彼らの中の誰かが暗闇に乗じて細工したとするなら、一番可能性が高いのは誰だ?

師青玄《シーチンシュエン》が思わず花城《ホワチョン》を見る。すぐに目を逸らしたものの、花城《ホワチョン》はその一瞥を見逃さずに笑った。

「なぜ俺を見る? 俺に言わせれば、地師《ディーシー》殿の方が怪しいと思うが?」

明儀《ミンイー》も彼にさっと視線を向けると、花城《ホワチョン》は言葉を続けた。

「誰が細工したかにばかり気を取られているようだが、もしこいつが最初から間違った陣を描いていたとしたら?」

明儀《ミンイー》は反論せず、なんの意思も示さない。しかし、師青玄《シーチンシュエン》はこれ以上聞いていられないとばかりに言った。

「花《ホワ》城主、ちょっと待ってくれ。君たちの間に揉め事があったのは知ってる。ただね、明兄《ミンシォン》は本当にそういう人じゃない。今回はたまたま私に無理やり連れてこられて手伝っているだけで、そんなことをする理由もない」

「何かをするのに必ず理由がいるわけじゃない。正直、風師殿《フォンシー》もかなり疑わしい」

「え？」

まさかそうくるとは思いもせず、師青玄《シーチンシュエン》は自分を指さした。

「誰が？　私!?」

「ああ。盗人《ぬすっと》が他人を盗人呼ばわりする、よくあることじゃないか。お前はなんのために来たんだ？　もしお前と尊兄が本当にそこまで白話真仙を怖がっているなら、どうしてあんなぼろきれが出来上がったた？　お前ら二人がぐるになって罠を仕掛け、訳のわからないことを言って俺たちをここに誘《おび》き寄せたっていう可能性も十分あるだろう」

彼の表情を見れば、単に言いたい放題口から出任せを言っているのはすぐにわかるのだが、それがもっともらしく聞こえて、何やら誰もが疑わしく思えてくる。師青玄《シーチンシュエン》まで気持ちが揺らいでこう口にした。

「わ……私がそんなくだらない奴だと思うか？」

「こっちの台詞だ。俺もそんなくだらない奴じゃない」

花城《ホワチョン》は笑ってそう言った。彼は他人から攻撃されれば同じようにやり返すのだ。謝憐《シエリエン》はちょうど考え事をしているところだったが、手を振って止めに入った。

「はい、二人ともそこまで。まだ何もわからないのに内輪の人を疑うのはやめましょう」

花城《ホワチョン》はハハッと笑って、それきり何も言わなくなった。彼の態度はかなりわかりやすく、手を貸すわけでもなければ、邪魔をするわけでもない。ただ純粋に遊びに来ているのだ。彼に期待する必要も、用心する必要もない。謝憐《シエリエン》はしばし考えてから話しだした。

「実は、もう一つ別の可能性を思いついたんです。部屋の中で地師殿《ディーシー》が陣を描いていた時に、扉の外で誰かがもっと強力な陣を描いていたのかもしれません」

あの時、師青玄《シーチンシュエン》は外にいた戚容《チーロン》に会話を聞かれないよう遮音術を使っていたため、菩薺観は完全に隔絶された状態だった。相対的に見て、屋内より屋外で細工をした方が気づかれにくい。同種の陣が二つ衝突すれば強力な方が勝つ。ここで言う「強力」とは、陣を作った人物の法力の高低だけでなく、陣を描く材料にも左右される。明儀《ミンイー》があの時使ったのは、謝憐《シエリエン》がガラクタ集めの際に拾ってきた同業者の不要品である古い辰砂《しんしゃ》〔朱色の顔料〕だった。もし誰かが新鮮な血を使って「圧陣《あつじん》〔貴重な素材を用いて陣の効力を高めること〕」したなら、当然そちらが一段勝ることになる。

師青玄《シーチンシュエン》はすぐにこの可能性を受け入れた。

「外？　まさか青鬼か？　奴はあの状態でもまだそんな迷惑なことができるのか？」

「もう無理でしょうね……」と謝憐《シエリエン》が答えると、花《ホワ》城《チョン》は淡々とした声で言う。

「奴は七日は動けそうにない。だが、外にいたのは奴だけじゃない」

その言葉には含みがあった。

「とにかく、皆さん邪推《じゃすい》するのはやめて、お互いの信用を傷つけないようにしませんか」

謝憐《シエリエン》はそう言って数歩歩き、また口を開く。

「あの妖の言葉は本当に奇妙ですね。どうしてここが風師《フォンシー》殿にとって『永遠に思い出したくない悪夢』になるなんて言ったんでしょう？　ここで何かに出くわすということでしょうか？」

辺りを少し見回し、師青玄《シーチンシュエン》が微かに眉をひそめる。

「……待って、ここってなんだか……」

言葉の途中で明儀《ミンイー》の目つきがさっと鋭くなり、まさに師青玄《シーチンシュエン》の後頭部めがけて手のひらから一撃を放つ。謝憐《シエリエン》は大声で叫んだ。

「風師《フォンシー》殿、後ろに気をつけて！」

ところが、明儀《ミンイー》が放った一撃が「パンッ」という音とともに平たくて大きな四角い何かを叩き割るのが見えた。それは頭上から真っすぐに師青玄《シーチンシュエン》の脳天に向かって落ちてくる。彼は数尺ほど飛びのくと胸元を叩いて言った。

「危ない、危ない！」

そして俯いて見た途端、師青玄《シーチンシュエン》の瞳孔がすっと収縮する。謝憐《シエリエン》も近づいて見てみると、同じようにどきっとした。なんと、それは藍色の地に金色の文字で大きく「風水殿《フォンシュイでん》」と書かれた扁額だった。

　神官の神殿の扁額を真っ二つに割るなんて、とんでもない忌諱《きき》だ。手を下ろした明儀《ミンイー》の表情は冷たく険しいものだった。師青玄《シーチンシュエン》は一瞬呆然としたが、すぐにさっと袖を振って二つに割れた扁額を払いのけ、小さな声で言った。

「全員秘密にしてくれ、頼む！　絶対に口外しないでくれ。自分の扁額が壊されたなんて、兄さんが知ったら怒り狂うに違いないから！」

　謝憐《シエリエン》は振り返って呟く。

「まさか……これが風水《フォンシュイ》殿？」

　まさしく、彼らが出てきたこのあばら屋は風水《フォンシュイ》廟だったのだ。

　水師《シュイシー》は財神で、財を好まない人などいない。そのため、彼が鎮座する宮観は常に参拝者が絶えないというのに、まさかこれほど荒れ果てた状態になっているとは。大通りに打ち捨てられた銀票《ぎんぴょう》〔所定の金融機関で換金したり、紙幣として使われたりする〕の束が、風雨にさらされたまま誰にも拾われないようなもので、実に不思議な光景だった。

　師青玄《シーチンシュエン》が急いでもう一度殿に入ると、中はあちこちに蜘蛛の巣が張って埃が積もり、訪れる人など誰もいない、もの寂しい空間が広がっていた。しばらく物色していると、部屋の奥の方に山積みにされた細々《こまごま》とした不要品の中から、ようやく見るも無惨な神像を二尊《そん》発見した。

　風師《フォンシー》の女神像は腕と足が欠けていて、水師《シュイシー》の男神《おがみ》像の方はなんと首が丸ごと取れていた。しかも、経年劣化によって自然に破損したのではなく、まるで誰かが果てしない恨みや憎しみをぶつけたかのように鋭利な刃物で打ち壊されている。よりによって、この二尊の神像は極めて本人そっくりに彫られていて、まるで生きているかのようだった。そのため、荒れ果てた不気味な古い廟の中で横たわり、こんなひどい有様になっても笑みを浮かべているのを見ると、非常に人の心をざわつかせる。

　師青玄《シーチンシュエン》は右手と左手にそれぞれの神像を抱え、胸に抱いたまま言った。

「いったいどんな恨みや憎しみがあるっていうん

だ？」

謝憐《シエリエン》もその光景から溢れんばかりの悪意が迫ってくるのを感じていたが、師青玄《シーチンシュエン》の気持ちを落ち着かせようと穏やかに声をかける。

「風師《フォンシー》殿、落ち着いてください。拝《おが》む人がいれば壊す人もいる、世の中のごく当たり前の道理にすぎませんから、気にすることはありません。間違いなく例のモノがあなたに見せるために用意したんでしょう。恐怖心を煽《あお》って、そこから法力を吸い取るために」

すると、明儀《ミンイー》が簡潔だが意を尽くした言葉を口にした。

「いけるか？　それともやめるか？　無理なら帰るぞ」

師青玄《シーチンシュエン》は二尊の神像についた埃を払うと、歯を食いしばり、風師《フォンシー》扇をぎゅっと握りしめて立ち上がった。

「いけるよ！　奴が腹の中で何を企んでいるのか、見てやろうじゃないか！」

四人は荒れ果てた風水《フォンシュイ》廟を離れ、この小さな町の中を一通り見て回った。町はとても閑静《かんせい》で、栄えてはいないが廃《すた》れているわけでもなく、特に異常はない。というより、何よりも異常なのは彼らだった。下界の人間たちの中に交ざると、この一行は容姿も服装も何もかもが目立ちすぎるのだ。そんなわけで、すぐに彼らは路地に入って全身の装いを変えた。

謝憐《シエリエン》は元から地味な身なりだったので特に変える必要はなかったが、他の三人は頭のてっぺんから足の爪先まで完全に変えていた。師青玄《シーチンシュエン》は明儀《ミンイー》の装いに関して何やら意見を述べている。花城《ホワチョン》の方は爽やかな黒衣に着替えていて、長い髪も珍しくきちんと結って白玉を腰に下げていた。気だるさが三割減って活気が三割増し、まるでどこかの名門の美しすぎる聡明な弟子のようだ。皇帝に物乞いの格好をさせたところで物乞いには見えないのと同じで、装いを変えても非常に目を引く。彼を見た謝憐《シエリエン》は「垢《あか》抜けたい男は黒を着ろ」という古くからの言葉を思い浮かべ、本当にその通りだなと心の中で呟いた。ふと我に返って地師《ディーシー》と風師《フォンシー》をちらりと見やり、あることを思い出して謝憐《シエリエン》は囁いた。

「三郎《サンラン》、君にずっと聞きそびれていたことが一つあるんだけど」

花城《ホワチョン》は袖口を整えつつ尋ねる。

「何？」

謝憐《シエリエン》は握りこぶしを口に当てて軽く咳払いをすると、できるだけ何気ない調子で尋ねた。

「……君の通霊口令《こうれい》ってなんなんだ？」

誰かといつでも通霊して音声を伝達できるようにするには、まず相手の口令を手に入れなければならない。例えば、師青玄《シーチンシュエン》に通霊したければ、まず心の中でこの四句の打油詩《だゆし》〔平仄《ひょうそく》に囚われない面白可笑しい詩〕を大きな声で唱えなければならない——「風師大人天縦奇才《風師殿は天賦の奇才》」、「風師大人風趣瀟灑《風師殿は愉快で瀟洒》」、「風師大人善良正直《風師殿は善良な正直者》」「風師大人年方二八《風師殿は若さ弾ける十六歳》」。もちろん、一般的な神官の口令は普通のものの方が多く、ここまで口に出しにくい設定にはしない。

上位神官の通霊口令は、親密な相手か連絡が不可欠な相手でなければ容易く教えたりしない。絶境鬼王である花城《ホワチョン》ももちろん同じだろう。二人は知り合ってからまだ日が浅いが、関係はかなり良好と言っていいはずだ。なのに、まだ相手の口令を知らないというのは少し不思議だった。とはいえ、考えてみれば事あるごとに直接会っているわけだから、交換してもしなくてもどちらでも構わない気もする。

謝憐《シエリエン》はこれまで神官の誰かに口令を聞いたことがなかった。何かあれば通霊陣に入って声をかければいいし、誰かと個人的に話をしたければ陣を通じて繋ぐこともできるからだ。今回、初めて自分から人に口令を教えてほしいと言ったのだが、あまりに経験が乏しいために、いきなり聞いて失礼だったかもしれないといささか不安になった。花城《ホワチョン》の目の中に光がちらついているのが見えたが、彼が何も言わないので謝憐《シエリエン》は少々気まずくなり、慌てて口を開く。

「不都合だったかな？　大丈夫大丈夫、気にしないで。なんとなく聞いてみただけだから。あとでちょっと二人だけで話したいことがあったから、考えなしに聞いてしまったんだけど、こっそり話せばいいだけだし……」

だが、花城《ホワチョン》は彼の言葉を遮った。

「不都合なんてないよ。すごく嬉しい」

「え？」

ぽかんとした謝憐《シエリェン》に、花城《ホワチョン》はため息をつきながら言う。

「兄さんがやっと聞いてきてくれて、すごく嬉しい。ずっと話題に出さないから、てっきり何か差し障りがあって他人と口令を交換したくないのかもしれないと思って、自分から聞かなかったんだ。今、やっと兄さんが聞いてくれたって思ってたのに、どうして『なんとなく聞いてみただけ』なんて言うの？」

ほっと息をついた謝憐《シエリェン》は、一気に気持ちが明るくなって彼の手を握る。

「なんだ、私たちは同じことを気にしてたのか！　今のは私が悪かった。それこそなんとなく言った言葉だよ。ごめん、三郎《サンラン》。それで、君の口令は？」

花城《ホワチョン》の瞳が微かに明るくなると、彼は軽く身を屈めた。

「一回しか言わないからよく聞いて。俺の口令は――」

そう言ったあと、彼は一言囁く。

聞き終えた謝憐《シエリェン》は、目を大きく見開いた。

「……え？　本当に？　三郎《サンラン》、間違ってないか？」

「うん。それで合ってるよ。信じられないなら、今試してみたら？」

花城《ホワチョン》は落ち着き払って言うが、謝憐《シエリェン》に試せるわけがない。

「じゃ……じゃあ、君と通霊する人は毎回心の中でこの言葉を三回唱えないといけないってこと？　それ……すごく恥ずかしくないか？」

花城《ホワチョン》はくすくすと笑っている。

「通霊してきてほしくないから、わざとこの言葉に設定したんだ。できないって勝手に諦めてくれるようにね。でも、兄さんならいつでも歓迎だ」

謝憐《シエリェン》は何やら信じられないような気持ちで、「こんなのあんまりだろう……」と心の中で呟く。

通霊はしたいが、どうしてもその口令を唱えることができずに尻込みする。心の中で唱えるのも無理だ。決心がつかずに半分手で覆った顔を背けている謝憐《シエリェン》を見て、花城《ホワチョン》は心ゆくまで笑ってからようやく言った。

「いいよ、わかった。兄さんが唱えられないならこっちから通霊するまでだ。口令は何?」

謝憐《シエリエン》は顔の向きを戻して口を開く。

「道徳経《どうとくきょう》を千回暗唱すればいい」

「……」

花城《ホワチョン》は片眉を跳ね上げる。少しすると、謝憐《シエリエン》の耳元で彼の声がした。

「『道徳経を千回暗唱すればいい』、これで合ってる?」

二人は面と向かって立っているのに、口を閉じたまま視線で会話をしている。誰にも聞こえない声で内緒話をするのはなかなか面白かった。

「合ってるよ。君は案外引っかからなかったな」

謝憐《シエリエン》も通霊術で返事をすると、花城《ホワチョン》は目を瞬かせ、続けて返事をした。

「ハハハハッ、危うく引っかかるところだった。面白すぎるよ」

謝憐《シエリエン》も目を瞬かせて笑みをこぼす。

知っておいてほしいのだが、この口令は彼が八百年前にかなり頭を捻《ひね》って考えだしたもので、自分では相当面白いと思っていた。それで飛昇したあともそのまま使っているのだが、他の神官たちは別に面白いと思わなかったらしく、引っかかってもしばらく無言だった。

慕情《ムーチン》は正面切って「殿下、その発想は寒すぎると思います。申し訳ないですが笑えませんね」と言い、風信《フォンシン》は声が嗄《か》れるまで笑い転げていたが、風信《フォンシン》は笑いのつぼが非常に浅い上に訳がわからないことで笑うので、彼が笑ったところで謝憐《シエリエン》にこれといった達成感はなかった。今、花城《ホワチョン》が笑っているということは、おそらく少しは面白みがあったということだろう。

当初の計画では、皇城で一番高級な酒楼に飲みに行くことになっていたが、皇城に辿り着けなかった以上、もはやどこで飲んでも大差はない。一行は町で一番大きな酒楼へ行き、個室に案内してもらった。暇を持て余しつつしばらく座っていると雇人《やといにん》が酒を持ってきたので、謝憐《シエリエン》が尋ねた。

「すみません、一つお伺いしますが、ここはなんという町でしょう?」

かなり妙な質問だが、これが一番直接的で有効な方法だ。雇人は不思議そうに答える。

「お客様方は評判を聞いていらしたんじゃないんですか？　ここは博古鎮《はくこ》です」

「評判？　どんな評判ですか？」と聞いた謝憐《シエリエン》に、雇人は親指を立てて言った。

「私どもの町の社火《しゃか》ですよ！　この辺りでは有名でして、毎年この時期になると他の地域から大勢の人が珍しい物見たさにやってくるんです」

「社火ってなんなんだ？」

興味が湧いてきたらしく師青玄《シーチンシュエン》が尋ねると、謝《シエ》憐《リエン》が答えた。

「祝日を祝う民間の遊戯や娯楽のことです。大道芸や地方の戯曲などもやっているので、見物してみるのもいいかと思いますよ」

当時の仙楽国の上元祭天遊《じょうげんさいてんゆう》と少し似ているが、祭天遊は皇室が取り仕切る国の公式行事であるのに対し、社火は民間の娯楽だ。

「でも、今日って別に祝日じゃないよね？　強いて言うなら明日は寒露《かんろ》だけど」

「決まった祝日である必要はないんです。時には誰かをたたえる記念日を設けて、賑やかに楽しむんですよ」

謝憐《シエリエン》が師青玄《シーチンシュエン》に説明したその時、酒楼の前の大通りから人々が騒ぎ立てる声が聞こえてきた。

「どけどけ、女子供は前に立つな！　全員下がれ！　役者の一座が来るぞ！」

そう言って誰かが喚くので、四人は楼閣から下を眺める。すると眼下は大変なことになっていて、謝《シエ》憐《リエン》は一気に目を見開いた。長い行列が大通りを歩いてきていて、その行列に加わっている一人一人が皆鮮やかな赤い化粧を施し、それぞれ奇妙な衣装を身に纏っている。しかも、額には鋭利な何かが刺さっていた。

斧《おの》や包丁、やっとこ、鋏《はさみ》など、よく切れそうなものも錆《さ》びて鈍そうなものもあるが、どれもが額から頭へ深々と突き刺さっている。中には、飛び出した目玉が血とともにだらりと頬へ垂れている者や、額から刺さったものが後頭部まで貫通している者もいて、非常に血生臭かった。練り歩きながら、誰も彼もが顔中血まみれで眉間にしわを寄せ苦悶の表情を浮かべている。けれど、足は止めることなく鳴り物入りでゆっくりと歩き続け、さながら幽霊の行列だった。

第五十三章　四鬼神聞説血社火

鬼と神官、四人の血社火にまつわる見聞

謝憐《シエリエン》はぱっと立ち上がった。師青玄《シーチンシュエン》も片足で卓を踏みつけ、袖をまくって今にも飛び降りそうになっている。ところが、謝憐《シエリエン》は慌てて彼を掴んで引き留めた。

「大丈夫大丈夫、風師《フォンシー》殿、落ち着いてください」

「目玉が飛び出してるのに大丈夫だって？」

「大丈夫なんです。こんなところで血社火《けつしゃか》が見られるなんて、滅多《めった》にないですよ」

謝憐《シエリエン》が言うと、師青玄《シーチンシュエン》は急いで卓から足を下ろした。

「血社火？　それは何？」

二人は再び腰を下ろす。

「社火には地域ごとの流派があって、中でも血社火は特殊な流派ですごく珍しいんです。私も話には聞いたことがあるんですが、見たことはなくて。芝居は血生臭くて猟奇的で、化粧の技術も秘伝なので、今ではどんどん少なくなっているそうです」

師青玄《シーチンシュエン》は唖然とした。

「化粧の技術？　あれは全部偽物ってこと？　ほ、ほ、ほ……本物そっくりすぎるだろう。てっきり何かの邪法で変化《へんげ》したのかと思ったよ！」

彼の言葉は決して大袈裟ではなく、謝憐《シエリエン》も感心したように言った。

「民間には特異な才能を持つ人がどれだけいるんでしょうね」

行進している演者たちを見ると、額に刺さった鋭利な刃物が文字通り「深く突き刺さっている」だけでなく、ある者は腹に開いた穴からぐちゃぐちゃになった腸《ちょう》をはみ出させ、欠けた手足で地面を這いずりながら泣き喚いている。また、木材を組んで作った背の高い支柱を数人の男が担いでいて、その支柱の上の横棒からは首に縄をかけた女がぶら下がっており、まるで首を吊っているかのようだ。続いてやってきた二人は、若い女の足を片方ずつ持って引きずっているが、女の服はズタズタに引き裂かれ、無

残にも顔を下に向けたまま引きずられ続けていて、地面に血痕が長く伸びている。まさに地獄絵図だった。

どれも明らかに人間が演じているものなのに、至る所鬼だらけの鬼市よりもずっと恐ろしい。ここに比べれば、鬼市の方がよっぽど賑やかな人界の市のように思える。あの化粧をどうやって施したのか皆目見当がつかず、こういった伝統について多少は耳にしたことがある謝憐《シエリエン》でも、初めて見た時は妖魔がやってきたと勘違いしそうになったほどだった。

多くの女性や子供が好奇心を抑えきれずに人混みをかき分けて前に出ようとしたが、いざ目にすると恐ろしさのあまり甲高い叫び声を上げて後ろに下がる。師青玄《シーチンシュエン》はこう言った。

「太子殿下、君は社火の趣旨は祝うことだって言わなかったっけ？　こんな祝い方があるもんか。皆怖がって逃げ腰だし、女の子たちが悪夢を見るよ。こんな見世物で人は本当に喜ぶの？」

人がこのような見世物を喜ぶかどうかは、正直なところなんとも言い難い。実際、殺戮《さつりく》や流血沙汰は確かに人を興奮させる。恐怖を感じたかどうかにかかわらず、事が終わったあとには多くの人の心に快感が芽生えるものだ。こういった血社火は方言で「扎快活《さつかいかつ》」と呼ばれることもあるようで、その言葉は刃物で容赦なく人を刺し殺す時に覚える快感に由来すると謝憐《シエリエン》は解釈している。

人々の心の奥底には「殺戮」への渇望があるのだ。

だが、もちろんそこまで語りはせず、しばらく謝《シエ》憐《リエン》はただじっと眺めていた。すると、盛大な行列の中に、長身で骨と皮ばかりに痩せこけ、黒衣を身に纏った色白の男がいるのが見えた。手にした鋭利な刃物を、華麗な衣装を着た演者の頭に向かっていきなり振り下ろすと、その刃がたちまち頭蓋骨までめり込む。さらに男は長い槍で相手を高々と持ち上げて宙吊りにした。この上なく残忍で血生臭く、あたかも今この場で人が殺されているかのようで、恐怖におののいて叫ぶ人もいれば喝采を贈る人もいる。

「私が思うに、彼らはなんらかの物語を演じているのではないかと。あの黒衣の男性が主役で、彼が殺した人たちは敵役で悪者なんでしょう。この物語は

『勧善懲悪《かんぜんちょうあく》』を表現しようとしているんだと思います」

そこまで言ったところで、謝憐《シエリエン》ははたと閃いた。

「風師《フォンシー》殿、よく見てください」

「見てるよ」

「物語に注目してほしいんです。彼らが演じているのがどんな人で、どんな物語を演じているのかを見てください。白話真仙があなたをここへ送り込んだのにはきっと何か理由があるはずです。今日という日を選んだのも、もしかするとあなたにこの血社火を見せるためかもしれません」

黒衣の男は眉根をきつく寄せて苦悶の表情を浮かべながら、一人で行列の中の「悪人」を百人以上「殺害」し、自分自身も鋭利な刃物で全身をめった刺しにされた。そして最後には、皮膚が破れ肉が裂けたり、首に白綾がかけられたりした数人の「亡骸」を抱きかかえたまま項垂《うなだ》れて動かなくなるという、意外にも共倒れの結末だった。一つの行列が通り過ぎていくと、また次の行列が来て演じ、それが繰り返される。


「皆さんはどういう物語かわかりました?」

謝憐《シエリエン》が尋ねると、師青玄《シーチンシュエン》は眉根をきつく寄せた。

「いや。彼がひたすら人を殺しまくっているだけで、見てもよくわからなかったな」

花城《ホワチョン》が謝憐《シエリエン》のそばでのんびりと言う。

「多分誰もが知っているような物語じゃないんだろうね。地方の伝記かもしれないし、地元の奴に聞いてみよう」

すると、折良く酒楼の雇人がまた料理を運んできた。

「お客様方、面白かったですか? 刺激的でした?」

「面白くて刺激的ですね。お兄さん、一つお聞きしたいんですが、あなた方の町の血社火ではどなたの物語を演じているんですか?」

謝憐《シエリエン》が尋ねると、案の定、雇人はこう答えた。

「ああ、よその土地の方は普通ご存じないので、皆さんお聞きになるんですよ。私どもの博古鎮の社火で演じているのは、地元の伝説的な人物の物語なんです。言い伝えによると、数百年前この地に一人の書生《しょせい》がいまして、姓を『賀《ハー》』というんですが」

彼は話を続けた。

「この賀《ハー》書生はですね、かなり貧しい家の生まれだったんですが、すごく才能があって、子供の頃からそれはもう恐ろしいほど賢くて、なんでもすぐに会《え》得《とく》してしまったんです。その上、孝行息子としても有名で、何をやっても文句なしでした。ただ、あいにく彼って人は運だけはものすごく悪くてですね、いいことがあっても長続きしないんです」

さらに彼は続ける。

「試験では間違いなく一番の成績だったんですが、試験官に贈り物をしなかったっていうんで上の人を怒らせてしまって。答案用紙を隠されて白紙にすり替えられて、何年も落第し続けたんです。そのうち幼馴染との縁談が決まって、お相手は若くて綺麗で、穏やかで賢く優しい人だったんですが、よりにもよってその婚約者も妹も大金持ちに奪われて妾にされてしまったんですよ。一人は従わなかったせいでかわいそうに殴り殺されてしまって、一人は陵辱《りょうじょく》に耐えきれず命を絶ちました。彼が訴え出たら、逆に姦《かん》通《つう》と窃盗《せっとう》の濡れ衣を着せられて、牢に入れられて食事も与えられず、危うく餓死しそうになりましてね。七十を超えた彼の父親と母親が情に訴えて一晩中叩頭しても無駄で、二年も閉じ込められてしまって。やっと釈放された時には、面倒を見てくれる人がいなくなった母親はとっくに病死していて、父親はずいぶんな年寄りだっていうのに一家を支えるために肉体労働しなくちゃならなくて、息も絶え絶えだったとか。それで彼はもう勉学は諦めて商売を始めたんですが、これがあまりにも繁盛したもんだから、他の大商人たちが徒党を組んで寄ってたかって圧力をかけたんです。わずかに儲けた金も綺麗さっぱり巻き上げられて、それどころか逆に借金まみれになってしまったそうです」

「……」

雇人はしみじみとため息をついた。

「皆さんはどう思います？　この人はどうしてここまで運が悪かったんでしょうね？」

軽く咳払いをした謝憐《シエリエン》は、心の底から「そうですね」と口にする。

謝憐《シエリエン》以外にも、ここまで運の悪い人がいようとは！

雇人は感慨深げに話し終えると、今度は嬉しそうに顔を輝かせた。

「その後、この人は気が触れて爆発してしまって、ある日の夜、まさに今日みたいな寒露の前日に、ものすごい数の凶器を持って自分に危害を加えた奴を全員斬り殺したんですよ！　その殺しっぷりときたら、血肉が四方に飛び散るってやつで、スカッとするんです！　何しろ彼が殺した連中は、長い間町の住民たちを食い物にしてきた奴らでしたから、皆が拍手喝采ですよ。それ以降、寒露の前日になると賀《ハー》書生様が我々を守って悪人をやっつけてくれるようにと願って、町で血社火を行って彼を偲《しの》ぶようになったんです」

勧善懲悪とは言うものの、結局のところ善も悪も良い結末を迎えてはいない。雇人が下がっていくと、師青玄《シーチンシュエン》が何か考え込んでいるように見えて、謝憐《シエリエン》は尋ねた。

「風師《フォンシー》殿、何かお気づきの点はありますか？」

師青玄《シーチンシュエン》ははっと我に返る。

「なんとなく心当たりがあるような気もするんだけど、でも……訳がわからなすぎて上手く説明できないな。太子殿下は？」

「私は、その賀《ハー》書生が白話真仙の前身《ぜんしん》ではないかと考えているんですが」

話をしているうちに次の行列がまた同じ物語を演じ始め、師青玄《シーチンシュエン》は下を眺めながら「前身？」と言った。

「そうです。こういう人間に似た精怪の成り立ちは、大抵誰かの強い怨念、もしくは執念と関係があります。たとえば、東瀛《とうえい》〔日本のこと〕には『橋姫《はしひめ》』という鬼怪がいて、それは女性の怨念が凝縮されて生まれたと聞いたことがあります。噂によると、帰らぬ夫を待つ女性の悲しみによるものだという説もあれば、嫉妬深い女性の狂気によるものだという説もあります。白話仙人の成り立ちが、不幸にまとわりつかれた誰かの運命に対する憎しみ、あるいは幸運な人に対する嫉妬に由来するというのもあり得るのではないでしょうか？」

「郷土史を調べよう。いつの話か明確にする必要がある」

明儀《ミンイー》の言葉に謝憐《シエリェン》も同意する。

「そうですね、調べましょう」

この仮説が成り立つかどうかを知るには、「賀書生《ハー》」が何百年前に存在した人物なのか調べなければならない。もしそれが白話仙人について記した最古の記録よりあとならば、この説は間違いということになる。小さく頷いた師青玄《シーチンシュエン》は、少し考えてから口を開く。

「もう一つ、ちょっと気になることがあるんだけど……」

まさにその時、下の方からふいにハハッと高笑いする声が聞こえた。

「待っていろ！　お前の一番大切な肉親も親友も、皆お前のせいで悲惨な死を遂げる！」

それを聞いた師青玄《シーチンシュエン》は、たちまち血相を変えて左手で卓を押さえると、軽々と酒楼から飛び降りた。

声は、行進している人たちの中から聞こえてきたのだ！


「風師殿《フォンシー》！　戻ってください！」と謝憐《シエリェン》は楼閣の上から叫ぶ。

師青玄《シーチンシュエン》は赤い血を流す生きた死人たちの中に降り立つと、怒声を上げた。

「出てこい！　出てこい‼」

だが、演者たちはぼんやりとした表情で、彼のことなど気にも留めず夢遊病のように前進していく。師青玄《シーチンシュエン》はどれが不審なところのある人物なのか判別できず、行列の人波に押し流されて目まぐるしく回った。この人が怪しく見えて扇を振り上げ叩こうとすれば、今度はあの人がより怪しく見えて、万が一間違えて叩いてしまったら命に関わる。花城《ホワチョン》は彼の皿の手つかずの青菜《あおな》を笑顔の形に並べると、顔も上げずに言った。

「無駄だ。千年の道行を持つ古い妖なら、尻尾を隠すくらい造作もない」

これほど奇妙な行列の中では、人ならざるモノが紛れ込むのはあまりにも容易い。ましてや、白話仙人は元から人間に似た姿をしていて、中でも白話真仙は道行が最も高いのだ。

　そう経たないうちに明儀《ミンイー》も楼閣から飛び降り、師青玄《シーチンシュエン》を掴み上げて行列から連れ出した。それから一行は大通りを離れ、風水《フォンシュイ》廟に向かって歩いた。扇を握る師青玄《シーチンシュエン》の手はまだ微かに震えている。最初は恐怖からだったが、今はそれよりも怒りが勝るようだ。彼は酒壺《さかつぼ》を一つ手に提げて酒楼を出てきていて、しばらく歩くとぐっと一口呷る。血走っていた目がようやく少しずつ落ち着いていき、師青玄《シーチンシュエン》は言った。

「明兄《ミンシオン》、やっぱり君はしばらくの間、私の一番の親友をやめてくれ。私がこのクソみたいなモノを殺したら、また元通りになろう！」

　ところが、明儀《ミンイー》は遠慮の欠片《かけら》もなく言い放つ。

「誰の話だ？　私はもともと違う」

「……」

　一瞬言葉を失ってから、師青玄《シーチンシュエン》はいきり立った。

「明兄《ミンシオン》、なんてつまらないことを言うんだよ。雲行きが怪しくなったと思ったら急に態度を変えるなんて、ひどいじゃないか？」

　彼らがひとしきり喧《やかま》しく言い争っていると、謝憐《シエリエン》は軽く首を横に振って袖の中を探り、二つの物を取り出した。

「あの、やっぱり風師《フォンシー》殿はこれを使ってください」

「耳栓？」と言いながら師青玄《シーチンシュエン》が受け取る。

　謝憐《シエリエン》は小さく頷いた。

「ただの気休めですし、根本的な解決にはなりませんが、一時しのぎにはなるでしょう。聞こえなければ、あのモノはあなたをどうすることもできません。私が陣を一つ作っておきました。陣に入る口令は『天官賜福、百無禁忌《ひゃくむきんき》』です。今から何か話したい時は、とりあえずすべて陣の中で話しましょう」

　師青玄《シーチンシュエン》が耳栓で耳を塞ぐと何も聞こえなくなり、四人は次々と陣に入っていく。その時、謝憐《シエリエン》の耳元で囁くような花城《ホワチョン》の声が聞こえてきた。

「兄さん、兄さん」

　謝憐《シエリエン》が視線を上げて見やると、花城《ホワチョン》がこちらに向かって軽く瞬きをしていた。口は開いていないが、彼の声が耳のすぐそばでこだまする。

「話したいことがあるんじゃなかった？　通霊してきてくれないから、こっちからしちゃったよ」

謝憐《シエリェン》はにっこり笑って返事をした。

「君が口令をあんな設定にするからだろう」

「はいはい、俺のせいだね」

耳栓の位置を微調整していた師青玄《シーチンシュエン》は、二人が一言も発さず互いに見つめ合って笑っているのを見て、通霊陣の中で腑に落ちない様子で言った。

「太子殿下と血雨探花の二人は何をしてるんだ？　まさか口令を交換して、何か内緒話をしてるんじゃないよね？」

謝憐《シエリェン》は軽く咳払いをすると、陣の中でしかつめらしく答える。

「そんなことはしていません」

すると、花城《ホワチヨン》がわずかに眉を上げて声を届けてきた。

「嘘ばっかり」

謝憐《シエリェン》は少し足を滑らせたが、取り澄まして脇目も振らずに歩きながら言い返す。

「三郎《サンラン》、からかわないで……君に一つ手伝ってほしいことがあるんだ」

二人は視線を交わすことなく肩を並べて歩いていく。

「どんなこと？」

「ある人が白話真仙かどうか探りを入れたい。私に合わせてくれるかな」

第五十四章　風水廟夜話弁真假

風水廟にて真偽を見定める夜話

その言葉を聞いて振り返った花城《ホワチョン》は、後ろでまだいがみ合っている師青玄《シーチンシュエン》と明儀《ミンイー》に視線を向けると、そのうちの一人を目で示す。

「あいつ？」

謝憐《シエリエン》が頷く。

「どうやって探りを入れる？」

「何年も前に白話仙人を二度相手にして、しかもそのうち一匹には半年以上もつきまとわれたって話しただろう。その時、私は奴らにかまをかけて、ある特性を探り出したんだ。奴ら自身でさえ気づいていない場合もある特性なんだけど、ちょっと注意すればすぐに見分けられる」

そう話すと、謝憐《シエリエン》はその秘訣《ひけつ》をこっそり教えた。

それを聞いた花城《ホワチョン》が言う。

「それなら簡単だ。こうすればいい」

二人が相談を終えると、ちょうど例の荒れた風《フォン》水《シュイ》廟に着いた。秋口で肌寒く、空は少し暗くなり始めている。師青玄《シーチンシュエン》は兄の水師《シュイシー》神像の首をあちこち捜し回って元通りにくっつけ、二尊の神像をきちんと立たせて再び神壇に並べた。謝憐《シエリエン》が荒れた廟の殿内で火をおこし、割れた木材をいくつか拾ってきてくべると、四人は火を囲んで腰を下ろした。

師青玄《シーチンシュエン》は耳栓をしたまま鬱々《うつうつ》とした様子で酒壺をいくつか空にしていたが、ついに抑えきれなくなって口を開く。

「このままただ座って奴を待つだけっていうのはどうなの？　何か盛り上がる遊びはない？」

彼の提案は、謝憐《シエリエン》にとってまさに願ったり叶ったりだった。ところが、明儀《ミンイー》が火をつつきながら言う。

「こんな時に何が遊びだ」

「いいじゃないか。奴は私を怖がらせたいんだろう？　だったら意地でも怖がってやるもんか。この風師《フォンシー》様が楽しく遊んでやる。年越しのつもりでいつも以上に楽しんで、奴を憤死《ふんし》させてやるんだ」

「賽で遊ぶのはどうですか？」

謝憐《シエリェン》が通霊陣の中で言うと、師青玄《シーチンシュエン》は浮かない顔になる。

「また賽？　大小を賭けるやつ？　太子殿下、はまっちゃったんじゃないだろうね」

「そんなことないですよ……」

「まあいいや。どうせ手元には他に何もないし、やってみようか。でも、四人でやるとちょっとややこしくならないかな」

「大丈夫ですよ、ほら」

謝憐《シエリェン》がそう言って手を開くと、そこには小さくて精巧な賽が二つあった。

「まず、二人一組に分かれます。私と三郎《サンラン》の組、お二人の組、どちらの運がいいかを比べるんです。二つの賽をそれぞれ一回、一人一つずつ投げて、出た目の合計が大きい方が勝ち。勝った方は、負けた方の組に何か質問をして必ず答えてもらうか、もしくは何か命令することができるという決まりです」

「一つ質問があるんだけど」と師青玄《シーチンシュエン》が口にする。

「どうぞ」

「太子殿下、どうして当然のように君たち二人が組むの？　組分けする前に一言意見を聞いてくれてもいいんじゃない？」

足を揺すりながら師青玄《シーチンシュエン》が尋ねると、謝憐《シエリェン》は軽く咳払いをした。

「それは、もし組を変えたいなら構いませんよ。違いはありませんから」

師青玄《シーチンシュエン》は払子を後ろ襟に差し込んで言う。

「まあいいけど。別にこの組分けに不満はないからね。ただ、血雨探花はあんなに運がいいし、私たちはかなり不利なんじゃないかな？」

謝憐《シエリェン》はにこにこして答えた。

「そうとも言いきれませんよ。私たちの組は、三郎《サンラン》の運は非常にいいですけど、私の運が非常に悪いので。二人の合計で競うわけですから、一人が高くてももう一人が低ければとんとんになるんじゃないでしょうか？」

考えてみれば一理あると、師青玄《シーチンシュエン》はパシッと自分の太ももを叩いた。

「よし！　やってみよう」

そう言って明儀《ミンイー》の方を向き、肘で軽くつつく。

「明兄《ミンシオン》、遊び方は聞いていただろう。足を引っ張らないでよね」

明儀《ミンイー》は彼を一瞥すると、通霊陣の中に冷たい声を響かせた。

「悪いがつき合えない」

すると、師青玄《シーチンシュエン》は慌てて彼をぐっと掴んで引き戻す。

「あ、あ、あ、足を引っ張ってもいいから！　いいよ、わかったから。ほらほら、つき合ってよ！　でないと私一人だけの組になっちゃうじゃないか。どれだけ寂しいんだよ！」

その後、四人は遊戯の規則を遵守《じゅんしゅ》すると簡単に誓いを立てて遊び始めた。

一回戦目は、師青玄《シーチンシュエン》の出目《でめ》が「五」で、明儀《ミンイー》が「四」。花城《ホワチョン》の出目は「六」で、謝憐《シエリエン》は「一」だった。

師青玄《シーチンシュエン》は大はしゃぎした。

「ハハハハハハッ！　太子殿下、君って本当に運が悪すぎる、悪すぎるよ！　ハハハハハハハハッ……」

眉間を少し揉んだ謝憐《シエリエン》は、穏やかな声で言う。

「風師《フォンシー》殿の言う通りなんですけど、そこまで楽しそうに言わなくてもいいんじゃないですか？」

「ゴホン！　そうそう、あれだよ、私たちが勝ったんだから、君たち二人には何かやってもらわないとね。そうだ、太子殿下、血雨探花！　この風師《フォンシー》が君たちに命じる——今すぐ相手の服を脱がせるんだ！」

「？」

ぽかんとした謝憐《シエリエン》が「風師《フォンシー》殿？」と口にした。

明儀《ミンイー》は額を押さえ、そんな悪趣味なものは見たくないと嫌そうな顔をして背を向ける。師青玄《シーチンシュエン》は号令をかけるように言った。

「さあさあさあ、賭けに負けたんだから素直に従わないと。堂々たる神官と鬼王が、まさかしらばくれるような真似はしないだろう。こっちは準備万端だから、どうぞ見世物を始めてくれ！」

「……」

謝憐《シエリエン》が花城《ホワチョン》に目を向けると、花城《ホワチョン》は両の手のひらを上に向けて肩をすくめ、声は出さずに唇だけを動かした。

「兄さん、俺のせいじゃないよ」

謝憐《シエリェン》は仕方なく「どこまで脱げばいいですか？」と尋ねる。

師青玄《シーチンシュエン》はただふざけているだけで、もちろん本当に彼らにきまりの悪い思いをさせるつもりはなかったので、足を揺すりながら笑う。

「一枚だけでいいよ。少し残しておけば続きができるしね、ククククッ」

なんと、彼はまだ続けたいらしい……謝憐《シエリェン》はためらいながらこっそりと声を届けた。

「三郎《サンラン》……」

花城《ホワチョン》の表情にこれといった変化はないが、真剣に慰める声が謝憐《シエリェン》の耳元で聞こえた。

「大丈夫。何回か勝たせてもいいって話したでしょう？　あとであいつらが負ける番が来るから」

確かにこれは二人で事前に決めていたことだったが、謝憐《シエリェン》は師青玄《シーチンシュエン》がこんな遊び方をするとは思いもしなかったため、持ち上げた石を自分の足に落としたような気分だった。もたもたしながら帯を解いて、かなり時間をかけてようやく花城《ホワチョン》の黒衣を脱がすと、中から雪のように白い中衣《ちゅうい》が現れる。花城《ホワチョン》もいつもと変わらない表情のまま、謝憐《シエリェン》の体に触れることなく優しくゆったりとした動作で外衣《がいい》を脱がしていった。実のところ、二人とも外衣を一枚脱いだだけなので痛くも痒くもなく、基本的になんの差し障りもない。とはいえ、謝憐《シエリェン》にはこの上なく奇妙なことのように感じられた。襟を正して座り直すと、謝憐《シエリェン》は言った。

「つ……続けましょう」

二回戦目、師青玄《シーチンシュエン》は「三」で明儀《ミンイー》が「六」。花《ホワ》城《チョン》は相変わらず「六」で、謝憐《シエリェン》は相変わらず「一」だった。

師青玄《シーチンシュエン》が床を叩いて大笑いし、謝憐《シエリェン》は花城《ホワチョン》に目を向ける。二人はずっと通霊をしたままで、謝憐《シエリェン》は「……三郎《サンラン》！」と声を届けた。

これでは話が違う！

花城《ホワチョン》は申し訳なさそうな声で返事をした。

「ごめんごめん、忘れてた。今回は俺のせいだ、兄さん怒らないで」

師青玄《シーチンシュエン》が袖をまくり上げてまた号令をかけ始める。

「よし、じゃあ今度は、君たちに命じ……」

「待ってください！　前回私たちは命令を受けて脱ぎましたよね。今回は質問の方にしませんか」

謝憐《シエリエン》が慌てて止めると、師青玄《シーチンシュエン》がハハッと笑った。

「質問？　まあいいよ。じゃあ最初の質問だ。血雨探花、君にとってこの世で最も苦しいことってなんだ？」

花城《ホワチョン》の笑みがふっと消え、それと同時に風水廟《フォンシュイ》の中が一瞬しんと静まりかえる。

「勘違いするな、特に深い意味はない。鬼王の座まで上り詰めた血雨探花でも、この世に苦しいと思うことがまだ何かあるのか、単純に興味があるだけだから。もしかして何もないとか？」

「どう思う？」

花城《ホワチョン》が問い返すと、師青玄《シーチンシュエン》は少し考えてから推測しつつ言った。

「銅炉山《どうろざん》の蠱城《こじょう》？」

確かにこの質問について考えた時に、多くの人が最初に思い浮かべる答えはそれだろう。ところが、花城《ホワチョン》は薄く微笑んだ。

「恐れるに足りない」

「違うのか？　じゃあなんだ？」と師青玄《シーチンシュエン》が不思議そうに尋ねる。

花城《ホワチョン》は口角を少し吊り上げたものの、すぐにその曲線を消した。

「教えてやる」

彼は静かな声で続けた。

「目の前で愛する人が踏みにじられ陵辱されているのに、自分にはどうすることもできない。何者でもない自分は無力なんだと、何もできないんだと思い知らされる。それこそがこの世で最も苦しいことだ」

謝憐《シエリエン》は息を殺し、全身全霊でその言葉に聞き入った。荒れ果てた風水廟《フォンシュイ》の中で誰一人として返事をすることはない。師青玄《シーチンシュエン》は長いこと黙り込み、かなり経ってからようやく口を開いた。

「……そうか」

明儀《ミンイー》は相変わらず冷たく険しい表情で火をつつきながら「続けろ」と言う。

師青玄《シーチンシュエン》は少し頭をかくと、手を振った。

「私の質問は終わり。明兄《ミンシオン》の番だよ」

そうして微かに顔を上げた明儀《ミンイー》は、謝憐《シエリエン》を真っすぐに見て言った。

「太子殿下」

呼ばれて謝憐《シエリエン》はようやく我に返る。

「え？」

「あなたが生涯において最も後悔したことは？」

普段は物静かな明儀《ミンイー》から、まさかそんな重い質問をされるとは思わず、謝憐《シエリエン》は一瞬呆然とした。

助言に従わず下界に降りたこと？　思い上がって永安に雨を降らせたこと？　愚かな妄想を抱いて仙楽を守ろうとしたこと？　それとも、ある人たちを殺さずに生かしたこと？

どれも違うと彼にはわかっていた。

しばらくして、謝憐《シエリエン》はようやく口を開いた。

「二度目の飛昇です」

廟の中にいる三人は彼を見つめたまま、誰も何も言わない。少しぼんやりしていた謝憐《シエリエン》だったが、しばらくしてふと正気づいた。

「どうしたんですか？　皆さん、私は答えましたけど」

「どうもしないよ。続けよう」と花城《ホワチョン》が淡々とした声で言った。

三回戦目、師青玄《シーチンシュエン》が「二」で明儀《ミンイー》が「一」、花《ホワ》城《チョン》が「六」で謝憐《シエリエン》が「一」だった。

それを見て謝憐《シエリエン》はほっとして大きく息をつく。

天官賜福、やっと勝った！

師青玄《シーチンシュエン》の組が罰を受ける番になったが、彼は怖いものなど何もないとばかりにやる気満々だった。

「さあ来い、好きにしろ！」

「じゃあ、好きにさせてもらいますね。地師《ディーシー》殿、まずはあなたからお願いします」

笑って言った謝憐《シエリエン》は、明儀《ミンイー》に向き直る。

「地師《ディーシー》殿、今から私がする質問にきちんと答えてください。嘘をついてはいけません」

明儀《ミンイー》は何も言わなかったが、師青玄《シーチンシュエン》が手を振りつつ口を挟む。

「大丈夫だって。明兄《ミンシオン》っていう奴は嘘なんて全然つけないから」

「わかりました。では最初の質問です——私は誰でしょうか？」

謝憐《シエリエン》がにっこり笑って尋ねると、師青玄《シーチンシュエン》はきょとんとした顔になる。

「太子殿下、それはどういう質問？　君は君だろう？　そうじゃなかったら誰だっていうんだ？」

それを聞いた明儀《ミンイー》は、おもむろに顔を上げて謝《シエ》憐《リエン》を見つめ、しばらくしてから答えを口にした。

「仙楽国太子、謝憐《シエリエン》」

謝憐《シエリエン》は頷いて続けた。

「二つ目の質問です。私の隣に座っているこの人は誰でしょうか？」

少し間を置き、明儀《ミンイー》はまた答える。

「鬼市の主、血雨探花」

「では最後の質問——あなたの隣に座っているその人は誰でしょうか？」

師青玄《シーチンシュエン》はますます訳がわからなくなった。

「殿下、君たちはなんの遊びをしてるんだ？　私が誰かって？　私は風師《フォンシー》だよ？」

「地師《ディーシー》殿、答えてください」


この質問に、明儀《ミンイー》はなかなか答えようとしなかった。

何度も白話仙人とやり取りを繰り返すうちに、謝《シエ》憐《リエン》が気づいた奇妙な法則とは——白話仙人は口を開けば三言のうち少なくとも一言は必ず嘘をついているということだ。

この特性は、どれだけ頑健《がんけん》な人間でも三日水を飲まずにいれば脱水状態になって死ぬのと同じで、能力の高低に左右されることはない。飛昇して人間でなくなれば話は別だが。

縮地千里の陣は明儀《ミンイー》が描いたもので、扉を閉めたのも一番後ろにいた明儀《ミンイー》だ。細工をする機会が一番多かったのは彼で、謝憐《シエリエン》が最初に疑ったのも当然彼だった。ただ、あの時の師青玄《シーチンシュエン》は明らかに情緒不安定で、もしすぐに謝憐《シエリエン》が疑念を漏らせば、きっと動揺させてしまっただろう。そうなれば白話真仙は師青玄《シーチンシュエン》からさらに多くの負の感情を吸い取って、法力の源に変えてしまう。そのため、謝憐《シエリエン》はあの時すぐに別の可能性を提示したのだ。だが、実際には最も有力な可能性を捨ててはいなかった。

風師《フォンシー》と地師《ディーシー》は非常に仲が良く、仮に白話真仙が地《ディー》師《シー》に化けているなら風師《フォンシー》に見抜けないはずがない。とはいえ、もし白話真仙がなんの気配もなく明儀《ミンイー》に取り憑いていたとしたら？

それで謝憐《シエリエン》は明儀《ミンイー》にかまをかけるため、花城《ホワチョン》に協力を頼んだ。だが花城《ホワチョン》は、自分たち二人と明儀《ミンイー》はあまり会話をすることがないので、こちらから話を振るのは不自然だろうと言った。そこで彼は、遊びという名目で少しでも明儀《ミンイー》が喋る機会を増やし、風師《フォンシー》と地師《ディーシー》に気づかれないよう真偽を探ろうと提案してくれたのだ。

ところが明儀《ミンイー》は一貫して非常に口数が少なく、場の空気がどれだけ盛り上がろうが無駄口は叩かない。先ほどの遊戯の最中も謝憐《シエリエン》は一言一句をずっと注意深く聞いていたが、口にする言葉のほとんどが曖昧で、彼が嘘をついているのかどうか判断のしようがなかった。それでとうとう切り札を使うしかなくなり、花城《ホワチョン》の能力を借りてこっそり賽の出目を操作して、明儀《ミンイー》を負かしたのだ。そしていきなり三つの質問を投げかけて彼を後に引けない状況に追い込み、その場で回答せざるを得ないよう仕向けた。

遊戯の最中ということもあり、師青玄《シーチンシュエン》はすぐに反応できず、彼らが冗談を言っていると思うだろうから、白話真仙に隙を突かれて法力を吸い取られるような事態にはならないはずだ。もし明儀《ミンイー》が間違った回答をしてぼろを出したら、謝憐《シエリエン》が即行で彼を取り押さえる。

白話仙人というモノが、三言のうち少なくとも一言は必ず嘘をつくことはもうわかっている。今、謝《シエ》憐《リエン》の二つの質問に対する明儀《ミンイー》の回答はいずれも真実だった。

ということは、明儀《ミンイー》が白話真仙なら、この最後の質問には必ず嘘の回答をするはずだ。

誤魔化してこの場をやり過ごすために、曖昧な言い回しにしたり冗談を言ったりすることもできるだろうが、明儀《ミンイー》は前の二つの質問に簡潔に答えていて、誤魔化すようなことはしなかった。最後の一つも当然そうあるべきだろう。そうでなければ明儀《ミンイー》らしくないので、彼の様子が普段とは違うということを別の面から証明することになる。

謝憐《シエリエン》と明儀《ミンイー》は静かに見つめ合う。しばらくして、明儀《ミンイー》がようやく口を開いた。

「五師《ごし》の一人、水師無渡《シュイシーウードゥー》の弟、風師青玄《フォンシーチンシュエン》」

彼の口ぶりは、前の二つに答えた時となんら変わらない。

師青玄《シーチンシュエン》は首を横に振った。

「はぁ、どうして『私の一番の親友』って言わないんだよ？」

明儀《ミンイー》は彼に目を向けて「誰の話だ？」と返す。

その言葉を聞いた謝憐《シエリエン》は密かにほっと息をついた。

前述した通り、白話真仙は「仙」と呼ばれているが、結局のところ本物の「仙」ではない。妖や鬼怪の類いに属している限り、同族の特性から逃れることはできないのだ。三つでもう十分だった。答えは三つとも間違いなく真実で、どうやら明儀《ミンイー》は問題ないようだ。師無渡《シーウードゥー》と師青玄《シーチンシュエン》が実の兄弟ではない場合は別だが、そんな返す言葉を失うほど衝撃的な大逆転などあるわけがない。

ところが、謝憐《シエリエン》がその息をつききらないうちに、明儀《ミンイー》は突然手を伸ばして彼の喉を狙った！

謝憐《シエリエン》と花城《ホワチョン》は同時にその手を止めにいく。三本の手はまるで三筋の稲妻のようで、眩しさのあまり師《シー》青玄《チンシュエン》はぱっと立ち上がった。

「明兄《ミンシオン》！　何をやってるんだ？」

明儀《ミンイー》は謝憐《シエリエン》を見据《みす》え、低い声で言った。

「あなたは三つ質問をしたが、前回私は一つしか質問していない」

それに謝憐《シエリエン》は微笑んで答える。

「地師《ディーシー》殿、決まりをよく思い出してください。私は別に一回につき一つしか質問できないとは言っていませんよ」

「いいだろう。今から追加で質問する。あなたは誰だ？」

「その質問には先ほどあなたが答えたのでは？」

「もしかすると答えを間違えたかもしれない。そうでないなら、どうして急にこんな遊びをやろうと言いだしたのか、どうしてこんなおかしな質問をしたのか、太子殿下に説明していただきたい。鬼王閣下の運気を操る技は大したものだ。こんな遊びに使うのはいささか役不足だろう」

明儀《ミンイー》の言葉に花城《ホワチョン》は笑った。

「だったらなんだ？　どう使おうが俺の勝手だ」

当然、謝憐《シエリエン》と花城《ホワチョン》が明儀《ミンイー》を疑っているのと同じく、明儀《ミンイー》もまた彼らを疑っている。明儀《ミンイー》がいきなり手を出して以降、彼らは通霊陣の中ではなく口を開けて直接話していたため、師青玄《シーチンシュエン》には何を言っているのか聞こえなかったが、軽々しく耳栓を外す勇気もない。

「やめろ、やめろってば！　命令だ、すぐにやめて何が起きてるのか私に教えろ！　そうしないと……そうしないと私も交ざるぞ！」

言いながら彼は風師扇《フォンシー》を広げた。ところが、明儀《ミンイー》がぱっと押しのける。

「どけ！　邪魔をするな！」

その瞬間、ふいに嫌な風が吹き抜け、四人が囲んでいた焚き火の炎が風に煽られて上下に乱舞し始めた。火影《ほかげ》が揺れ、荒れた廟の神壇に置かれた男女二尊の神像の顔が照らし出されると、笑っているような泣いているような極めて不気味な表情に見える。

明儀《ミンイー》は再び師青玄《シーチンシュエン》を掴み上げると、警戒した様子で言った。

「何か来た」

師青玄《シーチンシュエン》は彼に押され、頭から床に倒れ込んで起き上がれなくなっていたのに、今度は掴み上げられて目の前がチカチカした。

「明兄《ミンシオン》！　ちょっとくらい優しくしてくれたっていいだろう！」

「そんな暇はない！」と明儀《ミンイー》が言い放つ。

二尊の神像をじっと注意深く見つめていた謝憐《シエリエン》は、ふいに言った。

「神像の目を見てください！」

四人の顔がそちらに向くと、微笑んでいる二尊の風水神官像《フォンシュイ》の顔に、突如として四筋の血痕が現れている。あろうことか、泥塑《でいそ》の神像の目から血の涙が流れていた。

開眼《かいがん》と法術を施され造立《ぞうりゅう》されたあとに奉納と参拝を受けた神像は、妖魔鬼怪に対して一定の抑止力を持つ。一切寄せつけないほどの力はなくても、普通なら人ならざるモノには傷つけることも汚すこともできない。師青玄《シーチンシュエン》がまだここにいるというのに、風師本尊《フォンシーほんぞん》の目の前で風師《フォンシー》像に血の涙を流させたのだから、あの白話真仙の道行はやはり相当のものということだ。

血の涙は止めどなく流れ出して、床に落ちてゆっくりと集まり複雑で歪な形になっていく。師青玄《シーチンシュエン》は訝しげに言った。

「なんだこれ？　まさか……絵を描いてるのか？」

どう見てもなんの形なのかわからず、彼は近づかないようにしながら角度を変え、繰り返し観察する。しばらくして、謝憐《シエリエン》ははっとした。

これは絵ではなくて、逆さまの文字だ！

彼はすぐさま大声で叫んだ。

「見ないで！　奴があなたに見せるために書いたんです！」

明儀《ミンイー》が手のひらで一撃を放ち、「ドーンッ」という音とともに床の血痕を二尊の神像ごと木っ端微塵に吹き飛ばす。師青玄《シーチンシュエン》は目を丸くして口をぽかんと開けた。

「明兄《ミンシオン》！　に……に、に、に、兄さんに絶対知られるなよ！　容赦してくれないから！」

他の神官の神像を損壊《そんかい》することは、その神官に対してとんでもない不敬になる。今日、明儀《ミンイー》はまず扁額を割り、次に像を破壊した。これは道場破りに行って看板を叩き割った挙げ句に、バシバシと横面《よこつら》を張り倒したのに等しい。口外して相手に知られたらただでは済まないし、血の雨が降ることになるかもしれない。

その時、謝憐《シエリエン》がふいに振り返って傍らを見ると、彼らが叩き壊して隅に放っておいた扁額の文字の形が昼間と違っているのに気づいた。藍色の地に金色の文字で「風水殿《フォンシュイ》」と書かれていたはずなのに、今は鮮血のように赤い歪んだ大きな文字に変わり、ぼんやりとだが「死」という字の半分に見える。

謝憐《シエリエン》はすかさず師青玄《シーチンシュエン》の目をしっかりと覆い、通霊陣の中で叫んだ。

「目を閉じて！」

「今度は何!?」

「なんでもありません。ただ、ここの扁額の文字も変わっているんです。奴は今あなたが何も聞こえていないことに気づいて、代わりに文字を書くことにしたようです」

「死んだな！　聞くのも見るのも駄目なんて、つまり耳も目もまったく使えないってことじゃないか⁉」

謝憐《シエリエン》は手を放して言った。

「大丈夫、落ち着いてください。私たちがいますから」

明儀《ミンイー》が師青玄《シーチンシュエン》の後ろ襟を掴んで隅まで引きずっていく。師青玄《シーチンシュエン》は目を閉じたまま手を合わせた。

「本当に心強いよ！」

そう言い終わるや否や、荒れた廟の外から突然がやがやと騒がしい声が聞こえてきた。謝憐《シエリエン》の視界が一瞬ぼやけ、次の瞬間、たちまち大勢の人々が恐ろしい声でわあわあ喚きながら、漆黒の波のように押し寄せてくる。

彼らは実に奇々怪々、異様な姿をしていた。首を切り落とされた者、首を吊られた者、脳天を刀で割られた者、腹を切り裂かれた者……など多種多様だ。師青玄《シーチンシュエン》には何も聞こえないし見えなかったが、周りで大勢の人が無秩序に歩いているということは直感でわかった。さらに、混乱の最中に何度かぐいっと押され、通霊陣の中で驚愕した様子で言う。

「どういうこと？　何が来たんだ？　どうして突然こんなに人が？」

「大したことじゃありません。血社火の夜行《やこう》です。私たちがさっさと立ち去ればいいだけですから」

地域によって、血社火では昼間の行列だけでなく夜に余興が行われることもある。人を脅かして楽しむのは行列の参加者のみではなく、一般庶民も我慢できずにうずうずしているのだ。それで彼らも血社火の死人化粧を真似て、夜になると外へ繰り出して人を脅かす。おそらく彼ら四人は、今まさにそういう夜行の集団に出くわしたのだろう。

この庶民の集団の死人化粧は、もちろん昼間の正統な行列のように手が込んでいて真に迫るものではないが、人が多く壮観さは勝《まさ》っていて、あちこち目移りしてしまう。おまけに日が暮れてはっきり見えなくなると、かなりおどろおどろしくもあった。そんなこんなで、こういう余興の風習がある町では血社火が上演された日、夜になると町中の人が家の扉をしっかりと閉めて出かけないようにするのだ。

　外を徘徊《はいかい》している夜行の人々は、荒れた廟の中に人影があることに気づくなり獲物を見つけたと大興奮で、一気に五十人あまりが押し寄せた。廟の中はあっという間にごった返し、四人は百鬼夜行の波に呑まれる。謝憐《シエリエン》が何度も何度も振り返ると、花城《ホワチョン》はまだ近くにいて常に二歩以内の距離を離れなかったが、他の二人は七、八歩先まで人波に流されてしまっていた。

「皆さん、早く外に出ましょう！」

　ところが、夜行に加わっている者たちの中には、純粋に面白がってはしゃいでいる者だけでなく、ごろつきや無頼漢《ぶらいかん》、あるいは商人もいる。彼らは血社火を見物しに遥々やってきた旅行者たちを狙って小銭稼ぎを企んでいるため、謝憐《シエリエン》たちを足止めし、つきまとって騒ぎ立てた。

「そこの公子お二人、ちょっと投げ銭してくれよ！」

「俺ら、こんなに苦労して扮装したんだからさぁ、面白いって思ったら投げ銭を頼むよ！」

「そうそう、俺らも大変なんだよ。こんなの一年に一回しかないしさぁ！」

「ちょっとくらい投げ銭してくれねぇと、鬼の旦那が捜しに来るから気をつけな！」

　自分にはなんの関係もないことだったので、花《ホワ》城《チョン》は少しも気を揉むことなく傍観《ぼうかん》していたが、それを聞いてハハッと笑う。

「来る度胸がある鬼がいるなら、逆に見てみたいものだな？」

　その時、謝憐《シエリエン》がさっと視線を巡らすと、人がひしめく荒れた廟の隅に青白い顔の首吊り鬼がいるのが見えた。今まさに麻縄《あさなわ》の輪を誰かの首にかけながら、にやりと笑っている。

　周囲は騒然としていて、誰も彼もが真っ赤な血をだらだら流し、鼻を歪め目を斜めにしている。さらに互いに殺し殺され、相手が死にこちらも死ぬという演技をして、常に誰かが奇声を上げながら倒れているのだ。そのせいでまったく本物と偽物の区別がつかなかったが、謝憐《シエリエン》は本能的にその「人」がおかしいと感じた。手を高く上げると若邪《ルオイエ》が飛び出し、首吊り鬼の頭を真正面から殴りつける。

案の定、その首吊り鬼は悲鳴を上げて黒煙と化し、床の割れ目に潜り込んだ。周囲の者は意識を向ける暇もなかったが、謝憐《シエリエン》の目にははっきりと見えていて、通霊陣の中で警告した。

「皆さん気をつけて！　何かがどさくさに紛れて人を襲っています！」

先ほどまでに比べて、風水廟《フォンシュイ》の中にはほんのわずかに鬼の気が増していた。もちろん白話真仙ではなく、どこからか紛れ込んできた雑魚だろう。一日中鬼に扮していれば、いずれ必ず本物の鬼を呼び寄せてしまうだろうが、こんな大変な時に現れるとは、まさに弱り目に祟《たた》り目というやつだ。廟の中はあまりに押し合いへし合いしていて、頭がぶつかったり、足を踏んだり踏まれたりで、その鬼の気が誰の体から伝わってきているのかまったく見当がつかない。

花城《ホワチヨン》を引っ張って風水廟《フォンシュイ》から飛び出した謝憐《シエリエン》は、風師《フォンシー》たちに状況を聞こうとしたところで法力が足りないことに気づいた。今にも尽きてしまいそうで、通霊ができない。切羽詰まって、謝憐《シエリエン》は花城《ホワチヨン》に向かって言った。

「三郎《サンラン》、ちょっと法力を貸してくれ。今度返すから！」

もちろん、この「今度返す」は口任せに言った言葉で、今まで借りた法力を返せたことなど一度もない。

「いいよ」と応じた花城《ホワチヨン》が、すぐに手を伸ばして彼の手を握った。微かに熱いものが注ぎ込まれるのを謝憐《シエリエン》が感じたちょうどその時、風水廟《フォンシュイ》の中から血まみれの人が数人飛び出してきて、彼らを追いかけてくる。最後尾の一人は走っているうちに臓物がこぼれ落ち、顔は死斑《しはん》だらけで体からわずかに鬼の気を発していた。謝憐《シエリエン》は無意識のうちに手を上げ、彼に向けて手のひらから一撃を飛ばす。

その途端、爆発したかのような轟音《ごうおん》が聞こえ、同時に眩いばかりの白光が出現する。しばらく経って、謝憐《シエリエン》はようやく我に返った。

人々の中に紛れ込んでいた腹の裂けた鬼が立っていた場所には、黒々とした炭のような残骸だけが積もっている。そして、目の前にあった風水廟《フォンシュイ》の屋根はすべて吹き飛ばされていた。廟の中で騒いでいた夜行の人々は、轟音と白光に驚いて全員がぽかんとしている。

「……」

謝憐《シエリェン》は顔を上げて屋根を失った風水《フォンシュイ》廟を眺め、また俯いて自分の手を見る。最後にゆっくりと振り返り、後ろにいる花城《ホワチョン》に目を向けた。花城《ホワチョン》は彼に向かって微笑みかける。

「ちょっとで足りた？」

「……足りた。実際……本当に、ちょっとで良かったんだけど」

「さっき貸したのはちょっとだよ。もっといる？　いくらでもあるから」

花城《ホワチョン》の言葉に謝憐《シエリェン》は慌てて首を横に振った。以前、師青玄《シーチンシュエン》や南風《ナンフォン》にも法力を借りたことがあって、彼らも非常に気前よく貸してくれたが、謝憐《シエリェン》はこんなに体中の血が電流となって体内をビリビリと流れるような感覚を未だかつて経験したことがなかった。例えば、これまでに借りた法力が食べ物を節約するように一口も無駄にできないものだとすれば、今のこの感覚は一杯食べて十杯捨てても問題ないほどだ。

花城《ホワチョン》が渡してきた法力は全身に漲《みなぎ》るほど強力で、少し手を振るだけでまた近くのものが爆発するのではないかとひやひやして、謝憐《シエリェン》はむやみに動けなくなってしまった。辺りがしんと静かになっているうちに、急いで通霊陣の中で問いかける。

「風師《フォンシー》殿、どこですか？　私は廟を出たんですが、あなたの姿が見えなくて」

「うわっ、びっくりした……太子殿下、どうして急に声がそんなに大きくなってるんだ？　私も風水《フォンシュイ》廟を出たよ」

師青玄《シーチンシュエン》が陣の中でそう言ったため、謝憐《シエリェン》は法力をやや抑えた。

「すみません、ちょっと制御ができなくて。どうやって出たんですか？　無事ですよね？」

何しろ師青玄《シーチンシュエン》は今、耳を塞ぎ目も閉じているのだ。

「もう、明兄《ミンシオン》に引っ張り出されたに決まってるじゃないか。あの集団に踏み殺されずに済んで何よりだったよ」

その直後に明儀《ミンイー》の声も通霊陣の中で響きだした。

しかし、彼が放った言葉は、謝憐《シエリェン》の顔に浮かんだばかりのわずかな笑みを凍りつかせた。

「私ではない！」

違う!?

しまった！　謝憐《シエリェン》は振り向きざまに言った。

「風師《フォンシー》殿！　あなたを引っ張っていったのはいったい誰ですか!?」

第五十五章　鬥真仙太子替風師

――風師に替わって真仙と戦う太子

ところが、師青玄《シーチンシュエン》がそれ以上声を出すことはなかった。

謝憐《シエリェン》は内心まずいと思った。

「風師《フォンシー》殿？　どうしたんですか？　まだいますか？　何があったんです、どうして何も言わないんですか？」

もし混乱の中ではしゃいでいた夜行の者に連れ去られたのなら、突然沈黙するはずがない。まさか既に殺されたとでも言うのだろうか？

だが、いくら焦っても無駄だった。彼には風師《フォンシー》が今どこにいるのかすらわからないのだ！

集団はようやく静かになってきて、明儀《ミンイー》も風水《フォンシュイ》廟から脱出した。天界の規則では、下界の人間に対して法力を濫用《らんよう》したり、みだりに姿を現したりしてはならない。もし人間を殺したり傷つけたりすれば、いずれも過失として記録される。この規則は模範的な神官たちをずいぶん苦労させていたが、規則がなければ、さっと手を振るだけで人々はあの屋根と一緒に吹き飛んでしまっていただろう。集団はやっとのことで我に返ると、「で、出たぞ！　本当に出た！」「妖怪が来たぞ！」とぎゃあぎゃあ喚き立てて散り散りになった。

「地師《ディーシー》殿！　どうして風師《フォンシー》殿をしっかり掴んでおかなかったんですか？　彼を見ましたか？　いつはぐれたんです？」

「今しがた人混みの中で、混乱に乗じて鬼が人を襲っていた」

謝憐《シエリェン》に問われた明儀《ミンイー》がそう答えた。

おそらく彼は命の危機にさらされている人を助けようとして気を取られ、鬼を攻撃したはいいものの友を見失ってしまったのだろう。

「急いで手分けして捜しましょう！　まだ遠くへは行っていないはずです」

謝憐《シエリェン》が言うと、ふいに通霊陣の中で再び師青玄《シーチンシュエン》の声が響き始めた。彼は大笑いしている。

「ハハハハハハハッ……」

唐突な笑い声ではあったが、返事には違いないと思い謝憐《シエリエン》は慌てて声をかけた。

「風師《フォンシー》殿！　さっきはどうしたんですか？　急に何も言わなくなったので、てっきりあなたの身に何かあったのかと」

「ハハハハハハハあり得ないよこの風師《フォンシー》の身にそう簡単に何か起きるわけないだろう私はただ君たちをからかってびっくりさせてやろうと思っただけだよハハハハハハハ明兄《ミンシォン》の馬鹿野郎よくも私をちゃんと掴んでおかなかったなもし私が死んだら絶対に絶になって君のところに行ってやるからねハハハハハハハハッ……」

それを聞いた明儀《ミンイー》が叫ぶ。

「ハハハッじゃない、わかる言葉で話せ！」

謝憐《シエリエン》は、師青玄《シーチンシュエン》が緊張すればするほど極度に興奮し、怖がれば怖がるほどハハハッと笑おうとするのを知っていた。現に、もう言葉を句切ることすら忘れてしまっているではないか。謝憐《シエリエン》は割り込むように言った。

「口を開けて話していませんよね？　何か表情に出していませんか？　抵抗はしましたか？」

「喋ってない。表情にも出してない。抵抗もしてない」

師青玄《シーチンシュエン》の言葉に、謝憐《シエリエン》は心の中で思った。

（まずいな。恐怖のあまりおかしくなってる）

彼は口調を緩め、穏やかな声で言う。

「それは良かったです。風師《フォンシー》殿、大丈夫ですから聞いてください。怖がらずにそのままの状態で、何も気づいていないふりをするんです。何かあったら、こっそり通霊陣で私たちに言ってください。いつでも話しかけて構いません。ですが、あなたが奴の正体を知っていることをくれぐれも悟られないように。霊光をそっと放って体を覆う法力場《ほうりきじょう》を作るんです。そうすれば、少なくとも転んだり窪《くぼ》みに落ちたりすることはないでしょう。万が一刃物で攻撃されたとしても、ある程度なら反応できます」

「うん。それから？」

師青玄《シーチンシュエン》の声音は、泣きたいのに涙すら出ないというような様子だった。

「それから深呼吸をしましょう。こんなふうに、繰り返し何度かやってみてください……大分良くなりましたか？」

謝憐《シエリェン》の言葉と声はとても柔らかく、心を落ち着かせる力がある。

「なんだかちょっと良くなったかも。ありがとう、太子殿下」

それを聞いて、謝憐《シエリェン》は探りを入れるように言った。

「それじゃあ……もし今目を開けて、あなたを引っ張っているモノを盗み見てみたらどうなると思いますか？」

持ち堪えられるだろうか？　謝憐《シエリェン》は心の中でそうつけ加える。

「死ぬだろうね」と師青玄《シーチンシュエン》は答えた。

「……」

この様子だと、もし師青玄《シーチンシュエン》が目を開けたら一瞬で恐怖心が頂点に達して、白話真仙にとって最高の美食と養分になってしまいそうだ。そのあとはもう戦闘力も失ってしまうだろう。それに、万が一目を開けた時に相手も彼をじっと見つめていたら、堂々たる風師《フォンシー》はその場で口から泡を吹いて、巨星堕《きょせいお》つが如く命を落としてしまうかもしれない。

「じゃあ、やっぱり目は閉じていてください」

謝憐《シエリェン》が言うと、明儀《ミンイー》が続けて尋ねた。

「奴はお前を連れて風水廟《フォンシュイ》を出たあと、どの方角に向かった？」

今彼らが最も知りたいのは、まさに師青玄《シーチンシュエン》の居場所だ。目を閉じている師青玄《シーチンシュエン》には自分がどこにいるかは見えないが、だいたいの方角と、歩幅や歩数から推測することはできる。ところが師青玄《シーチンシュエン》の答えはこうだった。

「わからない」

「そんなこともわからないのか！」

明儀《ミンイー》の言葉に師青玄《シーチンシュエン》が憤慨《ふんがい》する。

「普通わざわざそんなことを覚えておこうなんて思う？　それに、私は相手が君だと思ってたんだから！」

そばにいる花城《ホワチョン》は高みの見物を決め込んでいて、退屈を持て余して元の紅衣に着替えたかと思うともう一度黒衣に着替え、さらに白衣に着替えていた。

謝憐《シエリエン》が振り向く度に髪の結い方や装身具《そうしんぐ》、長靴などまですべて変わっていて、ある時は粋《いき》に、ある時は華麗に洒脱《しゃだつ》に、ある時は冷酷な雰囲気に、ある時は華麗にと、一瞬で違う格好になっている。その眩さのあまり、謝憐《シエリエン》は自制できずに何度も振り向いた。そんな自分に気づいて少し瞬きをすると、「似合ってるよ」と口にした。

「素敵だね」と言いたい気持ちを抑えてこう口にした。

「待って待って、今は言い争っている場合じゃありません。お二人が何か言う度に風師《フォンシー》殿はどんどん遠くへ行ってしまって、余計に見つけられなくなります」

すると、師青玄《シーチンシュエン》はつらそうに言う。

「あのさ、本当に私を見つけられないの？　せいぜい五、六十歩くらいだよ。絶対に百歩は超えていないと思うし、しかもめちゃくちゃゆっくり歩いてるのに！」

百歩に満たない？　明儀《ミンイー》がすぐさま飛び出していき、通りの端で姿を消した。だが、あっという間に再び風水廟《フォンシュイ》の入り口に現れる。

「いない！」

まずいことになった。

「縮地千里！」と謝憐《シエリエン》は言った。

白話真仙は混乱に乗じて風師《フォンシー》を風水廟《フォンシュイ》から連れ出したあと、即座に縮地千里の術を使って別の場所に移ったのだろう。そうでなければ、百歩に満たない距離で未だに見つからないはずがない。その法術が発動してしまったら、この広い世界のどこに送られたかなどわかるわけがないではないか。風師《フォンシー》の行方を追うのは、海に落とした針を捜すのと同じくらい困難になってしまった！

予断を許さない状況となり、謝憐《シエリエン》は間髪《かんはつ》を容《い》れず告げる。

「上天庭の通霊陣に入って報告します」

ところが、師青玄《シーチンシュエン》が慌てて止めた。

「ちょっと待って！　太子殿下、やめてくれ！　秘密にするって約束したじゃないか。兄さんは三つ目の天劫に挑もうとしてるんだ。三つ目は桁違《けたちが》いに難易度が上がるから、絶対にこんなことで駄目にするわけにはいかない！」

「これ以上事が長引けば、お前が今すぐ天劫を迎える羽目になるぞ」

明儀《ミンイー》に言われ、師青玄《シーチンシュエン》はいきり立つ。

「駄目って言ったら駄目だ。どれだけの神官が兄さんに目を光らせてると思ってるんだよ。奴はわざわざこの機を狙ってやってきたんだ。思い通りになると思ったら大間違いだぞ、そうはさせるもんか！　たとえ私が死んで死体が腐っても、兄さんが天劫を乗り越えたあとに掘り起こしてもらうから！」

しばらくして、明儀《ミンイー》が言った。

「ああわかった。いいだろう！」

謝憐《シエリエン》は、彼の口調から抑え込まれた怒りを敏感に感じ取った。それは今までにない激しい感情だったため、わずかな不安を覚え、これ以上その怒りが膨らむのを放置して余計な揉め事を増やすわけにはいかない、と口を挟む。

「風師《フォンシー》殿、奴はずっとあなたを引っ張って歩いているんですか？」

「うん。腕を掴まれてる」

「奴の体に何か特徴はありませんか？　例えば特殊な妖気とか、特別なにおいや感触とか」

「ないよ。何もない」

「では、周りの状況はどうです？　例えば、地面はでこぼこですか、それとも平坦《へいたん》ですか？　何かを踏んだり蹴ったりしましたか？」

謝憐《シエリエン》は周囲の状況から、大まかにでもできるだけ早く範囲を絞れないかと考えていた。けれど、師青《シーチン》玄《シュエン》の答えはこうだった。

「地面がめちゃくちゃおかしいよ！　すごく柔らかくてふわふわで、雲の上にいるみたいだ」

「……」

謝憐《シエリエン》は心の中で「それはあなたが怖すぎて足に力が入らなくなってるからでしょう……」と呟く。

師青玄《シーチンシュエン》は五感のうち二つを封じているため、情報を聞き出そうにもかなり難しく、おそらくこれ以上の糸口は掴めないだろう。花城《ホワチョン》は相変わらず退屈そうに傍観を決め込んでいるが、それは、一つには花城《ホワチョン》がもともと見物のつもりで遊びに来ただけで、師青玄《シーチンシュエン》とは親族でも友人でもないからだ。ましてや彼は鬼界の住人で、神官に手を貸す理由などない。

二つには、謝憐《シエリエン》も毎度花城《ホワチョン》の手を煩《わずら》わせるのは避けたいと思っているからだった。そのため、謝憐《シエリエン》は落ち着き払って言った。

「風師《フォンシー》殿、私に考えが。今すぐあなたを奴から引き離す方法が一つあるんですが、ただ、あなたの許可が必要なんです」

「いいよ、許可する！」

師青玄《シーチンシュエン》は即答したが、花城《ホワチョン》がにわかに体を強張らせる。

「移魂大法《いこんだいほう》？」

「なんだって？」

「その通り。移魂大法です！」

移魂大法とは、文字通り魂を入れ替える法術だ。自分の目で、相手が見ているものを見ることができる。こういった法術は滅多に使われることがない。なぜなら法力がとんでもない勢いで消耗する上、最も重要な体の支配権を喜んで差し出す者などほとんどいないからだ。

「兄さん、慎重に」と花城《ホワチョン》が硬い表情で口にする。

「でも、奴と相まみえたら君はどうするんだ？」

師青玄《シーチンシュエン》に問われ、謝憐《シエリエン》は答えた。

「私は別に奴が怖くありませんから、大丈夫です」

明儀《ミンイー》は「入れ替わるんだ」と言い、花城《ホワチョン》は「兄さん、よく考えて」と言う。

その時、ふと師青玄《シーチンシュエン》がこう告げた。

「奴が立ち止まった」

その言葉を聞いて、謝憐《シエリエン》は通霊陣の中で叫ぶ。

「もうためらっている暇はありません、今です！」

師青玄《シーチンシュエン》は歯を食いしばった。

「頼んだよ、太子殿下！」

「はい！」

言い終わるや否や、謝憐《シエリエン》は瞼を閉じた。まるで空中に浮いているかのように体が突然軽くなったかと思うと、今度はまるで地の底まで落ち入りそうなほど重くなる。ひとしきりくらくらと眩暈がしたあと、次第に実感を得て体をしっかりと安定させたが、まだ目は閉じたままでいた。耳からはほんのわずかな音も聞こえない。

そのモノは彼の腕を掴み、じっと立ち止まっていた。

謝憐《シエリエン》はぱっと目を開け、片手で耳栓を外してもう片方の手を翻す。主客転倒《しゅかくてんとう》して白話真仙を捕らえ、笑って言った。

「こんばんは？」

師青玄《シーチンシュエン》はそれまで長い間瞼を閉じたままで、その上周囲は一面真っ暗だったため、彼の体で目を開けた瞬間、謝憐《シエリエン》は暗闇に適応できず何も見えなかった。しかし、彼を掴んでいたモノは、既に彼に掴まれたモノとなっている。若邪《ルオイエ》がいないので、謝憐《シエリエン》は相手が法術で抜け出せないよう、わざわざ手を縛める技を使って鋼の枷《かせ》の如くきつく締めつけた。

その時、通霊陣の中で師青玄《シーチンシュエン》の声がした。

「太子殿下！　大丈夫？　もし無理だったら一旦元に戻ろう。やっぱり私が自分でやってみるから！」

どうやら師青玄《シーチンシュエン》も無事入れ替わって謝憐《シエリエン》の体に入ったらしい。謝憐《シエリエン》は片手で白話真仙をしっかりと捕らえたまま、瞬く間に三十発以上の激烈な蹴りを繰り出しながら答えた。

「悪くないですよ！」

入れ替わったばかりでまだほんの少しぎこちないが、慣れてくれれば手と足の攻撃はどちらもさらに凶《きょう》猛《もう》にできるだろう。

「殿下、私の法宝の法訣を君に教えるから、法力も遠慮せず自由に使ってくれ！」

師青玄《シーチンシュエン》が言うと、手元に剣がなかった謝憐《シエリエン》は風《フォン》師《シー》扇を「バサッ」と開いた。

「わかりました！」

「女相に変化《へんげ》する法訣も教えるよ。女相の方がもっと強いから！」

「いえ、それは結構です！」と謝憐《シエリエン》は断固拒否する。

「兄さん、早く周りの様子を教えて」

花城《ホワチョン》の低い声が聞こえると、今度は明儀《ミンイー》がこう言った。

「いや、今戦っている相手のことを先に教えてくれ」

二言三言やり取りしているうちに謝憐《シエリエン》の目も次第に暗闇に慣れてきて、少し目を細めて真正面にある黒い影を見つめた。

だが、周りの木の枝や葉の輪郭はどれもよく見えるのに、その黒い影の顔だけがどうしてもはっきりと確認できない。まるで一塊の妖風と黒い霧がそのモノの周囲を覆うように旋回しているみたいだ。

風師《フォンシー》の風師《フォンシー》扇は妖霧《ようむ》を吹き飛ばし、世の中を清浄にする非常に優れた法宝だ。謝憐《シエリエン》は師青玄《シーチンシュエン》から伝授してもらった法訣を心の中で唱えると、扇を広げてさっとあおいだ。平地からにわかに狂風がびゅうびゅうと巻き起こり、周囲の木の葉が激しく震え、細く小さな苗木は何本も根こそぎ飛ばされる。その威力たるや、まさに強烈と言うべきだろう。ただ、残念なことにその風は少し斜めに吹いていて、まったく狙いが定まらなかった。

法宝はそう簡単に扱えるようなものではない。結局のところ彼は風師《フォンシー》扇の持ち主ではないので、当然師青玄《シーチンシュエン》ほど自在には扱えないのだ。角度も力加減も制御が難しく、勢いは強すぎるか弱すぎるか、方向は逸れているか逆かのどちらかだった。

それに気づいた謝憐《シエリエン》は、きっぱり諦めて戦略を変更した。扇を「パッ」と閉じ、それを武器として物理的に相手の急所を激しく突き始める。それから再び「バサッ」と開くと、扇の縁を霊光で覆った。シュシュッと風を切る音、そして冴え冴えとした光とともに、紙の扇を骨を削る鋼の武器として無理やり使用したのだ。師青玄《シーチンシュエン》は事態を把握したらしく、信じられないとばかりに言った。

「太子殿下、嘘だろう！　それは法器なんだよ。武器として使うなんて、乱暴な！」

これは武神に共通する悪癖だ。きりきり舞いの中で、謝憐《シエリエン》は合間を縫って冷静に答えた。

「まあまあ、そんなに変わりませんよ！」

「兄さん！」

花城《ホワチョン》がまた語気を強める。

謝憐《シエリエン》は彼が何を催促しているのかわかっていたため、戦いながら素早く辺りの状況を見回した。山紫《さんし》水明《すいめい》があり、東屋《あずまや》や楼閣がある。これといって変わったところは何もなく、ここがどこなのかまったく見当がつかない。謝憐《シエリエン》の動きに気づいた白話真仙は、おそらく彼の目的を察したのだろう。唐突に口を開いた。

「お前は師青玄《シーチンシュエン》ではないな」

謝憐《シエリエン》は動きを止めることなく、頭の中を稲妻のように回転させた。

(普通ならこんなに早く移魂大法だって思い至るはずがないのに、どうして奴は私が師青玄《シーチンシュエン》じゃないって気づいたんだ？　はぁ、もうなんでもいいか、とにかくこのまま攻撃しよう！)

彼の情け容赦ない攻撃に、白話真仙も耐えきれなくなる。

「今すぐ倒れるぞ！」

案の定、直接謝憐《シエリエン》に向かって悪辣な予言を放ち始めた。ところが、謝憐《シエリエン》はまるで聞こえなかったかのようにさらに容赦なく殴りつける。

「お前は戦いに負ける！」

白話真仙がまたそう予言したが、謝憐《シエリエン》は笑った。

「八百年以上も前にとっくに負けているのに、また何回か負けるくらいなんだ？　これ以上どうやって負けるって言うんだ？　諦めろ！　私に何を言っても無駄だ」

その時、花城《ホワチョン》の声がした。

「兄さん、今どこにいるのか見当がつかないなら、風師扇《フォンシー》で竜巻《たつまき》を起こして。そうすれば居場所がすぐにわかる！」

ちょうど謝憐《シエリエン》もその方法を思いついたところで、「わかった！」と返事をする。まさに実行しようとしたその時、白話真仙がふいに怪しく笑った。

「誰か来るのか？」

謝憐《シエリエン》が言いようのない警戒心を抱き始めると、そのモノはやはり囁くように言った。

「安心しろ。お前にはどうすることもできないまま、お前を捜しに来る者は目の前で死ぬことになる！」

その言葉を聞いた謝憐《シエリエン》は一気に笑みを失った。心臓が縮み上がり、息遣いまでもが一瞬で凍りつく。

次の瞬間、彼は「黙れ！」と声に出して怒鳴りつけていた。

白話真仙はまた瞬時に五十回以上も激しい蹴りを食らい、しかもそのすべてが頭に命中して口も利けない状態だというのに、深いため息をついた。それは満足げなため息で、まるで何か神聖な美味でも吸い取ったかのようだ。その上、ハハッと嘲笑《あざわら》うような声まで上げている。あろうことか、謝憐《シエリエン》はうっかり相手が望むものを吸い取らせてしまったのだ。

しかし、謝憐《シエリェン》は「まずい」と呟く気にもなれなかった。先ほどの言葉によって、いきなり心臓を強打されたかのような感覚に陥ったからだ。このモノが言ったように花城《ホワチョン》が容易く「目の前で死ぬ」ことなどあり得ないと百も承知だし、正確に言えば花城《ホワチョン》はとっくに死んでいるが、抑えきれない恐怖を感じずにはいられなかった。そんな言葉を耳にすることすら我慢ならなかったのだ。

通霊陣の中の皆は彼の異変に気づけなかったが、花城《ホワチョン》はまるで心が通じているかのように警戒し始める。

「兄さん？　奴が何か言ったの？」

「奴はでたらめを……いや、何も言ってない！」

花城《ホワチョン》はすぐに理解して罵倒の言葉を吐く。

「奴め、死にたいらしいな！　早く教えて、今すぐ向かうから」

それに謝憐《シエリェン》は慌てて言った。

「大丈夫、君はまだ来ないで！　絶対に来ちゃ駄目だ！」

「教えて！」

その時、師青玄《シーチンシュェン》が口を挟んだ。

「悪いけどちょっといいかな。あのさぁ、君たち本当は通霊口令をこっそり交換したんだろう。太子殿下、気づいてないみたいだけど、陣を間違えてるよ、陣を！」

謝憐《シエリェン》はようやく気づいた。移魂大法を使ったあと、花城《ホワチョン》は一言一句すべて個別に通霊してきていたのだが、謝憐《シエリェン》は戦闘が激化していた上に情緒が乱れていて、それにまったく気づかずに通霊陣の中で返事をしてしまっていたのだ。これで二人がこっそり通霊していたことが完全にバレてしまった。しかし今は恥ずかしがっている場合ではない。

「大丈夫、半炷香で片づけるから！」

そう言うと謝憐《シエリェン》は再び耳を塞ぎ、全神経を集中して白話真仙への攻撃の手をさらに強めた。謝憐《シエリェン》には知る由もなかったが、博古鎮ではその謝憐《シエリェン》の言葉を聞いた途端に花城《ホワチョン》が手のひらで一撃を叩き出し、打たれた明儀《ミンイー》は三尺も地面にめり込んだ。そして、すぐさま花城《ホワチョン》は謝憐《シエリェン》の殻の中にいる師青玄《シーチンシュェン》に向かって言い放つ。

「元に戻せ」

初めからすぐに元通り入れ替わるつもりでいた師《シー》青玄《チンシュエン》は、その様子を見て慌てて言った。

「血雨探花、貴様、何をやってるんだ！　すぐに入れ替わる。太子殿下は私に手を貸してくれているんだから、私を殴るならまだわかるが、明兄《ミンシォン》を殴ってどうする！」

だが、そう言ってから思い出した。これは謝憐《シエリェン》の体なのだから、当然花城《ホワチョン》が殴るわけがない。もし誰かを殴るのなら、相手はもう明儀《ミンイー》しかいないだろう。

一方、謝憐《シエリエン》は戦いの真っ最中だったが、ふと通霊陣の中で師青玄《シーチンシュエン》が呼んでいるのが聞こえてきた。

「太子殿下、悪いけど耳を塞いでちょっと遠くへ逃げてくれないか。元に戻ろう！」

「風師《フォンシー》殿、大丈夫ですか？」

「戦うのは無理だけど、逃げることならできる！」

師青玄《シーチンシュエン》が言うと、謝憐《シエリエン》は白話真仙を何丈も遠くまで蹴り飛ばした。身を翻してしばらく必死に走ってからまた言う。

「ちょっと待ってください、逃げなくても大丈夫です！　私がここに護法陣《ごほうじん》を用意しますので待っていてください！　風師《フォンシー》殿、今、何か身を守る法器を持っていますか？　法器がなければ貴重な宝物でも構いません！」

それを聞いた風師《フォンシー》は急いで答えた。

「宝物？　あるある、私の首の辺りを触ってみて。長命鎖《ちょうめいさ》〔南京錠の形をした首につける装身具〕。子供の無病息災を願ってつけられる」があるけど、それでどうかな？」

触れてみると、確かに師青玄《シーチンシュエン》は眩く光る豪華で精巧な重い金の長命鎖を身につけていて、謝憐《シエリェン》は喜んで言う。

「ありました。これは滅多にない宝物ですね、すごくいいです！」

「そう？　まだまだあるよ。腰につけてる玉飾りの帯に、親指に嵌《は》めてる瑪瑙《めのう》の指輪、長靴の両側にはめ込まれてる真珠、それから払子の柄に使われてる檀木《だんぼく》は君よりも年上だよ。あ、そうだ、払子の毛もかなり希少なものだって聞いてる。なんの霊獣か知らないけど、その体から毟《むし》ったらしくて……」

師青玄《シーチンシュエン》は一気に七、八個も言い連ねてからこう続けた。

「とにかく、私が身につけているもので使えそうなものがあるか、太子殿下の方で見てみてくれないかな？」

「……」

使える。すべて滅多にない宝物ばかりだ！

さすがは財神水師《シュイシー》の弟だけのことはあると謝憐《シエリエン》は内心衝撃を受けた。

「使えそうです。こちらでどこか建物を探して陣を張っておきます。元に戻ったあとは、耳を塞いだまま外を見ずに、建物の中で私たちが着くのを待ってください！」

師青玄《シーチンシュエン》は今にも泣きだしそうになる。

「太子殿下、本当に頼もしい限りだよ！　ありがとう！　今日から君は私の第二の親友だ。今後私に何かいいことがあったら、この風師《フォンシー》は絶対に君にお裾分けするから！」

謝憐《シエリエン》は泣くに泣けず笑うに笑えず、角《かど》が立たないよう「ありがとうございます！」と社交辞令を返した。

話している間に、彼は白話真仙をかなり遠くまで引き離していた。目に入った楼閣に決め、飛び込んでさっと手を振る。すると、すべての扉と窓がひとりでに固く閉ざされた。彼はまず扉に閂《かんぬき》を差して金《きん》鎖《さ》をかけた。それから指を噛み切って呪符を描き、宝物を一つ一つ置いて血で陣を張る。できる限り手短かに一連の動きを終えて完成させると、最後にようやく部屋の中央に座って両目を閉じた。

「一、二、三、移魂大法——回帰《かいき》！」

またいきなり高々と放り上げられてから地面に墜落するような感覚に陥り、ひとしきりくらくらと眩暈がしたあと、謝憐《シエリエン》は再び両足が地面についたのを感じた。体が微かにふらつき、よろけて倒れてしまいそうだ。今にも倒れそうになったその時、誰かの両手にしっかりと支えられた。目を開けた瞬間、上の方から花城《ホワチョン》が低い声でこう言うのが聞こえてきた。

「兄さん、ちょっと説明が必要だと思うんだけど」

彼の腕を掴んで体勢を整えた謝憐《シエリエン》だったが、口を開こうとしたその時、一人足りないことに気づいた。

「地師殿《ディーシー》は？」

「知らない」

「知らない？」

愕然として聞き返した謝憐《シエリエン》が傍らに目を向けると、地面に人型の窪みが一つできていて、明儀《ミンイー》がそこからゆっくり這い出しているところだった。

言葉を失ってしばし沈黙していると、通霊陣の中に「あれ？」という師青玄《シーチンシュエン》の声が響いてきた。

謝憐《シエリエン》はどきっとして尋ねる。

「奴が現れたんですか？」

あの建物は、師青玄《シーチンシュエン》が身につけていたたくさんの宝物で圧陣して守りを堅固なものにしてきたため、白話真仙が侵入するのは不可能なはずだ。道行がどれほど高くても、かなりの時間を要するだろう。ところが、師青玄《シーチンシュエン》はこう言った。

「いやいや、太子殿下、君の陣は本当にすごいよ。びくともしなくて、すごく安心感がある。私が見たところ、少なくとも三日三晩はどんなモノも侵入できそうにないね。ただ……まさかここだったとは」

「ここって？　あなたの知っている場所なんですか？」

不思議そうに尋ねた謝憐《シエリエン》に、師青玄《シーチンシュエン》が答えた。

「もちろん。ここは傾酒台《けいしゅだい》だ！　私が飛昇した場所だよ」

謝憐《シエリエン》はぽかんとして「傾酒台？」と心の中で呟く。

師青玄《シーチンシュエン》はどうやらまた建物の中を一周したらしく、もう一度きっぱりと言った。

「間違いない。私は十数年置きにこの場所に戻ってきているから、見間違えるはずがない」

どうりで先ほど白話真仙が、殻の中にいるのが本物の師青玄《シーチンシュエン》ではないと早々に見抜いたわけだ。もし本尊であれば、そこが傾酒台だとすぐにわかるはずで、周りを見て確認する必要などまったくない。

窪みから這い出した明儀《ミンイー》は、しゃがみ込むなり地面に陣を描き始めた。あっという間に描き終えたものの、なぜか手のひらで一撃を放ってその陣を破壊する。花城《ホワチョン》の目つきが冷ややかになり、謝憐《シエリエン》も愕然として尋ねた。

「地師殿《ディーシー》、何をしているんですか？」

明儀《ミンイー》が立ち上がって言う。

「縮地千里が使えなくなった。歩いて行くしかない」

「使えなくなったってどういうことですか？」

「つい先ほど何者かが傾酒台近辺、いや、あの一帯にある縮地千里の接続地点をすべて破壊した」

少し前に、師青玄《シーチンシュエン》は間違いなく縮地千里によって傾酒台に連れていかれたはずだが、どうやら師青《シーチン》玄《シュエン》があの建物に隠れたあと、白話真仙は素早い対応で彼らを足止めするために小細工をしたらしい。これは山を越えようとしたら山道が破壊されて崩れたも同然だ。これで誰も縮地千里を使って傾酒台の近くまで辿り着けなくなってしまった。

「今出発したらどれくらいで着けるでしょうか？」

既に身を翻して歩きだしていた明儀《ミンイー》が「半時辰だ！」と答える。

謝憐《シエリエン》は通霊陣の中で言った。

「風師《フォンシー》殿、今そちらへ向かいます。半時辰以内に駆けつけますから、私たちが着くまでそこで待っていてください。もし何かが扉を叩いても、絶対に開けないでくださいね」

「うん、わかった、わかったよ。もちろん、言わなくてもわかってる。三歳の子供じゃあるまいし、むやみに扉を開けたりしない。けど……皆、頼むから早く来てくれよ！」

幸い、博古鎮から傾酒台までは南北に縦断するほど遠くはないため、この距離ならば今から急いで向かえば確実に間に合うだろう。三人はただちに出発した。道すがら、何気なく法力を巡らしてみた謝《シエ》憐《リエン》は、移魂大法は本当に激しく法力を消耗するのだと実感した。花城《ホワチョン》が先ほど注ぎ込んでくれたあれほど強力な法力も、既に大半を使い果たしてしまっている。

そんな彼の動きに気づいて花城《ホワチョン》が言った。

「兄さん、もっといる？」

謝憐《シエリエン》は慌てて首を横に振る。

「もう大丈夫。三郎《サンラン》、さっきは気前よく法力を貸してくれて本当にありがとう」

「遠慮しないで。言ったでしょう、いくらでもあるって」

花城《ホワチョン》は少し間を置いて、冗談交じりにこうつけ加えた。

「でも、兄さんが返してくれる時は、ちょっとだけ利息をもらってもいいかな？」

そもそも返せるかどうかが問題だと思いつつ謝《シエ》憐《リエン》は軽く咳払いをしたが、口ではもちろん面《つら》の皮を厚くして「うん……いいよ」と答えた。

当初の予定では半時辰かかる見込みだったが、三人とも下界の人間ではない上に非常に差し迫った状況だったため、当然予定よりも早く到着した。傾酒台に辿り着いて見てみると、確かに先ほど謝憐《シエリエン》がいた場所だった。辺りには彼が制御できないまま風師《フォンシー》扇を使ってなぎ倒した樹木や雑草が散乱していて、どうしても恥ずかしくなってしまう。

「太子殿下、護法陣を張ったのはどの建物だ？　覚えているか？」

明儀《ミンイー》が尋ねる。謝憐《シエリエン》はもちろん覚えていて注意深く捜していたが、ほどなくして目を輝かせながら指さした。

「あの小さな楼で間違いありません」

三人はその楼に向かって歩いていった。近づけば近づくほど、もうすぐ希望の兆《きざ》しが見えてきそうで安堵が込み上げる。ところが、正面に回って目を向けると、謝憐《シエリエン》の瞳孔がすっと収縮した。

あろうことか、その小さな楼の扉が開いていたのだ。寒々しい夜風に吹かれ、両開きの扉は「ギィ、ギィ」と音を立てて開閉を繰り返していた。

第五十六章　開門揖鬼画地為牢

――建物内に留まらず扉を開け鬼を招き入れる

「……」

謝憐《シエリェン》は「いない？」と呟く。

三人が小さな楼に入っていくと、中には誰もいなかった。様々な法宝は元の状態のまま並べられていたが、扉が開いた時点ですべて効力を失っている。

「風師《フォンシー》殿？　どこにいるんですか？」

謝憐《シエリェン》は通霊陣の中で呼びかける。

ここに来る道中、寸刻《すんこく》を争っていたことに加え、師青玄《シーチンシュエン》はかなり興奮していた。それで謝憐《シエリェン》は、あれこれ考えたり口にしたりして自分を追い詰めないよう、打座して瞑想し、少し心を落ち着けた方がいいのではないかと彼に提案したのだ。師青玄《シーチンシュエン》もそれが理に適《かな》っていると思ったのか、次第に口数が少なくなったが、決して急に返事をしなくなったわけではなかったので、謝憐《シエリェン》も異変に気づかなかった。

ところが、今はどれだけ呼びかけても返事がなく、内心嫌な予感がした。この状況から導かれる可能性は二つしかない――師青玄《シーチンシュエン》がわざと無視しているか、もしくは既に意識を失っているかだ。

風師《フォンシー》が身につけていた十個あまりの法宝はどれも希少なもので、謝憐《シエリェン》はそのすべてを圧陣に使用したため、どんなモノであろうと外側から簡単に破ることはできない。よしんばできたとしても、師青玄《シーチンシュエン》が言っていたように少なくとも三日三晩はかかるだろうし、力任せに破った痕跡が多少は残っていなければおかしい。ところが、この小さな楼の扉や窓に損傷は見られず、地下道や梯子《はしご》などもない。入り口に戻った謝憐《シエリェン》は床に落ちていた金鎖を拾い上げると、じっくり眺めて言った。

「本当に彼が自分から扉を開けたんだ」

もうすぐ援軍が到着するとわかっていながら、どうしてこの期に及んで自滅の道を辿るようなことをしたのだろうか？　謝憐《シエリェン》にはいくら考えてもわからなかった。

「私たち以外には誰が来ても扉を開けないと言って

いたのに、どうしてこんなことをしたんでしょうか？」

「私たちが来たと思ったのかもしれない」

　明儀《ミンイー》は低い声でそう言った。その言葉を聞いた謝《シエ》憐《リエン》の脳裏に、突然ほの暗い情景が浮かんできた。

　小さな楼の外に、自分と花城《ホワチョン》、明儀《ミンイー》の姿をした三人がやってきて扉を叩く。楼閣の中にいた師青玄《シーチンシュエン》は大喜びして急いで扉を開けるが、扉の外にいた三「人」は彼を取り囲んでゆるりと怪しい笑みを浮かべる。師青玄《シーチンシュエン》の手から金鎖がぽとりと足元に落ち、二度と拾い上げられることはない――。

　謝憐《シエリエン》はすぐさま首を横に振った。

「それはないと思います。白話真仙に変化《へんげ》の能力があるなんて聞いたことがありません」

「それか、奴が助っ人を呼んできたのかもしれない」

　明儀《ミンイー》の言葉を聞いて謝憐《シエリエン》は少し考えたが、また否定した。

「私たちが今日遭遇した一連の出来事は、すべて突発的に起こったことです。ついさっきまで私たちもこんな陣を張って風師《フォンシー》殿を守るなんて想定していませんでしたから、奴がこんなに早く助っ人の妖魔を見つけられるはずがありません。それに、到着したら通霊陣で知らせると風師《フォンシー》殿に伝えてありましたよね？　扉の外にやってきた誰かが本物か偽者か、聞けばすぐにわかるのに、どうして簡単に騙されたんでしょうか？」

　ここまで言って、謝憐《シエリエン》は急に呆然としたかと思うと、ぶつぶつと呟きだす。

「唯一考えられる可能性は、彼のよく知っている人が扉を開けさせたということです」

「よく知っている人？　なぜそう思うんだ？」

　明儀《ミンイー》が尋ねる。その時、花城《ホワチョン》が一言口にした。

「あいつは耳を塞いでいるから何も聞こえない」

　謝憐《シエリエン》はぱっと花城《ホワチョン》を掴んだ。

「三郎《サンラン》、その通りだよ！　だからこそ、よく知っている人だと思ったんです。だって、風師《フォンシー》殿は耳を塞いでいて外の音や声がまったく聞こえないんですよ！　耳栓を外したなら話は別ですが、彼がそんなことをするでしょうか？　死ぬほど怖がっていましたから、絶対に外したりしないはずです。それなら、彼を騙して扉を開けさせる方法は一つしかありません」

通霊術！

謝憐《シエリエン》は急ぎ足で何歩か歩く。

「つまり、私たちが向かっている間に誰かが密かに風師殿《フォンシー》と通霊して、彼に何か言って扉を開けさせたということです。よく知っている人でなければ、風師殿《フォンシー》の通霊口令を知っているはずがありません。神官の口令は極秘とされていて、他人はもちろん白話真仙のような妖魔鬼怪が簡単に知り得るものではありませんから。ということは、彼は相手をかなり信頼しているということです。でなければ、深く考えずに扉を開けて出ていったりしないでしょう」

「それか、あいつは相手をよく知らなくても、相手の方はあいつをよく知っていて、扉を開けざるを得ないようなことを言ったのかもしれない」

花城《ホワチョン》に言われ、謝憐《シエリエン》は真剣にその可能性について考えた。

「理論上、通霊口令さえ知っていれば風師殿《フォンシー》に情報を伝えることができるけど、知らない声で突然話しかけられたら、さすがに風師殿《フォンシー》もおかしいと思うんじゃないかな？　声が聞こえたらその場ですぐに通霊陣で私たちに教えたはずだ。一つ考えられるとしたら、通霊してきた得体の知れない人物が言った最初の一言で、彼は怯えて何も言えなくなってしまったのかも。でもそれってどんな言葉だろう？」

「脅しか？」

明儀《ミンイー》の言葉に謝憐《シエリエン》は答えた。

「どうやって脅すんですか？『出てこないのか？だったら、お前につきまとうために戻ってきたとお前の兄に教えてやろうか？』とか？」

言ったそばから、「ちょっと違うか」と自ら否定する。

白話真仙が、師青玄《シーチンシュエン》が何を懸念しているかはっきり理解しているとは限らない。それに、神官でもないのに、いったいどんな方法で水師殿《シュイシーどの》に自分の存在を気づかせるというのだろうか？　援軍は半時辰で到着するという状況で、師青玄《シーチンシュエン》がその半時辰すら待てないようなこともないはずだ。そして最後に、あのモノが水師《シュイシー》に勝てるかどうかという問題がある。忘れてはならないのは、奴はこれまで師無渡《シーウードゥー》にはつきまとったことがなく、あくまで師青玄《シーチンシュエン》だけに目をつけ、弱い方を選んで嬲っているということだ。おそらく水師《シュイシー》を非常に警戒していて、敢えて自分から挑発する度胸はないのだろう。

「あと半時辰だけ捜す」

謝憐《シエリエン》は明儀《ミンイー》の言わんとする意味を理解し、頷いた。

「わかりました。半時辰経っても見つからなかったら、風師《フォンシー》殿がどれだけ反対していたとしても水師《シュイシー》殿に知らせなければなりません。手分けしましょう！　地師《ディーシー》殿はあちらを私たちはこちらに行きますから、地師殿はあちらをお願いします」

明儀《ミンイー》は身を翻してすぐさま立ち去る。謝憐《シエリエン》は走り回って捜しながらも、諦めずに通霊陣の中で大声を上げて師青玄《シーチンシュエン》に呼びかけてみたが、ずっと死のような静寂のままだった。

「どう？」

花城《ホワチョン》に尋ねられ、謝憐《シエリエン》は小さく首を横に振る。

「まったく反応がない」

彼の心中に差す嫌な影がますます濃くなっていく。あらゆる楼閣のすべての部屋を一つ一つくまなく捜し回り、辺りの建物はほぼ調べ尽くしたが、なんの手がかりも見つからなかった。

そう経たないうちに、二人はこの一帯で最も高さのある楼台に辿り着いた。この楼台は明らかにこの付近の象徴で、中心的な建物だった。数えきれないほど何度も改修された痕跡があり、壁には多くの詩句が綴《つづ》られていて壮麗だ。謝憐《シエリエン》が顔を上げて扁額を見ると「傾酒台」と書かれている。

「『少君傾酒《しょうくんけいしゅ》』の？」

思わずそう口にすると、花城《ホワチョン》が言った。

「そう、ここがまさに『少君傾酒』の由来になった場所」

謝憐《シエリエン》は彼を見やって尋ねる。

「じゃあ、本当に関係があるってことか？」

花城《ホワチョン》は「うん」と答え、簡潔に話をした。

言い伝えによると、師青玄《シーチンシュエン》が人間だった頃、道教の修行時代によくここで酒を飲み、酔っては高台で寝転がって、なんとも気ままに楽しんでいたそうだ。ある日、いつも郷里《きょうり》の民を食い物にしてきた大悪党が高楼の下で良民を虐げていた。それを上から見つけた師青玄《シーチンシュエン》は、手にしていた杯を無造作に傾け美酒を下に向かって注ぐと、ちょっとした法術を施した。すると酒はちょうどその大悪党の頭上に注がれ、なんと彼を気絶させたのだ。その後、師青《シーチン》玄《シュエン》は師無渡《シーウードゥー》に点将されたのだが、相変わらず人界を非常に好み、それまでと同じようにここで酒を飲み耽っていた。飛昇したその日も、ちょうどここで酒を飲んでいたという。

酒を飲んでいる時に飛昇したなんて少々いい加減な感じに聞こえるが、実は大したことではなく、機会と縁はまさにそのような不可思議な時にやってくることがある。謝憐《シエリエン》などは寝ていて何がなんだかわからないまま夢の中で飛昇したし、もしかすると今後、用を足している最中に飛昇する神官まで現れるかもしれない。おそらくそれもまた奇景となるだろう。

とにかく騒人墨客《そうじんぼっかく》というものは、昔からこういった伝説や物語がある場所を何よりも好む。ここでは大いに詩興が湧き、筆を執《と》っては神仙への憧れを表現してきたのだ。つまり、ここは名のある景勝地《けいしょうち》なのだと謝憐《シエリエン》は理解した。さすがにこんな夜更けに観光している人はいないが、明日になればたくさんの建物や樹木が吹き飛ばされていることに気づいて多くの観光客が驚き、風師《フォンシー》が霊験を現したと叫ぶことだろう。

ただ、この「少君傾酒」の一景は、意外にも謝《シエ》憐《リエン》が想像していたものとは少し違っていた。その時、花城《ホワチョン》が低い声で話すのが聞こえてきた。

「兄さん、ちょっと用事を片づけてくるよ。すぐに戻るから、くれぐれも気をつけて」

謝憐《シエリエン》は内心で「なんだろう？」と思った。

先ほど花城《ホワチョン》と通霊していた時の憤怒《ふんぬ》の声を思い出し、さらに今の友好的ではない表情を見て、推測して尋ねる。

「白話真仙を捜しに行くのか？」

ところが、花城《ホワチョン》は少し間を置いてこう答えた。

「違うよ」

違うのならば、詮索するのは具合が悪いだろう。

謝憐《シエリエン》は頷いて言った。

「君はもともとただ遊びに来ただけなんだし、何か用事があるなら行くといいよ。君の方こそ気をつけて」

「うん」と返事をした花城《ホワチョン》は、また少し間を置いてから言った。

「戻ってきたら、あなたに知らせておきたいことがある」

謝憐《シエリエン》は呆気に取られ、「なんだろう?」と今度は声に出したが、花城《ホワチョン》の姿は既に消えていた。

半時辰が経ち、依然としてなんの手がかりも掴めないまま謝憐《シエリエン》は通霊陣の中で言った。

「地師《ディーシー》殿! そちらはいかがですか? こちらは見つからなかったので、元の場所に急いで戻っているところなんですが」

それに明儀《ミンイー》も「いなかった!」と答える。

「駄目ですね。もう限界です。傾酒台の中心地で落ち合いましょう。私は今から水師《シュイシー》殿に伝えます」

言い終わると、彼は即座に霊文《リンウェン》の通霊口令を心の中で唱えた。

「霊文《リンウェン》、いますか? お手数ですが、水師《シュイシー》殿と連絡が取れないでしょうか? 大至急傾酒台まで来てほしいと彼に伝えてください!」

すると、よく通る澄んだ男の声が耳元で響いた。どうやら今の霊文《リンウェン》は男相らしい。

「太子殿下? 水師《シュイシー》殿なら私のところにいますよ。彼という人は出歩くのが好きではないので、おそらく降りていかないと思いますが、何か用事でも? 代わりに伝えることはできますよ」

その時、謝憐《シエリエン》は既に傾酒台の主楼《しゅろう》の近くまで戻っていたが、遠くから傾酒台の外側に何かが引っかかっているのが見えた。どうやら白い布のようで、夜風の中でしきりにはためいている。謝憐《シエリエン》は驚いて「あそこにあんなものあったかな?」と思った。

また少し近づくと、ようやくはっきり見えた——あれは師青玄《シーチンシュエン》が着ていた外袍《がいほう》ではないか?

その時、明儀《ミンイー》が通霊陣の中で叫ぶように言った。

「太子殿下! 今すぐ傾酒台にある一番高い楼閣に来てくれ、早く!」

謝憐《シエリエン》ははっとして身震いした。すると、もう一方から霊文《リンウェン》が言う。

「太子殿下？　まだいらっしゃいますか？」

「大至急降りてくるよう彼に言ってください！　風《フォン》師《シー》殿が大変なんです！」

　そう叫ぶと、謝憐《シエリエン》はすぐに楼を駆け上がった。向こう側も声が聞こえなくなり、おそらく彼の言葉に驚いた霊文《リンウェン》が慌てて師無渡《シーウードゥー》に伝えているのだろう。

　そして、高楼の上では床の真ん中に誰かが横たわっていた。まさしく師青玄《シーチンシュエン》だった。

　師青玄《シーチンシュエン》は両目を固く閉じていたが、見る限り怪我はないようで血の痕もついていない。彼を支え起こしているのは明儀《ミンイー》だった。意識を失って座り込んでいる師青玄《シーチンシュエン》の懐から何かが落ちてくる。目を凝らしてそれを見た謝憐《シエリエン》は、きゅっと心臓が縮み上がった。なんと、それは真っ二つに壊された風師《フォンシー》扇だったのだ。これほどの絶品の法宝は、求めて手に入るようなものではなく、数百年かけても錬成《れんせい》できるとは限らない。しかも、風師《フォンシー》の第一の法器でもあるものが、こんなにもあっさり破壊されてしまうなんて！

「さっき私たちがここへ来た時には、間違いなく誰もいませんでした！」

　言い終わるや否や、謝憐《シエリエン》はまた新たな違和感に気づいた。先ほど花城《ホワチョン》と来た時は、壁に文人墨客《ぶんじんぼっかく》の詩句がたくさん書かれていて、すっきりとした美しい文字もあればふざけたような文字もあり、荘重な文字もあった。ところが、今は誰かに指先で消されたかのようにすべてなくなっていて、もともと存在しなかったはずの赤い楷書《かいしょ》だけが残されている。一列に並ぶその大きな文字からは、真っ赤な血が滴っていた。

　――「善き始まりなくして、善き終わりなし」！

　それはまさしく師青玄《シーチンシュエン》が生まれた時に白話真仙が定めた彼の結末だ！

　その時、明儀《ミンイー》がふいに尋ねてきた。

「太子殿下、一緒にいた奴は？」

　謝憐《シエリエン》ははっとして「しまった！　こんな時に三郎《サンラン》がいないなんて！」と内心思った。

　彼が自分のそばを離れた途端に師青玄《シーチンシュエン》がこのようなことになってしまって、これでは弁明の余地がない。しかし、謝憐《シエリエン》は動じることなく厳粛な面持ちで言った。

「白話真仙の行方を捜しに行くよう私が頼みました」

「いつだ？」

謝憐《シエリエン》は顔色一つ変えずに答える。

「ついさっきです。まだ半炷香も経っていないかと」

実際には、もちろんもっと経っている。だが、謝《シエ》憐《リエン》は花城《ホワチョン》を微塵も疑っていないため、他人が疑いを抱いて余計な騒ぎを起こすような事態は当然避けたかった。

その時、空の彼方から激しい雷鳴が響き、層雲《そううん》を突き抜けて、夜空を八頭立ての金車《きんしゃ》が凄まじい勢いでこちらに向かって疾駆《しっく》してきた。

縮地千里を使って傾酒台に行けなかった師無渡《シーウードゥー》が、なんと直接金車を走らせてやってきたのだ。知っての通り、この銅の馬が引く金車はあまりに目立ちすぎるため、万が一、夜中に物思いに耽って星空を見上げた人間に見られてしまったら、必ずや人界は大騒ぎになるだろう。けれど、この水横天ときたら本当に何が起きようが怖いものなどないらしい。

謝憐《シエリエン》はその金車の凄まじい勢いを見て即座に言った。

「地師《ディーシー》殿、もしあとで神官に何か追及されたら、どうか花《ホワ》城主のことには触れないでもらえないでしょうか？　天庭の神官の多くは、彼だと聞いたら話に尾ひれをつけて、でたらめをでっち上げるきらいがあるので。この件は彼とは無関係ですし、複雑な事柄を単純な答えで決めつけられないように」

明儀《ミンイー》は彼を見やり「わかった」とあっさり承諾すると、引き続き俯いて師青玄《シーチンシュエン》の容態を確認する。謝憐《シエリエン》はほっと息をついたが、ぴくりとも動かない風《フォン》師《シー》が目に入るとまた心が重く沈んでいった。

金車はゴロゴロと音を立てて、あっという間に何筋もの煙霞《えんか》と瑞気《ずいき》を引きずりながら着地した。車の外には大勢の若い神官がつき従っていて、中から降りてきたのはなんと師無渡《シーウードゥー》、裴茗《ペイミン》、霊文《リンウェン》の大神官三人だった。中秋宴の上位十名のうち、一気に三人もやってきたのだ。もちろん、謝憐《シエリエン》は自分が首位だったことなどとっくに忘れている。眉根をきつく寄せた師無渡《シーウードゥー》は、さっと裾を払って険しい顔で車から降りると、水師扇《シュイシー》を持って楼に上った。裴茗《ペイミン》と霊文《リンウェン》が彼の後に続く。師無渡《シーウードゥー》は死人のように横たわっている弟を見るなり、たちまち顔色を一変させて駆け寄った。

「青玄《チンシュエン》? 青玄《チンシュエン》! これはどういうことだ?」

謝憐《シエリエン》は簡潔に要点を伝える。

「風師《フォンシー》殿は白話真仙に遭遇したんです」

「……」

師無渡《シーウードゥー》は信じられないという様子で言った。

「なに? 白話真仙だと?」

その名前を聞いて、師無渡《シーウードゥー》だけでなく裴茗《ペイミン》と霊《リン》文《ウェン》も顔色を変えた。見たところ、師青玄《シーチンシュエン》のこの隠れた深刻な災いについて、彼らはずっと前から聞いていたようだ。三人の表情を観察してみたが、皆ごく自然で、偽っていたり心の底で密かに喜んでいたりする様子は謝憐《シエリエン》には見て取れなかった。特に師無《シーウー》渡《ドゥー》は、絶対に偽っていないと確信できる。霊文《リンウェン》は袖の中から小瓶や小さな壺を大量に取り出した。

「一つずつ飲ませましょう」

裴茗《ペイミン》はというと、傍らでこう言った。

「太子殿下、またあなたですか」

「仕方ありません。上天庭でもよく見る顔ぶれは決まっていますから」

「あなたを見かける時は、いつももう一人絡んでいる気がしますが。まさか今回もですか?」

謝憐《シエリエン》はそれに淡々と答える。

「いえ、もちろん違います」

彼は平然と嘘をついていたが、明儀《ミンイー》は約束通り何も言わなかった。裴茗《ペイミン》もそれ以上追及せず、少し手を振ると配下の神官を連れて辺りを調査しに行く。

この状況では、花城《ホワチョン》が先に離れていったのはむしろ良かったかもしれない。少なくとも現場にはいないのだから。

師無渡《シーウードゥー》は師青玄《シーチンシュエン》を起こすことができずにいた。ところが、ふと雪のように白い壁に書かれた真っ赤な血文字が視界に入り、たちまち表情を歪ませる。

彼は壁よりも蒼白な顔色になり、怒りで全身をわなわな震わせながら怒鳴った。

「これを書いたのは誰だ？　誰が書いた⁉」

怒鳴ってはいるものの、声は微かに震えている。

ちょうどその時、霊文《リンウェン》が言った。

「風師《フォンシー》殿が目を覚ましました！」

謝憐《シエリエン》は即座にしゃがみ込んで呼びかける。

「風師《フォンシー》殿？」

すると、師青玄《シーチンシュエン》はゆっくり目を開けた。師無渡《シーウードゥー》は他の者を全員押しのけて問いかける。

「青玄《チンシュエン》？　大丈夫か？　どこか具合の悪いところはないか？　誰がお前にこんなことをしたんだ？」

師青玄《シーチンシュエン》はしばらくぼんやりしていたが、次第に意識がはっきりしてくる。我に返って最初に目に入ったのは師無渡《シーウードゥー》の顔だった。次の瞬間、誰も予想しなかったことが起きた。

彼はぱっと師無渡《シーウードゥー》を突き飛ばすと、頭を抱えて激しく叫び始めたのだ。

「ああああああっ――!!」

第五十七章　笑戯言乱我亦乱卿

―― 冗談だと笑い飛ばしても、私もあなたも乱される

師無渡《シーウードゥー》はいきなり突き飛ばされ、堂々たる水師《シュイシー》の身でありながら危うく尻餅をつきそうになった。愕然としてみっともなくうろたえてしまい、しばらくしてようやく口を開く。

「青玄《チンシュエン》、兄さんだ」

「わかってる！」

師青玄《シーチンシュエン》は叫ぶように言った。

師無渡《シーウードゥー》だとわかっているのなら、意識が混濁して人をきちんと見分けられなくなったわけではないのだろう。では、なぜそれでも態度を変えないのだろうか？

師無渡《シーウードゥー》はまた手を差し伸べて「もう大丈夫だ……」と言ったが、師青玄《シーチンシュエン》はその手をばしっと払いのけた。

「そんなわけあるか！　大丈夫なわけないだろう！　もう何も言うな、ああっ！　もう耐えられない！」

この言葉には師無渡《シーウードゥー》だけでなく、そばにいた霊《リン》文《ウェン》と、配下に指示を出して戻ってきた裴茗《ペイミン》までもが顔色を変える。

「青玄《チンシュエン》、何をふざけているんだ。そんなことを言うなんて、兄上の横面《よこつら》を引っ叩いて心に毒を流し込むようなものだぞ」

裴茗《ペイミン》がそう言った。いつもの師青玄《シーチンシュエン》ならば、裴《ペイ》茗《ミン》が口を開こうものなら必ず二言三言口答えをするのに、今はただ頭を抱えたまま一切取り合わず、鬼に取り憑かれたようにぶつぶつと呟いている。

「何も聞きたくない。何も言うな。ちょっと落ち着きたいから放っておいてくれ。もう行ってくれ。さっさと行ってくれよ!!」

師無渡《シーウードゥー》はついに我慢できなくなって怒鳴りつけた。

「何をふざけたことを言っているんだ！」

「風師《フォンシー》殿、何かあったのなら話してください。話してくれなければ解決も……」

霊文《リンウェン》も声をかけたが、師青玄《シーチンシュエン》は怒声を上げる。

「私の言ってることが理解できないのか!?　出てい

け、お前ら全員失せろ！　ああっ！　ああっ！」

　彼は気が触れたように咆哮《ほうこう》し、叫びながら真っ赤な血を吐き出した。

「風師殿《フォンシー》！」と謝憐《シエリェン》が声を上げる。

　ぱっと師青玄《シーチンシュエン》を掴んでしばし脈を測っていた師《シー》無渡《ウードゥー》が、たちまち鬼よりも恐ろしい形相になった。今にも彼まで血を吐き出してしまいそうだ。

「水師殿《シュイシー》、風師殿《フォンシー》はどうしたんですか？」

　そう言って謝憐《シエリェン》も手を伸ばして脈を測ろうとしたが、師無渡《シーウードゥー》は思いきりその手を打ち払って怒りの眼差しで睨みつけた。まるで師青玄《シーチンシュエン》の体がどのような状態なのか、謝憐《シエリェン》に絶対に探らせるわけにはいかないと言わんばかりだ。そしてすぐさま弟に向かって言った。

「お前は病にかかっている。怖い思いをして気が動転しているんだろう。連れて帰って治療してやるから。きっと治せる」

　だが、師青玄《シーチンシュエン》は彼の目をじっと見つめると、一字一句はっきりとこう言った。

「私は病なんかじゃない。病かどうかは兄さんが一番よくわかってるはずだ！　私がおかしくなったなんて思うな。頭はすごくはっきりしてる。こんなにはっきりしてるのは初めてだ！」

「何もわかっていないくせに、でたらめを言うな」

　師無渡《シーウードゥー》が彼を車へと引きずりながら怒鳴りつけると、師青玄《シーチンシュエン》は激しく叫び始めた。

「明兄《ミンシォン》、明兄《ミンシォン》助けて！　太子殿下助けて！」

　彼は両手を伸ばしてそれぞれ一人ずつ掴む。謝《シエ》憐《リェン》と明儀《ミンイー》の二人が伸ばされた手を握ったものの、師《シー》無渡《ウードゥー》は彼を乱暴に引きずっていった。

「行こう、もう大丈夫だ。兄さんがここにいる」

　師青玄《シーチンシュエン》は大声で喚き続けたが、裴茗《ペイミン》と霊文《リンウェン》が師《シー》無渡《ウードゥー》に手を貸して彼を押さえつける。

「弟君《おとうとぎみ》はあなたと一緒に帰りたくないと言っている！」

　明儀《ミンイー》がそう言い、謝憐《シエリェン》も続けて言った。

「白話真仙の件もまだ解決していないのに、水師殿《シュイシー》はどうなさるおつもり……」

　だが、師無渡《シーウードゥー》は厳しい声で返した。

「何が白話真仙だ。何を言っているのかさっぱりわからない。弟は病にかかって頭が混乱している、ただそれだけだ！」

「ですが、風師殿《フォンシー》は……」

言いかけた謝憐《シエリエン》の言葉を師無渡《シーウードゥー》が遮る。

「これは私の弟だぞ。私が弟のためを思わないとでも？　身内の問題なので、他人のお二方はご心配なく！　どうかむやみに口外しないよう願いたい。あなた方は自分のことに専念してくれ！」

言い終わると、すぐさま師青玄《シーチンシュエン》の顔の前で撫で下ろすようにさっと手を振り、気を失わせてから無理やり金車に連れ込む。彼の言葉は聞き苦しいもので、言われた謝憐《シエリエン》は呆気に取られてしまったが、言い分には一理あると思った。確かに師無渡《シーウードゥー》は師青《シーチン》玄《シュエン》の実の兄なのだから、その彼が師青玄《シーチンシュエン》に危害を加えるはずがない。それに、道中は他の神官二人もついているのだし、彼らと帰るのが一番安全だ。家族が顔を出したのだから、他人がこれ以上首を突っ込むのはいかがなものだろうか？

二つに裂けた風師《フォンシー》扇は誰も気に留めず床に落ちたままだったが、霊文《リンウェン》がそれを拾い上げて謝憐《シエリエン》たち二人に向かって言った。

「太子殿下、地師殿《ディーシー》、どうか気を悪くしないでください。水師殿《シュイシー》も心配のあまり取り乱してしまったのです。この件は家族の問題で、家の醜聞《しゅうぶん》を外部にさらすわけにはいきませんので、どうかお二人とも内密に願います。後日、必ずお詫びをしますので」

二言三言挨拶をしてから、霊文《リンウェン》も続いてそそくさと車に乗る。金車はゴロゴロと音を立ててその場から飛び立ち、空に昇り始めた。一筋の煙霞が少しずつ夜空に消えていくのを眺めていた謝憐《シエリエン》は、水師《シュイシー》が風師《フォンシー》をそのまま連れて帰ってしまったこと、そして自分たちはあれこれ苦労した挙げ句、ここに置いてけぼりにされてしまったのだということを、ようやくはっきりと理解した。

明儀《ミンイー》が身を翻して立ち去ろうとすると、謝憐《シエリエン》は我に返って呼び止める。

「地師殿《ディーシー》！」

明儀《ミンイー》は歩みを止めて振り返り、意味深な視線を向けた。

「安心していい。花城《ホワチョン》のことは何も言わない」

謝憐《シエリエン》はほっと息をつく。

「ありがとうございます。あなたは風師《フォンシー》殿を見に上へ？」

頷いた明儀《ミンイー》は、踵を返して進んでいく。謝憐《シエリエン》も風師《フォンシー》のことは非常に気がかりだったが、上天庭には医仙やその道の権威がいて自分よりも役に立つし、何よりきっと師無渡《シーウードゥー》は弟が正気を失っている姿を他人に見られたくないはずだ。どう考えても今は見舞いに行くのに相応しい時機とは言い難い。どちらかというと、先ほど花城《ホワチョン》が突然離れていったことの方が安心材料に乏しく、しばらく悩んだ末にやはり先に花城《ホワチョン》のところへ行くことにした。考えが決まると、謝憐《シエリエン》は傾酒台を出て飛ぶように夜道を急いだ。とはいえ、縮地千里も使えなければ銅馬金車《どうばきんしゃ》もないため、自分の足だけを頼りに山道を駆けていく。走りながら内心思った。

（三郎《サンラン》の方は何が起きたんだろう？　さっきの彼の表情や口ぶりからすると、相当深刻な事態なのかもしれない。今回は少しくらい力になれるといいんだけど）


一炷香も経たないうちに急に視界が悪くなり、前方に妖気が充満していることに気づいた。反射的に足を止め「嘘だろう。また何かに出くわしたのか？」と心の中で呟く。

道端に立って静観していると、しばらくして妖気の中から奇妙なかけ声が聞こえてきた。

「イーシューシー、イーシューシー」

「イーシューシー、イーシューシー」

前方の道の先に、非常に大きな黒い影がぼんやりと現れる。

その高く黒い影の傍らには、いくつかの揺れ動くおぼろげな影がくっついていて、いったいなんなのかわからない。謝憐《シエリエン》はこんな形状のモノを見たのは初めてだったが、とてつもなく大きいということだけは確かだ。警戒して思わず一歩下がり、左手の若邪《ルオイエ》をいつでも攻撃に出られる態勢にして、右手を芳心《ファンシン》の柄にかける。

しばらくすると、その巨大なモノが迷霧《めいむ》の中からゆっくりと姿を現した。謝憐《シエリエン》はわずかに目を見開く。なんと、それは華麗な輦輿《れんよ》〔貴人が乗る輿〕だったのだ。

その輦輿《れんよ》は極めて美しく、金色の屋形《やかた》からは精巧な房飾りが垂れ下がり、紗の仕切り幕がひらひらと揺れている。もし誰かがそこに座っていたら、その優美な赤い仕切り幕に映し出された影に、きっと人はただ思いを馳せるだろう。

そしてなんと担ぎ手は、尋常ではないほど背の高い巨大な黄金の骸骨四体で、「イーシューシー」「イーシューシー」とかけ声を上げながら先を急いでいた。どの骸骨も頭の辺りにゆらゆら動き回る鬼火をいくつか浮かばせている。どうやら照明代わりにしているらしく、暗い場所を通る度に鬼火がにわかに明るく燃え上がった。

その光景があまりにも風変わりで妖艶な雰囲気だったので、謝憐《シエリエン》は思わず見入ってしまった。これはどこかの鬼のお嬢さんが情人との逢い引きに出かけるところに遭遇してしまったんじゃないだろうかと思い、慌てて道を空ける。ところが、あろうことか四体の黄金骸骨たちは華麗な輦輿《れんよ》を担ぎながら彼の前で立ち止まり、一斉に頭蓋骨の向きを変えた。

一体の黄金骸骨が下顎《したあご》の骨をカクカク鳴らし、ガタガタと歯をぶつけながらどこからともなく人の声を発した。

「城主様の命《めい》で仙楽国の太子殿下をお迎えに上がりました。その殿下とはあなたですか？」

「……」

城主様というのはもちろん花城《ホワチョン》のことだろう。謝《シエ》憐《リエン》は剣の柄から手を離して答える。

「私です」

カッカカッカッ。骸骨たちはどうやら非常に喜んでいるようで、輦輿《れんよ》を低く下ろして言った。

「お乗りください。出発します！」

まさかこの黄金骸骨たちに担がれて花城《ホワチョン》に会いに行けというのか？

謝憐《シエリエン》は渋りつつ言う。

「それは……ちょっと申し訳ないです」

「そんなことありません。申し訳も何もこれが俺たちの仕事ですから」

「殿下、どうぞ乗ってください！　城主様があなたをお待ちです」

それで謝憐《シエリェン》は慎重に輦輿《れんよ》に足をかけると、紗の仕切り幕をめくって中に座った。

「お願いします」

黄金骸骨たちは嬉しそうに何やらカクカクと言って輦輿《れんよ》を高く担ぎ上げると、すぐに山道で上下に揺らし始めた。

輦輿《れんよ》の中には錦《にしき》の柔らかな腰掛けが設《しつら》えられていて、非常に快適だった。謝憐《シエリェン》は真ん中に姿勢を正して座っていたが、一人だとなんとなく広いような気がする。黄金骸骨たちは輦輿《れんよ》をゆっさゆっさと繰り返し上下に揺らして担いでいるように見えたが、実際に乗り込んでみると意外にもかなり安定していて進むのも非常に速く、御剣《ぎょけん》〔剣を操る術〕して空を飛ぶよりも速かった。それに、黄金骸骨たちが妙なかけ声をしょっちゅう上げることを除けばほとんど物音もせず、あのゴロゴロと音を立てて走る銅馬金車よりもずっと静かなので、神秘的で察知もされにくい。

ずっと昔、謝憐《シエリェン》がまだ太子だった頃、時折輦輿《れんよ》に乗って出かけたことがあった。あの頃はまだ幼く、父や母の膝の上に乗っていて、厳選された宮人たちに担がれて先払いや供回りを従えた様子は非常に威風があった。成長してからはあまり好んで乗らなくなったのだが、こういったモノに担がれるのは初めてで、どうしても珍しく感じてしまう。

しばらく走ると、前方の仕切り幕越しに、ほのかに燃える緑色の鬼火が大量に浮かんでいるのが見えた。ひそひそと話す声も聞こえてくる。

「誰が来やがったんだ？　この墓を通りたけりゃ、何か置いていかねぇとな？」

図らずも、野鬼《やき》〔供養されなかった鬼〕に出くわして道を塞がれてしまったらしい。しかもならず者同士、鬼同士で奪い合い、花城《ホワチョン》にまでたかってきたのだ。骸骨たちはカッカッと笑って言った。

「お前ら、何を置いていってほしいんだ？」

謝憐《シエリェン》が出ていって解決すべきか考えていたその時、野鬼たちが細く甲高い声で叫び始めた。

「ひえええっ、ごめんなさい！　俺たち目が節穴なもんで、花《ホワ》城主様の輦輿《れんよ》だなんて知らなかったんです！　墓に戻れ、全員墓の中に戻れ！　皆さん、ご自由にお通りください。どうか寛大なお心でお許しを。どうぞお通りください！」

「今さら遅い。城主様に言いつけられてるんだ。輦輿《れんよ》に座っていらっしゃるこちらの殿下の機嫌を少しでも損《そこ》ねちゃならないって。こちらの殿下はお急ぎなのに、お前らは邪魔をしたんだぞ。どうするべきかわかってるだろうな！」

　黄金骸骨の言葉に、たちまち辺り一面から泣き喚く声が上がる。本気で我慢できなくなった謝憐《シエリエン》は声に出して言った。

「あの、もうよしませんか。急いでいるのなら、放っておきましょう」

「殿下がそうおっしゃるなら、こいつらは見逃します。お前ら、これで済んで良かったな！」

「ただし、道を塞いで通行人に危害を加えないと約束するように」

　謝憐《シエリエン》に言われて、野鬼たちが喜んで答える。

「しません、しません。二度としないって約束します！　殿下、ありがとうございます！」

　骸骨たちが大声で「行くぞ！」と叫んだ。


　その場を通り過ぎる際、好奇心いっぱいでひそひそ話をする女の鬼たちの声が地の底から聞こえてくるのを謝憐《シエリエン》は耳にした――。

「ねえ、この輦輿《れんよ》に乗ってるのっていったいどこの殿下だと思う？　花《ホワ》城主が黄金輦輿《れんよ》に人を乗せたなんて話、今まで聞いたことないわ」

「女の人ならまだ想像できるんだけどね。まさか男の人だなんて、本当に不思議」

（何が不思議なんだろう？）

　謝憐《シエリエン》が内心そう思っていると、次の瞬間、その女の鬼たちはこう言った。

「そうなのよ。だってあたし前から言ってるけど、この輦輿《れんよ》って絶対に奥様を乗せるためのものよね！」

　連日あちこち駆け回っていた謝憐《シエリエン》は、輦輿《れんよ》に座るとわずかに眠気を感じて、手で額を支えながらしばし休んだ。少し経つと、輦輿《れんよ》が再び止まったことに気づき、ぼんやりした様子で尋ねる。

「どうしました？」

また野鬼に道を塞がれたのかと思っていたら、謝《シエ》憐《リエン》が尋ねた途端に輦輿《れんよ》が少し下がり、紗の仕切り幕をめくって誰かが乗り込んできた。

「兄さん？」

小さな声で呼びかけられ、謝憐《シエリエン》は少し目を擦ると薄目を開けて前を見た。

「三郎《サンラン》？」

やってきたのはもちろん花城《ホワチョン》だった。彼は寝起きでまだぼんやりしている謝憐《シエリエン》の様子を見て、わずかながら呆気に取られている。謝憐《シエリエン》は少し恥ずかしくなって座り直すと、軽く咳払いをした。

「うっかり眠ってしまったみたいだ」

すぐさま笑った花城《ホワチョン》は、同じように座ろうとする。

「疲れすぎてるんだよ。兄さん、申し訳ないんだけどちょっと詰めてもらえるかな」

謝憐《シエリエン》は頷いてできるだけ右側に寄り、花城《ホワチョン》のために少しでも場所を空けようとした。だが、花城《ホワチョン》は手を伸ばして彼の右肩を抱くと、元の場所に引き戻す。

「これで大丈夫。十分広いよ」

実際は十分とは言えなかった。この輦輿《れんよ》はなんとも絶妙に作られているというか、一人で座れば広いのだが、二人で座ると少し窮屈で、謝憐《シエリエン》の子供の頃のように一人がもう一人の膝の上に乗るのにぴったりの広さなのだ。

「さっきは本当にちょうどいい時に離れたね。上天庭から一気に神官が三人も降りてきたんだ」

謝憐《シエリエン》がそう言うと、花城《ホワチョン》はふんと鼻を鳴らした。

「毒瘤が三つも、でしょう。想定内だ」

「まさかそれが原因で逃げたとか？」

冗談めかして尋ねた謝憐《シエリエン》に、花城《ホワチョン》も冗談めかして返す。

「いや、車を呼びに行ったんだ。どうかな、兄さん。俺のこの幽冥鬼車《ゆうめいきしゃ》、上天庭の銅馬金車よりずっと面白いでしょう？」

謝憐《シエリエン》は「面白いよ、すごく」と言って少し笑ったが、風師《フォンシー》の異状を思い出すと笑えなくなり、色を正した。

「そうだ、三郎《サンラン》。さっき私に言おうとしていたことってなんなんだ？」

その拍子に二人の視線がぶつかる。花城《ホワチョン》は謝憐《シエリエン》の右肩に手を回したまま放さず、まるで胸に抱き寄せているかのようだ。輦輿《れんよ》の外から見れば、仕切り幕の向こうで二つの影がぴたりと寄り添い重なり合っているようにしか見えないだろう。その赤い仕切り幕の中で、花城《ホワチョン》が微笑んだ。

「兄さん、結婚しよう」

「……」

謝憐《シエリエン》はぽかんとしてしまう。

「……え？」

その強い視線からも、言葉からも、目と鼻の先ほどの距離では逃げ場などどこにもない。たちまち謝《シエ》憐《リエン》の目の前は色とりどりになり頭の中は真っ白になって、体まで完全に硬直した。殭屍《キョンシー》よりも硬直してしまっている。

その様子を見た花城《ホワチョン》は、腕を引いてくすくすと笑った。

「冗談だよ。兄さん、びっくりした？」

「……」

謝憐《シエリエン》はやっとのことで我に返り、こう口にした。

「……君って奴は、本当に悪戯っ子だな。そういうことを冗談で言っちゃ駄目だろう？」

びっくりしたどころではない。危うく心臓が止まりかけるほど驚いた。そして自分でも気づかないくらいの微かな憤《いきどお》りも帯びていた。

花城《ホワチョン》はハハッと笑う。

「俺が悪いね」

彼は長い両足を真っすぐ伸ばして重ね、前の方に乗せる。長靴が少し揺れると銀の鎖がぶつかり合って、チリンと澄んだ音が鳴った。やはり相当な悪戯っ子だ。以前ならば、謝憐《シエリエン》は彼のその少年の心をとても面白く、可愛いと思っただろう。しかし、今はなぜかその音に心をかき乱され、居ても立ってもいられなくなった。訳のわからない苛立ちのようなものが消えず、しばらく唖然としたあと、我慢できずに心の中でもう一度「そういうことを冗談で言っちゃ駄目だろう……」と呟く。

ただ、考えてみれば当然だ。本気ではないからこそ冗談で言うことができるのだ。

花城《ホワチョン》は謝憐《シエリエン》の表情がいつもと違っていることに気づくと、ぱっと姿勢を正した。

「殿下、気にしないでください。今のはこちらに非があります。二度とこんな冗談は言いません」

彼がそんなふうに丁寧に謝るのを見て、謝憐《シエリェン》は逆に気がとがめてしまった。

（私は馬鹿じゃないのか。ただの冗談なんだから、全然大したことじゃないだろう。それに三郎《サンラン》はただ『結婚しよう』って言っただけで、別に誰と結婚するとは言ってないのに、どこまで先走ってるんだ。さっさと戻ってこい！　ただちに！　今すぐ！）

心の中で自分に思いきり平手打ちを数回食らわせ、少し気持ちを落ち着かせると、謝憐《シエリェン》は笑って言った。

「いやいやいや、君は何か悪いことをした？　私の表情が少し怖かったかもしれないけど、風師《フォンシー》殿のことを考えていただけだから、誤解しないで」

「そう？　水横天まで降りてきたなら、あいつの件はもう解決だと思うけど」

二人とも極力調子を合わせて会話を進める。謝《シエ》憐《リェン》は真剣に考え始めたが、そっと首を横に振った。

「三郎《サンラン》、君はこの件が解決したって本当に思ってる？　なんとなくだけど、これはまだ始まりにすぎないんじゃないかと思うんだ」

師青玄《シーチンシュエン》はこれまでずっと兄を深く敬愛してきたのに、先ほどは危険な状態を脱してその顔を見た途端、あんな反応を見せた。謝憐《シエリェン》の脳裏には、ある恐ろしい考えが浮かんでいた——師青玄《シーチンシュエン》を騙して扉を開けさせたのは師無渡《シーウードゥー》なのではないか？

師無渡《シーウードゥー》はあの時、霊文《リンウェン》や裴《ペイ》将軍たちと一緒にいたはずだ。だが、法力が高く優れた神官ならば、分身の術を使って何かをするのもそう難しいことではないだろう。謝憐《シエリェン》は自分のわずかな懸念や推測を続けて花城《ホワチョン》に説明しようとした。ところがその時、花《ホワ》城《チョン》がこう言った。

「いや、この件はもう終わったんだ」

そのきっぱりとした口調に、謝憐《シエリェン》は唖然として「三郎《サンラン》？」と口にする。

「兄さん、俺を信じる？」

花城《ホワチョン》は謝憐《シエリェン》をじっと見つめ、謝憐《シエリェン》もまた彼をじっと見つめ返した。

「信じるよ」

すると、花城《ホワチョン》はゆっくりと告げた。

「だったら信じて――風師《フォンシー》、水師《シュイシー》、地師《ディーシー》、霊文《リンウェン》、裴茗《ペイミン》。この五人の神官とはできるだけ距離を置いた方がいい」

そのあと、道中で謝憐《シエリエン》はずっと思い悩んでいた。あれから二言三言話をしたが、花城《ホワチョン》の言葉はどれも暗に「言うべきことは全部言った」と言っているように感じられて、謝憐《シエリエン》も余計なことは聞かなかった。

そうして菩薺観に帰り着いたのは夜明け前だった。扉を押し開けると、鍋や碗などの炊事道具は整然と片づけられ、郎蛍《ランイン》と谷子《グーズー》、戚容《チーロン》は部屋の中で布団を被って寝ていて非常に穏やかだった。見たところ、謝憐《シエリエン》がここを出たあと誰かが細やかに面倒を見てくれて、既にひっそりと立ち去ったようだ。

今回謝憐《シエリエン》が帰ってくると同時に訪れたのは、大量の祈願だった。

今まで菩薺観でこれほど多くの祈願を受けたことはなかったし、お礼参りに来た例の富商が彼の美名を広めてくれた功績だとも思えない――そう、この前の町の富商が、ついに約束を果たしにやってきたのだ。

ただ、来るには来たものの、彼は謝憐《シエリエン》が目立つ所に置いた看板にはまったく気づかなかったか、あるいは敢えて見て見ぬふりをしたようで、約束していたいくらかの奉納はなかったことにされていた。今回やってきた一番の目的は感謝の印に錦織りの旗を贈ることで、彼は菩薺村の村人全員の前で礼を尽くして謝憐《シエリエン》に旗を手渡した。何も考えずに広げてみた謝憐《シエリエン》は、即刻元通りに畳み直した。だが、旗に大きく書かれた「胎児救出の名手」という言葉は、彼の脳裏に深く刻み込まれることになった。

「?」

富商を見送りつつ謝憐《シエリエン》はため息をこぼした。日々倒壊の危機を感じているこの家は、本当にいつになったら修繕できるのだろうかと内心思う。傍らで扉に寄りかかっていた花城《ホワチョン》は、彼のため息の理由を察したように言った。

「ずっと前から言いたかったんだけど、兄さんがもしこの家に安心して住めないんだったら、別の場所に引っ越せばいいんじゃないかな」

謝憐《シエリエン》は首を横に振る。

「簡単に言ってくれるなぁ、三郎《サンラン》。じゃあどこに引っ越すんだ？」

「なんなら俺のところに来ればいいよ」

笑って言った花城《ホワチヨン》のその言葉は、もちろんただ適当に言ってみただけではないだろうと謝憐《シエリエン》にはわかっている。だが、あの夜の「冗談」がなぜか彼の心に少しの影を落としていて、こんなふうに花城《ホワチヨン》が「冗談」めかした表情で口にする言葉を軽く受け止めることができなくなっていた。謝憐《シエリエン》は俯いて小さく笑うと、そのまま有耶無耶《うやむや》に流した。

受け取った祈願はどれも、うちの老いた黄牛《こうぎゆう》が脚に怪我をして畑仕事ができなくなったとか、嫁が妊娠して田んぼ仕事の人手が足りないとか、そういったものばかりだったが、とにもかくにもすべて祈願だ。信徒たちの祈願には一視同仁《いつしどうじん》でなければならない。二日後、謝憐《シエリエン》は祈願に応じてすぐに村へ赴き、畑を耕《たがや》し田植えを手伝った。

花城《ホワチヨン》は菩薺観に泊まっているため、当然謝憐《シエリエン》について遊びに来た。力仕事なので、彼には田んぼに入ってほしくなかった謝憐《シエリエン》だったが、根負けして一緒に粗衣《そい》に着替えると、袖口と下衣の裾をまくり上げて田んぼに入った。

遠くを見渡すと、澄みきった青空の色をした田んぼが一面に広がり、忙《せわ》しなく働く農家の人々が大勢あちこちに散らばっている。その中に、ひときわ目立つ姿が二つあった。

たとえ謝憐《シエリエン》の粗衣を身に纏っていても、花城《ホワチヨン》の風采は少しも隠すことができない。むしろ、そのみすぼらしい服がかえって彼の顔や体型を際立たせていると言った方がいいだろう。二人とも色白で、美しい腕とすらりとした脛をしていて、頭や顔を土まみれにした農家の人々の間で、目を奪われるほどの美しい風景を作り上げている。粗野でだらしない男ばかり見てきた村の女たちが頬を赤らめ、胸をときめかせながらしきりに盗み見るので、植えている苗の列が弓なりに歪んでしまい、あとで笑いの種になるほどだった。

花城《ホワチヨン》の肌はほとんど血色のない白さだった。謝憐《シエリエン》はというと、白さの中に潤いのある赤みが差していて、しかも生まれつきの体質なのか、汗が滴れば滴るほど肌が玉のように透き通って白く輝く。太陽の光が頭上からじりじりと照りつける中でしばらく作業をしていると、全身の肌が白から薄紅色になるほどだった。乾いた暑さは耐え難く、謝憐《シエリエン》は首筋に流れ落ちた玉の汗をしきりに拭った。鬼は陰の気を好み日光を避けたがるものなので、おそらく花城《ホワチョン》はもっと不快だろうと思い、振り返って様子を眺める。案の定、花城《ホワチョン》もゆったりと背筋を伸ばしていて、両目を細めながら手をかざして日光を遮り、その右手が眉間に落とす影の中からじっとこちらを見つめていた。

謝憐《シエリエン》は近づいていって笠を彼の頭に被せる。

「ちゃんと被って」

花城《ホワチョン》は一瞬ぽかんとしたが、すぐさま目を細めて笑った。

「わかった」

田んぼに入ったのは面白そうだからだと花城《ホワチョン》は言っていたが、いざ作業を始めると謝憐《シエリエン》よりもずっと速かった。速くて丁寧、かつ非常に手際がいい。半時辰後、謝憐《シエリエン》の側の田んぼはまだ植え終わっていないにもかかわらず、既に腰がだるくて背中が痛くなっていた。体を起こして腰を軽く叩いていると、すぐにあちら側から花城《ホワチョン》が手伝いにやってくる。謝《シエ》憐《リエン》が見ていると、あっという間に彼は音も気配もなく一人で広い田んぼに苗を植え終えた。一本一本植えられた緑色の苗が整然と並んでいる様子は、非常に可愛らしい。謝憐《シエリエン》は心から感心して言った。

「三郎《サンラン》、君は本当になんでも覚えが早いんだな。私の手伝いはいいから、あっちで座って水でも飲んで休んでいて」

それで花城《ホワチョン》は水を取りに畦《あぜ》道へ向かう。その時、横でずっと見ていた村長が親指を立てて言った。

「道長、あれはどこの若者なんです？　ずいぶん働き者だし、すごいじゃないですか！　一人で数十人分は働いてくれていますよ！　年頃の女の子がもし彼に気に入られたら、そりゃあもう幸せでしょうね！」

謝憐《シエリエン》は「ぷっ」と笑いだした。それからそう経たないうちに、案の定何人かが謝憐《シエリエン》にこっそりと尋ねてくる。

「ねえねえ、道長。あなたの観に住んでいるあの子、どこから来たんですか？　結婚はしてますか？　家に奥さんはいませんよね？」

「きっといないって、あんなに若いんだから！」

謝憐《シエリエン》は泣くに泣けず笑うに笑えず、曖昧に答える。

「それは……そうですね。若いですから、そういうことは今のところ考えていないんじゃないでしょうか」

すると数人が慌てて言った。

「そんなの駄目でしょう？　若いからこそできるだけ早く決めておかなきゃ」

「道長、これはちょっと説得した方がいいんじゃないですか。男は早めに落ち着いた方がいいって言うし、何をするにもまずは所帯を持たないと」

「そうそう、若いんだし！　焚きつければ火がつきそうな年頃じゃないですか！　寂しさに耐えられませんって！」

この数人は皆、家に娘がいて、状況を知りたがっているのだ。謝憐《シエリエン》が穏便にやり過ごそうとしていると、花城《ホワチョン》が竹筒を持ってやってきて一言こう言った。

「結婚してる。家にはもう妻がいる」

それを聞いた数人は心底がっかりしたが、それでも食い下がる。

「どこの家の娘と結婚したんだ？　お兄さん、ちょっと教えてくれない？」

「私たちを騙そうっていうんじゃないよな」

「きっと美人で気立てもいいんだろう？」

花城《ホワチョン》は眉を跳ね上げて答えた。

「ああ、もちろん。美人で、しかも才徳兼備《さいとくけんび》。子供の頃から好きだった金枝玉葉《きんしぎょくよう》の貴人だ。何年もずっと好きで、千辛万苦《せんしんばんく》を重ねてやっと追いついて受け入れてもらえた」

彼は大真面目に言っていて、少しも偽っているようには見えない。数人はもう見込みがないと諦めるしかなく、非常に残念そうに散っていった。少しぼんやりとしながら耳を傾けていた謝憐《シエリエン》に、花城《ホワチョン》が布巾と竹筒を差し出す。

「水を飲まない？」

謝憐《シエリエン》は布巾を受け取って泥まみれの両手を軽く拭

い、それから竹筒を受け取ると、数口飲んで彼に返した。無意識のうちに、手の中にある布巾を握ってくしゃくしゃの塊にしては何度も拭う。しばらく黙り込んでいたものの、やはり我慢できずに尋ねた。

「……本当なのか？」

花城《ホワチョン》は竹筒を受け取り、自分も一口飲んでごくりと喉仏を上下させると、顔を元に戻して聞き返した。

「ん？　何が？」

額や頬までもが照りつけられて熱くなるほどで、謝憐《シエリエン》は日差しが少し強すぎないかと思った。袖をたくし上げて額の汗を軽く拭い、できるだけさり気なく笑顔で尋ねる。

「家にはもう奥さんがいて、美人で、しかも才徳兼備で、子供の頃から好きだった金枝玉葉の貴人で、千辛万苦を重ねてやっと追いついて受け入れてもらえたって」

「ああ、嘘だよ」

謝憐《シエリエン》は自分でも気づかないうちにほっと息をついていた。今度は心から笑って、この前の花城《ホワチョン》の口調を真似る。

「嘘ばっかり」

花城《ホワチョン》はにっこり笑ってまた言った。

「でも、全部が嘘っていうわけでもない。俺がまだ受け入れてもらえてないんだ」

その言葉を聞いて謝憐《シエリエン》はきょとんとしたが、花《ホワ》城《チョン》は既に踵を返して作業の続きをしに行っている。

謝憐《シエリエン》はその場で少しの間呆然とし、やっと腰を曲げてゆっくりと作業を再開した。なぜだかわからないが、なんとなく心が塞いでもやもやするような気がする。しばらくして、うっかり自分が植えた苗の列が途中から曲がってしまっていることに気づき、思いに耽っていた自分を慌てて引き戻した。

田んぼで作業をしながら、謝憐《シエリエン》はこっそり風師《フォンシー》との通霊を試みた。風師《フォンシー》たちにはこれ以上近づかない方がいいと花城《ホワチョン》に忠告されたが、謝憐《シエリエン》にはやはりできなかった。ここ数日、数えきれないほど試してみたものの、一度も成功していない。心の中で何度口令を唱えても向こうからはなんの反応もなく、そこにあるのはしんとした死のような静寂だけだった。

それで、今度は霊文《リンウェン》に通霊して尋ねてみることにした。

「霊文《リンウェン》、風師殿《フォンシー》は今どんな様子ですか？」

霊文《リンウェン》の方はすぐに繋がって、謝憐《シエリエン》の耳元で声が響く。

「風師殿《フォンシー》ですか？　多少は良くなったかと思います」

謝憐《シエリエン》は彼女が本当のことを言っていないと直感したが、問い質すことはせずに、ただあとで上に行って見てみようと決心した。

その時、また霊文《リンウェン》の声が聞こえてきた。

「そうでした、水師殿《シュイシー》が人を遣ってあなたへ贈り物を届けさせたそうです。既に到着していますので、太子殿下、忘れずにご確認ください」

謝憐《シエリエン》は唖然として言った。

「贈り物？　そんな必要はありませんよ。功《こう》もないのに禄《ろく》など受け取れませんから」

「謙遜《けんそん》も遠慮もなさらないでください。風師殿《フォンシー》は衝動に任せてすぐに仲間を巻き込むのです。あなたはあんなに長いこと彼にあれこれつき合わされたのですから、人情から言っても道理から言っても受け取って当然です。水師殿《シュイシー》はほんの気持ちばかりだと言っていましたし、そのまま受け取ってください」

謝憐《シエリエン》にはやはり少々適切ではないように思えて、ただ気に留めておきますとだけ伝えた。一段落ついて後片づけも終えると、花城《ホワチョン》は村長宅の鋤《すき》の修理を手伝いに行き、謝憐《シエリエン》は先に菩薺観へ戻った。花城《ホワチョン》が「無駄飯食《むだめしぐ》らい」と呼んでいる三人は既に菩薺観の裏に移されていて、謝憐《シエリエン》は「贈り物？　どこだ？」と思いながら部屋の中をぐるりと探した。

功徳箱の底の隙間に落ちてしまったのかもしれないと思い、袖をまくって功徳箱をどけようとしたが、あろうことか動かそうとしても微動だにしない。功徳箱はずっしりと重く、まるで床に根を下ろしているかのようだ。謝憐《シエリエン》は何がなんだかわからないまま鍵を取り出して錠を開ける。蓋を開けた途端、きらきらと輝く金色の光に目が眩《くら》んでしまった。

功徳箱の中には、なんと金の延《の》べ棒がびっしりと隙間なく詰められていて、ざっと見た感じでは少なく見積もっても千万功徳に交換できるほどだ！

謝憐《シエリエン》は「バンッ」と蓋を思いきり閉じると両手で

きつく押さえつけ、心の中で「ほんの気持ちばかり？」と呟いた。

訳もなくこれほど価値のあるものを贈るなんて、もしかするとこれは口止め料ではないだろうか？

初めは謝憐《シエリエン》も、もし本当にほんの気持ちばかりの贈り物で、例えばそれが法力を含んだ霊玉の佩環《はいかん》〔腰につける輪の形をした玉の装身具〕の類いなら受け取った方がいいかもしれないと考えていた。さすがにそのまま送り返したりすれば師無渡《シーウードゥー》の体面を傷つける可能性があるし、相手は気位《きぐらい》の高い水師《シュイシー》なので、返さない方が妥当だろうと思ったのだ。しかし今となっては、なんというか、さすが財神だけのことはある。まさかこれほど大きな箱一つ分の金の延べ棒だったとは。これはなんとしても送り返さなければならなくなった。

ちょうど上天庭に行って風師《フォンシー》の様子を見てくるつもりでいたし、花城《ホワチョン》もすぐには帰ってこないだろう。そう思って書きつけを残すと、謝憐《シエリエン》は人を押し潰せるほど重い功徳箱を背負ってすぐに出発した。

ところが、仙京に着くとてんやわんやの大騒ぎで、謝憐《シエリエン》は思わず目を見張った。歴《れっき》とした神武《シェンウー》大通りのあちこちに窪みができていて、地面がでこぼこになっている。大勢の若い神官たちが忙しく駆けずり回っていて、深い窪みのそばでしゃがみ込んだ霊文《リンウェン》は、頭が痛いのかこめかみのつぼを押していた。

「真君、これはどういうことですか？」

謝憐《シエリエン》は近づいていって声をかけた。

顔を上げた霊文《リンウェン》が、彼の背中にある巨大な功徳箱に驚いて問いかける。

「太子殿下、そんなに大きな功徳箱を背負ってどうしたんですか？　どういうことかとお聞きになりました？　はぁ、もう大変なのです。南陽《ナンヤン》将軍と玄《シュエン》真《ジェン》将軍が喧嘩になりまして、互いの仙府まで壊してしまって」

風信《フォンシン》と慕情《ムーチン》が？　謝憐《シエリエン》は不思議そうに尋ねた。

「二人はまたどうして喧嘩を？」

「前回の胎霊の件以外に何があるのですか。何名かの武神が評議を開いてあの鬼の母子の処遇を話し合っていたのですが、南陽《ナンヤン》将軍は胎霊を法宝の錬成に使おうと提案したのです。何しろ、あのモノは本当に多くの人間に危害を加え命を奪っていますから。ですが、玄真《シュエンジェン》がそれに反対しまして、その言い方がですね、少々人の神経を逆撫《さかな》でするものと言いますか。それで南陽《ナンヤン》が、今までそんなに寛大だったことなんてないくせに、何かやましいことでもあるのかとかなんとか言ったのです。太子殿下もご存じかと思いますが、彼らは終始あんな調子ですから、たった二言三言で外に出て戦い始めました。見てくださいよ、ここまでやりますか？　以前から言っていますが、あなた方武神のこういう習慣には本当に感心しません。仙京の今年の修繕費が恐ろしくて、先ほど半分ほど計算しましたがすべて忘れてしまいました。本当にもう……」

「では……ゆっくり計算してください。私はちょっと風師《フォンシー》殿の様子を見に行ってきます」

彼女が本当に頭を痛めているのを見て謝憐《シエリェン》がそう言うと、霊文《リンウェン》は顔を上げた。

「風師《フォンシー》殿？　やめておいた方がいいですよ、太子殿下。風師《フォンシー》殿は今、面会謝絶です」

「多少は良くなったと言っていませんでしたか？」

「水師《シュイシー》殿がそう言ったのです。面会謝絶だと言ったのも水師《シュイシー》殿です。今は私ですら風師《フォンシー》殿に会うことはできません。もうしばらく休養が必要だと思いますので、殿下、行かない方がいいと思います。ところで、その功徳箱は……」

謝憐《シエリェン》は「ドカッ」という音とともに功徳箱を下ろした。

「では、お手数ですがこれを水師《シュイシー》殿にお返ししておいてください。功もないのに禄は受け取れません。たとえ何もいただかなくても、この謝憐《シエリェン》は言うべきでないことを口にしたりしませんから」

箱を捨てると身軽になって、彼はそそくさと立ち去っていく。霊文《リンウェン》が後ろから何度か呼びかけたものの返事はなく、諦めた彼女はまた俯いて足元の深い窪みに頭を痛めた。

ただ、謝憐《シエリェン》は立ち去りはしたが、当然そのまま下界には降りずに、こっそり仙京にある風師《フォンシー》と水師《シュイシー》の仙府に向かった。

この仙府は中も外も護衛によって十重《とえ》二十重《はたえ》に警備されているが、この程度なら謝憐《シエリェン》には造作もない。

前回、師青玄《シーチンシュエン》に連れられて入ったことがあるので、風師《フォンシー》の寝殿の方角と位置はだいたい覚えていた。塀を乗り越え、高所を歩いたり忍び足で進んだりして、ほどなくすると辿り着くことができた。唯一の心配は、風師《フォンシー》が彼の兄によって他の場所へ移されてしまって、今はここにいないかもしれないということだ。

幸いその心配は杞憂《きゆう》に終わった。屋根によじ登って死角を見つけると、足を軒《のき》にかけて逆さまになり寝殿の中を覗き込む。その瞬間、謝憐《シエリエン》は愕然とした。

なんと、師青玄《シーチンシュエン》は自分の寝台の上にがんじがらめに縛りつけられていて、今ももがき続けていたのだ。そして、師無渡《シーウードゥー》は寝台のそばをゆっくりと行ったり来たりしている。その手には黒々とした何かが入った碗があった。彼はしばし足を止めたあと、ふいに近づいて師青玄《シーチンシュエン》の口の中にそれを無理やり流し込んだ。

第五十八章　人行於隧剣懸於頂

人は地下から、剣は頭上から

　師青玄《シーチンシュエン》は顎を掴まれて数口流し込まれたが、思いきりむせるようにゲホゲホと大半を吐き出し、胸元が汚れた。彼は叫び声を上げると頭上の碗に向かって頭をぶつけ、その拍子に碗がひっくり返る。師無渡《シーウードゥー》の顔にどす黒い怒気《どき》が浮かび上がった。

「そうやって落とせばいい！　何度でも！　心配しなくても薬はいくらでもある。お前が一杯落とそうがまた二十杯持ってきてやる。飲むまで流し込むからな！」

「ああっ！　私に構わないで！　もうどうなろうが放っておいて！」

　師青玄《シーチンシュエン》が咆哮するように叫ぶと、師無渡《シーウードゥー》は厳しい声で言う。

「私はお前の兄だぞ。私以外に誰が構うと言うんだ!?」

　師青玄《シーチンシュエン》は口を噤み、壁の方へと顔を背けた。しばらくすると師無渡《シーウードゥー》は寝台の縁《ふち》に腰を下ろし、口調を和らげて告げる。

「お前の扇を直してくる」

「あれはもういらない」

　風師《フォンシー》は絶品の法宝である風師《フォンシー》扇を大層気に入っていて、何かにつけて取り出しては弄び、雪が舞う真冬の空の下でもお構いなしでゆらゆらとあおいでいた。それなのに、今はなんといらないと言っている。謝憐《シエリエン》は聞けば聞くほど奇妙だと感じた。

「いらないのならそれもいいだろう。せっかくだから新しい法宝を一つ錬成してやる」

　すると師青玄《シーチンシュエン》は顔の向きを戻して叫ぶ。

「新しいのもいらない！　私を解放して下に行かせて」

　師無渡《シーウードゥー》も彼の方を向いた。

「下に行くだと？　下のどこへ行くんだ？」

「下の人界に行く。もうこれ以上、上天庭にいたくない。私はもう神仙なんてやりたくない！」

　師無渡《シーウードゥー》の白くて美しい額の端に突然青筋が盛り上

がった。

「笑わせるな！　神仙をやめて人界に行くだと？　お前は人界が何かいいところだとでも思っているのか？　恥をさらすような真似はやめろ！　どれほどの人間が飛昇を望んでいるか、その者たちがどれほどの歳月待ち焦がれたか、上天庭に入りたいと願う神官が中天庭にどれほどたくさんいるか、お前は知らないようだな！」

師青玄《シーチンシュエン》は怒号《どごう》する。

「そうだよ！　そんなの知らない！　私は遊侠《ゆうきょう》の徒《と》や散仙《さんせん》〔属するもののない仙人〕になりたいんだ。それのどこが駄目なの!?」

「駄目だ！　遊侠だの散仙だの、夢でも見てろ！　私は……」

その時、師無渡《シーウードゥー》の顔色が一変した。どうやら通霊が届いて何か報告を受けたらしい。彼はぱっと立ち上がり、こめかみに指を二本当てて聞いていたが、見る見るうちに表情が険しくなっていく。しばらくして、師青玄《シーチンシュエン》に向かって言った。

「これ以上面倒をかけるな！　私はここのところ忙しくてお前に構っている暇がないんだ！　三つ目の天劫を乗り越えたら、もう二度とこんなおふざけは許さないからな！」

言い終えるなり、袖を振って足早に寝殿を後にする。

彼が遠くに離れていくと、謝憐《シエリエン》は物音を立てることなくそっと飛び降り、窓を押し開けて入ろうとした。ところが、禁制が張られているのだろうか、どう押してもびくともしない。万が一異常を知らせる法術が施されていてはまずいと思い、無理にこじ開けることはせずに声を抑えて呼びかけた。

「風師《フォンシー》殿、風師《フォンシー》殿？」

寝台の上でびくっと反応した師青玄《シーチンシュエン》は、顔の向きを変えると大喜びで言った。

「太子殿下!?」

「私です。どうなっているんですか？　扉も窓も開けられないので、他の方法で入ってもいいでしょうか？」

通常の方法で扉と窓を開けられない場合、武神がどうやって部屋の中に入るかは考えなくてもわかるだろう。師青玄《シーチンシュエン》は慌てて止めた。

「駄目駄目、やめてくれ！　絶対に壊さないで！　扉も窓もすべて法術が施されてるから、無理やり押し入ったりしたら風水府中《フォンシュイ》にバレる。私と兄さん以外は内側からしか開けられないんだ」

「でも、あなたはそんなふうに縛られているじゃないですか？」

師青玄《シーチンシュエン》は必死でもがきながら言う。

「殿下、ちょっと待ってて！　この縄を引きちぎるから……」

「……」

彼が寝台の上で転げ回り、体を海老《えび》のように丸めたり鉄板のように真っすぐ伸ばしたりして大層難儀しているのを見て、謝憐《シエリェン》は小声で励ました。

「頑張ってください、風師殿《フォンシー》！」

師青玄《シーチンシュエン》を縛っている縄は、ざっと見た限りでは法宝や霊器などではないようで、風師《フォンシー》の法力なら軽く指を曲げるだけですぐに切れそうだ。なのに、どうしてそこまでやってもまだ切れないのだろうか？　まさか師青玄《シーチンシュエン》は本当に重い傷を負っていて、この程度のものすら振り切ることができなくなっているのだろうか？

まさにその時、師青玄《シーチンシュエン》の寝台の下から突然異様な物音が聞こえ、一本の手が上へと伸びてきた。謝《シエ》憐《リェン》は驚きのあまり頭皮が爆発しそうなほどぞっとした。

「風師殿《フォンシー》、気をつけてください！　寝台の下に誰か潜んでいます！」

「なんだって⁉」

師青玄《シーチンシュエン》も顔色を変えたが、その言葉を言い終わらないうちにたちまち黒い影が下から素早く這い出し、寝台の前に立って彼を見下ろす。

その人物は黒衣を纏い、鬼の面を被っていた。いつからこの寝台の下に隠れていたのか、何をしようとしているのかまったくわからない。師青玄《シーチンシュエン》は寝台にがんじがらめに縛りつけられて必死でもがきながら抜け出そうとしているし、謝憐《シエリェン》は禁制に阻《はば》まれて中に入ることができず、まさにこの上ない危機的状況だ。

謝憐《シエリェン》が窓を破って押し入ろうとした瞬間、その人物が鬼の面をさっと上にずらし、声を抑えて「黙れ！」と言うのが見えた。

師青玄《シーチンシュエン》が目を大きく見開く。

「明兄《ミンシオン》？　明兄《ミンシオン》！　明兄《ミンシオン》、嘘だろ相棒！　早く！　解くのを手伝って！」

明儀《ミンイー》は彼の体を縛っていた縄を片手で引きちぎった。手足を軽く動かしてみた師青玄《シーチンシュエン》は、起き上がると急いで窓を開け、謝憐《シエリエン》の両手を掴んで激しく振る。

「太子殿下！　私のことを覚えていてくれてありがとう！」

謝憐《シエリエン》は彼の肩をトントンと叩き、軽やかに窓枠を飛び越えて寝殿の中に入った。

「この寝殿には禁制があるんですよね？　地師《ディーシー》殿はどうやって入ってこられたんですか？」

「本業だからな」

そう言うなり明儀《ミンイー》は何かがおかしいことに気づいたらしく、床から縄を拾い上げて眺めると、顔を上げて師青玄《シーチンシュエン》に尋ねた。

「たかがこれくらいのものが振り切れなかったのか？」

謝憐《シエリエン》もよく見てみたが、その縄は法宝とはほど遠い、ただの普通の縄だった。強力な法力を持つ風師《フォンシー》が、こんな一山いくら程度のものに長い間束縛され、しかも振り切れないなどあり得るだろうか？

師青玄《シーチンシュエン》の顔が強張ると、明儀《ミンイー》は突然彼の左手首を握る。その表情は次第に冷たく険しいものになっていった。

「どういうことだ？」

謝憐《シエリエン》も師青玄《シーチンシュエン》の右手首を握ってしばし脈を測り、愕然とした様子で言う。

「風師《フォンシー》殿、どうしてこんなことに？」

なんと師青玄《シーチンシュエン》の体内には、法力が少しもなかったのだ！

謝憐《シエリエン》はすぐにはっとした。

「あの碗の薬ですか？」

師無渡《シーウードゥー》が先ほど彼に無理やり流し込んでいた水薬《すいやく》、そして師青玄《シーチンシュエン》の抵抗する素振りを思い出し、謝憐《シエリエン》は即座にしゃがんであの薬を調べようとする。ところが、師青玄《シーチンシュエン》は「違う」と口にした。

確かに問題は薬ではなかった。謝憐《シエリエン》は医学に少々通じているため、においを嗅いでみてこれは間違いなく鎮痛鎮静の煎《せん》じ薬だろうとわかった。睡眠を促す効果も多少あるかもしれないが、別におかしなことでもない。思えば傾酒台にいた時、師無渡《シーウードゥー》が弟の手首を掴んだ途端にあんな表情を見せたのは、あの時にもう気づいていたからだろう。彼が師青玄《シーチンシュエン》にこの薬を与えたのは当然弟のためを思ってのことだろうが、なぜか当の師青玄《シーチンシュエン》はそれをまったくありがたく思っていない。

　師青玄《シーチンシュエン》が謝憐《シエリエン》からの通霊に返事をしなかったのは無理もない話だ。あれほど高く優れていた本来の法力を今はすべて失ってしまい、これでは下界の人間となんら変わらない。謝憐《シエリエン》は思わず「風師《フォンシー》殿、貶《へん》謫《たく》されたんですか？」と口走ってしまった。

　そうでなければ、どうして突然こんなことになったというのだ？　しかし、彼の体に呪枷はない。それに、もし貶謫《へんたく》されたのならそれを隠し通せるわけもなく、瞬く間に上天庭と中天庭全体に広まるはずだ。師青玄《シーチンシュエン》は青褪めた顔でどうやら立っていられないようで、謝憐《シエリエン》は力一杯に彼を支えながら言った。

「水師《シュイシー》殿はどうしてあなたを縛ったんですか？」

　そう聞かれて師青玄《シーチンシュエン》はようやく我に返る。

「そうだ、兄さんだ。兄さんがいないうちに早く行かないと。とにかくここを出てから話そう！」

　言い終えるとすぐに彼が寝台の下に潜り込んだため、謝憐《シエリエン》はしゃがんで呼びかけた。

「風師《フォンシー》殿！」

　なんと、寝台の下には穴が一つあって、どこに通じているのかわからないが中に潜り込んだ師青玄《シーチンシュエン》の姿はすぐに見えなくなった。続いて明儀《ミンイー》も頭を下げて入っていこうとする。謝憐《シエリエン》は少し考え、やはりついていこうと決めたが、明儀《ミンイー》が引き返してきて言った。

「太子殿下、これ以上関わるな」

　制止され、謝憐《シエリエン》は一瞬ぽかんとした。

「風師《フォンシー》殿は義を重んじて何度も私を助けてくれました。今度は彼が困っているのに、私が知らん顔をするわけにはいきません」

「あいつは普段から義を重んじた公平な発言を数え

きれないほどしているが、何か事が起きても大多数は見て見ぬふりをする」

「他の人がどうでも私には関係ありません。この件のいきさつをはっきりさせて、私の助けが必要ないことがわかれば、もちろん何も聞かずに身を引きます」

するとと、寝台の下から師青玄《シーチンシュエン》の声が聞こえてきた。

「君たちはまだ来ないのか？　穴が塞がっちゃうよ！」

確かに、寝台の下の穴が徐々に小さく縮んできている。その様子を見て明儀《ミンイー》は素早く中に入り、謝《シエ》憐《リエン》も後に続いた。三人で明儀《ミンイー》が掘った抜け穴の中を這っていき、謝憐《シエリエン》が振り返ってみると入り口は既に閉じていた。なんとも不思議に思い、謝憐《シエリエン》は小声で尋ねた。

「地師《ディーシー》殿、この地下道はどうやって掘ったんですか？　まさか仙京の仙府の下に穴を開けられるなんて、聞いたこともありませんでした」

周知の通り、仙京の地盤は人界の土とは比べものにならないほど強固だ。

尋ねてみてようやくわかった。実は地師《ディーシー》こと明儀《ミンイー》はもともと腕利きの職人で、その生涯において橋を架け、道を作り、山を切り開き、建物を建て、数えきれないほどの幸福をもたらした故に飛昇した。それで今は人界で何か大きな工事があれば、鍬《くわ》入れの前に皆が地師《ディーシー》を拝み、工事が順調に進むよう願うのだという。

彼は飛昇したあと、ある法宝を錬成した。それが月牙鏟《ユエヤーさん》だ。噂によると、この神鏟《しんさん》をもってすれば崩して平らにできない山も、掘れない穴も、入れない建物もこの世にはないらしい。彼が鬼市に潜伏していた当時、これがあったことは非常に有利で、密室があればそのまま鏟《さん》で掘り、しかもそのあと元通り塞ぐことができる。前回、もし三升《しょう》の血を吐くほど花城《ホワチョン》に殴られておらず法力も損なっていなければ、ひょっとするとその宝鏟《ほうさん》を使って地下牢から逃げ果《おお》せたかもしれない。

地師《ディーシー》はこれまで一度も他の神官の仙府でこの鏟《さん》を試したことがなかった。見せびらかすこともなく常にしまっているのだが、その方がいいだろう。上天庭の神官たちの法宝は、書物や筆、宝剣、扇、古琴《こきん》や短笛《たんてき》などどれも風雅で瀟洒なものばかりだ。もしその中に一日中鏟《さん》を担いだまま出入りする神官がいたら、かなり無骨《ぶこつ》で浮いてしまうに違いない。

聞き終わって、謝憐《シエリエン》はついこう思った。老朽家屋の菩薺観を一日も早く修繕したいなら、地師《ディーシー》を拝むべきではないだろうか？

しばらく這って進んでいくと、前方で明儀《ミンイー》が師青《シーチン》玄《シュエン》に尋ねている声が聞こえた。

「白話真仙の仕業か？」

謝憐《シエリエン》もそれが知りたかった。もし本当に白話真仙が師青玄《シーチンシュエン》をこんなふうに害したのだとしたら、その事実が外に漏れれば必ずや天界を震撼《しんかん》させ、極めて大きな恐怖を生んでしまうだろう。短時間で神官の法力を失わせ、俗世の凡人に貶《おと》しめる妖魔！　誰もが危機感を覚えるだろうことは想像に難くない。師《シー》青玄《チンシュエン》はしばらく沈黙したが、これほど深刻な事柄にもかかわらずこう答えた。

「誰がやったにせよ、この件はここまでだ」

こんな反応を見せるなんて、あまりにもおかしい。もし嵌められたのなら、どうあってもこのような態度を取るはずがないし、特に師青玄《シーチンシュエン》という人は決して黙ってやられるような質《たち》ではないのだ。

一瞬、謝憐《シエリエン》の脳裏に良くない推測がよぎった。良くないが、すべてのことに説明がつく。

その時、明儀《ミンイー》が突然「声を出すな」と言った。

地下道の中にいた三人は一斉に息を殺す。明儀《ミンイー》は掌心焔《しょうしんえん》を一つ出して手のひらに乗せた。わずかな光が狭い場所を明るく照らし、他の二人は彼に目を向ける。

明儀《ミンイー》は通霊しようとしたようだが、今の師青玄《シーチンシュエン》は法力をすべて失っていて、心の中で声や考えを伝達できない。そのため彼は方法を変え、指を使って宙に文字を書いた。指先が掠めた場所に墨の跡が残り、まるで清水の中に濃い墨が滴り落ちて広がっていくかのようだ。他の二人にもはっきりと見えた。彼が書いたのは「喋るな、そして動くな。待て」だった。

二人が確認するのを待って音もなく息を吹きかけ

ると、その文字は宙に散らばった。謝憐《シエリエン》には使いきれなかった法力がまだ少し残っているため、手を上げて同じように文字を一行書く。

——何を待つんですか？　いつまで？

——今上にいる人が離れるまで待つ。

明儀《ミンイー》はそう書いた。

謝憐《シエリエン》と師青玄《シーチンシュエン》は申し合わせたように顔を上げて頭上に目を向ける。なんと、明儀《ミンイー》の宝鏟《ほうさん》が仙京に掘ったこの地下道は、いくつかの仙府と神殿の下を通っていたのだ。おそらく今、ちょうど彼らの真上に神官がいるのだろう。

耳を澄ましてみると落ち着いた足音が聞こえてきて、どうやら部屋の中をゆっくりと歩き回っているようだ。その足音を聞いて、謝憐《シエリエン》はこの神官は武神だろうと判断した。武神は大抵五感が鋭く、少しでも疑わしい物音を立てようものならこの場ですぐに捕まってしまうかもしれない。

師青玄《シーチンシュエン》は通霊することも書くこともできず、声を出さずに口の形で訴えることしかできない。謝《シエ》憐《リエン》は二回見て、やっと彼の言いたいことが理解できた。

——明兄《ミンシオン》、どうして神殿と宮観を避けなかったんだ？　神武《シエンウー》大通りの下を掘るんじゃ駄目なの？

明儀《ミンイー》は冷淡な態度で書く。

——この殿にはもともと誰もいなかった。神武《シエンウー》大通りは今、穴だらけだ。

謝憐《シエリエン》も書いた。

——そうなんです。私もさっき道中で見かけました。大通りはでこぼこで、深さ数尺の穴もありましたよ。あの下に道を掘ったら、下手をすると顔を上げた途端に誰かと出くわしてしまうかもしれません。

そんな訳で、三人は一言も口を利かずに三つの石と化し、上にいる神官が立ち去るのをじっと静かに待った。しばらく経って、師青玄《シーチンシュエン》が口の形だけで言う。

——行った？

明儀《ミンイー》が首を横に振る。すると、たちまち師青玄《シーチンシュエン》の額に青筋が盛り上がり、その様子は先ほど彼の兄が怒った時と七割ほど似ていた。彼は声を出さずに言い募る。

——誰だよ、ぐずぐずしてるのは？　今は別に寝るような時辰でもないし、そもそも未だに寝る神官なんてどこにいるんだ。上にあるのは厠《かわや》か何かか？

　実は、厳密に言うと神官は厠に行く必要もない。彼が口の形だけで「厠」という言葉まで言ったその時、謝憐《シエリェン》はふと産毛《うぶげ》が逆立つような感じがして、前にいる二人を思いきり突き飛ばした。同時に足元をぱっと蹴って自らも後ろに転がる。

　地下道の上から、殺気立った鋭利な剣が凄まじい勢いで差し込まれ、ちょうど彼の両足の間に突き刺さった。

第五十九章　一夕寒露偸梁換柱

寒露の前夜、密かなすり替え

「……」

確かにこれまで謝憐《シエリエン》は、基本的に勃たない男として日々を過ごしてきたが、「自分にアレがついていないと見なす」ことと「本当にアレを永遠に失う」ことはやはり根本的に違う。一瞬で冷や汗がうっすらと浮かぶほど驚き、大声で叫んだ。

「避けてください！」

言い終わるや否や剣がすっと引き抜かれ、謝憐《シエリエン》はその隙に急いで前進した。しばらくして、今度は師《シー》青玄《チンシュエン》を思いきり引っ張る。

「気をつけて！」

師青玄《シーチンシュエン》の前にまた剣が一本落ちてきた。彼の頭上すれすれのところから刺してきていて、もし謝《シエ》憐《リエン》が引っ張らなかったらここに釘《くぎ》づけにされていただろう。師青玄《シーチンシュエン》は恐る恐る言った。

「危ない、危ない。向こうがどこを刺そうとしているか、どうして君はわかるんだ？」

「わかりません、推測です！」

つまり直感というやつだ。彼は殺気に対して考えるより先に反応できるほど鍛錬を積んできていた。

その直後、二本目、三本目、四本目と剣が突き刺さり、鋭い剣光が三人の行く手と退路を阻む。続けてすぐさま「ドンッ」という轟音とともに上から激しい震動が伝わり、土埃《つちぼこり》と砕けた石がバラバラと落ちてきた。

「上が爆撃を始めました！」

その轟音は一回ごとに大きくなり、震動もさらに強くなって、明らかに少しずつ近づいてきている。前後の道を阻む利剣《りけん》はいずれも若くて高級な宝剣だが、芳心《ファンシン》はかなり年季が入っていて、真正面からぶつかり合えるかどうかわからない。明儀《ミンイー》はどこからともなく月牙鏟《ユエヤーさん》を取り出すと、狭い空間の中で別の方向に向かってどうにか穴を掘り始めた。そばにいた師青玄《シーチンシュエン》は今にも口から魂が飛び出してしまいそうになっている。

「明兄《ミンシオン》、やれそう？　早くしてくれないかな？　全部君がずっとこの法宝を使わないでいたせいだからね。いい？　暇な時にもっと使って親しんでおかないと。ほら見ろ、どれだけ不慣れになってるんだよ！」

実際、不慣れになるのは理解できるし、仕方がない。何しろ上天庭中を探しても、顔色一つ変えずに鏟《さん》を背負って日がな一日出入りできるような神官など、謝憐《シエリエン》以外に誰一人いないのだから。

明儀《ミンイー》が額に青筋を浮かべて「黙れ！」と怒鳴り、謝憐《シエリエン》は慌てて言った。

「怒らないでください、怒らないで。そろそろ開きますよ、ね！」

案の定、明儀《ミンイー》が手に力を込めるとすぐに穴が開いた。彼は鏟《さん》を持って先頭でおかしくなったように道を切り開き、師青玄《シーチンシュエン》は真ん中でおかしくなったように励ます。謝憐《シエリエン》は唯一おかしくなっていない人として最後尾で援護を担当した。地師《ディーシー》の宝鏟《ほうさん》はやはり非常に不思議で、数回掘るだけで新たに十数丈の地下道ができていく。しばらく経って振り向くと、抜け穴の入り口は徐々に塞がってきていて、彼らが足止めされていたあの場所から一筋の光が微かに漏れていた。

謝憐《シエリエン》はすぐさま言った。

「もうすぐ撃ち抜かれそうです！」

明儀《ミンイー》は即座に一層おかしくなったように掘りまくり、ふと動きを止めると上に目を向けた。謝憐《シエリエン》も彼と同じ反応をする。頭上は静まりかえっていて物音も何かが動く気配もなく、使われていない宮殿ではないだろうかと二人とも感じたからだ。

地下道の存在が見つかってしまった以上、とにかくまずは外に出るのが先決だ。明儀《ミンイー》は方向を変えて上に向かって掘っていく。師青玄《シーチンシュエン》が明儀《ミンイー》に尋ねた。

「ここから掘って出ていって、上に誰もいないって確証はあるの？」

「物音は聞こえない。寝ているんじゃなければな！」

もちろん、一般的に神官は寝る必要がなく、真っ昼間から自分の殿で寝るなどさらにあり得ないため、その可能性はなきに等しい。明儀《ミンイー》が鏟《さん》を一回上に突っ込むと、三人は地面を突き破って外に出た。頭を三つひょいと出して新鮮な空気を吸ったが、それを吐き出す前に向かい側にある寝台が目に入った。なんとその寝台には手足を大の字に広げた少年が横になっていて、まさに眠っている。

「?」

謝憐《シエリエン》はぽかんとした。

まさか本当に真っ昼間から自分の殿で寝る神官がいたのか?

物音が聞こえ、その少年がむくりと体を起こした。頭の巻き毛は寝癖でぐちゃぐちゃに乱れていて、ぎゅっと眉間にしわを寄せて頭をかきむしりながら、寝台の向かい側にある三つの頭を寝ぼけ眼《まなこ》でぼんやりと見ている。なぜこんなものが自分の殿に現れたのか理解できないようだ。三人は何事もなかったかのように大急ぎで抜け穴から這い上がろうとした。ところが、もうすぐで這い上がるところだった師青《シーチン》玄《シュエン》が突然大きな叫び声を上げる。謝憐《シエリエン》が振り向くと、なんと彼の足首を掴んでいる手があった。

その手の主はまさしく裴茗《ベイミン》だった。たとえ地下道にいようとも彼は非常に風格がある。

「どこの子鼠《こねずみ》が私の宮殿の下で穴を掘っているのかと思ったら、青玄《チンシュエン》、君はどうして飛び出してきたんだ? どこへ行くつもりだ? 君の兄上を怒らせたらどうなるか、君もわかるだろう。彼に気づかれないうちに早く戻るんだ」

若邪《ルオイエ》が飛び出し、彼の手を打ち払う。裴茗《ベイミン》はさっと跳び上がって抜け穴から出てきた。

「太子殿下、地師《ディーシー》殿、お二方は他にやることがないんですか。理由もなく風師《フォンシー》に家出をそそのかすなんて筋が通らないでしょう」

そう言った裴茗《ベイミン》に謝憐《シエリエン》が答える。

「風師《フォンシー》殿は水師《シュイシー》殿の弟ですが、あくまでも一人の神官ですし、もう数百歳にもなります。裴《ペイ》将軍、彼を三歳の子供のように扱わないでください。道理から考えても、理由もなく上天庭の仙僚を拘禁《こうきん》するなんて、どう言ったところで筋が通っていないのは水師《シュイシー》殿の方です」

もし謝憐《シエリエン》の推測が間違っていなければ、風師《フォンシー》は本当に上天庭に留まるべきではない。権一真《チュエンイージェン》は寝台に座ったままぼんやりとした眼差しでこちらを見ていて、どうやらまだ状況を把握できていないらしい。

裴茗《ペイミン》は剣を構えて意識を集中する。

「奇英《チーイン》、見ていないでこっちに来て手を貸してくれ。話は取り押さえてからだ」

しばらく考えて、権一真《チュエンイージェン》は手を貸すことにした。

彼は寝台から飛び降りると、先ほどまで自分が横になっていたその寝台を持ち上げ、すぐさま裴茗《ペイミン》に向かって叩きつけた。確かに手は貸したが、謝憐《シエリエン》たちの方に貸したというわけだ。裴茗《ペイミン》はいきなり寝台を真正面から叩きつけられ、驚きのあまり呆然とした。

「奇英《チーイン》！　私を攻撃してどうするんだ？」

権一真《チュエンイージェン》は謝憐《シエリエン》に向かって軽く手を振った。おそらく早く行けということだろう。謝憐《シエリエン》たちは一瞬戸惑ったが、急いで扉へと向かった。師青玄《シーチンシュエン》は怪我で気血《きけつ》が足りないのか、数歩走っただけで顔が青白くなってしまっている。謝憐《シエリエン》が支えようとすると、明儀《ミンイー》が彼を掴んでそのまま背負った。扉に手をかけた謝憐《シエリエン》は賽を二つ取り出し、振り返ってその少年に向かって言った。

「本当にありがとうございます！」

権一真《チュエンイージェン》はまだ裴茗《ペイミン》を凄まじい勢いで滅多打ちにしていて、もし裴茗《ペイミン》のように技量がなければ、他の者ならとっくにこの乱打にやられて頭が血まみれになっていただろう。裴茗《ペイミン》は青筋を盛り上げながら怒鳴った。

「衛兵！　彼らを止めろ！」

裴茗《ペイミン》が呼びつけた衛兵が来る前に謝憐《シエリエン》は賽を投げて扉を開け、急いで飛び込むとまた扉を閉める。こうしてようやく上天庭から逃げられた。ところが、まったく予想もしていなかったことに、扉を閉めて振り返ると、目の前にいたのは片足で新しい功徳箱を踏み、上半身裸で汗を拭いている真っ最中の花《ホワ》城《チョン》だった。

「……」

「……」

「……」

このボロボロの小さな菩薺観に何人もの大物を収容できるわけがない。謝憐《シエリエン》は息が詰まりそうになった。その上、外には鬼に取り憑かれた者までいて、こちらの様子に一切気づかずに「谷子《グーズー》〜、こっちに来て父ちゃんの足を叩いてくれ〜〜」などと喚いていて騒々しい。

しばらくして、木を削っているところだった花城《ホワチョン》は厄命《オーミン》を無造作に放ると、片方の眉を微かに跳ね上げた。

「？」

彼の裸の上半身は肌の色も体の線も非常に美しく、目を奪われるものだった。そのあまりの眩しさに謝憐《シエリエン》は目が霞んでしまうほどで、はっきり見えていないというのに頭に血が上るのを抑えられず、目の前が暗くなる。謝憐《シエリエン》はあたふたと近づいて彼の前に立ち、両手を広げて明儀《ミンイー》と師青玄《シーチンシュエン》の視線を遮った。

「目を閉じて、閉じてください！　早く！」

言われた二人は揃って表情を固まらせ、怪訝そうに彼らを見ている。花城《ホワチョン》は謝憐《シエリエン》の肩に手を置くと、可笑しそうに言った。

「……兄さん、何を緊張してるの？」

それで謝憐《シエリエン》はようやく我に返った。そうだ、何を緊張することがある？　別に年頃の娘でもあるまいし、花城《ホワチョン》が上半身裸で作業していたからなんだというのだ？

しかし彼はそれでも両腕を下ろさず、できるだけ花城《ホワチョン》をしっかりと隠す。

「とにかく……君はまず服を着て」

花城《ホワチョン》は少し肩をすくめて「うん。兄さんの言う通りにするよ」と口にすると、服を手に取り落ち着き払った様子で着ていく。

彼のそのなんとも自由気ままで動じることもない態度を見て、師青玄《シーチンシュエン》はばつが悪そうに言った。

「えーっと、お邪魔だったかな。まさか君たちがね……ハハハッ、なかなかね、ハハハッ。つまりその……ハハハッ」

「……風師《フォンシー》殿、言いたいことがあるならはっきり言ってください。何か誤解があればきちんと説明しますから。ハハハッで誤魔化さないでもらえますか……」

おそらく裴茗《ペイミン》はすぐにでも調べに来るだろうから、あまり時間がない。当然菩薺観に長居するべきではなく、明儀《ミンイー》は師青玄《シーチンシュエン》を下ろすとすかさず地面に縮地千里を描き始めた。どこへ行くのかと謝憐《シエリエン》が尋ねようとすると、花城《ホワチョン》が後ろでため息をつくのが聞こえてくる。

風師《フォンシー》たちにはこれ以上近づかない方がいいという彼の忠告を思い出し、謝憐《シエリエン》は思わず振り返った。

「三郎《サンラン》、ごめん」

既に服を着終わっていた花城《ホワチョン》が言う。

「あなたが黙って見ているはずがないのはわかってた」

少し間を置き、彼は微笑んでこうつけ加えた。

「でも、兄さんはどうして謝ったりするの？　俺が数日前に言ったことは覚えてるのに、他に言ったことは忘れちゃった？」

謝憐《シエリエン》は少しぽかんとして、心の中で「どのことだ？」と呟く。

そしてふと思い出した。

それは青鬼の巣窟《そうくつ》にいたあの夜、花城《ホワチョン》が言った言葉だ。

――あなたはやりたいようにやればいいんだ。

思い出したあと、謝憐《シエリエン》は少し瞬きをした。これ以上何を言えばいいのかわからず、ただ、急に花城《ホワチョン》のために何かをしてやりたくなった。けれど今すぐにはどうしても見つからず、ずいぶん思い悩んでいると、ふと花城《ホワチョン》の紅衣の襟元が目に入った。

「ちょっと待って！」

そう言って駆け寄り、花城《ホワチョン》の襟を少し整えてやる。実は、先ほど無造作に服を着たせいで襟がきちんと折り返されていなかったのだ。整え終えた謝憐《シエリエン》は彼をしげしげと見て、笑って言った。

「これでよし」

それに花城《ホワチョン》も笑って「ありがとう」と答える。

謝憐《シエリエン》は心の中で小さく「私の方こそ」と呟いた。

あちらの二人はどうやら見ていられないといった様子で、明儀《ミンイー》の手元の円まで若干歪になっている。

彼が陣を描き終えてから扉を開くと、意外にも扉の向こうには一面の田畑が広がっていた。てっきり謝《シエ》憐《リエン》はどこか薄暗くて気味の悪い洞窟か、高くそびえ立つ宮殿が見えると思っていたが、遠くには幽々《ゆうゆう》たる緑の山と竹があり、農夫たちがあちこちに散らばって仕事をしている。そしてつやつやした毛並みの逞しい黒い牛が鋤を引いて畑を耕していた。

その光景を見た謝憐《シエリェン》は、扉の向こうも菩薺村だと錯覚しそうになり一瞬ぽかんとしたが、明儀《ミンイー》は既に師青玄《シーチンシュエン》を背負って歩きだしていた。まだ一歩も踏み出せずにいると、花城《ホワチョン》も彼より先に扉から出ていく。

二人ずつ畦道を歩いていくと、勘違いかもしれないが、なんとなくあの黒い牛がずっとこちらを見つめているような気がした。しばらく歩いたところで藁葺きの小屋を見つけ、四人は中に入って腰を下ろした。師青玄《シーチンシュエン》はそこでようやく息をつく。

「もう逃げなくてもいいんですか？　万が一裴《ペイ》将軍がここまで追ってきたらどうします？」

謝憐《シエリェン》がそう言うと、花城《ホワチョン》が外の様子と、特にあの黒い牛をしばらく眺めてから扉を閉めてさらりと言った。

「大丈夫。あいつにはこの地の主を怒らせる度胸なんてないし、来たところでろくな目に遭わないだろう。水横天だって軽率なことはできない」

謝憐《シエリェン》は少し考え、やはりこう口にした。

「三郎《サンラン》、この件は複雑な事情が絡み合っていて、おそらく上天庭にもいろいろと影響が出るだろうから、やっぱり君は一緒に来ない方がいい」

ところが、花城《ホワチョン》は笑って答える。

「上天庭がどうだろうと俺にはなんの関係もない。俺はただあなたについて好きなように歩いたり見たりしてるだけだ」

その時、師青玄《シーチンシュエン》がふと口を開いた。

「君たち全員、もうついてこないでくれ」

部屋にいた他の三人の視線が彼に集まる。

「太子殿下の言う通りだ。この件は複雑なことになってるし、いろいろと影響も出ると思う。私はもうここに閉じこもって外に出ないよ。これ以上友人である君たちの手は借りない。もうここまでにしよう」

しかし謝憐《シエリェン》はゆっくりと告げた。

「風師《フォンシー》殿、ここまでにするかどうかはあなたが決めることではなく、水師《シュイシー》殿と白話真仙が決めることです」

それを聞いた師青玄《シーチンシュエン》の表情が強張る。

「風師殿《フォンシー》、一つ質問をしますが、どうか気を悪くしないでください」

「どんな質問？」

「あなたと水師殿《シュイシー》は、白話真仙に何か弱みを握られているんですか？」

師青玄《シーチンシュエン》の顔から微かに血の気が引いた。

傾酒台にいたあの夜、謝憐《シエリエン》は極めて堅固な防護陣を設置していて、師青玄《シーチンシュエン》自身が扉を開けて出ていかない限り彼に害が及ぶことはなかった。それなのに、どうして彼は自分から扉を開けたのだろうか？

一つ考えられるのは、何者かが彼に通霊してきて、その最初の一言から単刀直入に弱みを持ち出したということだ。それで反抗の余地を奪われ声も上げられず、指示に従わざるを得なくなった。謝憐《シエリエン》は卓のそばに座って続ける。

「私は、その弱みとは水師殿《シュイシー》の弱みである可能性が高いと思っています。なぜなら、過去に何があったにせよ、あなたは事情を何も知らなかったと信じているからです」

だからこそ事情を知ったあとの反動がこれほど激しく、あまつさえ上天庭に対する反発心まで生まれ、上天庭に残って神官であり続けるくらいなら人界に降りて散仙や遊侠になった方がましだと思うようになったのだろう。

「どんな弱みだ？」

明儀《ミンイー》が眉間にしわを寄せて尋ねる。

師青玄《シーチンシュエン》は鴨《かも》にされるような質《たち》ではなく、もし危害を加えられ陥れられて法力を失ったのなら、怒り狂って真相を突き止め、真犯人をボコボコにするのが正常な反応だろう。ところが、そういった反応は一切見せず、憤怒したのも白話真仙ではなく自分の兄に対してだった。そして他の者には「もうここまでにしよう」と言ったのだ。

当然これはまったくもっておかしなことだが、ただ一つだけ、すべての辻褄《つじつま》が合う状況が存在する――。

それは、師青玄《シーチンシュエン》の飛昇自体が最初からおかしかったということだ！

天に逆らって命格を改め本来飛昇できなかったは

ずの者を神壇に祀り上げるなど、あまりに大胆不敵かつ大逆無道《たいぎゃくむどう》で、謝憐《シエリエン》もそんな話は一度も聞いたことがない。もしそんな事実が暴《あば》かれ明るみに出れば、必ずや大騒動が巻き起こるだろう。考えてもみるがいい。誰も彼もが飛昇を望み、誰も彼もがこの手段を使うようになってしまえば、天地の秩序など存在しないも同然で、めちゃくちゃなことになってしまうのではないか？

この推測は常軌《じょうき》を逸《いっ》しているが、考えれば考えるほど筋が通っている。師青玄《シーチンシュエン》は生まれた時からずっと白話真仙につきまとわれていて、逃れる唯一の方法は飛昇することだった。そして、彼は都合よく本当に飛昇した。わずか数年のうちに実の兄弟である二人が相次いで飛昇するのは非常に素晴らしいことであり、またできすぎた偶然でもある。

謝憐《シエリエン》は師青玄《シーチンシュエン》が飛昇した事実を疑いたくはなかった。だが、風師《フォンシー》が自然に飛昇したのなら、どうしてあっさり法力を根こそぎ抜き取られてしまったのだろうか？　もし妖魔がこれほど簡単に神官を俗世の凡人に変えられるというなら、どれほど多くの神官が同じように報復されていたかわからない。

考えられる可能性は、彼が本来ただの人間だったということだ。つまり、風師《フォンシー》が飛昇した時に水師《シュイシー》が何か細工をしたのだ。

修練の道において、助けとなるよう天材地宝をつぎ込むのは別に度が過ぎたことではない。人界での覇権争いや戦での殺戮を利用して飛昇することも、度が過ぎたこととは言えない。結局のところ世の中とはそういうもので、栄光に血が伴《ともな》うのは必然であり、飛昇してしまえば一切が帳消しになるのだ。ただし、例外はある。下界の人間や神官が、誰かを飛昇させるために不正な手段を用いて邪法を行い、故意に人命を害したならば、それはまったく話が違ってくる。

「風師《フォンシー》殿、あなたが飛昇した夜は、寒露の前夜だったのではないですか？」

謝憐《シエリエン》が小声で尋ねる。しばらくして、師青玄《シーチンシュエン》は深く息を吸ってから答えた。

「そうだ」

少し間を置き、師青玄《シーチンシュエン》は続ける。

「あの日、博古鎮にいた時に思い出したんだ。だから初めは君たちに聞こうとした。寒露の前夜って私が飛昇したのと同じ日じゃないか？　これって手がかりになるか？　何か関係があるか？　偶然の一致なのかって。でも、心がどうしてもざわついて、結局聞かなかった。関係があるかどうか、今なら君はもうわかってるだろう」

　関係はある。大いにある。

　なぜ白話真仙はこの日を選び、まず師青玄《シーチンシュエン》を博古鎮に送って血社火の見事な芝居を見せたあと、わざわざ傾酒台へ連れていって手を下したのか？　もちろん、なんの理由もなくこれほどの手間をかけるはずがない。試しにこの日付と二つの場所を繋いでみると――。

　ずいぶんと昔、博古鎮では、ある寒露の前夜に賀《ハー》書生と呼ばれる男が心を壊して無数の人々を殺し、自らも命を落とした。そして傾酒台では、ある寒露の前夜に師青玄《シーチンシュエン》が飛昇した。

　こうして考えると、白話真仙が伝えたかったことがなんなのかはこれ以上ないほど明白だった。


――師青玄《シーチンシュエン》、お前の飛昇とこの血社火の主役の死は切っても切れない関係にある！

　謝憐《シエリェン》の脳裏によぎった、あの非常に良くないが非常に合理的な推測とは、まさにこれだった。

　師無渡《シーウードゥー》は飛昇したあと、師青玄《シーチンシュエン》を白話真仙から逃れさせるために密かに条件に適う者を見つけ出し、一種の邪法を用いて師青玄《シーチンシュエン》の災いを肩代わりさせた。その人物とは、家が貧しく、並外れて聡明だったが突然災難が次々に降りかかって最後は家が没落し、家族が死に絶えたという賀《ハー》書生に違いない。

　賀《ハー》書生が師青玄《シーチンシュエン》の身代わりとなることで、白話真仙を騙すことに成功した。つまり、彼の運気は師《シー》青玄《チンシュエン》に乗っ取られたということになる。

　同じ寒露の前夜に、一人は生き地獄を味わい、もう一人は強力な後ろ盾に守られながら天劫を乗り越え飛昇することに成功した。

　そして、本来この二人の命格は逆だったのだ！

第六十章　神提神不如鬼吃鬼

——神が引き上げし神は、鬼を食らいし鬼に及ばず

謝憐《シエリェン》は続けて言った。

「大胆な予想ですが、賀《ハー》書生の名は玄《シュエン》の一文字だと思います。そして、彼の生辰八字は風師《フォンシー》殿と同じでしょう」

真相をすり替えて世を欺《あざむ》き、人目をくらませ騙し通すには、適当に誰かを見繕《みつくろ》えばいいというものではなく、定められたいくつかの条件を満たさなければならない。

白話真仙が初めて師青玄《シーチンシュエン》を捕まえた際にした三つの問いからすると、奴は二つのことをしっかりと覚えていたようだ。

一つ目は獲物の名前に「玄《シュエン》」の字があること。二つ目は獲物の生辰八字だ。しかし、獲物の顔は知らなかったため、向こうから師青玄《シーチンシュエン》に近づいてきて顔を見せるよう要求した。師《シー》家が早々に対策を講じたため、二つのこと以外はおそらく一切知らないのだろう。

したがって、師青玄《シーチンシュエン》の災いを肩代わりさせる相手は、師青玄《シーチンシュエン》と同年同月同日同時刻に生まれ、しかも名前に「玄《シュエン》」の字が入る男でなければならない。

そのような身代わりを見つけるのはあまりにも難しい。しかし、世の中は広いもので、死ぬほど探せばいないとも限らない。水師《シュイシー》の権力にものを言わせて下界に網《あみ》を張った師無渡《シーウードゥー》は、なんと本当に条件を満たす人物を見つけ出した。しかも、飛昇できる素質まで持っていて、間もなく天劫を迎えようとしている者だったのだ！

これほどの好事《こうじ》をみすみす見逃す手があるか？難行《なんぎょう》よりも手っ取り早いではないか。この機を逃してはならない。逃せば二度はない！

ここまで話すと横にいた明儀《ミンイー》もどうやら理解してきたらしく、表情が次第に冷ややかで重々しいものになっていく。師青玄《シーチンシュエン》はまず小さく頷いたが、ふと思い出したように扉にもたれかかっている花城《ホワチョン》に目を向けた。さすがにこんなことを鬼の前で話すわ

けにはいかないと思ったのだろう。ところが、花城《ホワチョン》は腕を組んで笑った。

「風師《フォンシー》閣下、こっちを見るな。お前が心配すべきなのは俺じゃないし、俺はこの件とは無関係だ。それより上天庭に尊兄の弱みを握っている奴が他にいないかを心配すべきだろう」

「やはり本当に上天庭に間者がいるんだな」

明儀《ミンイー》が低い声で言うと、花城《ホワチョン》はどうでもいいといった様子で答える。

「とっくに知ってたんじゃないのか？」

地師《ディーシー》が鬼市に派遣されたのはもともとそれを調べるためだったが、どうやらその間者は非常に深く潜っていて、十年潜伏してもそれが誰なのか突き止めることができなかったらしい。謝憐《シエリエン》は、花城《ホワチョン》がこの件とは無関係だと言ったのを当然信じていて、それ以上深く考えることはなかった。ただ、彼は「上天庭の奴を心配すべき」とも言ったので、謝憐《シエリエン》はふとあることを思い出して尋ねる。

「風師《フォンシー》殿、あの夜、傾酒台であなたはどうして護法陣の扉を自分で開けたんですか？　誰かに呼び出されたからですか？　その人は誰なんです？」

「そうだ。白話真仙だった。そいつは口を開いた途端……」

師青玄《シーチンシュエン》の答えを聞いて、謝憐《シエリエン》は両手をそれぞれ反対の袖に入れて言った。

「でも、奴はどうしてあなたの通霊口令を知っていたんでしょうか？」

明儀《ミンイー》が苛立って口を挟む。

「……こいつが四六時中あちこちで友人を作ろうとして、暇があろうがなかろうがべらべら話しかけるからに決まってるだろう！　喋りすぎなんだ！」

「明兄《ミンシオン》、決めつけないでよ。私に話しかけてくるのは上天庭の神官だけで、あんなモノに素性《すじょう》を明かしたことなんてない！」

師青玄《シーチンシュエン》は無実を訴えるように言った。

「長年身を潜めていた白話真仙が巻き返しに出て水《シュイ》師《シー》殿の……こんな重大な秘密まできっちり調べ上げてきたんですから、風師《フォンシー》殿の通霊口令を手に入れるのも難しいことではないでしょう。きっと誰かがあなたの通霊口令を漏らしたはずですから、それが故意であろうがなかろうが、その線から調べられます」

謝憐《シエリエン》がそう話すと、明儀《ミンイー》がまた口を開く。

「それで、奴の姿をはっきり見たのか？　お前を呼び出したあと奴は何をした？」

「……」

師青玄《シーチンシュエン》はどうやら頭が痛くなり始めたようだった。

「奴がどんな姿なのかはわからない。呪術を施していてはっきり見えなかったんだ」

曖昧な言葉を並べて何を見たのかも言わない彼に、明儀《ミンイー》の表情が冷然としたものになっていく。謝憐《シエリエン》の推測では、おそらく血社火の原型となった血生臭い場面を見せられたのだろう。それなら確かに説明するのは憚られる。しばらくして、師青玄《シーチンシュエン》はため息を一つこぼした。

「私が無能だからだ。もし私が自力で飛昇できていたら、きっとこんなことにはならなかった」

師青玄《シーチンシュエン》の本来の命数は、下界の人間の中ではかなりいい方だったのだろう。そうでなければ、白話真仙に目をつけられるはずがない。ただ、おそらく飛昇には遥か遠く及ばなかったのだ。飛昇できる素質のある者は皆、体が霊気で覆われていて、人ならざるモノが手を出すのは難しい。その上、未来の神官を自分から進んで挑発しようとする妖魔鬼怪などいるだろうか？

人が飛昇できるかどうかは、聡明さだけで決まるわけではない。聡明かつ努力をしても飛昇できるとは限らないし、ましてや天材地宝をつぎ込めばつぎ込むほど飛昇に近づくというものでもない。時にはどうしようもなく歯がゆいこともある。蛍雪《けいせつ》十年だろうが、生まれつき文才のある者には及ばないし、百年血の滲《にじ》むような努力を重ねようとも、刹那に開いた一縷《いちる》の悟りには敵《かな》わないのだ。

ないものはない、その命格がなければどうあっても変わらない。水師《シュイシー》が持っているものを弟の身にいくらつぎ込もうとも、命格を入れ替えない限り中天庭止まりだった可能性が非常に高く、せいぜい下級神官のまとめ役が関の山だっただろう。今日まで輝かしい道を歩んでこられたのは、すべて兄が他人から盗んだものを弟に与えたからだ。良識や自尊心が少しでもあれば、真相を知ってしまった彼の心情は想像に難くない。

もしこの件がなければ、本来飛昇する天運を持っていた者は今日《こんにち》どれほど脚光を浴びていただろうか？

そこまで考え、謝憐《シエリェン》の脳裏にふとある考えが閃いた。

「いいえ。風師《フォンシー》殿、あなたを呼び出したのは白話真仙ではありません」

師青玄《シーチンシュエン》が顔を上げる。

「え？　でも、あの声は間違いなく奴だった。私が記憶違いをするはずがないよ」

「いや、声が奴のものだったとしても、本体も奴だとは限りません。覚えていますか？　白話真仙が目をつけた獲物は全員、最後は自ら命を絶ちました。でも一人だけ例外がいます」

少し間を置き、謝憐《シエリェン》は言った。

「賀《ハー》書生はどうやって死んだんでしょう？　血社火の中ではどう演じられていましたか？　自害ですか？」

師青玄《シーチンシュエン》は目を大きく見開く。

「自害じゃない。あれは……」

「力尽きて死んだんだ」と明儀《ミンイー》が口にした。

「その通りです！　たとえ不運に取り憑かれても、最後の最後まで賀《ハー》書生は命を絶とうなんて考えてもいなかったんです」

謝憐《シエリェン》は集中して言葉を続ける。

「考えてみれば、彼は尋常ではないほど固い意思を持った人です。立て続けに不当な扱いや不幸に見舞われて、普通の人ならとっくに自暴自棄になっているか、死んで何もかも終わりにしたでしょう。それでも彼は抗《あらが》い続けて、何一つ屈服することはなかった。これは推測ですが、もしかすると白話真仙は彼のところに行ったあとも、欲しかったもの——恐怖をずっと吸い取れなかったんじゃないでしょうか。彼の死は、恐怖や絶望によって心が壊れて命を絶ったのではありません。白話真仙は彼につきまとっても結局何も得られなかった。噛みついてみたら鋼の板で歯が折れたようなものです。最後は完膚《かんぷ》なきまでに負けたんでしょう」

話を聞きながら師青玄《シーチンシュエン》はゆるゆると首を横に振り、心から感服するように言った。

「……確かに私はその人には及ばないな」

謝憐《シエリエン》はさらに話を続ける。

「彼は殺意と憎しみを一身に抱いて死んでいったでしょう。そういう打ちのめされた魂魄が安らかに眠れるとは思えませんし、復讐を切望したはずです。ですから、風師《フォンシー》殿、今の『白話真仙』はあなたが生まれたばかりの頃にやってきたのと同じモノではない可能性が高いと思います。その正体は死ぬまで強く抗い続けた結果、逆に白話真仙を呑み込んだ賀《ハー》書生、いえ、賀玄《ハーシュエン》と言った方がいいでしょう！」

その言葉に師青玄《シーチンシュエン》と明儀《ミンイー》が揃って呆然とした。

花城《ホワチョン》が淡々と言葉を引き継ぐ。

「鬼が鬼を食ったんだ」

人が人を食う場合、食べることができたとしてもせいぜい満腹になるだけだろう。だが、鬼が鬼を食う場合、その方法が正しければ相手の能力と法力を消化し、自分のものとすることができる。


「これなら、どうして『白話真仙』がこの件について詳細に知っていたのかも説明がつきます。本来この手の精怪は鈍くて変わっていますから、こんなに賢いはずがないんです。でも、今回あなた方のところに戻ってきたのは、ある種の……」

謝憐《シエリエン》は「結合体」という言葉を使うつもりだったが、あまり正確ではないような気がして言い淀む。

その時、花城《ホワチョン》がこう口にした。

「強化体」

「その通り。白話真仙を呑み込んだあと、賀《ハー》書生の意識が完全に主導権を握ったんでしょう。今の奴は呪う能力があるだけでなく、かなり賢い。しかも、あなた方に果てしない恨みと憎しみを抱いているんです」

だから師青玄《シーチンシュエン》の通霊口令をとっくに知っていたにもかかわらず、最初から通霊術で死の呪いをかけたりはしなかった。敢えて一歩また一歩と罠の輪を締め、彼が自分から耳を塞ぎ、目を閉じ、誰もいない部屋に鍵をかけて閉じこもるよう仕向けたのだ。まるで猫が捕まえた鼠《ねずみ》をすぐに殺さず弄び、恐怖に震えて死ぬまで嬲り続けるかのように。

　しばらくして、明儀《ミンイー》が口を開く。

「こうなった以上、どうするつもりだ？」

　全員が師青玄《シーチンシュエン》に目を向ける。知らず知らずのうちに頭をめちゃくちゃにかきむしっていた師青玄《シーチンシュエン》は、呆然として言った。

「……こっちを見ないでくれないか？　私も……どうすればいいのかわからないんだ!!　ただ……当分の間、どんな顔をして兄さんに会えばいいのか……」

　実の兄が、自分のためにこんな重大な罪を犯し人の命を奪ったのだ。今はどうすべきかわからないというのも無理はない。

「でも、先に皆にお願いがある。今は絶対に口外しないでくれ！　しばらくの間でいいんだ。ただ、しばらく私に考える時間をくれないかな……何日も考えたけど、まだまとまらなくて。とにかく、まずは自分が頭を冷やさないと……」

　師青玄《シーチンシュエン》はそう言ったが、最後の方はしどろもどろで目も虚ろになっていた。


師無渡《シーウードゥー》は師青玄《シーチンシュエン》に対して「病を治す」の一点張りだが、どんな病を治すというのか？　神壇から転がり落ち、凡人に戻るだけのことだ。もう一度命格を入れ替え、再び飛昇しなければこの「病」は治すことができない。あれほど適した人物を他に見つけるのはかなり困難ではあるが、師無渡《シーウードゥー》ならばどんな邪法でも使うかもしれない。だからこそ師青玄《シーチンシュエン》は神仙ではなく下界の人間になりたいと騒ぎ、慌てて逃げ出したのだ。

　そして、白話真仙に関する間違いや漏れだらけのあの巻物が、師青玄《シーチンシュエン》が真実に辿り着かないよう間違った方向に導くために作られたのだとしたら、それは師無渡《シーウードゥー》の手によるものだろうか、それとも霊《リン》文《ウェン》の手によるものなのだろうか？　師無渡《シーウードゥー》が条件に適した者を探し始めた当初は、当然網を張るのに霊《リン》文殿《ウェンでん》の力を借りる必要があったはずだ。霊文《リンウェン》本人はこの件について本当に何も知らなかったのだろうか？　師青玄《シーチンシュエン》という神官がこうして飛昇したということは、もしかすると他にも二人目、三人目が、ひいてはさらに多くの神官が同じように飛昇してきたのではないだろうか？

もしそれが事実だとしたらあまりにも恐ろしく、世の中が混乱に陥るのは必至で、慎重に見極めなければならない。我関せずとばかりに悠々自適な態度の花城《ホワチョン》を除くと、藁葺きの小屋にいる全員が由々しき事態だと深刻な表情になっていた。ちょうどその時、小屋の外で怒った牛が「モーモー」と鳴き、農夫たちが喚く騒がしい声が聞こえてきた。

「止まれ！　止まれ！」

「そこの物騒な奴、何をする気だ！」

扉に近づいて隙間から外を覗いた謝憐《シエリエン》は「裴《ペイ》将軍です」と言った。

裴茗《ペイミン》は先ほど権一真《チュエンイージェン》が振り回す寝台を激しく叩きつけられたはずだったが、まったくの無傷で立っている。彼の前には傾いた石碑が一つあり、何やら憚るところがあるのかそこから先へは軽率に足を踏み入れずに、ただ剣に手を添えてその場に佇んでいた。

農夫たちは鍬や鎌を手にしていて、その顔には歓迎しないと書いてある。畑にいた黒い牛は、鼻から荒い息を数回吹き出すと突然二本脚で立ち上がり、あっという間に頑健な巨躯《きょく》の男と化した。その姿は凛として美しく、小さな鉄の鼻輪を嵌めている。彼は笑いながら言った。

「おや、こりゃ裴《ペイ》将軍じゃないか？　珍客だな。あんたがここに来るなんてどういう風の吹き回しだ？　先に言っとくが、あんたのところの小裴《シャオペイ》の件なら、こっちはなんの関係もないからな」

謝憐《シエリエン》は思うところがあった。先ほどあの田畑と黒い牛を見かけた時、なんとなく見覚えがあるような気がしていたのだが、やはりここは雨《う》龍山《りゅうざん》、雨師《ユーシー》の郷《さと》だったのだ。当時も、まさにこの牛の方が雨師《ユーシー》笠《りゅう》を貸してくれたおかげで、謝憐《シエリエン》はそれを使って雨を降らせることができた。あれ以来ずいぶん久しいが、風采は相変わらずで、勤勉に力強く鋤を引いて畑を耕している。師青玄《シーチンシュエン》も扉の隙間へと近寄ってきて謝憐《シエリエン》に言った。

「雨師《ユーシー》宅の牛だよ。なかなかいい奴なんだ」

裴茗《ペイミン》は以前雨師《ユーシー》によって痛い目を見たことがあるため、当然礼儀正しく、傲慢でもなければ卑屈でもない態度で非常に丁寧に言った。

「とんでもございません。此度《こたび》は雨師国主《うしこくしゅ》を訪ねてきたわけではないのです。お伺いしますが、風師《フォンシー》殿は貴郷《きごう》に来ていますでしょうか？」

第六十一章　渡天劫東海起大浪

天劫を迎えし時、東海に大波が立つ

「はっ、別にあんたを褒めちゃいないのに、何がとんでもないんだ？　こっちは野良仕事で忙しいんだから、誰が来たかなんて見てないね」

牛の答えを聞いて、裴茗《ペイミン》が「それでしたら」と言いながら一歩踏み出すと、農夫たちがたちまち一斉に鍬を振り上げた。

「踏み殺したぞ！　あいつが踏み殺した！」

裴茗《ペイミン》は微かに眉間にしわを寄せる。

「踏み殺した？」

「こいつらが苦労して植えた作物をあんたが踏み殺したんだよ。謝った方がいいぞ」

牛がそう言うと裴茗《ペイミン》は俯いて足元に目を向け、ぐっと堪えつつ言った。

「見間違いでなければ、これはただの野草でしょう」

すると、牛は不思議そうに問う。

「あんたみたいに殺し合いばっかりしてる将軍に何がわかるんだ？　草か作物か、野良仕事をやってる俺たちより詳しいとでも？」

雨師郷《ユーシー》の者はただ裴茗《ペイミン》に難癖をつけているだけだと見ていてわかったが、謝憐《シエリエン》はあれが草なのか、それとも作物なのか思わず興味を持ってしまった。裴《ペイ》茗《ミン》は北方を守護する堂々たる武神であり、その彼がこんなくだらない理由で農夫たちに謝罪などするはずがないだろう？　そのまま無視して数歩進み、息を吸い込むと声を張り上げた。

「青玄《チンシュエン》、出てくるんだ！　君の兄上は天劫に挑んでいるところだが、形勢が芳《かんば》しくなくて大変なことになりそうだ！」

「……」

どうせ裴茗《ペイミン》が押し入ってくるはずはないし、師青《シーチン》玄《シュエン》は小屋に隠れたまま出ていかない心づもりだった。ところが、それを聞くなり「なんだって!?」と叫び、やにわに扉を開けて飛び出していく。

裴茗《ペイミン》は牛に一瞥をくれてから言った。

「やっぱりまたここに逃げてきたんだな！」

師青玄《シーチンシュエン》は愕然とした表情を浮かべたが、すぐに我に返って後ろに飛びのく。

「あ、あ、あなたね、脅かさないでくださいよ。そんなに早いわけないでしょう？　急すぎるし、少なくとも数か月は先のはずですよね？」

だが、先ほど仙京で水師《シュイシー》が何か重要な用件の対処に向かうように慌ただしく去って行ったのも確かで、師青玄《シーチンシュエン》はすぐさま指を二本合わせて立て、こめかみに触れようとした。これは通霊術の印《いん》だが、彼は手を上げてから自分が法力をすべて失っていたことを思い出した。嘆いている暇もなく慌てて謝憐《シエリエン》を掴む。

「太子殿下、今の話が本当なのか代わりに確認してくれないか？」

謝憐《シエリエン》と明儀《ミンイー》の二人が通霊陣に入ると、思った通り、中はしっちゃかめっちゃかで鍋の中の粥のような混乱状態に陥っていて、かなり気を揉んでいる様子だった。どうやら神官たちの多くが今、東海《とうかい》の方を野次馬見物しているようで、皆がぶつぶつ呟いている。

「嘘だろう……こんな……さすが水横天だな！」

「こ、こ、これは持ち堪えられるのか……」

神官の法力が高いほど、そして乗り越えた天劫の数が多いほど、次に迎える天劫はさらに危険なものになる。師無渡《シーウードゥー》は水路を独占し財路を支配する神官で、これは彼にとって三つ目の天劫だ。今回の劫《ごう》がどれほどのものかは想像に難くない。

謝憐《シエリエン》は「本当です」と答えた。

牛がまだ道を塞いでいるため、裴茗《ペイミン》は無理やり押し入るわけにもいかず遠くから叫ぶ。

「子供じゃあるまいし、こんなことで騙すわけがないだろう！　天劫を迎えるのは食事の約束をするのとは訳が違うんだ。決まった日に新しい服に着替えて行けるようなものじゃない。不意を突いて前触れなくやってくるんだ！　今、彼は東海にいるが、東海は誰も入ることも出ることもできないほどの大波が立ち始めている。それなのに、波と戦っている最中に君が逃げたと急に報告を受けて、彼が天劫に専心できるとでも思うのか！」

「だったら私は雨師《ユーシー》郷にいるってすぐに伝えてくれ

ればいいでしょう!?」

師青玄《シーチンシュエン》が言い返すと、通霊陣の中で実況を聞いた謝憐《シエリエン》が言った。

「もう無理です。今、水師《シュイシー》殿がいる海域全体には狂乱した法力場が展開されています。どうやら彼自身が混乱しているせいで、誰の声も届かないようです!」

飛び出していって「私を連れていってくれ!」と言った師青玄《シーチンシュエン》に、裴茗《ペイミン》が「行こう!」と手を伸ばす。

ところが、忽然《こつぜん》と現れた明儀《ミンイー》が険しい表情で師青《シーチン》玄《シュエン》の前に立ちはだかった。

「明兄《ミンシオン》、どうしたんだ?」

明儀《ミンイー》は眉をひそめたまま何も言わないが、謝憐《シエリエン》は彼が何を考えているのか、どうして師青玄《シーチンシュエン》を止めようとしたのかがなんとなく推測できた。

今回の天劫に挑む水師《シュイシー》に手を貸すのは、本当に正しいことなのだろうか?

もし命格を入れ換えた件が事実なら、水師《シュイシー》は相応の罰を受けなければならない。責任の追及もまだだというのに、それより先に彼がさらなる高みに上るのを手助けすることは、本当になんの問題もないのだろうか?

明儀《ミンイー》の考えが推測できたのは、謝憐《シエリエン》も同じ懸念を抱いていたからだ。師青玄《シーチンシュエン》は少しの間ためらい、結局長いため息をついた。

「……明兄《ミンシオン》、私は……君には本当に感謝してる。でも、それでもあの人は私の……どうしても放っておけないんだ。今はまず目の前のことをどうにかして、他のことはまた改めて!」

そう言って裴茗《ペイミン》の方へ駆け寄ると、師青玄《シーチンシュエン》は振り向いた。

「太子殿下、ありがとう! 雨師《ユーシー》殿、ありがとう! 牛、ありがとう! みんな、ありがとう! お礼は今度するから!」

二人は急いで去っていく。しばらくその場に留まっていた明儀《ミンイー》も後を追っていった。謝憐《シエリエン》が彼らの後ろ姿を眺めながら立ち尽くしていると、花城《ホワチョン》が小屋の中からゆっくりと出てくる。

「兄さんは行かないの?」

少し考えてから、謝憐《シエリェン》は小さく首を横に振っておもむろに口を開いた。

「この件に関しては、私は口出しできない。彼らがどう解決するのか見守るよ」

師青玄《シーチンシュエン》が渦中にいながら今なお答えを出せずにいることで、謝憐《シエリェン》も相当悩んでいた。師無渡《シーウードゥー》がなぜこのようなことをしなければならなかったのか、謝《シエ》憐《リェン》にも理解はできたが、その方法を認めることは決してできない。理想的な結末は、師無渡《シーウードゥー》が自ら罪を認めて罰を受け入れることで、明儀《ミンイー》もおそらくそう望んでいるからこそ師青玄《シーチンシュエン》を止めようとしたのだろう。だが、気位が高く横暴な水師《シュイシー》のことだ、その可能性は薄い。あれほど高い地位に長い年月座っていれば、自分から降りようとする者など誰もいない。

もし他の誰かだったなら、謝憐《シエリェン》はこの件をすぐに上天庭に告発していただろう。けれど、風師《フォンシー》がいつも厚い友情でもって親しく接してくれたことを思うと、彼の兄が危機に瀕《ひん》している中で手のひらを返すような真似はできなかった。それは、今までのよしみを顧みることなく、人の傷口に塩を塗るような行為だ。もう彼ら自身がどう解決するか見守るしかなく、もし最終的な解決策が適切なものでなければ……。

ここまで考え、謝憐《シエリェン》は花城《ホワチョン》に向かって自嘲気味に言った。

「三郎《サンラン》、この前の忠告は正しかったみたいだ。はぁ、こんなことになるなんて」

花城《ホワチョン》が小さく微笑んで何か言おうとした時、謝《シエ》憐《リェン》の顔色がさっと一変した。通霊陣の中で霊文《リンウェン》の声が聞こえてきたのだ。

「なんですって⁉　数百もの漁師の舟が巻き込まれた？　この肝心な時にですか⁉」

その瞬間、謝憐《シエリェン》は唖然として思わず声を上げた。

「漁師が？　どこで巻き込まれたんです？　東海ですか？」

先ほどの通霊陣の混乱状態を鍋の中の粥に例えるなら、今はその粥が地面にひっくり返されて犬に食われているようなものだろう。霊文《リンウェン》は返事をする余裕すらなかったが、声はまだ冷静だった。

「すみませんが、どなたか当番の武神はいらっしゃいませんか？　老裴《ラオペイ》は？」

裴茗《ペイミン》が陣の中で答える。

「落ち着け。私は青玄《チンシュエン》を連れてあちらに急いで向かっている。地師殿《ディーシー》も一緒だ。君はまず風波に巻き込まれた人が何百人いるのか正確に数えて教えてくれ。そうすれば我々で一人も取りこぼさずにきっちり連れ戻す」

「お願いします。水師殿《シュイシー》は今法力場を全開にして、天劫の圏内に他者を寄せつけないようにしています。中天庭の神官が入れば打たれて使い物にならなくなるでしょうが、上天庭の神官であれば障壁《しょうへき》の突破を試みることができるかと。巻き込まれた人はおそらく二百人を超えています。あなたたち数人だけではく手が足りないかもしれませんし、もう一人武神が必要です。どなたか、今いらっしゃいませんか？　南陽《ナンヤン》将軍？　玄真《シュエンジエン》将軍？」

霊文《リンウェン》が呼びかけると、誰かが発言した。

「将軍お二人は仙京を壊して謹慎中では？　呼んでも来られませんよ……」

「では泰華《タイホワ》は？　泰華《タイホワ》殿下は戻っていますか？」

「戻っていません！　別件で派遣されています」

「奇英《チーイン》は？」

「彼がどこに行ったかなんて誰も知りませんよ。あの人は年中通霊を全部遮断《しゃだん》していて、人の言うことなんて聞きやしないんですから。あなたもご存じでしょう！」

この数人以外に、上天庭に名を連ねる武神はまだ誰かいただろうか？　皆が取り乱しているとはいえ、さすがに謝憐《シエリエン》も少々落ち込んできた。まさかガラクタの神という肩書きは、彼が武神出身だということを誰もが忘れてしまうほど影響力が強いのか？

「はい！　私はいます。私が行きます。東海に行って漁師を掬い上げるんですよね？」

謝憐《シエリエン》が急いで名乗り出ると、霊文《リンウェン》が言う。

「太子殿下、今、東海の海上は風波がかなり強くて本当に危険です。あなたの法力は効いたり効かなかったりですし、万が一……」

「大丈夫です。私は四方のすべての海で漁《りょう》をしたことがありますから。海に出ればいつも大風と大波に遭遇して十日や半月は海を漂流していたので、もう慣れっこです」

「……」

神官たちは内心思った――「そんなことまで！　他にはいったい何をやったことがあるんだ？」

差し迫った状況下で熟慮する時間もなく、霊文《リンウェン》は承諾した。

「わかりました。ではお手数をおかけしますがお願いします。裴《ペイ》将軍、互いに協力してください！」

「わかった！」と裴茗《ペイミン》が答える。

謝憐《シエリェン》は通霊を閉じると振り向いた。

「三郎《サンラン》、東海の方で……」

ところが、なんと振り向いた時にはもう花城《ホワチョン》が爽やかな漁師の装いになっていた。彼は簑を一つ放り上げて片手で掴み、もう片方の手を扉に添えてきっぱりと言った。

「行こう！」

謝憐《シエリェン》はぽかんとしてしまったが、すぐに笑って「うん！」と答え、彼についていく。

扉を開けると、見えてきたのは屋内の設えではなく一面灰色の砂浜だった。


二人が出てきたのは砂浜にある漁師小屋で、この小屋は東海で最もよく使われている縮地千里の接続地点だ。砂浜の向こうには大海原が果てしなく広がっている。砂浜が灰色に見えるのは決して砂が灰色だからではなく、空と海が灰色だからだ。空一面に重苦しい黒雲がもくもくと立ちこめ、息が詰まりそうだった。

遠くの海面ではしばしば天に届かんばかりの大波が立っていて、まるで平らな場所に高い壁がそびえ立ち、すぐさま崩れていくかのようだ。さらに天高く昇る水龍のような水柱が竜巻の如く荒れ狂って猛威を振るい、昇ってはまた倒れていく。冴え冴えとした青白い雷は、歪に荒々しく空の彼方を這っていた。

砂浜には真新しい大きな船が停泊していた。海には足場となるものがなく、空を飛ぼうものなら雷に打たれてしまうかもしれないため、どうしても船が必要なのだが、当然それはただの船ではなかった。師青玄《シーチンシュエン》、裴茗《ペイミン》、明儀《ミンイー》の三人は既にその船に乗り込んでいて、花謝《ホワシエ》の二人が漁師小屋から出てきたことに気づいた裴茗《ペイミン》が声を上げる。

「太子殿下！」

師青玄《シーチンシュエン》が嘆きつつこう口にした。

「太子殿下、君は……もう！　苦労をかけて本当に申し訳ない」

謝憐《シエリエン》も船に乗り込んで答える。

「自分の仕事をしているだけですよ。この船はどうやって走らせるんですか？」

謝憐《シエリエン》の後ろでのんびりと腕を組んでいる花城《ホワチョン》を見るなり、裴茗《ペイミン》が警戒を強めた。

「部外者は下がれ。この風波は洒落《しゃれ》にならない」

今の花城《ホワチョン》は継ぎを当てた質素な服を着ているが、利発そうな美貌は隠しきれず、まるで粋な若い漁師のようだ。彼は笑って言い返す。

「部外者じゃない。うちの殿下についてきただけだ」

「彼は私の殿の者です」

謝憐《シエリエン》もそう言ったが、裴茗《ペイミン》は既に剣を抜いていて、一切譲歩することなくあくまで「下がれ」と繰り返す。


だが、謝憐《シエリエン》がまた口を開く前に、花城《ホワチョン》は謝憐《シエリエン》に向かって非常に揺るぎない態度で言った。

「下がらない。今回は何がなんでも同行させてもらう」

誰も譲らずにしばし睨み合いが続き、師青玄《シーチンシュエン》は一瞬が四季のように長く感じて裴茗《ペイミン》を促す。

「裴《ペイ》将軍、この人なら問題ありませんから急いで船を出しましょう！」

話していたその時、いきなり上空から激しい雷鳴とともに雷が落ちてきて、海面を打ちつけた。辺りの海面に稲妻が走り、ビリビリ光ると蛍光色の青に変わって、まるで大きな心臓がにわかに鼓動し始めて呼吸をしているかのようだ。その光景はあまりにも壮観で恐ろしく、これ以上時間を無駄にはできないと裴茗《ペイミン》が大声で号令した。

「出航！」

船体が突然揺れ動くと、ゴロゴロと丸い軸が回転する音が聞こえ、誰も操作していないのに大船はひとりでに進んで砂浜を離れていく。稲妻と雷鳴が絶えない逆巻《さかま》く大波の中を、船はまるで道を切り開くように沖へと疾駆していった。

風波は強いものの、謝憐《シエリエン》、花城《ホワチョン》、裴茗《ペイミン》、明儀《ミンイー》は全員非常に安定して立っていて、師青玄《シーチンシュエン》だけが明儀《ミンイー》に掴まれてなんとか倒れずに踏ん張っている。

「この船はこんな風波に耐えられるんですか!?」

大声で尋ねた謝憐《シエリエン》に裴茗《ペイミン》が答えた。

「しばらくはどうにかなるでしょうが、そのあとはなんとも言えません！」

船は既にかなりの速さで進んでいて、海水が両側でザブザブと音を立てながら水飛沫を上げている。だが、師青玄《シーチンシュエン》は「もう少し速くならないんですか？」と言った。

「この船は法力の消耗が激しい。これ以上は無理だ！」

裴茗《ペイミン》の答えに、師青玄《シーチンシュエン》は右手をぐっと握りしめる。かつてその手には風師扇《フォンシー》があり、あおげばたちまち大風が吹き始めた。追い風を送れば、この船は少なくとももう四割は速く進むことができただろう。けれど今その手には何もなく、思わずまた長いため息をつく。その時、花城《ホワチョン》が謝憐《シエリエン》をトンと叩いて小声で呼んだ。

「兄さん」

振り向いた途端、謝憐《シエリエン》は目を大きく見開いた。七、八丈先の海面に漁舟《ぎょしゅう》が一艘《そう》あり、荒れ狂う波の中でぐるぐる回っているのが見える。舟の上にはぼんやりといくつかの人影があり、助けを求めているようだが、その叫び声は大波と激しい雷鳴に呑み込まれてしまっていた。

遭難した漁師だ！

これはまさに今回彼がここへ来た目的だった。若邪《ルオイエ》が飛んでいき、その数人の漁師の腰に巻きついてこちらへ避難させる。大船の甲板《かんぱん》に降ろされた漁師たちは危うく腰を抜かしそうになったが、裴茗《ペイミン》が即座に船室の扉を開けて彼らを全員中に放り込んだ。もう一度漁師たちが扉を開けた時には、目の前に岸が見えるはずだ。

そうして花城《ホワチョン》と謝憐《シエリエン》が三、四十人の漁師を掬い上げたあと、大船は上下に揺れながら嵐と巨大な波の中心へ近づいていく。今この瞬間、間違いなく多くの神官たちが遠くからこの恐ろしい光景を見物しているだろうし、下界にいる多くの人間も天の威光というものに驚嘆し恐怖しているはずだ。船に落ちてくる稲妻の数もますます増えている。この稲妻は法力の源に引き寄せられるため、法力が高い者めがけて落ちてくる。誰かが天劫を迎えている時はできるだけ距離を取った方がよいとされる理由はまさにこれで、近づけば周りの者が思わぬ巻き添えを食ってしまうのだ。

今の師青玄《シーチンシュエン》はただの人間で、謝憐《シエリエン》の法力は通霊陣の中で少し質問ができる程度だ。花城《ホワチョン》は法力を使う必要がないためきっちりしまい込んでいて、稲妻はひたすら裴茗《ペイミン》だけをめがけて何度も落ちてきた。彼は剣を使ってそのすべてを力業《ちからわざ》で打ち返していたが、剣捌《さば》きからは余裕が窺えて、その技量に謝憐《シエリエン》はかなり感服した。もし中天庭の神官だったら、追われて打たれるばかりで打ち返すことなどできないだろう。だからこそ彼らをここに入れるわけにはいかないのだ。障壁を通り抜けた直後、師青玄《シーチンシュエン》は突然叫んだ。

「兄さん！」

謝憐《シエリエン》が顔を上げると、七、八本の天を衝《つ》く水龍の間に、白衣をはためかせながら宙に浮かび、「闘」の字を意味する手印《しゅいん》を結んでいる師無渡《シーウードゥー》が見えた。表面上はまだ大波を押さえ込んでいるが、どうやら彼の内面には少々動揺があるようで、あまり安定して押さえられてはいない。荒れ狂う水龍が隙を見ては近づき、彼を呑み込む機会を窺っているものの、ぎりぎりのところで何度も回避していた。大船は彼からまだ何十丈も離れている。もし風師《フォンシー》扇があれば、師青玄《シーチンシュエン》は風波を押さえ込んで一回り小さくすることができただろうが、今の彼はただの人間の身だ。声すらさほど遠くまで届けられず、何もできずにただやきもきするだけだった。裴茗《ペイミン》が口を開き、遠くまで力強い声を届ける。

「水師兄《シュイシーシオン》！　青玄《チンシュエン》が見つかったぞ！」

言い終わるや否や、師無渡《シーウードゥー》が目を開けた。

それと同時に巨大な波が天まで届き、また一気に落ちた。大船は高々と中空まで押し上げられたが、大波が落ちる速度についていけず、完全に宙に浮いたあと急速に落下していく。謝憐《シエリエン》は千斤墜《せんきんつい》を使って体を固定すると、花城《ホワチョン》の手をしっかりと握った。

「気をつけて！」

花城《ホワチョン》は謝憐《シエリエン》より背が高く、片手で難なく彼を抱き上げることができる。けれど、不思議なことに謝《シエ》憐《リエン》はなんとなく花城《ホワチョン》がふわふわしているように感じていて、ちょっと目を離したらすぐにいなくなってしまいそうな気がしてかなり強く掴んだ。同時に花《ホワ》城《チョン》も謝憐《シエリエン》の手を握り返す。あちら側で裴茗《ペイミン》が言った。

「水師兄《シュイシーシオン》、集中するんだ！　波を押さえ込まないと弟を溺死《できし》させることになるぞ！」

こちらの船が目に入り彼の言葉も聞こえると、師《シー》無渡《ウードゥー》の顔に怒気がよぎり、突然別の手印を結んだ。すると、まるで全身から法力を放出したかのように、彼の周りをぐるぐる回っていた七、八本の水龍が一瞬にして打ち砕かれ、大雨と化して満天からザーザーと降り注ぐ。

落ちてくる雨粒は落石のようで、ドドドドッと音を立てて甲板を叩き、体に当たると微かに痛みを感じる。だが、そのあと風波が少し収まった。師無《シーウー》渡《ドゥー》がゆっくりと下降してきて大船に降り立つ。全員が雨に打たれてびしょびしょの濡《ぬ》れ鼠《ねずみ》状態の中、師《シー》青玄《チンシュエン》は顔を拭って訥々《とつとつ》と言った。

「兄さん……」

師無渡《シーウードゥー》は顔を怒りの色に染めたまま、大股で近づいてきてこう口にした。

「大人しくしていろと言ったのに、どうしてお前はむやみに逃げ回るんだ！　私を憤死させないと気が済まないのか！」

師青玄《シーチンシュエン》は何を言えばいいのか本当にわからなかった。会えなければ心配で、会えばまたあの件を思い出す。心の中にしこりが残ったまま踏んぎりがつかずにいた。

「……ええと、私はただ……その……」

少し頭をかき、とうとう彼はため息をついて言った。

「天劫を乗り越えられたならそれでいいんだ。考えたんだけど、やっぱり私は……」

ところが、師無渡《シーウードゥー》が彼の言葉を遮った。

「誰が天劫を乗り越えたと言った？」

「さっきのあれは違うの？」

師青玄《シーチンシュエン》がぽかんとして尋ねると、裴茗《ペイミン》が両手についた水で髪を撫で上げて言った。

「喜ぶのはまだ早い。これは三つ目の天劫なんだ。そんなに簡単なわけがないだろう。少なくとも七日七晩はかかる。先ほどのは幕開けにすぎない」

実際は、一つ目の天劫でさえ簡単なものではない。おそらく当初師青玄《シーチンシュエン》が迎えた「天劫」は、他の者に比べるとかなり難易度が低いものだったのだろう。彼自身もそれに思い至ったようで、また表情が暗くなる。謝憐《シエリエン》はここに来た目的が気がかりで、通霊陣の中で尋ねた。

「霊文《リンウェン》？　私たちは今、水師《シュイシー》殿が天劫に挑んでいる海域に入ったのですが、風波に巻き込まれた漁師がどの辺りにいるのか、指示をもらえますか？」

霊文《リンウェン》は「少々お待ちを」と言い、しばらく経ってからこう告げた。

「厄介なことになりました。今日、彼の天劫の圏内に巻き込まれた漁師は二百六十一人いるのですが、あまりにも広範囲に散らばっていて……」

二言三言言うと彼女の声がすぐ途切れ途切れになり始め、謝憐《シエリエン》はよく聞き取れなくなる。

「どうしました？　霊文《リンウェン》？」

また自分が法力を使い果たしてしまったのかと思ったが、顔を上げて裴茗《ペイミン》の表情を見てみると彼の方も明らかに同じ状態だ。皆で話し合う前に、謝憐《シエリエン》はそう遠くない海面を壊れた舟がいくつか漂流しているのに気づいた。

「きっとさっきの幕開けの余波が大きすぎて通霊が上手く繋がらなくなっているんでしょう。少ししたら良くなるかもしれません。霊文《リンウェン》によると、二百六十一人の漁師が波に攫われて散り散りになっているそうです。とにかく今は救えるだけ救いましょう」

当然反対する者はいない。裴茗《ペイミン》は言った。

「水師兄《シュイシーシオン》、ひとまず中に入って少し休むといい。まだやっと幕開けを乗りきっただけで、またいつやってくるかわからないからな。あなたも今回は運が悪い。まさかこんなにも下界の人間を巻き込んでしまうとは」

師無渡《シーウードゥー》は確かに少し疲れているらしく、小さく頷くともう一つの船室の扉を開け、中に入って打座する。師青玄《シーチンシュエン》はどうやら何か真剣な話をしたいようだったが、まだ天劫を乗り越えていないこの大事な局面では、言い出しづらくて言葉を呑み込まざるを得ない。鬱々とした様子で明儀《ミンイー》と一緒にその場を離れようとすると、師無渡《シーウードゥー》がまた目を開けた。

「むやみにうろちょろしないでこっちに来い。ここで座っていろ」

厳しい声でそう言われ、師青玄《シーチンシュエン》は彼のそばにしゃがみ込むしかなかった。

半日以上が過ぎ、夜になると大船は東海のさらに沖へと進んでいった。

通霊は依然として途切れ途切れで、繫がったり繫がらなかったりではあるものの、なんとか使うことができる。その間に、謝憐《シエリエン》たちは既に二百人あまりの漁師を救助していた。漁師たちはいつも通り海に出て漁をしていたのだが、突如あれほど大きな風波が立ってかなり沖まで流されてしまい、到底自力で戻るのは不可能だった。もし何日も漂流し続けることになっていたら、海の上で飢えや渇きから命を落とし、干からびた屍《しかばね》になっていたかもしれない。それが突然救助され、まさに九死に一生を得たと大喜びしていた。

そうして海を漂い続けたが、すべての漁師を救助するまでに何日かかるかわからず、師無渡《シーウードゥー》の三つ目の天劫がいつになれば正式に始まるのかもわからないため、常に危険と隣り合わせの状態だった。こんな状況下でも裴茗《ペイミン》は相変わらずで、自分の流儀を改めることはなかった。夜に救助した女性漁師たちは恐怖で目が霞むほど泣いていたが、彼は彼女たちを抱きしめると、それはもう甘く優しく、愛情をたっぷり込めた穏やかな声で慰めてから船室に送った。女性たちは別れるのが名残惜しくて、扉を開けてもう一度彼に会えるのを心から願っているといった様子だった。師無渡《シーウードゥー》は長い間打座して休んでいたおかげで顔色もずいぶん良くなっていて、目を開けて尋ねる。

「君は今までずっと高水準を求めていなかったか？」

あの数人の女性漁師たちは、ちょうど年頃ではあるものの容貌は人並みで、確かに裴茗《ペイミン》の猟色《りょうしょく》の基準には遠く及ばない。だが、女性を抱きしめたあとの彼は一瞬で元気溌剌《はつらつ》といった表情になっていて、顎を軽く撫でながら笑った。

「無精髭《ぶしょうひげ》が伸び放題の爺さん漁師を立て続けに七、八十人も救助していたら、女というだけで全員美人に見えてしまってな、ハハハハッ」

その言葉を聞いて、師青玄《シーチンシュエン》と明儀《ミンイー》の二人は彼に目を向ける気も失せた。謝憐《シエリエン》は小さく首を横に振ったが、逆に少し可笑しくなってきて、花城《ホワチョン》と肩を並べて船の傍らに腰を下ろす。しばらく座っていると、ふと腹の中が空しい感じがした。

この船に乗っている他の皆は食事を取る必要がない。師青玄《シーチンシュエン》も今はただの人間だが、師無渡《シーウードゥー》がなんらかの仙丹《せんたん》を飲ませたようだと謝憐《シエリエン》は推測していた。おそらく一粒で何日も腹が膨れるようなもので、今も腹が減っているように見えないのはそのためだろう。この船は下界で海に出るために作られたものではないため、間違いなく食料は積んでいないはずだ。海に入って魚を何匹か捕まえようと謝憐《シエリエン》が立ち上がったその時、隣にいた花城《ホワチョン》が何かを差し出してきた。俯いて見ると、それは雪のように白い柔らかそうな饅頭《まんとう》だった。

謝憐《シエリエン》は再び腰を下ろし、小さな声で礼を言う。

「ありがとう、三郎《サンラン》」

「兄さん、ひとまず今はこれで。もう少しの辛抱だから」

花城《ホワチョン》も小さな声でそう答えた。

以前と同じように一つの饅頭《まんとう》を半分に分けて横並びに座り、ゆっくりと頬張る。船の反対側にいた裴《ペイ》茗《ミン》は、彼らが声を抑えて会話をしているのが聞こえると、髪を撫で上げて尋ねた。

「お二方は何か気づいたことでも？　二人だけの世界に入っていないで、私たちにも話してみてもらえませんか？」

謝憐《シエリエン》は適当なことを言って彼をあしらおうとしたが、ふと眉をひそめる。

「皆さん、何かおかしいと思いませんか？」

明儀《ミンイー》も眉をひそめ、顔を上げて「思う」と口にする。

謝憐《シエリエン》は立ち上がって言った。

「この船はずいぶん速度が落ちている気がするんですが、法力が足りなくなったんでしょうか？」

「そんなはずありません。出発前にこの船に流し込んだ法力で、あと二日は走れますよ」

裴茗《ペイミン》が答えると、謝憐《シエリェン》は船端《ふなばた》まで歩いていって縁に手を置いた。

「ですが、どうもこの船は急に重くなったような……」

最後まで言い終える前に、声がぴたりと止まる。師無渡《シーウードゥー》以外の数人が船端に集まってきた。

「どうしたんです？」

聞くまでもなく、何が起きているのかは一目瞭然だった。辺りは既に暗くなっているが、この大船の喫水《きっすい》がいきなり尋常ではないほど深くなっているのが微かに見て取れる。しかも、今この瞬間にもどんどん深くなっているのだ！

謝憐《シエリェン》はすぐさま言った。

「船底が浸水したんですか!?　座礁《ざしょう》したんでしょうか？　それとも水中に潜った何かが穴を開けたとか？」

「あり得ません！　座礁したなら我々が気づかないはずがないでしょう？　この船は普通の船ではないんですから、並大抵のモノでは穴を開けることなどできません。あり得るとすれば……」

そう言った裴茗《ペイミン》は、何かを思いついたのかいきなり言葉を詰まらせた。

「あり得るとしたら？」と明儀《ミンイー》が問いかける。

「まずいことになった」

裴茗《ペイミン》の言葉を聞いて、師青玄《シーチンシュエン》も「何がまずいんです？」と尋ねた。

裴茗《ペイミン》はぱっと振り向く。

「鬼域《きいき》に進入すれば、船は途端に沈む。黒水《こくすい》鬼蜮《きいき》まで来てしまった」

第六十二章　船行鬼域入水即沈

鬼域に入れば、船は途端に沈む

「四絶の一人の黒水沈舟《こくすいちんしゅう》ですか？」と謝憐《シエリエン》は尋ねた。

「四害です。四絶ではありません」

「……」

謝憐《シエリエン》は言われてやっと思い出した。無意識にその四人から戚容《チーロン》のことを除外して考えてしまっていたようだ。謝憐《シエリエン》には、「青灯夜遊」を他の三人と同列に扱うことがどうしてもできなかったからかもしれない。

巻物の内容を必死に頭に詰め込んだので、謝憐《シエリエン》はこの「黒水沈舟」についても通り一遍《いっぺん》の知識はあった。噂によると、外洋に隠棲する強力な水鬼で、「血雨探花」と同じく銅炉山で殺し合い生き残って出てきたモノだ。一貫して控えめではあるが、それも人界と天界では控えめというだけだ。正確に数えたわけではないが、各地の名のある妖魔鬼怪を少なくとも五百匹以上は呑み込んでいて、その中の四百匹以上が修為の高い強力な水鬼らしい。黒水鬼蜮は、まさに彼の縄張りだった。

「境界を越えれば法も神も眼中になし」で、花城《ホワチョン》の縄張りである鬼市と同様に、その領域に入ればすべて彼らの裁量になる。まさにそれに由来して、鬼界では「陸上の王は赤、水中の主は黒」という言葉が広く伝わっている。「赤」は当然紅衣の血雨探花で、「黒」がすなわちこの黒水玄鬼だ。

「水師兄《シュイシーシォン》、今回は本当に運が悪いな。玄鬼は青鬼と違って揉め事をあまり好まないし、幸いまだそれほど深くまで入ってはいないから、気づかれないうちに急いで船の向きを変えよう」

裴茗《ペイミン》が言うと、「変えればいいじゃないか？　この船を動かしているのは裴茗《ペイミン》じゃないのか？」とばかりに他の者の視線が彼に集中する。

裴茗《ペイミン》も不思議に思った。

「変わっていないだと？　この船は自動的に進行方向が調整されるから、手動で操作する必要はないんだが」

だが、船の舵《かじ》は微動だにしなかった。仕方なく裴《ペイ》茗《ミン》は自ら舵を取りに行ったが、手を置いた途端、眉間にしわを寄せた。近づいた謝憐《シエリエン》が尋ねる。

「舵を切れないんですか？」

裴茗《ペイミン》の腕力が足りないということは絶対にあり得ないし、謝憐《シエリエン》も自分の腕力には自信があったが無理だった。明儀《ミンイー》がやってきて、少し調べてから言った。

「何かが挟まっているのかもしれない。下に降りて確認してみる」

「明兄《ミンシオン》、私も一緒に降りるよ」

そう言った師青玄《シーチンシュエン》を師無渡《シーウードゥー》が叱りつける。

「戻れ！　二度と勝手にうろちょろするな」

彼はまだ天劫に挑んでいる最中で、怒らせたり気を散らせたりして心を乱させてはならない。そのため師青玄《シーチンシュエン》は逆らうことができず、ばつが悪そうに引き返して、明儀《ミンイー》は一人で甲板の下へ調べに行った。謝憐《シエリエン》も初めは手伝いに行こうとしていたが、地師《ディーシー》ほど修理が得意ではないことは自分でもわかっているし、行ったところで役には立てないだろう。黒々とした海面を見渡していた謝憐《シエリエン》は、さらに重要なことを思い出して真剣に尋ねた。

「この一帯まで流されてきた漁師もいるんだろうか？」

花城《ホワチョン》は先ほどまでずっと謝憐《シエリエン》と協力して捜索と救助に当たっていたが、彼は非常に視力が良く、多くの漁師を真っ先に発見したのは彼だった。周囲をぐるりと見回して花城《ホワチョン》が答える。

「いないはずだ。黒水鬼蜮は南海《なんかい》にあるから、漁師がこんな遠くまで流されることはない。それにこの辺りの海域には障壁が張られていて、特別な事情でもない限り一般人は入ってこられないんだ。万が一入ってしまったら、もう助からない。基本的に流れてきたものは何もかも沈んでしまうから」

なんとここが南海とは、いつの間にかそんなに遠くまで来ていたことなど気づいてもいなかった。謝《シエ》憐《リエン》は少し試してみたが、やはり通霊術は完全に遮断されている。今まで途切れ途切れとはいえどうにか繋がっていたのだが、今は死のような静寂だった。眼下の海面はまだ穏やかな方だが、その下にどんな危険な暗流《あんりゅう》が潜んでいるかわからない。空もますます暗くなり、謝憐《シエリェン》はまずいと直感した。

「この辺りまで流された漁師はいないようですし、もし地師《ディーシー》殿でも船を修理できなかったら、船は捨ててひとまず岸に上がりませんか。水師《シュイシー》殿は東海のあの場所に戻れますし、私たちも捜索と救助を続けられます」

裴茗《ペイミン》が「いいでしょう」と言ってすぐさま船室の扉を開ける。

ところが、扉を開けるとそこは陸地の景色ではなく、がらんとした船室の内部だった。裴茗《ペイミン》は途端に顔色を一変させる。

「縮地千里が使えないだと!?」

花城《ホワチョン》がハハッと笑った。

「当然だろう。通霊術すら使えないのに、どうして縮地千里が使えると思った?」

振り返った裴茗《ペイミン》は、こちら側に目を向ける。

「そちらの彼はかなり若そうに見えるが、ずいぶんと落ち着いていて不安もないようだな?」

「船はもう鬼域に入り込んでしまって、今もまだ沈み続けて進むことができない状態です。まずはなんとかしてこの困難な事態を打開しませんか」

謝憐《シエリェン》がそう言うと、師青玄《シーチンシュエン》が甲板の下に向かって叫んだ。

「明兄《ミンシオン》、どんな感じ? 直せそう?」

「壊れてはいない! 何かが挟まっているわけでもない。他に原因がある」

明儀《ミンイー》が下からそう答える。

「玄鬼の法力場だ」と裴茗《ペイミン》が低い声で言った。

話している間に甲板全体がまたがくんと下がる。謝憐《シエリェン》がもう一度見てみると、なんと船体の半分が既に水中に沈んでいた。普通の船ならとっくに持ち堪えられなくなっていただろうが、神仙が作ったこの船は、まだ抜け出そうと必死に抵抗している。

「何事にも必ず例外はあります。この一帯の水域で浮かんでいられるものが何一つないなんてあり得ません! きっと何か沈まないものがあるはずです」

謝憐《シエリェン》の言葉に、花城《ホワチョン》が「あるよ」と答えた。

全員の視線が彼に集まると、花城《ホワチョン》は腕を組んで事もなげに続ける。

「ある木材なら黒水鬼蜮の水に沈まずに浮いていら

れる」

謝憐《シエリエン》はよく見る特殊な木材をいくつか挙げた。

「檀木？　沈香木《じんこうぼく》？　槐木《かいぼく》？」

ところが、花城《ホワチョン》はこう答えた。

「棺の木材だ」

「棺!?」

「うん。今まで黒水鬼蜮に迷い込んで生きて帰れた奴はいない。でも一度だけ例外があった。家族の遺体を故郷へ運ぶために船で海を渡っていた奴がいて、船は沈んだけど、そいつは棺に乗って岸まで流れ着いたんだ」

「こちらの彼は存外物知りだな」

裴茗《ペイミン》が眉を跳ね上げる。

花城《ホワチョン》も同じく眉を跳ね上げて言った。

「いや。そっちがものを知らなすぎるだけだろう」

師無渡《シーウードゥー》は依然として手印を結んで打座していたが、薄目を開けてこちらへ視線を滑らせる。

「裴兄《ペイシォン》、前から聞きたかったんだが、彼はいったい何者だ？　どういう素性なんだ？　なぜ君たちと行動をともにしている？」

「そうだな、それは太子殿下に聞いてもらうしかないだろう。何しろ彼の殿の者だから」

裴茗《ペイミン》が言うと、師青玄《シーチンシュエン》が口を挟んだ。

「はいはい、知ってることが多いとか少ないとか、もういいでしょう。でも、今はあらゆる法術が使えなくなってるのに、棺なんてどこから見つけてくるんだ？」

それに裴茗《ペイミン》が答える。

「簡単だ。さあ、お兄さんがこの場で作って見せよう。自給自足のなんたるかを教えてやる」

「……」

ところが花城《ホワチョン》がこう言った。

「無駄だ。死体が入っていた棺でないと意味がない」

そうなると、もうどうすることもできない。まさか今すぐ棺を作って、彼らのうち一人を殺して中に入れるわけにはいかないだろう。話している間にも大船はまた一段と水中に沈んでいき、皆が立っている甲板も微かに傾いてほとんど海面と同じ高さになりそうだった。姿勢正しく打座していた師無渡《シーウードゥー》も、同じように危うく傾きそうになってしまい、冷ややかに言い放つ。

「もういい！　私がやる」

　彼は扇を取り出すと、その先端を額の真ん中に軽く当ててからさっと広げた。扇の表面には「水」と一文字書かれていて、裏面には波のように流れる三本の線が描かれている。師無渡《シーウードゥー》は無造作に扇を上げると大声で叫んだ。

「水よ、来い！」

　言い終わるや否や、謝憐《シエリエン》は船体ががくんと上昇したのを感じた。足元が海面より数尺高くなり、大きな安堵を覚える。

「水師《シュイシー》扇は黒水鬼蜮の水まで操れるのか？」

　謝憐《シエリエン》が不思議そうに言うと、花城《ホワチョン》が答えた。

「鬼域の水じゃない。他の場所から水を移してきたんだ」

　彼らが黒水鬼蜮に入り込んでからまだそう経っておらず、境界を越えて一刻〔およそ十五分〕ほどだ。そのため、師無渡《シーウードゥー》はさほど遠くない南海から海水を呼び寄せ、船底から湧き上がらせて船を無理やり持ち上げたのだ。

「水師兄《シュイシーシオン》、よくやった！　舵が使い物にならなくて、この船は方向転換ができないんだ。急いで水で持ち上げて反転させてくれ」

　裴茗《ペイミン》の言葉に師無渡《シーウードゥー》が答える前に、船体がまた沈みだした。あろうことか、鬼域の海水が負けじとよそからやってきた海流と張り合い始めたのだ。今度はさらに激しく沈み、甲板全体がより強く傾いていく。舳先《へさき》の方が重くなって全員が滑り落ちていき、次々に体勢を整えた。

　師無渡《シーウードゥー》は生まれつき上品で秀麗な容貌だが、性格は非常に横暴で負けず嫌いなため、何かが自分に敵意を向けていることに気づいて顔に怒気をよぎらせた。水師《シュイシー》扇をぱっと閉じると、再び開いた時にはあの波のように流れる線がさらに大きくうねっていて、海中の水流の威力は一層強くなり、船体もまたがくんと持ち上げられた！

　一方の力は船を沈ませようと喚き立て、もう一方の力は船を上昇させようとどこまでも意地を張る。上がったり下がったりで双方が譲らず、膠着《こうちゃく》状態に陥った一進一退の接戦のようだ。大船は海の上で進んだり止まったり、急に沈んだかと思えば急に浮かび、波飛沫が激しく飛び散るわ海水が流れ込むわで、あまりにひどい有様だった。もし船にいるのが全員一般人だったら、今頃はとっくに恐怖で気が触れていただろう。謝憐《シエリエン》は片手で船べりにしっかりと掴まり、もう片方の手で花城《ホワチョン》をぎゅっと掴みながら言った。

「どういうことだ？　船が回転し始めてる！」

間違いなく大船は一方向に沿ってゆっくりと回り始めていて、ぐるぐる回れば回るほど速度を増して沈んでいく。謝憐《シエリエン》ははっとした。船体は巨大な渦に巻き込まれ、その渦の中心に向かって吸い込まれているのだ！

「皆さん、気をつけてください！　双方の水がぶつかり合っています！」

師無渡《シーウードゥー》がよそから移してきた海水の威力は強大で荒々しいが、ここは彼の本拠地ではないため境界を越えたことでその威力が弱まってしまい、鬼域の海流との衝突ではやや劣勢だ。謝憐《シエリエン》が叫んだあと、案の定、大船は渦の中心へと吸い込まれてしまった。最後の瞬間、謝憐《シエリエン》は花城《ホワチョン》を引き寄せると同時に芳心《ファンシン》を投げ、二人はその剣に乗って飛び上がった！

もしかすると芳心《ファンシン》はもう飛べなくなっているのではないかと謝憐《シエリエン》はかなり心配していたのだが、甲板から離れるとようやくほっと息をついた。蛇行《だこう》してはいるが、とにもかくにもまだ飛べている。上から見下ろすと、この海域全体が恐ろしいほどの深い漆黒だった。色の異なる二つの巨大な海流が絡みつくように戦っているのがはっきりと見える。まさにそれらが互いに追い立て合い、噛みつき合うことでこのとてつもなく巨大な渦が生まれたのだろう。大船が渦の中心に呑み込まれると、二つの巨大な海流も一気に散っていった。しかし、どちらもまだ勝負を諦めておらず、まるで二匹の毒蛇のように絶えず相手に攻撃を仕掛け続け、ぶつかり合う度に逆巻く大波を引き起こす。謝憐《シエリエン》は辺りを少し見渡して言った。

「風師《フォンシー》殿？　地師《ディーシー》殿？　裴《ペイ》将軍？　皆さんいますか？」

背後の十数丈離れたところから師青玄《シーチンシュエン》の声が聞

こえてくる。

「太子殿下！　私たちはここだよ！」

「あなたたちも御剣《ぎょけん》……」

振り向いた謝憐《シエリエン》は言葉を失った。明儀《ミンイー》が月牙鏟《ユエヤーさん》の持ち手の上に立っているのが目に入り、師青玄《シーチンシュエン》はというと、その先端に座ってこちらに手を振っている。

　これは御剣ではなく、御《ぎょ》……鏟《さん》だ。その光景は、とてもではないが直視できない！

　あちらで裴茗《ペイミン》の声もした。

「水師兄《シュイシーシオン》は？」

　彼は一人で御剣していて、水師《シュイシー》の姿は見当たらない。師青玄《シーチンシュエン》も呼びかける。

「兄さん？　兄さん⁉」

「落ち着いてください。水師《シュイシー》とは水神ですから、沈んだりはしないはずです」

　謝憐《シエリエン》はそう言ったが、海同士が戦ってできたあの渦の威力を思い出すと楽観視はできない。彼は振り向いて声をかけた。

「三郎《サンラン》、私の腰にしっかり掴まっていて。落ちないよう絶対手を放さないで」

　花城《ホワチョン》は聞き分け良く答える。

「うん、わかった。でも兄さん、一つ言っておかないといけないことがあるんだ」

「何？」

「黒水鬼蜮の上空を飛んではいけない。何かが出てくるから」

　その言葉を言い終えるや否や、長く鋭い鳴き声が聞こえ、とてつもなく巨大な白い何かが水面を突き破って飛び出し、裴茗《ペイミン》に襲いかかった。

　剣の名手である裴茗《ペイミン》は、化け物が襲いかかってくるのを見て無意識に剣を抜こうとした。ところが今、彼はその剣に乗っているため空振りに終わる。幸いにして裴茗《ペイミン》は素早く反応し、さっと飛び降りて剣を握ると、空中で振り上げてそのモノを真っ二つにした。体が急降下する前にもう一度剣の上に飛び乗り、安定して上昇すると、髪を乱すことなく落ち着いた様子で言った。

「なんなんだ、あれは？」

　彼に斬られて悲鳴を上げながら海面に落ちたモノ

の姿が、ぼんやりとだが微かに見える。謝憐《シエリエン》は目を細めてよく見てから「魚？」と口にした。

それは確かに魚だが普通の魚ではなく、体長五丈、幅は二丈もある骨魚《こつぎょ》だった！

その「魚」には身も鱗《うろこ》もなく、全身不気味な白い骨だけで、尖った口の中には鋭い牙がぎっしりと並んでいる。毒があるかどうかはわからないが、もし咬まれたら大変なことになるだろう。裴茗《ペイミン》はさらに高くまで飛び上がった。

「気をつけるんだ。間違いなくこの一匹だけじゃない！」

案の定、彼が最後まで言ったその時、二匹目がいきなり飛び出してきた。今度は明儀《ミンイー》と師青玄《シーチンシュエン》に襲いかかっていく！

悲しいかな、地師《ディーシー》は武神ではないため攻撃力は高くなく、風師《フォンシー》も既にただの人間の身で、しかも明儀《ミンイー》は御《ぎょ》……鏟《さん》に不慣れだった。二人とも咬まれることはなかったが、ぶつかられてあっという間に海に落ちていく。落下しながら師青玄《シーチンシュエン》は絶望したように言った。

「明兄《ミンシォン》！　今後は自分の法宝をもっと使い込んでおいてくれ──」

明儀《ミンイー》は「黙れ──」と言い返す。

「はぁ」とため息をついた裴茗《ペイミン》が二人を助けに向かった。裴茗《ペイミン》の腕前を目にしていた謝憐《シエリエン》は、彼一人で十分だろうと思いつつ心の中で呟く。

（これは地師《ディーシー》殿を責められないな。鏟《さん》みたいな法宝だと、面《つら》の皮が薄い神官なら普通は人前で出したいなんて思わないだろうし……）

その時、背筋にぞわりと寒気が這い上がってきた。謝憐《シエリエン》はすぐに意識を集中させ、穏やかな声で告げる。

「三郎《サンラン》、しっかり掴まって。何か来たから気をつけて」

花城《ホワチョン》は「わかった」と言って本当に両腕をしっかり回す。

その直後、四方から水の壁が勢いよくせり上がり、四匹の骨魚が空中に飛び上がった！

この四匹のとてつもなく大きい不気味な骨は、「魚」というよりむしろ「龍」に近いものがあった。

岩が重なり合っているような頭蓋骨には尖った角があり、まるで大きな提灯《ちょうちん》のように消えることのない鬼火が眼窩《がんか》の空洞で燃えている。四本の足が揃っていて、海面から突き出している上半身は水がめほどの太さがあり、体長は少なくとも六、七丈あった。下半身は海中に潜んでいて、どれほど長いのかわからない。四匹は謝憐《シエリエン》と花城《ホワチョン》をぐるりと取り囲み、四方を塞いでいた。二人は空中に浮いていて、上に向かおうにも芳心《ファンシン》はこれ以上高く飛べず、下にはただ寂々《じゃくじゃく》たる死の如き海があるのみだ。

謝憐《シエリエン》はため息をつく。

「じゃあ……誰から始めようか？」

少し考えてから、彼は手を合わせて言った。

「やっぱりまとめてやるか」

言い終わるや否や、東側の骨龍《こつりゅう》が甲高い鳴き声を上げて真っ先に飛びかかってくる。謝憐《シエリエン》は手を上げて指一本で突いた！

その骨龍は一瞬で動きを封じられた。

とてつもない巨体だというのに、あろうことか剣一本、人ひとり、指一本によって完全に動きを封じられ、骨龍はその場で硬直してしまった。どうしてもそれ以上少しも近づけず、苛立ったように尾ひれと後ろ足を揺り動かし始めて、海に巨大な波を起こす。

残りの三匹もどっと襲いかかってくると、謝憐《シエリエン》は他の指も広げて爪を立て、その骨龍の頭上にある角を掴んで武器として振り回した。「びゅうびゅう」と空気を切り裂く轟音がする中、三匹の骨龍はその一匹に打たれて、散々なことに一瞬で「卅《そう》」という文字のような状態になってしまった！

骨龍四匹は鳴き声とともに海に落下し、落ちた衝撃で骨がバラバラに散る。事が終わると、砕けた骨が散らばる海面を見下ろした謝憐《シエリエン》は埃をはたくように手を軽く叩き、ほっと息をついてようやく振り返った。

「三郎《サンラン》、大丈夫だった？」

花城《ホワチョン》がにっこり笑う。

「兄さんが守ってくれてるんだから、大丈夫に決まってるでしょう？」

彼にそんなふうに言われると、謝憐《シエリエン》はかえって恥ずかしくなった。考えてみれば、この骨龍の相手など花城《ホワチョン》にとっても手のひらを返すように簡単なことだろう。そんな彼に大丈夫かと聞くなんて、手柄をひけらかして機嫌を取ろうとしているように見えてしまう。ちょうどその時、突然剣身ががくんと下がった。謝憐《シエリエン》が反応する前に二人は急降下して、凍てつくような冷たい海に真っ逆さまに落ちた。

下から何かに引っ張られたわけではなく、長く御剣し続けたせいで年寄りの芳心《ファンシン》には持ち堪えられず、休息が必要だったのだ！

骨身に沁みる冷たい海水が四方八方から流れ込み、水を二口飲んでむせた謝憐《シエリエン》は、すぐに口をきつく閉じて水面に向かって必死に泳いでいく。ところが、この黒水鬼蜮の水は確かに尋常ではない怪しさだった。謝憐《シエリエン》は泳ぎが得意だが、この水の中では体が鉛《なまり》のように重くなり、どうしても浮くことができない。目を開けて辺りを見てみたが、水中も真っ暗で花《ホワ》城《チョン》がどこにいるのかわからなかった。ばたばたと腕を振ってみると、沈下《ちんか》していく芳心《ファンシン》はしっかり掴めたものの他には誰も掴めず、謝憐《シエリエン》は少し焦りを感じ始めた。

しかし、焦れば焦るほど水面には近づけなくなり、体はどんどん沈んでいく。幸い、そう経たないうちにまるで迷霧をかき分けるように一本の手が現れ、謝憐《シエリエン》は目の前がぱっと明るくなったような気がした。次の瞬間、誰かが彼の手をぎゅっと握った。そして腰をしっかりと抱いてあっという間に浮上し、水面を割って出る。何度か息を吸い込み顔を拭って見てみると、謝憐《シエリエン》を連れて上がってきたのはまさに花《ホワ》城《チョン》だった。

「人は死んだら重くなる」と言うように、本来ならば死人の方が重いので、言ってみれば死人の花城《ホワチョン》は謝憐《シエリエン》よりも早く沈むはずだ。ところが、不思議なことに彼は水中でふわりと軽く、いとも簡単に浮かんでいる。花城《ホワチョン》は俯いて謝憐《シエリエン》を見つめた。

「大丈夫？」

謝憐《シエリエン》は小さく頷く。だが、今のこの光景と気持ちにはあまりにも覚えがあった。どうしてもあの時の同じような場面を思い出してしまい、心臓がかっと焼けるように熱くなり始める。花城《ホワチョン》は片手で彼を抱き、もう片方の手で水をゆったりとかいて進みながら言った。

「兄さん、しっかり掴まっていて。放したらすぐに沈んでしまうから」

謝憐《シエリェン》は何を言えばいいのかわからなくなり、頭の中がごちゃごちゃになってとりあえず頷く。その時、そう遠くないところでさざ波が立ち、鮫《さめ》の背びれのように尖った骨の角がいくつも海面に現れて、二人に向かって急接近してきた。なんと、謝憐《シエリェン》に振り回されて気絶したあの骨龍四匹が、報復しようとまた取り囲んできたらしい。

骨龍たちは二人の周りをぐるぐる回って虎視眈々と狙っていたが、しばらくするとついに抑えきれなくなったのか、いきなり襲いかかってきた。謝憐《シエリェン》が芳心《ファンシン》をしっかりと握って迎え撃とうとしたその時、花城《ホワチョン》がうんざりしたようにチッと舌打ちをするのが上から聞こえてきた。

骨龍たちは既に二人の目前まで突っ込んできていたが、その舌打ちを聞くと、突然殺気が跡形もなく消え失せた。口の中にぎっしりと並ぶ鋭い牙は謝《シエ》憐《リェン》の喉元を噛み切ろうとしていたようだったが、迫ってくるとなぜか芳心《ファンシン》の剣先にすり寄って、二度ほど口づける。

「？」

謝憐《シエリェン》がきょとんとしていると、骨龍四匹は怖《お》じ気《け》づいたかのように尾ひれを振りながら慌てて逃げていってしまった。謝憐《シエリェン》はしばし言葉を失っていたが、花城《ホワチョン》は彼を連れてそのままゆったりと泳ぎながら言った。

「兄さん、見た？　今後もし愛玩《あいがん》用に動物を飼うことがあっても、あんなのを選んじゃ駄目だよ。役立たずだから」

「……」

――愛玩用の動物？

「大丈夫だよ。そんな予定はないから……」

その時、突然海面を突き破るように水龍が飛び出し、天高く昇っていった。謝憐《シエリェン》が顔を上げて眺めると、師無渡《シーウードゥー》がその水龍の頭に座っているのが見えた。攻撃力が極めて高い手印を結び、顔には殺伐《さつばつ》とした気を宿している。どうやらちょうど何かと激しく戦っているところらしい。もともと穏やかではなかった海面がますます激しく揺れ動き、謝憐《シエリエン》は叫んだ。

「風師《フォンシー》殿！　地師《ディーシー》殿！　裴《ペイ》将軍？　皆さん、どこにいるんですか？」

月明かりを頼りになんとか辺りをさっと見渡したが誰も見当たらず、それどころか自分自身が巨大な暗い影の中に入り込んでいることに気づいた。振り向いた途端に謝憐《シエリエン》は大きく目を見開く。巨大な波で築かれた高い壁が、天地を覆い隠すように襲いかかってきていたのだ。その直後、何も見えなくなった。

海中でどれくらい浮き沈みしていただろうか。謝《シエ》憐《リエン》はようやく目を開けた。

体を起こさなくても、体の下から伝わる感触で陸に上がっていることがわかる。しばらく横になったまま少し力を蓄えたあと、手を上げてみると、水に浸かりすぎて掌紋《しょうもん》がしわしわになっていた。

腰の下にやや硬い何かが当たっていて、顔の向きを変えて見てみると、それが花城《ホワチョン》の腕だと気づいた。花城《ホワチョン》がすぐそばで横になっていて、見たところずっと謝憐《シエリエン》を抱いたまま一度も手を離さなかったようだ。

謝憐《シエリエン》は目を覚ましたが、花城《ホワチョン》はまだ目を覚ますことなく両目をきつく閉ざしている。むくりと起き上がった謝憐《シエリエン》は、彼を軽く揺すってみた。

「三郎《サンラン》？　三郎《サンラン》？」

返事はなく、揺すりながら辺りに少し目を向ける。この場所は岸の上ではあるが、埠頭《ふとう》、人煙《じんえん》、家屋などはない。あるのは生《お》い茂った森だけで、大陸ではなく孤島のようだ。しかも既に昼になっている。まさか一晩中流されていたということだろうか？　だとすると、どこまで流されてしまったのだろうか？

しばらく揺すってみても花城《ホワチョン》は深く眠ったまま動く気配もない。鬼が溺れ死ぬことはないため、花《ホワ》城《チョン》も溺れてはいないはずだと謝憐《シエリエン》は確信していた。けれど、海中に何か他のモノがいた可能性も否定できず、例えば毒や棘《とげ》を持った骨魚が不意打ちしてきたのかもしれない。そこで謝憐《シエリエン》は体に傷がないか調べようと思い、花城《ホワチョン》の胸元や腕、脚に一通り触れてみた。だが、花城《ホワチョン》の体つきが実に素晴らしいということ以外、なんの発見もなかった。謝憐《シエリエン》はしばし呆けていたが、次第に慌て始めてぶつぶつと呟く。

「三郎《サンラン》、まさか私をからかってるんじゃないよな」

反応はない。

焦った謝憐《シエリエン》は花城《ホワチョン》の胸元に耳をくっつけて、彼の心音を聞こうとしたが、くっつけてからようやく思い出す。鬼に鼓動などあるはずがないだろう？　ところが、そうして耳を澄ましてみると、意外なことに本当に鼓動が聞こえてきた。謝憐《シエリエン》はぽかんとしたが、すぐさまはっとして、ある可能性に思い至った。

花城《ホワチョン》の本体ならば当然溺れることはないだろう。だが、彼は今、十七、八歳の人間の少年に化けている。この姿では溺れてしまうのではないだろうか？

花城《ホワチョン》がそんな失態を犯すとは思えなかったが、今はそれ以外にできることもなく花城《ホワチョン》の胸を何度も圧迫する。だが、やはり目覚めさせることはできなかった。しばしためらい、謝憐《シエリエン》はゆっくりと手を伸ばして花城《ホワチョン》の顔をそっと包み込んだ。

彼の眉目《びもく》は並外れて美しく、目を閉じている今は、攻撃的な鋭い印象が減って優しさが増している。そうして両手で包み込んで見つめながら、これから自分がやろうとしていることを想像すると、謝憐《シエリエン》はそわそわしてどうにも落ち着かなくなった。長いこと悩んだが、辺りを見回してみると誰もおらず、また花城《ホワチョン》をちらりと見ても目を覚ましていない。それでついに覚悟を決めて歯を食いしばり、小さな声で言った。

「……失礼する」

そう口にした彼の声は震えていた。言い終わると、手を合わせてひとしきり心の中で祈りの言葉を唱える。それからようやく俯いて目を閉じ、唇を重ねた。

それと同時に、花城《ホワチョン》がぱちっと目を開けた。

第六十三章　合霊柩棺舟出鬼海

霊柩を閉じ、棺の船で鬼海に出る

ところが、謝憐《シエリエン》は極度の緊張と後ろめたさから両目をきつく閉じていたため、それにまったく気づいていなかった。

前回水中で空気を送ってもらった時は、花城《ホワチョン》が主導していた。あの時の彼の口づけはあまりに力強く強引で、そのあと謝憐《シエリエン》は思い返す勇気が持てず、ただ唇が腫れてひりひりしていたことしか覚えていない。今回は自分が主導しているわけだが、慎重にただ唇をそっと重ねただけで、まるで花城《ホワチョン》が目を覚まさないかとびくびくしているかのように、それ以上少しも強く口づけることができなかった。だが、考えてみれば、そもそもの目的は花城《ホワチョン》の目を覚まさせることではなかったか？　それに、口づけが軽すぎると唇がぴったりと合わさらずに息が漏れてしまって、意味がないのではないだろうか？

そんな訳で、謝憐《シエリエン》は目を閉じたまま心の中で道徳経を高速暗唱しつつ唇をほんの少し離し、軽く息を吸ってから再び重ね合わせた。

今度は先ほどよりもさらに唇を密着させるような口づけだった。謝憐《シエリエン》は花城《ホワチョン》の少しひんやりとした薄い唇をしっかり覆って、ゆっくりと息を送り込む。

その最中も謝憐《シエリエン》はずっと目を閉じたままで、敢えて見ようとはしなかった。息を五、六回送ったところで、次は花城《ホワチョン》の胸を圧迫しなければと思って瞼を開けると、大きく目を見開いていた花城《ホワチョン》とばっちり目が合った。

「……」

「……」

謝憐《シエリエン》の両手はまだ花城《ホワチョン》の頬を包み込んでいて、たった今離れたばかりの二人の唇には柔らかく痺れる感覚が今なお残っている。二人は一瞬で石像と化した。風が吹けば双方ともにすぐさま砕けてしまいそうだ。謝憐《シエリエン》はもちろん驚いて呆然としていたが、いつもなら目の前で泰山が崩れようとも常に顔色一つ変えない花城《ホワチョン》までもが、同じ状態になってしまっているではないか？

謝憐《シエリエン》はどうして自分がこの場で脳出血を起こして死なないのかまったくもって理解できず、かなり経ってからようやく口を開いた。

「三郎《サンラン》、目が覚めたのか」

花城《ホワチョン》は何も言わない。

謝憐《シエリエン》はぱっと手を離すと、飛び上がって何丈も後ずさった。

「……ちちちちちちっ！　違う違う違うっ！　君が思ってるようなことじゃないから！　私はただ君に……」

何をした？　空気を送ろうとした？

鬼が空気を送ってもらう必要があるのか？　自分で言うのもなんだが、そんな話を信じられるわけがない！

謝憐《シエリエン》が言葉を詰まらせていると、花城《ホワチョン》がむくりと起き上がった。彼は謝憐《シエリエン》に向かって手を伸ばし、無理に平静を装っているような様子で言う。

「……殿下、とりあえず落ち着いて」

謝憐《シエリエン》は両手で自分の頭を抱え、完全に気が動転していた。ついには手を合わせて花城《ホワチョン》に思いきり頭を下げて叫ぶ。

「ごめんなさい、ごめんなさい、ごめんなさい！」

叫び終わると身を翻して走りだし、あたふたと逃げていった。ようやく我に返った花城《ホワチョン》が立ち上がって追いかけ、後ろから呼びかける。

「殿下！」

「ごめんなさい！」

謝憐《シエリエン》は両耳を塞いで走りながら大声で懺悔《ざんげ》した。

死ね！　とっとと死んでしまえ！　死なないなら穴を掘って死んだふりでもしてろ！

彼は飛ぶように走り、あっという間に密林の奥深くまで突っ込んでいく。走っていると、突然真正面から鋭い矢のようなものが飛んできた。謝憐《シエリエン》は今、かなりの衝撃を受けている状態だったが、反応と身のこなしは少しも鈍っておらず、さっと手を振ってそれを掴む。飛んできたのは尖った骨だった。彼はつと立ち止まって襲撃してきた方向に目を向けたが何も見えず、ただ茂みがカサカサと揺れているだけだ。周囲に危険が潜んでいるとなると一気に冷静さを取り戻し、謝憐《シエリェン》は踵を返して駆け戻った。

「三郎《サンラン》！」

花城《ホワチョン》は端から彼の後ろにぴったりついてきていて、振り返った謝憐《シエリェン》は危うく彼の胸に飛び込んでしまいそうになった。そして彼の手を掴み、すぐに叢林《そうりん》の外へと駆けだす。

「早く逃げよう、森の中に何かいる！」

謝憐《シエリェン》を追いかけてここまで走ってきた花城《ホワチョン》は、その彼に引っ張られながら引き返すことになった。砂浜まで戻ると、謝憐《シエリェン》はようやくほっと息をつく。

「良かった、ついてきてない」

「うん。確かにこの島には小物が少しいるけど、大丈夫。ついてはこないよ」

その言葉を聞いて、謝憐《シエリェン》ははっとした。花城《ホワチョン》がこんなモノを恐れるはずがないではないか？　俯いて見ると、まだ彼の手を掴んだままだったことに気づいてまた固まってしまう。それから大慌てで手を放して飛びのいた。

二人は数尺ほど距離を置いてしばらく押し黙っていたが、ため息をついた花城《ホワチョン》が襟元を軽く引っ張りながら口を開いた。

「兄さん、さっきは助けてくれてありがとう。人間の体って本当にいろいろと不便だよ。海に入っただけで水を飲んでしまうし、死ぬほどしょっぱかった」

これは花城《ホワチョン》が気まずい状況から抜け出す機会を与えてくれていて、それがわからないほど謝憐《シエリェン》は愚かではなかった。それならばもちろん彼に合わせるしかなく、俯いて言葉を濁《にご》すように答える。

「いや、そんな」

少し間を置き、花城《ホワチョン》がまた言った。

「ただ、兄さんのやり方はちょっと間違ってたかな」

謝憐《シエリェン》はぽかんとして、ばつが悪そうに尋ねる。

「間違ってた？　私は……息を送ればいいと思ったんだけど」

「うん。間違ってた。今後他の奴にあんなふうにしたら絶対に駄目だ。でないと……」

でないと、場合によっては相手の命を救うどころか、逆に死なせてしまうかもしれない。彼が大真面目に言うので謝憐《シエリエン》は恥ずかしくなってきて、今まで一度もやったことがなくて良かったと密かに思った。そうでなければ、本当に罪なことをしでかしていたかもしれず、慌てて「もうしない、もうしないから」と約束する。

花城《ホワチョン》は頷いてにっこり笑った。謝憐《シエリエン》は心の中で、正しい息の送り方を花城《ホワチョン》に教わりたいと強く思ったが、これ以上この問題で悶々《もんもん》としたくはない。ひとまず頭の片隅に置いておくことにして、周囲をさっと見回した。

「まさかここが無人島だなんて、本当に誰も住んでいないのかな？」

「もちろん。ここは黒水鬼蜮の中心、黒水島《こくすいとう》だ」

花城《ホワチョン》はきっぱりとした口調で言った。血雨探花と黒水沈舟、この二人の絶は当然見知った間柄なのだろう。

「三郎《サンラン》は前にここに来たことがあるのか？」

謝憐《シエリエン》が尋ねると、花城《ホワチョン》は首を横に振った。

「来たことはないよ。でも、この島のことは知ってた」

「風師《フォンシー》殿たちはどこへ流されてしまったんだろう。この島にいるのかな？」

謝憐《シエリエン》の眉根が寄っていく。

ここは南海の黒水鬼蜮で、つまり他人の縄張りだ。裴茗《ペイミン》の本拠地は北方であり、地師《ディーシー》は武神ではなく、風師《フォンシー》がどんな状況なのかは言うまでもない。万が一何かが起きて黒水玄鬼の怒りを買ってしまったら、対抗できるのはもう水師《シュイシー》しかいない。ただ、師無渡《シーウードゥー》の天劫がいつ訪れるかわからないため、楽観視できる状況ではなかった。

「三郎《サンラン》、黒水玄鬼って気が短い方かな？　もし神官が間違って彼の領域に侵入して、彼の家に踏み込んできたらどうすると思う？」

「なんとも言えないな。でも、兄さんもこの言葉を聞いたことがあるんじゃないかな。陸上の王は俺で、水中の主はあいつだって。黒水鬼蜮では、俺もそれなりに遠慮する必要がある」

本拠地ではないという点だけでなく、同じ当世の絶として、今後のつき合いを考えると多少は相手の顔を立てておかなければならない。

「だったら早くここを出ないと」

　森の奥には立ち入らないようにして、二人はこの島をざっと一周回った。その間、謝憐《シエリェン》はひとしきり叫んでみたが、風師《フォンシー》たちの返事はない。

「あいつらは黒水島に流されてきてはいないのかもしれない」

　花城《ホワチョン》がそう言い、二人はまた砂浜に戻った。海面は生気がなくどんよりとしていて、謝憐《シエリェン》は道で拾った木片を遠くへ放り投げた。これくらいの大きさの木片なら本来は水に浮くはずなのだが、何丈も先の海面に落ちたあと、あっという間に沈んで消えていく。振り向いた謝憐《シエリェン》は、密林を眺めながら言った。

「木を切って舟を作るなんて絶対に無理だろうな。縮地千里も使えないし、どうやってこの島から出ればいいんだろう？」

　ところが、花城《ホワチョン》はこう答えた。

「誰が無理だって言った？」

「だって、黒水鬼蜮で浮かんでいられるのは死体が入っていた棺の木材だけだって……」

　言葉の途中で、謝憐《シエリェン》はふと思い出した。棺の木材ならここにはそこら中に木があるし、死者なら目の前にいるのでは？

　案の定、花城《ホワチョン》は笑って言った。

「俺が入ればいいんじゃない？」

　彼は笑っているけれど、謝憐《シエリェン》の胸には訳もなく切ないものが込み上げた。

　花城《ホワチョン》が手のひらを広げると、湾刀厄命《オーミン》がそこに現れる。決めるが早いか、二人は棺に使う木を選び始めた。決して森の奥には近づかなかったので物陰に潜んでいるモノに遭遇することもなく、わずかな時間で何本もの木を切り倒していく。一日忙しく作業に取り組み、気づけば辺りが暗くなってきていた。二人は役割分担をして協力し合い、何かあれば互いに率先して動いたので驚くほど手際よく進み、夜になると棺はほぼ完成していた。

　謝憐《シエリェン》はここまでの道中で半欠けの饅頭《まんとう》しか食べておらず、空腹のあまりとっくに腹がグーグー鳴っていた。だが、一刻も早く棺を完成させてここを離れようと思っていたため、棺がある程度形になったのを見てからようやく口実を作って魚を捕りに行く。

だが、黒水鬼蜮の水中に魚などいるはずがない。手ぶらで戻って森の方へ向かうと、比較的危険のない場所で野生の果実を少し摘《つ》んだ。また戻った時には、花城《ホワチヨン》は既に火をおこしていた。焚き火のそばに座っていて、そこに刺した野ウサギを焼いている。

その野ウサギは綺麗に処理されていて、焼かれて少し焦げた表面の皮からはしきりに脂《あぶら》が流れ出している。カリッと香ばしそうな黄金色で、辺りに漂う肉の香りに非常にそそられた。謝憐《シエリエン》が戻ってきたのに気づくと花城《ホワチヨン》は小さく微笑み、手をずらしてそれを差し出す。受け取った謝憐《シエリエン》は、彼に果物を手渡して言った。

「全部食べられるよ」

二人とも海に浸かってびしょ濡れだったことに加えて、服は汗でも濡れていたが、二人の間には暗黙の了解があって、服を脱いで乾かそうとはお互い言わなかった。その野ウサギの肉は、思った通り外がカリッとしていて中は柔らかかった。軽く噛んだだけで口の中いっぱいに香りが広がり、歯が熱くなっても止められなくなる。今回も二人で半分ずつ分け合いながら、謝憐《シエリエン》は賛嘆するように言った。

「三郎《サンラン》は本当に手先が器用だな」

花城《ホワチヨン》が笑って答える。

「そう？　褒めてくれてありがとう、兄さん」

「そうだよ。大工仕事にしても料理にしても、君以上にできる人なんて見たことがない。例の金枝玉葉の貴人は本当に何世にも亘《わた》って徳を修めてきたから、こんな幸せな縁を得られたんだろうな」

そう話しながら、謝憐《シエリエン》はウサギを食べるのに夢中になっているふりをしていたが、花城《ホワチヨン》の方からはなんの答えも聞こえなかった。しばらくして、花城《ホワチヨン》の淡々とした声がやっと聞こえてくる。

「俺が何世にも亘って徳を修めてきたからこそ、その人に出会えたんだ」

「……」

謝憐《シエリエン》はどう言えばいいのかわからなくなって、ますます一心不乱にウサギにかぶりつく。少しして、花城《ホワチヨン》が自分を呼んでいることにやっと気づいた。

「兄さん、兄さん」

「何？」

謝憐《シエリエン》はぽかんとしたが、花城《ホワチョン》が手拭いを差し出してきて初めて気づいた。がつがつとかじっていたせいで、謝憐《シエリエン》の顔の半分は脂まみれになっていたのだ。あまりにも滑稽でたちまちきまりが悪くなってしまい、手拭いを受け取ってそれを拭き取る。花城《ホワチョン》はもう半分の野ウサギも差し出した。

「兄さんは相当腹が減っていたみたいだね。慌てなくていいのに」

受け取った謝憐《シエリエン》はほんの少しの間呆然としたが、やはり堪えきれずに尋ねた。

「三郎《サンラン》、その貴人っていったいどんな人なんだ？　君が受け入れてもらえないはずないだろう？」

もし花城《ホワチョン》が誰かを求めたとしたら、彼に迫られて抗える者などこの世には絶対にいないと謝憐《シエリエン》は本気で思っている。けれどあの日、花城《ホワチョン》は自分がまだ受け入れてもらえていないと言っていて、それを聞いた謝憐《シエリエン》は鬼王が追い求める良き伴侶である誰かに対してある種の奇妙な感情を抱いてしまい、少々心がささくれ立っていた。おそらくその人のことをものすごく見る目がないと思ったか、あるいは幸福の中にいることに気づいていない人だと思ったからだろう。

「こんなことを言ったら兄さんに笑われるかもしれないけど。怖くて踏み出せないんだ」

花城《ホワチョン》を応援したいという気持ちからか、それとも彼がむやみに自分を卑下《ひげ》するのが心配になったからか、謝憐《シエリエン》は真剣に言った。

「君にできないことなんてないだろう？　絶境鬼王で、血雨探花なんだから」

それに花城《ホワチョン》がハハッと笑う。

「何が鬼王だ。本当にそんなに強かったら、数百年前、何もできずにズタボロにされることもなかっただろうな。ハハハッ……」

「えっ、そうかなぁ。誰だってそういう試練を乗り越えていくものじゃ……」

そう言ってから、飛昇する前は誰かにズタボロにされるような経験をしたことなど一度もなかったことを思い出し、謝憐《シエリエン》は軽く咳払いをした。

「その人には俺の一番みっともない姿を見せたこと

があるんだ」

「それはすごく羨ましいな」

謝憐《シエリエン》の言葉を聞いて、花城《ホワチョン》は彼に目を向けた。謝《シエ》憐《リエン》は食べるのをやめて穏やかな声で話す。

「君のその考え方……私にもわかる気がする」

少し間を置き、彼は言った。

「私も思い通りにならない時期があってね。もし私が泥沼の中を転げ回って、起き上がることもできなくなった姿を見ても、それでも私を愛していてくれる人がいたらいいのにって、あの頃はよく考えてた。でも、そんな人がいるかなんてわからないから、怖くてそういう姿は誰にも見せられなかった。だけどね、三郎《サンラン》の憧れの人なら、君の一番みっともない姿を見たとしても、『なんだ、大したことないんだな』なんてことは言わないだろうって私は思うよ」

彼は真剣に語りかける。

「私にとっては、輝かしい道を歩んでいたとしても、地に落ちて埃まみれになっていたとしても、どちらも君だ。重要なのは『君』であって、『どういう』君なのかじゃない」

謝憐《シエリエン》は続けた。

「私はすごく……三郎《サンラン》のことを素敵だと思っているし、君のすべてを知りたい。だから、そんなに早くから君のそういう姿を見られた人がすごく羨ましいな。求めて得られるような縁じゃないからね。それに、縁が続くかどうかは、三割は天意次第だけど、七割は勇気で決まるんだ」

焚き火がパチパチと音を立てる中、それきり二人は無言になる。しばらくして、謝憐《シエリエン》は軽く咳払いをすると眉間を揉みながら言った。

「いろいろと喋りすぎたかな？　ごめん」

「そんなことない。すごくいいことだし、すごく正しい」

謝憐《シエリエン》はほっと息をつき、急いでまた野ウサギを両手で持ってかじり始める。

「でも、他にもいろいろと訳があるんだ」

花城《ホワチョン》がそう言ったが、謝憐《シエリエン》は喋りすぎたという自覚があったので、一刻も早くこの話題を終わらせたかった。それに、先ほどはどうしてそこまで多くを語ってしまったのか自分でもよくわかっていない。

花城《ホワチョン》が勇気を出して心から愛する人を追い求められるよう、励ましたかったのだろうか？　婚姻《こんいん》を司る神官でもなんでもない謝憐《シエリェン》は、ただ「うん……」とだけ返事をした。

一通り話したあと、二人の間の空気はやや微妙なものになってしまい、そそくさと食べ終えて作業に戻る。ほどなくして棺は無事に完成した。

花城《ホワチョン》は真新しい棺を押して海に浮かべると、すぐさま軽やかに飛び乗って中に座る。こんなに長くて重い木材にもかかわらず、本当に水面に浮かんだまま沈まなかった。この棺はそれほど広い作りではなく、道袍の裾をたくし上げて跨ぐように中に入った謝憐《シエリェン》は、座れる場所がどこにもないなと思った。

その時、空の彼方でゴロゴロと雷鳴が響き、黒雲が立ちこめてきた。紫色の稲妻が現れては消え、今にも霹靂《へきれき》が耳元で轟きそうになっている。空から細《さい》雨《う》がパラパラ降りだしたが、だんだんと雨脚《あまあし》が強くなってきて今にも暴雨になりそうな気配だった。

幸い二人は、手を抜かずに棺の蓋も一緒に作っていた。もし蓋がなければ、海に浮かべた途端に雨水でいっぱいになって、ゴボゴボと水底まで沈んでしまっただろう。

二人は顔を見合わせ、謝憐《シエリェン》が小さな声で言った。

「失礼するよ」

花城《ホワチョン》は余計なことを言わずに棺の中で横になる。謝憐《シエリェン》も横になって蓋を閉めると、まるで灯を吹き消したかのようにふっと漆黒の闇に包まれた。

海に出た棺舟《ひつぎぶね》は、浮き沈みしながらある程度の距離を漂った。棺の外では暴雨が激しく蓋を叩いていて、棺の中では二人とも一言も話さない。狭い空間でぎゅうぎゅうになっていると、波に翻弄《ほんろう》されて何度も揺られているうちにどうしても体がぴったりと密着してしまう。謝憐《シエリェン》は片手を棺の端につき、少しでも隙間を空けようとして何度か軽く頭をぶつけた。すると、花城《ホワチョン》が伸ばした手を彼の背中に当て、もう片方の手で彼の頭を庇うようにして自分の胸元に押しつける。謝憐《シエリェン》は息遣いさえも抑えざるを得なくなった。

「三郎《サンラン》……ちょっと替わってみないか？」

「何を？」

「……君が上で、私が下に」

「上も下も同じだよ」

謝憐《シエリェン》は自分が彼を押さえつけていないか心配になった。

「このまま少なくとも一日は漂流しないといけないし、君の体はまだ十七、八歳だろう。なんというか、私は武神だから結構重《おも》……」

その言葉を途中で止めて、謝憐《シエリェン》はこう言った。

「三郎《サンラン》、あのね……いきなり大きくならないでくれるかな」

暗闇の中ではっきりとは見えないが、自分と密着している花城《ホワチョン》に変化が起きたのは感じることができた。その変化はごくわずかなものだったが、それでも謝憐《シエリェン》は鋭く感じ取り、おそらく花城《ホワチョン》が本体に戻ったのだと察した。案の定、花城《ホワチョン》が口を開くとその笑い声は非常に低くなっていて、間違いなく本体の声だ。謝憐《シエリェン》は仕方なく彼の胸に顔を埋《うず》めたが、それによってなんとも言い難い気まずさは薄れた。そっと脚を上げた謝憐《シエリェン》が少し位置をずらして姿勢を変えようとすると、花城《ホワチョン》はふと笑みを消して低い声で言う。

「動かないで」

謝憐《シエリェン》がぴたりと動きを止めたまさにその時、轟音が鳴り響いて二人が乗っている棺舟が突然がくんと沈んだ。謝憐《シエリェン》は驚いて声を上げる。

「どうしたんだ!?」

続けてまた轟音が鳴り響き、棺の中の二人は急に一回転した。あろうことか、棺舟そのものが一回転したのだ。幸いまだ浸水してはいないものの、あと何度か同じことが起きたら持ち堪えられる保証はない。花城《ホワチョン》は謝憐《シエリェン》を支えながら言った。

「何かがこの棺舟を狙ってる」

言い終わるや否や、二人は足の方が重く頭の方が軽くなったように感じ、なんと横になった状態から立った姿勢になる。突然縦になった棺舟がまた一瞬で倒れ、あっさりと大きくひっくり返った！

花城《ホワチョン》は片手で謝憐《シエリェン》の腰をしっかりと抱き、もう片方の手で彼の頭を庇いながら言った。

「しっかり掴まって！」

もし棺の中でなければ、今の三倍の回数ひっくり返ったとしても謝憐《シエリェン》なら対処できるが、間の悪いことに今は狭い空間に閉じ込められていて、手足を思うように動かせない。しかも外にいったいどんなモノがいるのかもわからず、焦りながらも神経を研ぎ澄まして警戒するしかない。

「万が一、棺舟が割れたらどうする!?」

「大丈夫。割れても平気だ。俺がいればあなたは沈んだりしない！」

彼らは今、ぴったりと重なり合っていて、花城《ホワチョン》はほとんど謝憐《シエリエン》の髪に口づけながらその言葉を口にしていた。謝憐《シエリエン》は彼の喉仏から伝わる微かな震動まで感じてしまって気もそぞろになったが、すぐさま激しくひっくり返る棺舟に注意を逸らされた。

この舟はまるで子供の玩具にでもなって、三歳児に激しく揺さぶられ、勢いよく振り回され続けているかのようだ。やむを得ず、謝憐《シエリエン》は片手で花城《ホワチョン》をぎゅっと抱きしめ、もう片方の手を棺に当ててしっかりと支えた。

混乱の中、二人は上になったり下になったり、幾度となくひっくり返されて何度体勢が入れ替わったかわからなかった。相手の体のどこと言わずあらゆるところが打ちつけられ、くまなく擦れ合う。花《ホワ》城《チョン》は一見すると少年のような姿だが、これだけ長いこと打ちつけられて初めて、彼の体が上から下までどこもかしこも硬いということを知った。

もみくちゃにされた謝憐《シエリエン》は目の前がチカチカして、その感覚が治まったと思ったのも束の間、気づくと花城《ホワチョン》の体の下に押さえ込まれていた。上からずっしりとした重みを感じ、息がまったくできなくなりそうだ。辛うじて片手を上げた謝憐《シエリエン》は、自分の体の横に手をついている花城《ホワチョン》の逞しい腕を掴むと、微かに喘ぎを漏らして朦朧《もうろう》としながら言った。

「もうこれ以上は……」

なぜか花城《ホワチョン》は返事をしない。そして謝憐《シエリエン》はその言葉を最後まで言う前に、ぴたりと息を止めた。というのも、自分の体の某所に普通ではない小さな変化が起きていることに気づいたからだ。

「……」

その瞬間、謝憐《シエリエン》はソテツの木に花が咲くのを見るよりも信じられない気持ちになった。少なくとも、本当にソテツの木に花が咲くのを見たとしても、今ほど頭の中が真っ白になることはないだろう。

たとえようのない恥ずかしさと気まずさが合わさり、棺の外よりもさらに激しい嵐となって謝憐《シエリエン》をこてんぱんに打ちのめす。慌てて膝を曲げたが、この体勢は少し具合が悪かった。謝憐《シエリエン》が曲げた膝がどうやら当たってはいけない場所に当たったようで、花《ホワ》城《チョン》が声を抑えて叫ぶ。

「動かないで！」

かなり強い口調で言われ、謝憐《シエリエン》は慌てて脚を引っ込めた。しかし、膝を曲げていないと、今の自分の体の反応を花城《ホワチョン》に気づかれる恐れがある。そうなるくらいなら、本気で棺に頭をぶつけて死んだ方がましだった。本来なら「体は自分の思い通りにならない」と言い訳もできただろうが、ばつの悪いことに先ほどの島での前例がある。一度や二度ならまだしも、三度、四度と重なってしまってはどう釈明できる!?

切羽詰まって、謝憐《シエリエン》は思わず口走った。

「駄目だ！　三郎《サンラン》……触らないで！」

しばし沈黙してから、花城《ホワチョン》は低い声で答える。

「わかった。外に出よう」

謝憐《シエリエン》はほっと胸を撫で下ろして「出よう！」と言った。

その時、突然強烈な無重力感に襲われ、二人が入っている棺舟が空中に浮き上がった！

同時に、花城《ホワチョン》と謝憐《シエリエン》はそれぞれ手のひらで棺の内側を一撃する。棺舟は一瞬にしてバラバラに壊れ、二人は揃って飛び出し舟から脱出した。月明かりの下、謝憐《シエリエン》が振り向くと、巨大な水龍がバラバラになった棺を咥えているのが目に入った。まるで餌だと思って噛み砕いたら空箱だったことに気づいて激怒しているかのように、大雨の中で咆哮している。間違いなく、先ほどまでこの水龍が棺舟を咥えて激しく振り回し、右へ左へとひっくり返していたのだろう。

棺舟は海に出たあとしばらく漂流していたが、水龍に咥えられて戻されてしまっていて、二人はまた黒水島に着地した。海岸には人影が二つ増えていて、まさしく水師無渡《シュイシーウードゥー》と裴茗《ペイミン》将軍だ。師無渡《シーウードゥー》はどうやらまたあの水龍を召喚しようとしているらしく、法術の印を解かずに風雨を受けている。裴茗《ペイミン》が彼の肩を叩いて言った。

「水師兄《シュイシーシォン》！　水師兄《シュイシーシォン》、そう突っ走るな！　これが過ぎても次がいつ来るかわからない。少し力を温存しておいた方がいい」

　そう、先ほど突然やってきた大雨は、師無渡《シーウードゥー》の天劫の伴奏《ばんそう》にすぎなかったのだ。今は次第に雨脚が弱まってきていて、師無渡《シーウードゥー》は勢いよく手を振って印を解くと、謝憐《シエリエン》と花城《ホワチョン》の方へ向き直って問い質した。

「どういうことだ？」

「……」

　裴茗《ペイミン》も尋ねる。

「そうですよ、太子殿下。どういうことなのか少し説明していただけませんか？　あなたたちは中で何をしていたんです？」

　あの棺舟が爆散した際、二人がぴったりと抱き合っていた姿は間違いなくはっきりと目撃されただろう。少し瞬きをして口を開こうとしたその時、謝《シエ》憐《リェン》はふとあることに気づいた。彼と花城《ホワチョン》は狭い棺舟の中で何度もひっくり返されたあとで、二人とも髪も服も乱れた状態でこれ以上ないほどいかがわしい。しかも、顔の雨を拭っても謝憐《シエリエン》はまだ頬が火照っていた。

　花城《ホワチョン》が一歩踏み出し、隠すように謝憐《シエリエン》の前に立つ。しばらくして、謝憐《シエリエン》は軽く咳払いをしてから言った。

「……どうもしません。ただ……棺が小さすぎたもので」

　師無渡《シーウードゥー》には訳がわからなかった。

「そんなことは聞いていない」

　裴茗《ペイミン》はというと、彼らが砂浜に残していった廃材の山を指さす。

「あの棺はあなた方がここで作ったものでしょう。どうしてもう少し大きく作れなかったんですか？」

「……」

　棺舟の形は花城《ホワチョン》と謝憐《シエリエン》で相談して決めたが、どうやら本当に、その時は二人とも少し大きめに作っておこうとは考えなかったらしい。謝憐《シエリエン》はこう言うしかなかった。

「それもそうですよね、ハハッ、ハハッ。お二方はこの島の方に流れ着いたばかりですか？」

「ええ。水師兄《シュイシーシォン》があの黒水鬼蜮の海流とずっと戦っていて、私たちはつい今しがたこの島へ。黒水鬼蜮の海面を木棺《もっかん》が漂流しているのを見つけた時は、本当に不思議でしたよ」

裴茗《ペイミン》の言葉に、謝憐《シエリェン》はゆっくりと心臓が締めつけられるのを感じながら笑みを浮かべる。

「ですよね。本当に不思議でしたね」

すると、師無渡《シーウードゥー》が「貴様」と口にした。

彼は花城《ホワチョン》の方を向き、半眼になって言葉を続ける。

「大船に乗っていた時、黒水鬼蜮で沈まずにいられるのは死者を入れたことのある棺の木材だけだと言わなかったか？」

裴茗《ペイミン》も剣を抜き、悠々と言った。

「そうだな。木棺はあった。ならば、死者はどこだ？」

花城《ホワチョン》は笑みを浮かべて答える。

「そんなに死人に興味があるなら、お前が自害してみたらどうだ？」

裴茗《ペイミン》は彼に向かって剣を振り上げた。

「ずいぶんと傲慢だな。さすが血雨探花！」

やはり裴茗《ペイミン》は既に彼の正体に気づいていたのだ。

花城《ホワチョン》がハハッと笑い、今にも兵刃《へいじん》を交えそうになっている。謝憐《シエリェン》は花城《ホワチョン》の前に立ちはだかった。

「お二方、ちょっと落ち着いてください。心配しなくても大丈夫です。今回三郎《サンラン》は善意でついてきてくれただけですから」

「三郎《サンラン》？　血雨探花閣下がどこの家の何番目のご子息かなんて聞いたことがありませんが。善意？　太子殿下、それは本当に奴を指して言っているんですか？」

師無渡《シーウードゥー》はどんな時も一番目立つ場所に立ちたがるため、裴茗《ペイミン》をぱっと押しのけて厳しい声で言った。

「ここまでの道中、貴様がずっと裏でこそこそ立ち回っていたのか？　我々を黒水鬼蜮に誘い込んだ目的はなんだ？　青玄《チンシュエン》はどこにいる？」

「わざわざ他人の縄張りに、来たくて来たとでも思ってるのか？」

花城《ホワチョン》がそう答える。謝憐《シエリェン》はこういう状況にはもう慣れていて、板についた様子で話題を変えた。

「風師《フォンシー》殿はまだ見つからないんですか？　裴《ペイ》将軍は

彼らを掬い上げに行ったのでは？」

裴茗《ペイミン》は両の手のひらを上に向けて肩をすくめる。

「最初は掬い上げられそうだったんですが、水師《シュイシー》兄《シォン》が起こした大波に打たれて、散り散りに流されてしまいまして」

「裴兄《ペイシォン》、それは語弊《ごへい》がある。私が波を起こさなかったら海中から次々に襲いかかられて、掬い上げるどころではなかっただろう！」

謝憐《シエリエン》は慌てて口を挟む。

「落ち着いて、興奮しないでください。その……風《フォン》師《シー》殿は地師《ディーシー》殿と一緒ですから、大変な事態にはなっていないはずです」

だが、師無渡《シーウードゥー》はふんと鼻を鳴らした。

「地師《ディーシー》？　地師《ディーシー》がなんの役に立つ！　武神でもないし何をしても中途半端で、法力は青玄《チンシュエン》に及ばないんだぞ」

そう言ってから、師青玄《シーチンシュエン》が法力の一切を失っていることをようやく思い出し、彼は微かに表情を強張らせて口を閉ざす。人それぞれ得意分野があるように、明儀《ミンイー》は武神でもなければ法力が特別高いというわけでもない。だが、水師《シュイシー》が言うほど劣ってはいないと謝憐《シエリエン》は思っていた。半月関で見せた地師《ディーシー》の身のこなしはそれなりで、最高とまではいかなくても、悪すぎることは決してない。

「とにかく、あまり心配しすぎるな。玄鬼にさえ遭遇しなければ地師《ディーシー》殿でも対処できるはずだ」

裴茗《ペイミン》がそう言ったが、花城《ホワチョン》は笑った。

「天劫はもうお前を追って黒水鬼蜮の境界内まで来ている。めちゃくちゃにかき乱しておいて、この水域の主が気づかないとでも思ってるのか？」

すると、ふいに師無渡《シーウードゥー》の顔色がわずかに変わり、襟から手を入れて長命金鎖《ちょうめいきんさ》を取り出す。

「水師兄《シュイシーシォン》、何か異状でも？」と裴茗《ペイミン》が尋ねた。

その長命金鎖は彼の手のひらで微かに震動しているようだ。

「青玄《チンシュエン》がこの近くに……しかも怪我をしている！」

謝憐《シエリエン》もその金鎖を見てみると、それはあの日師青《シーチン》玄《シュエン》が身につけていて圧陣のために外し、そのあと残していったのとまったく同じものだった。

「風師《フォンシー》殿はまだあの長命鎖を身につけているんです

か？　外した記憶があるんですが」

「私が回収してつけさせた」

謝憐《シエリエン》の問いに師無渡《シーウードゥー》がそう答えた。

実は、この長命鎖は兄弟のように対になった金精《きんせい》〔大きな自然金の中にまれに生じる精髄《せいずい》〕から作られたものだった。それぞれがそう遠くない距離にある時、片方の持ち主が出血するほどの傷を負うと呼応し合い、距離が近ければ近いほど共鳴も強くなる。これは法術によるものではなく、二つの金精が持つ珍しい特性であるため、鬼域の法力場の影響を受けない。長命鎖を首から外した師無渡《シーウードゥー》は、鎖を握って手に提げると腕を前方に水平に伸ばし、ゆっくりと一回りした。彼がある方角を向いた瞬間、にわかに金鎖の震動が強まる。

それは森の方角、孤島の底知れぬ中心地帯を向いていた。師無渡《シーウードゥー》は目の色を変える。

「青玄《チンシュエン》は今、この島にいる」

そう言うなり、彼は森の方へとさっと大股で歩きだした。当然裴茗《ペイミン》も後に続く。謝憐《シエリエン》は少し考え、風《フォン》師《シー》と地師《ディーシー》がこの島にいて、しかも風師《フォンシー》は負傷して出血しているかも知れない以上、まずは彼らを見つけるのが先決だと思った。

「お二方、森の中に小鬼が潜んでいますから、不意打ちに用心してください」

花城《ホワチョン》も謝憐《シエリエン》について歩きだす。謝憐《シエリエン》は彼の手を引こうとしたが、先ほど自分が棺舟で犯した論外にもほどがある失態を思い出し、思わず伸ばした手を引っ込める。結局、花城《ホワチョン》の袖を掴むので精一杯で、彼の表情を確認する勇気はなかった。ところが、裴茗《ペイミン》が何度もこちらを振り返って興味深げに言う。

「血雨探花、太子殿下。二人はずいぶん親密なようですね。貴様は鬼王のくせにのこのこと私たちについてきて、嫌疑《けんぎ》を避けようとは思わないのか？」

謝憐《シエリエン》は落ち着き払って答えた。

「裴《ペイ》将軍、何をおっしゃってるんですか？　こんな状況下でもついてきているのは、嫌疑を避けるためでしょう。一緒にいない間にお二方がもし危険な目に遭って、彼が裏で仕組んだとまた疑われたら、彼にどうやって釈明できるんです？」

「絶ともなれば、目の前にいようがいまいが同じことでしょう？　分身の術を使うくらい造作もないのでは？」

　そう言い終わるや否や、風を切る鋭い音が聞こえ、裴茗《ペイミン》はさっと手を上げて暗がりから放たれた矢を握りしめた。

「危なかった、確かに何かいるぞ！　水師兄《シュイシーシオン》、気をつ……」

　言葉の途中で、また「シュッシュッシュッ」と七、八本の矢が放たれ、彼をめがけて飛んでくる。裴茗《ペイミン》は剣を振り上げ、カンカンと音を立てて矢をなぎ払いながら訳がわからないという様子で言った。

「どういうことだ？」

　ハハッと笑った師無渡《シーウードゥー》は、「裴兄《ペイシオン》、君の方こそ気をつけろ！」と言って歩調を早める。

　暗がりから矢を放たれるくらいは別に恐るるに足らずだが、ただ非常に鬱陶《うっとう》しい。うんざりした裴茗《ペイミン》は草むらを一掃すると、ほどなくして小鬼を数匹掴んで出てきた。

「貴様ら、いい度胸じゃないか？」

　彼に掴み上げられている小鬼たちは顔色が悪く痩せ細っていて、最下級の下《した》っ端《ぱ》だった。この将軍に怯えて球のように丸く縮こまり、しきりに許しを請うている。門番が侵入者を退《しりぞ》けようとするのは、さすがに責めるようなことではないため、裴茗《ペイミン》も少々脅しただけですぐに解放した。しかし、そのあとにまた殊のほか悪辣で狡猾《こうかつ》な小鬼に出くわすと、今度は四の五の言わず即座に捕まえて球状に握り、地面に叩きつけながら歩く。

　四人は鬱蒼《うっそう》とした森の中を木々や枝葉をかき分けて進んだ。歩き始めてどれほど経った頃か、師無《シーウー》渡《ドゥー》の手の中にある金鎖の共鳴がますます強くなり、ついに彼らは森の中央にある開けた場所に出た。

　中心には湖があり、四人がそこへ近づいていくと、唐突に裴茗《ペイミン》が口を開いた。

「血雨探花、これ以上ふざけるなら私も我慢の限界だ」

　花城《ホワチョン》と謝憐《シエリエン》の二人は彼を見やり、それから互いに目を見合わせる。裴茗《ペイミン》は眉をひそめて言った。

「戦いたいのなら正々堂々と勝負を挑んでこい。私はあの三十三人の神官と違って貴様を恐れてなどいない。何度も何度も小突いてきて、まったくくだらないことを」

　そう言われて花城《ホワチョン》は眉を跳ね上げる。

「兄さん、信じて。俺は関係ない」

「裴《ペイ》将軍、彼がそんなくだらない悪戯をするはずがありませんよ」

「そうでしょうか？」と裴茗《ペイミン》が疑わしげに返す。

　謝憐《シエリエン》は警戒を強めた。

「気をつけてください。この島にいる他の何かの仕業かもしれません」

　それで裴茗《ペイミン》は口を噤む。その時、師無渡《シーウードゥー》が歩調を緩めた。

「ここにいる」

　長命金鎖はこの場所で最も強く共鳴している。つまり師青玄《シーチンシュエン》はまさにここ、目と鼻の先にいるということだ。しかし、ここは見通しがいいのに、見渡してみても湖を除いて他に何もない。

「地下に宮殿があるのでは？」

　裴茗《ペイミン》はそう言ったが、師無渡《シーウードゥー》はじっと水面を見つめている。

「あるいは、水底にあるのかもしれません」と謝憐《シエリエン》が言った。

　だが、この黒水島の湖はむやみに入れるようなものではなく、入れば二度と上がってこられないかもしれない。さざ波一つない穏やかな湖面は巨大な鏡のようで、星も雲もない夜空に高く浮かんだ青白い月を逆さまに映し出している。四人は湖岸に沿って一周歩いてみた。どうやって湖の底を調べようかと謝憐《シエリエン》が考えていたその時、突如として誰かの悲鳴が夜空をつんざいた。

　師無渡《シーウードゥー》が先頭、裴茗《ペイミン》が最後尾を歩いていて、前方の三人が一斉に振り返ると、悲鳴を上げたのは裴茗《ペイミン》が道中で捕まえたあの小鬼だった。立ち尽くしている痩せこけたその体からは頭が消えてなくなっている。首から黒い血が一丈ほど高く噴き上がり、宙に飛んだ頭がまさに今、甲高い声で叫んでいた。

「裴《ペイ》将軍、どうしていきなり殺すんです？」と謝憐《シエリエン》が尋ねる。

　ところが、裴茗《ペイミン》が「違う！」と答えたその瞬間、彼の体はがくんと下がり片膝を地面についた。

「そこまで礼を尽くさなくてもいい」

花城《ホワチヨン》が笑ってそう言ったが、裴茗《ペイミン》はこの上なく愕然とした表情になり大声で叫んだ。

「水師兄《シュイシーシオン》、気をつけるんだ！」

だが、何に気をつければいいのだろうか？　湖のほとりには彼ら四人以外に何もないというのに！

裴茗《ペイミン》は目に見えない何かに動きを封じられたらしく、師無渡《シーウードゥー》が駆け寄って手を貸そうとする。すると、彼の真正面の空中を冷たい光がさっとよぎった。即座に避けたものの、頬の片方に一筋の血が滲む。それを拭った途端に、彼は顔色を一変させた。

謝憐《シエリエン》は花城《ホワチヨン》を背に庇いながら言った。

「隠身術《おんしんじゅつ》か!?」

知らぬ間に自分を押さえつけていた何かをようやく振り切り、裴茗《ペイミン》が大声を上げる。

「集まるんだ！　散らばっていてはまずい！」

手の中の長命鎖がまた共鳴し始めたのを感じると、師無渡《シーウードゥー》は委細《いさい》構わずに湖の周囲を走りながら声高に呼んだ。

「青玄《チンシュエン》！　青玄《チンシュエン》！」


状況は混乱を極めていたが、まさにその混乱の中、謝憐《シエリエン》はふと非常に奇妙なことに気づいた。

湖岸は広々としていて、平坦で何もない場所だ。だが、なんと湖面に逆さまに映っている岸辺は違っていたのだ。

倒影《とうえい》の中では、対岸の湖のほとりに黒々とした建物があった。それは薄気味悪く、人が住む所というよりはむしろ牢獄のようだった。扉はなく高い所に窓が一つあるだけで、一本一本の鉄格子によってがっちりと容赦なく封じられている。そして、鉄格子の中から青白い腕が一本伸びていて、助けを求めるように懸命にその手を振っていた。

謝憐《シエリエン》がぱっと顔を上げて対岸を眺めると、やはりそこには何もなかったが、師無渡《シーウードゥー》は今まさにそこで長命鎖を掲げているところだった。もう一度謝憐《シエリエン》が俯くと、湖の中の倒影には間違いなく不気味な堅牢《けんろう》が映し出されていて、師無渡《シーウードゥー》はその堅牢の目の前で周囲を見回しているのに、彼にはまったくそれが見えていない。

謝憐《シエリエン》は考えるより先に口に出していた。

「お二方！　見つけました！　見て……」

　まさにその時、彼の瞳孔がすっと収縮した。黒水《こくすい》湖《こ》の中に新しいものが映し出されている。

　漆黒の人影が一つ、謝憐《シエリエン》と花城《ホワチョン》の背後に音も気配もなくひっそりと佇んでいた。

第六十四章　幽冥水府黒衣白骨

幽冥水府の黒衣を纏いし白骨体

だが、彼らの背後の岸辺には、依然として誰一人いない！

道中ずっと芳心《ファンシン》を手にしていた謝憐《シエリエン》は、この光景を目にするなり逆手《さかて》で背後を突き刺した。間違いなく刺しはしたが、まるで水に立つ波を刺したかのようで、その黒い影は広がってさざ波となりそのまま消えていく。花城《ホワチョン》も微かに顔を横に向けると、黒い影が消えた方を眺めて眉をひそめた。その直後、ぼんやりと人の形をしたモノが水面の倒影に多数映し出されたが、闇夜の中で青白い顔と手だけがひときわ目立っている。謝憐《シエリエン》は剣を横に振り、大声で叫んだ。

「裴《ペイ》将軍！　水辺で倒影を見てください！　水面には小鬼たちが映っています！」

もし鬼域の中でなければ、本来小鬼は神官に近づくことすらできない。先ほどは敵の姿が見えなかったが、状況を察知した今、裴茗《ペイミン》は水面を見つめながらササッと剣を二振りして自分を取り囲んでいた鬼の影を素早く一掃した。そして、師無渡《シーウードゥー》もついに倒影の異様さに気づいて水辺に跪き、俯いて叫ぶ。

「青玄《チンシュエン》？　そこにいるのか⁉」

水も堅牢も黒々としていて、一つに溶け合い見えにくいが、あの手だけが白く浮かび上がっている。しばらくして、ふいに鉄格子の間から顔を突き出したのは、まさしく師青玄《シーチンシュエン》だった！

どうやら彼も牢獄の外にいる師無渡《シーウードゥー》の姿が見えていないらしく、両手で鉄格子を掴み、背筋がぞっとするような表情で懸命に顔を突き出している。大声で助けを求めているようだが、その声は一向にこちらへ届かない。ほどなくすると、痩せて干からびた五、六本の手が突然現れ、師青玄《シーチンシュエン》の頭や顔、首、肩の至る所に絡みついて無理やり引きずり下ろしていった！

その光景を目にした師無渡《シーウードゥー》は、一言毒づいてすぐさま水に飛び込もうとする。だが、裴茗《ペイミン》がそれを引っ張って止めた。

「水師兄《シュイシーシォン》、駄目だ！　これが罠でないとどうしてわかる？　もう南海から水を移すことはできないのに、水の神官であるあなたが他人の水域に入るなんて、まな板の上の鯉《こい》にでもなるつもりか？」

「じゃあ、君が外で見守っていてくれ。頼んだぞ」

裴茗《ペイミン》の肩を叩いた師無渡《シーウードゥー》は、そう言うなり彼を押しのけて黒水湖の中へ飛び込んでいった！

水に入ったきり彼は浮かんでこず、裴茗《ペイミン》は「水師《シュイシー》兄《シォン》！」と叫んだものの、後を追うわけにもいかない。なぜなら、この湖の底にはほぼ間違いなく「結界」があるとわかっているからだ。

例えば古墳にはからくりが設置されたものがあり、外部の者が押し入ると自動的に扉が閉まって、入ってしまえば二度と中からは開けられなくなる。墓荒らしはそのまま中に閉じ込められて死ぬことになるのだ。この「結界」に同じようなからくりが設置されていないという保証はない。

「裴《ペイ》将軍！　飛び込まないでください。今あなたの足元には死体がありますから、一刻も早く砂浜に戻って、棺を作って島を離れる準備をお願いします。ここは私が飛び込みますから！」

謝憐《シエリェン》の呼びかけに裴茗《ペイミン》が答える。

「太子殿下が？　大丈夫なんですか？」

「あなたの法力もここではほとんど発揮できなくなっていますから、私でも大差はありません。それに、単に武術だけの戦いなら私の方が経験豊富です！」

裴茗《ペイミン》は謝憐《シエリェン》のそばにいる花城《ホワチョン》に目を向け、彼が水に浮くことができるのを思い出した。二人がここで果たせる役割は、裴茗《ペイミン》より大きいということはあっても小さいということはない。それで裴茗《ペイミン》は無駄口を一切利くことなく、地面に転がっていた小鬼の死体を掴み上げて林へと駆けだした。謝憐《シエリェン》は振り向いて言う。

「三郎《サンラン》、やっぱりちょっとだけ法力を貸してくれないかな……ちょっとでいいからね、ちょっとで十分だから！」

花城《ホワチョン》は何も言わずに彼の腰の辺りを軽く叩く。たちどころに芳心《ファンシン》の剣先から巨大な柱の如き白光が掃《そう》射《しゃ》され、攻め寄せてきた大勢の小鬼が一撃で屠《ほふ》られた。謝憐《シエリエン》はしばし言葉を失ったものの、すぐに剣を収めて言った。

「行こう！」

二人は同時に水の中に飛び込む。ところが意外にも、黒水湖の底は尋常ではないほど水が冷たいことを除けば、特に異常はなかった。しかも「水に入った途端に沈む」黒水鬼蜮とは違い、この水は一般的な湖水と同じように浮くことができる。おかしいと思った謝憐《シエリエン》が自分から下に潜っていくと、すぐに底まで辿り着いた。

水底にはこれといっておかしなからくりもなければ、風師《フォンシー》と水師《シュイシー》の姿も見当たらない。彼はしばし眉をひそめて考え込み、上に向かって引き返した。しばらくして水面を割って出た謝憐《シエリエン》は、何度か空気を吸って濡れた顔を拭い、そこでやっと気づいた。岸辺の光景が変わっている！

黒水湖のほとりには、まさに先ほど水面に逆さまに映し出されていた堅牢と同じものが一つ増えていた。

だが、それ以外の景色にはまったく変化がなく、その上あまりにもひっそりとしすぎていて、逆に怪しく思える。既に岸に上がっていた師無渡《シーウードゥー》は、手に持った大ぶりの石を、堅牢にかけられた大きな錠に怒りに任せて叩きつけていた。彼は他ならぬ水の神官だが、今は他の強力な水の支配者の領域に足を踏み入れている状態で、自分の領域から水を移すことができず、まさに牙と爪を奪われた猛獣のようだ。謝憐《シエリエン》と花城《ホワチョン》が岸に上がっていくと、師無渡《シーウードゥー》は謝憐《シエリエン》を見るなりぱっと目を輝かせ、手を挙げて言った。

「武神！　いいところに来た！　早く、あなた方武神のやり方でこの錠をなんとかしてくれ！」

「……」

これで皆にも武神の良さがわかってもらえただろうと内心思いつつ、謝憐《シエリエン》は黙々と前に出て蹴りを入れる。すると、大きな錠がバキッと音を立てて壊れた。もう一度蹴ると、牢の扉が大きく開く。師無《シーウー》渡《ドゥー》が飛び込もうとして「青《チン》……」と口にしたその瞬間。

「うわあああああああっ、ううぅっ、あああっ！」

彼が踏み込むより先に、大勢の人が泣き喚きながら飛び出してきた。

誰も彼もが、ぼうぼうに乱れた髪と垢まみれの顔で、痩せこけて虚ろな目をしている。着ている服も体を覆うことすらできないほどボロボロだった。まるで十年風呂に入っていないかのように汚れていて、あばらが一本一本浮き出している。何かに掴みかかろうとしたり、胸を叩いて地団駄を踏んだりしているその様子はあまりに恐ろしく、しかもぞっとするような大声で泣き叫びながら濁流《だくりゅう》の如く押し寄せてきて、師無渡《シーウードゥー》は驚きのあまり呆然とした。

ところが、この者たちはただ逃げ出してきただけで、こちらにつきまとってくることは一切なかった。それで彼はすぐに我に返り、相手にすることなくそのまま中に突入する。

「青《チン》……」

何歩も進まないうちに、いきなり足元がよろめいた。床がかなり滑りやすくなっていて、危うく転びそうになる。しかも堅牢の中はなんとも言い難い悪臭が漂っていて、謝憐《シエリエン》は外にいる時点でそのにおいを嗅ぎ取って息を止める。師無渡《シーウードゥー》は袖で口と鼻を覆ってそのまま突き進み、ついに叫んだ。

「青玄《チンシュエン》!?」

堅牢の中は真っ暗で、至る所から密かな嗚咽《おえつ》や奇妙なひそひそ話が聞こえる。

しばらくして「……兄さん……」と呼ぶ声がした。

案の定、師青玄《シーチンシュエン》が堅牢の最奥《さいおう》で壁に寄りかかり、ぐったりと座っていた。壁の高い所にはこの牢唯一の窓があり、外から差し込む月明かりが彼の全身を青白く照らしている。そして、彼の周囲を大勢のひどく汚らしい人々がぐるりと取り囲んでいた。

ある者は全身が爛《ただ》れたできもので覆われ、ある者は豚の鳴き真似をしていて、ある者は鶏になりきって米をつつくような仕草をしている。さらには師青《シーチン》玄《シュエン》を抱いて彼を我が子と呼びながら号泣している者もいた。なんと、全員気が触れている。

いずれにしても師青玄《シーチンシュエン》は尊い神官であり、生まれてこの方こんな状況に陥ったことなどなかった。近づいていった師無渡《シーウードゥー》は、すぐさま周囲の者を追い払う。

「失せろ！　この鬼どもはなんなんだ！」

師無渡《シーウードゥー》と師青玄《シーチンシュエン》は容貌こそ似ているものの迫力が段違いで、今の彼は法力がかなり抑え込まれているものの、気迫はむしろ凄まじくなっていた。正気を失っている人々は怯えてあたふたと逃げだし、謝《シエ》憐《リエン》は内心哀れみを感じずにはいられなかった。

「兄さん、殴らないで。この人たちは小鬼じゃない。みんな……生きている人間なんだ！」

　師青玄《シーチンシュエン》が言ったことは紛れもない事実で、誰も彼もが鬼よりも鬼らしい外見をしているが、熟視してみると本当に全員生きている人間だった。謝憐《シエリエン》は思わず呆然とし、「黒水玄鬼はなんのためにこんな人たちをたくさんここに閉じ込めたんだ？」と思った。

　ところが、師無渡《シーウードゥー》はそんなことは一切気に留めず、片手で長命金鎖を提げ、もう片方の手で師青玄《シーチンシュエン》の腕を掴む。

「どうやってここに来たんだ？　どこを怪我した？」

　師青玄《シーチンシュエン》の体は確かに汚れていて脚から少し血が流れているが、どうやら大丈夫そうだ。

「私たちもどうやって来たのかわからないんだ。波が打ち寄せてきて気を失ってしまって、目が覚めたらここにいた。私はかすり傷だから大したことない！　明兄《ミンシオン》の方が重傷だよ」

　それでようやく彼らは、明儀《ミンイー》がすぐそばの床に横たわっていることに気づいた。ずいぶんとひどい顔色だが、不機嫌からそうなっているのではなく、青くなったり紫になったりと目まぐるしく変化している。

「地師《ディーシー》殿はどうしたんですか？」と謝憐《シエリエン》が尋ねた。

「海で咬《か》まれたみたいなんだ。あの骨魚の牙と棘には苔《こけ》が生えていて、毒があったんだよ！　私が持っていた薬は全部試したんだけど、でも……はぁ」

　謝憐《シエリエン》は詳しく見てみようと思ってしゃがみ込んだが、あまりの悪臭に危うく気絶しそうになる。周りを軽く見回すと、木桶《きおけ》がいくつか置かれていた。中はどれも生ゴミで、すえたにおいや黴のにおい、爛れたできものや膿血《のうけつ》が腐ったようなにおいがしていた。さらには何か月も中身を捨てていないような尿《し》瓶《びん》のおぞましいにおいさえもする。

師無渡《シーウードゥー》はこれ以上耐えきれずに言った。

「こんな吐き気がするほど悪趣味とは、黒水沈舟も所詮この程度か。青玄《チンシュエン》、行くぞ！」

彼は師青玄《シーチンシュエン》を掴んで立たせるなり、外に引きずっていこうとする。だが、師青玄《シーチンシュエン》は「私は大丈夫、支えなくていいから」と言って明儀《ミンイー》を助け起こし、ゆっくりと堅牢を出た。

ところが、来るは易《やす》し帰るは難《かた》しだった。黒水湖の結界を越えるための通り道は既に塞がれてしまっていたのだ。何度水に潜って湖面から出ても景色にはなんの変化もなく、それは彼らが完全に黒水湖の結界内に取り残され、出られなくなったことを意味していた。

「裴《ペイ》将軍は？」と師青玄《シーチンシュエン》が尋ねる。

「裴兄《ペイシオン》には外に残ってもらうよう頼んだ。何か策を考えているはずだ」

師無渡《シーウードゥー》が答えると、謝憐《シエリエン》は言った。

「裴《ペイ》将軍には、先に行って棺舟を作るようにお願いしておきました。皆さんを連れ出したらすぐに脱出できるように」

「棺舟を作り終えていたら、まず先に上天庭に戻って報告してからまたこちらへ合流してくれるといいんだが」

師無渡《シーウードゥー》はそう言ったが、明儀《ミンイー》は負傷していて毒の強さもわからないため、できるだけ早く離れるに越したことはないし、そんなに長くは待てないだろう。

しばらく考えてから、謝憐《シエリエン》は口を開いた。

「黒水玄鬼は外洋に隠棲していますが、彼だって永遠にそこを出ないわけではないはずです。まさか、外出する度にいちいち黒水鬼蜮を渡りきっているとでも言うんでしょうか？」

「ふむ。あなたの言う通りだ。この島のどこかにきっと縮地千里が使える場所があるはずだ」

師無渡《シーウードゥー》は元から謝憐《シエリエン》を色眼鏡で見て接し方を変えたりはしなかったが、ともに災難に遭い、謝憐《シエリエン》が再三にわたって師青玄《シーチンシュエン》を助けたことで今は自然と見る目が変わっていて、惜しみなく賛同する。その時、明儀《ミンイー》がわずかに手を上げた。

「明兄《ミンシオン》？　何か言いたいことがあるの？」

師青玄《シーチンシュエン》が尋ねると、力を温存するためかもしれないが、明儀《ミンイー》は口を開くことなくただ手をさらに高く上げる。その手の方向に目を向けると、森の奥深くに真っ黒な建物がそびえ立っているのが見えた。

　手を下ろした明儀《ミンイー》が掠れた声で言う。

「あそこが……どういう場所か知っているか？」

「わかりません。最初に私たちが来た時には、あんなものは見かけませんでした」

　謝憐《シエリエン》が答えると、師無渡《シーウードゥー》が半眼になってこう口にした。

「あれは黒水玄鬼の幽冥水府《ゆうめいすいふ》だろう」

　噂によると、黒水玄鬼の住処《すみか》がまさに「幽冥水府」と呼ばれているらしい。答えが出ると、師無《シーウー》渡《ドゥー》は「行くぞ」と言った。

　意外なことに、彼は一切憚ることなく真っすぐにそこへ向かっていく。一見無謀にも思えるが、今のこの状況で他に何ができるというのだろうか？

　先ほどまでの彼らを、他人の家の庭先でうろうろしていたとするならば、今はまさに他人の家に正面から押し入ろうとしている。謝憐《シエリエン》は花城《ホワチョン》に囁いた。

「三郎《サンラン》、不都合だったらついてこなくて大丈夫だから」

　ところが、花城《ホワチョン》は表情を硬くして答えた。

「急ごう、兄さん。早くここを離れないと」

　謝憐《シエリエン》は頷いて口を閉ざす。ただ、ほんのわずかにではあるが、花城《ホワチョン》が何かに遠慮しているような雰囲気が見受けられた。しかも、それはここの主ではなく、他の何かに対してだ。

　どうにも違和感が拭えず、ここまでずっと抱いてきた些細な疑問の積み重ねを思い起こすと、やや不安になってくる。気が触れてあちこちを逃げ惑い、ものすごい勢いで走り回っている大勢の人々を横目に森を通り抜けると、一行は間もなくあの不気味な黒い建物の前に到着した。

　辿り着いてからようやく気づいたが、この「幽冥水府」は意外なことに高くそびえる大殿で、その建築様式や大きさは天界屈指《くっし》の大殿である風師殿《フォンシーでん》や水《シュイ》師殿《シーでん》に近しいものだった。彼らは何段も続く階段を上っていったが、扉はぴったりと閉ざされている。謝憐《シエリエン》は扉の外に立って軽く叩くと、朗々とした声で言った。

「夜分にすみません。不躾《ぶしつけ》にも勝手にお邪魔してしまったのは不慮の事故でして、本当に申し訳なく思っています」

返事をする者はいない。彼は心を落ち着かせると、大殿の扉をゆっくりと押し開けた。

謝憐《シエリエン》の長年の経験と慣例からすると、たとえ中に何かがいたとしても、扉を開けた途端に仕掛けてくることはないはずだった。ところが、開けた瞬間にそれは覆された。最初に目に入ったのは、ぞっとするような光景だったのだ。

広々とした大殿の中央に誰かが端座《たんざ》している。その人は黒衣を身に纏っていて、顔は雪のように白い——。

なんと骸骨だった！

謝憐《シエリエン》はすぐさま「バタンッ」と扉を閉めた。

彼は心の中で「私の開け方がちょっと良くなかったのかも。普通だったら初《しょ》っ端《ぱな》からこんなものを見せたりしないんだけどな？」と呟く。

もう一度挨拶からやり直そうと思っていると、師《シー》無渡《ウードゥー》が彼を通り越していき、前に出るや否や扉を押し開けてふんと鼻を鳴らした。

「ここまで来ておいて、まさか手厚いもてなしでも期待しているのか？」

皆はゆっくりと大殿の中に足を踏み入れ、黒衣を纏った白骨体へと少し近づく。謝憐《シエリエン》はそれをつぶさに観察しつつこう言った。

「これは誰の骸骨なんでしょう？　どうしてここに祀られているんでしょうか？」

明儀《ミンイー》が眉をひそめる。

「……裴《ペイ》将軍は、一人きりか？　まさか彼じゃないだろうな」

その可能性はなきにしもあらずで、師無渡《シーウードゥー》はわずかに驚きを見せる。だが、何度か確認したあとですぐさま言った。

「違うだろう。この骸骨の体格は裴《ペイ》将軍より平たい」

その時、ふいに師青玄《シーチンシュエン》が「ちょっと待って」と口にする。

皆の視線が彼に集まった。

「すごく簡単な疑問じゃない？　ここは幽冥水府な

んだ。幽冥水府に祀ることができるとしたら、唯一あり得るのは当然……」

彼の言わんとする意味を理解し、謝憐《シエリェン》は「黒水玄鬼？」と尋ねる。

だが、続けてただちに「そんなはずはありません」と否定した。

そして花城《ホワチョン》を見つめて言う。

「骨灰は鬼界のモノにとって命の源であり、致命的な弱点です。考えてもみてください。そんな大切なものをこんなところに放置しておくでしょうか？」

これは花城《ホワチョン》と初めて出会った時に、彼の口から直接聞かされたことだった。どうしてかわからないが、謝憐《シエリェン》は真面目に話しながらも、頭の中では知らず知らずのうちに花城《ホワチョン》がその時に言っていた他の言葉も思い出してしまう。花城《ホワチョン》もじっとこちらを見つめていて、謝憐《シエリェン》はしばし呆然としてしまったが、すぐさま顔を背けて軽く咳払いをした。

「じゃあ……これはいったい誰の骸骨なんだろう？」と師青玄《シーチンシュエン》が言う。

皆はその不気味な骸骨の周りに集まって念入りに調べ始めた。

「まず、この人は男性ですね」

謝憐《シエリェン》の言葉に皆が「同感だ」と答える。

謝憐《シエリェン》は続けて言った。

「次に、この人は両手両足ともにとても器用なはずです。特に指先。武術の心得も多少はあるようですが、武芸に優れていたわけではなさそうです。優秀な武人の大半は童子功《どうじこう》を修めていて、こういう骨格ではありませんから」

ところが、師無渡《シーウードゥー》はさらりと見ただけで離れてしまう。

「立ち上がって我々の邪魔でもしない限り、何者だろうがどうでもいい。地師《ディーシー》殿、ここなら縮地千里が使えそうか……」

だが、その言葉を言い終える前に骸骨が突然頭をもたげ、不意を突いて彼に飛びかかった！

幸い謝憐《シエリェン》が素早く反応して手刀《しゅとう》を振り下ろすと、叩き切られた骸骨は床に倒れてバラバラになり、骨の山と化した。

「兄さん！」

この場にいる五人の中で、花城《ホワチョン》は他人を守ることなどなく、武神は謝憐《シエリエン》一人だけなので、一気に彼の重要度が高まる。師無渡《シーウードゥー》は不意打ちをかけられても冷静さを保っていて、先ほども一歩後ずさっただけだった。

「この骸骨はどうなっているんだ？　魂魄の欠片がまだ散らずに残っていたのか？」

師無渡《シーウードゥー》が言うと、謝憐《シエリエン》はしゃがみ込んでしばらく骨の山をあさるように調べ、小さく首を横に振った。

「おかしいですね」

「どこがおかしい？」と師無渡《シーウードゥー》が尋ねる。

謝憐《シエリエン》は立ち上がって言った。

「この骸骨には明らかにもう一欠片の魂魄も残っていません。もし残っていれば、先ほど私たちが近づいた時に異様な波動に気づかないはずがありませんから」

「それなら、どうしてまだいきなり襲いかかるようなことができたんだ？」

師無渡《シーウードゥー》の問いかけに、謝憐《シエリエン》はしばし考えてから答える。

「私が思うに、回光返照《かいこうへんしょう》ではないかと」

すると、師青玄《シーチンシュエン》が不思議そうに言った。

「回光返照？　それは生きている人間に使う言葉だよね？　死ぬ間際の人も……まだ生きている内に入るし」

「死者も同じです。例えば初七日も回光返照の一種で、亡くなった人は世を去ったあと、七日目に魂が戻って身内に会いに来ます。実際のところ、どんなものであれすべて同じなんです。私見ですが、先ほど水師《シュイシー》殿はきっとこの骸骨を刺激してしまって、それで突然残されたすべての力を振り絞って最後の行動に出たんでしょう」

それが腑に落ちたのか、師無渡《シーウードゥー》はますます彼の発言を重視して続きを促す。

「では、太子殿下の見立てだと、それはどんな刺激だ？」

「あなたが口にした言葉、もしくは、今あなたが持っているものではないでしょうか」

「先ほど私はなんと言っていた？」

明儀《ミンイー》が息をつきつつこう口にする。

「……『立ち上がって我々の邪魔でもしない限り、何者だろうがどうでもいい』と」

師青玄《シーチンシュエン》は軽く頭をかき、訳がわからないとばかりに言った。

「その言葉になんの問題があるんだ？　まさかこの骸骨の方は案外気性が荒いのかな？」

話し合ってみても原因が導き出せず、謝憐《シエリエン》は「魂魄は既に残らず散っていますから、ここまでにしましょう」と言い、骸骨をきちんと集めて再び神壇の上に安置した。手を合わせて何度か拝んでいると、師青玄《シーチンシュエン》もやってきて一緒にそそくさと軽く拝んでいく。五人は幽冥水府の中をしばらく当てもなく歩き回ってみたが、ここには誰もおらず、かの黒水玄鬼は留守のようだった。水府の構造は複雑で、大小様々な偏殿が数多くあったが、中でも特に人目につかない小さな偏殿があり、その扉には不思議な呪文が描かれていた。まさしく縮地千里を使った痕跡だ。

どうやらこの黒水島には、確かに縮地千里が使える場所が一か所あるようだ。そして、この小さな偏殿がまさにそうなのだろう。接続地点として特定の部屋を使うことは、毎回新たに陣を描くよりもずっと消耗する法力が少ない。彼らも今は使える法力に限りがあるので好都合だった。明儀《ミンイー》は玄人《くろうと》なので、一目見た途端にこう言った。

「この陣は一方通行だ」

謝憐《シエリエン》はその意味を理解して尋ねる。

「つまり、ここから出ることはできても、他の場所からここへ戻ることはできない、ということでしょうか？」

それに明儀《ミンイー》が頷いた。

「消耗する法力もより抑えられる」

「だったら私たちにはちょうどいいじゃないか？　ただ出ていきたいだけなんだから。良かった！　黒水の主に見つかる前にとっとと行こう！」

師青玄《シーチンシュエン》はそう言って、片手で明儀《ミンイー》を支えながらもう片方の手で扉を開けようとする。だがその瞬間、明儀《ミンイー》が厳しい声を上げた。

「やめろ！　罠だ！」

すぐさま師青玄《シーチンシュエン》はタタッと三尺も後ずさって言う。

「罠だって？」

明儀《ミンイー》も強制的に三尺後ろに引きずられる形になり、しばし言葉を失ったが、自分をもう一度前方まで連れていくよう師青玄《シーチンシュエン》に示すと、扉にある呪文を長いこと眺めてからきっぱりと告げた。

「これは罠だ。この殿で陣を描いても、一度に送れるのはせいぜい一人だけだ」

「そんなまさか。じゃあ、もし二人同時に送ったらどうなっちゃうんだ？」

師青玄《シーチンシュエン》が尋ねると、明儀《ミンイー》は冷ややかに答える。

「その二人が目的地に到着した時には、押し潰されて一人になっているだろうな」

「……」

この場にいる者の中で明儀《ミンイー》だけが玄人で、他は一人が水の神官、一人が風の神官、一人が武神で、皆この方面にはあまり明るくない。謝憐《シエリエン》はまず花城《ホワチョン》に目を向けたが、彼は眉間にしわを寄せて陣を眺めていた。特に異議を唱えないということは、おそらく明儀《ミンイー》が言ったことは嘘ではないのだろう。謝憐《シエリエン》は思案するように言った。

「もしそれが本当なら、何も知らない侵入者が生き延びるためにこの陣を使って逃げようとしたら最後、逆に……見るも無惨な姿になってしまうということですか。だから罠だと言ったんですね」

ちょうどその時、遥か彼方で雷鳴が響いた。ギザギザと曲がりくねった稲妻が空を這い、幽冥水府にいる全員の顔が青白く照らされる。さながら五匹の悪鬼のようだ。互いに顔を見合わせていると、師青《シーチン》玄《シュエン》が口を開いた。

「兄さん、また……」

師無渡《シーウードゥー》は微かに表情を曇らせて何も答えなかったが、彼の天劫が追ってきたのだと皆わかっていた。謝憐《シエリエン》の耳元で、裴茗《ペイミン》が無意識に口にした言葉が静かに響く。

――水師兄《シュイシーシオン》、今回は本当に運が悪いな。

「とにかく縮地千里は使えるんだったら、さっさと行こう。もし天劫の雷がここに落ちて、この水府を壊してしまったら……」

師青玄《シーチンシュエン》がそう言った。

それは大きな恨みを買うことになってしまうだろ

う。神官の神殿を壊すということは、つまり相手の看板を叩き壊すのと同じことで、極めて深い恨みや憎しみに繋がる。鬼界でも同様に忌諱と見なされているかどうかはわからないが、考えてみれば、誰だって訳もわからず家を壊されるのは嫌だろう。明儀《ミンイー》は指に自分の傷口の血を少しつけると、なんとかしっかりと立って陣を描こうとした。

「どこに行く？　誰が先だ？」

「あなたが先に決まってるじゃないですか、地師殿《ディーシー》。怪我をしているんですから」

謝憐《シエリエン》がそう言ったが、明儀《ミンイー》は小さく首を横に振る。

「この陣は一回ごとに描き足す必要がある。私以外には誰も描けない以上、私が残るしかない」

「じゃあ明兄《ミンシオン》、私は君につき合うから、後ろから二番目でいいよ」

師青玄《シーチンシュエン》の言葉を聞いて、師無渡《シーウードゥー》が言った。

「何がつき合うだ。お前は今……ここに残っても役に立たないんだから、さっさと先に行け。行き先は東海の海辺だ！」

ところが、師青玄《シーチンシュエン》はこう答える。

「今は全員同じくらい役に立たないんだからどうでもいいよ。今回は明兄《ミンシオン》には全然関係ないことだったのに、巻き込んでつらい目に遭わせてしまって、私は……」

ため息を一つこぼし、彼は続けた。

「私は本当にすまないと思ってるんだ」

「どうせ行き先は同じで、すぐに終わることなのに、何がそんなに心配なんだ？」と師無渡《シーウードゥー》が言う。

以前ならば、師無渡《シーウードゥー》が多くても二言言えば師青玄《シーチンシュエン》は素直に従っていたが、今はもう違っていた。なんと師青玄《シーチンシュエン》は彼の言うことを聞かずに、他のことを尋ねたのだ。

「私たちが先に行ってしまったら、裴《ペイ》将軍はどうなる？　ここに取り残されることにならないかな？」

師無渡《シーウードゥー》も弟が自分の言いつけを聞き入れなくなったことに気づき、少し複雑な表情になる。しばらくして、彼は言った。

「大丈夫だ。裴兄《ペイシオン》なら生命力が強いから、私たちが上天庭に戻って援軍を呼んでくるまでここで持ち堪えられる」

「……」

謝憐《シエリエン》は泣くに泣けず笑うに笑えず黙り込む。水師《シュイシー》の言うことはもちろん間違いではないのだろうし、悪意がないのもわかるが、やはり裴茗《ペイミン》への同情を禁じ得ない。少し間を置いてから、謝憐《シエリエン》は「ちょっと待ってください」と言った。

皆の視線が彼に集まる。

「地師《ディーシー》殿、この部屋で縮地千里を起動できるというのは絶対に確かですか？　なんの問題もないんでしょうか？　考えたんですが、あまり軽率に使うのも良くない気がするので、まずは試してみませんか？」

明儀《ミンイー》はそれを聞いて手を止めた。

「どうやって？　試すにしても誰かが使うしかないだろう」

すると、師青玄《シーチンシュエン》が手を挙げる。

「じゃあ私が試してみるよ」

花城《ホワチョン》はしばらくずっと押し黙っていたが、腕を組んで口を開いた。

「悪いが、ちょっといいか。一つ問題があるとは思わないのか？」

「閣下には何かご高見《こうけん》でも？」と明儀《ミンイー》が尋ねる。

「試した奴が目的地に着いたかどうか、どうやって確かめる？」

謝憐《シエリエン》は少々呆気に取られてこう言った。

「そうだった。この陣は一方通行だって地師《ディーシー》殿が言っていたんだった」

つまり、一度送り出されてしまえば、もうここへ戻ってくることはできず、無事目的地に着いたかどうかを知らせることはできない。さらにここは外と隔絶されているため、通霊術を使って連絡を取ることもできないのだ。もはや八方塞《はっぽう》がりのようだ。そして、彼らは今の今までこのことを忘れていた。

花城《ホワチョン》は結論を告げる。

「だから、ここでいくら話し合ったところでまったくの無意味だ。行くか行かないか、二つに一つ。怖いのか？　だったらここに残ればいい」

花城《ホワチョン》は微笑んでいるが、謝憐《シエリエン》は彼が少し苛立っているように感じた。どうやらここからできるだけ早く立ち去りたいようだ。その焦燥感は、師無渡《シーウードゥー》が召喚した水龍によって棺舟が戻されたあとからずっと感じていたのだが、今はそれがますます顕著になっている気がする。

師無渡《シーウードゥー》もこれ以上時間を無駄にするつもりはなかった。天劫の雷は、まるで耳元で大きく鳴り響いているかのようで、このままここにいれば遅かれ早かれ落雷に打たれ、全員ただでは済まないだろう。師《シー》無渡《ウードゥー》が偏殿に飛び込んでパンッと扉を閉めると、明《ミン》儀《イー》が素早く陣を描き上げた。そして再び扉を開けた時には、部屋の中にはうっすらと煙が漂っているだけで、誰もいなかった。

「よし、次だ」

明儀《ミンイー》が言うと、師青玄《シーチンシュエン》が「だったら太子殿下……」と口にする。

言葉の途中で明儀《ミンイー》が彼を引きずっていって部屋に押し込み、扉を閉めると素早く陣を描き足した。再び扉を開けて、明儀《ミンイー》は残りの二人に目を向ける。

「三郎《サンラン》、君が先に行く？」

謝憐《シエリエン》が尋ねたが、花城《ホワチョン》は彼を引っ張って低い声で言った。

「兄さん、一緒に行こう」

謝憐《シエリエン》は唖然としてしまった。

「でも、この陣は一度に一人しか……」

「俺は生きている人間じゃないから大丈夫」

謝憐《シエリエン》はなんとなく不安な気持ちになったが、なぜそう思ったのかは上手く説明できない。花城《ホワチョン》は謝《シエ》憐《リエン》を連れて扉をくぐり、外にいる明儀《ミンイー》に向かって「菩薺観」と言った。

明儀《ミンイー》は無言で頷く。目の前でゆっくりと閉じていく扉の隙間から、ゆらりと立ち上る険しい気を纏った明儀《ミンイー》の表情を眺めながら、謝憐《シエリエン》は「地師《ディーシー》殿は本当に持ち堪えられるんだろうか？」と思わずにはいられなかった。

花城《ホワチョン》は自らの手で扉を閉じ、しばらくそのままじっとしてから再び開く。すると、二人の目の前に現れたのは菩薺観の中の光景だった。今はちょうど夜で、戚容《チーロン》は突然死でもしたかのように大の字になり、布団を全部奪って天を震わすような大いびきをかいている。谷子《グーズー》はもともと寝相が良かったのだが、この「父ちゃん」の悪影響なのか、死んだ魚のように戚容《チーロン》の腹の上に横向きに重なっていた。郎蛍《ランイン》は隅の方で大人しく丸くなり、服を何枚か被っている。戚《チー》容《ロン》がかけている布団を持ち上げた謝憐《シエリエン》は、そのまま彼の顔に押しつけたい衝動をぐっと堪えて二人の子供に分け与えた。

「私たちは……戻ってきたんだよな？」

謝憐《シエリエン》が声を潜めて言うと、彼の後ろで扉を閉めた花城《ホワチョン》は「うん、これで終わったんだ」と答える。

「まだ終わってはいないよ。風師《フォンシー》殿たちが戻れたかどうかわからないし」

音を立てないようにそっと菩薺観の外に出た謝《シエ》憐《リエン》は、普通の声量に戻ってそう言った。それから先日作った臨時通霊陣の中で呼びかける。

「地師《ディーシー》殿？　皆さん戻っていますか？」

返事はない。さすがに明儀《ミンイー》でもそこまで早くは戻れないかと思い、続いて謝憐《シエリエン》は上天庭の通霊陣に入った。予想外なことに、中は狂ったような騒ぎになっていて、入った途端に衝撃を受ける。神官たちは一人残らず叫んでいて、珍しく霊文《リンウェン》も気が立っていた。

「どうでもいい情報をなんでもかんでも私のところに持ってこないで！　私が一日にどれだけ目を通さなければいけないと思ってるんです⁉　私に聞く前に少しは自分の頭で考えてみたらどうですか⁉」

謝憐《シエリエン》は慌てて声をかける。

「霊文《リンウェン》！　水師《シュイシー》殿たちはまだ戻っていないんですか⁉」

霊文《リンウェン》は一瞬で別人のようになり、彼を捕まえて言った。

「太子殿下！　どうして急にそんな大きな声に……東海から戻られたのですか？　水師《シュイシー》殿や裴《ペイ》将軍たちはどこです？　なぜ連絡が途絶えていたのですか？」

「私は南海から戻ってきたんです」

「南海？」

「南海の黒水鬼蜮です」

霊文《リンウェン》が愕然とした。

「そんな……どうしてあんなところまで⁉　あそこは今まで私たちの誰も近づいたことのない場所ですよ。老裴《ラオペイ》たちもそこにいるのですか？」

「話せば長くなるんですが、水師殿《シュイシー》が天劫に挑んでいる最中に誤って黒水鬼蜮に入ってしまって、やっとのことで脱出できたんです。彼と風師殿《フォンシー》は私より先に戻ったので、今はもう東海に着いているはずなんですが、見かけませんでしたか？」

「見ていません！　東海の方はとっくに静まっていて、二百人以上の漁師も全員救助されましたが、海岸にも海面にも彼らの痕跡は見当たりませんでした！」

「そんなはずはありません！　もしあり得るとすれば……」

あり得るとすれば？

「あり得るとすればなんなのですか？　太子殿下？　太子殿下には何かおっしゃりたいことがあるのでは？　すぐに南海に神官を派遣しましょうか？」

霊文《リンウェン》が言うと、謝憐《シエリエン》はぽつりと呟いた。

「もう間に合わない」

彼は通霊陣を閉じ、ぱっと振り返る。

「三郎《サンラン》」

どうやら花城《ホワチョン》には謝憐《シエリエン》が何を尋ねようとしているのか既にわかっているらしく、手を後ろに組んだまま無言でじっと彼を見つめている。

「君はとっくの昔にあの人となんらかの協定を結んでいたんじゃないか？」

花城《ホワチョン》はすぐには答えなかった。ところが、彼が口を開くと同時に謝憐《シエリエン》は慌てて言う。

「いやいやいや、言わなくていい！　答える必要はないから。もしそうなら、私のせいで約束を破るようなことには絶対になってほしくない。いきなり聞いた私が悪かった。困らせるつもりはないんだ」

「殿下、すみません」

花城《ホワチョン》の言葉に、謝憐《シエリエン》は首を横に振る。

「謝らないで。私がもっと早く気づくべきだったんだ。その協定があったから、君は手を出すことも、私に真相を伝えることもできなかったんだね」

花城《ホワチョン》も謝憐《シエリエン》に忠告はしていたが、それでも彼の意思に口出しはせず、道中ずっとそばにいて助け守り、どうにかしてそこから引き離そうとしていた。けれど、その度に謝憐《シエリエン》がいろいろな理由から事件の中心へとさらに深入りしてしまったのだ。

「むしろ私は君に感謝しないと」

「もう全部わかってしまった?」

花城《ホワチョン》の問いに謝憐《シエリエン》は頷いた。

「ほとんどね。本当ならすぐに気づけたはずなんだ。ただ、彼があまりに上手《うわて》だった。あらゆる可能性を考えすぎて、疑っては覆しを繰り返すうちに、一番単純な答えを見落としてしまっていたよ」

少し間を置いて、彼はさらに話す。

「それに、あの人はずいぶんと君の顔を立てていたんだね。穏便に私が離れられるようにあれこれ手間もかけただろうし、回りくどい面倒事も増えたはずだ」

「殿下」

花城《ホワチョン》がそう言い、「この件は、もうこれまで」と続ける。

謝憐《シエリエン》はため息をついた。

「私もそうなることを願ってるよ。でも、彼は少しやりすぎたみたいだ」

しばし沈黙してから、花城《ホワチョン》は優しい声で言った。

「でもあなたは帰ってきたんだから、もう鬼域に戻ることはできない。この件はあいつら自身に解決させましょう」

ところが、謝憐《シエリエン》は「そうとは限らないよ」と言った。

その言葉を聞いた花城《ホワチョン》がほんの少し体を強張らせる。

「たった今思い出したんだけど、風師殿《フォンシー》に連絡を取る方法が一つある」

謝憐《シエリエン》は両手で印を結び始めた。

「だから三郎《サンラン》、ごめん。私はもう一度戻らないと」

最初に結んだ印を見て花城《ホワチョン》はすぐに理解したが、こんな手がまだ残っていたとは想定外だったようで、わずかに目を見開いた。

「……兄さん?」

謝憐《シエリエン》は一字ずつはっきりと唱える。

「移──魂──大──法!」

瞼を閉じると、まるで魂魄が引きずり出され、いきなり高々と放り上げられてまた落下していくようなあの無重力感にひとしきり襲われた。再び目を開けた時、眼前にあったのは花城《ホワチョン》の顔ではなく果てしなく広がる闇夜で、左右の山林はものすごい速さで後ろへ飛び去っていく。自分の口から発している荒い息遣いや激しい鼓動までもが聞こえてきた。

成功だ！

移魂大法は滅多に使われることのない術で、しかも法力の消耗が非常に速い。通霊術と比べると優れてはいるが、こちらの方が邪道で奇妙な術であるために、普通ならば法力場による障壁でこの類いの法術まで遮断しようとはしない。

あの日、謝憐《シエリエン》と師青玄《シーチンシュエン》が移魂大法を行ったあと、師青玄《シーチンシュエン》は彼に対して霊識《れいしき》を閉ざす間もなく法力を失い、ただの人間となった。これは、さながら互いの部屋の鍵を交換して相手の部屋を使用したようなもので、元の体に戻ったあと師青玄《シーチンシュエン》はすぐに部屋の錠を換えるべきだったし、そうすれば謝憐《シエリエン》は二度と入れなくなるのだが、彼はそれをしなかった。そのため、謝憐《シエリエン》はまだ以前の鍵を使って師青玄《シーチンシュエン》の部屋を開けることができるが、師青玄《シーチンシュエン》の方からは謝《シエ》憐《リエン》の部屋を開けられなくなっている。そういう訳で、今は二人で一つの体を共有している状態だった。残った謝憐《シエリエン》の体はその場で力が抜けて倒れたはずだが、花城《ホワチョン》は受け止めてくれただろうか？

師青玄《シーチンシュエン》は肝を潰すほど息せき切って走っていて、どうやら何かに追われて逃げている最中らしい。謝《シエ》憐《リエン》が耳をそばだてると、逆風の中、背後から泣き喚く声が聞こえてくる。なんと、それは黒水島の堅牢に閉じ込められていた、あの気が触れた大勢の人々だった。どうやら彼らは師青玄《シーチンシュエン》のことをずいぶんと気に入ったらしく、それはもはや「渇望」と言ってもいいほどで、誰も彼もが白目を剥《む》いたり舌を出したりしながら、逃がすものかとばかりに徹底的に追いかけてくる。

師青玄《シーチンシュエン》は肋骨《ろっこつ》と肺の両方がずきずきと痛んで、泣きたくても涙は出ず、叫ぼうにも声が出ない状態になっていた。謝憐《シエリエン》は彼が息をするのもつらそうに走っているのを感じて、このままでは長く持たないだろうと、自ら体の律動を制御しつつ呼びかけた。

「風師《フォンシー》殿！」

彼が師青玄《シーチンシュエン》の口を使って話したために、師青《シーチン》玄《シュエン》は驚いて危うく舌を噛みそうになった。

「誰だ!? 誰が私の体の中にいるんだ!?」

「落ち着いてください、風師殿《フォンシー》。移魂大法を使ってきたんです！ 体を私に預けてください。あなたの代わりに走りますから」

謝憐《シエリエン》は師青玄《シーチンシュエン》の目尻からたちまち二筋の熱い涙が溢れ出すのを感じた。

「太子殿下!? 本当に心強いよ！ 君は本当に頼もしすぎる！ ありがとう！」

「お礼は結構！ 聞いてください、風師殿《フォンシー》。とにかく急がないと！」

「いや、だから今急いで走ってるんだけど!?」

「そうじゃなくて、私が言ったのは急いで逃げてくださいっていう意味で……」

話している間にも横の林の中から七、八人の気が触れた汚らしい者たちが飛び出してきて、一斉に師《シー》青玄《チンシュエン》に襲いかかる。謝憐《シエリエン》が両手の関節をポキポキと鳴らして三十回連続で蹴りを入れると、彼らはぎゃあぎゃあ叫んで地面に倒れ、起き上がれなくなった。師青玄《シーチンシュエン》は目を丸くしてぽかんと口を開ける。

「これが私の蹴り？ こんなにすごいんだ。武神って最高だね！ 私も武神になりたくなっちゃった」

「それは難しいんじゃないでしょうか、風師殿《フォンシー》。あなたの体の資質からすると、武神には不向きかと……」

謝憐《シエリエン》は至って真面目に答えて善意の冷や水を浴びせる。

二人は同じ体を使って話しているため、まるで二つの人格が自問自答をしているかのようで、傍目《はため》にはかなり奇妙だろう。

「風師殿《フォンシー》、水師殿《シュイシー》は？」

謝憐《シエリエン》が尋ねると、師青玄《シーチンシュエン》は辺りを見回して言った。

「兄さんと明兄《ミンシオン》は二人とも行方がわからないんだ。さっき私が扉を開けたら、その先はまだ幽冥水府の中で、ただ他の部屋に出ただけだったんだけど、どこに問題があったんだろう……」

すると突然、謝憐《シエリエン》が足元を軽く蹴り、さっと跳び上がって木の上に乗った。師青玄《シーチンシュエン》は訳がわからなかったが、自分の体が急に師に教わることもなく軽々と屋根を伝ったり、自在に壁を乗り越えたりできるようになる感覚はなかなか面白い。それで彼の好きなように自分の体を操作させ、軽快かつ機敏《きびん》に木のてっぺんへと登っていった。

「太子殿下、どうして急に……」

言葉の途中で、謝憐《シエリエン》はぱっと彼の口を塞ぐ。

実際には自分で自分の口を塞いだ。やがて謝憐《シエリエン》は枝の先まで登っていき、生い茂る葉の中に隠れるように座る。その直後、道の突き当たりに、よろめきながら歩くすらりと背の高い黒い影が現れた。目を凝らして見ると、それはなんと明儀《ミンイー》だった。

彼は依然として顔面蒼白で、秀麗なその顔には死相が浮かんでいるが、まだ辛うじて立って歩くことはできている。師青玄《シーチンシュエン》が大喜びで口から手を下ろし、声を出して彼を呼ぼうとしたその時、謝憐《シエリエン》がまた手を上げて彼の口を塞いだ。今度は両手で息もできないほどしっかりと塞いでいる。師青玄《シーチンシュエン》は決して無鉄砲な質《たち》ではないため、謝憐《シエリエン》には深い考えがあるに違いないとすぐさま察し、それ以上もがきはしなかった。明儀《ミンイー》が眼下の小道を通り過ぎていくのをじっと見つめていた謝憐《シエリエン》は、ようやく手を少し緩めると、木の上から静かに滑り降りて密林の中を密かに進み始める。

しばらく飛ぶように走ったあと、師青玄《シーチンシュエン》は振り向いてちらりと背後を確認し、小さな声で言った。

「太子殿下、さっき私が明兄《ミンシオン》を呼ぼうとした時、どうして止めたんだ？」

だが、謝憐《シエリエン》は答えることなくにわかに体を強張らせる。正面に顔を戻した師青玄《シーチンシュエン》は、途端に瞳孔を激しく収縮させた。

先ほどは明らかに遠ざかって距離ができていた明《ミン》儀《イー》が、彼の、いや、彼らの目の前に立っていたのだ。

どうやら木に手をついてやっとのことで体を支えているらしく、明儀《ミンイー》は眉間にしわを寄せながら言った。

「……どうしてお前までここにいる？」

「私は……」

師青玄《シーチンシュエン》が思わずそう口走ると、謝憐《シエリエン》は何も言わずに手を後ろに伸ばして軽く左右に振り、絶対に三人目の「人」の存在を知られないようにと示した。

師青玄《シーチンシュエン》はその意味を理解したが、明儀《ミンイー》の眉間のしわはますます強く寄せられる。

「その手、後ろで何をしてる？　何か隠してるのか？」

師青玄《シーチンシュエン》は慌てて両の手のひらを広げて彼に見せた。

「何も！」

謝憐《シエリェン》は彼の頭皮がじわじわと頭のてっぺんに向けて痺れていき、背筋に冷たいものが走るのを感じた。師青玄《シーチンシュエン》にとって明儀《ミンイー》は非常に頼りになる存在だが、その彼が思いがけずこのような形で現れたことに驚いているのだろう。

「別に本当に見せろとは言ってない」

明儀《ミンイー》は困惑したような顔でそう言った。

苦い表情ではあったが十分に親しみも感じられたため、師青玄《シーチンシュエン》はほっと息をつき、次第に鳥肌も消えていった。謝憐《シエリェン》は焦燥感に駆られていたが、今は軽率に口を開くことはできない。

「水師殿《シュイシー》は？」

「君も兄さんを見てないのか？　私もあちこち捜してるんだよ。君は私たちを黒水島から送り出せるって言わなかった？　どうして太子殿下たちは帰れたのに、私たちはまだここにいるんだ？」

謝憐《シエリェン》はそれを聞きながら密かに気を揉んだ。緊張が高まるとどうしても出てしまう師青玄《シーチンシュエン》の「ハハハハハッ」を謝憐《シエリェン》は極力押さえ込んだが、あまりまともで真面目な話をするのも師青玄《シーチンシュエン》らしくないような気がする。そこで謝憐《シエリェン》は頭を激しくかきむしると、明儀《ミンイー》を指さしながら大声で言った。

「明兄《ミンシオン》！　暇を見つけてもっと練習しとけって言ったよね？　手が鈍って描き間違えたんじゃないのか！」

やや大げさだったかもしれないが、上出来だ。明《ミン》儀《イー》は違和感を抱いた様子もなく不快そうな顔をした。

「失せろ！　だったら自分で描け」

そう言いながらも、明儀《ミンイー》がこちらへ近づいてくる。師青玄《シーチンシュエン》はその場で立ちすくんでしまっていて、謝《シエ》憐《リェン》は慌てて彼と入れ替わって足を動かすと、歩み寄って明儀《ミンイー》を支えた。

「明兄《ミンシオン》、傷の具合はどう？　毒は大丈夫なの？」

明儀《ミンイー》は軽く首を横に振る。

「問題ない。水師殿《シュイシー》を見つけるのが先だ」

師青玄《シーチンシュエン》は小さく頷き、二人はゆっくりと歩を進める。謝憐《シエリエン》が師青玄《シーチンシュエン》に注意を促すきっかけを掴めずに心の中で悲鳴を上げていると、しばらくしてから、ふと口が微かに開いたような気がした。師青《シーチン》玄《シュエン》が声を出さずに口を開けたり閉じたりしているのがわかって、謝憐《シエリエン》は気を取り直す。注意深く口の形を読み取ると、彼は『どういうことだ？』と言っていた。

すぐそばにいる明儀《ミンイー》が異変に気づくのを恐れた謝《シエ》憐《リエン》は、わずかに俯いて同じように口の形だけで返事をする。

『彼は偽者です』

その一言を言い終えた途端、謝憐《シエリエン》は腕に細かい鳥肌がぞわりと立つのを感じた。

師青玄《シーチンシュエン》は目を大きく見開く。

『偽者!?　じゃあこいつは誰なんだ!?』

謝憐《シエリエン》も声を出すことなく答えを告げた。

『白話真仙』

師青玄《シーチンシュエン》がはっと息を呑むと、明儀《ミンイー》の声が斜め上から聞こえてくる。

「どうした？」

呑み込んだその息をため息として吐き出した師青《シーチン》玄《シュエン》は、声を震わせて言った。

「怖いんだ」

しばし黙り込んでから、明儀《ミンイー》が答える。

「怖がるのはまだ早いだろう」

以前なら、その言葉はひねくれた慰めとして自然に受け止められただろう。だが、今ここで聞くとまるで一種の脅しであるかのように、なんとも言い難い不気味な含みがあるように思えた。

頷いた師青玄《シーチンシュエン》は、また口の形だけで謝憐《シエリエン》に言った。

『あり得ないよ。白話真仙は姿を変えられないんだから！』

実際のところ、言葉にしたあとも、謝憐《シエリエン》は彼のことを「白話真仙」と呼ぶのは適切とは言えないと思っていた。それではあまりにも無礼で、あまりにも無作法な扱いだろう。数日前に師青玄《シーチンシュエン》が遭遇したあの「白話真仙」は、高く見積もってもせいぜい小物か、あるいは取るに足らない分身か、はたまた食べ残しの残滓《ざんし》にすぎない。そこで彼は二つ目の答えを告げた。

『黒水玄鬼』

師青玄《シーチンシュエン》が足元をふらつかせると、明儀《ミンイー》は「今度はどうした?」と尋ねた。

「死にたい……」

師青玄《シーチンシュエン》は歯の根が合わないほど震え、カチカチと音を立てる。

明儀《ミンイー》は冷ややかに言った。

「楽に終われると思うな」

まただ。厳粛な口調も、冷酷な言葉も、今までと何も変わらないはずなのに、今はまったく違う意味に聞こえる。だが、終わりはまだ遥かに遠い。謝《シエ》憐《リエン》はまた声を出さずに三つ目の名前を口にした。

『賀玄《ハーシュエン》』

師青玄《シーチンシュエン》はもう限界を迎えていた。

彼の心臓が早鐘《はやがね》を打っていることに謝憐《シエリエン》も気づく。ちょうどその時、二人は小川に差しかかり、謝憐《シエリエン》はとっさに言った。

「明兄《ミンシオン》、やっぱり一旦休憩してからまた捜した方がいいと思うんだけど!」

「そんな時間がどこにある?」

「君は毒にあたったんだから、あんまり激しく動くと毒の回りが早くなるよ。それに、君はいいかもしれないけど、私はただの人間なんだから休憩しないと。とりあえず座ってて。水を汲んでくるから」

謝憐《シエリエン》はそう言い、震えていることを少しも悟らせないようにできるだけ手足を落ち着かせ、明儀《ミンイー》を草地に座らせた。それから小川のほとりに行き、そのせせらぎによって小さな話し声をかき消してもらう。水を二回ほど掬って自分の顔にばしゃりとかけた師《シー》青玄《チンシュエン》は、一旦気持ちを落ち着かせてから囁いた。

「太子殿下、君は何を言ってるの? 後ろのあの人はいったい誰? その三人のうちの誰かが明兄《ミンシオン》に化けてるってこと? それとも奴ら全員が明兄《ミンシオン》に取り憑いてるとか?」

「風師《フォンシー》殿、落ち着いてください! 奴らじゃなくて、奴なんです! 今、あなたのそばにいるのは一人だけです。最初から最後まで、ずっとその一人だったんです。化けているわけでも、取り憑かれたわけでもありません！」

師青玄《シーチンシュエン》はぽつりと呟く。

「でも、でも明兄《ミンシオン》は……」

「もう明兄《ミンシオン》と呼ぶのはやめましょう。本物の明兄《ミンシオン》はもう死んでいるんです！」

「どうしてわかるんだ？　君は見たの？」

「私だけじゃありません。あなたも見たはずです。さっき幽冥水府の中に祀られていたあの骸骨が本物の地師《ディーシー》殿だったんです！　どうして彼が地師《ディーシー》の月牙《ユエヤー》鏟《さん》を上手く使いこなせなかったんだと思いますか？　それは、最初から彼のものではなかったからです！　あなたの後ろにいるあの人は、数百年前の本名は賀《ハー》玄《シュエン》といって、修練を経て絶となり、黒水玄鬼と呼ばれるようになりました。白話真仙を呑み込み、それを操ってあなたのところへ差し向け、そして本物の地師《ディーシー》を拘禁し、あまつさえ命を奪って、ずっと前からその名を騙《かた》って上天庭に入り込んでいたんです！」

言い終えるや否や、謝憐《シエリエン》は突然体を強張らせた。

一本の手が、ふいに彼の肩先を叩いたのだ。

第六十五章　了死結水師闘玄鬼

水師対玄鬼、乱麻を断つ

背後から明儀《ミンイー》の声が聞こえてくる。

「何を一人でぶつぶつ言ってるんだ?」

師青玄《シーチンシュエン》は体を強張らせた。

「わ……私……その……」

謝憐《シエリエン》が代わりに話そうとしたが、舌が言うことを聞かなくなっている。だがそれは無理もない。最も信頼していた親友が、あろうことか自分が最も恐れていたモノで、しかもずっと自分のそばに潜んでいたのだ。見渡す限り周囲には誰もいない上に、彼が何をするつもりなのかもわからないこの状況で、怖くない人などいるだろうか?

するると突然、明儀《ミンイー》が五本の指にぐっと力をこめ、師青玄《シーチンシュエン》は肩に痛みを感じるとそのまま地面に押しつけられた。

同時に、小川の中からいきなり青白い両腕が伸びてきて、師青玄《シーチンシュエン》の喉を掴もうとする。

水鬼だ!

明儀《ミンイー》が師青玄《シーチンシュエン》を押したためにその手は空振りし、さらに彼が手のひらで一撃を放つと、水中から甲高い悲鳴が上がった。おそらくその一撃で消されてしまったのだろう。明儀《ミンイー》は尻餅をついた師青玄《シーチンシュエン》を引っ張り起こして言った。

「黒水鬼蜮の小川で不用意に顔を洗うなんて、どうかしてるんじゃないのか」

「……」

先ほど師青玄《シーチンシュエン》は、水鬼が浸かっていた小川の水を使って気持ちを落ち着かせていたわけで、普通なら少々気味が悪いと感じるだろうが、今の彼はそんなことを気にしてなどいられなかった。濡れ鼠になって頬や髪の先から水が滴り落ち、すっかり気が動転した師青玄《シーチンシュエン》は、ただ「明儀《ミンイー》」に引っ張られるままに立ち上がり、ぼんやりと彼についていく。

実際のところ、一つ一つ振り返ってみれば、この「明兄《ミンシオン》」に関するあらゆることは何もかも怪しさを匂わせていた。

彼は地師《ディーシー》であるため、当然彼が道中すべての縮地千里の陣を描いた。本来これは彼の得意分野であるはずなのに、何度も問題が起きている。

彼ら四人は菩薺観から訳もわからないまま博古鎮に送られ、風師《フォンシー》と水師《シュイシー》が黒水島から送られた時にもまた問題が起きた。縮地千里に使用した偏殿が長年修繕されていなかったからか？　他のモノが邪魔立てしてきたからか？　黒幕の手腕があまりにも見事だったからか？

あれこれ考える必要があるだろうか？　一番単純な答えは、すべて明儀《ミンイー》が細工をしていたからだ！

風師《フォンシー》が最初に「白話真仙」に連れ去られた時は、彼が見失った。法力を失った風師《フォンシー》を、彼が一番に見つけた。ずっと師青玄《シーチンシュエン》のそばにいて、その恐怖や行動について知り尽くしているのは彼だ。風師《フォンシー》の口令を知っていて、「白話真仙」を操って風師《フォンシー》を脅し、傾酒台の防護陣の扉を開かせることができたのも彼だ。

あの時、自らの手で風水《フォンシュイ》殿の看板を叩き壊したのに顔色一つ変えなかったのは、彼が破天荒《はてんこう》な人物だからかもしれないし、最初からそのつもりだったからかもしれない。

口実を見つけて仇《かたき》の前で堂々とその看板を叩き壊した挙げ句、当の仇本人に礼を言わせるなど、なんと不遜《ふそん》で大胆なのだろうか。

こういった微細《びさい》だが不審な点について、謝憐《シエリエン》は一度も疑念を抱かなかったわけではなく、自ら探りも入れた——あの三つの質問だ。ただ、ここまで大胆不敵で不可思議なことが起こるとは考えもしなかったのだ。まさか、鬼がずっと神官を装い、自分たちの中に潜伏していたなんて！

黒水沈舟は一貫して控えめ？

普段は常にもう一つの身分で存在しているのだから、当然控えめだろう。

あの時の「明儀《ミンイー》」の答えには、確かに綻《ほころ》びはなかった。彼は白話真仙を呑み込んだあと、その能力を我が物とし手下として使役《しえき》できるようになったが、絶境鬼王ならばもちろん白話真仙より上位の存在なので、当然あの特性に縛られることもない。真実を言いたければ真実を言い、嘘をつきたければ嘘をつく。

あの骸骨の手足の器用さも、地師《ディーシー》ならば納得がいく。では、なぜそれを幽冥水府に祀る必要があったのか？　それは、そうせざるを得なかったからだ。神官の骸骨である以上、丁重に扱わず適当に埋葬《まいそう》しようものなら、始末に負えずとんでもないことになってしまう。それで、荘重たる礼をもって自分の殿に祀るしかなかったのだろう。

ただ、謝憐《シエリエン》が骸骨の正体を推測できた理由は他にもある。それは、あの時に飛びかかってきたことだ。

あの骸骨はなぜ回光返照したのかと水師《シュイシー》が尋ねた際、明儀《ミンイー》が横から「立ち上がって我々の邪魔でもしない限り、何者だろうがどうでもいい」という師無《シーウー》渡《ドゥー》の発言のせいだと答えた。だが本当は、本物の明《ミン》儀《イー》を刺激したのはその言葉ではなく、おそらく後に続く三文字――「地師殿《ディーシーどの》」だったのだ！　なぜなら、彼こそが本物の地師《ディーシー》なのだから！

しかも、偽者は彼の目の前に立ち、当たり障りのないことを言って謝憐《シエリエン》たちを間違った方向に導いた。時に「明儀《ミンイー》」は敢えて逆の行動を取って、正しい方向へと少しだけ軌道修正し、嫌疑を晴らした。例えば、花城《ホワチョン》に「やはり本当に上天庭に間者がいるんだな」と言ったことだ。その間者とはまさに彼のことではないか？　だからこそ花城《ホワチョン》は冷やかすように「とっくに知ってたんじゃないのか？」と返した。そこに隠された意味は「芝居を打たなくてもいいだろう？」ということだったのだ。

ただ、「間者」という言葉は正しくないだろう。この二人の間には当然協定――例えば、情報交換があったはずだ。

二人の絶境鬼王の利益が一致したのなら、手を組めば双方が得をするのではないだろうか？　黒水は上天庭に紛れ込んで天界の大小様々な動向を把握しており、花城《ホワチョン》は人界に根を張って至る所に信徒を抱えている。それ以外にも協力し合っていることがあるかどうかは知る由もない。味方だと思っていた者が実は敵で、君吾《ジュンウー》が「地師《ディーシー》」を鬼市に送り込んで潜伏させたのは、盗人を賊の巣窟に送り込んだようなものだったのだ。

「明儀《ミンイー》」がこれまで潜伏してきた中で、不測の事態が起きたのはおそらく二度だけだろう。一度目は、あの火龍嘯天《かりょうしょうてん》の術だ。

どれだけ暇を持て余そうが、他人の名を騙ってなりすましている者がそんなことをするはずはない。あの火龍嘯天の術は、本物の明儀《ミンイー》が何度目かに逃げ出した際に放ったものなのではないか、という見方が謝憐《シエリエン》の中で濃厚になっていた。

完全に別の人物を装って上天庭に紛れ込むには、装う相手のことを十分に知っておく必要がある。したがって、入れ替わった本物は必ず生かしておいて、経歴、技、法宝の扱い方などを始めとして、少しずつその口から情報を聞き出さなければならない。偽者の明儀《ミンイー》は、本物の明儀《ミンイー》が天劫を乗り越え飛昇して間もない頃に、彼を攫って拘禁したのだろう。もし攫われる前に本物の明儀《ミンイー》が他の神官と接触してしまえば、なりすましはより発覚しやすくなる。

あれは想定外の出来事だったために、知らせを受けた花城《ホワチョン》は、協力者の事後処理に手を貸しに戻らなければならなくなったのだ。そして、折しも謝憐《シエリエン》も君吾《ジュンウー》から鬼市へ救援に向かうという任務を引き受けた。

当時は気づかなかったが、今になって思い返してみると、あの時はあまりにも順調すぎたのではないだろうか？　確かに謝憐《シエリエン》は極楽坊の地下牢から「地師《ディーシー》」を救出したが、そもそもどうして極楽坊の地下牢を発見できた？

まず、呪枷があり鬼の面を被った花城《ホワチョン》の配下を見かけ、次にその人物が極楽坊でこそこそしているところを見たからだ。

呪枷というのは屈辱的なもので、普通の神官なら貶謫《へんたく》された事実を隠したがるはずなのに、あの鬼の面を被った人物はなぜ手首をさらしたのだろうか？そして、なぜそのあとまた隠したのだろうか？

「うっかり」でなければ、謝憐《シエリエン》の注意を引いて自然な流れで「拘禁されている」偽者の地師《ディーシー》を見つけさせるために、故意にそうしたということになる。そして、実際に助けを求める信号を出した本物の明儀《ミンイー》は、このあとに殺されたのだろう。遺体ごと証拠隠滅することは不可能だが、かといって肉体を残しておけばより多くの手がかりを残すことになってしまうため、それで彼を白骨にしたのだ。

二度目の不測の事態は、師青玄《シーチンシュエン》が白話真仙に脅され謝憐《シエリエン》の手を借りに行ったことだ。

明らかに花城《ホワチョン》は謝憐《シエリエン》が事件に巻き込まれるのを望んでおらず、だからあの時明儀《ミンイー》は「私の意思で来たわけではない」と言ったのだ。そしてその後、傾酒台で花城《ホワチョン》が別行動していた間、彼は事情を問い質すために明儀《ミンイー》に会いに行ったに違いない。

謝憐《シエリエン》には師青玄《シーチンシュエン》にこれらすべてを詳細に伝える機会はなかったが、師青玄《シーチンシュエン》も自分で一つ一つゆっくりと紐解《ひもと》いていったのだろう。袖の中に隠れている両手がずっと微かに震えている。

二人は肩を並べて歩いているが、謝憐《シエリエン》は師無渡《シーウードゥー》がどこへ行ったのかを考えていた。

最初にあの陣が描かれた扉から出ていったのは師《シー》無渡《ウードゥー》で、最後の一人が「明儀《ミンイー》」だったため、彼が師《シー》青玄《チンシュエン》より先に師無渡《シーウードゥー》を見つけて何かできるはずがない。ならば可能性は三つだ。

一つ目、師無渡《シーウードゥー》は他の場所に送られた。二つ目、師無渡《シーウードゥー》は目的地で待ち構えていた他の何かに殺された。三つ目、師無渡《シーウードゥー》が自ら立ち去った。

もし一つ目か二つ目なら、明儀《ミンイー》には師青玄《シーチンシュエン》の前で演技を続けて一緒に彼を捜す理由などない。そこまで考えた時、ふと謝憐《シエリエン》の耳に「明儀《ミンイー》」の声が聞こえてきた。

「長命鎖はどうした？」

師青玄《シーチンシュエン》は無反応だったが、謝憐《シエリエン》は固唾《かたず》を呑む。明儀《ミンイー》が何度も尋ねると、師青玄《シーチンシュエン》はようやく「え？」と言った。

「明儀《ミンイー》」は憮然《ぶぜん》として問う。

「あの長命金鎖は二つ対になった金精から作られたもので、主が負傷すれば共鳴すると言ってただろう？」

「……」

師青玄《シーチンシュエン》はなんでも包み隠さず「明儀《ミンイー》」に話してきたため、当然彼はこの宝の用途を熟知している。つまり、この金鎖を使って師無渡《シーウードゥー》の行方を捜そうというのだ！

「で……でも、私の怪我はもう治ったし！」

「そんなの簡単だろう？」

「明儀《ミンイー》」は冷ややかにそう言いながら、少し手を上げた。謝憐《シエリエン》は「まさか風師《フォンシー》殿を切りつけるつもりか？」と思い、神経を研ぎ澄まして警戒する。ところが、あろうことか「明儀《ミンイー》」は自分自身の腕にある傷口を軽く押した。

既に塞がっていた傷口から、あっという間に血が流れ出す。

「鎖を私にかけてくれ」と彼は言った。

「……」

それを見ていた謝憐《シエリエン》は、感服せざるを得なかった。たとえ芝居だとしても、ここまでやられると本当にすごいものを見せられた気分になる。どうして師《シー》青玄《チンシュエン》があれほどまでに明儀《ミンイー》を友人として大切に思っていたのか、よく理解できた。

もしこの行為の裏に殺意などなく、悪意もなかったとしたら、こういう人物は友としてどれほど付き合いがいがあるだろうか！

ところが、師青玄《シーチンシュエン》はためらって動くことができなかった。彼が長命鎖を差し出しさえすれば、二つの金鎖はすぐに共鳴するだろう。師無渡《シーウードゥー》がそれに気づけば必ずあちらから捜しにくるはずだ。「明儀《ミンイー》」は微かに眉間にしわを寄せて言った。

「怖すぎてぼけたのか？」

「……違うよ！　実は、これさ、この鎖、君には言ってなかったっけ？　私自身がつけてないと効果がないんだ」

「明儀《ミンイー》」は疑わしげに尋ねる。

「そうなのか？」

師青玄《シーチンシュエン》は長命鎖をぎゅっと握りしめ、力一杯頷いた。

「そうなの！」

「明儀《ミンイー》」はしばし彼を見つめていたが、どうやら諦めたらしく、何も言わずに俯いて腕の傷に目を向ける。ところがその瞬間、師青玄《シーチンシュエン》の首に下げられていた長命鎖が振動し始めた。

師青玄《シーチンシュエン》の顔色が一瞬で変わる。素早く反応した「明儀《ミンイー》」は、すぐさま長命鎖が反応している方向へと歩きだした。

「水師《シュイシー》殿はあそこだ」

金鎖が共鳴したということは、つまり師無渡《シーウードゥー》は負傷しているということだ。彼があの扉の中に入った時は無傷だったはずだが、今は何によって負傷させられたのだろうか？

　謝憐《シエリエン》は、師青玄《シーチンシュエン》が急いで行こうとしているのと同時に、まったく行きたがっていないことも感じていた。彼らは黒水湖の幻界《げんかい》に閉じ込められていて、島には他に誰もいない。裴茗《ペイミン》は結界の外でひたすら木を切って棺舟を作りながら彼らの帰りを待っているし、今の師青玄《シーチンシュエン》はただの人間だ。この上さらに師無渡《シーウードゥー》が負傷したとなれば、誰の助けも期待できない。これでどうやって逃げられるというのだろうか？

　ひとしきり慌ただしく歩いてから、師青玄《シーチンシュエン》が口を開いた。

「明《ミン》……兄《シオン》、思うんだけどさ、あっちには罠があるんじゃないかな。行かない方がいいって！」

「罠？」

　師青玄《シーチンシュエン》はやむを得ないとばかりに言う。

「兄さんが怪我をするはずがないだろう？　あっちにいるのが兄さんとは限らないよ」

　ところが、「明儀《ミンイー》」の言葉には彼より遥かに説得力があった。

「ここは絶境鬼王の縄張りだ。水師《シュイシー》殿の力でも身を守れるとは限らない。とにかく、まずは行ってみてからだ」

　師青玄《シーチンシュエン》には止める理由が思いつかなかった。謝《シエ》憐《リエン》も何も思いつかなかったが、このまま成り行きを静観することにした。二人が歩けば歩くほど長命鎖の震動が強まり、近づいていくのがわかる。やがて目に飛び込んできたのは、地面に倒れた師無渡《シーウードゥー》の姿だった。ボロボロになって丸く縮こまり、苦しげに腹を押さえている。それを見て驚いた師青玄《シーチンシュエン》は「兄さん！」と叫んで駆け寄り、明儀《ミンイー》もその後を追った。

　ところが、師青玄《シーチンシュエン》がそばへ近づくと、師無渡《シーウードゥー》はいきなり飛び起きてぱっと彼を抱きしめ、正気を失ったかのように高笑いし始めた。師青玄《シーチンシュエン》は胸の中に抱き込まれてこれ以上ないほど愕然としていたが、それでやっと気づいた。鼻は歪んで目は斜めになったこの人物のどこが師無渡《シーウードゥー》だというのか。これはただ師無渡《シーウードゥー》の服を着て金鎖をつけている気の触れた人間ではないか！

　ところが、彼が口を開く前に轟音が響き、隣にいた「明儀《ミンイー》」が突然倒れた。胸元に手鞠《てまり》ほどの大きさの黒い穴が開き、地面には鮮血が溢れ出している。すると、木の上から白衣の人影が飛び降りてきて師《シー》青玄《チンシュエン》を掴み、大声で「行くぞ！」と叫んですぐさま走りだした。

　謝憐《シエリエン》が目を凝らして見ると、その人物こそが師無《シーウー》渡《ドゥー》だった！

「兄さん!?」

「喋ってないでついてこい！　あいつはいい奴なんかじゃない！」

　師無渡《シーウードゥー》は低い声で一喝する。

　謝憐《シエリエン》は瞬時に理解した。師無渡《シーウードゥー》も一筋縄ではいかない人で、彼はあの扉から出た瞬間、自分がまだ幽冥水府にいるとわかるとすぐに何かおかしいと感づいたのだ。彼の考えは謝憐《シエリエン》より遥かに単純で、遥かに鋭くもあった。

　まず初めに明儀《ミンイー》が何か企んでいるのではないかと疑い、見つからないよう物陰に隠れて彼の動向を追った。おそらく師無渡《シーウードゥー》は、師青玄《シーチンシュエン》とは違う場所に送られたのだろう。でなければ、彼は師青玄《シーチンシュエン》を連れて一緒に隠れたはずだ。明儀《ミンイー》と師青玄《シーチンシュエン》が行動をともにしているのを見つけたあと、彼はあの人々の群れから一人引っ張ってきて自分の外衣を着せ、金鎖をつけさせた上で手のひらから一撃を放った。そうしてまず明儀《ミンイー》の注意を引きつけておき、横から不意打ちをかけた。彼もなかなかに冷酷非道だ。実際に明儀《ミンイー》が細工をしたと証明できる有力な証拠はどこにもないにもかかわらず、いきなり命を狙うとは！

　師青玄《シーチンシュエン》は堪えきれずに振り返った。そこに見えたのは、一撃で胸元を撃ち抜かれて地面に倒れていた「明儀《ミンイー》」が体を起こして座り込み、血がだらだらと流れ出す空洞を無表情で見下ろしてから、ゆっくりと立ち上がろうとしている姿だった。

　その瞬間、謝憐《シエリエン》は骨身に沁みるような寒気が師青《シーチン》玄《シュエン》の方から自分の心の底まで伝わってくるのを感じた。神官と言えど、あそこまでの傷を受けて普段通り動ける者などいるだろうか？　そんなことができるのは、人ならざるモノだけだ！

兄弟二人がしばらく逃げ走っていると、謝憐《シエリエン》はふと背中の産毛が逆立つような感覚を覚えた。

「気をつけて！」と大声で叫んで水師《シュイシー》をぱっと引っ張ると、正面の空中から風を切る鋭い音が聞こえ、冷たい光がよぎった。もし謝憐《シエリエン》が引っ張らなければ、おそらく水師《シュイシー》は首を切られていただろう。

水面にだけ姿が映し出される、あの透明なモノたちがここにいる！

一言毒づいた師無渡《シーウードゥー》はさっと水師《シュイシー》扇を取り出し、返す手であおいだ。すると、扇の波模様から七、八本もの細長い水の矢が放たれ、二人の周囲にぐるりと防御壁を形成する。これで透明なモノはもう彼らに手出しできなくなった。二人はまた走り続け、師《シー》青玄《チンシュエン》はどうしても堪えきれずにまた振り向いたが、その瞬間、ぞわりと身の毛がよだった。

「彼が……追いついてきてる！」

その言葉通り、「明儀《ミンイー》」は彼らの後方二十丈ほどのところにいて、ゆっくりと歩いている。「ゆっくりと歩いている」ように見えるものの、彼が一歩踏み出すごとに前方にいる二人との距離はあっという間に縮まり、あと七、八歩で彼らの服を背後から掴めてしまいそうだ！

師無渡《シーウードゥー》は振り返ることなくただ扇を振る。すると、扇からまた二、三十本もの龍の姿をした水の矢が尋常ではない勢いで放たれた。それは間違いなく水が集まってできたものなのに、まるで鋼の刃の如く空気を切り裂くような音を立てる。さらにもう一度あおげばその数は倍増し、数回繰り返すと百あまりの水の矢が一斉に「明儀《ミンイー》」に向かって飛んでいって、四方八方から襲いかかった。一本でも見逃してしまえば、貫かれてぽっかりと透明な穴が開くに違いない。ところが「明儀《ミンイー》」は最初に届いた水の矢を素手で握りしめると、縄のように引っ張る。すると、あろうことか水師《シュイシー》扇がそのまま引っ張られて師無渡《シーウードゥー》の手を離れてしまった！

扇が奪われると、宙を乱舞していた水龍の矢はたちどころに小雨《こさめ》と化して降り注いでくる。つと立ち止まった師無渡《シーウードゥー》は、信じられないという様子で自分の手を見つめた。この数百年で、誰かが彼の手から水《シュイシー》師扇を取り上げたのはこれが初めてだった。もう逃げられないと悟った彼が振り向くと、「明儀《ミンイー》」は手を後ろで組みながら、しっかりとした足取りでこちらへ歩いてきていた。

今の彼の体には、なんらかの微妙な変化が起きているようだった。一歩踏み出すごとにその変化が少しずつ顕著になっていく。元から雪のように白かった顔はさらに青白くなり、花城《ホワチョン》同様に少しも血色がない。眉山《まゆやま》はより鋭く、目の周りは一層彫りが深くなり、当然ながら陰鬱《いんうつ》さも増していた。素朴だった黒い袍の裾には、隅の目立たないところから細い糸で刺繍された波のような模様がひっそりと浮かび上がり、妖しい銀色の光を放っている。彼が風水《フォンシュイ》二師の前まで歩いてきた時には、面立《おもだ》ちはほとんど変わっていないのに、まったくの別人になっていた。

地師《ディーシー》は武神ではないため武力に乏しく、法力が高いわけでもない。だが、目の前のこの人物は、明らかにその二点のどちらにも合致しなかった。師無《シーウー》渡《ドゥー》は警戒しつつ問いかける。

「貴様、何者だ？」

「明儀《ミンイー》」は可笑しいと思ったのか目を細めて答えた。

「人の縄張りに入っておいて、私に何者かと聞くのか？」

「……」

師無渡《シーウードゥー》が「黒水玄鬼？」と口にした。

「明儀《ミンイー》」は師青玄《シーチンシュエン》に目を向けたが、師青玄《シーチンシュエン》はなんの反応も示さない。

「貴様がずっと地師《ディーシー》になり替わっていたのか？　それとも……」

そう言いかけて師無渡《シーウードゥー》ははたと悟り、「そういうことか……」と呟いた。

しかし彼が悟ったのは、玄鬼がずっと上天庭に潜伏していたということだけだった。

「貴様と私は、これまで互いの領分を侵《おか》さずそれぞれの水域を掌握《しょうあく》してきた。今回、私が貴様の縄張りに入ったのは私の意思ではない。互いに一歩譲ろうじゃないか？」

「ほう、水横天でも殊勝《しゅしょう》な時があるんだな」

師無渡《シーウードゥー》は元来気位が高く、「明儀《ミンイー》」のその言葉を聞いて顔に不快感を漂わせる。ここは他人の軒下《のきした》で、弟もそばにいては頭を下げざるを得なかったが、それでも誇り高くこう言った。

「時と場所が違えば、貴様など恐るるに足らん」

ところが、「明儀《ミンイー》」はさらに一歩踏み出し、ぞっとするような恐ろしい声で問う。

「師無渡《シーウードゥー》、私が誰に見える？」

師無渡《シーウードゥー》は微かに眉間にしわを寄せて彼を見つめたが、地師《ディーシー》の顔は何度か見たことがあったため、彼にはその言葉の意味が理解できなかった。

「誰だと言わせたいんだ？」

少し間を置き、正体を他言するなと暗に示してきているのだと思って師無渡《シーウードゥー》は言葉を続ける。

「貴様が誰だろうがどうでもいい。水師《シュイシー》の名にかけて誓おう。我々兄弟に累《るい》が及ばない限り、貴様が何をしようが一切関係……」

彼が最後まで言い終える前に、「明儀《ミンイー》」は皮肉を口にした。

「やはり水横天ほどのお偉方《えらがた》ともなると、小さなことまでいちいち覚えていられないようだな。あの時、お前は人界であれほど多くの人間の生辰八字と名簿をあさって、散々苦労して私という唯一の人間を見つけ出したというのに、なんだ、たった数百年でもう私の顔を忘れたか？」

その言葉を聞いた師無渡《シーウードゥー》の顔が少しずつ歪んでいく。

それは下界の人間が「鬼に出くわした」時の表情のようで、彼がそんな顔を見せるのは初めてだった。師無渡《シーウードゥー》の瞳孔が激しく収縮し、思わず口走る。

「貴様、生きていたのか!?」

だが、賀玄《ハーシュエン》は冷ややかに言い放った。

「私は死んだ！」

その一言のあと、彼はふと片手を上げ、四本の指を揃えてさっと上に向ける。謝憐《シエリエン》は頭に激痛が走るのを感じた。そして、なんと、師青玄《シーチンシュエン》は彼の法力場の影響を受けて気を失ってしまった。

どれくらい経っただろうか、謝憐《シエリエン》はようやく師青《シーチン》玄《シュエン》の意識とともにゆっくりと目を覚ました。瞼を開ける前から、体が何かに何度も擦られるような感触がある。

おもむろに瞼を開けてみると、なんとそれは毛むくじゃらで強烈な異臭を放つ七、八個の頭だった。大勢の気が触れた人間たちが彼の周りを取り囲んで、悪びれる様子もなくへらへら笑いながら、手を伸ばしては触ったり引っかかいたりしている。謝憐《シエリエン》がそこそこ落ち着いていられたのは、今のところ命の心配はないことと、この人々は確かに少々汚いが脅威ではないとわかっていたからだ。

一方、師青玄《シーチンシュエン》は大層驚いてすぐさま押しのけようとした。けれど、ガチャガチャと響く鉄の鎖の音が聞こえて、手足は氷のように冷えきって動かすことができない。顔を上げて見てみると、あろうことか木の棒ほどの太さがある数本の鉄の鎖によって腕を高く吊られ、まだらな壁に繋がれていた。

床と天井を見ると、どうやらまた幽冥水府に連れ戻されたようだ。謝憐《シエリエン》は師青玄《シーチンシュエン》と感覚を共有していて、頭が割れそうなほどの痛みに苛まれていた。

「風師《フォンシー》殿、落ち着いてください。こういう枷から抜け出す方法を教えま……」

そう言おうとして、謝憐《シエリエン》ははっと気づいた。声が出せなくなっている！

怪訝に思いつつ、慌てて自分の状態を細かく確認してみると、確かに法力の大部分が流失してしまっていた。魂魄はまだ師青玄《シーチンシュエン》の体内に留まることができているが、体は動かせなくなっている。つまり、口を開け声に出して助言することもできなくなったということだ。まさか、花城《ホワチョン》から借りた法力を既に使い果たしてしまったのだろうか？

それはあり得ない。移魂大法を一度行うのにどれだけの法力が必要なのか、謝憐《シエリエン》はよくわかっている。花城《ホワチョン》が貸してくれた法力は、多いということはあっても足りないということは決してないはずだ。それに、今もまだ法力が絶えず流れている感覚があって、どうしても違和感が拭えずまた不安が膨らむ。その時、向かい側から掠れた声が聞こえてきた。

「青玄《チンシュエン》！」

師青玄《シーチンシュエン》が顔を上げ、霞む目を凝らしてそちらを見ると、声を上げて呼んだのは師無渡《シーウードゥー》だった。

彼は鉄鎖に繋がれてはいなかったが、身に纏った白衣はひどく汚れていて、床に跪いている。師青《シーチン》玄《シュエン》が目を覚ましたのに気づいて、嬉色《きしょく》をあらわにして近づこうとするが、すぐさまそばにいた者に蹴り倒され、再び跪いた。手を後ろで組んで立つその人物は、冷たく陰鬱な表情をしていて、肌は心の底からぞっとするほど白い。まさしく黒水玄鬼、いや、賀玄《ハーシュエン》だった。

　彼の背後には神壇があり、艶やかな黒い骨壺《こつつぼ》が四つ置かれている。床には破られた二枚の扇が打ち捨てられていた。風師《フォンシー》扇と水師《シュイシー》扇だ。

　父親、母親、妹、婚約者。

「叩頭しろ」と賀玄《ハーシュエン》は言った。

　師無渡《シーウードゥー》の目は師青玄《シーチンシュエン》を見つめたままだったが、「わかった」と口にする。

　返事をするなり本当に神壇の前に跪き、ドンドンドンドンとあの四つの骨壺に向かって何十回も音が鳴るほど叩頭した。それからわずかに体を起こそうとすると、賀玄《ハーシュエン》は彼の頭を強く踏みつけて冷然と言い放つ。

「頭を上げていいと言ったか？」

　踏みつけられた師無渡《シーウードゥー》は、途端に顔のいくつかの穴から血を流したが、歯を食いしばって答えた。

「……いいえ」

　気位が高く傲慢で、誰かに頭を下げることなどなかった兄が、その頭を踏みつけられている。彼のしたことを考えれば、この十倍の報《むく》いでも軽いほどだということは重々《じゅうじゅう》承知している。だが、やはり血は水よりも濃く、ついに耐えきれなくなった師青《シーチン》玄《シュエン》は「兄さん……」と呟いた。

　その声を聞いた賀玄《ハーシュエン》が、ぞっとするような視線を横に滑らせる。師無渡《シーウードゥー》は顔を上げられなくとも、今の一声でまずいことになったと気づき、すぐさま一喝した。

「お前は黙ってろ！」

　ところが、しばし思案した賀玄《ハーシュエン》はなぜか彼の頭の上から長靴を下ろした。師無渡《シーウードゥー》は恐れおののきながらも体を起こすことができず、小さな声で「青《チン》玄《シュエン》！」と呼ぶ。

　賀玄《ハーシュエン》はゆっくりと師青玄《シーチンシュエン》に近づいていった。あの人間たちは、彼にひどく怯えてわあわあと喚きながら逃げていく。だが、それでもこっそり遠くから師青玄《シーチンシュエン》を覗いていて、まるで彼の体にある何かを渇望しているかのようだ。壁に繋がれた師青玄《シーチンシュエン》は、ゆっくりと迫ってくるその顔を見て、本来なら誰よりよく知っているはずなのに、今は見知らぬ顔のように感じた。

彼の前にしゃがみ込んだ賀玄《ハーシュエン》が、少し間を置いてから口を開く。

「白話真仙が恐ろしいか？」

彼は淡々と抑揚のない声で尋ねたが、師青玄《シーチンシュエン》の方は目が虚ろになり、唇が震えて言葉が出てこなかった。

かつての白話真仙もこの上なく恐ろしかったというのに、「白話真仙」を呑み込んだ今のこの男は少年の頃の悪夢より十倍も百倍もおどろおどろしい。そしてこの恐怖は、本来彼が最初から向き合うべきものだったのだ。

「賀玄《ハーシュエン》、自分の行いの責任は自分で取る。貴様を利用して災いを肩代わりさせたのは私の策だ。弟はこの件とは無関係だ」

「無関係？」

賀玄《ハーシュエン》は冷笑した。瞬きもせずにじっと師青玄《シーチンシュエン》を見つめながら、彼は一字一句はっきりと言う。

「お前の弟が、才能もないただの凡庸な人間の分際で飛昇して天に昇り、輝かしい道を歩んでこられたのは、私の命格を乗っ取り、私の神格を享受《きょうじゅ》したからだ。教えてくれ、それでもこいつは無関係だと言うのか？」

その言葉の一つ一つが刃物のように心を突き刺す。それはまさに師青玄《シーチンシュエン》に聞かせるための言葉だった。師青玄《シーチンシュエン》は事の経緯を十分理解していたにもかかわらず項垂れてしまい、ただただもう一生顔を上げられないと思った。師無渡《シーウードゥー》は無理に平静を装ってこう口にする。

「貴様……ずっと弟のそばにいたのなら、私が貴様を欺こうとしているわけではないことくらいよくわかっているはずだ。弟のあの性格では秘密を隠し通せはしない。本当に最初から最後まで何も知らなかったんだ！」

「だからこそ一層忌々しい！　なぜこいつは何も知らずにのうのうとしていられる⁉」

賀玄《ハーシュエン》は厳しい声で言い放ち、師青玄《シーチンシュエン》の頭がさらに低くなった。

他人の血を吸い、他人の骸《むくろ》を踏みつけて天に昇っておきながら、どうして平然となんの負い目もなくすべてを享受できるというのだ？

さらに賀玄《ハーシュエン》は言った。

「初めは知らなかったとして、知ったあとはどうした!?」

師青玄《シーチンシュエン》は顔を上げ、震える声で話しだす。

「明兄《ミンシォン》、私は……」

「黙れ！」

怒鳴りつけた賀玄《ハーシュエン》の表情が獰猛と言っていいほど凶悪なものになり、それを見た師青玄《シーチンシュエン》はぶるりと身震いすると、小さくなって押し黙る。賀玄《ハーシュエン》はさっと立ち上がると、幽冥水府の殿内を行ったり来たりしながら唸《うな》るように言った。

「私はお前に機会を与えたはずだ！」

師青玄《シーチンシュエン》は目を閉じ、拳を握りしめる。謝憐《シエリエン》は博古鎮でのあの怒りに満ちた「ああわかった。いいだろう！」という言葉、そして、師青玄《シーチンシュエン》が裴茗《ペイミン》と一緒に東海へ行こうとした時に「明儀《ミンイー》」が止めようとしたことを思い出した。

だが、どの場面でも師青玄《シーチンシュエン》はやはり師無渡《シーウードゥー》を助けることを選んだのだ。

「……ごめんなさい」

師青玄《シーチンシュエン》が小さな声で言うと、賀玄《ハーシュエン》がぴたりと動きを止める。

「ごめんなさいだと？」

あの四つの骨壺はちょうど師青玄《シーチンシュエン》の真正面に一列に並べられていて、まるで賀玄《ハーシュエン》と同じくこの軽々しい謝罪の言葉を嘲《あざけ》っているみたいだ。心胆《しんたん》が焼かれるかのようにますます苦しくなって、もうどんな言葉でも何一つ変えられない気がした。

「……無駄だってわかってるけど、でも……」

そう口にした師青玄《シーチンシュエン》に、賀玄《ハーシュエン》は冷淡に言い放つ。

「でも、なんだ？　無駄だとわかっていて、それでもやはり努力して誠意を見せたい、私を感動させたい、私が恨むのをやめて憎しみから解き放たれればいいとでも期待してるのか？」

師青玄《シーチンシュエン》は慌てて言った。

「違う！　違うんだ！　そんなつもりじゃない！

私はただ……ただ、ほ、本当に君に申し訳ないと思ってる。本当だ。明《ミン》……賀《ハー》……賀《ハー》公子。私と兄さん、どちらも過ちを犯したってわかってる。ここまで来てしまったら、もう埋め合わせることもできない。だから……」

「だから？」

聞いていた賀玄《ハーシュエン》がそう問う。

師青玄《シーチンシュエン》はここまで力を尽くしたが、今この時点でどれだけ多くの言葉を並べたところでなんの意味もなく、それ以上何も言えなくなった。

「言え。なぜ続けない。だから、お前は喜んで死をもって詫びると？」

賀玄《ハーシュエン》の冷ややかな言葉に、師青玄《シーチンシュエン》は呆然とした。もう聞いていられなくなった師無渡《シーウードゥー》が声を上げる。

「賀玄《ハーシュエン》！　事の元凶は私であり、白話真仙だ。青《チン》玄《シュエン》自身は死に値《あたい》するほどの罪を犯していない。だから……」

「だったら聞くが、私たち家族五人の誰に罪があった？　誰が死に値した？」

師無渡《シーウードゥー》は言葉に詰まった。賀玄《ハーシュエン》は続けて問う。

「言ってみろ。お前は喜んでそうするんだな？」

「……」

師青玄《シーチンシュエン》は小さな声で言った。

「喜んで」

その言葉を聞いた賀玄《ハーシュエン》が冷たく笑う。師青玄《シーチンシュエン》が項垂れているため、謝憐《シエリエン》には彼の表情が見えなかったが、たとえ見えていたとしても、きっと彼の気持ちを推し量ることはできなかっただろう。

しばらくして、賀玄《ハーシュエン》は手を後ろで組んで離れていった。あの人間たちは彼が離れるのを見るとまた集まってくる。ある者は師青玄《シーチンシュエン》の太ももや腕に抱きついて放さず、ある者は彼の髪を引っ張り、ある者は彼の首に腕を回し、誰も彼もが目にギラギラと緑色の欲望の光を宿していて、今にも生きたまま彼を食らって腹の中に収めてしまいそうだ。大勢の物乞いたちと一緒に生活したことがある謝憐《シエリエン》でさえもぞっとしてきて、「この人たちはいったい誰なんだ？　玄鬼はなんのためにこんな状態の人たちをここに閉じ込めた？」と心の中で呟く。

ところが、師青玄《シーチンシュエン》は声を上げることもできずに、押されたり小突かれたり、引きずり回されたりしても黙って耐えていた。凍てつくような視線でしばらく傍観していた賀玄《ハーシュエン》が口を開く。

「こいつらが何者かわかるか？」

いくつもの痩せこけた手が師青玄《シーチンシュエン》の顔と体を撫で回し、彼は恐怖で呼吸すらできずにいた。当然この人々が何者なのかなど考える余裕もなく、小さく首を横に振る。

「腐った命格、卑しい命格、家畜以下の命格、無残に人を狂わせる命格」

「……」

謝憐《シエリエン》の心の中に冷たいものが這い上がり、彼が何をするつもりなのかが漠然と見えてきた。師無渡《シーウードゥー》も即座に理解したらしく、両目を大きく見開く。

「……貴様!?」

賀玄《ハーシュエン》は師無渡《シーウードゥー》と師青玄《シーチンシュエン》の間に立ち、冷たく宣告する。

「今からお前らに選択肢を二つ与える」

まず師無渡《シーウードゥー》を指さし、彼は言った。

「一つ目。こいつらの中から一人を選んで、お前の弟の命格をそいつと入れ替えろ。それから、お前は人界に落ちて消えろ」

師無渡《シーウードゥー》の眼球に幾筋もの血管が這い、肩先が震え始める。

「お前は他人の命格を入れ替えるのが好きらしいからな。それくらいお手のものだろう。わざわざ私が教えるまでもない」

それは、事の経緯を考慮せずに言えば、実に悪辣な選択肢だった。師青玄《シーチンシュエン》の本来の命格は非常に良く、飛昇する資格を得るには至らなくても、相当裕福で平穏な暮らしを送れたはずだ。しかし、ここにいる人々を見てみると、病を患い全身が爛れ、苦しみの果てに気が触れた者ばかりで、誰も彼もが大凶、大災《たいさい》、大難《だいなん》に取り憑かれている。もし彼らと命格を入れ替えれば、師青玄《シーチンシュエン》は彼らのように悲惨な境遇に陥ることになるのではないだろうか？　無残に人を狂わせる命格の下《もと》では、これから先、尽きることない苦痛を味わうことになるだろう。

師無渡《シーウードゥー》が今回の天劫を乗り越えるのに失敗したのは明白だった。そして、白話真仙の件が明るみになれば、当然貶謫《へんたく》されることになるだろう。貶謫《へんたく》されて下界の凡人となってしまえば、もう二度と師青《シーチン》玄《シュエン》の命格を良いものに入れ替えてやることはできない。一人は法力を剥奪《はくだつ》され凡人に、一人は最底辺の卑しい命格を持つ人間になり、これでどうやって生きていけと言うのだろうか？

師無渡《シーウードゥー》は息を吸うと、歯を食いしばって言った。

「二つ目は？」

「二つ目は、お前だ」

今度は師青玄《シーチンシュエン》に目を向ける。

彼は一字一句はっきりとこう告げた。

「お前の命に手は出さない。今ここで、お前の兄の首をはねろ！」

「ガチャン」という音とともに、彼は錆びた刀を床に放り投げる。師青玄《シーチンシュエン》は瞠目《どうもく》してその刀を見つめた。

「それから、永遠に私の前に姿を見せるな。そうすれば、お前はこの世に存在しないものと見なしてやってもいい」

骨の髄《ずい》まで刻み込まれた恨みと憎しみが数百年もの間積もり続け、ついに爆発して頂点まで達した。彼の瞳には狂気の炎が燃え上がり、その言葉が口先だけのものでないことは誰にでもわかる。しばし沈黙してから、師無渡《シーウードゥー》は掠れた声で言った。

「……私が自害する。それでどうだ？」

「お前に私と駆け引きする資格はない」

師無渡《シーウードゥー》は、師青玄《シーチンシュエン》を一目見て呟く。

「貴様、これでは、私たちの命を奪うのと同じじゃないか……」

ところが師青玄《シーチンシュエン》は彼ほど絶望しておらず、急いでこう言う。

「兄さん！　兄さん！　私たち、一つ目を選ぼう。一つ目だ」

しばらく時間が過ぎ、冷静になってきた師無渡《シーウードゥー》が口を開いた。

「いや。私は二つ目を選ぶ」

「……」

師青玄《シーチンシュエン》はきょとんとした顔になる。

「どうして二つ目なの？　二人とも生きていた方がいいじゃないか？　兄さん、一つ目にしよう。二つ目は駄目。絶対に駄目だよ」

「黙れ！　お前は私のことをよくわかっているだろう？　すべてを失って、その上お前があんな泥沼の中にいるような姿になり果てるのを見ることになっても、平気でいられると思うのか!?　私を憤死させる気か！」

「兄さん！　もうやめよう……ここで潔《いさぎよ》く死ぬより、どんなに無様でも生きている方がいいに決まってる。それに、考えてみればさ、わ……私たちはもう数百年もいい暮らしをしてきたんだし、そろそろ……もう……」

師青玄《シーチンシュエン》はそう話すうちに、この数百年のいい暮らしをどうやって手に入れたのかを思い出し、恥ずかしくてそれ以上何も言えなくなった。

賀玄《ハーシュエン》は傍らで彼らに凍てつくような視線を送っている。師無渡《シーウードゥー》はやっとのことで起き上がると、あの錆《さび》だらけの刀を手に取った。よろよろと壁の方へ近づき、弟の肩をぐっと掴む。

「やれ！」

そう言ってから、囁くように短く告げた。

「……裴《ペイ》将軍のところへ行け。彼を頼って面倒を見てもらうんだ」

その刀は驚くほど重く、一面に錆が浮いていて、人はおろか鶏一羽すら殺すのが難しいだろう。もしこんな刀で誰かの首を切れば、切った者も切られた者も相当の苦痛を味わうことになる。師青玄《シーチンシュエン》は怯えて刀をしっかりと握ることがどうしてもできず、何度も床に落としながら言った。

「やめよう、兄さん。もうやめよう！　言ってたじゃないか、世の中の人は皆自分のことにしか興味がないって。他の人が私たちの面倒を見てくれるわけないよ。今までだって、ずっと自分の面倒は自分で見てきたじゃないか。こんなもの私に持たせないで、こんなことさせないでよ！」

「青玄《チンシュエン》！　意気地のない真似はやめろ！」

師無渡《シーウードゥー》は怒鳴ったが、すぐさま苦笑して話しだす。

「……お前の兄さんのあだ名が水横天だということを、お前も知らないわけじゃないだろう。これまでの長い年月、どれほど天を返して波を巻き上げたと思う？　千はいかなくても、八百はあるだろう。天上天下、仇敵だらけだ。私が死んだ方がいい。死ねば何もかも終わってお前は無関係になる。生き長らえてすべてを失うくらいなら、それこそ死んだ方がましだ。水の神官でなくなれば、もうお前の面倒を見てやれないし、自分の身を守ることすらできない。おそらく私たち兄弟は数日のうちに……しっかり握れ！」

師青玄《シーチンシュエン》は怯えきって泣きだしそうになりながら、感情を抑えられずに叫ぶ。

「無理だよ！　無理無理無理、無理だよ兄さん、本当にできない！　無理強《じ》いしないで、押しつけないで!!　助けて、助けて、助けて！」

こんな時になって、彼は声の限り助けてくれと悲鳴を上げ始めた。

「大丈夫だ！　青玄《チンシュエン》、怖がる必要はない。命格を入れ替えたり、法力を抜かれたりするよりも痛くない……」

ここまでぐっと堪えて見ていた賀玄《ハーシュエン》が、突然師《シー》無渡《ウードゥー》を蹴りつけた。虚を衝《つ》かれて防ぎようもなく、師無渡《シーウードゥー》は真っ赤な血を吐きながら床をのたうち、立ち上がれなくなる。師青玄《シーチンシュエン》は壁に吊るされたまま「兄さん！」と叫んだ。

賀玄《ハーシュエン》はぞっとするほど恐ろしい様子で言った。

「黙れ！　その反吐《へど》が出るような兄弟愛を私の前で演じるな。そんなものに感動するような奴はここには誰もいない！」

ところが、師無渡《シーウードゥー》はひときわ激しく血を吐くと、突然転がりながら飛び起きて師青玄《シーチンシュエン》の首を絞めた。謝憐《シエリエン》がはっとした時には、たちまち息ができなくなり、頭に血が勢いよく上るのを感じた。

「……兄さん？」

師青玄《シーチンシュエン》が苦しげに呟く。

師無渡《シーウードゥー》は血まみれの歯を食いしばって言った。

「青玄《チンシュエン》！　今のこんなお前の姿を見せられたら、私は安心して死ねない！　私が死ねばお前もきっとこの世で生きていけなくなる。だったら、兄さんと一緒に逝《い》った方がいい！」

そう言いながら、いきなり手に力をこめる。師青《シーチン》玄《シュエン》の視界が暗くなっていき、今にも死にそうな呻き声が喉の奥から漏れ出す。謝憐《シエリエン》は内心驚愕していた。

（水師《シュイシー》はまさか本当に風師《フォンシー》を絞め殺す気なのか⁉）

　その直後、喉を圧迫する力が突然緩められ、大量の空気が流れ込んだ。師青玄《シーチンシュエン》は何度もむせるように咳き込み、やっとのことで息をつく。ところが、すぐ横に立っていたのは、彼の首を絞めていた師無《シーウー》渡《ドゥー》の両腕を肘から無残に引きちぎった賀玄《ハーシュエン》だった。

「お前に第三の道を与えたか？」

　それは冷たい声だった。師無渡《シーウードゥー》は、両腕を同時に切断されて噴水のように血が噴き出していたが、声を上げて笑い始めた。賀玄《ハーシュエン》がゴミを捨てるかのように彼の腕を放って問う。

「何を笑っている？」

　師無渡《シーウードゥー》は、血に染まり空っぽになった二つの広い袖をさっと振った。

「自分が優位に立ったと信じて疑わない貴様を笑っているんだ！　長年堪え忍んできた分、ようやく復讐ができてさぞ愉快なんだろう？」

「虫の息のお前を見ていると、確かに最高に愉快だな！」

「そうか？　だったら教えてやる。私も最高に愉快だ！」

　彼は切断されて血が泉のように溢れ出す腕で、賀《ハー》玄《シュエン》の襟を「掴んで」言った。

「なぜかって、今の貴様の姿を見たからだ。こんなにも怒りに燃え、こんなにも苦痛に苛まれ、こんなにも恨みを抱き、恨みが深すぎて歯まで噛み砕きそうになっているのに、それでも貴様には家族を生き返らせることなどできない。貴様のようなどぶの中の鬼がどれだけ地団駄を踏もうがなんの意味もない。とっくに全員死んだんだからな！　だが、私や弟はこんなにも長く生きて、数百年も神官をやってきた。たとえ神官ではなくなっても、命を落としたとしても、それでも弟の方が得をしたんだから、私の勝ちだ！　貴様より私の方が愉快だろうが？　ハハハハハハッ……」

　聞いているうちに、まるで凍てつく荒野に鬼火が燃え上がったかのように、賀玄《ハーシュエン》の青白い顔が次第に変化し始めた。一瞬で部屋の空気までもがぐっと冷たくなったように感じる。師青玄《シーチンシュエン》の恐怖は限界に達し、掠れた声で言った。

「……兄さん、もうやめて、それ以上言わないで。兄さん、嘘だろう。何言ってるんだよ。どうしてそんなでたらめばっかり……」

賀玄《ハーシュエン》は手を伸ばして師無渡《シーウードゥー》の首を強く締めつける。

「お前には少しも悔悟《かいご》の情がないのか！」

師無渡《シーウードゥー》は思いきり笑い飛ばした。

「悔悟の情だと？　ふん、笑わせるな！　絶境鬼王、黒水沈舟の貴様が、私に悔悟の情を語るのか？　教えてやろう。そんなものはない！」

師青玄《シーチンシュエン》が悲鳴を上げる。師無渡《シーウードゥー》は昂然《こうぜん》と頭を上げてこう続けた。

「今日までに私が手に入れたものはすべて、私が自ら勝ち取ってきたものだ。ないものは勝ち取るまで。ない命格なら改めるまで！　我が運命は天ではなく私が決める！」

「我が運命は天ではなく私が決める」という言葉をこのように解釈するとは、謝憐《シエリエン》も初めて聞いた。しきりに頭皮が痺れるのを感じながら、驚いて呆然としてしまう。

死んでも過ちを認めず堂々と胸を張る師無渡《シーウードゥー》の気迫によって視野が開けたのか、賀玄《ハーシュエン》も高笑いし始める。彼の表情がますます恐ろしいものになっていくのを目の当たりにし、師青玄《シーチンシュエン》は心が壊れてしまったかのようだった。

「……兄さん、お願い、お願いだからそれ以上言わないで、もう黙って。助けて……」

だが、師無渡《シーウードゥー》の傲慢さは少しも衰えることがない。

「青玄《チンシュエン》、兄さんは一足先に行く。下でお前を待ってるからな。ハハハハハッ……」

言い終える前に、賀玄《ハーシュエン》が彼の頭頂に手を置いて髪をぐっと掴んだ。師青玄《シーチンシュエン》は魂が飛び散るような恐怖に駆られ、ガチャガチャと音が響き渡るほど鉄鎖を壁にぶつけて叫んだ。

「明兄《ミンシオン》！　明兄《ミンシオン》！　ごめんなさい、ごめんなさい、ごめんなさい、ごめんなさい、ごめんなさい、ごめんなさい、ごめんなさい！　全部私たちが悪かった！　私が悪かったんだ！　兄さんがこうなったのも全部私のせいだ。兄さんはおかしくなってるんだ、君だって見ただろう！　わ……私は……き……君……」

少しでも慈悲《じひ》を請《こ》いたくとも、口に出すことはできず、ただ視線だけで続けざまに叩頭する。賀玄《ハーシュエン》はおもむろに彼の方へ目を向けたが、しばらくすると何かを思い出したらしく、やや冷静になって動きを止めた。

その様子を見て、師青玄《シーチンシュエン》はまるで一縷の望みを掴めたかのようにほっと息をつき、ついに涙がぽろりとこぼれる。ところが、その涙の雫が床に落ちる前に、賀玄《ハーシュエン》の冷酷な声が聞こえた。

「人違いだろう」

その直後、彼はいきなり手を上げ、容赦なく師無《シーウー》渡《ドゥー》の首をねじ切った！

「ああああああああああっ——!!」

師無渡《シーウードゥー》の首が胴から離れ、鮮血が粗い切断面から噴き出して、遠くにいる師青玄《シーチンシュエン》の顔や体にまで飛び散る。ついに限界を迎えた師青玄《シーチンシュエン》は、正気を失ったように大声で叫びだした。

そして、首のない死体が立ったまま倒れずにいるのが大層面白いのか、あの気の触れた人々が狂喜して彼の周囲をぐるぐると回り始めた。素足で血まみれの足跡を円状に残し、手を叩いてはしゃいでいる。

「あらら！　死んじゃった、死んだ、死んだ！」

「死んじゃった、死んじゃった！　へへへッ！」

師青玄《シーチンシュエン》はどれほど激しく叫んでいただろうか。魂魄まで飛んでいってしまったかと思うほどずっと叫び続け、その声がいつ止まったのかわからない。謝憐《シエリェン》が彼の意識とともに気がついた時は、血まみれの床にぐったりと座り込んで長いこと経ったあとだった。

賀玄《ハーシュエン》は前方のそう離れていないところに立ち、目を大きく見開いたままの師無渡《シーウードゥー》の生首を片手で掲げてこちらを見下ろしていた。

しばらくして、賀玄《ハーシュエン》が淡々と問う。

「何か言いたいことはあるか？」

「……」

師青玄《シーチンシュエン》は虚ろな眼差しで、前方の神壇に並べられている骨壺、そしてバラバラに引き裂かれた二枚の扇を見つめる。長い間そうしてから、彼はぽつりと呟いた。

「……死にたい」

賀玄《ハーシュエン》は冷然と言い放つ。

「楽に終われると思うな」

その直後、賀玄《ハーシュエン》が彼に向かって片手を伸ばすと、師青玄《シーチンシュエン》は目を閉じた。

それと同時に、謝憐《シエリエン》の魂魄は突然引っ張り出されて高々と放り上げられた！

落下してきて、ぱちっと目を開くと、謝憐《シエリエン》は紅衣の胸にぐったりと寄りかかっていた。花城《ホワチョン》が片手で彼の顎を軽く掴んで深く口づけている。どうりで移魂大法を支えていた法力が急激に落ちたはずだと謝《シエ》憐《リエン》は思った。なんと、花城《ホワチョン》はこんな一番手っ取り早い方法で、先ほど謝憐《シエリエン》に貸した法力をすべて吸い出し、謝憐《シエリエン》の魂魄を呼び戻すことに成功したのだ。

謝憐《シエリエン》が目を覚ましたのを見て、花城《ホワチョン》は離れようとしたのか微かに唇を解放する。焦燥感に駆られて、謝憐《シエリエン》は構うことなく上げた両手を彼の首の後ろに回してしっかりと抱き、花城《ホワチョン》が吸い出した法力をまた吸い返した。

花城《ホワチョン》は彼がこんな行動に出るとは思っていなかったのだろう。一瞬油断した隙に法力が逆流した。彼が離れてしまうのを不安に思った謝憐《シエリエン》は、慌てて両手で彼の顔をしっかりと包み込み、体勢を変えて地面に押し倒した。ひんやりとした霊力が体内に流れ込んでくる感覚がして、喉を伝って腹の中に落ちていくと非常に暖かくなる。その時、菩薺観の小さな木の扉がギィッと音を立てて、巨大な青い毛虫のような人影が部屋から這い出てきた。

「クソったれ！　どこのカス野郎だか知らねぇが、いい根性してやがる！　こそ泥め、俺様のもんを盗みに来やがった挙げ句に、睡眠まで邪魔しやがって。はっくしょんっ！　この俺様が……」

言い終える前に、重なり合った二つの人影が目に入った。観のすぐ外で情熱的な口づけを交わしているように見えるその人影は、片方が赤で片方が白。彼らの他に誰と誰だと言うのだ？

「ぎゃあああああああっ！」

戚容《チーロン》はたちまち驚いて甲高い悲鳴を上げた。

軽く手を上げた花城《ホワチョン》は、始めは謝憐《シエリエン》の肩を掴もうとしていたのだが、彼の喧しい声を聞いてその手の動きをさっと変える。打たれた戚容《チーロン》が「うわっ」と声を上げて部屋の中に戻され、扉も「バタン」と閉まった。それで花城《ホワチョン》はようやく体勢を変え、謝憐《シエリェン》を体の下に押さえ込んで顔を上げる。息が微かに乱れ、目の中には黒い光がちらついていた。

「殿下！」

謝憐《シエリェン》はあれこれ話している余裕もなく、伸ばした手をしっかりと彼の首に回す。また下に引き寄せて十分な法力を吸い取ると、咳き込んでからもう一度言った。

「移――移魂大法！」

ところが今回、謝憐《シエリェン》の魂魄は引っ張り出されて天まで放り上げられる前になんらかの壁に阻まれ、強く弾かれて自分の体に戻されてしまった。弾かれた彼は「あっ」と声を上げる。目を開けると、上には相変わらず満天の星と、少し不安げな花城《ホワチョン》の顔があった。体を起こして座った謝憐《シエリェン》は、頭を抱えてぶつぶつと呟く。

「……行けなくなってる」

師青玄《シーチンシュエン》が命を落としたのだろうか？　それとも黒水玄鬼が障壁を強化したのだろうか？　どちらにせよ、謝憐《シエリェン》はもう二度と師青玄《シーチンシュエン》の脳内に入り込むことができなくなった。今から南海まで急いで行ったところで、間違いなくもう手遅れだ。

彼が呆然としているのを見て花城《ホワチョン》が言った。

「殿下、すみません」

謝憐《シエリェン》が彼を見つめると、花城《ホワチョン》は言葉を続ける。

「ただ、この件は他人が口を挟めることではないから」

謝憐《シエリェン》は軽く手を左右に振った。

「……君が謝る必要はないよ。実際、私があそこにいたって何もできなかっただろうし」

移魂大法を使えば、師青玄《シーチンシュエン》の体の中に入ることはできる。だが、ただの人間となった師青玄《シーチンシュエン》の体では、もし謝憐《シエリェン》が彼に代わって枷から抜け出せたとしても、黒水鬼蜮の中でどうやってそこの主に立ち向かえというのだ？　逃げ延びることすらできないだろう。

我に返ると、謝憐《シエリェン》はすぐに上天庭の通霊陣に戻った。

「霊文《リンウェン》、もう出発しましたか？」

「太子殿下！　先ほどはなぜ突然音信がしばらく途絶えたのですか？　とりあえず、こちらは一部の神官を南海方面に派遣しました。奇英《チーイン》殿下が戻られましたので、のちほど彼も海に出ます。ただ、黒水鬼蜮はそう簡単に入れるような場所ではありませんので、いつ見つけられるかすらわかりません」

霊文《リンウェン》が答えると、謝憐《シエリエン》は掠れた声で言った。

「私も一緒に行きますので、出発はもう少し待ってもらえますか。多少は道案内ができるかもしれませんので。ただ、お手数なんですが、菩薺観まで誰か迎えに来てもらえないでしょうか」

「わかりました。彼が今着いたところです」

謝憐《シエリエン》がぽかんとして振り向くと、花城《ホワチョン》は既にいなくなっていて、菩薺村の外から若い神官が二人歩いてきた。その後ろには、うねった黒髪の背の高い少年が一人ついてきている。まさしく権一真《チュエンイージェン》だ。

謝憐《シエリエン》は彼に向かって軽く会釈した。挨拶のつもりだったが、権一真《チュエンイージェン》は挨拶を返すということを知らないらしい。ただ、謝憐《シエリエン》も気にはしなかった。辺りを見回しても花城《ホワチョン》の姿は見当たらず、この件に片をつける時間を謝憐《シエリエン》に与えてくれたのだとわかった。

二人は若い神官たちと南海に向かった。謝憐《シエリエン》の助言を元に、死者を入れたことのあるずっしりとした棺を数十基も集めて、いざという時に備える。二、三時辰の間、船が水の上を滑るように疾走していくと、海面に奇妙なモノが漂ってきた。

巨大な骨魚の死体が大量に海面に浮かんでいて、船にぶつかってくる。「そろそろ着くのか⁉」と神官たちは警戒を強めた。

ところが謝憐《シエリエン》はこう言った。

「まだですよ。もし既に黒水鬼蜮に入っていたら、船はこんなに速く進めませんし、水に浮くことすらできません」

だが、これは明らかに一昨日の夜、裴《ペイ》将軍と水師《シュイシー》がここで戦闘した痕跡だ。権一真《チュエンイージェン》は船べりにしゃがみ込むという難易度の高い動作をずっと続けていたのだが、その時ふと口を開いた。

「前に黒っぽい島が一つあるけど、あれじゃないか？」

謝憐《シエリエン》が目を凝らして見ると、確かに前方に黒々とした島が一つあった。しかも、遠くから見ると黒水島によく似ている！

謝憐《シエリエン》は微かに眉をひそめる。

「すごくよく似ています。でも、どうして船も沈まずこんなに簡単に見つかったんでしょうか？　皆さん、ひとまず慎重に。罠にはくれぐれも注意してください」

そう言った途端、すぐにこれは罠ではないと気づいた。なぜなら、砂浜に人影が一つあり、今まさに日差しの下で、敵軍の将士を斬り殺す宝剣を前後に動かして木材を切り、棺を作っていたからだ。その横には既に完成した棺が三基並べられていて、彼の手元にあるのは四基目だった。謝憐《シエリエン》はすぐさま手を振って叫んだ。

「裴《ペイ》将軍！　裴《ペイ》将軍がいます。この島で間違いありません！」

大船はただちに方向を変えて疾走していく。ところが、裴茗《ペイミン》は援軍がやってきたのを見てもちっとも嬉しそうではなく、剣を地面に突き刺すと鼻を少し撫でて不満げに言った。

「君たちは早く来るわけでも遅く来るわけでもなく、私がちょうど作り終えようかという時に来るとは、どういうつもりだ？」

「来ただけましだろう。お前を助けに行けって言われたけど、皆時間がないってさ」と権一真《チュエンイージェン》が言う。

「……」

裴茗《ペイミン》は「君のような子供と言い争うつもりはない」という顔をして、謝憐《シエリエン》の方に向き直って尋ねた。

「太子殿下は先に戻ったんですか？　その船は鬼域の水面に浮かんでいますが、どうやって作ったんです？」

「船の問題ではないと思います。黒水鬼蜮の呪いが消えたんでしょう」

裴茗《ペイミン》は唖然とし、試してみようと無造作に剣を一振りすると、辺り一面の樹木が切り倒された。本当に法力が戻っている。しばし言葉を失い、彼は小さく首を横に振った。

「もっと早くこうなるとわかっていれば、こんなに苦労して棺を作る必要はなかったのでは？」

それはその通りで、彼の一晩の苦労は本当に無駄になってしまった。四人分の棺を作って、完成した三人分が役に立たなくなったのだから。

神官一行は、島に上陸したあと森の中心部へとひた走った。密林の小鬼は初めて見る光景に怯えて四方に逃げ回る。林を抜けて黒水湖のほとりまで来ても、あの透明なモノには遭遇しなかった。法力場による妨害もなく、皆でしばらく検討してついに幻界を破ると、湖のほとりに堅牢と幽冥水府の両方が姿を現した。

幽冥水府に入ると、まず謝憐《シエリエン》はあの黒衣を纏った白骨体をきちんと一まとめにして、手に提げて殿内を隅々まで走り回る。そう経たないうちに、彼は例の大殿を見つけた。まだらな壁と血のついた二つの鉄の枷には、既に誰も繋がれていなかった。大殿の中央には首のない死体が横たわっていて、血はすべて流れて乾き、大勢の気の触れた人々がその死体に向かって寄ってたかって物を投げつけている。神官たちが入ってくると、彼らはますます興奮し始めた。

部屋に足を踏み入れた裴茗《ベイミン》はかなり長いこと呆然としていたが、これが誰なのか確かめる勇気をようやく振り絞り、震撼《しんかん》して叫ぶ。

「……水師兄《シュイシーシォン》！」

この事実を既に知っていた謝憐《シエリエン》は、こう言った。

「皆さんお手を煩わせますが、この中と、それから島全体を捜してください。風師《フォンシー》殿を、あるいは……そのご遺体を」

ところが、どれだけ捜しても島には師青玄《シーチンシュエン》の痕跡すら見当たらなかった。

まさか黒水玄鬼が風師《フォンシー》を連れていったのだろうか？　それとも、風師《フォンシー》は既に彼の手で殺され、海に沈められて魚の餌になったのだろうか？

師無渡《シーウードゥー》は最後の瀬戸際になって正気を失い、それに突き動かされた賀玄《ハーシュエン》がいきなり手を下して彼は絶命した。ただ、結局風師《フォンシー》が自らの手で殺したわけではないため、賀玄《ハーシュエン》はやはり風師《フォンシー》の命格を入れ替えるつもりなのだろうか？

死ぬほど煩わしい人間たちを追い払ったあと、床に片膝をついて長い間放心していた裴茗《ベイミン》は、嘆くように言った。

「水師兄《シュイシーシォン》、ずっと気位が高かったあなたが、まさかこんな最期を迎えるなんて。安らかに眠れているかどうかもわからない。高みに立てば立つほど落ちる時は悲惨だというのは本当なんだな。人生にはあらゆることが起きるし、どんなことからも逃れられはしない。たとえ人の上に立つ神となってもそれは変わらないということか」

　権一真《チュエンイージェン》はそこまで感傷的にはならず、幽冥水府の中を「タッタッタッ」とあちこち走り回っていた。こちらへ走ってきてちらりと目を向けると、不思議に思ったのかこう口にした。

「こいつの首は？」

「黒水玄鬼が持っていきました」

　謝憐《シエリエン》の答えを聞いて、裴茗《ペイミン》が尋ねる。

「この鬼域の主と彼との間には何か恨みや憎しみがあるんですか？　それに青玄《チンシュエン》は？　地師《ディーシー》は？　まさか水地風の神官三人ともやられたんですか？」

「間違いなく、非常に深い恨みと強い憎しみがありました。地師《ディーシー》殿についてはあなたがどちらのことを聞きたいかによります。本物の方なら、今私が手に持っています。偽者の方なら、まさに水師《シュイシー》殿の首を持っていきました」

「なんですって!?」

　謝憐《シエリエン》は彼を見つめ、小さな声で告げた。

「裴《ペイ》将軍はおそらくご存じないでしょう。黒水玄鬼の姓は賀《ハー》、名は玄《シュエン》です」

　その言葉を聞いて、裴茗《ペイミン》の顔色が微かに変わった。どうやら裴茗《ペイミン》と霊文《リンウェン》は師無渡《シーウードゥー》がしたことについて、決して何も知らないというわけではなかったようだ。ただ、どこまで知っているかはもう知る由もない。

　報告すべきことを報告し、処理すべきことを処理して再び菩薺村に帰った時は、ほぼ丸一日が過ぎていた。謝憐《シエリエン》の足取りにもやや疲れが見える。

　彼が菩薺観に着いて扉を開けた途端、戚容《チーロン》が喚き散らしている声が耳に飛び込んできた。

「クソ犬花城《ホワチョン》！　犬にヤられた謝憐《シエリエン》！　お前ら二人とも、本気で恥ってもんを知らねぇな！　あんな真夜中に、鬼でもびびって逝っちまうぞ!!　この俺様の目を汚しやがって、とっとと弁償しやがれ！」

彼が口汚い言葉ばかり並べるのを聞いて、すぐさま謝憐《シエリェン》は昨晩自分と花城《ホワチョン》が交互に相手を地面に押し倒しながら法力を吸い取っていた恐ろしい場面を思い出した。あの時は恥ずかしいと思わなかったが、今になって思い返すと、この場で思いきり扉を閉じて逃げだしたくなる。花城《ホワチョン》は傍らの椅子に斜めにもたれかかり、長靴を履いた両足を重ねて卓の上に乗せていたが、謝憐《シエリェン》が扉を押して入ってくる音に気づいて即座に下ろした。ついでに戚容《チーロン》の額を叩いて気絶させると、立ち上がって口を開く。

「兄さん」

謝憐《シエリェン》は頷いて後ろ手で扉を閉めた。縛られて青虫のように床に転がっている戚容《チーロン》を跨いで通り、腰を下ろす。

「谷子《グーズー》たちは遊びにいってるのか？」

「うん。俺が外に出した。兄さん、お疲れ様」

「ううん。君の方こそお疲れ様」

謝憐《シエリェン》がそう言うと、花城《ホワチョン》が微笑む。しばらくして、彼はこう口にした。

「兄さんは俺のことを責めるんじゃないかと思ってた」

謝憐《シエリェン》は首を横に振る。

「三郎《サンラン》、心配しすぎだよ。そんなことするはずないだろう。実際、この件に関しては君の言う通りだったから。確かに……他人が口を挟めるようなことじゃない」

そう言って少し考え、謝憐《シエリェン》はやはり尋ねることにした。

「三郎《サンラン》、君の見解だと、黒水玄鬼は風師《フォンシー》殿をどうすると思う？」

しばし沈黙してから、花城《ホワチョン》は答える。

「俺にもわからない。黒水っていう奴は相当変わってるから。あれほど長い年月を一人で堪え忍んできたんだ、あいつの心の内なんて誰にもわからない」

「あいつの心の内なんて誰にもわからない」――それを聞いて謝憐《シエリェン》はふと思い出した。その言葉は、上天庭の多くの神官たちが血雨探花を評して常《つね》から口にしている言葉でもあったのだ。

黒水沈舟は銅炉山の中から無数の鬼と殺し合った末に出てきた存在で、それは血雨探花も同様だ。賀《ハー》玄《シュエン》が長い年月を一人で堪え忍んできたというなら、花城《ホワチョン》が一人で耐え忍んだ歳月も、彼と同じくらい長かったはずだ。

　黒水沈舟を今日《こんにち》の黒水沈舟へと作り上げたものは、恨みと憎しみだ。では、血雨探花は？

　花城《ホワチョン》を今日の花城《ホワチョン》へと作り上げたものは、いったいなんなのだろうか？

　一瞬、謝憐《シエリエン》の脳裏にさまざまな思いがよぎった。小さく首を横に振って「金枝玉葉の貴人」を振り払い、考えを整理してから話しだす。

「でも三郎《サンラン》、わからないことがある。水師《シュイシー》がやった命格のすり替えは、もちろん極秘で行われたはずだ。ここまで長年隠し通してきたのに、黒水はどうやって知ったんだ？　もし不都合なら答えなくてもいいから」

「あいつは縄張りも捨てて逃げたし、偽神官もやめた。今さら不都合なんてないよ。単純な話だ。黒水が死んだ夜、師無渡《シーウードゥー》はわざわざそれを確かめに行ったんだ」

「獲物が死んで初めて、白話真仙は次の標的を探すから？」

「うん。黒水はそれが誰なのか知らなかったけど、顔だけは覚えていた。そのあと鬼になって、天上と地下の人物と物事を多少知った黒水は、あれが水の神官だってやっと気づいたんだ」

　それなら合点がいく。確かにかなり不自然だ。堂々たる水の神官が、理由もなくただの一般人の死にざまを見物しに行くはずがないではないか？

「でも、それだけじゃ命格を入れ替えたことまでは思い至らないんじゃないかな？」

「だからあいつは地師《ディーシー》になりすまして、上天庭に紛れ込んでこの件を調べ上げたんだ。ずいぶんと肝が据わってるよ」

　謝憐《シエリエン》はゆっくりと言う。

「もし彼がそのあと本物の地師《ディーシー》を殺したり、二百人以上もの漁師を巻き込んだりしなければ、『度胸も知恵もある』って称賛できたかもしれないな」

　だが、花城《ホワチョン》はこう口にした。

「兄さん、本物の地師《ディーシー》を殺したのがあいつかどうか、俺は知らない。ただ、あの漁師たちを東海の大波に巻き込んだのはおそらく別の人物だ」

第六十六章　題離思心躁乱墨痕

離思を書して、ざわめく心と乱れる墨跡

謝憐《シエリエン》は少し呆気にとられた。

「誰だろう？　普通あれくらいの風波なら、巻き込まれるのはせいぜい五十人足らずのはずだ」

「これは推測だけど、ひょっとすると半月関の一件であの空殻《あきがら》道士を送り込んできたのと同じ奴かもしれない」

そう言われてみると、何やら紛然《ふんぜん》とした事件の中心へ次々に彼を押しやろうとする見えざる手の存在を感じる。謝憐《シエリエン》はにわかに戸惑いを覚えた。

「でも、いったいなんの目的で？」

花城《ホワチョン》は小さく首を横に振り、何か考え込んでいる様子だ。その時、ふいに菩薺観の外から子供がはしゃいでいる声が聞こえ、彼は外へ鋭い視線を送った。彼の視線を辿って謝憐《シエリエン》も窓の格子越しに見やると、二人の子供が無邪気に遊んでいるのが目に入る。谷《グー》子《ズー》は郎蛍《ランイン》に肩車されていて、その様子は何も心配事などないように伸び伸びとしていた。

水師《シュイシー》が世を欺き命格を密かにすり替えていたこと、風師《フォンシー》が他人の命格を乗っ取った偽物だったこと、「地師《ディーシー》」も他人の名を騙った偽者だったこと、水師《シュイシー》が首を落とされ風師《フォンシー》が行方不明になったこと。当然のことながら、この四つの事件、四つの青天の霹靂、四つの雷の如き衝撃は、次第に激しく響き渡り、上天庭と中天庭に大きな波紋を呼んだ。

しばらくの間、驚愕のあまり皆が言葉を失うほどで、神武殿《シェンウー》では誰一人意見を述べなかった。君吾《ジュンウー》ですら、手で額を支えているのがやっとのようだ。

明儀《ミンイー》は普段からほとんど人づき合いをせず、彼と上手くやっていたのは師青玄《シーチンシュエン》のようにしつこく絡む人懐っこい者だけだった。他の皆は彼と深い関わりはなかったが、事もあろうに自分の同僚があの伝説の絶境鬼王だったと思うと、その衝撃は計り知れない。

完璧に地師《ディーシー》になりすますために、この鬼王は長年勤勉に働き続け、人界で数多くの信徒を得た。それどころか中秋宴の闘灯では上位十名に入り、上天庭の大多数の神官たちよりも上位に立っていたなんて、実に恐ろしく、さすが絶境鬼王だけのことはある。それを考えると、もし今、花城《ホワチョン》が彼らの中に紛れている、あるいは花城《ホワチョン》の差し金で上天庭に潜り込んだ者がいると言われたとしてももう驚かないな、と皆は陰で囁き合った。

黒水玄鬼と水師無渡《シュイシーウードゥー》の間にある怨恨はともかく、本物の地師儀《ディーシーイー》が黒水玄鬼の手によって命を奪われたことは疑いの余地もない。そのため、上天庭は正式に黒水玄鬼の捕縛《ほばく》命令を下した。ただ、姿をくらませた絶境鬼王を、そう簡単に見つけられるはずがないことは誰もがわかっている。

ことわざで、倒れかけた塀は押し倒されると言うように、落ち目になった者は途端に世間から蔑《さげす》まれる。かつての風水《フォンシュイ》二師は脚光を浴びてもてはやされ、一声かければ百人が応じた。師無渡《シーウードゥー》が現れると、いつも月を取り巻く星々のように皆が彼を囲んで褒めそやしたものだ。ところが、彼の突然の死で、星々は一朝にして静まりかえってしまった。師青《シーチン》玄《シュエン》は誰とでも気さくに友達になり気前も良かったが、いつものたくさんの「仲のいい友人」たちは今いったいどこへ行ったのだろうか。裴茗《ペイミン》が首のない水師《シュイシー》の亡骸を納棺《のうかん》したが、埋葬の当日はひっそりしていて、謝憐《シエリエン》と霊文《リンウェン》の他に出席した神官はほんのわずかだった。

誰かが扇動したのか、ここ数日の間に、既に一部の人間が風水《フォンシュイ》廟に火を放ち打ち壊し始めていることを謝憐《シエリエン》は思い起こした。見るに忍びなくなって何度か止めに入ったこともあったが、時が経つにつれて祀っていた神の加護がなくなったことに人々が気づけば、ますます苛烈《かれつ》になるはずだ。一時《いっとき》は止められたとしても、一生止めてはおけない。十数年も経てばもちろんのこと、たった数年でも、かつて上天庭の頂点に君臨していた風水《フォンシュイ》の神官二人のことなど人々はすぐに忘れ去るだろう。そう思うと、少しやるせなさを覚えた。

最後に謝憐《シエリエン》は霊文《リンウェン》に向かって言った。

「風師《フォンシー》殿……青玄《チンシュエン》殿の捜索を、どうかよろしくお願いします」

「太子殿下、言うまでもありません。必ずや全力を尽くします」

霊文《リンウェン》も厳粛な面持ちで答える。その顔からは何日もずっと笑みが失われたままだった。

ところが、裴茗《ペイミン》はこう言った。

「太子殿下、霊文殿《リンウェンでん》に任せて老牛におんぼろ車を引かせるようにだらだらと捜させるよりも、青玄《チンシュエン》をどこへ連れ去ったのかをあのいかれた黒鬼に聞くことはできないか、あなたの血雨探花に直接頼んでみた方が早いのでは？　水師兄《シュイシーシォン》の首まで持ち去って、奴はこれ以上何を企んでいるんでしょうか？」

謝憐《シエリエン》は小さく首を横に振り、それは無理だとばかりに答える。

「裴《ペイ》将軍は少し思い違いをしているようです。同じ絶境鬼王だからといって、自分の企みをもう一人に知らせる必要がありますか？」

そう言われ、裴茗《ペイミン》もそれ以上は何も言わずに口を閉ざした。

菩薺観に戻ると、村人たちが観の前に人だかりを作ってひそひそと囁き合っていた。尋ねるまでもなく謝憐《シエリエン》は事情を察した。なぜなら、菩薺観の中から大騒ぎする声が聞こえてきたからだ。村長が怯えた様子で謝憐《シエリエン》を引っ張っていく。

「道長、あなたのあのおかしな従弟《いとこ》が……かかか、彼がまた……」

謝憐《シエリエン》は表向き、戚容《チーロン》は自分の従弟で、気が触れて周囲から遠ざけられ誰も養おうとしないものだから、義務として引き取って世話をしているということにしていた。ある意味、嘘ではない。

「また発作でも起こしたんでしょう。大丈夫ですよ。しっかり閉じ込めてありますから、出てきたりしません。皆さんもどうぞお引き取りください」

謝憐《シエリエン》がそう言うと、村人たちは「そうか」と言って散っていく。立ち去る前に、村長が謝憐《シエリエン》に鶏の卵を一籠《ひとかご》持ってきて尋ねた。

「あの、道長、お宅の小花《シャオホワ》は……」

謝憐《シエリエン》は一瞬ぽかんとして「小花《シャオホワ》？」と呟き、それからようやく理解した。

「ああ、三郎《サンラン》のことですね」

今の花城《ホワチョン》は、表向きは謝憐《シエリェン》の実の弟で、家出をしてここに遊びに来ていることになっている。それを思い出すと、ほんの少し恥ずかしくなった。

「そうです！　お宅の小花《シャオホワ》がですね、今日も私たちの家の物を修理してくれまして。今夜は彼をよく労《ねぎら》ってやってくださいね」

「そうそう！　しっかり食べて精をつければ、もっとてきぱき働けるわよ！」

村長と残っていた村人に言われ、謝憐《シエリェン》は思わず笑ってしまった。

「ええ、わかりました。必ずそうします」

扉を開けると郎蛍《ランイン》は既に隅の方で縮こまって寝ていて、戚容《チーロン》はというと床に横たわり、まるで内臓でも焼かれているかのように喚き散らして転げ回っている。谷子《グーズー》はそんな彼の背中を叩いたり肩を揉んだりしていた。

「父ちゃん、ちょっとましになった？」

「……」

謝憐《シエリェン》は片手で笠を取り、もう片方の手で卵を置いて尋ねる。

「どうした？　腹でも壊したのか？」

戚容《チーロン》はぺっと唾を吐いて答えた。

「地面のクソでも埃でも、何を舐めたって腹を壊したりなんかしねぇよ！　お前の反吐みたいな料理以外ならな！」

彼の大げさな言い草を聞いた謝憐《シエリェン》は、両手をそれぞれ反対の袖に入れてこう口にした。

「じゃあ試しに舐めてみて、腹を壊すかどうか見てみるか？」

「ぺっぺっぺっ！　俺様の言った通りだなぁ？　また腹黒いところが出ちまってるぞ！　あの手この手で俺を痛めつけようとしやがって！　あ～～～～そこそこ、いい子だな、悪くないぞ。他の所ももっと叩いてくれ。ククク～～、ったくよぉ、クソったれが、どういうわけだか最近死ぬほどイライラするんだよ。発情期の猫みてぇだ。俺、病気になったんじゃねぇか!?　太子従兄《にいさま》！　俺は病気になったんだ！　お前が虐待したせいで病気になっちまったじゃねぇか！　この悪徳雪蓮花め、また人の命を粗末にしやがって！」

謝憐《シエリエン》はしゃがんで彼の額に軽く手を当てながら「熱でもあるのか？」と言い、少し間を置いて手を離すと、眉間にしわを寄せる。

「熱はないみたいだ。まさか仮病《けびょう》じゃないだろうな？」

戚容《チーロン》がまた毒づこうとした時、谷子《グーズー》が言った。

「道長、父ちゃんは嘘なんかついてないよ。ちょっと前から具合が悪くて、今日だってずーっと叫んでたんだ」

谷子《グーズー》のその哀れみを誘う様子と、戚容《チーロン》が床でもぞもぞ蠢く姿を見て、謝憐《シエリエン》は小さく首を横に振って立ち上がった。そして薬箱を探そうとしたが、ふと功徳箱が思いのほかずっしり重くなっていることに気づいた。この功徳箱は花城《ホワチョン》が新しく作ってくれたもので、まだこれといって何も入っていないはずだ。不思議に思い、鍵を取り出して錠を開けてみた謝《シエ》憐《リエン》は、煌々《こうこう》と輝く金の延べ棒の眩しさに目が眩み、驚きのあまり言葉を失った。

「バンッ」と音を立て、大慌てで功徳箱を閉じる。

水師《シュイシー》が届けてきたあの金の延べ棒一箱は、とっくに送り返さなかったか？　まさか誰かがさらに送り返してきたとでも言うのか？

花城《ホワチョン》は絶対に違う。彼は金の延べ棒を直接押し込むような単純で荒っぽいことはしないだろう。謝《シエ》憐《リエン》は振り向いて尋ねた。

「戚容《チーロン》、誰かここに来てたのか？」

すると、戚容《チーロン》が叩きつけるように罵倒する。

「おいおい、何言ってんだお前。本気で俺のことを番犬だとでも思ってんのか？　それとも自分が絶にでもなったつもりか？　絶だってお前ほど図々しくねぇけどな。腐れ黒水とクソ犬花城《ホワチョン》でも俺を番犬扱いなんかしねぇぞ！」

その時、「バンッ」という音がして、誰かが菩薺観の扉を蹴り開けた。入ってきたのはなんと花城《ホワチョン》だった。彼が現れると戚容《チーロン》は一瞬で貝になり、あの夜に見たことを持ち出す勇気などなくなって、こっそりと部屋の片隅へもぞもぞ這っていった。

「三郎《サンラン》、おかえり」

謝憐《シエリエン》の声に、花城《ホワチョン》はにっこり笑って答える。

「ただいま」

「お疲れ様。村長が君を労ってくれって差し入れをくれたから、今夜はちょっと贅沢しようか」

「いいね。でも兄さん、今夜は俺のところに来ない？」

「鬼市に？」

「うん。ついでにこいつも連れていこう」

花城《ホワチョン》は戚容《チーロン》を指さした。

「何かこいつの魂を引っ張り出せる方法がないか見てみようと思って」

しばし考え、謝憐《シエリエン》は「そうしようか」と答えた。

このままずっと先延ばしにしていても埒が明かない。なんと言っても一番の問題は戚容《チーロン》があまりにもよく食べることで、菩薺観ではもうこれ以上手に負えなくなっていたのだ。

戚容《チーロン》は鬼市に連れていかれるという話を聞くなり驚いて顔色を失い、どうにかして拒否しようとしたが、すべて無駄な抵抗に終わった。ふいに煙が立ちこめ、しばらくして消えていくと、戚容《チーロン》は花城《ホワチョン》によって青い不倒翁《ふとうおう》に変えられていた。そして谷子《グーズー》に抱えられ、鬼市に連れていかれたのだった。

鬼市は相変わらずの賑わいだった。大通りを歩いていると鬼たちは皆謝憐《シエリエン》のことを覚えていて、またやってきた彼を見て次々に叫ぶ。

「大伯父様……あっ、いえ、城主のご友人様、またいらしたんですね！」

「クワッ！　おいらたちの地元名物が恋しくなったんじゃないクワッ！」

謝憐《シエリエン》はあの籠入りの卵を持参していたので、人界の土産として皆に配った。卵をもらった鬼たちは飛び上がって小躍《こおど》りし、あるモノは今晩自分の血に混ぜて食べようと決め、あるモノはこの卵を使って八丈ある幼獣を孵《かえ》すと宣言している。花城《ホワチョン》が戚容《チーロン》にかけた術を解くと青い煙が彼を覆い、それが消えると街頭に戚容《チーロン》が取り憑いている男が姿を現した。無言で頭を抱え、防御するようにしゃがみ込んでいる。

一匹の鬼が戚容《チーロン》のにおいを嗅ぎつけて言った。

「おい、こいつ青鬼じゃねぇか？」

鬼たちは彼を取り囲んでしばらくクンクンと嗅いだあと、面白がって笑いだす。

「ハハハハハハッ、本当に青鬼だ。間抜け野郎が性懲りもなく来たぞ、ハハハハハハハハッ！」

「この前は殴られ足りなかったのかよ。ハハハハハハハッ、どの面《つら》下げて来やがった！」

すると花城《ホワチョン》が指示を出した。

「小さい方はちゃんと面倒を見てやれ。大きい方は、どうにかして肉体を損なわずに奴を引きずり出す方法を見つけろ」

「はい！　城主！」

穏やかな顔つきの美しい女の鬼が数人で谷子《グーズー》を抱き、子守歌を歌いながらあやして寝かしつける。他の妖魔鬼怪たちは戚容《チーロン》と鬼ごっこを始めて、一人が大声を上げながら逃げ、大勢の鬼たちが徹底的に追い回している。花城《ホワチョン》と謝憐《シエリエン》はそれをしばらく眺めてから、その場を離れて千灯観へ向かった。

ゆっくりと殿内に入った二人が供物台へ近づくと、そこには今も筆墨硯紙《ひっぽくけんし》が広げられたままだった。謝《シエ》憐《リエン》は近頃ずっと気が沈んでいたが、それを見て少し気分を明るくしたいと思い、微笑みながら言う。

「前に君に教えた時に、時間があったらもっと字を書く練習をしてみてって言ってあったけど、最近は全然練習してないだろう？」

花城《ホワチョン》は咳払いをした。

「兄さん、俺を労うためのものを全部他の奴にあげてしまって、俺は今晩何を食べればいい？」

謝憐《シエリエン》は彼の真似をして、軽く眉を跳ね上げた。

「ごまかさないように」

「刀の修練ならできるけど、字の練習は無理だ。兄さんがそばで教えてくれないと。一人で練習したらきっと間違ったやり方をして、やればやるほどひどくなると思う」

花城《ホワチョン》がそう言うと、謝憐《シエリエン》は片方の眉をさらに高く跳ね上げる。

「こんなに賢い三郎《サンラン》でも、苦手なことがあるんだ？」

花城《ホワチョン》は筆を手に取って墨を少しつけると、非常に謙虚な態度で言った。

「本当のことだ。だから兄さん、ご指導ください」

「じゃあ、とりあえず書いてみて」

謝憐《シエリエン》がため息をついてそう言うと、花城《ホワチョン》は真剣に二行書いた。しばらく見守っていた謝憐《シエリエン》だったが、どうしても黙っていられなくなって口を出す。

「……ちょ、待って待って。君は……やっぱりやめにしよう」

立派な筆墨紙硯を無駄にしてはいけない。花城《ホワチョン》は「そう？」と言うと、本当に手を止めて筆を紙から離す。謝憐《シエリェン》は小さく首を横に振った。

「三郎《サンラン》、あのさ……君に字を教えたのが私だって、他の人には秘密にしておいてくれるかな」

「兄さん、俺は本気で書いたのに」

彼の言い草は少し拗《す》ねているように見えた。その名を聞くだけで三界の誰もが肝を潰すほど恐れられている一角《ひとかど》の絶境鬼王が、今は立たされている幼い生徒のように謝憐《シエリェン》の指摘を大人しく聞いている。それからまた要領を軽く説明すると、謝憐《シエリェン》は前回と同じように彼の手をしっかり握った。

「もう一度やってみようか。今度は真剣に」

「わかった」

二人とも集中して筆を動かす。しばらく書いていくうちに、謝憐《シエリェン》は何気なく尋ねた。

「どうしてまた〈離思《りし》〉なんだ？」

花城《ホワチョン》も何気なく答える。

「この詩が好きだから」

「私も好きだよ。でも、他にも三郎《サンラン》の好きな詩はない？　この詩はもう書き慣れてきたから、他のものも書いてみたらいいと思うんだけど」

大まかに数えるとこの詩は数十文字あるが、二人で数十回は書いているため、そろそろ別の詩に変えてもいいだろう。ところが花城《ホワチョン》は「このままこれを書こう」と言った。

筆を置くと、彼は墨の跡を軽く吹いて笑った。

「俺は一度何かを好きになったら、それだけを永遠に心に刻んで、他のものが入る余地なんてなくなる。千回でも、一万回でも、何年経ってもずっと変わらない。この詩がまさにそうだ」

「……」

小さく微笑み、謝憐《シエリェン》は「そうなんだ？」と返す。

「うん」

「……」

謝憐《シエリェン》は手を離すと、軽く咳払いをして言った。

「すごくいいね。三郎《サンラン》は至情《しじょう》の人なんだな。とてもいいと思うよ……ああ、もう少し自分で練習してみて。あっ、そうだ。そういえば、戚容《チーロン》がどうも最近体調が悪いらしい」

花城《ホワチョン》は紙を置き、また筆を手にしながら尋ねる。

「どの辺が悪いって？」

謝憐《シエリエン》は振り返って花城《ホワチョン》に背を向ける。

「本人が言うには、イライラして体中落ち着かないらしい。でも、調べてみたけど特にあの体に問題があるわけじゃなさそうなんだ。天候のせいってことでもないだろうし」

「それはいつから？」

すると花城《ホワチョン》が後ろから問いかける。

「何日か前からみたいだけど、特に今日はひどく……」

その言葉を言い終える前に、急に嫌な予感が込み上げてきた。まさにその時、背後で「ポトッ」と何かが落ちたような軽い音が聞こえた。

謝憐《シエリエン》はぱっと振り向く。

「三郎《サンラン》!?」

先ほど花城《ホワチョン》が手にしていた筆が落ち、雪のように白い紙の上に乱れた墨の跡を一本残している。微かに表情を曇らせた花城《ホワチョン》は、少し体がふらついたかのように片手を神壇の縁につき、もう片方の手であの右目をぐっと押さえた。

第六十七章 銅炉山重開萬鬼躁

——銅炉山は再び開き、無数の鬼が色めき立つ

彼の表情から察するに、どうやら右目が耐え難い激痛に苛まれているようだ。謝憐《シエリエン》はすぐさま駆け寄って「どうしたんだ?」と声をかけた。

花城《ホワチョン》の口元がわずかに動いたが、歯を食いしばって堪えていて何も答えない。すると厄命《オーミン》の柄にある銀色の目が開き、狂ったようにぐるぐる回り始めた。神壇を押さえる花城《ホワチョン》の手の甲には青筋が微かに盛り上がり、今にもその神壇をひっくり返してしまいそうだ。謝憐《シエリエン》が手を上げて彼に触れようとすると、花城《ホワチョン》は絞り出すように叫んだ。

「来ないで!」

謝憐《シエリエン》が動きを止めると、花城《ホワチョン》は苦痛に耐えながら言葉を続ける。

「……殿下、駄目です、早く離れて。俺は多分……」

「こんな状態の君を放っておけるわけないだろう!?」

「あなたがこれ以上そばにいたら……」

花城《ホワチョン》はやや感情を高ぶらせながらそう口にした。

千灯観の外からは激しく泣き叫ぶ声が聞こえていて、その悲鳴は次第に大きくなっていく。鬼市の大通りでは一面に鬼たちが倒れ込み、天に向かって叫び地に頭を打ちつけていた。頭が割れそうに痛むのか、生きていた方がましだと言わんばかりに頭を抱えて絶叫している。

戚容《チーロン》だけが鬼たちの前を飛ぶように走っていたが、それは彼が人間の体に取り憑いている状態だからだった。この肉体は戚容《チーロン》の法力を一段弱めているものの、同時に障壁の役割を果たして鬼に対する攻撃も一段弱めている。それで彼はまだなんとか活発に動き回ることができ、隙を見て大急ぎで逃げだしたのだ。谷子《グーズー》を抱きかかえていたあの数人の女の鬼は子守歌を口ずさむこともできなくなって、「ああっ、頭が痛い」と叫びながら地面に倒れこんだ。ぼんやりと目を覚ました谷子《グーズー》は、勢いよく突っ走っている

戚容《チーロン》を見つけると、慌てて起き上がって追いかけた。

「父ちゃん！　父ちゃん！　待ってよ！」

戚容《チーロン》は走りながら振り返ると、舌を出し白い目になって言い放つ。

「ルルルル～ラララ～、息子よ、父ちゃんはこれでおさらばだ！　ハハハハハハハハハッ！」

谷子《グーズー》はなおも短い小さな足を動かして後を追ったが、走っても走っても距離は遠くなるばかりで、「うわあっ」と声を上げて泣きだした。

「父ちゃん！　置いていかないで。父ちゃん、ぼくも連れてってよ！」

戚容《チーロン》はぺっぺっぺっと唾を吐く。

「しっしっ！　ついてくんな！　うざってぇんだよ！」

彼が吐いた唾はかなり遠くまで飛び、谷子《グーズー》の額に当たる。後ろに跳ね飛ばされて転んだ谷子《グーズー》は地面にうずくまり、胸が張り裂けんばかりにわあわあと号泣した。これ以上聞いていられなくなった謝憐《シエリェン》は、千灯観から飛び出して怒りのままに叫んだ。

「戚容《チーロン》！」

戚容《チーロン》は前方で彼が行く手を遮っているのを見ると、驚いて大慌てで元来た道を引き返し、途中で地面にうずくまっている谷子《グーズー》を拾い上げる。

「近づくな！　近づいたらお前の目の前で今すぐこの足手まといのガキの頭を食いちぎってやる‼　いい息子だよなぁ、父ちゃんの食料になってくれるなんて。親孝行なこった！　明日にでも父ちゃんがお前を料理してやるからな。照り焼きで食うか、蒸してさっぱり食うか、好きな方を選んでいいぞ。ハハハハハハッ！」

謝憐《シエリェン》がそれで怖じ気づくはずもなく、戚容《チーロン》を追いかけようとしたまさにその時、背後で大きな音がした。花城《ホワチョン》が卓上の筆立てや墨、硯を払い落としたのだ。かなり激高している様子で、謝憐《シエリェン》は戚容《チーロン》を構っている余裕などなくなり、やむを得ず千灯観へ戻った。

「三郎《サンラン》……」

すると突然、花城《ホワチョン》は謝憐《シエリェン》をぐっと抱き寄せて震える声で言った。

「嘘をついた。行かないで」

「……」

謝憐《シエリエン》は彼の腕の中で鉄板のように固まってしまった。

「三郎《サンラン》？　私が誰だかわかる？」

どうやら彼は意識が朦朧としているらしく、目の前にいるのが誰なのかまったくわかっていないようだ。ただ謝憐《シエリエン》をぎゅっときつく抱きしめて、繰り返し呟く。

「……嘘をついた。行かないで」

謝憐《シエリエン》は目を大きく見開いた。千灯観の外からは戚容《チーロン》が得意げに高笑いする声と、谷子《グーズー》が号泣する声が聞こえてくる。

「ヒヒッ！　クソ犬花城《ホワチョン》め！　いっつも俺を馬鹿にしやがって！　いっつも偉そうにしやがって！　罰が当たったんだよ！　ぶっ倒れちまって、ざまあねぇな！」

大通りでぎゃあぎゃあ悲鳴を上げていた無数の鬼たちは、ぐったりと脱力しながらも罵声を浴びせ始めた。

「青鬼！　お前みてぇな役立たずのクソゴミ野郎が、俺らの城主になめた口利きやがって、いい根性してんじゃねぇか!?」

周囲ががやがやと大騒ぎしているのを聞いてますます怒りを募らせた花城《ホワチョン》は、手を上げるなり彼らを吹き飛ばそうとする。謝憐《シエリエン》は慌てて自分の方から花《ホワ》城《チョン》を抱きしめ返し、彼の手を押さえて優しい声で語りかけた。

「わかった、わかったから。私はどこにも行かない。君から離れたりしないよ」

そして謝憐《シエリエン》が手を上げると、千灯観の大きな扉がひとりでに閉まる。このような状況で戚容《チーロン》が乱入してこないようにするためだ。それから外に向かって声を張り上げた。

「失せるならとっとと失せろ！　私は君の相手をしている暇なんかない！　これ以上騒ぐつもりなら覚悟して……あっ！」

ところが、花城《ホワチョン》は彼を抱きしめるだけでは飽き足らず、いきなり彼を玉の供物台に押し倒した。また筆墨硯紙が床一面に散らばる。もがいている間に、謝憐《シエリエン》の手が供物台の上にあった皿の辰砂を擦り、紙の上に黒みを帯びた赤い跡を数本残す。〈離思〉の「除卻巫山不是雲」の部分の「巫山」という二文字が瑞々しい赤に染められ、なんとも言えない艶めかしさを醸し出していた。

「三《サン》……」

その言葉を遮るように、花城《ホワチョン》は彼の肩を押さえて口づけた。

戚容《チーロン》は明らかに異様な物音を聞きつけて、アハハッと笑った。

「太子従兄《にいさま》、よーく気をつけろよ！　今のクソ犬花《ホワ》城《チョン》は狂犬みたいにとっ捕まえた奴を誰彼構わず噛んじまうぞ！　そいつを恨んでる坊主や道士はいくらでもいる。俺様がちょっと宣伝しといてやるよ。恨みを晴らしたけりゃ今だぞってな！　ヒヒッ、ハハハッ……」

彼の声が次第に遠ざかっていくと、謝憐《シエリエン》は心臓がきゅっと縮んだような気がした。万が一戚容《チーロン》がこの危殆《きたい》につけ込み、本当に花城《ホワチョン》が過去に恨みを買った法師や道士を大勢呼び寄せたら、鬼市の鬼たちは無傷で済むはずがない。

だが、花城《ホワチョン》はそんなことを考える暇も余裕も与えてくれなかった。生きた人間ではないし、体温もないはずなのに、今の彼の体は異様に熱を持っていて、まるで高熱が出始めているかのようだった。

謝憐《シエリエン》はぴったりと重なった彼の唇から激しく押し寄せるうねるような熱を受け入れるしかなくなり、抵抗しようとしていた手で彼の紅衣の肩先をぎゅっと掴む。

注ぎ込まれた花城《ホワチョン》の法力の勢いがあまりにも強すぎたからか、喉や胸、腹までもがすべて温かくなって膨れ上がり、謝憐《シエリエン》は苦しくてたまらなかった。このまま受け入れることを強いられ続けたら、花城《ホワチョン》から強引に送り込まれるものに体を貫かれてしまいそうだと思い、歯を食いしばって手のひらに力をこめ、一度叩く。けれど、花城《ホワチョン》に本気で手を出すこともできず、ただ肩先を叩いただけで焼け石に水だった。花城《ホワチョン》は謝憐《シエリエン》の手首をぐっと強く握り、押さえつけて発散し続ける。

これ以上続けられたら、本当に駄目になる。今度は両手を使い、謝憐《シエリエン》は彼を力一杯押しのけた。ほうほうの体《てい》で神壇の脇へ逃げ、微かに喘ぐ。ところが、花城《ホワチョン》が目を血走らせて迫ってきて、彼を神壇の上に押さえつける。

「三郎《サンラン》！」

「……」

謝憐《シエリエン》の声が少しは届いたのか、花城《ホワチョン》はしばらく彼の顔をじっと見つめていたが、また突然きつく抱きしめた。

声に応じて、花城《ホワチョン》がそれ以上無理やり法力を注ぎ込むのをやめたのを見て、謝憐《シエリエン》はほっと胸を撫で下ろす。だが、抱かれていると花城《ホワチョン》の体内で法力が暴走しているのを感じ、彼が自分を捕まえてすぐに口づけたのも得心《とくしん》がいった。これほど激しく乱れ狂っていては、どうにか逃げ道を探して発散するしかなかったのだ。

完全に落ち着かせて正気を取り戻させるには、おそらく瀉血《しゃけつ》させる必要がある。だが、生きた人間ではない花城《ホワチョン》のどこに排出させる血があるというのか？

考えに考えた末、謝憐《シエリエン》は言った。

「……失礼する」

両手で花城《ホワチョン》の顔を包み込み、自分から唇を重ねる。焼けつくような法力の流れを花城《ホワチョン》の体内からゆっくりと自分の体内へ導き、彼の苦痛と灼熱を緩和させる。花城《ホワチョン》に腰を抱かれ、謝憐《シエリエン》はぞくりと体を震わせた。次の瞬間、二人はそのまま神壇の上に転がるように倒れ込んだ。

はっきり言って不公平だ。謝憐《シエリエン》は花城《ホワチョン》の体の少しでも危うい場所には一切触れる勇気などないのに、花城《ホワチョン》は意識が朦朧としているのをいいことに、彼の体の上でなんの遠慮もなくほしいまま振る舞って謝《シエ》憐《リエン》を追い込み、言葉で言い表せないほどの責苦《せめく》を与えている。

この神壇は本来、神像を祀る場所だ。それなのに、今そこで鬼と神が抱き合って口づけを交わしている。あまりに荒唐無稽で奇妙な光景だが、離れ難いというように睦《むつ》み合う姿は艶麗《えんれい》でもあった。

以前の数回は、どちらかというと互いに意識がはっきりしていた。大義名分を振りかざして、こういう行為に及んでもまだ自制心は失わず唇が触れ合う程度に留まっていたのだ。ところが今回は、一方は錯乱状態で、もう一方も不意のことで流され、舌を絡めて唇を貪《むさぼ》り合い一線を越えてしまった。朦朧とする意識の中、謝憐《シエリエン》はようやく一つの確信を得た。

毎回、自分の体が思い通りにならないように感じていたが、それは毎回、滾《たぎ》る想いを抑えられずにいたからだったのだ。

こうして夜半まで責められ、花城《ホワチョン》の体内の焦燥と衝動がようやくゆっくりと鎮《しず》まってくると、謝憐《シエリエン》を抱きすくめていた腕の力もわずかに緩んだ。体勢を変えて起き上がった謝憐《シエリエン》は、目を閉じて深い眠りに落ちている花城《ホワチョン》の顔をじっと見つめてため息をこぼす。

厄命《オーミン》は傍らに放り出されていて、目玉がまだ勢いよくぐるぐる回っていた。謝憐《シエリエン》が手に取ってしばらく撫でてやると、厄命《オーミン》はやっと満たされたように少しずつ目を細めていく。ほどなくして、花城《ホワチョン》がぱっと体を起こした。

「……殿下!?」

謝憐《シエリエン》はすぐに表情を整え、振り向きながら安心したように言った。

「目が覚めた？　もう大丈夫そうだね」

花城《ホワチョン》が周囲をぐるりと見回すと、千灯観の主神殿の中は散らかり放題だった。彼は珍しく顔に驚きや不安の表情を浮かべている。落ち着かない様子で、どうも昨夜のことをあまり覚えていないようだ。謝《シエ》憐《リエン》は自分の方から落ち着き払ってこう言った。

「昨日の晩はいったいどうしたんだ？　君のところの配下たちは皆、急に頭が痛くなったり熱が出たりで、イライラして落ち着かない様子だったんだけど。君もすごく頭に血が上ってたよ」

「それ以外は？」

「それ以外？　特に何も」

花城《ホワチョン》は謝憐《シエリエン》をまじまじと見つめる。

「本当に？　じゃあ、俺はどうやって落ち着いたの？」

謝憐《シエリエン》は軽く咳払いをしてから、少し恥ずかしそうに答えた。

「三郎《サンラン》、聞いても私を責めないでくれよ。実を言うと、この他にも……」

厄命《オーミン》を撫でていた手を少し止めて言葉を続ける。

「その、ゴホンゴホン、君と一戦交《まじ》えたんだ」

「……」

花城《ホワチョン》は訝しげに「……一戦交えた？」と聞き返す。

謝憐《シエリェン》は顔色一つ変えることなく、真っすぐに彼を見つめた。

「そうだよ。ほら見て、殿の中がこんなに散らかってるのは私たちが戦ったからだ」

「……」

しばらくして、花城《ホワチョン》はふっと息をついて片手で額を押さえた。

彼がそれ以上問い詰めようとはしなかったので、謝憐《シエリェン》はやっと胸を撫で下ろし、密かにほっと息をつく。

その時、花城《ホワチョン》が小さな声で呟いた。

「開いた」

「何が？」

尋ねると、花城《ホワチョン》が顔を上げて低い声で言う。

「銅炉山がまた開いた」

その言葉が何を意味するのか、二人ともこれ以上ないほど理解していた。謝憐《シエリェン》は目を大きく見開く。

「新しい鬼王が……世に出ようとしてるのか？」


——続く——

Daria Series uni

天官賜福 3

2024年 4月20日 第一刷発行
2024年 5月20日 第二刷発行

著 者 ── 墨香銅臭

翻 訳 ── 鄭穎馨（デジタル職人株式会社）

制作協力 ── 動物
井上ハルヲ

発行者 ── 辻 政英

発行所 ── 株式会社フロンティアワークス
〒170-0013 東京都豊島区東池袋3-22-17
東池袋セントラルプレイス5F
［営業］TEL 03-5957-1030
https://www.fwinc.jp/daria/

印刷所 ── 図書印刷株式会社

装 丁 ── nob